Rokshan

y los Jinetes Salvajes

Rokshan
y los Jinetes Salvajes

Peter Ward

Traducción de
Mila López Díaz-Guerra

Rocaeditorial

Título original: *Dragon Horse*
© Peter Ward, 2008
Primera publicación, por Random House Children's Books

Primera edición: junio de 2009

© de la traducción: Mila López Díaz-Guerra
© de esta edición: Roca Editorial de Libros, S. L.
Marquès de la Argentera, 17, Pral.
08003 Barcelona
info@rocaeditorial.com
www.rocaeditorial.com

Impreso por Brosmac, S.L.
Carretera de Villaviciosa - Móstoles, km 1
Villaviciosa de Odón (Madrid)

ISBN: 978-84-92429-96-7
Depósito legal: M. 19.540-2009

A mi esposa, Renata, y a mis hijos —Julitta,
Dominic y Sebastian— por no perder la fe

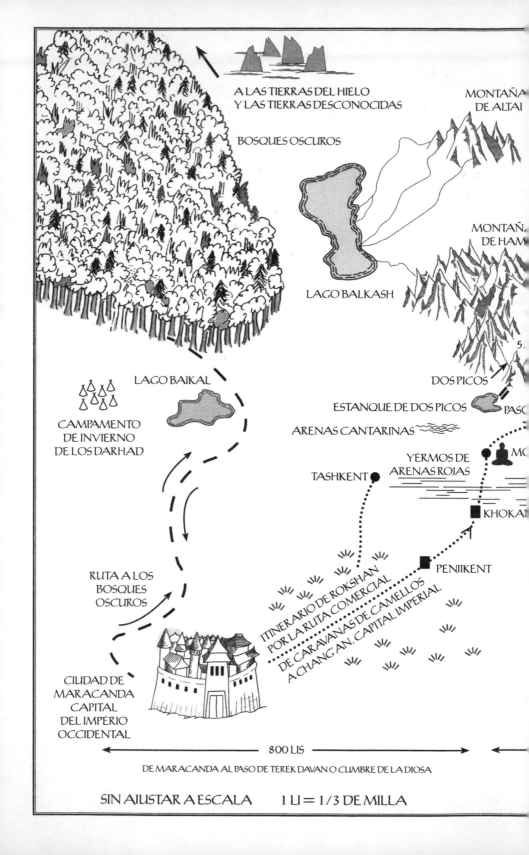

Personajes

Dioses, inmortales y espíritus custodios

Señor de la Sabiduría, dios supremo, creador
del cielo, de la tierra y de todo cuanto hay en ellos.

Chu Jung, espíritu del fuego y ejecutor celestial
(primer servidor del Señor de la Sabiduría).

Corhanuk, espíritu custodio superior
y mensajero del Señor de la Sabiduría.

Sombra Sin nombre, espíritu custodio superior
caído (en otro tiempo favorito del Señor
de la Sabiduría).

Rey Carmesí, espíritu custodio superior caído,
guardián de las puertas del infierno.

Espíritu del Jade, espíritu custodio superior.
caído, guardián de la Rueda del Renacimiento.

Beshbaliq, espíritu custodio menor caído,
cómplice de la Sombra.

Espíritu de los Cuatro Vientos, espíritu de la naturaleza.

Kuan Yin, diosa de la misericordia y protectora
de los viajeros.

Guan Di, dios de comerciantes, eruditos
y guerreros.

Shou Lao, narrador.

Caballos y dragones

Observador de Estrellas, señor de los caballos, semental gris, no tiene amo.
Brisa Susurrante, yegua alazana, montura de Cetu.
Recolector de Tormentas, semental negro, hermano de Brisa Susurrante, montura de Zerafshan.
Han Garid, señor de los dragones del trueno.

Los Jinetes Salvajes

Cetu, maestro del Método, mentor de Rokshan,
jefe no electo del clan Quinto Valle.
Draxurion, jefe de clan de los Jinetes de la Estepa.
Gandhara, jefe de clan del Primer Valle de los Jinetes.
Akthal, jefe de clan del Segundo Valle de los Jinetes.
Mukhravee, jefe de clan del Tercer Valle de los Jinetes.
Sethrim, jefe de clan del Cuarto Valle de los Jinetes.
Lerikos, hermano de Gandhara, explorador.
Kezenway, hijo de Lerikos, explorador.
Salamundi, joven guerrero del Primer Valle de los Jinetes.
Hermandad de las serenadhi, cantoras de caballos.
Sumiyaa, principal cantora de caballos.

Maracanda
Populosa capital del Imperio Occidental de China

Naha, fundador de la casa comercial de los Vaishravana.
Zerafshan, hermano de Naha, anteriormente
agregado militar en la corte imperial y comandante
del cuerpo de caballería imperial.
An Lushan, hijo mayor de Naha.
Rokshan, hijo menor de Naha.
Jiang Zemin, jefe del Consejo de Ancianos.
Kanandak (Kan), acróbata, el mejor amigo de Rokshan.
Ah Lin, fámula de los Vaishravana.
Vagees Krishnan, amanuense mayor.

Gupta, hijo de Vagees, jefe camellero.
Chen Ming, jefe de caravanas, amigo de Naha.
Qalim, escolta de caravanas.
Bhathra, escolta de caravanas.

Pueblo de los darhad, nómadas del norte

Sarangerel, tejedora de sortilegios, sanadora.
Lianxang, nieta de Sarangerel, amiga de Rokshan y de An Lushan.
Dalgimmaron, forjador de leyes.
Zayach, rastreador.
Mergen, rastreadora.

Ciudadela del monasterio de Labrang

El abad, Primero de los Elegidos, el organismo rector
de la hermandad de las Tres Liebres Una Oreja.
Sung Yuan, monje guerrero.

En otro lugar del imperio

Emperador H'sien-tsung, *Hijo del Cielo,* gobernante
despótico de China y de todas las Tierras Conocidas.
Arkan Shakar, general de brigada de la caballería ligera imperial.
Vartkhis Boghos, acaudalado mercader armenio,
rival implacable de los Vaishravana.

Monedas: *celehk* y *taal.*

Medidas de longitud: *li*: milla china, alrededor
de un tercio de milla *yin*: un metro, aproximadamente.

1 círculo de vela: 1 hora.

... En el principio el Señor de la Sabiduría estaba solo. Dueño y señor de la Creación, quiso compartir las maravillas del mundo que había forjado y contempló de nuevo los cinco elementos valiosísimos con los que había dado forma a todas las cosas: agua, tierra, madera, fuego y metal.

Insuflando su aliento otra vez en cada uno de ellos, hizo aparecer un sinnúmero de colores, formas y sentimientos que bailaron una loca danza de vida. Pero el Señor de la Sabiduría se cansó de la danza y los transformó en espíritus, los llamó espíritus dragontinos porque ardían esplendorosos con el fuego de la vida.

Los envió al mundo para que vivieran en él, y allí se convirtieron en espíritus invisibles de bosques y montañas, ríos y arroyos, lagos y océanos, valles, llanuras y desiertos. Creó entonces espíritus custodios para que los sirvieran y también envió a algunos de éstos al mundo, donde asumieron la forma de hombres y mujeres. Pero con el paso del tiempo olvidaron a los espíritus dragontinos con los que habían compartido el mundo al principio, y éstos fueron presa de los celos, creyeron que la humanidad había dado la espalda al Señor de la Sabiduría, y, empujados por la envidia y la cólera, transmutaron en monstruos.

Los espíritus dragontinos del fuego fueron los más feroces e impetuosos de todos. Despojándose de su invisibilidad, adoptaron el aspecto más pavoroso, desarrollaron alas para dominar el cielo, y asumiendo forma de dragones, sembraron el terror entre las gentes...

Fuente: desconocida, pero se cree que pertenece a *El libro de Ahura Mazda, Señor de la Sabiduría*; fragmento de un rollo de pergamino hallado en 807 d. C. por un enviado imperial de camino a Maracanda.

Prólogo

Muchos eones atrás, en los albores de la historia

Chu Jung, espíritu del fuego y ejecutor celestial al servicio del Señor de la Sabiduría, se erguía como un coloso sobre el mundo con un pie en los océanos y el otro en los continentes para enfrentarse al último y más poderoso de todos los espíritus dragontinos.

Consumidos por la envidia a la humanidad, Han Garid y sus semejantes se convirtieron en monstruos que mataban y devoraban a quienes antaño, siendo espíritus de la naturaleza, amaron.

—¿Por qué os alzasteis contra el Señor de la Sabiduría? —increpó Chu Jung con voz atronadora. Sostuvo en alto el Talismán mientras movía un brazo sobre los océanos, y los gritos lejanos de un millar de dioses demonios emergieron violentamente desde las profundidades. A una orden de Chu Jung las aguas de los océanos se elevaron más y más hasta formar una catarata altísima y reluciente que llegó al cielo. El sol se ocultó y la oscuridad cayó sobre el mundo, pero Han Garid lanzó su desafío con gritos estruendosos:

—¡Soy Han Garid, señor de los dragones del trueno! Ni siquiera las aguas de todos los océanos del mundo extinguirán mi fuego. ¡Únete a nosotros, Chu Jung, y juntos gobernaremos la tierra y dominaremos el cielo!

Acto seguido lanzó un terrible rayo de fuego que retumbó y chisporroteó alrededor de ambos, pero el propio manto de fuego de Chu Jung lo protegió, y, en la penumbra desgarrada, contempló al monstruo en que Han Garid se había convertido.

El señor de los dragones del trueno era inmenso, tan largo como nueve caballos uno detrás de otro, por lo menos, y la envergadura de las alas debía de igualar la longitud de cinco equinos; protuberancias óseas le surcaban la cara, y en su enorme cabeza de reptil lucía un cuerno, que medía como el brazo extendido de un hombre y se curvaba hacia atrás en forma de pico; los ojos, rojos y penetrantes, despedían un brillo de cruel inteligencia, mientras que el intenso colorido de la piel —un reverbero entre dorado y verde, surcado por un azul increíblemente claro— era la única reminiscencia que quedaba del hermoso espíritu que había sido en otro tiempo.

—Te aliaste con el espíritu custodio rebelde que antes era el predilecto del Señor de la Sabiduría; se proponía implantar el mal en el mundo y erradicar el bien para siempre con la ayuda de sus dos espíritus afines, pero ha sido vencido y en este momento espera su castigo —le dijo Chu Jung—. Así que debes presentarte tú también ante el Señor de la Sabiduría para conocer tu destino y ser testigo del que le aguarda a tu colaborador.

Han Garid resopló con desdén y expulsó un rayo de fuego al tiempo que extendía las alas, pero Chu Jung ordenó a las aguas que se precipitaran sobre él con estruendo y lo envolvieran como si fueran una red inmensa. El dragón del trueno se debatió en vano, mientras las aguas de todos los océanos del mundo extinguían su fuego para siempre.

Después Chu Jung recogió al dragón ígneo y lo condujo a presencia del Señor de la Sabiduría, que los esperaba en los límites del universo sin dejarse ver.

Allí, aquel que creó el cielo y la tierra y todo cuanto hay en ellos pronunció en primer lugar su terrible veredicto sobre quien fuera su predilecto entre todos los espíritus custodios, pero que osó rebelarse contra él:

—De ahora en adelante no tendrás nombre y sólo serás una sombra, un gemido del viento en la oscuridad. Erradicaré tu recuerdo de la memoria de todas las criaturas mortales, y mi mensajero, Corhanuk, dará testimonio a tus cómplices de lo que ha sido de ti.

Entonces el Señor de la Sabiduría pronunció las palabras sagradas y creó el Arco de Oscuridad entre el espíritu custodio caído y el mundo de los vivos; luego lo selló con la recitación de su nombre, nombre que nunca volvería a pronunciarse. Y el espíritu custodio caído, desde entonces conocido como la Sombra, quedó desterrado para siempre.

El Señor de la Sabiduría contempló a Han Garid, y la tristeza le empañó la mirada al ver en qué se había convertido la primera de sus maravillosas creaciones. Pero no tuvo fuerzas para destruir a sus criaturas primogénitas.

—Lleva a Han Garid al Estanque de la Vida, junto a los espíritus dragontinos del aire y del agua y todos los de su especie —le ordenó a Chu Jung—. Allí los despertarás para que renazcan.

Chu Jung cumplió las instrucciones recibidas, y su señor, en su sabiduría, forjó la esencia de los espíritus dragontinos de un fuego tal que jamás morirían, y plantó la chispa más pequeña de la inmortalidad de Han Garid en lo más profundo del alma de sus criaturas más bellas y nobles, a las que se les dio el nombre de caballos-dragón.

Entretanto Corhanuk se apresuró a dar testimonio del castigo impuesto por el creador. Pero algo se había agitado en lo más profundo de su ser cuando presenció el destino fatal de la Sombra… Y le corroyó un ansia incipiente del poder que el espíritu custodio caído había estado a punto de arrebatar al Señor de la Sabiduría. Un plan muy diferente comenzó a tomar forma en el maquinador corazón del mensajero, un plan tan ambicioso que comprendió que tardaría eones en realizarse. Sabía que debía ser paciente y astuto si iba a servir a otro señor, uno que sin duda lo recompensaría bien si él, Corhanuk, lograba librarlo de su eterno confinamiento.

A partir de ese momento y por encima de todo, concibió como único propósito liberar a la Sombra atrapada tras el Arco de Oscuridad a fin de que se enseñoreara nuevamente de la tierra y gobernara el cielo.

19

PRIMERA PARTE

Maracanda, 818 d. C.

Capítulo 1

Un regreso inesperado

Mientras los primeros rayos del sol proyectaban sombras alargadas sobre la capital del Imperio Occidental, Kan corría por las calles desiertas y polvorientas de Maracanda; inhalaba a bocanadas el aire frío y saltaba por encima de los cuerpos de la gente que dormía en las calles del Gran Bazar. Dentro de un par de horas el calor extremo de las últimas semanas se posaría sobre la ciudad como un manto.

Era pleno verano, y en el laberinto de callejones serpenteantes que rodeaban el Gran Bazar se acumulaban montones de basura sin recoger. Hacía bastante tiempo que no soplaba el viento en las llanuras, y la hierba estival, por lo general tan exuberante y verde, iba adquiriendo un color marrón agostado. Los vientos refrescantes del norte no habían llegado, y Maracanda se cocía con el calor; la gente murmuraba que era un mal presagio, otra mala señal de los tiempos turbulentos que corrían.

Kan era acróbata; sólo tenía trece años, pero había viajado con la gente del circo por las calzadas comerciales que surcaban el imperio, en una y otra dirección, durante más tiempo que cualquiera de sus amigos. De entre éstos, el más apreciado era Rokshan, hijo menor de uno de los mercaderes más ricos de la ciudad, una familia poderosa de comerciantes dirigida por el formidable Naha Vaishravana. Kan estaba impaciente por contarle que su narrador preferido, Shou Lao, a quien todos conocían como el Anciano de los Mercados, había regresado formando parte del último espectáculo del circo.

Shou Lao no había estado en Maracanda desde hacía muchos años, y Kan estaba dispuesto a apostar diez *taals* de plata a que traía un montón de relatos nuevos y maravillosos para contar. El muchacho llamó a la maciza puerta principal de dos hojas, construida en el centro exacto de la fachada de la casa de Rokshan. La fámula, Ah Lin, abrió una de las hojas apenas una rendija para ver quién llamaba a una hora tan intempestiva, pero esbozó una sonrisa complacida de bienvenida, que le remarcó las arrugas del rostro, cuando comprobó de quién se trataba.

—¡Kanandak, maestro acróbata, ha regresado por fin a la Ciudad de los Sueños del Imperio Occidental! —entonó Kan con su mejor voz de director de pista al tiempo que hacía una profunda reverencia y sonreía a la mujer, tras realizar un círculo perfecto de volteretas de costado.

—Entra, entra, antes de que despiertes a toda la casa… Conque «maestro acróbata» ¿eh? —Ah Lin soltó una risita divertida.

—No, no puedo entretenerme. ¿Está despierto Roksy? ¡Tiene que ir enseguida a saludar a una persona a la que no ve desde hace un montón de años! Dile que Shou Lao, el viejo narrador, está aquí, y que se reúna conmigo en la puerta de la escuela dentro de dos círculos de vela.

Y de inmediato desapareció calle abajo en un vertiginoso remolino de saltos mortales y volteretas.

Ah Lin recordó la última vez que el viejo narrador estuvo en Maracanda. Poco después de que se marchara, la joven señora de la casa y madre adorada de Rokshan contrajo unas fiebres misteriosas y murió. A la anciana criada siempre le había parecido una coincidencia extraña, aunque quizá sólo se trató de eso —una coincidencia—, pero no fue capaz de quitárselo de la cabeza ni entonces ni ahora cuando todo le vino de golpe a la memoria.

Mientras sonreía preocupada, vio alejarse a Kan y se hizo la señal del dragón (una especie de «S» que representaba la forma sinuosa de la criatura mítica) con la uña del pulgar en la frente, en la boca y en el pecho para protegerse de malos espíritus; después cerró la puerta haciendo el menor ruido posible y se perdió en el interior de la casa.

A la Escuela de Enviados Especiales de Maracanda acudían alumnos de todo el imperio, chicas y chicos que querían formarse como enviados destinados a puestos diplomáticos de relevancia por todas las Tierras Conocidas. Rokshan tenía catorce años y todavía le quedaban otros dos de estudios.

La escuela se ubicaba cerca del Gran Bazar, en el centro de la ciudad. El ruido de fondo producido por el runrún y el vocerío del enorme mercado le resultaba extrañamente reconfortante a Rokshan, quien meneó la cabeza para espabilarse y se pasó los dedos por la espesa mata de cabello castaño que llevaba largo para tapar una malformación de nacimiento: sólo tenía una oreja. A él no le molestaba semejante defecto —oía a la perfección—, pero de cualquier modo prefería tapar el pequeño muñón de cartílago que ocupaba el lugar de la otra oreja. Sin embargo, en ese momento habría preferido llevar la cabeza afeitada porque así iría más fresco, pues incluso a una hora tan temprana, el calor ya molestaba; el sudor le había humedecido la túnica de lino, y los pies le resbalaban en las ligeras sandalias de cuero. ¿Dónde se había metido Kan? Qué típico de él dejar un mensaje emocionante y después no aparecer.

Mientras observaba el constante raudal de gente que se dirigía al Gran Bazar, en el que se compraba, se trocaba, se vendía y se cambiaba absolutamente de todo procedente de cualquier rincón del imperio, vio a una familia de mercaderes tratantes de algodón que caminaba tambaleándose bajo el peso inestable de los rollos atados a la espalda.

Comerciar, comprar y vender era la savia de la ciudad de Maracanda, el medio de vida de la familia de Rokshan, así como el de centenares de familias más. El muchacho ayudaba cuando podía arañar un poco de tiempo a sus estudios, y le encantaba captar y descubrir las gangas en las caravanas que llegaban del este o en las que iban de camino a la capital imperial.

El padre de Rokshan no comerciaba sólo con algodón, sino también con damasco, seda, especias, hierbas y productos hortícolas; asimismo compraba y vendía todo tipo de enseres para la casa: mesas y sillas, aparadores, divanes, retablos, vasijas de barro, artículos de cerámica y vajillas de porcelana para las mesas de los mercaderes ricos; importaba juegos de ajedrez de marfil tallados exquisitamente y tableros del más duro ébano traídos de las lejanas junglas de los reinos del Imperio Meridional, así como intricadas tallas de dragones de jade de formas y tamaños de lo más variado para guardar la puerta de toda buena casa que se preciara en Maracanda, casas a las que traían buena suerte y ventura. A los espíritus dragontinos también se los consideraba heraldos de crecidas y lluvias, así que el comercio de las tallas de jade había sido muy activo.

—¡Roksy! ¿Vas a venir o piensas quedarte plantado ahí todo el día? —Poniendo en práctica uno de sus viejos trucos, Kan había salido de la nada un poco más adelante, calle abajo, y hacía el pino con las piernas apoyadas en la pared.

—¡Voy, voy! —gritó el aludido mientras se abría paso entre la multitud—. Bien, ¿qué es todo eso sobre Shou Lao?

—¡Te costará dos *taals* de plata! —respondió Kan al tiempo que arqueaba la espalda y se ponía de pie de un salto. Se escabulló cuando Rokshan alargaba el brazo para agarrarlo—. ¡Sígueme, Roksy, y no te quedes rezagado! —Kan miró hacia atrás y se echó a reír.

Salió de la calle principal y se metió por el laberinto de callejuelas sinuosas en dirección a la Puerta de Oriente de la ciudad que marcaba el comienzo —o el final— de la calzada en dirección a Chang'an. Profiriendo un grito exasperado, Rokshan fue tras él. Corrieron alrededor de puestos y talleres que atestaban esa parte de la ciudad como si en ello les fuera la vida.

—¡Calma, chicos, calma! ¿Acaso cabalgáis en caballos-dragón? —les gritó un vendedor de alfombras cuando frenaron un poco para doblar una esquina. En ese momento un chirriante carro de bueyes cargado hasta los topes con altos cestos de mimbre apareció por la misma esquina. Rokshan se dio cuenta de que no tenían la menor posibilidad de evitar a los plácidos animales que tiraban del carro. ¡Cataplum! Kan soltó un grito ahogado de dolor y se apretó el tórax tras rebotar contra el enorme y sólido cráneo de uno de los bueyes.

Cayó hecho un ovillo, y Rokshan no pudo esquivarlo al doblar a su vez la esquina y se fue de bruces al suelo. El buey y su sorprendido compañero se detuvieron en seco un instante, y después echaron la cabeza hacia atrás, asustados y aturdidos.

—¡So, so! —gritó el vendedor de cestos mientras intentaba controlar a los animales—. ¡Idiotas! ¡Apartaos de ellos! —Los dos muchachos trataban de tranquilizar a los espantados bueyes—. ¡Maldita prole incubada con aliento de dragón! —maldijo el carretero chasqueando el látigo cerca de ambos chicos. El repentino movimiento de los bueyes había desplazado la carga, y provocó la caída en cascada de los cestos de mimbre.

El enfurecido vendedor bajó de un salto, látigo en mano, y salió en persecución de los dos amigos, porque éstos, con muy buen criterio, decidieron no ayudar al dueño del carro a arreglar el estropicio que habían ocasionado.

—¡Zopencos! ¡Por las barbas ardientes de Han Garid, volved aquí! —chilló el hombre, pero ellos ya habían desaparecido—. ¡Idiotas! Como os atrape os desollaré vivos…

En su precipitada huida, aunque amortiguados por sus propias risas, oyeron los gritos del vendedor.

Se acercaban a la barbacana de la Puerta de Oriente; las dos torres de la entrada tenían una altura de veinte *yins* y flanqueaban las puertas fortificadas que se cerraban y atrancaban todas los días al atardecer. Al aproximarse vieron guardias equipados con lanzas que patrullaban las murallas. Había ocho puertas barbacanas de acceso a la ciudad, todas ellas sumamente protegidas.

Se abrieron paso a empujones a través del raudal constante de personas hacia el caravasar —una serie de callejas entrecruzadas, tiendas de té y casas de huéspedes con patios a cielo abierto— que se alzaba justo al otro lado de las murallas de la ciudad. En ese lugar se albergaba una población flotante de centenares de mercaderes y viajeros que pasaban por Maracanda a diario. Cualquier narrador que mereciera el pan que se comía encontraría allí una audiencia bien dispuesta, y los muchachos sabían que Shou Lao era uno de los mejores.

Enseguida localizaron dónde estaba. En el gran patio de una de las mejores casas de huéspedes había reunida una multitud; era un lugar fresco y umbroso, con una fuente cantarina en el centro. Madres y niños, muchachos y chicas, personas mayores —hombres y mujeres—, viajeros e incluso algunos de los vendedores del mercado que hacían un alto en la tarea esperaban con impaciencia la aparición del anciano. En medio de un animado murmullo de conversaciones expectantes, los dos muchachos se acomodaron en los peldaños de la balaustrada cubierta que circundaba el patio.

—Fíjate, allí, junto a la entrada. —Kan dio un codazo a Rokshan—. Tu hermano... ¡Y Lianxang! Hacía tiempo que no la veía.

Rokshan miró en la misma dirección y saludó con la mano, pero los otros dos se hallaban absortos en la conversación y no los vieron. Su hermano, An Lushan (a quien todos llamaban An'an, excepto su padre), era tres años mayor que Rokshan y acababa de terminar el último trimestre en la Escuela de Enviados Especiales. Sin embargo, no asistiría a la Academia Han Lin, en Chang'an, para seguir los estudios de diplomático, sino que se dedicaría al negocio familiar. Cierto día, siendo ambos pequeños, le dijo con solemnidad a su hermano menor que sería aún más rico y más importante que el gran Vartkhis Boghos, un mercader famoso en todas las Tierras Conocidas, y —se rumoreaba— tan acaudalado que sólo tenía que soplar sobre cualquier cosa para convertirla en oro. A Rokshan le sorprendió ver allí a An'an, porque su hermano desestimaba los relatos antiguos con desdén; él sólo vivía para los negocios y el comercio.

La amiga que lo acompañaba era una alumna de la escuela; se llamaba Lianxang. Era alrededor de un año mayor que Rokshan y procedía del remoto norte del imperio; sólo hacía un año que acudía a la escuela, pero la viveza mental de la muchacha impresionó a todo el mundo. Esbelta y ágil, llevaba el cabello corto y un largo estilete a la cadera. Rokshan le había hecho a menudo preguntas sobre su gente, los misteriosos darhad, un pueblo nómada del norte que siempre se había mantenido aislado del resto del imperio, pero ella le respondía siempre con evasivas o se reía, y se encogía de hombros. Pero Rokshan sabía que a Lianxang —igual que le ocurría a él— le encantaban los relatos antiguos. Con frecuencia la había visto en la biblioteca, absorta en la lectura de rollos de pergamino, y sospechaba que los viejos mitos y leyendas significaban para ella mucho más de lo que habría querido admitir. Sin duda, su presencia allí era la razón de que su hermano se encontrara entre la multitud.

Todos los reunidos guardaron silencio cuando un niño de la primera fila señaló hacia una de las entradas en forma de arco que había alrededor del patio, aunque se percibían un rebullir generalizado y carraspeos nerviosos entre el gentío, ansioso por ver aparecer al anciano. Pasaron un par de minutos antes de que se oyera un débil y repetido golpeteo al otro lado de la arcada; entonces se produjo una unánime exclamación ahogada y todo el mundo hizo un gran esfuerzo para atisbar al renombrado narrador…

29

Capítulo 2

El narrador

*L*as miradas seguían los débiles pasos del anciano, que caminaba arrastrando los pies a lo largo de la pasarela cubierta y se apoyaba con firmeza en un bastón de marfil tallado con el que golpeaba el suelo de piedra a cada paso que daba. La edad lo había encorvado tanto que casi no llegaría al hombro de los chicos más jóvenes que había entre los asistentes. A Rokshan le asombró el aspecto del narrador tanto como la última vez que lo vio, a los ocho o nueve años; era un personaje que podría haber salido de cualquiera de las pinturas antiguas de los pergaminos de la biblioteca de la ciudad en las que aparecían cortesanos del emperador. Rokshan pensó que era probable que también oliera a biblioteca, ligeramente mohoso, a cerrado.

Avanzaba despacio, así que la gente tuvo ocasión de echarle un buen vistazo. Con la excepción de la coleta trenzada, canosa por la edad y larga hasta la mitad de la espalda, llevaba completamente afeitada la cabeza apergaminada; mantenía los ojos entornados, casi cerrados, la nariz era larga y carnosa, y se había aceitado la luenga barba, también canosa. Vestía un ropón de seda de color carmesí desvaído, de mangas anchas y sujeto con un cinturón, lo bastante largo para taparle los pies calzados con sandalias; un par de frasquitos de perfume colgaban del ceñidor, uno en cada cadera.

Por fin, en lo alto de un rellano de la escalera que bajaba hasta la fuente, el anciano se detuvo, se giró un poco y dijo:

—Saludos, gentes de Maracanda. Que Kuan Yin, diosa de la misericordia y protectora de los viajeros, vele siempre por vosotros.

Su tono fue sorprendentemente claro al pronunciar el saludo tradicional de los viajeros en las antiguas rutas de comercio, antes de acabar de bajar los escalones, y poco después se sentó en el fresco banco de mármol que rodeaba la fuente.

En aquel caluroso mediodía, el bullicio del caravasar y del Gran Bazar se había amortiguado hasta quedar reducido a un apagado murmullo. La audiencia casi no se atrevía a respirar mientras aguardaba y se preguntaba qué iba a contar el Anciano de los Mercados. Una madre acunó a su bebé, que lloraba; Kan dijo algo, pero Rokshan le dio un codazo para que se callara.

—Gentes de Maracanda —repitió Shou Lao, y, mientras su voz levantaba ecos en el patio, señaló a los más pequeños sentados en primera fila—. Niños y niñas... Muchos de los presentes me habéis oído contar historias y leyendas antiguas, de cuando el mundo era joven y todas las Tierras Conocidas y las Desconocidas formaban una unidad. Pues bien, recordadlas porque una de ellas relata una historia que tal vez la continuéis hoy algunos de vosotros, aquí mismo.

El anciano narrador se tomó un respiro y reprobó con la mirada a unos niños que, culebreando entre la multitud, se habían agrupado a sus pies, aunque, sofocados a causa de la expectación, no paraban quietos de impaciencia.

—Pero quizá debería comenzar con la historia de cómo adquirió su nombre el espíritu custodio caído que se convirtió en el guardián de las puertas del infierno.

Se le apreció un centelleo en los ojos cuando los niños aplaudieron y vitorearon ante la perspectiva de escuchar uno de sus relatos preferidos. Rokshan recordaba lo que se asustó la primera vez que lo oyó; por entonces no debía de tener más de cuatro o cinco años, pero la historia del Rey Carmesí (llamado así porque, encadenado cerca del fuego rugiente del infierno, le ardía la piel a perpetuidad en cumplimiento de su castigo eterno por haberse rebelado contra su creador, el Señor de la Sabiduría) lo impresionó muchísimo.

Shou Lao relató la conocida historia, y a continuación los

chicos mayores —An Lushan servía como indicativo— fastidiaron sin compasión a sus hermanos pequeños con imitaciones espeluznantes del fiero espíritu custodio caído.

Entonces el narrador sacó un cestillo de cuero, de aspecto deteriorado, y lo pasó entre los oyentes; el tintineo de las monedas que caían en el capacho fue el único sonido que se oyó hasta que el anciano les habló de nuevo:

—Gentes de Maracanda, he dicho que una de las historias de hace mucho tiempo podrían retomarla algunos de los que os encontráis hoy aquí. Pero tal vez penséis que sólo son fantasías de un viejo; argumentaréis que la historia de vuestros antepasados, que se convirtió en leyenda y luego devino en mito, se ha olvidado junto con las profecías y ahora está perdida para siempre... —Hizo una pausa con el deseo, en apariencia, de inmovilizar a los presentes con su penetrante mirada a pesar de entrecerrar los párpados. Rokshan apartó la vista cuando el narrador se demoró un instante observándolo a él.

»¡O también puede que algunos de vosotros terminéis los estudios aquí, en la famosa Escuela de Enviados Especiales de Maracanda!

—Se acordará de nosotros... O al menos de ti. —Kan miró con asombro a su amigo, pero Rokshan volvió a darle un codazo. No quería perderse una sola palabra de lo que el anciano decía.

—Y eso es lo que he venido a contaros hoy, porque son muchas las cosas que nuestros antepasados sabían y que no se tendrían que haber olvidado, si bien no todo se ha perdido. Escuchad con atención porque, de entre todos mis relatos, deberíais tener éste muy en cuenta.

»Habréis oído contar la historia de Chu Jung y su triunfo sobre los antiguos dragones... —Al escuchar estas palabras, los pequeños aplaudieron y vitorearon de nuevo porque creían que iban a escuchar otra de sus historias favoritas, y muchos asintieron y hubo cuchicheos de aprobación entre la concurrencia.

»Y cómo se destruyó la maldad de los antiguos dragones que, tras renacer por misericordia en el agua, volvieron a ser espíritus de la naturaleza con los que estáis familiarizados hoy día. La leyenda cuenta que algunos dragones renacieron como «caballos celestiales» (así los llamaban en la antigüedad), seres en parte caballos y en parte dragones, capaces de volar; criaturas que (de tal modo lo han creído siempre nuestros emperadores) los conducirían al cielo cuando su tiempo en la tierra hubiera acabado. La leyenda pervive en los caballos-dragón del reino de los Jinetes Salvajes. Al menos todo esto lo sabéis.

Shou Lao tenía embelesada a la audiencia a pesar de que sólo estaba relatando el final de la historia.

—Y todos sabéis también que Chu Yung separó el Talismán, que utilizó para capturar el aliento abrasador de los dragones, del Báculo, que elaboró con la madera del Árbol del Paraíso como regalo al Señor de la Sabiduría, para que así —el uno sin el otro— fueran ineficaces para siempre, y es por ello que nunca deben juntarse de nuevo. —Elevó un poco el tono para recitar el antiguo verso que Rokshan había oído tantas veces con anterioridad.

Aquel que sostenga el Báculo a largo de las eras
del maligno, crecido en osadía, oirá la orden:
«¡El Talismán de tiempos remotos ve a buscar!».
Y se dejará embaucar y perderá el rumbo.
Mas, quien al Señor de la Sabiduría sirve
recorre el camino recto y no se desviará.

Se tomó otro respiro, y, de nuevo, a Rokshan le pareció que le clavaba la mirada por entre los párpados semicerrados, antes de encogerse de hombros un poco e inclinarse hacia delante asido con las dos manos al extremo del bastón.

—Así es y así continúa; una leyenda no es más que una leyenda. Mas ¿qué nos cuenta? Los Jinetes Salvajes poseen sus caballos-dragón, llamados así porque se los venera como descendientes de los caballos celestiales, pero, pese a todo, no dejan de ser caballos normales.

»Aunque si creéis que eso es todo lo que nos explica la leyenda, os equivocáis —añadió Shou Lao en voz baja. Daba la impresión de que los ojos le llameaban al observar con intensidad a la multitud.

—Pobladores de Maracanda, vuestro reino limita con los valles de los Jinetes, y os digo que una sombra crece aquí, en el oeste; una sombra que se extiende por las Tierras Conocidas y que incluso se desliza sigilosamente hacia las Tierras de los Bárbaros, buscando los poderes inmemoriales que le fueron entregados a Chu Jung, para controlar una magia tan inmensa que hasta el Señor de la Sabiduría se estremece ante sus poderes destructivos. Los antiguos pergaminos lo profetizaron, y yo os aseguro que en este mismo instante se desarrollan acontecimientos que atestiguan la exactitud de tal vaticinio.

El narrador apoyó el peso del cuerpo en el bastón, se incorporó e hizo acopio de toda su energía para que la voz sonara fuerte y clara:

—Hablo del fin de los imperios, gentes de Maracanda, de China y de todas las Tierras Conocidas, e incluso de las Tierras Desconocidas y de más allá… Todos los pueblos se debilitarán y sucumbirán. El antiguo poder rebulle y de nuevo se corromperá: ¡el dragón dormido se despierta!

—¿Qué clase de relato es éste, anciano? ¿Quién despierta al dragón dormido?

Shou Lao dirigió la vista hacia donde se encontraba An Lushan, acompañado de Lianxang; fue como si el viejo narrador hubiera sabido de inmediato quién había planteado la pregunta que se hacía todo el mundo.

—¿Te gustaría saberlo, An'an?

Rokshan dio un respingo y se preguntó cómo había reconocido el anciano a su hermano si hacía casi diez años que no lo había visto, y, aun entonces, sólo habría sido una cara pequeña y excitada, una más entre muchas otras. Se notaba que An'an también se había sorprendido.

—Del siervo del Sin Nombre es de quien hablo —repuso Shou Lao—. Presta sus servicios a la Sombra, el señor del mal; estudia concienzudamente el antiguo saber y planea utilizar el poder de los dragones primigenios para sus propios fines. Hay que detenerlo antes de que sea demasiado tarde. Pero queda una pequeña esperanza: un antiguo rollo de pergamino descubierto en el reino de los Jinetes Salvajes que vaticinaba este momento. Me refiero al enigma del Báculo, el Báculo del mismísimo Chu Jung, el poderoso espíritu del fuego y ejecutor celestial, el primero y más devoto servidor del Señor de la Sabiduría.

Exhausto, el narrador se dejó caer en el banco y de nuevo pasó el cestillo de cuero entre la multitud, mientras todo el mundo parloteaba a la vez.

—Hubo un instante en que pensé que había perdido la chispa —dijo un hombre sentado detrás de Rokshan—. Pero en cuanto habló de un enigma, supe que tendríamos lo que esperábamos. Quiero decir que no se puede dejar colgado así un relato, ¿no crees?, porque entonces no sería tal relato. Me refiero a que no tuviera final ¿comprendes?

Un jovencito le devolvió el cestillo a Shou Lao con timidez, y el viejo asintió ligeramente con la cabeza y volvió a ponerse de pie; en las manos sostenía un rollo de pergamino.

—Gentes de Maracanda, escuchad el enigma del Báculo:

El caballo celestial llega,
abrid las puertas lejanas.
Alzad mi cuerpo, oh, bienamados,
voy a la montaña de K'unlun.
El caballo celestial llega,
para el dragón, intermedio.
Viaja a la Puerta del Cielo
y contempla la Terraza de Jade.

35

—Habitantes de Maracanda, habéis escuchado el enigma que ha de resolverse… antes de que sea demasiado tarde.

Enrolló con cuidado el pergamino y se lo guardó debajo del ceñidor sin añadir nada más. Un murmullo excitado zumbó por todo el patio.

Rokshan no lo oyó; el runrún de la multitud le sonaba lejano en tanto que las palabras de Shou Lao le resonaban en la cabeza; por alguna razón parecían muy importantes, como si el narrador le hubiera hablado a él y sólo a él. Se preguntó si los demás pensarían lo mismo; sacudió la cabeza y echó una ojeada alrededor; vio que An Lushan y Lianxang daban media vuelta para marcharse, pero entonces su hermano se detuvo de golpe y lo miró. Después apretó el paso mientras la concurrencia se disolvía, el interés fugaz de la gente por el relato menguaba y Shou Lan desaparecía.

—¡Eh, Roksy! ¿Qué pasa? Oye, Roksy. —Kan observó preocupado a su amigo al tiempo que lo sacudía un poco por los hombros—. ¿Qué te ocurre?

Pero Rokshan no tenía nada que decir; sólo reflexionaba sobre su reacción ante las palabras de Shou Lao, y se planteaba si debía buscarlo para hacerle más preguntas.

Cuando los rezagados hubieron salido, ambos muchachos se quedaron solos en el patio. Rokshan cogió con las manos un poco de agua de la fuente, y, murmurando una oración de gracias al espíritu dragontino del manantial subterráneo por el frescor del agua, se la echó a la cara.

—¿Estás mejor? —preguntó Kan, y Rokshan asintió—. ¡Pues sigues teniendo el aspecto de quien acaba de ver un *kuei*, uno de esos espíritus de los caminos! —bromeó, en un intento de animarlo—. ¿Qué te ha parecido el final del último relato? Ese rollo de pergamino descubierto en el reino de los Jinetes Salvajes, nada menos… Con tantos reinos que hay en el imperio, tenía que ser el de los Jinetes Salvajes… —siguió parloteando con entusiasmo.

—¿A qué te refieres?

—Por las charlas que he tenido con gentes de todos los sitios que visitamos cuando vamos de gira, sé que en la tierra de los Jinetes Salvajes tienen lugar actividades insólitas. ¿No han llegado aún los rumores a Maracanda? Apuesto que a tu padre le interesa lo que ocurre allí… Son los Jinetes Salvajes quienes controlan el paso de Terek Davan.

—Sí, lo sé… Es la principal ruta septentrional que conduce a la capital imperial a través de las montañas Pamir. Mas ¿por qué iba a prestar oídos a los rumores? Es mejor esperar a recibir noticias de mi tío Zerafshan. Apuesto a que en este mismo momento se encuentra con los Jinetes ocupándose de los asuntos del emperador.

—¿Estás seguro de que no han llegado noticias de tu tío, o alguna información sobre él? Según todos los rumores, los asuntos del emperador es lo que menos le ocupa. —Kan observó a su amigo con una mezcla de profunda curiosidad y exasperación—. ¿Qué me dices de esas tormentas tropicales en pleno invierno cuando las temperaturas a la altitud del paso tendrían que ser tan bajas que te congelarían hasta la médula? ¿Y esos chillidos de animales que levantan ecos en los valles altos, cuyo sonido nadie sabe identificar? ¿Se trata de un nuevo cabecilla autoproclamado que incita a los Jinetes a la rebelión? ¿Podría ser ése tu tío? Eso es lo que dicen algunos… ¿No os habéis enterado de nada de estas novedades?

—Mira —contestó Rokshan intentando evitar una inflexión irritada en la voz—, mi padre me contó que a mi tío lo enviaron en misión especial para aplacar a los Jinetes, porque el emperador desea poseer más de esos caballos-dragón, pero no sabemos con certeza qué ha sido de él, ni lo que ocurre en los valles… Y, aun en el caso de que lo supiéramos, eso no nos ayudaría a entender lo que ha contado Shou Lao. Hace siglos que no veo a mi tío. ¡Casi cinco años! De modo que ¿cómo quieres que sepa lo que pasa?

—¿De verdad crees que el anciano hablaba en serio? ¿No te parece que era otro relato más de los suyos?

—¿Y qué quieres que crea, con todos esos comentarios sobre antiguos pergaminos y enigmas? ¡Y con una advertencia a todo el mundo, por añadidura! ¡Pues claro que hablaba en serio! Sólo que no creo que ese aviso estuviera dirigido a todos los… —Rokshan dejó la frase sin acabar, clavados los ojos en el punto donde había estado Shou Lao.

Kan le siguió la mirada casi como si esperara que el anciano reapareciera de repente.

—¿Qué? ¿Acaso te ha parecido que iba dirigida exclusivamente a ti? —preguntó sin saber si Rokshan bromeaba o no.

—Por medio de mi tío, mi familia está relacionada con los Jinetes, nos guste o no. Pero no estoy seguro de que se refiriera tan sólo a eso —replicó Rokshan, que parecía haber tomado una decisión—. Aquí pasa algo más… Lo noto en lo más profundo de mi ser. Kan, ¿adónde ha ido el anciano? ¿Te fijaste?

—¿Qué adónde ha ido Shou Lao? No, no me he fijado. Siempre desaparece así, pero podría preguntar por ahí… A lo mejor tiene intención de quedarse varios días.

—Gracias, Kan. Si lo ves, dile que quiero… Que me gustaría hablar con él —dijo, vacilante—. De momento, creo que iré a la biblioteca de la escuela para ver si encuentro algo que sirva para resolver el enigma. Nunca se sabe…

—Nunca se sabe, es cierto, pero me parece que perderás el tiempo. Bien, debo irme; esta noche damos una función en Lago de Luna y se tarda lo que queda de día en llegar allí. ¿Nos vemos mañana en el mismo sitio?

Kan se alejó dando volteretas laterales, pero desanduvo el camino justo antes de llegar a la entrada de la casa de huéspedes.

—¡Roksy, casi lo olvido! Se trata del viejo amigo de tu padre, Chen Ming, el jefe de caravanas… Me lo encontré en el caravasar nada más llegar; tiene todo dispuesto para partir con su caravana de verano hacia la capital imperial, y me dijo que se aloja en La Cimitarra Desenvainada. ¿Por qué no hablas con él? Se sabe todos los relatos del anciano.

El olor familiar de la biblioteca más grande y famosa del imperio asaltó a Rokshan al entrar en ella. Paladeó el sabor entre rancio y mohoso de aquel ambiente frío, y sintió que se relajaba tras los acontecimientos extraños de aquella mañana. Pero ¿por dónde empezar a desentrañar el enigma?

Se sentó y miró alrededor; faltaba muy poco para que acabara el curso y sólo había un puñado de estudiantes repartidos por la sala. Los anaqueles, que contenían polvorientos rollos de pergaminos y manuscritos atados con holgura, ocupaban todo el perímetro de la estancia y llegaban hasta el techo… Al contemplarlos, se le cayó el alma a los pies, pues tardaría lo que quedaba de verano sólo en revisar el que llevaba por título *Leyendas y mitología*…

Aunque desalentado por la ingente tarea que lo aguardaba, decidió ponerse manos a la obra. Sacó un pergamino al azar, lo desenrolló con sumo cuidado y enseguida se sumergió en las batallas del bien contra el mal en el remoto pasado, mucho antes de que se iniciara la historia del imperio.

No obstante, una y otra vez se dio cuenta de que estaba pensando en el gran mito al que el anciano narrador se había referido en el último relato: Chu Jung y la subyugación de los espíritus dragontinos. La mera idea de que algunos de éstos se habían convertido en los caballos-dragón —o eso contaba la leyenda— lo entusiasmaba de un modo que era incapaz de entender ni explicar.

Echaba un último vistazo entre los centenares de volúmenes más polvorientos cuando, de repente, descubrió un viejo pergamino escondido detrás de otros libros en un estante. Sólo constaba de una página, pero el tema —una sociedad secreta de la antigüedad, la hermandad de las Liebres Una Oreja— le llamó la atención, como si estuviera colocado ahí a propósito para que lo viera.

39

La hermandad de las Liebres es una sociedad secreta
dedicada al culto de un único dios, Ahura Mazda, el
Señor de la Sabiduría, creador del cielo y de la tierra y
de todas las cosas en el principio de los tiempos.
El Señor de la Sabiduría creó ocho inmortales –espíritus custodios que tomaron forma humana– para que
actuaran como sus emisarios y mantuvieran el equilibrio de la armonía y la desarmonía en el mundo. La
hermandad de las Liebres la componen hombres y mujeres normales que están a las órdenes de todos y
cada uno de los inmortales, los cuales pueden adoptar apariencia humana con el disfraz que gusten cuando han de intervenir directamente en los asuntos humanos.
Los Elegidos –doce sacerdotes de alto rango– constituyen el organismo rector de la hermandad. A cada
miembro se lo conoce por el número de su elección –
Primero, Segundo, Tercero...–, si bien no es una organización jerárquica, exceptuando al Primero de los Elegidos a quien se le llama primero entre iguales. Los
sacerdotes poseen sus propios espíritus de aves o de
animales con los que, ellos y solamente ellos, pueden
comunicarse mentalmente.
La hermandad de las Liebres prohíja el culto a todos
los dioses y espíritus como creaciones o manifesta-
ciones del Señor de la Sabiduría, pero bajo ninguna
circunstancia incluye en esta consideración el culto al
emperador como Hijo del Cielo. Por tal razón se la
declaró ilegal en el imperio y ahora es una organización secreta.

Fuente: desconocida

Capítulo 3

Locura imperial

*C*uando llegó ese día a casa, Rokshan estaba cansado y hambriento; habría querido que fuera ya la hora de cenar. De lo que había leído no sacó ninguna pista que arrojara luz sobre el enigma del anciano narrador. Desanimado por no haber tenido éxito, aunque con la esperanza de que Chen Ming pudiera al menos orientarlo en qué dirección indagar, se sintió aún más defraudado cuando fue a La Cimitarra Desenvainada y le dijeron que el jefe de caravanas no se encontraba allí. No le quedó otra opción que dejarle un mensaje.

No había acabado de cerrar la maciza puerta de entrada de su casa, agradecido de escapar del calor que hacía fuera, cuando Ah Lin se le acercó presurosa.

—¿En la calle con este calor, Rokshan? Ven, tienes que beber algo y después recostarte un rato antes de cenar.

Como siempre, era aspaventera con él como una gallina clueca. Después de la muerte de la madre del muchacho, ocurrida varios años atrás, Ah Lin había ocupado su lugar de un modo natural. Rokshan la abrazó con cariño y después de asegurarle que no, que no se había metido en ningún lío, y que no, que en realidad no estaba tan cansado para tener que echarse un rato antes de cenar, la mujer pareció quedar satisfecha y se marchó con rapidez al tiempo que el padre del chico lo saludaba desde otra estancia.

Las habitaciones de la casa de Rokshan eran espaciosas y

elegantes, de techos altos y puertas amplias; frisos de vivos colores adornaban las paredes y alfombras de rica seda cubrían los fríos suelos de mármol. La entrada principal conducía directamente al gran salón de ceremonias, provisto de columnas de madera tallada y techo abovedado de ladrillo, en cuyas paredes se alineaban arcas de oscuras maderas nobles. El padre del muchacho utilizaba esa parte de la casa para dirigir su negocio y celebrar reuniones esporádicas con miembros de las familias más ricas y poderosas de la ciudad; en ese momento paseaba de un extremo a otro, obviamente abstraído. Rokshan identificó de inmediato las señales sintomáticas: el entrecejo fruncido, los suspiros exacerbados, el puño apretado con el que golpeaba el pergamino que leía.

—¿Qué ocurre, padre? —le preguntó al verlo agitar el brazo con exasperación—. ¿Otro informe?

—Sí, sí, otro informe… Increíble… Completamente infundado, estoy seguro… —Dejó la frase en el aire, sin terminar; reanudó su ir y venir por la estancia y se puso a mascullar y a rezongar.

El padre de Rokshan, Naha Vaishravana, era un sogdiano típico: robusto, de cara redonda y barba espesa y encrespada, en la que ya se detectaban algunas hebras grises. Tenía una risa resonante de barítono, y alrededor de los ojos, de color castaño, se le había formado una trama de arrugas a fuerza de sonreír. Había trabajado duramente para alcanzar el éxito, pues inició su negocio partiendo de un comienzo humilde, y el puesto en el mercado pasó a ser uno de los comercios más poderosos, conocidos y respetados de Maracanda.

A Rokshan le preocupó verlo tan agitado; que él recordara, en el último año había recibido más informes de ese tipo que en cualquier otra época. El que sostenía en la mano debía de ser de su jefe de espías en la corte del emperador. Siendo uno de los mercaderes más ricos del reino, disponía de una red de espionaje sin igual, desde Maracanda hasta Chang'an, que recogía información en todos los establecimientos comerciales, pueblos, ciudades mercantiles y acuartelamientos militares a lo largo de las rutas comerciales del imperio. Y saltaba a la vista que no le gustaba ni pizca lo que leía. ¿Quizá su rival comercial y antiguo enemigo —el legendario mercader Vartkhis Boghos, del vecino reino de Armenia— le había ganado por la mano algún contacto comercial que él tenía un interés especial en conseguir?

Rokshan ayudaba con frecuencia a su padre a confeccionar el inventario de mercancías que se vendían durante el viaje de tres mil *lis* hasta la capital imperial. Éste era uno de los viajes más arduos que se podían emprender y en el que se emplearían fácilmente más de dos años tan sólo en completar la ida. En un momento dado la casa comercial Vaishravana disponía de dos o incluso de tres caravanas, de cincuenta camellos o más, yendo y viniendo por las rutas comerciales.

A pesar de que se preparaba para ser un enviado especial, Rokshan deseaba con ardor participar por primera vez en una de esas caravanas. Mientras su padre paseaba arriba y abajo, el muchacho empezó a soñar despierto con altos pasos de montaña y desiertos interminables. El estallido de Naha lo hizo volver de golpe a la realidad.

—¿Qué? ¿Es que su alteza imperial se ha vuelto loco? Nos arruinará. ¡Nos arruinará, Rokshan! No puedo… No puede… ¡Es de todo punto descabellado! —En un arranque de cólera arrojó al suelo el informe del espía, y lo pisoteó.

El muchacho echó un rápido vistazo en derredor para comprobar que no había ningún criado fisgoneando; algunas veces su padre decía cosas que no debería oír nadie que no fuera de la familia, y, por las apariencias, ésta era una de ellas.

—Cálmate, padre —dijo reaccionando con tranquilidad al estallido violento de Naha—, y ten cuidado con lo que dices: las paredes tienen oídos, como no dejas de repetirme. —Recogió el pergamino del suelo—. Las noticias no pueden ser tan malas —añadió en tono apaciguador y a continuación echó un rápido vistazo al informe.

Su padre había llegado a la otra punta del salón en su incesante ir y venir, y en ese momento se daba la vuelta mientras se apretaba las sienes con las manos. Agitó el índice en dirección a su hijo, y le espetó:

—No pueden ser peores. A menos que tu tío consiga adquirir trescientos caballos-dragón de los Jinetes Salvajes, el emperador amenaza con cerrar el paso de Terek Davan. No sólo quiere agregar unas cuantas monturas a los establos imperia-

43

les (lo que supone el incremento del tributo anual correspondiente), sino equipar un regimiento del ejército imperial... «Un cuerpo de caballería de caballos-dragón» dice aquí. —Le quitó el pergamino de un tirón—. Así que para eso envió a tu tío, en la mal llamada misión diplomática, al reino de los Jinetes... ¡Ah! Es obvio que hasta ahora no ha tenido éxito... —Naha se sumió en un silencio iracundo.

—Trescientos caballos-dragón... —repitió Rokshan, estupefacto—. ¡En verdad el emperador se ha vuelto loco! Los Jinetes jamás accederán a entregar semejante número. Si, como todo el mundo sabe, son reacios a entregar el tributo anual de dos caballos, no digamos ya ceder suficientes monturas para un cuerpo de caballería de caballos-dragón.

—Ya han rechazado la petición de tu tío, y el emperador lo utilizará como excusa para poner en marcha una invasión, aniquilarlos y capturar todas sus preciadas monturas... ¡Bah! ¡Está loco! ¡Completamente loco!

—Padre —imploró Rokshan al tiempo que se llevaba el dedo a los labios.

44

Naha le echó una mirada feroz, pero dando la impresión de haber tomado una decisión, dijo:

—De acuerdo, el emperador puede quedarse con sus caballos-dragón. Nosotros somos sogdianos, mercaderes expertos. Nuestra lengua se habla a lo largo de todas las rutas comerciales, desde las calles de Yarkand hasta los valles meridionales de Karakoram, en los desiertos de Kuche, Shorchuk y Gaochang... y en todo el trayecto hasta la capital imperial. Los caprichos de nuestro emperador, a tres mil *lis* de distancia al este, no nos detendrán.

Era verdad. Al pueblo sogdiano —el de Rokshan— se lo identificaba en todas las Tierras Conocidas como comerciante: mercaderes, fabricantes de alfombras, cristaleros y tallistas. A la edad de cinco años, a los niños de Maracanda y de todo el reino de Sogdiana se les enseñaba a leer y a escribir como base fundamental para sus aptitudes comerciales futuras.

—Padre, atiéndeme. El reino de los Jinetes Salvajes linda con el nuestro. Según ese informe, el emperador destruirá a los Jinetes y se apoderará de sus caballos. Como consecuencia, el comercio de Maracanda hacia el este quedará amenazado, porque nadie podrá cruzar el paso de Terek Davan, que es la única ruta a través de las montañas, ruta que los Jinetes Salvajes vigilan estrechamente. El emperador la cerrará hasta que haya aniquilado a los Jinetes, tarde el tiempo que tarde.

—Eso lo sabemos sin necesidad de que mi espía en la corte imperial nos lo diga en un informe. —Naha tenía un gesto adusto.

—Sí, como sabemos también que los Jinetes la defenderán con la vida. Y si tomas el camino equivocado, te arriesgas a entrar en los terrenos de cría de sus sagradas monturas... —No hizo falta que acabara la frase.

La crueldad de la Ley del Trasgresor de los Jinetes era legendaria en todo el imperio aun cuando se había derogado hacía mucho tiempo: sólo a los maestros del Método —instructores del Método del Caballo—, o a las misteriosas cantoras de caballos se les permitía saber la ubicación exacta de los terrenos donde se criaban las sagradas monturas. Se rumoreaba que los Jinetes seguían practicando en secreto su arcaico y bárbaro castigo: a cualquier intruso sorprendido en sus valles lo dejaban ciego para que nunca señalara el camino hacia el lugar sagrado, además de cortarle la lengua para que jamás pudiera hablar de ello.

—Los Jinetes desaparecerán en sus valles secretos y cuevas ocultas, y como las tropas imperiales desconocen el territorio, nunca darán con ellos. Así los Jinetes irán matando a los soldados uno a uno. Puede que dure años, pero los Jinetes resistirán; no se rendirán jamás.

—Tal vez tengas razón, Rokshan. Si estás en lo cierto, tendremos que tomar la ruta más larga del sur y evitar el paso por completo.

—Pero por la ruta meridional se tardarán seis meses más en el viaje a la capital imperial. Además, ¿qué me dices de los estados en guerra que nuestras caravanas tendrán que atravesar? No hay indicios de que vaya a haber paz allí.

—Lo sé, lo sé. Después de que hayamos pagado a los señores de la guerra por pasar por sus territorios, ya no nos quedarán mercancías para comerciar en Chang'an.

Rokshan estuvo de acuerdo. Entonces pensó que aquel era un momento tan bueno como otro cualquiera para sacar el tema de lo ocurrido por la mañana.

45

—Padre, ¿te acuerdas de Shou Lao, el viejo narrador? —Naha asintió, abstraído—. Está de nuevo en Maracanda. Bueno, estaba, porque quizá se haya ido ya. El último relato que contó esta mañana fue... muy diferente a sus otras historias. De hecho, no era un relato en absoluto, sino más bien un enigma.

—¿Un enigma? —repitió su padre con desinterés.

—Sí, eso es. —Rokshan estaba nervioso. Al hablar de ello ahora le sonaba ridículo, pero pese a ello continuó—. Dijo que teníamos que resolverlo antes de que fuera demasiado tarde...

—¿Demasiado tarde para qué? ¿Por qué me molestas con esas incongruencias? —masculló Naha, impaciente.

—No explicó de dónde provenía el enigma, padre, pero afirmó que se descubrió en el reino de los Jinetes. Kan asegura que también corren muchos rumores relacionados con los Jinetes; tienes que haberlos oído. Uno dice que... —Rokshan enmudeció de golpe al ver el gesto ceñudo que ensombrecía el semblante de su padre.

—¡Rumores, muchacho! ¡Las gentes del circo viven de ellos, son el aire que respiran! No puedo confiar en habladurías para estar al corriente de lo que necesito saber, porque me tomo muy en serio el hecho de informarme de lo que sucede. Tu tío, Zerafshan, hace todo lo posible para convencer a los Jinetes. Y tratar esos asuntos lleva mucho tiempo y requiere mucha diplomacia. Conozco a mi hermano y hemos tenido nuestras diferencias, pero eso ha quedado en el pasado. Él no quiso ayudarme cuando nuestro negocio pasaba un mal momento, todavía en sus comienzos, y siguió su propio camino, como ha hecho siempre, con... Dejémoslo en «obstinación». Pero después lo compensó haciéndonos muchos favores cuando estaba en la corte imperial. No debemos olvidarlo.

Los recuerdos que guardaba Rokshan de su tío eran borrosos (hacía mucho tiempo que no lo veía, desde que él contaba ocho o nueve años), y no lo recordaba con exactitud. Le quedaban reminiscencias en la memoria de un aventurero intrépido que olía a sudor y a caballo y que nunca se quedaba más de unos pocos días cada vez que se dejaba ver. Sin embargo, la madre de Rokshan parecía haberse reído mucho durante las infrecuentes visitas de Zerafshan.

—Pero, padre...

—Es todo cuanto tengo que decir sobre el asunto, Rokshan. Las divagaciones de un narrador no me interesan. El paso no se ha cerrado aún y tengo otros planes, incluso si el emperador lleva a cabo su amenaza.

Rokshan conocía a su padre lo bastante para saber que no debía seguir poniendo a prueba su paciencia. Discretamente, se excusó y dijo que lo vería en la cena. Naha entró en su despacho y cerró de golpe la puerta tras él.

Preguntándose qué diantre serían esos «otros planes», el muchacho se dirigió al cuarto de estar, amueblado con divanes y mesas bajas, laqueadas con exquisitez, para cenar en ellas. Esta habitación y la cocina eran contiguas al salón; al otro lado de la cocina se encontraban los alojamientos del servicio y una gran bodega a la que sólo se accedía desde esa parte de la casa; el despacho de Naha Vaishravana se hallaba junto al cuarto de estar. Empezaba a oscurecer cuando Rokshan salió al balcón que se asomaba sobre la ciudad.

Al acostumbrársele los ojos a la penumbra, vio una figura pequeña, a la que creyó reconocer, que se dirigía con lentitud hacia la casa arrastrando los pies.

47

—¿Shou Lao, eres tú? —preguntó con incredulidad, desde el balcón. ¿Qué demonios hacía allí el narrador? La imprecisa figura gesticuló con la mano para indicarle que bajara. Rokshan respondió también con un gesto indicándole que tardaría un segundo, de modo que pasó con sigilo por delante del despacho de su padre, cruzó en silencio el salón de ceremonias y salió a toda velocidad por la maciza puerta de entrada.

Acompañando al gesto de saludo un crujido de huesos, el narrador se inclinó un poco mientras Rokshan se acercaba a él, presuroso.

—Que Kuan Yin, diosa de la misericordia y protectora de los viajeros, vele siempre por ti —pronunció solemnemente el saludo tradicional de los viajeros en las rutas de comercio, y, antes de acabar la frase, alzó las manos al advertir que el chico iba a decir algo—. Debemos disponer de unos minutos a solas. Nadie nos oirá si nos acercamos a la capilla familiar.

—De acuerdo, po... podemos dedicar una plegaria a la diosa —balbució Rokshan. Desconcertado y un tanto alarmado por la repentina aparición del anciano, hizo la señal del dragón sin darse cuenta.

Un vendedor de faroles, casi doblado por la cintura a causa del peso de las variadas lámparas de latón que se balanceaban y tintineaban acompasadamente, pregonaba sus mercancías, y al pasar junto a ellos, los miró con la esperanza de realizar alguna venta.

—¡Aceite para lámparas! ¡Se venden faroles! ¡Se cambia aceite nuevo por viejo! ¡Aceite para lámparas…!

—A los dioses les complacerá tu devoción. ¡Vamos! —murmuró Shou Lao mientras se dirigía renqueando hacia la puerta de la capilla.

Capítulo 4

La hermandad de las Liebres

Rokshan cerró las puertas principales, y se encaminaron hacia el fondo del gran salón, donde se hallaba la capilla dedicada a Kuan Yin, la diosa protectora de la casa. En el altar, tallada con delicadeza en esteatita verde y adornada con aretes de plata y amuletos de oro, se erguía una estatua de aproximadamente la mitad del tamaño natural de la diosa, que esbozaba una serena sonrisa.

El muchacho se acercó al altar, hizo una reverencia y rezó a los espíritus dragontinos para que enviaran lluvias refrescantes. Después hizo otra reverencia a la estatua de la diosa y elevó una silenciosa plegaria antes de volverse hacia Shou Lao; el anciano se había quedado unos cuantos pasos atrás en señal de respeto, mientras Rokshan cumplía con el ritual preceptivo del culto.

Entonces el viejo narrador se adelantó con su peculiar modo de andar arrastrando los pies, y el muchacho percibió el tenue olor característico a rancio y a moho antes de que se mezclara con el incienso que ardía en el altar.

—Mi joven amigo, ya no puedo mantenerte alejado más tiempo de tu destino, un destino que te impedirá seguir las tradiciones comerciales de tu pueblo. Porque debes emprender viaje hacia el lejano este —explicó el anciano— a través de las Montañas Llameantes, en la Tierra del Fuego. Allí encontrarás la corte del Rey Carmesí y al Monje Guardián, a quien sólo tú puedes ayudar; todo lo demás fracasará si no tienes éxito en esta misión.

A Rokshan no le gustaba ni pizca cómo sonaba aquello.

—¿A qué destino te refieres? —exclamó—. ¡Las montañas de las que hablas se encuentran a casi mil *lis* de aquí! Y el Rey Carmesí no es más que una leyenda, uno de tus relatos. ¿Y quién es el Monje Guardián? —Las ideas se le agolpaban en un confuso torbellino. Era como si Shou Lao estuviera afirmando que no tenía más remedio que hacer lo que le decía. ¿Por qué? ¿Y cuándo? ¿Vivían en realidad los personajes sobre los que había oído hablar y leído sus historias? ¿Era posible conocer a un espíritu custodio real? Sin embargo, el viejo narrador respondió a sus preguntas con otra:

—¿Acaso no te estás preparando en la escuela para ser un enviado especial? Puedes suponer que se tratará de un viaje largo y peligroso, y la muerte será tu compañera de forma permanente. Pero, te ocurra lo que te ocurra, ten algo muy presente: sé fiel a ti mismo, y la respuesta que buscas te llegará. Recuérdalo; yo estaré contigo en tu viaje.

—S... sigo sin entender —tartamudeó Rokshan.

—Tu hermano mayor va a hacerse cargo del negocio de la familia, pero tú... —respondió con paciencia el anciano, que sacó lo que parecía una moneda de cobre u objeto similar y se la tendió al muchacho sin mediar palabra—. Observa con atención. ¿Qué ves?

Dándole vueltas entre los dedos, Rokshan examinó la pieza circular metálica.

—Demasiado grande para ser una moneda, y no... No descifro lo que hay escrito alrededor del borde porque está muy desgastado, pero cada una de las tres liebres (han de ser liebres con esas orejas tan largas) representan a Ahura Mazda, la encarnación de la Luz, la Vida y la Verdad, en una antigua religión de tiempos remotos —contestó devolviéndosela—. Es extraño, pero he leído la leyenda de las tres liebres esta misma tarde...

—Quédatela —lo interrumpió Shou Lao—. Es un símbolo del antiguo clero de Ahura Mazda al que antaño se conocía por el nombre de hermandad de las Tres Liebres Una Oreja... —Posó con suavidad la mano en el brazo del muchacho, que, de repente, se había quedado muy serio—. Tienes que creer en esta historia, Rokshan. Tal vez los rollos de pergaminos y documentos polvorientos de la biblioteca lo nieguen, pero la hermandad y el antiguo clero aún sobreviven. Desde la capital imperial —en el este— hasta aquí, en Maracanda —tu propia ciudad—, y en todas las Tierras Conocidas, incluso en Bizancio y aún más al oeste, e incluso en las frías y grises Tierras del Hielo, todos los hombres y mujeres están unidos en una causa común: protegernos del mal. Es una organización pacífica; las tres liebres, como bien has dicho antes, representan la armonía de la Luz, la Vida y la Verdad, cada una de ellas inseparable de las demás en la danza de la vida. Por eso, dondequiera que veas el símbolo, se representan siempre persiguiéndose unas a otras. Y entre ellas comparten una oreja porque, para entender nuestra propia danza, hemos de escuchar lo que nos dice el corazón, como si éste fuese uno sólo compartido por todos los hombres.

—Pero ¿por qué quieres que me quede con el símbolo? Aunque hace mucho tiempo se rendía culto a Ahura a todo lo ancho y lo largo del mundo, su clero era una sociedad secreta. El rollo de pergamino que leí explicaba lo mismo: la hermandad de las Liebres se desarticuló hace centenares de años y cayó en el olvido, igual que Ahura, de modo que ¿a quién o a qué adoran ahora?

—Se sigue adorando a Ahura, aunque bajo muchos nombres diferentes, como Kuan Yin y nuestros otros dioses, y también Buda; Ganesh, el dios elefante, y todos los espíritus dragontinos benéficos de ríos, océanos, montañas y valles. Todos son uno y el mismo, Rokshan. Ahura, el Señor de la Sabiduría, lo ve todo y lo oye todo, pero no le importa que hombres y mujeres adoren a otro tipo de dioses distintos siempre y cuando...

—¿Siempre y cuando qué, narrador?

An Lushan había entrado en la capilla, procedente de la estancia contigua. Con un sobresalto, Rokshan comprendió que su hermano no podía haber accedido a la casa por la puerta principal, sino a través de los alojamientos del servicio.

—¿Por qué habríamos de tomarnos en serio todas esas tonterías de una religión antigua? ¿Quieres que creamos que la

51

encarnación de la oscuridad, la muerte y el mal sigue siendo la misma que antes? ¿Esa que tu «antiguo clero», como lo llamas, denomina la Sombra Sin Nombre?

Las hirsutas cejas de Shou Lao se fruncieron al tiempo que esbozaba una mínima sonrisa.

—Tanto si lo crees como si no, An'an, la Sombra se dedica permanentemente a la consecución de su propósito, razón por la que deberíamos estar siempre en guardia, atentos a sus mañas engañosas, ¿no te parece?

—Tal vez, pero... ¿Qué está escrito en *El libro de Angra Mainyu* o *El Libro de los Muertos*, como se lo conoce comúnmente? —preguntó An Lushan, como abstraído.Rokshan lo miró con sorpresa—. Yo os lo diré: «Y en siglos venideros, la Sombra Sin Nombre resurgirá y despertará como si saliera del sueño de los muertos, e intentará una vez más romper las eternas cadenas del espacio y el tiempo que la aherrojan al Arco de Oscuridad para desafiar de nuevo a su divino creador, el Señor de la Sabiduría».

An Lushan les dirigió una mirada fría e intensa mientras recitaba el antiguo texto. Shou Lao había relatado la historia esa misma mañana, pero el joven acababa de citar la versión escrita más antigua del castigo impuesto por el Señor de la Sabiduría a la Sombra Sin Nombre por su rebeldía, y de cómo Corhanuk, mensajero de Ahura Mazda, presenció y dio testimonio de la condena a prisión eterna, pero se ocultó a su divino creador cuando eligió servir a la Sombra en vez de a su señor. An Lushan cruzó la estancia y se acercó al altar.

—Estás muy bien informado para ser alguien que no cree en esas tonterías de una religión antigua, citando tus propias palabras —afirmó Shou Lao, severo; los entornados ojos del anciano centellearon al mirarlo larga y duramente—. Quizá deberías releer los textos antiguos y las profecías, amigo mío. Podrían enseñarte algo importante sobre ti mismo y tu lugar en el mundo.

—He aprendido de mi padre la importancia de estar bien informado, narrador —replicó An Lushan con brusquedad—. Es una lección que por mucho que se aprenda nunca es suficiente en el mundo de hoy día.

»Sea como fuera, si tu profecía procede realmente de ese pergamino descubierto en el reino de los Jinetes Salvajes ¿por qué no nos hablas sobre su negativa a incrementar el tributo que entregan al emperador? Hasta Rokshan sabría decirte que esa postura podría ocasionar serios problemas comerciales a nuestra familia —comentó con una sonrisa maliciosa dirigida a su hermano menor—. ¿Y qué me dices de nuestro tío, Zerafshan, y su papel en todo esto? —prosiguió sin hacer caso de la queda protesta de Rokshan—. ¿Lo han elegido los Jinetes como su nuevo gran kan? ¿Será él ese cabecilla misterioso del que hablan los rumores? Si mi madre siguiera viva, le habría interesado mucho cualquier cosa que hubieras podido decirle sobre él —añadió con sarcasmo, casi como si acabara de ocurrírsele la idea.

—Calma, An Lushan. De esos asuntos es con tu padre con quien debes hablar —repuso Shou Lao reprobándolo—. Como tú mismo has dicho, de él has aprendido la importancia de estar bien informado... Bien, debo irme.

Asió el brazo de Rokshan, quién asestó a su hermano una mirada feroz antes de conducir al viejo narrador hasta la puerta. Antes de salir arrastrando los pies como era habitual, Shou Lao se detuvo y le anunció con cierto misterio:

—No volveré a verte hasta después de que hayan pasado muchas cosas —anunció misteriosamente—. Que Kuan Yin te dé su bendición y te proteja.

Rokshan hizo una respetuosa reverencia; un torbellino de ideas le bullía en la mente. ¿Qué habría querido decir Shou Lao? Pero cuando se irguió y miró alrededor, el anciano había desaparecido.

Fue a reunirse con su hermano, que contemplaba la ciudad desde el balcón.

—¿Qué mosca te ha picado, An'an? ¿Por qué has sido tan irrespetuoso con Shou Lao? —preguntó Rokshan, indignado.

An Lushan no le contestó y siguió dándole la espalda. Rokshan se hallaba a escasos pasos de distancia y advirtió que su hermano temblaba un poco. Al observar que extendía los brazos, como si intentara abarcar toda la ciudad con ellos, se quedó muy quieto. Y, de repente, como materializándose de la nada, una enorme corneja se abatió en picado y graznó ruidosamente.

—¿De dónde sales, bicho asqueroso? ¡Lárgate, fuera! —An Lushan agitó los brazos y el ave se marchó.

—¿Y tú qué hacías cuando ha aparecido ese pájaro? —preguntó Rokshan.

—¿Que qué hacía? Simplemente estaba en el balcón y me desperezaba. Vaya pregunta más rara, hermanito. —Se apoyó en la fuerte estructura de madera y cruzó los brazos—. ¿Qué me decías cuando has entrado?

—Te he preguntado en qué estabas pensando para hablar a Shou Lao de ese modo.

—Necesitamos saber lo que ocurre —replicó An Lushan encogiéndose de hombros—, es una simple cuestión mercantil; si el paso se cierra, tendremos que buscar enseguida otro sitio donde recuperar los negocios que perderemos como consecuencia de ello, antes de que todas las casas comerciales hagan lo mismo. Si Shou Lao tiene información que nos ayude a tomar esa decisión ahora, debería decírnoslo. Es crucial actuar en el momento oportuno, Rokshan, y deberías darte cuenta de eso.

—¡Pues claro que me doy cuenta! —replicó el muchacho, sulfurado—. Padre tiene ya la información que necesita para tomar esa decisión; ya me ha hablado de «otros planes»...

En ese momento oyeron cerrarse la puerta del despacho y los pasos rápidos de su padre antes de que entrara por la arcada de la sala de estar.

—¡Eh, muchachos! —exclamó con atronador deleite—. Me pareció oíros rezar en la capilla, pero estáis aquí. —Se detuvo de golpe y extendió los brazos en un gesto interrogante—. ¿A qué vienen esas caras largas? Siempre he dicho que rezar demasiado es tan malo como rezar poco... Venga, venga ¿qué os preocupa?

Rokshan miró cariñosamente a su padre, mientras éste se servía una copa de vino y echaba un trago, complacido.

—¿Y bien? —Los observó ceñudo, aunque se le notaba en los ojos un inconfundible destello divertido.

—Cuéntale a padre todo lo que ha dicho el viejo narrador —le dijo An Lushan a su hermano con dulzura, aunque con un atisbo de aspereza.

—¿El narrador? ¡Ese viejo problemático! Ya me he enterado de su último dislate —exclamó Naha.

—No, padre, esto es otra cosa —saltó de inmediato Rokshan—. Él... Vino a hacernos una visita...

—¿Ha venido aquí? —Naha parecía tan sorprendido como se había sentido Rokshan al ver al anciano delante de la casa, y escuchó muy atento la explicación de su hijo menor sobre lo que el narrador había dicho.

Con la copa asida firmemente y el gesto inmutable, Naha escuchó hasta el final y después salió al balcón para contemplar la ciudad que amaba. Los minutos pasaron lentos. Tan sólo el apagado golpeteo de sartenes y el chisporroteo de la comida que se preparaba para la cena rompían lo que era un silencio ensordecedor. Ansioso, Rokshan lanzó una ojeada a su hermano mayor, pero ninguno de los dos habló.

—Bien, muy bien… —musitó por fin Naha mientras se daba la vuelta hacia sus hijos—. Ya era hora de que la verdad saliera a la luz, pero, a veces, la verdad no es fácil de afrontar. Precisamente yo, mejor que nadie, lo sé —dijo pensativo, y echó un buen trago de vino antes de continuar—. La pura verdad es que el emperador quiere destruir a los Jinetes Salvajes debido a su obsesión por los animales que ellos consideran como las monturas sagradas que están a su cuidado. Pero es un pueblo orgulloso y fiero que luchará hasta el último aliento para salvar a sus caballos-dragón. Y hay quienes dicen que deberíamos ayudarlos porque, según las leyendas, fueron los caballos-dragón hace mucho, mucho tiempo…

—¿Puedo hablar, padre? —lo interrumpió An Lushan.

—Adelante, muchacho.

—Es bien sabido que los Jinetes Salvajes están descontentos y resentidos por el yugo imperial, y se niegan a incrementar el tributo que pagan al emperador, como éste quiere. Pero han buscado su propia perdición a causa de la instigación de su cabecilla a declararse en franca rebeldía… O eso es lo que nos dan a entender los rumores. ¿Qué tiene, pues, que ver eso con nosotros?

—Todo… O nada, depende de cómo se mire —repuso Naha, sombrío, y depositó la copa con un golpe seco. Rokshan se fijó en que su padre abría y cerraba las manos mientras paseaba de un lado a otro de la sala, señal inconfundible de la agitación que sentía.

»Puedo deciros, muchachos (y sabéis que mis informadores rara vez yerran), que los Jinetes Salvajes no entregarán más

caballos-dragón hasta que el emperador los declare indepen-
dientes. Y, sí, es cierto que tienen un cabecilla que los ha unido
y los incita a una rebelión abierta. Pero también puedo deciros
que es asimismo cierto que… —Naha bajó un tanto la voz— el
cabecilla de los Jinetes (como yo sospechaba hacía mucho tiempo, aunque me lo he guardado para mí a despecho incluso de
todos esos rumores que corren) es, en efecto, mi hermano y
vuestro tío: Zerafshan.

Al ver cómo su padre palidecía a medida que hablaba, Rokshan sintió que una oleada de consternación lo embestía con la
furia de un mar embravecido; al parecer iban a tener que aceptar por fin lo que ya empezaba a rumorearse en el mercado, en
las casas de té y en los antros de opio de Maracanda: que su tío,
Zerafshan, era un rebelde y un traidor.

Capítulo 5

La petición de Shou Lao y los mensajeros imperiales

$\mathcal{A}$lrededor del undécimo círculo de vela del día siguiente, Rokshan deambulaba por el caravasar que se encontraba nada más salir por la Puerta de Oriente. Los sinuosos callejones bullían con los tratos de mercaderes y vendedores de poca monta que pregonaban al mismo tiempo sus mercancías, oficios y servicios.

—¿Pergaminos, pinturas, cuadernillos, hojas de oraciones, anuarios? Acercaos y compradlos; todo está a la venta —entonaba desde su puesto un viejo vendedor de semblante astuto—. Descubrid lo que os depara el futuro… Todo está escrito en las estrellas. ¡El año del dragón, joven señor! Sin duda éste será un año afortunado para usted. Acérquese… —El vendedor tiró a Rokshan de la manga al mismo tiempo que desenrollaba con un hábil gesto un mapa astronómico repleto de códigos y gráficos astronómicos de aspecto complejo—. ¡Sólo un *taal*, joven señor!

—¡Ya tengo todos los anuarios que soy capaz de estudiar, y lo único que saco de ellos son dolores de cabeza! —respondió el joven riéndose mientras liberaba el brazo de un tirón.

—¿Servicios médicos para el joven señor? —gritó otro comerciante, que presentía una posible venta—. Acérquese, parece usted necesitado de mis medicamentos revitalizadores… ¿O quizá desea alguna otra cosa? Por aquí, por favor. —El larguirucho herbolario, vestido con la túnica larga y el gorro cónico propios de su oficio, señaló la flora y la fauna desecadas que había colocado con esmero sobre paños de vivos colores.

Al lado del herbolario, un acupuntor, que mostraba hileras de relucientes agujas de marfil pulido, voceaba:

—Tatuajes de dragones muy baratos si no tiene usted enfermedades. Santifique el templo que es su cuerpo, joven señor, con un fiero espíritu dragontino que jamás se borrará. ¡Por favor! ¡Venga por aquí!

Quirománticos y médicos del pulso, masajistas e incluso «doctores demonólogos» especializados en exorcismos; había de todo en el caravasar.

En el aire flotaba el olor a incienso y a especias mezclado con el de diferentes frutas y verduras procedentes de todos los rincones del imperio; de los puestos de comida, provistos de fogones y braseros de carbón, salían aromas tan deliciosos que hacían la boca agua, y, de repente, a Rokshan le entró mucha hambre.

Se abrió paso entre el gentío que, como él, daba empujones, y sonrió al localizar en un puesto unas manzanas de aspecto jugosísimo que parecían pedir que se las comiera. De haber estado Kan con él, habrían seguido lo que ya era una rutina para los dos: el acróbata habría entrado primero en escena con un remolino de volteretas laterales para distraer al vendedor, el cual no se percataría de nada mientras Rokshan apandaba el premio... Pero, consternado, el chico comprobó que el perspicaz vendedor lo había reconocido; éste, tanteando debajo del espléndido muestrario, sacó un par de manzanas podridas y se las arrojó al muchacho.

—De mi puesto, ni lo sueñes. ¡Vamos, lárgate! —gritó.

—¡La próxima vez! —gritó a su vez Rokshan mientras salía por pies.

Al fin se metió en una casa de té; riendo y sin resuello, se dejó caer en una silla y estaba a punto de pedir un refrescante té de menta cuando, de pronto, una figura corpulenta cruzó el umbral. Dio la impresión de que, al entrar, Chen Ming llenaba por completo el pequeño establecimiento.

—Bien, Rokshan, enviado especial en ciernes, creo —rio—. Recibí tu mensaje. —Le palmeó en el hombro con la manaza.

—La diosa le bendiga —repuso el muchacho, sorprendido,

58

y se levantó rápidamente para hacer una reverencia deferente al jefe de caravanas.

Chen Ming respondió con una reverencia exagerada. Más o menos de la edad del padre de Rokshan, era un gigante de lustroso cabello rojizo, entretejido en un montón de trenzas profusamente adornadas, y de ojos verdes y hundidos; lucía pendientes de oro y plata en ambas orejas y un bigote largo y colgante a la manera de su pueblo —los mongoles torgut del reino de Agni—, país vecino al de Rokshan. Las fronteras del norte y del este de Agni colindaban con el reino de los Jinetes Salvajes, de quienes los mongoles torgut eran estrechos colaboradores desde mucho tiempo atrás.

El jefe de caravanas se sentó y esperó a que los sirvieran. La anciana que dirigía el establecimiento les llevó el té, y los ojos le relucieron cuando Chen Ming le ofreció una suma cuantiosa por cerrar el local un rato mientras realizaban el negocio que les ocupaba. Accedió con un murmullo, y, haciendo salir al puñado de clientes que había en la sala, salió a su vez para sentarse fuera y cerró las desvencijadas puertas tras ella.

Chen Ming jugueteó con la ramita de menta que flotaba en el té.

—Shou Lao ha hablado conmigo —dijo al fin—. Rokshan, ignoro su propósito principal, pero el anciano me ha dicho que tengo que ayudarte. Como amigo de tu familia desde hace tantos años, estoy a tu servicio.

El muchacho asintió, apocado. Aquel hombre había trabajado para su padre como jefe de camelleros muchos años. Y ahora dirigía su propio negocio, era un hombre respetado, y, a veces, temido, pero conocido por cualquiera que dirigiera un comercio del tipo que fuese en Maracanda y más allá de sus fronteras.

—El paso de Terek Davan, o Cumbre de la Diosa, es la ruta más directa y la única existente en el norte a través de las montañas Pamir, de camino al este hacia las Montañas Llameantes —continuó el gigantesco jefe de caravanas—. Shou Lao me ha contado que debes viajar a esas montañas y me ha pedido que te acompañe. Partirás hacia las estribaciones del paso con mi última caravana estival que se dirige a la capital. Desde el paso se tarda, como mucho, seis ciclos completos de la luna para llegar a

59

las Montañas Llameantes… si se va por la calzada septentrional de las caravanas. Esto es lo que Shou Lao me ha dicho que te explicara y también que te dejara muy claro que es un viaje arduo. Nadie en su sano juicio lo emprendería solo, pero al parecer…

Todas las cosas que estaban pasando en los últimos veinticuatro círculos de vela le habían provocado a Rokshan unas punzadas tan fuertes en la cabeza que ni siquiera oyó lo que Chen Ming dijo a continuación. Shou Lao sólo le había hablado de un viaje, sin decirle que esperaba que partiera inmediatamente. ¿O sí? El esfuerzo realizado por encontrarle sentido a todo aquello sólo consiguió que la cabeza le diera vueltas.

Tratando de tranquilizarlo, Chen Ming sonrió y le dijo:

—Eso es todo lo que me indicó el anciano. Ya se ha marchado, pero no ha dicho dónde, y no creo que regrese. —Aturdido por completo, el muchacho sintió la mano de Chen Ming en el hombro—. Mándame recado a La Cimitarra Desenvainada. Sólo retrasaré dos días la salida de la caravana a fin de darte tiempo suficiente para que decidas si me acompañarás o no.

Justo en el momento en que Chen Ming retiraba la silla para marcharse, Kan irrumpió impetuosamente en la casa de té.

—Date prisa, Roksy —gritó sin apenas resuello—. Vamos a perdernos el mayor espectáculo que ha pasado por Maracanda desde que tú y yo nacimos. ¡Por la Puerta de Oriente llegan despachos imperiales a la ciudad; los traen mensajeros a lomos de caballos-dragón del emperador desde la mismísima Chang'an! Menos mal que conozco un camino para conseguir asientos de primera fila. ¡Vamos! Discúlpame, Chen Ming… —Se tranquilizó e hizo una gran reverencia al jefe de caravanas que lo observaba divertido.

—Kanandak el acróbata, creo —aventuró el hombretón con una risita—. Que la bendición de la diosa te acompañe.

—¿Quiere acompañarnos? —le preguntó Rokshan a Chen Ming.

Los pendientes de oro y plata del jefe de caravanas tintinearon cuando el hombre negó con la cabeza.

—En su momento sabré qué noticias traen… —contestó, y se inclinó para salir por la puerta. Los dos chicos hicieron apresuradamente una reverencia a pesar de que el hombre ya estaba de espaldas.

—¡No hay tiempo que perder, Roksy! ¡Pégate a mí! —gritó Kan que salió a toda velocidad a la calle.

De inmediato se vieron arrastrados por el remolino de gente que caminaba en la misma dirección. Rokshan se preguntó cuánto tiempo habrían tardado los mensajeros imperiales en llevar los despachos. Habrían montado en los caballos-dragón desde los establos del emperador y galopado por turnos todo el trayecto a través del imperio (tres mil *lis* por lo menos). ¡Caballos-dragón! Nunca los había visto.

—¡Vamos, Roksy, no te retrases! —gritó Kan mirando hacia atrás al tiempo que hacía quiebros y zigzagueaba entre el torrente constante de personas—. Seguro que la mitad de la ciudad está ya en la puerta.

Se acercaron a la barbacana de la Puerta de Oriente, donde un tropel de gente se esforzaba por echar un vistazo a los mensajeros imperiales.

Al pie de una de las torres había un portillo. Un guardia fornido y armado hasta los dientes los miró con un gesto de aburrimiento mientras se aproximaban.

—Alto, no podéis subir a las almenas. Lo he dicho una y mil veces. «Ene» «o». No —recalcó. Y por la determinación de su gesto hablaba en serio, comprendió Rokshan.

—Tenemos un pase firmado por tu sargento de armas —argumentó Kan mostrando con orgullo un trozo de pergamino arrugado—. Déjanos pasar. De inmediato, por favor.

El guardia miró dubitativo el trozo de pergamino.

—¿Qué pone ahí? Está escrito en un lenguaje raro. No os puedo dejar pasar sólo porque me enseñes un supuesto pase. Además, ésa no es la firma de mi sargento de armas —aseguró dando golpecitos en el «pase» con un dedo mugriento.

En aquel momento crítico de las negociaciones, en las almenas se oyeron tres notas del sonido lastimero de un cuerno. La muchedumbre se abalanzó expectante.

—¡Mira, los mensajeros imperiales! —gritó Kan, muy excitado, mientras pegaba brincos y señalaba hacia las puertas. El guardia giró la cabeza, distraído por el jaleo. En un visto y no visto, se abrieron paso apartando al guardia sin contemplaciones, se lanzaron a través del portillo y subieron precipitadamente la tortuosa escalera de piedra que llevaba a lo alto de la

61

torre. Les sorprendió descubrir que el acceso estaba abierto y sin vigilancia.

Kan echó un vistazo en derredor con mucha cautela. El centinela más cercano se encontraba en las almenas a cierta distancia, así que desde donde estaban podían asomarse al borde de la torre para mirar.

A través de la llanura agostada y del calinoso rielar producido por el calor, divisaron una fina columna de polvo. Se aproximaban tres jinetes: los mensajeros imperiales; uno llevaba los despachos; otro, el estandarte imperial, el tercero era el escolta, un arquero experto con órdenes de disparar primero a cualquiera que osara acercarse, y después, preguntar.

Los jinetes se encontraban todavía bastante lejos, pero saltaba a la vista que los caballos que montaban no eran como los habituales. Aquéllos eran los caballos-dragón exigidos a los Jinetes Salvajes en calidad de tributo. De mayor tamaño que un caballo corriente, debían de medir dieciséis, o incluso dieciocho, manos de altura; de pecho ancho y espaldillas tremendamente fuertes; grises o bayos de pelo, de piel suave y brillante y el lomo marcado con tres franjas oscuras; las largas crines y las colas ondeaban como pendones al viento; los ojos, de color verde oscuro con motas doradas, refulgían con una inteligencia fiera, y en el centro de la frente exhibían una marca en forma de serpiente sinuosa y alada de un color blanco brillante: el emblema de su antiguo linaje y de las criaturas temibles que antaño fueron sus antepasados. Sólo los jinetes más valerosos e inteligentes eran capaces de dominarlos.

—¡Imagínate, Roksy! Vamos a ver realmente a los caballos-dragón imperiales —susurró Kan, que forzaba la vista para divisar a los animales a pesar del intenso resplandor del sol del mediodía.

Los jinetes se acercaban muy deprisa, y ya se distinguía el dragón dorado y verde del estandarte imperial. Marchaban a la misma altura los tres en magníficos caballos-dragón de pelo gris, cabalgando tan deprisa que daba la impresión de que flotaban sobre una mancha de polvo. Vestían túnicas cortas de combate —de un color verde intenso—, provistas de hombreras acolchadas, y, debajo de las faldillas plisadas —de color azul celeste— se apreciaban unas polainas protectoras. Los tres, de pelo largo y trenzado, se tocaban con gorros rojizos.

Se aproximaban a las puertas en medio de una nube polvorienta y del estruendo de los cascos; casi demasiado tarde, vieron el gentío que los esperaba y tuvieron que sofrenar ferozmente a sus monturas. Los caballos, cubiertos de sudor, espumajeando y temblorosos de agotamiento, relincharon en protesta. La nota imperiosa del cuerno del escolta acalló el alboroto de las excitadas conversaciones. Por su parte, el portaestandarte imperial permaneció impasible en la silla de montar.

El portador de los mensajes saludó a los mayores de la ciudad; el jefe del Consejo de Ancianos, Jiang Zemin, delgado y de rostro afilado, se adelantó para recibir los despachos. Antes de entregárselos, el mensajero habló en voz alta para que todos lo oyeran:

—Que los edictos divinos del celestial emperador de Jade, Hijo del Cielo, dirigente del poderoso reino de China y de todas las Tierras Conocidas, se hagan saber a sus leales súbditos, las gentes de Maracanda.

Un silencio denso como el polvo quedó suspendido sobre la multitud mientras el mensajero entregaba los despachos a Jiang Zemin, que efectuó una profunda reverencia y después hizo un aparte con los restantes ancianos. Los despachos —y cualesquiera edictos divinos que contuvieran— cayeron en el olvido enseguida a medida que un quedo murmullo surgía entre la multitud y unos cuantos valientes se atrevían a acercarse a los caballos-dragón. Tan pronto como vieron lo que sucedía, Rokshan y Kan bajaron a toda velocidad desde su puesto de observación privilegiado, y se abrieron paso a empujones para ponerse en primera fila.

Los magníficos animales relincharon y resoplaron ruidosamente, como si saludaran a los maracandeses. Sin explicarse por qué Rokshan se sintió atraído hacia uno de ellos en particular que se pavoneaba orgulloso, meneando la cabeza y agitando la cola; el muchacho se acercó lo suficiente para pasar la mano por la larga y sedosa crin. Todos los sogdianos aprendían a cabalgar a edad muy temprana, pero los robustos ponis de la estepa con los que Rokshan estaba familiarizado eran unos animales muy diferentes a las nobles criaturas que tenía ahora

63

delante, y que lo contemplaban con expresión seria. El caballo inclinó la testa como si lo saludara y lo animara a acercar la mano; con delicadeza, el muchacho siguió con un dedo el trazado de la criatura alada que le adornaba la frente. El caballo-dragón relinchó con suavidad, dando la impresión de que intentaba hablar con él.

Rokshan se acercó más y lo miró detenidamente; durante un instante sintió como si se sumergiera en las profundidades de un océano verde. En un gesto instintivo, alargó la mano para sujetarse a algún punto de apoyo, pero se vio arrastrado a un remolino de colores que lo aporreaban y tiraban de él, llevándolo de aquí para allá. A pesar de todo, notó que se relajaba y que cuanto menos se resistía más fácil le resultaba flotar junto a los colores pulsantes que fluían a su alrededor... Se oyó reír pleno de gozo al experimentar aquella sensación que no se parecía a nada de cuanto había sentido en su vida...

—¡Apártate, muchacho!

Rokshan volvió de sopetón a la realidad cuando el mensajero imperial y sus escoltas se dispusieron a partir. Retrocedió, aturdido, intentando comprender lo que acababa de ocurrirle. Cuando el mensajero y los escoltas se dirigieron hacia las puertas, sintió una profunda nostalgia que le resultó inexplicable.

Kan le preguntó si se encontraba bien, pero lo único que hizo fue balbucir una respuesta y tuvo que darse la vuelta para ocultar las lágrimas que le corrían a raudales por las mejillas. Se notaba cambiado de un modo sutil, profundo, pero no sabía bien cómo o por qué... Lo único que sabía era que la inmensa tristeza que sentía estaba relacionada con los caballos-dragón que acababa de ver por primera vez en su vida... Y se habían ido.

Capítulo 6

Una visita inoportuna

An Lushan, Rokshan y Lianxang, a quien Naha había invitado a compartir la cena con ellos, se encontraban reunidos en la sala familiar esperándolo. A pesar de que la joven había visitado la casa muchas veces desde su llegada a Maracanda, estaba un poco nerviosa. Pero Rokshan se alegraba de que los acompañara; su presencia lograría que la cena fuera menos deprimente que la de la noche anterior.

—Ya has hablado con mi padre en otras ocasiones —intentó tranquilizarla Rokshan—. Aunque a la gente que no lo conoce muy bien podría parecerle un poco intimidante, no va a comerte.

—Me aseguraré de que no diga nada embarazoso —bromeó An Lushan.

—¿Estabais en las puertas de la ciudad cuando llegaron los mensajeros imperiales? —preguntó Rokshan cambiando de tema, porque no había conseguido quitarse el acontecimiento de la cabeza—. La mitad de la ciudad debía de encontrarse allí. Y sus caballos… ¿Habíais visto alguna vez unas criaturas tan maravillosas?

—Los famosos caballos-dragón de los Jinetes Salvajes… —intervino An Lushan; repantigado en los cojines, comía nueces tan deprisa como era capaz de quitarles la cáscara—. Sólo logramos vislumbrarlos un instante, pues nos hallábamos justo detrás del gentío. ¿Sabes? Todavía me sigue rondando por la cabeza lo de las historias de Shou Lao. ¿Has descubierto algo sobre ese enigma?

Decidido a no decir nada sobre la reunión que había mantenido con Chen Ming, Rokshan admitió que no había averiguado nada. No dejaba de darle vueltas al asunto: un viaje que debería hacer, el enigma de Shou Lao, la sociedad secreta de la hermandad de las Liebres Una Oreja que todavía existía no sólo en el imperio y en todas las Tierras Conocidas, sino también en otras partes del mundo... ¿Qué debía hacer? Tenía que decidirlo enseguida; Chen Ming esperaba su respuesta.

—En fin, olvidémoslo de momento. No será de eso de lo que padre querrá charlar esta noche, no me cabe duda —comentó An Lushan dando una ojeada a Lianxang. La joven sonrió nerviosa cuando se oyó el golpe de la puerta principal al cerrarse y las inconfundibles pisadas de Naha. Los dos hermanos intercambiaron una mirada; se imaginaban lo que venía a continuación.

—¡Kuan Yin, dulce madre de la misericordia! —se oyó bramar a Naha Vaishravana, pero estaba claro que no se había detenido en la capilla porque las pisadas sonaron más fuertes—. ¡Mira con benevolencia a tu humilde siervo al que le rugen las tripas y el estómago le protesta de forma tan gemebunda que hay que alimentarlos de inmediato! ¡Ah Lin! —llamó al tiempo que irrumpía en la sala familiar y se quitaba la chaqueta—. ¡Vino, antes de que todos muramos de sed!

Dio unas palmadas en el caso improbable de que Ah Lin no lo hubiera oído, y se plantó en el centro de la estancia esbozando una sonrisa de bienvenida.

—Lianxang, es para nosotros un privilegio que nos visite de nuevo la única representante en Maracanda del pueblo de los darhad —saludó, e hizo una profunda reverencia en la que no había chanza.

—Gracias, comerciante Naha —respondió la joven, que se incorporó rápidamente e hizo a su vez una reverencia—. An'an y Rokshan siempre han logrado que me sienta bienvenida en su casa; han sido buenos amigos míos desde que llegué a Maracanda, como usted sabe. Estoy muy agradecida a su familia...

—Por supuesto, por supuesto —repuso Naha, enorgullecido,

y palmeó a sus hijos en la espalda antes de estrujarlos en un abrazo a los dos—. Pero no es necesaria tanta formalidad, Lianxang. Siempre eres bienvenida a nuestra casa… ¡Ah Lin, por fin!

La fámula entró y depositó una bandeja con vino y apetitosos entremeses. Rokshan le dio las gracias con un guiño.

—Bien, bebamos —propuso Naha. Todos se acomodaron en cojines cercanos a la mesa baja y esperaron mientras él escanciaba el vino con cuidado. Naha dio un buen trago y soltó un suspiro satisfecho.

—¡Excelente! —exclamó—. El vino dulce más fino elaborado con las mejores uvas de pezón de yegua de Kocho… Un valioso aliado en estos tiempos turbulentos.

Ah Lin llevó entonces varios cuencos humeantes con sopa de carne de cordero y romero, así como pan dulce —una especialidad de Maracanda—, y poco después el sonido satisfecho de los sorbos sustituyó a la conversación. Entre sorbo y sorbo de sopa, Naha le preguntó a Lianxang cómo marchaban sus estudios y qué planes tenía para las largas vacaciones de verano.

—Mis estudios van mejor de lo que esperaba, comerciante Naha, pero ahora he de volver con los míos…

—Por supuesto; no te han visto desde hace casi un año. Seguro que los echas de menos —comentó amablemente Naha—. Pero regresarás en los meses más frescos, dispuesta a afrontar los dos últimos años… Cuento contigo para que eches un ojo al bribón de mi hijo pequeño.

—No creo que a Rokshan le haga falta que nadie lo vigile ¡y menos yo! Es un estudiante nato y se convertirá en un enviado especial muy, muy especial. —De repente Lianxang se puso muy seria—. Sin embargo, he de comunicarle que no volveré; los míos me dieron permiso para ausentarme sólo un año… Y mi… Bueno, el caso es que mi abuela me necesita.

Se hizo un profundo silencio mientras los tres hombres miraban a la joven, sorprendidos. No se les había pasado por la cabeza la posibilidad de que abandonara los estudios.

—¿Que tu abuela te necesita…? ¡Pero si tienes quince años, casi dieciséis! —exclamó Naha—. En nuestro país muchas jóvenes de tu edad ya están prometidas en matrimonio, y se preparan para llevar su propia vida. Seguro que tu familia te deja acabar los estudios ¿no crees? —Parecía perplejo.

67

—Comerciante Naha, lo que más deseo en el mundo es convertirme en la primera enviada especial de los darhad —contestó Lianxang mientras miraba los rostros expectantes de la familia a la que había llegado a apreciar durante su estancia en Maracanda—. Quiero representar a mi pueblo para que por fin tengamos voz en el mundo, porque hemos sido los nómadas silenciosos aislados en el remoto norte durante demasiado tiempo; ya va siendo hora de que ocupemos el lugar que nos corresponde en el gran escenario del imperio. Y quiero ser la primera darhad que los conduzca hasta ese escenario. Si me permitieran terminar mis estudios aquí, podría continuar después en la Academia Han Lin, en la capital imperial.

—Y cuando acabaras tus estudios allí, serías lo bastante mayor para que tu pueblo se tomara en serio los sueños que tienes para ellos. Parece un plan muy sensato, pero ¿de verdad desean que alguien los dirija, querida? —preguntó con amabilidad Naha—. ¿No serán más felices con sus viejas costumbres, sin tener apenas trato con nadie, cuidando de sus Bosques Oscuros como han… como habéis hecho siempre?

—Sí —respondió la joven—, pero ése es, precisamente, el impedimento: siempre nos hemos mantenido apartados de los demás y el mundo nos ha rehuido a causa de nuestra tutela de los Bosques Oscuros… ¡Y es por eso que no nos damos cuenta de que vivimos en la pobreza y la ignorancia! —Apartó el cuenco de sopa, y las palabras le brotaron como un torrente—. ¡Antes de venir aquí no tenía ni idea, pero cuando vi vuestra ciudad por primera vez no podéis imaginar lo impresionada que me sentí! Jamás había visto calles pavimentadas, ni fuentes, ni casas de ladrillo, tan altas que casi parecía que llegaban al cielo. Y las riquezas en los mercados… ¡Tantas cosas en venta! ¡Deseaba arramblar con todo y quedármelo para siempre! —Calló, azorada—. Pero entonces me di cuenta de mi egoísmo y comprendí que sería mucho mejor tener la posibilidad de compartir… —Guardó silencio e hizo un gesto amplio con el brazo—. Compartir todo esto con mi pueblo.

—Recuerdo la primera vez que viniste a la escuela —comentó Rokshan en un intento de paliar el embarazoso silencio—. Parecía que veías fantasmas. Pero enseguida te adaptaste…

—Por supuesto que sí. Y ahora tienes una segunda familia

aquí; cuentas con nosotros —añadió Naha mientras se frotaba con energía la barba, señal inequívoca de que pensaba con detenimiento qué decir a continuación, como bien sabía Rokshan—. Cuando quieres algo con todas tus fuerzas, siempre se encuentra la forma de conseguirlo —manifestó, prendida la mirada en el balcón—. Tu gente te envió al mundo, Lianxang, aunque imagino que no fue una decisión que los ancianos de los darhad tomaran a la ligera; quizá sea más fácil de lo que crees convencerlos de la necesidad de un cambio. Tú no te das cuenta, pero ¿acaso su decisión no indica ya un indicio de aceptación de que un pueblo puede mejorar el destino que le ha tocado en suerte, o que tal vez deberían cuestionarse las viejas costumbres? ¡Fíjate en nosotros, los sogdianos! No siempre hemos sido los más poderosos en las rutas comerciales; fuimos nómadas antaño, como vuestro pueblo...

—De eso hace muchas generaciones, padre —lo interrumpió An Lushan.

—Exacto, hijo mío. ¡Y eso prueba lo que digo! Veamos, Lianxang: ¿Y si te presentaras ante tu gente con una proposición que les hiciera ver que tienes muchas ideas y sueños para ellos, y, lo que es más, les demostraras que lograrás que esos sueños se hagan realidad? ¿No crees que eso los ayudaría a dar su consentimiento para que continuaras tus estudios?

Naha la miraba con expectación, y Rokshan se preguntó qué demonios tendría en mente su padre.

La joven miró de soslayo a An Lushan y éste le sonrió de modo tranquilizador.

—¿En qué ha pensado, comerciante Naha? —preguntó ella, cortés.

Justo entonces, Ah Lin entró precipitadamente en la sala cargada con una bandeja que rebosaba platos humeantes, de aromas deliciosos.

—¡Excelente! Gracias, Ah Lin —dijo Naha, que miró complacido las viandas y llenó su cuenco con arroz y carne casi antes de que estuvieran en la mesa.

»Mi idea es ésta —continuó entre bocado y bocado—. Vuestros Bosques Oscuros son realmente inmensos... Se extienden desde cerca de vuestras fronteras hasta... ¿dónde con exactitud?

69

—Los Bosques Oscuros se extienden desde la parte más meridional de nuestra frontera, no muy lejos de la vuestra, hasta casi el límite de las Tierras del Hielo en el gélido norte, por donde también nos aventuramos en el pasado. Vuestros caballos-dragón más veloces galoparían siete días y otras tantas noches, y aún no habrían cubierto la mitad de la extensión que ocupan —convino Lianxang.

—En efecto, así de vastos son, a decir de todo el mundo. —Naha echó un buen trago de vino, se recostó en los cojines y eructó con satisfacción—. Tan grandes que si (y sólo digo «si») tu pueblo dispusiera de una pequeña cantidad de árboles para venderlos como madera, casi no se echarían en falta; y, por supuesto, los árboles talados se sustituirían en un cuidadoso plan de replantación...

A Rokshan le sorprendió la mirada cómplice que su padre dirigió a An Lushan al plantear aquella suposición. Lianxang, sin embargo, se estremeció y tuvo que hacer un esfuerzo para no perder la compostura.

—Una idea interesante, comerciante Naha —dijo con amabilidad, pero en un tono como si aquello no fuera con ella—. Y ahora entiendo la razón de que An'an se haya mostrado tan interesado en hablar conmigo de mi pueblo y de nuestro estilo de vida. —Lanzó una mirada furiosa al joven.

Así que era por eso por lo que su hermano había pasado tanto tiempo con ella durante las últimas semanas, incluso meses, pensó Rokshan. Ése era el quid de los «otros planes» de su padre si el paso del este se cerraba. No era de extrañar que lo hubieran mantenido en secreto. Pero, aun así, sintió el aguijonazo de los celos porque su padre se lo hubiera confiado a su hermano y a él, no.

—Sin embargo, ha tener una cosa en cuenta, señor —decía Lianxang en ese momento—. Nuestros Bosques Oscuros son sagrados para nuestro pueblo; su salvaguardia es una creencia implícita que nos ha sido inculcada. Lo que sugiere... Sería algo inconcebible para mi gente.

—Aunque tal vez no lo sería tanto para ti, ¿verdad? —preguntó Naha, ya fuera por no darle importancia o por estar completamente ciego ante la evidente susceptibilidad de Lianxang respecto al tema—. Estoy convencido de que a los Jinetes

Salvajes les pareció igual de inconcebible que el emperador les impusiera tributo por primera vez, y de eso no hace tanto.

—Quizá si tu pueblo tuviera más tiempo para pensarlo, Lianxang, tras escuchar nuestra propuesta de primera mano… —intervino An Lushan en voz baja y sin apartar los ojos de su padre.

—A veces tenemos que plantearnos lo inconcebible si queremos que nuestros sueños se hagan realidad, Lianxang —argumentó Naha—. Por desgracia creo que tal vez no haya tiempo para las reflexiones… —Mientras hacía una pausa, Lianxang se mostró angustiada—. Permíteme que te explique —se apresuró a añadir—. Si tú, con nuestra ayuda, consigues abrir un comercio nuevo de maderas exóticas procedentes de los árboles de los Bosques Oscuros, se acabaría el monopolio que los poderosos mercaderes del Imperio Meridional tienen de la madera de las junglas del sudoeste. De momento con eso se surte la demanda de todo el imperio, y ha proporcionado riquezas inmensas a los mercaderes del sur, que son potentados y están muy pagados de sí mismos.

—Padre, todo eso lo sabemos por los estudios —indicó Rokshan, indeciso.

—Es posible, hijo, pero hay muchas más cosas que no se enseñan en la escuela. Seguiré, si no te importa… —replicó, muy serio.

Rokshan se rebulló desasosegado, aunque asintió sumiso con aire de disculpa.

—Bien. Ahora consideremos una cosa: todo el mundo sabe que el Consejo de Ancianos de Maracanda lleva mucho tiempo buscando un modo de acabar con el dominio absoluto de nuestros rivales del sur en el comercio de la madera en el imperio, pero nunca ha encontrado una fuente alternativa de abastecimiento que rivalice con la de las junglas meridionales, porque los Bosques Oscuros se habían considerado intocables… Hasta ahora.

—Eso, siempre y cuando mi pueblo accediera voluntariamente —lo interrumpió Lianxang.

—Exacto, querida… Lo que ocurre es que alguien más ya está planeando justo lo que acabo de sugerirte. Y su riqueza y poder son tales que lo llevará a cabo por la fuerza si es preciso.

71

Pasará por encima de tu gente, Lianxang, créeme, lo conozco hace mucho tiempo; no se detiene ante nada con tal de salirse con la suya. Además, tiene metido en el bolsillo a Jiang Zemin, el jefe del Consejo de Ancianos de Maracanda, y se encuentra mucho más cerca de los Bosques Oscuros que nosotros, los maracandeses. Es posible que se esté acercando ya a vuestras florestas sagradas... desde el oeste.

—¡Desde el oeste! Eso sólo puede significar Armenia... No será Vartkhis Boghos, ¿verdad? —preguntó An Lushan con incredulidad.

—En efecto, nuestro viejo enemigo —suspiró Naha.

—¿Quién es Boghos? —susurró Lianxang a quien la revelación de Naha parecía haberla dejado pasmada.

—Quizá nos hayas oído hablar de él en otras ocasiones, en conversaciones de negocios y comerciales —respondió Naha con aparente indiferencia—. Es oriundo del reino de Armenia, el mercader más rico de su país, y, probablemente, también de Sogdiana, si incluimos a todas las familias de comerciantes a las que saca dinero mediante extorsiones...

—¿Extorsiones? Pero... no entiendo —balbució Lianxang.

—Es tan poderoso que tiene el monopolio de una gran variedad de mercancías que se transportan por las rutas comerciales tanto hacia el este como hacia el oeste. Así que si otros mercaderes quieren comerciar con los mismos artículos, les exige un pago a cambio de la prebenda —explicó An Lushan con paciencia.

—¿Vosotros hacéis esos... pagos? —preguntó ingenuamente la joven.

—¡Por supuesto que no! —replicó Naha, despectivo—. Boghos y yo pactamos un acuerdo: él no se mete en mi terreno y yo no me meto en el suyo. —Retiró el cuenco, se puso de pie y caminó hacia el balcón; desde allí contempló la ciudad en su postura habitual: las manos enlazadas a la espalda. El crepúsculo había dado paso a la oscuridad estrellada y sólo la voz del vendedor de faroles, que iniciaba la jornada nocturna de trabajo y pregonaba su mercancía, rompía el silencio sosegado de la noche.

—De modo que, como verás, Lianxang —dijo mientras se daba la vuelta de nuevo hacia ellos—, mediante nuestra intervención, tu pueblo dispone de una alternativa si llega a un acuerdo con nosotros, porque tal acuerdo significa un negocio maderero controlado, una tala limitada estrictamente y un plan de repoblación. Es eso, o el sometimiento a Boghos y el desalojo a la fuerza de vuestra tierra, de manera que presenciaríais impotentes cómo abate ringlera tras ringlera de árboles en los Bosques Oscuros, dejando grandes extensiones deforestadas que nunca se recuperarán. Puedo conseguir que la documentación para ese acuerdo se redacte enseguida y tendrías que llevártela para que tu pueblo considerara la propuesta. Pero el tiempo es vital y habrías de partir antes de una semana. Pese a que los tuyos se encuentran en la parte más meridional de las rutas migratorias, acampados en el asentamiento invernal, el viaje de ida y vuelta duraría dos ciclos lunares completos, como mínimo, y no podemos permitir que Boghos inicie sus operaciones antes de que hayamos expuesto nuestro caso al buen pueblo de los darhad. —Guardó silencio, y, disponiéndose a abandonar la sala, añadió—: He de retirarme ahora, pero avísame cuando hayas tomado una decisión. Estaré en mi despacho por si hay alguna cosa que quieras preguntarme esta noche.

Los dos chicos y Lianxang estaban tan estupefactos por todo lo que habían oído que ninguno de ellos pronunció palabra. Justo en ese instante alguien llamó a la puerta principal de forma ruidosa e insistente.

—¿Esperamos invitados? —Naha se había detenido y miraba a An Lushan con intensidad; su hijo negó con la cabeza.

—Rokshan... —Su padre le indicó con un gesto la puerta principal. El muchacho salió presuroso de la sala y atravesó el salón de ceremonias; Ah Lin se dirigía ya hacia la puerta tan deprisa como podía para ver quién era el inesperado visitante.

—¿Quién viene sin ser invitado a la casa del comerciante Naha Vishravana? —preguntó Ah Lin, cortés pero firme.

—Soy Jiang Zemin, jefe del Consejo de Ancianos —se oyó la apagada respuesta—. Vengo sin escolta, por asuntos privados que he de tratar urgentemente con el comerciante Naha. Por favor, anúnciame a tu señor.

Capítulo 7

El arresto

A Rokshan le dio un vuelco el corazón. ¿Jiang Zemin en su casa, sin escolta? Era algo inaudito; tenía que tratarse de algo muy, muy serio. Con gestos frenéticos dio a entender a Ah Lin que lo retuviera allí un par de minutos. Desorbitados los ojos por el temor, la mujer asintió en silencio para indicar que le había entendido.

—Informaré a mi señor —consiguió mascullar con toda la calma que fue capaz de fingir, mientras Rokshan regresaba corriendo a la sala familiar.

—¿Jiang Zemin está aquí? —exclamó su padre—. ¿Qué querrá? —Vaciló un momento, pero enseguida se hizo con el control de la situación—. Rokshan, escóltalo hasta aquí. No debemos hacer esperar al jefe del Consejo.

No hizo falta que su padre se lo repitiera, de modo que el muchacho asintió con la cabeza para que Ah Lin franqueara el acceso al visitante. La mujer abrió las macizas puertas, y Jiang Zemin entró deprisa acompañado por el frufrú de sus largos ropajes.

—Saludos, Rokshan —dijo en voz baja, como si no quisiera llamar la atención sobre su persona—. Tu padre está en casa, espero. Por favor, condúceme hasta él de inmediato... Dispongo de muy poco tiempo.

Naha escudriñaba el exterior de la casa desde el balcón, pero se dio la vuelta cuando entraron Rokshan y el visitante.

—Jiang Zemin, bienvenido —saludó con voz tonante, como si la visita no anunciada del jefe del Consejo de Ancianos fuera lo más normal del mundo—. Rokshan, un poco de vino para nuestro honorable invitado...

—Comerciante Naha, no tengo tiempo para cumplidos, pero gracias de cualquier modo —repuso con brusquedad Jiang Zemin, que entornó los ojos mientras echaba rápidos vistazos en derredor. Hizo una levísima reverencia a Lianxang, que se encontraba cerca de An Lushan; la joven tardó un instante en reaccionar y responder respetuosamente a la rigurosa cortesía.

—Me quedaré de pie —dijo Jiang Zemin cuando Naha le indicó un asiento.

—Muy importantes han de ser las noticias para usted si las trae en persona. Nos sentimos honrados, jefe del Consejo —manifestó Naha con fría formalidad.

—¿Noticias importantes, dice? En efecto lo son, comerciante Naha... Y terribles. Iré al grano: entre los despachos que entregaron hoy los mensajeros imperiales había uno que ocasionó gran preocupación al Consejo de Ancianos. —Jiang Zemin se lamió los labios con rapidez, como si saboreara el momento.

—¿Ah, sí? —Naha le imprimió un deje de impaciencia a la pregunta—. ¿Y cuál es esa preocupación que menciona y en qué nos afecta a mí y a mi familia, jefe del Consejo?

—Se trata de una orden judicial de arresto contra usted con efecto inmediato, comerciante Naha —respondió asimismo con frialdad Jiang Zemin.

El mercader palideció, y Lianxang sofocó una exclamación de sorpresa y miró a An Lushan, conmocionada; el joven, aparte de haber palidecido también, no mostraba emoción alguna. Por su parte, Rokshan se sentó, como si estuviera en trance, mirando al vacío. Los segundos parecieron convertirse en minutos.

El aspecto de Naha era el de un hombre al que han abofeteado con fuerza; de modo que parpadeó y preguntó, desconcertado.

—¿Cuál es el cargo, jefe del Consejo?

—Sedición e incitamiento a la rebeldía, por asociación con el cabecilla insurrecto, Zerafshan Vaishravana, su hermano y anteriormente agregado a la corte imperial.

75

—¿Qué presunta asociación es ésa, jefe del Consejo? ¿La orden imperial presenta algún dato o alguna prueba? —inquirió Naha, incrédulo.

—Ninguna, aparte de que son parientes consanguíneos cercanos y… —Una expresión ladina afloró al rostro de Jiang Zemin.

—¿Y…? —quiso saber An Lushan con mordacidad.

Naha lo reprendió por su grosería y masculló una disculpa en nombre de su hijo mayor.

Jiang Zemin esbozó una sonrisa aceptándola, y después dirigió una mirada significativa a Rokshan y a su hermano antes de clavar la vista de nuevo en Naha.

—Como esto le concierne a toda mi familia, mis hijos deben quedarse, al igual que nuestra invitada, ya que se ha convertido en un miembro más de la familia, aunque no haya parentesco de consanguinidad —afirmó Naha, sin tomar en cuenta la expresión maliciosa del jefe del Consejo.

—Como guste —replicó Jiang Zemin—. Tiene que ver con la relación previa de su esposa, Larishka (que los dioses velen por su espíritu), con el hermano de usted, Zerafshan… Previa, se entiende, a que contrajera matrimonio con usted. El cargo es porque en el pasado ha encubierto a sabiendas a un rebelde que ahora instiga abiertamente a la rebelión contra el emperador.

—¿Quién le dio esa información? —susurró Naha.

—Todo el mundo sabe que Zerafshan visitaba con regularidad esta casa en los intervalos entre sus misiones diplomáticas y militares al servicio de la corte imperial —respondió Jiang Zemin—. Es decir, antes de su actual «misión» —añadió remarcando la última palabra.

—No me refiero a esa información, jefe del Consejo —replicó Naha, ahora revestido de una calma gélida—. Hablo de la relación previa de mi esposa…

Jiang Zemin parpadeó alarmado cuando Naha, que hervía de cólera reprimida, dio un paso hacia él con aire amenazador.

—Tengo mis fuentes de información, comerciante Naha… Después de todo, usted y yo nos conocemos desde que éramos jóvenes y actuábamos con la impetuosidad propia de la edad —comentó el jefe del Consejo con un tonillo de burla en la voz. Y debió de lamentarlo cuando Naha se abalanzó sobre él y lo agredió al tiempo que gritaba de rabia. Trastabilló hacia atrás por la fuerza del golpe, que le alcanzó en un lado de la cabeza—. Lamentará esto, comerciante Naha —barbotó mientras gateaba atropelladamente en el suelo para apartarse.

An Lushan se movió a toda velocidad para contener a su padre, que se había echado encima de Jiang Zemin para continuar con la agresión.

—¡Padre! Así sólo empeorarás las cosas... ¡Tranquilízate! —gritó An Lushan, contraído el rostro por el esfuerzo de refrenar a su musculoso padre, aunque estaban en igualdad de condiciones, ya que también él era de constitución fuerte y un poco más alto.

Naha se debatió un poco, pero después se dejó caer encima de An Lushan. Su hijo mayor lo condujo hacia los cojines para sentarlo cerca de Rokshan, que seguía paralizado por el susto y la incredulidad de lo que estaba sucediendo. Lianxang se había agachado a su lado e intentaba confortarlo en la medida de lo posible, pero al muchacho el corazón le latía desbocado y sentía palpitaciones en las sienes a la par que las palabras del jefe del Consejo se le repetían en la mente: «Se trata de una orden judicial de arresto contra usted...», «Se trata de una orden judicial de arresto contra usted...».

—Querría recordarle, jefe del Consejo, aunque probablemente lo sabe de sobra —dijo An Lushan— que nuestro tío Zerafshan no ha venido a nuestra casa desde hace al menos cinco años, mucho antes de que empezaran todos esos rumores de sedición e incitamiento a la rebeldía.

—No obstante, el delito de asociación es un hecho —replicó Jiang Zemin—. Si el emperador lo considera suficiente para arrestar a tu padre, no somos quienes para poner en duda su criterio, sobre todo cuando está dispuesto a dirigir su cólera contra Maracanda, así como contra la persona de tu tío... y contra tu familia.

Mientras escuchaba la respuesta de Jiang Zemin, Naha hundió la cabeza en el pecho. Su expresión de impotencia dio paso a otra de incredulidad ante la confirmación definitiva de que su propio hermano, con su traicionera deslealtad al emperador, había arrasado con todo aquello en lo que creía. Rokshan estaba asqueado; el miedo que se había ido acumulando en su interior se evaporó, mientras que el dolor, la pena y la rabia le estallaban en el corazón. Se volvió entonces hacia su padre y lo abrazó enterrándole la cabeza en un hombro.

Jiang Zemin siguió hablando con An Lushan:

—Lamento que, a despecho del largo servicio prestado por tu padre a la comunidad comercial de Maracanda y a la alta estima en que se le tiene, haya de ser encarcelado en la ciudadela de inmediato.

Ante tales palabras, Naha soltó un grito ahogado. Jiang Zemin lo miró de soslayo antes de aclararse la garganta con una tosecilla seca, y continuó diciendo:

—Un pelotón de la guardia armada viene en este momento de camino para escoltar al prisionero. Dadas las circunstancias, creí que lo menos que podía hacer era advertirle.

—He de protestar, jefe del Consejo. Exigimos una vista ante el pleno del Consejo. Además, queremos ver la orden imperial con nuestros propios ojos —manifestó An Lushan con un ligero temblor en la voz.

—Lo he dejado bien claro —le espetó Jiang Zemin—. Tu padre será encarcelado de inmediato y quedará retenido por disposición del emperador hasta que la culpabilidad o la inocencia de su hermano, Zerafshan, quede fuera de toda duda. —Hizo una pausa y esbozó una sonrisa—. O eso... o tu tío pone a disposición del emperador lo que le ha pedido.

—Cosa que sabemos que es imposible —contestó bruscamente An Lushan.

—Quizá tu tío debería haberlo tenido en cuenta antes de aceptar la misión del emperador —soltó con desdén Jiang Zemin.

—Uno no acepta o declina una orden del emperador, jefe del Consejo, como lo demuestra usted claramente con lo que está pasando aquí...

—Entonces tendrás que aceptar, An'an, que cuando capturen a tu tío y lo ejecuten por traidor, como ocurrirá casi con toda seguridad, todos las posesiones, mercancías y bienes muebles e inmuebles de la casa comercial de los Vaishravana, incluida esta vivienda, quedarán confiscados por el Consejo. Y es más, no puedo garantizar que no perdáis también la vida —concluyó Jiang Zemin, tajante.

Ante tal aseveración, Naha se le encaró para mirarlo de hito en hito y quiso decirle algo, aunque no consiguió articular una sola palabra.

—No puede amenazarnos así, jefe del Consejo. —An Lushan avanzó hacia él abriendo los puños y volviéndolos a apretar.

Jiang Zemin se encogió de hombros, y todos siguieron su mirada hacia el balcón cuando oyeron que los rítmicos pasos de la escolta armada se aproximaban a la casa. Rokshan rodeó a su padre con el brazo mientras éste se mecía en el taburete al compás del paso de los soldados. De repente el sonido cesó, y hubo unos segundos de silencio antes de que una llamada estruendosa en la puerta los obligara a dar un brinco a todos.

—En nombre del Consejo de Ancianos de la ciudad estado de Maracanda, capital del Imperio Occidental, el primer oficial de la Guardia de la Ciudad exige acceso con una orden imperial de arresto para el mercader Naha Vaishravana, residente en esta dirección. ¡Abrid!

Justo en ese momento apareció Ah Lin; desde que llegara Jiang Zemin, se había quedado un buen rato para escuchar sin que la vieran, y lo había oído todo. Vaciló en la puerta de la sala familiar con aire de disculpa.

—He preparado una bolsa de equipaje para el señor —dijo mientras las lágrimas le corrían por las mejillas—. ¿Abro la puerta al primer oficial?

Como respuesta, la ruidosa llamada a la puerta y el comunicado se repitieron. Nadie se movió. Era como si todos se hubiesen quedado petrificados en medio de la pesadilla del momento. Fue Jiang Zemin quien rompió el embrujo, y dijo con decisión:

—Sí, gracias. Iré contigo, así como con el comerciante Naha. An'an, haz el favor de ayudar a tu padre.

El joven lo ayudó a levantarse con cuidado, y le susurró:

—Ven, padre, no te preocupes, yo puedo ocuparme del negocio y mañana le daré instrucciones al amanuense mayor.

—Pero no estaba seguro de que lo hubiera oído; parecía como si estuviera ausente. Naha echó a andar, desfallecido y arrastrando los pies, entre Jiang Zemin y An Lushan mientras Ah Lin se adelantaba apresurada para abrir las puertas.

Justo antes de que cruzaran la arcada de la sala familiar, Lianxang corrió hacia ellos.

—¡Esperad! Comerciante Naha... No le fallaremos, se lo prometo. —La joven se asió al brazo del hombre e intentó tranquilizarlo con una mirada rebosante de entereza y compasión. Él la miró a su vez con tristeza y afirmó:

—Es demasiado tarde, Lianxang, demasiado tarde...

—No, padre, todavía podemos... —An Lushan se interrumpió al advertir que Jiang Zemin observaba con gran atención a la chica.

—Sé quién eres, jovencita —dijo el jefe del Consejo, la voz tranquila pero preñada de amenaza—, y será mejor que tú y los tuyos os mantengáis al margen de los asuntos de esta familia. Todos están cortados por el mismo patrón del traidor.

Lianxang se mostró desafiante, pero no respondió. Jiang Zemin señaló la puerta con un gesto de la cabeza y reanudaron la marcha.

Rokshan no los acompañó. Se anegó en llanto cuando oyó las pisadas de la guardia armada perdiéndose en la distancia, en dirección a la enorme ciudadela en la que su padre sería encarcelado indefinidamente, a discreción del emperador.

¿Durante cuánto tiempo? Aunque no fuera para siempre, sin duda sería muchísimo tiempo. El dolor, el temor y la cólera que bullían en su interior estallaron al fin, cristalizados en un alarido de angustia; se tiró sobre el montón de cojines y los golpeó una y otra y otra vez...

Capítulo 8

Crisis familiar

An Lushan regresó a la sala cabizbajo, absorto en sus pensamientos.

—Quizá sería mejor que no te quedaras aquí, Lianxang —musitó—. Exigiré una vista. No pueden hacer esto... Les haré frente en los tribunales hasta las últimas consecuencias... Les... —Severo y resuelto, An Lushan se sumió en un silencio colérico.

—Perderás el tiempo, An'an —comentó Lianxang, cortante—. A tu padre lo han arrestado por un mandato imperial que ningún tribunal se atreverá a revocar, sin que cuente para nada lo que hayan aprendido en la escuela sobre el respeto a la ley. Y será cuestión de tiempo que ocurra todo lo demás que Jiang Zemin amenazó que pasaría. ¿Es que no lo entiendes? ¡Quizá vuestras vidas corran peligro!

—No se atrevería... Ésa es una amenaza vana —masculló el joven, aunque no había convicción en sus palabras.

—¿Qué vamos a hacer? Vuestro pobre padre... —Ah Lin tembló; aturdida y angustiada, hizo varias veces la señal del dragón.

Rokshan la abrazó para consolarla y después le dijo a su hermano:

—Yo no estaría tan seguro de eso. —Y preguntó a Lianxang—: ¿Qué sugieres que hagamos?

La joven, cuyos ojos de color avellana echaban chispas, respondió en un tono que Rokshan no había oído hasta ese momento:

—Tenemos que asegurarnos de que, para Jiang Zemin, tu padre sea más útil vivo que muerto. La codicia lo hará posible. Hemos de ir a ver a los míos y persuadirlos de que acepten el plan del negocio maderero...

—Pero ya has oído lo que dijo padre: es demasiado tarde. Boghos obtendrá todos los permisos necesarios del Consejo —desestimó An Lushan.

—Pero nunca obtendrá la aprobación de mi pueblo.

—Eso da lo mismo. Boghos os pisoteará a todos, sin más... Ya conoces su fama.

—No lo hará. Eso podemos garantizarlo...

—¿Cómo?

—Mi abuela es la tejedora de sortilegios de los darhad y una de las personas más respetadas por los mayores, eso ya te lo dije. Lo que no te conté es que, cuando ella muera, yo asumiré las responsabilidades de su oficio. Ésa es la razón de que tenga que regresar con los míos, para que me transmita el saber y las tradiciones que aún no me ha enseñado. No son relatos, ¿sabéis?, sino narraciones de hechos reales.

Todos la miraron estupefactos. Ah Lin asintió con la cabeza, como si lo hubiese sabido desde el principio.

—¿Así que tú...? Pero ¿qué puede hacer una... «tejedora de sortilegios» contra Boghos y sus mercenarios? —inquirió An Lushan.

—Ella hablará con los espíritus que custodian los Bosques Oscuros, que no permitirán ninguna trasgresión ni violación en los bosques. Por ese motivo las florestas se han conservado intactas a lo largo de los siglos; las almas de nuestros muertos han nutrido a los espíritus desde que a nuestro pueblo se le confió por primera vez la salvaguardia de los bosques, un millar de generaciones atrás.

Ah Lin soltó un pequeño gimoteo al escuchar aquel alegato sacrílego, y antes de marcharse a toda prisa, masculló que si querían algo estaría en la capilla de la casa para rezar por todos ellos.

—Bien, sean lo que sean —dijo An Lushan, prietos los labios mientras la veía irse—, vuestros espíritus tendrán que hacer una magia muy poderosa para contrarrestar las sierras y las hachas de los hombres de Boghos. Los *taals* de plata que les pagará obrarán su propia magia, eso tenlo por seguro. ¿Crees que le preocuparán tus espíritus de los bosques? Desde luego que no —añadió, impaciente.

—No tienes que creer lo que te digo; lo oirás por boca de mi abuela, la propia tejedora de sortilegios. Y si tampoco crees lo que te dice ella, oirás lo mismo de labios de todos los ancianos de la tribu.

—¿Y quién se ocupará del negocio si te vas con ella? —preguntó Rokshan a su hermano con pánico creciente—. No podemos irnos los dos.

—No habrá negocio del que ocuparse a menos que hagamos algo —arguyó Lianxang de forma categórica.

—Eh, un momento... ¿Qué quieres decir con eso de «no podemos irnos los dos»? —An Lushan esperó una respuesta.

—Entre lo que me dijo Shou Lao y el arresto de padre ahora, no creo que tenga otra opción...

—¿De qué hablas, Rokshan? ¿Qué tonterías son ésas? ¿Qué te dijo el viejo? —demandó An Lushan.

Rokshan les contó el mensaje de Shou Lan y su reunión con Chen Ming, y añadió:

—Creo que lo que Shou Lao quiere decirnos es que tenemos —tengo—que encontrar a nuestro tío. Si existe tal posibilidad, podría ayudarnos a aclarar la situación y a sacar a padre de la cárcel, así que quizá no me queda otra elección. He de contestar a Chen Ming antes de mañana por la noche si me voy con él o no.

Cuando acabó de hablar, se hizo un profundo silencio en la sala. La voz solitaria del vendedor de faroles resonó en la noche, y, a lo lejos, el chillido penetrante de un búho a la caza se propagó por la atmósfera cargada de humedad.

—Es tarde y tenemos mucho en qué pensar —dijo al fin An Lushan—. Por la mañana decidiremos lo que debes hacer, Rokshan. Lianxang, quédate a pasar aquí la noche; Ah Lin te enseñará tu cuarto. Todos deberíamos intentar descansar.

83

Capítulo 9

La revelación de Chen Ming

Rokshan despertó, y, aún sumido en una bruma adormilada, se preguntó si todo lo ocurrido había sido una pesadilla, pero no se oían los sonidos familiares de todas las mañanas: el sordo entrechocar de los recipientes de la cocina y el chisporroteo de los preparativos del desayuno de su padre que Ah Lin cocinaba siempre, o la amistosa discusión de comerciantes y mercaderes que ya estarían pidiendo a gritos empezar con los negocios mientras bullían en grupitos en el salón ceremonial.

Metió la cabeza debajo de la almohada y lanzó un grito mudo, pero una pequeña semilla de certeza crecía en su corazón: estaba convencido de que tenía que hacer algo para ayudar a su padre. Salió de la cama, pues, a trancas y barrancas y bajó descalzo, en silencio, a la capilla de la casa. Todavía era temprano, pero el calor lo envolvió como si de una manta húmeda se tratara.

—Espíritus benévolos del agua y portadores de la lluvia —musitó tras echar un poco de incienso en las fauces del dragón de bronce—, liberad a Maracanda de las garras ardientes de Chu Jung y concedednos vuestras lluvias refrescantes. —Entonces se volvió hacia la estatua sonriente de la diosa, e imploró—: Ayúdame, madre de la misericordia. He de hacer cuanto esté en mi mano por mi padre… Ayúdame a llevar a cabo sea lo que sea.

Acabados los rezos, se dirigió a la sala familiar. An Lushan acababa de desayunar en ese momento y examinaba un montón de papeles y rollos de pergaminos. Lo saludó con un gruñido cuando Rokshan tomó algo de fruta de la mesa, y se sentó.

—An'an... Yo... He estado pensando que quizá no deberías irte —musitó Rokshan, inseguro—. Padre desearía que te quedaras para encargarte del negocio; sabes que es así.

—También dijo que el tiempo era vital, cosa que ahora, al estar él en prisión, lo es con mayor motivo. Lianxang tenía razón: hemos de recurrir a los instintos más básicos de Jiang Zemin para mantener con vida a padre... Y, además, si logramos tener éxito en lo que Boghos fracase, nuestra casa comercial se hará rica y lo bastante poderosa para aplastarlos a él y al jefe del Consejo y a sus compinches. Los destruiré a todos...

An Lushan miraba fijamente más allá de donde se hallaba su hermano, y los ojos le brillaban con un ardor desconocido para Rokshan, que se sintió tan inquieto que se dio media vuelta para comprobar si en realidad su hermano miraba algo concreto.

—Tú, por supuesto, deberás quedarte —soltó de repente An Lushan saliendo de su abstracción—. Continúa con tus estudios, y, como prioridad principal, Rokshan, sigue dando la lata al Consejo para poder visitar a padre. Si no dejas de atosigarlos, te dejarán verlo. Como amanuense mayor del negocio familiar, Vagees hará lo mismo, pero con la finalidad de hablar de trabajo, como es obvio... —Sonó una llamada en la puerta—. Debe de ser él.

—¿Quién? —preguntó Rokshan, nervioso porque el sonido le había traído a la mente la pesadilla de la pasada noche.

—Vagees. Hablaré con él en el despacho.

An Lushan fue a abrir la puerta al amanuense mayor. Rokshan oyó el enérgico clic clac de los pasos de su hermano al atravesar el salón y después el chasquido familiar de la puerta principal. El muchacho estaba rabioso por la presunción de An Lushan al darle órdenes como si fuera un niño; de ese modo minaba la pequeña semilla de certidumbre que había sentido al despertarse.

Suspirando, se puso de pie y salió al balcón para contemplar la ciudad; allí estaba muy a menudo con sus padres cuando era pequeño. Un florista empujaba su carro cargado de mercancía

85

calle arriba y se abría paso entre los comerciantes del mercado, los vendedores ambulantes y los buhoneros que iban de camino al Gran Bazar. Gritando y riendo, los chiquillos corrían entre ellos. El florista pasó justo por debajo del balcón, y el intenso aroma a albahaca dulce y otras hierbas aromáticas y flores llegó flotando hasta Rokshan.

Fue como si tuviera a su madre de pie junto a él; era el mismo perfume a hierbas y flores trituradas que llevaba a la cintura en una bolsita de tul delicadamente bordada, y, dondequiera que ella estuviera, impregnaba todas las habitaciones de la casa con el fuerte y dulce aroma. Era su olor. La vio con los ojos de la mente: alta, de porte arrogante, luciendo un vestido largo —holgado, de seda y de un tono amarillo intenso—, cuyo repulgo le rozaba los pies al caminar.

Oyó su voz, suave y persuasiva, al insistirle en la importancia de sus estudios en la escuela, así como el beneficio y mayor prosperidad para la familia que aportaría el prestigio de su nombramiento como uno de los enviados especiales del emperador. El pobre Rokshan se sintió como si lo hicieran pedazos, y, de repente, ya no estuvo tan seguro de poder llevar a cabo la tarea que tenía asignada.

Una repentina ráfaga de aire levantó un remolino de polvo en la calle, le dio en la cara y le entró en los ojos. El carro del florista pasó despacio por debajo, acompañado por el chirrido de los ejes, y el momentáneo recuerdo quedó atrás. En cambio, oyó a su hermano hablar con el amanuense mayor mientras lo conducía al despacho.

Rokshan se debatió con la desagradable idea de que, probablemente, An Lushan tenía razón: debía quedarse. Su padre se moriría si descubría que sus dos hijos se habían marchado de la ciudad. La resolución se evaporaba cuanto más vueltas le daba al asunto. Naha, abandonado y traicionado; así sería como se sentiría, seguro. No, jamás le causaría ese dolor. Tendría que ir a hablar con Chen Ming; él mejor que nadie comprendería que, estando su padre encarcelado y su hermano ausente de la ciudad, no podía marcharse… A lo mejor se lo explicaría a Shou Lao de su parte.

Oyó que Lianxang entraba sin hacer ruido en la habitación.

—Será mejor que me despida ahora —dijo la joven—.

An'an está arreglando las cosas con Vagees para que llevemos dos guardias de escolta y una acémila… Partiremos mañana al amanecer.

—¿Tan pronto? —De súbito las cosas parecían precipitarse, y no le gustaba el rumbo que estaban tomando.

—Tu padre dijo que no había tiempo que perder, y creo que tenía razón. —Abrazó a Rokshan—. Detesto las despedidas. Te enviaremos noticias… Y no te preocupes; todo saldrá bien.

Se alejó deprisa, sin mirar atrás.

Rokshan mandó recado a Chen Ming como había pensado hacer, y casi de inmediato recibió un mensaje del jefe de caravanas para que se reuniera con él en La Cimitarra Desenvainada. An Lushan había salido un momento del despacho, pero volvía a estar enfrascado en la conversación con el amanuense de su padre cuando Rokshan se marchó.

A media tarde el calor era tan intenso que las calles se hallaban desiertas, todas las tiendas y puestos habían cerrado y los vendedores callejeros buscaban sombra para zafarse de la chicharrera implacable del sol. El hedor de la basura acumulada era fortísimo, y Rokshan sostuvo un pañuelo humedecido con agua de rosas pegado a nariz y boca. A un lado de la calle vio a un mendigo tendido en el suelo.

—Agua… por favor, agua. Estoy más seco que el escupitajo de un dragón. Agua… por favor, joven señor —graznó tendiéndole una mano que más parecía una garra. Rokshan le dio un *celehk*, pero acto seguido se detuvo, y, agachándose, le dio de beber unos sorbos de su propio pellejo de agua antes de seguir su camino hasta el punto de reunión.

Chen Ming había pedido una jarra de agua fría y limas, y ahora los dos estaban sentados a la sombra, solos, en un rincón del patio de La Cimitarra Desenvainada. Guardaron silencio hasta que el posadero llenó los vasos; Chen Ming le dio las gracias con un gesto de asentimiento.

—Supongo que ya se sabe en toda la ciudad… Me refiero a lo de mi padre —masculló Rokshan, abatido.

—Siento mucho lo ocurrido, Rokshan, de verdad. Tu padre se ha portado muy bien conmigo todos estos años —contestó

Chen Ming—. Sin embargo, no conseguirás nada quedándote en Maracanda, aparte de servirle a él de consuelo. Pero, por desgracia, ser un consuelo no basta para desmentir su culpabilidad por asociación con tu tío, que al parecer es el cargo que le imputa el emperador. Mi preocupación en estos momentos es Zerafshan y cómo descubrir su verdadero propósito, qué estará planeando con los Jinetes y cómo detenerlo para evitar una guerra campal… y puede que algo peor, mucho peor.

El jefe de caravanas contempló con atención el tranquilo patio como si estuviera viendo las terribles consecuencias que había dado a entender, y luego, mirando fija e intensamente a Rokshan, continuó diciéndole:

—Ésta es una responsabilidad con la que Shou Lan me ha cargado y no sé con certeza si lo que me ha exigido que haga es lo correcto. Pero de algo sí estoy seguro: Maracanda estará acabada como capital comercial del Imperio Occidental si este asunto con los Jinetes no se soluciona. Si consiguieras persuadir a Zerafshan para que suspenda la rebelión (si es lo que se propone hacer), sería lo mejor para todos.

—Chen Ming, yo… Mi padre se morirá de preocupación y angustia si se entera de que ha perdido a sus dos hijos. Ésa es la única razón por la que no puedo marcharme —respondió Rokshan, incómodo, violento bajo la inquisitiva mirada del jefe de caravanas.

—Te equivocas, Rokshan. Conozco a Naha desde que los dos teníamos más o menos la edad de tu hermano mayor. Él no vacilaría en actuar si creyera que había alguna posibilidad de triunfar, por pequeña que fuera. Es mucho lo que hay en juego, y no me refiero sólo a su libertad, aunque es importante.

Hubo un largo silencio. El muchacho vació el vaso, mientras Chen Ming se atusaba el bigote, ensimismado en sus pensamientos; entonces echó un vistazo en derredor para asegurarse de que no había nadie por allí, y añadió:

—Escúchame. —Se había inclinado tanto sobre el muchacho que éste percibió el olor a lima en el aliento del hombre—. El enigma de Shou Lao era una advertencia, no me cabe duda; una advertencia que hemos de tener en cuenta y actuar en consecuencia antes de que no haya remedio. Por eso me ha pedido que te ayude y por eso debes unirte a mi caravana.

De nuevo guardaron silencio un buen rato. Mientras tanto Rokshan intentaba encontrarle sentido a lo que se le pedía, y al fin llegó a la conclusión de que todo se reducía a una cosa: tenía que hacer cuanto estuviera en su mano para ayudar a su padre. Porque, a su parecer, todo lo demás —la rebelión, las cuestiones comerciales y la advertencia de Shou Lao— carecía de importancia. Pero de ningún modo podía quedarse en casa, sin más, con la esperanza de que las cosas se arreglaran por sí solas.

La torva mirada del jefe de caravanas se suavizó al darse cuenta, por la expresión de Rokshan, de que el muchacho había tomado una decisión.

—Haremos frente a mi tío (y a lo que se haya convertido o a lo que esté intentando hacer) juntos, y sé que no encontraría a nadie mejor para ayudarme en esto, Chen Ming. —El amago de sonrisa del muchacho parecía más bien una mueca de dolor.

—Así se habla, mi joven y valeroso amigo —contestó el hombre, muy serio, y puso la manaza sobre la del muchacho.

Rokshan no se sentía valiente en absoluto. Siempre deseó ir con las caravanas de su padre en el largo viaje a la capital imperial, pero no de ese modo, a hurtadillas y sin saber en realidad a qué habría de enfrentarse. Además, ¿qué diría su hermano? La enormidad de la tarea se le hizo patente, y su resolución flaqueó un instante.

Chen Ming debió de leerle el pensamiento porque le comentó con una irónica sonrisa:

—Gupta, mi jefe de camelleros, te mantendrá tan ocupado que apenas tendrás tiempo para pensar, cuanto menos dudar si has hecho lo correcto. Él te pondrá al corriente de tus ocupaciones. —Se puso de pie para marcharse—. Partiremos mañana al ocaso. Viajaremos de noche mientras estemos a dos o tres días de la ciudad a caballo; así pasaremos menos calor. Reúnete con nosotros en la Puerta de Oriente, y no olvides —añadió, mirando hacia atrás a la par que se agachaba para salir del patio— que solemos ir ligeros de equipaje.

Capítulo 10

Adiós a Maracanda

*J*irones de nubes rosáceas surcaban el cielo, de una tonalidad entre perlada y nacarada, al amanecer. El gran rastrillo de la Puerta del Norte se alzó para que salieran tres jinetes y una amazona; dejando tras de sí una polvareda, partieron a galope por la calzada. Lianxang y An Lushan, acompañados por dos escoltas, emprendían el largo viaje a la tierra de los darhad.

A Rokshan le pareció que el resto del día discurría angustiosamente lento. Había hecho y rehecho varias veces la pequeña bolsa de viaje con el equipaje, consistente en una manta, una muda, algunas frutas pasas, un odre pequeño para el agua y una bolsita de medicinas a base de hierbas y amuletos. Nada más. Cualquier otra cosa podría adquirirla o trocarla en el viaje.

A medida que anochecía, esperó con nerviosismo a que Vagees llegara, momento en que él se marcharía. Unas horas antes, el amanuense mayor —ahora jefe en funciones de la casa comercial de los Vaishravana— le había pedido a Ah Lin que fuera a visitar a su anciano padre, que estaba enfermo; la mujer no regresaría hasta bien entrada la noche, y entonces Vagees le daría la noticia de la marcha de Rokshan.

Decidió echar un último vistazo a su casa para que se le quedara bien grabada en la memoria. Los dormitorios daban a una galería al aire libre, que en invierno se cerraba por completo con biombos decorativos, hechos a propósito para encajar en las puertas de las habitaciones; recorrió la galería una última vez y después bajó la escalera que conducía al salón ceremonial; a continuación se encaminó hacia la arcada que había detrás de la capilla, por donde se llegaba directamente a la cocina y al alojamiento de la servidumbre.

Se entretuvo en la pequeña cocina y contempló el hogar, muy bajo, en el que se cocinaba, y la larga mesa para cortar y preparar los alimentos; allí había pasado horas y horas de pequeño, feliz, ayudando a Ah Lin a preparar la comida para la familia.

Salió de la cocina al corredor, pasó ante el dormitorio de la fámula y reparó en la tosca estera que usaba para dormir; en la mesa que tenía al lado había un pequeño candil, la sarta de cuentas para rezar y un peine de ámbar que, según recordaba, le regaló su madre. Recorrió luego el conjunto de pequeños almacenes por los que hacía incursiones para conseguir maderas exóticas y especias con las que elaboraba varillas de incienso. Ah Lin le enseñó a moler juntos áloe, sándalo y alcanfor, mezclar la majadura con miel y bañar las varillas en esa mixtura; así quemaban sus ofrendas de incienso caseras en el diminuto altar, dedicado a Kuan Yin, que montaron en la bodega.

Estos recuerdos y un aluvión de otros semejantes lo asaltaron, y comprendió apesadumbrado lo mucho que iba a añorar su casa. Justo en ese momento oyó abrirse la puerta principal y después el sonido de pisadas en el salón. Vagees Krishnan lo llamó sin alzar la voz, y el muchacho fue a su encuentro.

El amanuense mayor era un cachemir de edad madura, cabello plateado, porte alto e imponente, y rostro aguileño, atezado y de un intenso color cobrizo tras viajar muchos años por las rutas comerciales; su hijo Gupta, camellero al servicio de Chen Ming, recorría ahora esas mismas rutas en su lugar.

—¿Está preparado, amo Rokshan? —preguntó Vagees mientras le hacía una reverencia cortés—. Está oscureciendo y no sería aconsejable hacer esperar al jefe de caravanas.

—Nada más lejos de mi intención, Vagees. Me marcho ya —contestó Rokshan, y echó una última ojeada al salón ceremonial—. Ofrece una plegaria a la diosa por mí, y, por favor, cuida de Ah Lin. ¿Le dirás que…? —Se preguntó qué le habría dicho a la mujer si hubiese estado allí—. Dile que, a veces, tenemos que hacer cosas de las que no estamos realmente seguros, pero… Si no las hacemos, no sólo les estamos fallando a aquellos a quienes amamos, sino también a nosotros mismos. ¿Lo entenderá, Vagees?

El amanuense mayor murmuró que se aseguraría de que lo entendiera. Rokshan se lo agradeció asintiendo con la cabeza, y, sin añadir nada más, salió por la puerta principal.

Poco después cruzaba la Puerta de Oriente, y, ya fuera, se incorporó a la masa de personas que bullía en la caravana de Chen Ming preparándose para la marcha.

El chasquido de los látigos de los camelleros se mezclaba con el relincho de los caballos y el gruñido de búfalos y yaks que los llevarían a ellos y al cargamento en la etapa inicial del viaje. El primer paso de montaña era la Cumbre de la Diosa y lo cruzarían tras diez o doce semanas de arduo viaje.

A todo lo largo de la caravana se alzaba un clamor ensordecedor de gritos, aguijonazos con palos, voces de estímulo, empujones y tirones para preparar a las bestias de carga; mientras tanto la luz titilante de las teas impregnadas de aceite arrojaba sombras extrañas, deformes, y el olor a humo alquitranado, mezclado con el del sudor de animales y personas, resultaba abrumador.

Rokshan avanzó presuroso por la hilera que formaba la caravana para buscar a Gupta, el camellero jefe. El hombre, de elevada estatura, arengaba a un grupo de escoltas profusamente armados que se apiñaban alrededor de tres camellos y un par de búfalos.

—¡Protegeréis este cargamento con vuestras vidas! —les gritaba Gupta con voz tonante—. Rotad turnos cuando estemos en marcha, pero sobre todo cuando acampemos. ¿Me habéis oído?

—¿Qué tiene de especial esta carga? —preguntó Rokshan a uno de los escoltas mientras miraba los pesados arcones revestidos con cinchos de hierro que estaban cargando en ese momento sobre los gemebundos búfalos y camellos.

—¿Acaso no lo hueles? —le respondió, desdeñoso—. En los arcones grandes hay el valor de cientos de *taals* de plata en sándalo y alcanfor. Los más pequeños están llenos de especias, como clavo, cardamomo, incienso… Puede que incluso haya mirra (a juzgar por la forma de desgañitarse Gupta), el perfume de reyes y emperadores, dicen. Y ahora, lárgate. ¡Tenemos cosas que hacer!

El fornido escolta gritó una orden, y los búfalos echaron a andar con una brusca sacudida. Rokshan se apartó de un salto y estuvo a punto de tirar al suelo a Gupta.

Saltaba a la vista que el camellero jefe era hijo de Vagees Krishnan, pues eran evidentes los mismos rasgos aguileños de su padre. Sólo tenía unos pocos años más que Rokshan, pero era ya un viajero avezado en las rutas comerciales y transmitía un aire de autoridad inconfundible.

—Chen Ming me ha pedido que me ocupe de ti —gritó para hacerse oír pese al clamor, desestimando las disculpas de Rokshan con un ademán—. Sé útil y presta toda la ayuda que puedas a los camelleros que están preparando a los animales, pero tu tarea principal… Consigue unos sacos y recoge todo el estiércol de los animales. Sin estiércol no podremos encender lumbres ni dispondremos de material con qué cocinar… ¡Es el trabajo más importante de todos! ¿Puedo confiarte esa tarea?

—Desde luego —respondió el muchacho con todo el entusiasmo que fue capaz de fingir.

—Bien, ponte a ello entonces. Ya hay un montón esperando que lo recoja alguien —rio Gupta, y se marchó.

—Recogedor de estiércol —masculló Rokshan para sí mismo, estupefacto, justo en el momento en que Gupta dio tres toques de cuerno para anunciar que la caravana debería estar lista para ponerse en marcha. Fue un sonido lastimero que recordaba un lamento, como una advertencia a los viajeros de las penalidades y peligros que les esperaban en el camino hacia la capital imperial.

Rokshan procuró ayudar a un camellero anciano que realizaba los últimos ajustes en la carga: tensaba una cuerda un poco suelta, aflojaba ligeramente una correa de la silla de montar que rozaba al animal, murmuraba palabras de ánimo a los caballos y dirigía una serie de chasquidos raros a los camellos.

—Quítate de en medio, chico, y ocúpate de tus asuntos —le espetó el camellero de mal humor al observar los intentos de Rokshan. Escupió con aire desdeñoso y señaló un montón humeante de estiércol reciente de camello—. ¡Toma! —gritó echándole un saco de arpillera.

Rokshan arrugó la nariz del asco, pero se aplicó en la tarea. Se ensimismó pensando en lo que les aguardaba en el camino; como conocía el negocio familiar lo suficiente, sabía que tenían ante sí algunos de los territorios más inhóspitos del mundo. Recordaba con total claridad los relatos que su padre y Chen Ming hacían de sus viajes: el calor abrasador del desierto durante el día y el helor punzante por las noches; los pasos de montaña casi intransitables a causa de la nieve acumulada y las asfixiantes tormentas de arena; el mal de altura y la ceguera provocada por la nieve que podían aquejar tanto a hombres como a bestias a lo largo de las escarpadas sendas, sembradas de enormes rocas desprendidas.

Por si fuera poco, a las penalidades y peligros naturales del camino se sumaba el ataque de salteadores. Renombrados y temidos por su bestial crueldad, éstos siempre estaban al acecho de las caravanas más pequeñas que no contaban con el respaldo de una guardia armada. Las rutas comerciales estaban sembradas de ejemplos de su brutalidad; la crucifixión era la forma de ejecución preferida por los bandidos, y, a veces, caravanas enteras acababan masacradas de esa forma. Rokshan se estremeció al pensarlo.

—Oye, Kan, ¿qué significa realmente atravesar el desierto de Taklamakan? —le había preguntado a su amigo la noche pasada procurando hablar con fingida despreocupación. Kan había hecho ese viaje dos veces con sus padres; como acróbatas ambulantes, actuaban en todos los acantonamientos, localidades con mercado y poblados en los oasis que había a lo largo de las rutas comerciales. Comparado con él, su amigo Kan era un viajero experimentado.

—¡Ah, Taklamakan! —le había respondido Kan en un susurro siniestro—. Más vale que te creas todo lo que oigas sobre ese gran desierto, Roksy. Los espíritus del desierto hablan; por la noche te llaman por tu nombre y te apartas del camino y los sigues… Pero nunca vuelves a encontrar la caravana. También existen los demonios de las Arenas Cantarinas que recrean el sonido de los pasos y el murmullo de un millar de personas a lo lejos; caravanas enteras van en pos del sonido y abandonan la calzada. Entonces, por la mañana, todos se han perdido y no hay esperanza para ellos. —Rokshan había palidecido—. Yo he oído cómo sonaba la música —había continuado explicando Kan, que se divertía poniendo nervioso a su amigo— y el retumbar de los tambores de los demonios toda la noche hasta... ¡volverte loco! —había gritado mientras se palmeaba las rodillas imitando los tambores demoníacos del desierto.

Pero de todo lo que Kan le dijo, Rokshan recordaba principalmente una cosa:

«He visto hombres venirse abajo y perder el control. Intentas apartar de tu mente esos gritos, pero son los pobres caballos los primeros que se vuelven locos de miedo».

El toque lúgubre del cuerno del jefe de caravanas sonó de nuevo, y sacó a Rokshan de su ensimismamiento.

—Pues yo debo de estar loco de atar ya para haber emprendido este viaje —rezongó entre dientes. Le habría gustado que su amigo estuviera con él, y Kan deseaba acompañarlo, pero tenía que ir con su compañía de gira por el Imperio Meridional, lo que significaba que estaría ausente durante los largos meses de invierno.

Al frente de la columna, Chen Ming, erguido en la silla de su magnífica montura gris, dio la señal para que la caravana, constituida por cincuenta bestias de carga y por lo menos un centenar de camelleros, guardias y demás seguidores de campamento, emprendiera la primera etapa del largo viaje hacia el este; desde la Cumbre de la Diosa el resto de la caravana continuaría hasta Chang'an, la capital imperial... Era un viaje que duraba de dos años en adelante.

Rokshan miró por última vez la Puerta de Oriente por la que tantas veces había pasado para deambular por el caravasar, y se preguntó si volvería a ver su Ciudad de los Sueños.

SEGUNDA PARTE

An Lushan y los darhad

Sobre tejedoras de sortilegios y los Bosques Oscuros

El texto que sigue a continuación está anotado en *El libro de Ahura Mazda, Señor de la Sabiduría.*

Los darhad son nómadas del norte, un pueblo solitario que siempre se ha mantenido apartado del resto del imperio.

De todas las leyendas sobre bosques que se han transmitido a lo largo de la historia, el mito del Árbol del Paraíso de los darhad es sin duda uno de los que se guardan con mayor fervor. Ese pueblo se aferra a las tradiciones y cree que sus espíritus de los bosques y de la tierra constituyen la fuerza vital de los Bosques Oscuros, a los que sustentan las almas de sus gentes cuando mueren, la misma fuerza vital que mantiene el equilibrio armonioso entre el bien y el mal.

La rebelión de los espíritus custodios contra el Señor de la Sabiduría amenazó la estabilidad de ese delicado equilibrio cuando el más favorecido de dichos espíritus –conocido a partir de entonces y para siempre como la Sombra Sin Nombre– se cansó de su vasallaje e intentó derrocar al Señor de la Sabiduría y gobernar él el cielo y la tierra. A la Sombra se unieron otros dos espíritus custodios superiores: el Rey Carmesí y el Espíritu del Jade, un tercer espíritu menor, Beshbaliq, también combatió a su lado. Cuando el Señor de la Sabiduría los venció, le pidió a Lao Chun, hechicero de los dioses y uno de los inmortales, que preparara para su más devoto servidor, Chu Jung, el Talismán de los espíritus dragontinos a fin de que lo ayudara a derrotarlos.

Después de que Chu Jung hubo derrotado a los dragones, se sintió impulsado a utilizar su recién descubierto poder en favor del mal y vagó por todo el mundo luchando con sus demonios de la tentación. Por fin llegó a los Bosques Oscuros, y allí, a punto de volverse loco, enterró el Talismán como había ordenado el Señor de la Sabiduría para que jamás volviera a tentarlo.

Mientras lo enterraba, las lágrimas de alivio y gratitud que derramaba cayeron en la tierra e hicieron que brotara un pimpollo; éste creció, se hizo arbolillo, y finalmente, un gran árbol al que Chu Jung, creyendo que el propio Señor de la Sabiduría lo había hecho brotar, le puso por nombre Árbol del Paraíso. Del mismo árbol elaboró el Báculo como ofrenda para su señor. A fin de asegurarse de que el Talismán no volviera a utilizarse jamás, sobre todo si caía en malas manos, Chu Jung le lanzó un hechizo que lo privaba de su poder a menos que estuviera unido a su ofrenda del Báculo (ofrenda que creía que estaría siempre a buen recaudo en manos de su señor), la misma ofrenda que Corhanuk, el mensajero del Señor de la Sabiduría, robó.

Los darhad creen que Chu Jung les transmitió parte de sus poderes especiales, incluida la facultad de hablar con algunos pájaros a los que estas gentes llaman espíritus-ave. La tutela de la tribu se confía a una persona –siempre una mujer– denominada tejedora de sortilegios, una figura semejante a una hechicera, poseedora de los poderes secretos y sanadora de mente y cuerpo. El cargo de tejedora de sortilegios pasa directamente de generación en generación del mismo linaje.

Fuente: la hermandad secreta de las Tres Liebres Una Oreja.
Origen: pergamino descubierto en las ruinas de la ciudadela del monasterio de Labrang, centro espiritual del antiguo Imperio Occidental.

Capítulo 11

Viaje al territorio de los darhad

An Lushan, Lianxang y sus dos escoltas, Qalim y Bhathra —veteranos de muchos viajes por las rutas comerciales y en quienes confiaba ciegamente el comerciante Naha— viajaron sin darse apenas descanso. Casi llevaban un ciclo lunar completo desde que emprendieron la marcha, e incluso el resistente y pequeño caballo estepario que usaban como animal de carga mostraba síntomas de agotamiento.

El terreno pedregoso de las tierras altas por las que transitaban se extendía como una manta arrugada hasta perderse en el horizonte, y esa monotonía sólo la rompía, muy de vez en cuando, alguna que otra hilera dispersa de pinos esqueléticos que seguían el cauce de un río, seco desde mucho tiempo atrás. Tan lejanas que apenas se distinguían, las cumbres nevadas de las montañas Tianshan relucían con la luz del sol.

—Las Tianshan… ¡Ya no puede faltar mucho! —le gritó An Lushan a Lianxang, que iba rezagada e intentaba animar al poni de carga que llevaba de la rienda para que se apresurara. De mala gana, el animal apretó el paso en pos de la joven.

—Unos pocos días más… No hace falta llegar hasta las montañas. —aclaró Lianxang, y se puso al paso con An Lushan.

—Pero aún tiene que pasar la luna llena y después otro ciclo completo… Seremos tan viejos como tu abuela cuando lleguemos donde se encuentra tu pueblo —comentó el joven riendo divertido.

—Entonces sí que seríamos viejos de verdad. Pero yo sería la tejedora de sortilegios, y mi pueblo habría de tener en cuenta mis palabras ¿no crees?

—Las tendrán, pero ¿querrán escuchar también a un comerciante de Maracanda? Habría... Habríamos fracasado estrepitosamente en la consecución de lo que hemos venido a hacer si no me dejan hablar.

—No tendrán opción si Boghos ha empezado a actuar como tu padre predijo —repuso la joven con apasionamiento.

—Rara vez pasa una hora sin que piense en mi padre —musitó An Lushan—. Debe de estar volviéndose loco en prisión... Y no podemos hacer nada para remediarlo —agregó en un susurro.

—Yo... Siento mucho lo de tu padre, An'an, lo lamento de verdad, pero no fue culpa tuya lo arrestaran. Piensa que lo que estamos haciendo es el mejor modo de poner de nuestra parte a Jiang Zemin una vez que se dé cuenta de que Boghos no va a darle lo que quiere. Los míos les tendrán una sorpresa preparada a Boghos y a sus hombres si se atreven a intentar cualquier cosa en los Bosques Oscuros sin nuestro permiso; las dríades de las frondas se encargarán de ello. Jamás en la historia de nuestro pueblo los bosques han sufrido daño alguno, tal es el poder de la confianza puesta en nosotros, una confianza que hemos cultivado y sustentado desde que se nos concedió. Y se nos ha recompensado bien por ello.

An Lushan no le estaba prestando atención porque seguía debatiéndose contra el sentimiento de culpabilidad por haber abandonado a su padre. Era un sentimiento que lo reconcomía, y que, de vez en cuando, lo exteriorizaba mediante fugaces ataques de cólera incontrolables que cada vez se repetían con mayor frecuencia:

—¡Ya empiezas de nuevo con tu charla sobre dríades y espíritus custodios del bosque (sean lo que sean), los mismos que se opondrán no sólo a Boghos, sino también a nuestra propuesta!

—¡No, no! ¡No lo harán una vez que les hayamos explicado que siempre habrá otros individuos como ése que querrán seguir llenando los cofres del emperador! —saltó Lianxang, herida por la iracunda increpación del joven—. Y la mejor forma de poner freno a la codicia de los hombres por la riqueza de nuestros bosques es que nosotros controlemos el suministro de madera... An'an, me explicaste todo esto muchas veces antes de marcharnos; ahora tienes que confiar en mí.

—Lo hago, Lianxang, y lo siento, no sé qué me ha pasado —se disculpó An Lushan mientras se frotaba la frente con ansiedad—. Es que a veces... Noto que las palabras me salen de golpe y oigo lo que digo, pero no es lo que querría decir.

—No te preocupes, todos estamos cansados. Quizá nos hemos forzado demasiado. ¿Por qué no les dices a los guardias que deberíamos aflojar la...?

—¡No! —gritó —. Es decir, no —suavizó el tono con gesto de disculpa, avergonzado—. Tenemos que llegar lo antes posible, porque cuanto más tardemos, más tiempo pasará padre encerrado.

—Por supuesto, sólo era una sugerencia. —La joven lo miró con afectuosa preocupación. Pero de repente se irguió en la silla y señaló, muy excitada, una pequeña mota en el cielo.

—¿Qué es? —preguntó An Lushan con curiosidad a la par que forzaba la vista en la dirección que indicaba su amiga.

—¡El águila real! Te hablé de ella; nació en las Cinco Montañas Sagradas, más allá de las Tianshan, a muchos cientos de *lis* de aquí. Hasta ahora sólo la había visto otras dos veces. ¡Lo sabe, An'an! ¡Sarangerel sabe que vamos y nos envía un mensaje!

El entusiasmo de la chica era contagioso, y An Lushan se maravilló de que hubiera reconocido al ave desde una distancia tan enorme. Se protegió los ojos con la mano para que no les diera el sol, y al fin consiguió localizarla. La enorme águila descendía describiendo amplias espirales mientras planeaba en las corrientes térmicas sin el menor esfuerzo.

—Así que ése es el espíritu-ave de tu abuela —comentó, maravillado ante la inmensa envergadura de las alas del águila, casi el doble de la altura de un hombre adulto—. «Sólo una tejedora de sortilegios puede convocarla e identificarse con su espíritu.» —murmuró para sí. ¿Era real la magia sobre la que Lianxang le había hablado? Nunca había visto a esas aves magníficas y sólo había oído nombrarlas en los cuentos infantiles—. ¿Hablarás con ella? —preguntó, incapaz de apartar los ojos del águila. Pero los guardias también la habían visto ya y la señalaban dando gritos.

En respuesta, Lianxang lanzó un chillido agudo, ensordecedor y prolongado. Pareció que el águila le contestaba con otro chillido penetrante antes de alejarse volando, perfilada contra el azul celeste del cielo.

—¿Qué le has dicho? ¿Tenía algún mensaje para nosotros? —le preguntó An Lushan con ansiedad.

—En efecto, esa águila es el espíritu-ave de Sarangerel, pero puedo hablar con ella y entender los mensajes que lleva —repuso Lianxang, todavía con los ojos prendidos en el cielo—. Sarangerel nos ha visto a través de los ojos del águila e informará a la tribu de que nos dirigimos hacia allí. Dice que será un día feliz cuando lleguemos al campamento de invierno, An'an... Y mi pueblo se siente muy honrado de que el hijo mayor de la familia más poderosa del comercio en Maracanda acompañe a su amada nieta. ¡Toma esto! —Le lanzó las riendas del animal de carga y, con un grito gozoso, espoleó a su caballo y adelantó a los guardias a medio galope—. ¡Te echo una carrera! —le gritó, mirando hacia atrás, sentada en la silla muy erguida.

—¡Espera! —gritó él—. ¡Espera! ¡Voy a enseñarte cómo cabalgan los sogdianos!

Pero cuando quiso dejar el poni a cargo de los guardias, la joven ya estaba a bastante distancia. De modo que sofrenó el caballo hasta dejarlo al paso, pero a todo esto un graznido escandaloso e insistente atrajo su atención. Alzó la vista al cielo con los ojos entrecerrados para que el sol no lo cegara; se trataba de una corneja que planeaba exactamente encima de él.

Al lanzar de nuevo el pájaro su desagradable grito, una sensación de inquietud se apoderó del joven, una inquietud de la que no logró desentenderse. Su caballo captó lo que le sucedía y relinchó al tiempo que cabeceaba. An Lushan tuvo que contener el impulso de seguir a la corneja cuando ésta se alejó volando; tranquilizó al caballo con palabras suaves y alcanzó a Lianxang, que continuaba alegre por la aparición del espíritu-ave de su abuela, y él decidió guardar para sí su desazón.

Viajaron en amigable silencio el resto del día. Al anochecer se sentaron junto a la lumbre del campamento para preparar la cena, pero entonces, sin mediar palabra, An Lushan se levantó de golpe y se alejó de los demás sin decir adónde iba ni por qué. Lianxang lo llamó, pero no obtuvo respuesta. Presintiendo que algo iba mal, lo siguió a una distancia prudente; pero tuvo que hacer callar con un gesto amigable a los guardias cuando le dijeron, entre risas, que regresara pronto si quería comer algo.

Esa tarde habían seguido el cauce seco de un río, a lo largo de las escarpadas laderas de unos riscos de arenisca. Allí donde en su momento el río fue ancho y corría sin obstáculos, ahora había guijarros y grava y sólo crecían las flores silvestres más resistentes y las malas hierbas. An Lushan casi corría por el lecho del río.

—¡An'an! —lo llamó.

Todavía a cierta distancia del chico, Lianxang vislumbró una silueta y creyó que era algún tipo de animal grande que escarbaba en la ribera, pero, forzando los ojos en la penumbra, vio a An Lushan, quien, a cuatro patas, removía y rascaba la tierra seca, se la echaba repetidamente sobre la cabeza y el cuerpo, y después se frotaba con ella como si intentara lavarse.

—¡An'an! —volvió a gritar corriendo hacia él, y soltó una maldición cuando se trompicó por ir tan deprisa. Estaba a punto de llamarlo otra vez, pero reparó en una enorme corneja que saltaba por la ribera, delante del joven. ¡Una corneja! Lianxang se detuvo en seco y le recorrió un escalofrío; había visto a uno de esos pájaros en un par de ocasiones, graznando y volando en círculo sobre ellos, normalmente al anochecer. ¿Sería la misma corneja?

A medida que se acercaba, oyó a An Lushan mascullar entre dientes mientras continuaba removiendo y escarbando la tierra; repetía la misma frase una y otra vez:

—Y si fracasara, entonces ¿qué? ¿Entonces, qué, si fracasara? ¿Y mi padre? ¿Y mi hermano? —Miró con fijeza a la corneja, que ladeó la cabeza y luego graznó, como si le respondiera—. No puede ser... No puede ser... ¡No debe ser! —gritó; se incorporó tambaleándose y se abalanzó sobre la desgarbada ave. Ésta se apartó a saltitos, lo justo para seguir fuera de su alcance.

Lianxang corrió y agarró a su amigo por los hombros, pero dio un respingo al reparar en su semblante, inexpresivo como una máscara, y en sus ojos desenfocados. Lo abofeteó.

—¡Basta ya! ¿Qué haces? ¿Qué te pasa? ¡An'an! ¡Soy yo,

105

Lianxang! —le espetó, y estaba a punto de darle otra bofetada cuando la corneja alzó el vuelo en la penumbra. An Lushan se soltó con brusquedad de la muchacha, y siguió a trompicones al ave; los brazos le colgaban inertes a los costados.

Temiendo que hubiera perdido la razón, Lianxang vaciló. Desesperada, llamó a voces a los guardias, pero estaban lejos y no la oyeron. Al oírla gritar, An Lushan se detuvo en seco y se dio la vuelta hacia ella, muy despacio.

—¿Por qué me sigues? ¿Y dónde está el campamento? ¿Qué haces aquí? —preguntó mirando alrededor, desconcertado—. ¿Y qué es todo esto? —añadió mientras se sacudía la tierra de las ropas y regresaba por la ribera hacia donde se hallaba Lianxang.

—Pero ¿no te acuerdas? —preguntó la joven, tan desconcertada como él—. Te levantaste sin más y echaste a andar sin decir palabra. Te seguí y... Bueno, aquí estamos. —Se echó a reír, pero la risa sonó falsa y forzada—. Hablabas... ¿Tampoco recuerdas eso?

—No. ¿Qué decía?

—Oh, nada, cosas sin sentido... Algo sobre fracasar, y después mencionaste a tu padre y a tu hermano, como si preguntaras por ellos.

—¿Preguntar a quién? ¿Sobre qué?

—¡No lo sé, An'an! Había una corneja saltando alrededor, era como si... —Guardó silencio.

—¿Como si qué?

—Como si tú y la corneja estuvieseis hablando. Sé que suena estúpido, pero... Era lo que parecía, en definitiva.

—¿Que parecía que hablaba con una corneja? Creía que sólo erais tu abuela y tú las que hablabais con las aves —bromeó mientras la abrazaba—. Venga, no pongas ese gesto tan preocupado. Me encuentro bien, aunque ¡tengo un hambre que me suenan las tripas! Volvamos al campamento antes de que esos guardias glotones devoren toda la comida. Es decir, ¡si es que no lo han hecho ya! —La joven lo miraba preocupada—. Estoy bien, de verdad —insistió él en voz baja; sonrió y le dio un apretón en el hombro.

Y

Poco después de la primera luna llena desde el comienzo del viaje, justo como Lianxang había dicho, el pequeño grupo se aproximó por fin a la parte más meridional de las tierras a las que los nómadas darhad llegaban en sus desplazamientos con el cambio de estaciones. Habían enfilado hacia el oeste, hacia las estribaciones de las montañas Tianshan, y la temperatura era cada vez más baja. El final del verano se avecinaba y agradecían las pieles por la noche.

Se acercaban al lago Baikal, una inmensa extensión de agua que se perdía de vista de un extremo al otro del horizonte y creaba una desalentadora frontera natural entre el mundo exterior y los darhad. Más allá sólo alcanzaban a vislumbrar un borroso manchón de terreno de rasgos imprecisos.

—¡Los Bosques Oscuros, An'an! ¡Unos pocos días más de marcha a caballo y estaremos ahí! —exclamó Lianxang, cuya voz rebosaba de alivio y alegría, y a pesar de que la orilla del lago aún se encontraba lejos, galopó hacia el agua. Sus compañeros, cansados y doloridos de ir montados en la silla tanto tiempo, la animaron a seguir con un gesto, conformes con que ella fuera delante.

—¡Lianxang! ¡Espera! —gritó An Lushan, pero iba tan retrasado que podría haberse ahorrado el esfuerzo y el aliento. Nada la habría hecho detenerse, pues llevaba demasiado tiempo en el Imperio Occidental —tierra adentro—, y el lago Baikal era uno de los lugares más sagrados para su pueblo.

An Lushan salió en pos de la muchacha a medio galope; entonces se le ocurrió pensar que sólo al cabo de dos o tres días entrarían en el asentamiento de invierno de los darhad, y se preguntó qué les aguardaría allí.

107

Capítulo 12

Llegada y noticias inesperadas

—*É*ste es mi hogar, An'an —fue todo lo que dijo Lianxang; señalaba hacia el valle que había un poco más adelante. Llevaban viajando varios días desde que dejaron atrás el lago Baikal, y por fin veían el poblado de la muchacha. Se veía el valle salpicado de docenas de yurtas, unas tiendas hechas con sólidos postes unidos entre sí y cubiertas con fieltro de lana y pieles de animales; tenues espirales de humo salían por el agujero de cada techo.

El poblado se hallaba muy bien recogido, al abrigo de las lindes de los Bosques Oscuros que se extendían hacia el norte y hacia el este. Acababan de cruzarlas a caballo y ahora descendían por una pequeña sierra de colinas ligeramente arboladas.

Empezaba a oscurecer, y después de haber viajado todo un ciclo lunar, lo único que An Lishan sentía era un gran agotamiento. El invierno anunciaba su llegada, y el joven echaba de menos el calor de Maracanda. Un viento muy frío soplaba con fuerza e hincaba las gélidas garras a pesar de las gruesas pieles con que se abrigaban, de manera que estaban helados hasta la médula. Agachó la cabeza para protegerse el rostro, en el que lucía una barba hirsuta, y se echó las pieles sobre los hombros.

—¿No va a salir nadie a recibirnos? —bromeó, pero el viento se llevó sus palabras.

Descendían por la falda de la colina, eligiendo con mucho cuidado el camino, cuando los vieron unos niños que practicaban alguna clase de juego montados a caballo. Los chiquillos los señalaron y se pusieron a gritar con gran excitación. Dos de ellos, más atrevidos que los restantes, talonearon a los ponis y trotaron hacia los visitantes.

—¿Quién viene a hablar con el pueblo de los darhad? —inquirió con mucho desparpajo y voz de pito uno de los críos mientras frenaba su montura a cierta distancia de los viajeros, aun cuando la noticia de la llegada de Lianxang había corrido como la pólvora por el poblado unos días antes.

La joven los saludó con la mano, y anunció:

—Decidle a la tejedora de sortilegios que su nieta regresa sana y salva de la ciudad imperial de Maracanda, acompañada por un amigo y representante de una de las principales casas comerciales, An Lushan, de la familia Vaishravana, y por dos escoltas.

El otro chico se acercó y la miró con atención. El gorro de piel sin copa dejaba a la vista la cabeza rasurada, pero era evidente que no notaba el frío; vestía una túnica de cuero, sin mangas, similar a la que Lianxang llevaba debajo de las pieles.

—¿Eres tú de verdad, Lianxang?

—Sí, lo soy. Y ahora, ¡ve y date prisa!

El niño sonrió al reconocerla.

—Lianxang… ¡Ha vuelto! —gritó mientras se alejaba al trote, seguido por su compañero—. ¡Lianxang ha vuelto! Avisad a la tejedora de sortilegios… ¡Lianxang ha vuelto!

—La noticia de que por fin estamos aquí se extenderá a toda velocidad por el campamento —le dijo la joven sonriendo a An Lushan.

El avance del grupo se fue lentificando a medida que otros miembros de la tribu salían de sus yurtas para arremolinarse en torno a los recién llegados y gritar bienvenidas a Lianxang al tiempo que daban palmadas en la grupa de su montura. An Lushan reparó en que algunos de los ancianos la tocaban y después se hacían una señal en la frente.

—¿Qué significa ese gesto? —preguntó él en voz alta para que ella lo oyera a pesar del barullo, sorprendido por la gozosa recepción que la tribu le daba.

—Es para tener suerte y fortuna, An'an. Seré su tejedora de sortilegios y represento su futuro. —Lo miró con un brillo

109

de orgullo y felicidad en los ojos, y fue como si él la viera por primera vez, y se preguntó qué clase de mujer sería su abuela si se le ofrecían semejantes muestras de respeto y afecto a su nieta. Los escoltas renunciaron enseguida a su intento de abrirles paso, y tras un momento inicial de alarma, desmontaron y aguantaron de buen grado los golpecitos y tirones de la gente, que los observaba con los ojos desorbitados por la sorpresa.

Los iban empujando a todos hacia una gran tienda que se alzaba en el centro del campamento, diferente de las restantes. Era la gran yurta del pueblo en la que se reunían todos los habitantes para celebrar fiestas, escuchar relatos y enterarse de anuncios importantes; de forma octogonal, estaba construida con troncos y provista de un sólido techo con un agujero en el centro para la salida del humo. Junto a la entrada había una gran roca de granito, en cuya superficie —vaciada parcialmente— ardía un fuego, y a ambos lados se erguían postes coronados por sendos cráneos de oso (el pueblo de Lianxang reverenciaba al oso como a un antepasado y lo consideraba uno de los animales de mayor rango).

A medida que los viajeros se aproximaban a la construcción, la gente se fue quedando atrás en silencio. Bajo la parpadeante luz crepuscular, distinguieron una pequeña figura encorvada que se apoyaba en una chiquilla de diez u once años. Lianxang alzó la mano y el grupo se detuvo.

An Lushan reparó en que la persona que se hallaba junto al peñasco vestía pieles de animales; de los brazos le colgaban unos flecos de ante, y de los hombros, manojos de trencillas de tela, todo lo cual le daba apariencia de ave. Esa impresión se acentuaba a causa del tocado de plumas y el cráneo de un ave que llevaba colgado del cuello, cráneo que por su tamaño —en opinión del joven— debía de ser de un águila real como la que habían avistado en el camino. Al instante supo que esa persona era la abuela de Lianxang, la venerada tejedora de sortilegios de los darhad.

—¡Salve, Sarangerel, tejedora de sortilegios y vidente! Tu nieta ha regresado a la tierra de su pueblo —resonó la voz de Lianxang.

La niña le susurró algo a la anciana.

110

—Bienvenida, hija de tejedoras de sortilegios. Has estado lejos mucho tiempo y los tuyos te han echado de menos —respondió Sarangerel con voz clara y melodiosa—. Traes forasteros, *ferangshan*, según ven mis ojos jóvenes. —Acarició la cabeza de la pequeña que se mantenía a su lado, impasible. Sobresaltado, An Lushan comprendió que la anciana era ciega y se preguntó por qué no se lo habría comentado Lianxang.

—Así es, abuela, son los *ferangshan* de los que le hablé a tu espíritu-ave cuando aún estábamos a varios días de nuestra tierra.

—Serán bien acogidos. Ven, deja que te toque para estar segura de que eres tú —bromeó.

Sin más formalidades, Lianxang desmontó de un salto y corrió a los brazos abiertos de su abuela. La gente de la tribu que hasta entonces había permanecido callada aplaudió y vitoreó, y después se dispersó entre risas y comentarios. Algunos de los niños más pequeños se acercaron a An Lushan y a sus compañeros, y se quedaron contemplándolos con aire solemne, hasta que sus padres, azorados, los ahuyentaron. Una familia hizo una complicada reverencia y ofreció a Qalim y a Bhathra que compartieran su yurta, y ellos aceptaron su hospitalidad de buena gana.

Un poco más tarde, An Lushan, Lianxang y su abuela se encontraban sentados en esteras toscamente tejidas, que cubrían el suelo de la yurta de la anciana tejedora de sortilegios; el brillo rojizo del fuego se les reflejaba en el rostro. La mayor parte del humo que despedía el estiércol seco de animales ascendía en espiral hacia la abertura circular del techo, orificio que podía cerrarse con una pequeña trampilla. El humo restante flotaba en ondas brumosas que acrecentaban la sensación de lobreguez.

—Abuela, tenemos tantas cosas que contarte… —exclamó Lianxang, excitada—. Pero empezaré por el principio, cuando llegué a la ciudad de Maracanda y pasé días deambulando sola por las calles mirando de hito en hito los edificios y los mercados y… a la gente. ¡Abuela, nunca viste tanta gente en el mismo sitio y de tantas tierras diferentes!

Manteniendo los ojos cerrados, Sarangerel la escuchaba complacida y se mecía atrás y adelante con suavidad a la vez

111

que asentía con la cabeza y sonreía. An Lushan se preguntó si estaría prestando atención a lo que decía Lianxang o si simplemente oír la voz de su nieta la hacía feliz. Los párpados le pesaban cada vez más, y notó que se quedaba dormido, aunque salió del sopor con un sobresalto cuando Lianxang mencionó a Shou Lao y su narración.

—¿Te explicó el espíritu-ave algo más sobre el enigma, abuela?

Sarangerel asintió, pero no dijo nada. Por fin abrió los ojos ciegos y los alzó hacia el agujero del humo.

—Mi espíritu-ave llega a cualquier rincón de las tierras del imperio, nieta, y quienes saben hablar con él me cuentan muchas cosas.

—¿Quiere decir que hay otros seres que tienen esa capacidad? —inquirió An Lushan, cortés pero incrédulo. La tejedora de sortilegios asintió de nuevo, y Lianxang lo miró con aire de suficiencia. Su abuela acababa de confirmar lo que la muchacha le aseguró en más de una ocasión pero, en el fondo, él no la había creído. Se le ocurrió de repente que tenía que enterarse de más cosas sobre esa gente.

»¿Y el viejo narra…? ¿Shou Lao habló con su águila? ¿Es así como está enterada de este enigma? —preguntó, ahora en un tono de profundo respeto.

Sarangerel volvió a asentir, y dijo:

—Aunque le he dado muchas vueltas, soy incapaz de desentrañar su significado, salvo que hemos de estar alerta, hijos míos, y mantener nuestros bosques a salvo de los ojos inquisitivos de los *ferangshan*… los forasteros, que no creen en los poderes inmemoriales de los espíritus de las frondas y de la tierra.

—Hay muchos que ya no creen, honorable tejedora de sortilegios —contestó educadamente An Lushan—. Hoy día el imperio prospera y su centro vital es el comercio. Mercaderes sin escrúpulos, que no sienten respeto por esos poderes antiguos a los que se ha referido, expulsarán a su pueblo de los bosques que aman… Ya hay demasiados «ojos inquisitivos» que codician las riquezas que representa la madera. Hay uno en particular que no se detendrá ante nada para obtener esas riquezas. Nuestra familia lo conoce…

112

—Nosotros también —afirmó Sarangerel.

—¿Conoce a... Vartkhis Boghos y sabe sus planes? —An Lushan no salía de su sorpresa.

—No sé quién es, pero es evidente lo que intenta hacer. ¿Por qué otra razón iba a haber semejante cúmulo de hombres armados con sierras y hachas, reunidos en la linde noroeste de los bosques?

—¿Al noroeste? ¿Está segura? —preguntó con apremio el joven mientras echaba una rápida mirada de soslayo a Lianxang.

—Mi espíritu-ave llega a todas partes. Nunca miente —repuso Sarangerel en voz queda, sin dejar de mecerse despacio.

—¡Boghos! Lo sabía. —A An Lushan se le escapó un ligero silbido—. Se ha movido increíblemente deprisa... Tiene que haberse enterado de que estábamos de camino hacia aquí, Lianxang. El punto de acceso a los bosques más cercano desde su país sería el noroeste. ¡Ya ha empezado!

Se preguntó por qué la tejedora de sortilegios se mostraba tan tranquila ante la inminencia de semejante desastre... Un desastre para todas sus esperanzas, pensó desesperanzado. Contempló con fijeza las rojas ascuas del fuego; se sentía exhausto y derrotado, y se reprochó por no haber previsto que el viejo enemigo de la familia actuaría con tanta rapidez. ¿Acaso no había dicho su padre que podía ser demasiado tarde ya?

Le vino a la mente un tropel de preguntas: ¿Qué planeaban hacer los darhad respecto a Boghos? No creía que contaran con sus espíritus del bosque para detenerlo, ¿o sí? ¿Cómo hacerles entender que, incluso si por un milagro conseguían detener a Boghos, siempre habría otros como él? ¿Había confiado demasiado en el entusiasmo de Lianxang en cuanto a que conseguiría poner de su parte a la tribu de la muchacha? No entendía ni poco ni mucho la actitud de la tejedora de sortilegios.

—Cuando un hombre ha hecho lo inconcebible, siempre habrá otros que sigan su ejemplo —reflexionó Sarangerel, como si hubiese adivinado lo que el muchacho estaba pensando.

Lianxang parecía desconcertada dada su expresión estupefacta. An Lushan iba a decir algo más, pero Sarangerel alzó la huesuda mano y lo hizo callar.

113

—Los dos tenéis que descansar ahora, después de que ha-
yáis comido… Tanta charla me ha agotado. —Señaló hacia un
rincón al otro lado de la yurta—. Hemos preparado un sitio
para que durmáis.

An Lushan agradeció su hospitalidad con un murmullo.
Después de tomar un poco de carne curada y pan de avena, se
acomodaron entre las mantas de felpa y las pieles de animales
y se quedaron profundamente dormidos.

Capítulo 13

Tradiciones y costumbres nuevas

*L*a fulgente luz de la mañana penetraba a raudales en la yurta de la tejedora de sortilegios a través del semiabierto faldón de la entrada, y los ruidos del campamento se colaban dentro: el balido de las cabras mezclado con los relinchos y resoplidos de los caballos, y las voces de hombres y mujeres que iban de aquí para allá ocupados en sus quehaceres. Un alegre grupo de niños jugaba cerca; sentían curiosidad y querían echar un vistazo al *ferangshan* de la capital del Imperio Occidental donde, susurraban entre ellos muy emocionados, hasta la ropa se tejía con oro hilado.

—Tu abuela no parece preocupada en absoluto con la noticia sobre Boghos —le dijo An Lushan a Lianxang. Todavía estaba cansado e irascible a pesar de que había dormido mucho tiempo. Las nuevas sobre el mercader armenio lo acosaban sin reposo.

—Porque nuestros bosques estarán protegidos, como lo han estado siempre —afirmó la muchacha mientras se pasaba de una mano a otra las tortas de mantequilla y avena que estaba preparando—. Ten, pruébalas. —Sacó una del fuego—. ¡No le hagas ascos! Es lo que tomamos siempre para desayunar.

—Preferiría melón y confituras —contestó, melancólico. El estómago le rugió al recordar los platos de Ah Lin—. He tenido malos sueños anoche, Lianxang —añadió mientras masticaba la torta.

—¿Qué clase de sueños?

Sólo recordaba vislumbres de escenas fugaces, tenebrosas, pero lo habían asustado porque los escasos fragmentos que le venían a la memoria eran las mismas pesadillas que lo acosaban de pequeño.

—Estaba solo, en el desierto de Taklamakan… Bueno, no es que estuviera simplemente sólo en aquel lugar, sino que parecía que era el único ser humano que quedaba en el mundo. Sin embargo, había alguien más, porque me hablaban. Llamé a… quienesquiera que fueran, pero no se dejaban ver y se limitaban a repetirme que tenía que ir con ellos, pero yo no sabía adónde debía dirigirme. Y hacía tanto frío… Entonces me caí a un vacío y seguí cayendo tanto rato que creí que jamás me detendría, pero acabé tendido a orillas de un lago. El agua era negra como la noche, y notaba su frialdad. Entonces ocurría otra cosa, pero… No me acuerdo de más. —El recuerdo le provocó un escalofrío.

—Bueno, ya empieza a hacer frío y pasamos por el lago Baikal de camino hacia aquí. Sólo era un sueño, An'an —intentó tranquilizarlo ella—. Ahora estás entre amigos. Sarangerel sabe interpretar los sueños y quizá podría desentrañar su significado; tenemos hierbas, raíces y hongos especiales que sólo crecen en nuestros bosques… y puede prepararte una pócima con esos ingredientes para que te la tomes. Después, cuando te duermas, será como si ella estuviera contigo en tus sueños; y al despertar los entenderás con toda claridad.

—¿Y si no soñara lo mismo? —repuso An'an; parecía sentirse incómodo con la sugerencia.

—Sería el mismo. —Lianxang se echó a reír—. Toma, come más tortas de avena.

Él las rechazó y echó un vistazo a la yurta; contempló el humo de la lumbre que ascendía en volutas y de aquí a aquí aparecía y desaparecía. Había un par de fuelles de madera junto al hogar y al lado un montón de tarros, cuencos y platos de loza de intensos colores colocados en una ordenada hilera; en un rincón estaban apiladas esterillas de felpa, mantas y pieles; en el lado opuesto había sacos llenos con algo que olía a estiércol para alimentar el fuego que se mantenía encendido siempre, y junto a los sacos se veía un montón de astillas y ramas pequeñas.

Lianxang advirtió que su amigo miraba la madera y le dijo:

—¿Te das cuenta? Usamos lo que necesitamos del bosque; no todo es sagrado. Aunque disponemos de un abastecimiento limitado a áreas muy pequeñas, nos proporciona lo suficiente para cocinar y para el fuego del altar. Hace mucho tiempo había fuegos de altar en los templetes atendidos por sacerdotisas de sortilegios a todo lo largo y lo ancho de las frondas, pero ahora somos muy pocas para ocuparnos de ellos como debiéramos. Áreas inmensas están llenas de zarzas, hiedras y madera muerta… Ahogan el bosque y lo van matando.

—Y ahí es donde entramos nosotros —repuso An Lushan, animado con la perspectiva—. Una tala reducida nos proporcionará madera para comerciar y ayudará a mantener vuestros bosques en mejores condiciones. Lianxang, quizá el destino nos ha hecho el juego, después de todo. Me refiero al hecho de que Boghos llegara aquí antes que nosotros.

—¿Qué quieres decir? —preguntó ella, dubitativa.

—Los darhad verán lo que Boghos está haciendo y comprenderán que es muy importante que sean ellos quienes controlen el suministro de madera… con la ayuda del negocio de mi familia, claro, en lugar de estar a merced de unos saqueadores trapaceros y despiadados que se llaman impropiamente mercaderes del imperio.

—¿Y qué?

—¿Cómo que y qué? —An Lushan se sorprendió—. ¡Pues ése es el quid de la cuestión! Un acuerdo afortunado entre la casa comercial Vaishravana y los darhad desenmascararía a Boghos como el comerciante más implacable y corrupto de todos. Cuando nos reunamos con el Consejo, Jiang Zemin no tendrá más opción que reconocer la legalidad del acuerdo comercial de los Vaishravana; su codicia garantizará la supervivencia de mi padre porque babeará por una buena tajada de los beneficios… —Esperó una respuesta, pero no la obtuvo.

—An'an, acabo de regresar tras una larga ausencia. Yo… Supongo que olvidé (o aparté a un lado debido a la emoción de vivir y estudiar en Maracanda) cuán arraigadas están las tradiciones en los míos. Sí, tienes razón, si vieran lo que Boghos se propone hacer o está haciendo ya, nos ayudaría a persuadirlos

de que aceptaran nuestro punto de vista en este asunto, pero...
—Lianxang hizo una pausa para encontrar las palabras adecuadas.

—¿Pero...? —apremió An Lushan.

—Pero no verán la destrucción que planea Boghos porque no tendrá lugar —susurró la joven con tal convicción que An Lushan tuvo la absoluta certeza de que hablaba en serio. La expresión de su amigo le reveló que aún no estaba convencido—. An'an, ya te he dicho que nuestros espíritus del bosque no son guerreros del modo que tú te imaginas, sino como los espíritus dragontinos del aire, del agua y de la tierra... ¡Están por todas partes! —continuó con entusiasmo, y lo cogió de la mano—. Hace menos de un día que he vuelto, pero ya percibo su poder; son la fuerza vital de las frondas, An'an, una fuerza vital que han nutrido durante muchos, muchos siglos, las almas de todo nuestro pueblo. La misma fuerza vital que mantiene el equilibrio entre el bien y el mal en el mundo está concentrada aquí, en nuestros bosques... Es el corazón de la sagrada custodia que se nos encomendó y que ha pasado de generación en generación...

118

—¿Sagrada custodia? Pero ¿de qué? ¿Qué es lo que custodiáis? ¿Cómo quieres que crea algo de lo que no sabes nada con certeza, algo que sólo se basa en una antigua leyenda?

—An'an, cálmate —pidió la joven, preocupada por la vehemencia del arrebato de su amigo—. La salvaguardia de los bosques no se había enfrentado nunca a un reto tan grande —añadió poniéndose muy seria de repente—, y la reacción instintiva de mi pueblo será confiar en las tradiciones. Dependerá de nosotros persuadir a mi gente de que si queremos superar este desafío y todos los demás que sin duda llegarán después, hemos de combatir el comercio con el comercio. No será fácil, pero debemos intentarlo.

—Padre estaba convencido de que era la única forma —dijo An Lushan, aliviado al verla tan decidida—. De cualquier modo ¿quién firmaría el acuerdo en nombre de tu pueblo... si es que acceden a firmar? ¿Sería tu abuela?

—Sí y no... —contestó Lianxang con incertidumbre—. Como tejedora de sortilegios y anciana jefe de los darhad, tendrá que aprobarlo, pero será nuestro forjador de leyes el que, de hecho, lo firme. Su rúbrica se acreditará en un tribunal de justicia de Maracanda.

—Ah… Vuestro «forjador de leyes». Sí, ya me acuerdo… ¿Cuándo podríamos reunirnos con él? —preguntó An Lushan, otra vez serio—. Ha de ser enseguida, porque cada día que nos retrasamos significa un día más que mi padre pasa en prisión. —Rebuscó en la bolsa de cuero grande que llevaba consigo desde Maracanda, y sacó otra bolsa que contenía un puñado de pergaminos, atados juntos con una cinta de seda roja, que ostentaban el sello oficial—. ¡Aquí tienes! Esto le impresionará… Todo el material legal que el escribano mayor de la casa Varshravana redactó para mí después del arresto de mi padre. ¿Qué te parece si le dejamos los documentos a vuestro forjador de leyes para que les eche un vistazo mientras nosotros hacemos una excursión de reconocimiento por el bosque? ¿Nos lo permitiría?

—Sí, no veo por qué no. ¡Vayamos a ver si conseguimos hablar con él ahora mismo!

Se agacharon y salieron de la yurta. Los niños que jugaban por allí cerca interrumpieron el juego y observaron a An Lushan en silencio. El joven les sacó la lengua, retozón, y los críos echaron a correr riendo y parloteando como un tropel de monos.

119

Capítulo 14

Reunión en la gran yurta

*E*l campamento bullía de actividad, y lo cruzaron rodeados de todos los niños que se habían reunido en cuanto corrió la voz de que el *ferangshan* había salido de la tienda; los críos gritaban y brincaban alborozados alrededor de ambos jóvenes. Lianxang dio palmas para ahuyentarlos en tanto que An Lushan, de forma desenfadada, fingía lanzarse sobre ellos para atraparlos.

Algunos chicos de más edad guiaban un rebaño de cabras hacia los pastos ralos y llenos de matorrales que rodeaban el campamento; un poco más allá los árboles se espesaban y formaban los Bosques Oscuros. Las esquilas de las cabras tintineaban, y los pastores fingían estar muy ocupados con los animales a su cargo mientras echaban rápidos vistazos al forastero. Lianxang los saludó alegremente y An Lushan reparó en que todos hacían la misma señal en la frente, igual que aquellos ancianos, cuando ellos llegaron al campamento. Una hilera de bueyes avanzaba lentamente, conducida hacia un edificio alargado y de techo bajo. Un poco más allá, el repiqueteo y el martilleo de una herrería resonaban en todo el campamento. El joven interrogó a su amiga con la vista.

—Herramientas, An'an; no son armas. Las cosechas invernales de tubérculos necesitan cuidados, al igual que los bosques.

—Para ser un campamento nómada está muy consolidado

—opinó él, que trataba de asimilar cuanto veía mientras atravesaban el asentamiento. Por aquí y por allá se veían templetes sencillos, hechos con piedras apiladas, en los que ardían fuegos pequeños, atendidos de forma regular por quienquiera que pasara por allí.

—Son ofrendas votivas a Chu Jung, el espíritu del fuego —explicó la muchacha—. Mientras permanezcan encendidos, nuestros bosques estarán protegidos de los estragos de los espíritus dragontinos del fuego que se rebelaron contra la humanidad.

—Sois un pueblo supersticioso.

—Las viejas costumbres no se han perdido entre nosotros o, al menos, no todas —respondió, enorgullecida.

Un flujo constante de gente entraba y salía de la gran yurta. Los dos amigos pasaron ante la roca que marcaba el acceso, y entraron en el oscuro interior del lugar de reunión de la tribu.

Antorchas titilantes de cáñamo untado de aceite arrojaban largas sombras en las paredes de madera, pero era difícil distinguir algo con claridad si se procedía del soleado exterior. Lianxang lo asió del brazo y le indicó:

—Mira el lado norte, el lugar más importante de la gran yurta. —Señaló un elevado estrado, ocupado por una mesa baja y alargada—. Eso es el *hoimor* y está reservado para nuestros objetos sagrados. —El joven se esforzó por ver algo, pero sólo distinguía una piel de oso echada sobre la mesa—. El sitio para sentarse junto al *hoimor* —prosiguió Lianxang— es la parte más respetable de la construcción y siempre se destina a los ancianos y a las honorables visitas durante una asamblea de la tribu.

Conforme los ojos se le acostumbraron a la penumbra, An Lushan vio un pequeño grupo de gentes agrupadas alrededor de una figura encorvada que sujetaba con firmeza un bastón; identificó la figura con aspecto de ave de Sarangerel, sentada entre cojines y pieles amontonados. Charlaban como si estuvieran en su salón de té preferido de Maracanda, se dijo An Lushan para sus adentros.

El grupo les abrió paso respetuosamente cuando los vio acercarse.

121

—Sarangerel, tu nieta se nos ha unido —anunció en tono alegre un anciano encorvado, de ojos hundidos y rostro anguloso cubierto de arrugas—, así como nuestro honorable huésped. Bienvenido, An Lushan, de la casa comercial de los Vaishravana. Soy Dalgimmaron, forjador de leyes de los darhad. Nos han hablado mucho de ti.

—Yo también he oído hablar mucho de usted, señor —respondió el joven al tiempo que hacía una marcada reverencia y murmuraba unas palabras de reconocimiento a Sarangerel.

—Lianxang, has vuelto felizmente con los tuyos… Éste es un día propicio, en el que el sol brilla con inusitada intensidad —exclamó Dalgimmaron enfatizando su salutación.

Ella respondió al saludo, pero, escabulléndose del paternal abrazo, fue a sentarse al lado de Sarangerel. Sobrevino entonces un silencio incómodo; al pequeño grupo de gente de la tribu le costó un gran esfuerzo dejar de observar a An Lushan, y rebulló con nerviosismo; el joven buscó con la mirada a Lianxang, inquieto… Quizás esperaban que pronunciara una especie de discurso; estaba a punto de abrir la boca cuando Dalgimmaron intervino y dijo:

—Con tu permiso, Sarangerel, me gustaría decir unas palabras.

Desde luego, hablaba como un legista, se dijo para sus adentros An Lushan con sarcasmo, y se preguntó cuánto se alargarían esas «palabras». Pero esbozó una sonrisa amistosa cuando el forjador de leyes lo miró.

—An Lushan, de la casa comercial de los Vaishravana, en nombre de nuestro pueblo te damos las gracias a ti y a tu familia por ser amigos de Lianxang durante su estancia en la famosa escuela de vuestra ciudad. Sarangerel me ha hablado de la amabilidad de tu familia, ya que tu padre trató a Lianxang como si fuera una de vosotros. Cualquiera que haya demostrado de ese modo ser amigo de los darhad se ha ganado nuestro respeto y nuestra gratitud.

—Gracias por su amable agradecimiento, señor —contestó respetuosamente An Lushan, consciente de que al forjador de leyes le agradaría una respuesta formal—, y por la hospitalidad que nos habéis ofrecido a mis escoltas y a mí. La ciudad de Maracanda no se tomará a la ligera la gratitud y el respeto de su pueblo, se lo aseguro. —Acabó con otra sonrisa y una reverencia.

Dalgimmaron parecía muy complacido, pero acto seguido dirigió una mirada furibunda —en broma— a la gente de la tribu que, boquiabierta y fascinada, observaba en silencio el intercambio de cumplidos.

—¿Es que no tenéis quehaceres o niños a los que cuidar? ¡Vamos, seguid con vuestras ocupaciones! Hemos de hablar en privado con nuestro huésped. —Dalgimmaron agitó el bastón en dirección a la gente, y todos se dispersaron con rapidez tras murmurar unas frases respetuosas.

—Gracias, Dalgimmaron —dijo Lianxang—. Abuela, ¿puedo hablar?

—Por supuesto, nieta. Ahora que por fin has vuelto con nosotros, tenemos ganas de oír tu voz.

Mientras la muchacha contaba al forjador de leyes su estancia en Maracanda, An Lushan se ensimismó en sus pensamientos. Recorrió con la mirada la gran yurta, sorprendido por el estilo de vida de aquella tribu. Ahora que estaba entre ellos, entendía un poco más por qué no habían cambiado en los últimos siglos: sus propósitos revestían una gran simplicidad, hecho que para él, un forastero, resultaba impactante por estar tan arraigada; sin olvidar, además, la confianza ilimitada y sin reservas que tenían depositada en las frondas. Parecían convencidos de que el disparate que Boghos estaba a punto de hacer —o lo había hecho ya— no representaba una amenaza en absoluto.

Comprendía la dependencia de los darhad con respecto al pasado; pero ¿acaso las frondas, objeto de la tutela de aquel pueblo, no habían salido siempre victoriosas contra los intrusos, como Lianxang le aseguró que prevalecerían frente al detestado enemigo de la familia Vaishravana? Los bosques se habían considerando siempre intocables... hasta ahora; y dependía de él, An Lushan, convencer a los darhad de que el plan que él tenía era a la vez honrado y respetable. No veía otro modo de salvaguardar la vida de su padre.

—¿An'an?

Sobresaltado, miró a Dalgimmaron, que lo observaba con curiosidad.

—Lo siento, aún estoy un poco cansado del viaje —farfulló una disculpa—. ¿Decía usted?

—Te preguntaba si puedo leer los documentos que, según Lianxang, vuestro amanuense ha preparado. Y quiero expresar lo mucho que lamentamos la adversidad acaecida a tu padre. Escapa a mi comprensión por qué razón la gente de tu pueblo no ha celebrado una asamblea para tratar sobre la suerte de Naha Vaishravana, pero... —El viejo forjador de leyes se encogió de hombros—. Las costumbres del imperio son realmente extrañas.

—Deben parecerlo, sí —admitió An Lushan con cortesía tendiéndole a Dalgimmaron la bolsa con los documentos.

—Examinaré detenidamente estos papeles. Lianxang dice que vuestra ciudad tiene muchas cosas maravillosas: calles empedradas tan anchas como nuestra gran yurta, fuentes por las que fluye el agua sin cesar... También nos ha explicado que las caravanas de tu familia venden valiosos cargamentos por todos los rincones del imperio, a pesar de lo vasto que es.

—Todo eso y mucho más —respondió An Lushan, henchido de orgullo.

—Y dice también que deberíamos formar parte de ese... *hubbub,* aunque no fue ésa la palabra que utilizó —añadió el forjador de leyes—. Se diría que la capital del Imperio Occidental la ha embrujado ¿no es así, Sarangerel? No en vano se la llama la «Ciudad de los Sueños».

La tejedora de sortilegios emitió un curioso sonido seco, chasqueante y gutural que a An Lushan le pareció de regocijo. Por su parte, Dalgimmaron lo interpretó como una señal de aprobación para que continuara su disertación.

—En cuanto a nuestros bosques... Ya han visto saqueadores como el tal Boghos muchas veces. Y la abuela de Sarangerel hablaba de todo un ejército de invasores bárbaros del norte que entraron en las frondas y nunca más se supo de ellos. No rechazamos a nadie que quiera recorrer sus senderos, porque las dríades de los bosques saben sus intenciones antes de que los hayan pisado, y quienquiera que traicione nuestra confianza sufre la suerte que merece; en ese aspecto no tienes nada que temer: un amigo de la nieta de la tejedora de sortilegios es amigo de los darhad y de los bosques. En cuanto a tus sorprenden-

124

tes planes o lo que entiendo de ellos... —Dejó la frase sin terminar y se dirigió ahora a Sarangerel.

»No hay precedente en la historia de nuestro pueblo, tejedora de sortilegios, de que un mercader se haya molestado en pedirnos permiso para recoger una cantidad limitada de madera. Quizás en estos tiempos de cambio sería prudente tener en cuenta lo que nos han dicho tu nieta y su amigo, miembro de una familia de comerciantes poderosa e influyente a la que se conoce en todo el imperio. —Dalgimmaron hizo una pequeña reverencia en dirección a An Lushan.

—Mi nieta es joven, forjador de leyes, y tiene la cabeza llena de ideas aprendidas en esa escuela a la que ha asistido —lo interrumpió Sarangerel; mantenía los ojos —ciegos— fijos en algo que sólo ella podía vislumbrar mentalmente—. Tal vez cuando sea tejedora de sortilegios piense de otro modo y cambie de parecer. Hasta entonces, insisto en que nos ha ido muy bien haciendo las cosas como siempre.

—¡Abuela! —protestó Lianxang, indignada—. Yo no he dicho que nos fuera mal con las viejas costumbres, sólo que deberíamos tener en cuenta también otras posibilidades...

—Lo sé, y por ello se tendrán en cuenta, nieta, pero el forjador de leyes debe examinar antes esos documentos preparados sin duda con detenimiento, pues, de otro modo, ¿por qué iba a molestarse nuestro honorable invitado en hacer un viaje tan largo para traerlos en persona?

—Así es, Sarangerel, exactamente así. —Dalgimmaron soltó una risita mientras recogía los rollos de pergamino que había empezado a examinar, y los guardó de nuevo en la bolsa—. Los examinaré a fondo, con minuciosidad.

Dirigió una mirada socarrona y una reverencia respetuosa a An Lushan, y se marchó todo lo deprisa que le permitían las viejas piernas. El muchacho contuvo una sonrisa cuando su mirada se encontró con la de Lianxang. Justo en ese momento un hombre y una mujer jóvenes que llevaban en brazos a un niño pequeño se acercaron; parecían preocupados y se detuvieron a algunos pasos de distancia, vacilantes.

—¡Acercaos! —los llamó Lianxang—. ¿Queréis hablar con la tejedora de sortilegios?

La pareja asintió con la cabeza y se aproximó tímidamente.

125

An Lushan tuvo la impresión de estar inmiscuyéndose en un asunto privado y le indicó a Lianxang que se marchaba. Caminó hacia la entrada de la gran yurta, y, sumido en sus pensamientos, desanduvo sus pasos a través del asentamiento sin percatarse de las miradas de curiosidad y alguno que otro saludo que le dirigían las gentes de la tribu.

El sol brillaba en un cielo despejado y radiante, pero se sentía muy lejos de casa y fue consciente de lo mucho que echaba de menos la presencia tranquilizadora de su padre. No obstante, estaba entusiasmado con la perspectiva de ver los Bosques Oscuros con sus propios ojos; ni siquiera su padre ni, de hecho, un viajero tan avezado como Chen Ming, se aventuraron nunca en ellos.

Rechazó la sensación de presagio que le sobrevino cuando un repentino atisbo del mal sueño, que se había esforzado en vano por recordar, le pasó como un relámpago por la mente. Decidió entretenerse escribiendo un informe a su padre, aunque habría dejado de ser una noticia de actualidad cuando Naha lo leyera. Estaba seguro de que entre Vagees y Rokshan encontrarían la forma de entregárselo. Sintiéndose más sosegado, se acomodó en la yurta, avivó las ascuas del fuego, y, sacando pergamino, pluma y tinta de la bolsa de viaje, se puso a escribir.

Capítulo 15

Los Bosques Oscuros

Sarangerel insistió en que dos rastreadores experimentados los acompañaran en la expedición de reconocimiento de An Lushan por las frondas a pesar de las protestas de Lianxang, quien argumentó que conocía suficientemente bien esas zonas; después de todo, se hallaban sólo a dos o tres días de marcha del campamento.

—Se acerca el invierno, nieta, y sabes que las fuertes tormentas pueden sorprender a los viajeros desprevenidos y ocasionarles problemas al tener que avanzar casi a ciegas, y acabar extraviados. Algunos nunca consiguen volver al camino —le recordó. La tejedora de sortilegios le entregó a Lianxang una pluma de águila para que se acogiera a la protección de su espíritu-ave—. El ojo de águila te advertirá de cualquier peligro, nieta —le dijo. Y la joven cogió la pluma con profundo respeto, consciente de la custodia que se le otorgaba.

An Lushan sintió un gran alivio en su interior ante las precauciones de la tejedora de sortilegios. Ecos apagados de cuentos infantiles y supersticiones sobre los bosques acudieron poco a poco a su memoria: se recelaba de los Bosques Oscuros más que de cualquier otra espesura y se decía que nadie que no fuera un darhad los había cruzado a lo largo o a lo ancho, ni vivido para contarlo; con el paso de las generaciones, las supersticiones y las historias en torno a ellos se multiplicaron, y con el tiempo llegaron a ser en parte mito, en parte leyenda y en parte verdad.

Echó un vistazo: los guías —un hombre cano de bastante edad, Zayach, y una mujer taciturna y mucho más joven llamada Mergen— iban un buen trecho por delante.

—Dicen que los Bosques Oscuros están embrujados —comentó con incertidumbre—, y el murmullo que se oye cerca de ciertos árboles es el canto fúnebre de toda la gente del mundo que se ha quitado la vida...

—...Y que son suspiros de dolor y de pesar por tener denegada a perpetuidad la entrada a la Rueda del Renacimiento; sí, lo sé. Y otro millar más de historias semejantes. —Lianxang esbozó una sonrisa un tanto triste—. Todas ellas inventadas por *ferangshan* que siempre han estado celosos de nosotros y de nuestros bosques.

—Así que ¿no hay un árbol de los espíritus custodios?

—Quizá lo haya. Y si lo hay, claro que creemos que se alberga en nuestros Bosques Oscuros... Es lo que siempre hemos creído. —Hizo una pausa como si esperara que él dijera algo—. De acuerdo, haré la pregunta por ti —añadió afectuosamente—. ¿Cómo lo sabemos con seguridad? —Echó una ojeada camino adelante para asegurarse de que Zayach y Mergen estaban lo bastante lejos para no oírlos.

—¡Exacto! —rio An'an—. ¡Sin duda eres nieta de una tejedora de sortilegios, porque acabas de leerme el pensamiento! Por lo que sabéis, el árbol de los espíritus custodios, vuestro Árbol del Paraíso, podría encontrarse en otro sitio. Piensa en la cantidad de bosques que deben cubrir las Tierras Salvajes... No hay urbes ni ciudades como en el imperio. —Lianxang guardó silencio ante el escepticismo de su amigo—. Con todo, ¿de verdad puede haber bosques más grandes que éstos en cualquier otra parte del mundo? ¿Y serán tan silenciosos como los vuestros? No es natural que haya tanta... quietud.

El suave murmullo del viento era lo único que se oía aparte de alguno que otro retumbo de trueno. No había cantos de pájaros ni chachareos de ardillas. Los Bosques Oscuros respiraban a su ritmo como lo venían haciendo durante milenios, mucho antes de que el hombre hiciera su ruidosa entrada en el mundo e impusiera su presencia. Los árboles crecían muy juntos y se alzaban imponentes hacia el cielo, los más altos que An Lushan había visto en su vida; muchos tenían la corteza de color cremoso y suave como la seda, y las ramas nacían muy arriba; las lustrosas hojas amarillas de las copas caían ya a causa de la cercanía del invierno, y conseguían que el sendero por el que caminaban ambos jóvenes brillara a media luz como un hilo dorado que se tejiera, serpenteante, hasta perderse a lo lejos.

An Lushan no se lo comentó a Lianxang, pero aquel lugar le resultaba inhóspito y opresivo en algunas zonas, como en aquéllas donde la frondosidad del bosque era tan compacta que sólo un mínimo de luz conseguía abrirse paso entre el tupido follaje. A pesar de ello, su mirada experta de comerciante reparó en la calidad de la madera, y pensó que no era de extrañar que, con la expansión del imperio, la atención se hubiera centrado en la vasta riqueza potencial de los Bosques Oscuros. Sin duda era cuestión de tiempo que se facilitara el acceso a éstos, y comerciantes como él hicieran una fortuna con su explotación.

Entrecerró los ojos considerando tal posibilidad, y después miró a Lianxang con aire de culpabilidad. La codicia y la doblez motivaban a gente como Boghos, y él había ido allí para demostrar a los darhad que la casa comercial de los Vaishravana era diferente. Pero tanto si tenía éxito en su empeño como si no, había decidido emprender el regreso a Maracanda antes de que la crudeza implacable del invierno en esas regiones hiciera imposible viajar; el negocio familiar y su padre lo necesitaban. Se preguntó también cómo se las estaría arreglando su hermano. Si fracasaba aquí, tendría que encontrar otra forma de influir en Jiang Zemin para garantizar la inmunidad de su padre.

Hacía dos días que seguían una ruta cercana a la linde occidental de los bosques; An Lushan habría querido llegar tan al norte como hubiera sido posible para comprobar en persona si había alguna señal de la presencia de Boghos, pero Zayach le explicó que tardarían un ciclo lunar entero en conseguirlo, y Sarangerel les había dado instrucciones muy claras de dar media vuelta al cabo de dos o tres días.

Así pues, cambiaron de dirección al tercer día y se encaminaron hacia el interior de la fronda, y de ese modo regresar dando un pequeño rodeo en lugar de volver sobre sus pasos. An Lushan no hizo ningún comentario pero, cuanto más se internaban en el bosque, la lóbrega opresión que sentía desde que se pusieron en marcha se tornó más intensa y lo agobió tanto que apenas habló. Pálido el semblante, se encerró en sí mismo.

Lianxang se dio cuenta del cambio sufrido por su amigo.

—An'an, tienes mala cara —dijo, preocupada, después de intentar, sin éxito, entablar conversación con él—. Apenas has hablado en todo el día. ¿Qué te ocurre?

Pero el joven se limitó a negar con la cabeza y masculló algo sobre que sentía el frío más que ella, tras lo cual hizo un gesto con la mano para que la muchacha siguiera adelante.

Ya avanzada la tarde, mientras atravesaban una zona menos frondosa, Zayach regresó por el camino a toda carrera sosteniendo algo en la mano y gritando a voz en cuello. An Lushan se dio cuenta de la preocupación de Lianxang y aceleró para no quedarse atrás. Zayach llegó corriendo, jadeante y con la cara empapada de sudor; sin decir palabra, le tendió a la muchacha lo que parecía un trozo de corteza.

—¿Qué es esto? ¿Qué ha ocurrido? —preguntó Lianxang mientras le daba vueltas entre las manos, como si la corteza pudiera hablarle y explicárselo.

—¡Es de uno de los árboles que hay más adelante! —consiguió soltar de golpe Zayach—. Está… infectado con algún tipo de plaga horrible —exclamó con desesperación.

—¿Infectado? ¿Con qué? ¿Cómo es posible? —musitó Lianxang, sin dejar de darle vueltas a la corteza; después se la pasó a An Lushan. Costaba trabajo creer que aquel trozo hubiera formado parte de la corteza pálida, casi traslúcida, de los árboles que los rodeaban, porque el fragmento que sostenía el joven era retorcido y nudoso, plagado de excrecencias negras semejantes a verrugas; lo más extraño eran las manchas satinadas —casi cristalinas— que había entre los abultamientos, tan lustrosas que invitaban a acariciarlas.

Mientras las rozaba levemente con las puntas de los dedos, le pareció notar una suave palpitación… Contempló sorprendido el trozo de corteza, pero enseguida se lo devolvió a Lianxang mientras le sobrevenía una arcada. Se apartó a un lado y vomitó violentamente; tuvo que apoyarse en un árbol, presa del mareo y desmadejado por completo.

Lianxang le ofreció agua y murmuró unas palabras de conmiseración.

—An'an, estás temblando —dijo mientras le frotaba los hombros—. Toma, ponte mi capa. —Le echó la prenda por encima—. Descansaremos un rato aquí. Mergen tendrá algunas hierbas y raíces para preparar una tisana que ayudará a eliminar la fiebre. —Entonces le preguntó a Zayach—. ¿Dónde está Mergen?

—Siguió internándose en el bosque para ver si había más árboles afectados.

—¿Es que hay más? —preguntó enfadada, como si la plaga fuera culpa de Zayach—. Condúceme a donde te separaste de ella. ¿Está lejos?

An Lushan se sorprendió, pues no la había oído hablar a su gente en un tono tan imperioso hasta ese momento. Zayach masculló unas palabras de disculpa y echó a andar por el sendero, en la dirección por la que había llegado.

—Quédate aquí An'an, tienes que descansar. No tardaremos mucho —le aseguró Lianxang, que alzó la vista al cielo; unas nubes tormentosas lo oscurecían con rapidez—. Tendremos que encontrar refugio enseguida porque se aproxima una tormenta. —Luego salió presurosa en pos de Zayach.

An Lushan hizo un gesto de conformidad, y, sacudido por un violento escalofrío, se arrebujó en las capas. El viento, que soplaba cada vez más fuerte, gimió en las copas de los árboles, y el joven torció el gesto al recordar el relato de los espíritus perdidos… Se repetía que sólo era una superstición *ferangshan* cuando una fuerte ráfaga se abrió paso entre el dosel del bosque, y la tormenta que amenazaba descargar hacía rato estalló de golpe.

Un trueno llegó acompañado de un torrencial aguacero. An Lushan se había sentado algo apartado de la senda, pero no lo suficiente para librarse de lo peor del chaparrón. Con un gemido, se incorporó, y, dándole vueltas la cabeza, se internó más en el bosque; eligió un punto desde el que seguía teniendo a la vista el sendero. Pero de nuevo le sobrevino la náusea y se recostó contra un árbol al tiempo que inhalaba profundamente para asentar el estómago; se deslizó por el tronco hasta sentarse en el suelo, y, tapándose lo mejor posible, cerró los ojos…

Despertó sobresaltado. Seguía lloviendo. Echó una inquieta ojeada arriba y abajo del sendero, para ver si sus compañeros

131

estaban de camino hacia allí. No tenía ni idea de cuánto tiempo había dormido, pero se encontraba un poco mejor. Sin embargo, no era fácil ver con claridad a través del gris aguacero y la penumbra; miró distraídamente el oscuro interior del bosque y se sobresaltó de nuevo al ver a lo lejos una figura indefinida que caminaba despacio entre los árboles hacia él.

—Qué extraño… —murmuró, al imaginar que los demás debían de haber vuelto por donde se habían ido y habrían pasado de largo del lugar en que lo dejaron, sin advertir que se había trasladado.

»¡Eh, aquí! —gritó levantándose a toda prisa, aunque se tambaleó—. ¡Estoy aquí! —Agitó los brazos, pero no hubo otro gesto similar en respuesta. Era difícil distinguir al que se acercaba; si no se trataba de ninguno de sus compañeros, entonces ¿quién era?

Quienquiera que fuera iba doblado en dos bajo el peso de un enorme haz de leña y ramas que llevaba atado con correas a la espalda, ayudándose de los brazos echados hacia atrás para sostenerlo; vestía una túnica negra harapienta, y la lluvia le chorreaba por la ancha ala de un rígido sombrero de campesino. Cuando llegó a una distancia adecuada para saludar, se detuvo.

El desconocido mantenía la cabeza inclinada, y el sombrero le tapaba la cara por completo. Con deliberada lentitud, se quitó la carga de la espalda y se enderezó; resultó ser sorprendentemente alto.

—Parece que ha ido muy lejos a recoger leña, ¿no? —comentó An Lushan, receloso, mientras el individuo se le aproximaba despacio. Se percató entonces de que era un hombre joven, de cabello dorado que le llegaba hasta los hombros, y cuyos ojos, de un azul muy vivo, brillaban con tal intensidad que atrajeron la mirada de An Lushan hasta lo más profundo de las pupilas.

—Los dos estamos muy lejos de casa, ¿no es cierto? —preguntó a su vez el desconocido con una sonrisa amistosa.

—¿Está lejos usted? —An Lushan se puso en guardia, sorprendido por la pregunta—. ¿Dónde está esa «casa»? ¿Es usted un darhad? Nos encontramos a tres días de viaje de su campamento de invierno, pero no he vivido entre ellos el tiempo suficiente para haberle visto a usted por allí… Vamos de vuelta al campamento.

—No, no soy un darhad, pero sé quiénes son. ¿Quién no lo sabría por estos pagos? —An Lushan asintió con la cabeza, más desconfiado todavía porque el desconocido había eludido su pregunta—. Es una lástima lo que está ocurriendo con sus bosques sagrados —comentó el hombre mientras miraba en derredor. Como si le respondiera, un trueno retumbó amenazadoramente.

—¿Ha…? ¿Ha visto más árboles afectados? —inquirió An Lushan, preocupado por que la infección estuviera más extendida de lo que se temían.

—¿También lo ha visto usted?

—Sí… ¿Y se ha encontrado con mis compañeros? Estaban examinando los alrededores en torno a la zona donde nos topamos con la plaga. ¿Sabe si ha ocurrido algo así en otros bosques?

—Preguntas y más preguntas, amigo mío. No, no he visto a sus compañeros. Pero mis viajes me llevan de un extremo al otro de los bosques y puedo asegurarle que la zona del noroeste está seriamente afectada. La infección se propaga desde allí; al parecer… —Dejó la frase en el aire y clavó la penetrante mirada en An Lushan.

—¿Dice usted el noroeste?

El joven estaba anonadado. Si lo que afirmaba el desconocido era verdad, le iba a ahorrar un largo viaje. Le costaba trabajo creerlo, pero ¿acaso los espíritus de los bosques habían empezado a actuar ya contra Boghos, como los darhad habían dicho que harían?

—¿Qué está pasando en esa zona? ¿Qué ha visto exactamente? ¿Había allí gente de…? ¿Gente que no eran los darhad? —preguntó An Lushan con cautela, ya que no quería desvelar más de lo debido… Ese campesino parecía saber muchas cosas; además, había algo en él que lo incomodaba.

—¿Qué más necesita saber? Los bosques están seguros; muy pronto los ojos codiciosos de los hombres perderán interés en ellos… Porque la madera podrida o enferma no acrecentará el poderío comercial del imperio. Con el tiempo, los árboles sanarán bajo la atenta mirada de los darhad.

133

An Lushan comprendió al instante la verdad que había en lo que decía aquel individuo: nadie querría comprar madera podrida, ni a él ni a Boghos ni a nadie. Tal vez los árboles se recuperarían con el tiempo, pero tiempo era lo único valioso que él no tenía.

—Parece desolado, amigo mío —musitó el campesino—. ¿Acaso no era esto lo que quería oír? El poder de los espíritus dragontinos de la tierra, del agua y de la fertilidad se manifiesta aquí, en los Bosques Oscuros, con su máxima potencia; ese poder es capaz de destruir y con igual rapidez volver a recrear la belleza silenciosa de las frondas sagradas que usted mismo contempló cuando entró en ellas por primera vez. Lo percibe, y, sin embargo, le preocupa.

An Lushan lo miró de hito en hito. ¿Cómo sabía ese... leñador, o lo que fuera, qué sentimientos había experimentado él dos días antes? Intentó apartar la mirada, pero las azules profundidades de los ojos del hombre no lo soltaban; era extraño, pero ya no se sentía débil ni mareado.

—Quizás haya otra forma, An Lushan. —El tono sosegado lo cubrió como un bálsamo, y ahogó el clamor del viento y el continuo estruendo del aguacero.

—¿Cómo sabe mi...?

—No tiene importancia —lo interrumpió el desconocido con un ademán, y, para demostrar su dominio sobre el muchacho, lo tuteó—. También sé cosas sobre el armenio, Boghos; querías forjar una alianza con él y repartiros los bosques entre los dos. Pero esta plaga destruirá vuestros planes de comerciar con la madera. No niegues tu intriga. ¡Era apenas un germen de pensamiento en tu mente, pero te entusiasmaba! No eres distinto a todos los de tu clase.

—¡No, no es verdad! Los darhad... confían en mí, y yo no haría nada sin su permiso... Mi padre dijo que era la única forma...

El desconocido se acercó más sin soltarlo de la presa de su intensa mirada.

—Siendo así, considera esto, An Lushan: puedo darte el poder de librar a tu padre de su cautividad y destruir a Jiang Zemin y también a tu enemigo, Boghos. Entonces tendrás el camino expedito para hacerte rico, el mercader más poderoso del imperio y de todas las Tierras Conocidas. ¿Sería éste tu mayor deseo?

—Conseguir la liberación de mi padre es mi más caro deseo. Yo no… No necesito lo demás —respondió An Lushan, indeciso—. Mas ¿cómo me ayudaría?

—Camina un rato conmigo y te lo mostraré, pero antes has de darme tu respuesta. Tengo que resolver un enigma y para ello necesito tu colaboración.

—¿Y cuál es ese enigma? —inquirió An Lushan para ganar tiempo. ¿Quién era este desconocido? ¿Podría ayudarlo realmente? Tratando de apaciguar el torbellino de sus pensamientos, caminó junto al extraño y se internaron en el bosque, con lo que se alejaron aún más del sendero.

—¿Cuál va a ser? Aquel del que el viejo narrador ya te habló —respondió en voz queda el desconocido—. Era un relato curioso, ¿verdad? Un relato que, sin embargo, has de tener muy en cuenta.

—No sé a qué se refie…

—Mi señor y yo vemos y oímos muchas cosas en el mundo de los hombres —lo interrumpió—. Y creemos haber encontrado la fuente de los poderes inmemoriales que se esconde en el enigma del viejo narrador. Mi señor opina que lo que se perdió ha de restituirse, eso es todo… Y así el enigma se habrá resuelto.

135

—¿Se refiere a la resolución del enigma del viejo narrador? —An Lushan estaba estupefacto—. Pero ¿quién es su señor? ¿Y por qué consideran tan importante ese enigma? Todo gira en torno a mitos y leyendas, un «relato curioso», como usted ha dicho, una historia para entretener a los niños, nada más. Tengo cosas más importantes que resolver.

—La libertad de tu padre, el acuerdo comercial, el negocio familiar… Tienes muchas cosas en la cabeza. —El desconocido asintió, comprensivo—. Pero es un pequeño favor lo que te pido, y si con ello se consigue liberar a tu padre…

—¿Cómo? ¿Cómo conseguiría liberarlo? —demandó An Lushan—. Si colaboro con usted, ¿cómo sé yo que, sea lo que sea que haga, servirá para ayudar a mi padre?

—Te convertirás en un héroe por resolver el enigma y eliminar la amenaza a la que se refirió el viejo narrador: «Hablo del fin de los imperios, gentes de Maracanda, de China y de todas las Tierras Conocidas e incluso de las Tierras Desconocidas y más allá… Todos los pueblos se debilitarán y sucumbirán. El antiguo poder rebulle y de nuevo se corromperá: ¡el dragón dormido se despierta!» Ésas fueron las palabras que utilizó el narrador, ¿verdad? Sea lo que sea que desees será tuyo sólo con pedirlo.

—Sí, pero el Consejo de… ¡Los dirigentes de mi pueblo, al igual que yo, no ven una amenaza en las divagaciones de un viejo narrador! —contestó An Lushan riendo despectivamente—. Todos estamos más preocupados por la pérdida de ganancias que se ocasionará como consecuencia del cierre del paso por el este.

—Sí, por supuesto. El paso que atraviesa el reino de los Jinetes Salvajes; pero su cabecilla rebelde, tu tío, es el origen de todas las desdichas de tu familia.

—Parece que sabe mucho sobre mi familia. —An Lushan miró furioso al desconocido.

—Los dirigentes de tu pueblo se mostrarán mucho más… dóciles cuando presencien el poder de lo que se te revelará… si nos ayudas —contestó el campesino, persuasivo.

—Si sabe cuál es la fuente de esos poderes inmemoriales y dónde está ¿por qué no se hace usted mismo con ella? ¿Qué tiene que ver conmigo? Tengo que regresar a Maracanda, donde mi padre está encarcelado —dijo cautelosamente An Lushan, sopesando las palabras del campesino y echando un rápido vistazo alrededor al darse cuenta con creciente inquietud de lo lejos que se hallaban del sendero.

—No me es posible cogerlo personalmente, aun siendo, como es, tan pequeño para algo con tanto poder —respondió el hombre, que ahora hablaba con un deje de inseguridad—. Ah, he de recuperar mi leña; nos hemos alejado mucho del camino. —An Lushan se preguntó si serían imaginaciones suyas o si en realidad la voz de leñador sonaba más débil, como distante—. Tus antepasados han olvidado muchas cosas que no tendrían que haberse borrado de la memoria, pero no todo se ha perdido… —La voz del hombre perdía intensidad, no cabía duda. Se dio la vuelta para marcharse—. Apártate de ese árbol —indicó en un ronco susurro—. Aquello de lo que te he hablado se revelará ante ti…

—¡Espere! ¿Adónde va? ¿Quién es usted? Si decido ayudarlo ¿cómo sabré adónde ir con... lo que sea? —le gritó An Lushan—. ¿Y dónde están mis compañeros?

—La decisión es tuya, An Lushan, mas ¿cómo quedará libre tu padre si regresas a Maracanda con las manos vacías? Pero si mi señor te otorga su favor, tal vez te permita quedarte con eso de lo que hablo. ¡Imagínatelo! Semejante poder en manos de un mort... de un hombre. Sabrás adónde has de ir; una corneja te seguirá y te guiará cuando sea necesario. Vuelve por donde viniste. Pero nadie debe saber lo que llevas contigo.

Mucho después de que la figura encorvada se hubo desvanecido bajo la lluvia, An Lushan seguía con la mirada fija en el punto donde se había perdido de vista. Un trueno le dio un susto de muerte cuando retumbó justo encima de él. Casi demasiado tarde recordó la advertencia que le habían hecho y corrió como alma que lleva el diablo.

Dos rayos, uno detrás de otro, crepitaron en el aire y cayeron sobre el árbol en el que había estado apoyado un momento antes. El árbol reventó en medio de un estallido cegador; la onda expansiva alcanzó al joven y lo lanzó por el aire. Cuando alzó la cabeza, vio que donde había estado el árbol sólo quedaba un agujero humeante de unos diez pasos de diámetro; se levantó del suelo y gateó hacia allí.

Justo cuando se asomaba con cautela por el borde, un retumbo sordo hizo temblar el suelo. Dio un respingo al observar el tamaño de la hendidura en la tierra —más parecía una caverna subterránea—, que la explosión había dejado al descubierto. Al principio casi no distinguía el fondo, pero poco después, como atraídos por un imán, los ojos se le fueron hacia lo que parecía una chispa diminuta que destellaba en la parte más alejada y profunda de la oquedad. ¿Sería eso —fuera lo que fuera— a lo que se había referido el desconocido? Reparó en que el desnivel de las paredes de la cavidad no era tan pronunciado que le impidiera descender; además, había raíces y salientes irregulares a los que podría agarrarse.

Tal vez bajar fuera factible, concluyó, pero volver a subir... eso era harina de otro costal. De nuevo, los ojos se le fueron hacia el destello chispeante.

Rumió las cosas sopesándolo todo: sus planes comerciales

137

se habían ido al traste, así que, aun en el caso de que lo prometido por el desconocido resultara ser una fruslería, ¿estaba en situación de arriesgarse a pasar por alto esa oportunidad si se trataba realmente de lo que le había asegurado: una fuente de enorme poder? ¿Y si se demoraba? Lianxang y los escoltas lo encontrarían, y la ocasión se le habría esfumado o tendría que compartir lo que encontrara.

Tras unos instantes angustiosos de indecisión, comprendió que sólo había una forma de salir de dudas; se encogió de hombros a la par que pensaba que el desconocido tenía razón: el intento era mejor que volver a casa con las manos vacías. Se quitó, pues, las dos capas, y, enrollando la de Lianxang lo más prieta posible, se la sujetó con el cinturón pensando que podría servirle para envolver lo que hubiese allá abajo.

Respiró hondo, y, por primera vez en muchos años, musitó una plegaria a los espíritus dragontinos de la tierra; después descolgó las piernas por el borde de la cavidad y descendió poco a poco.

Capítulo 16

Por caminos distintos

*L*a luz menguaba ya, pero las plegarias de An Lushan para que la tormenta cesara fueron atendidas. Durante el lento descenso, las piernas le dolieron y las manos se le quedaron entumecidas y se le llenaron de magulladuras al tener que agarrarse a cualquier cosa que encontraba a tientas. La luna brillaba en el cielo nocturno despejado al fin, y su luz le bastaba a An Lushan para verse; el joven calculó que bajaría y volvería a subir bastante antes del amanecer.

Mientras descendía, advirtió que el objeto brillaba tenuemente a la luz de la luna a medida que se acortaba la distancia entre ambos; reposaba sobre una celosía de raíces entrelazadas y afilados fragmentos de pedernal, justo debajo de un saliente natural de tierra apelmazada. Exhausto por el esfuerzo, An Lushan se arrastró hasta el saliente y se tumbó boca arriba, aliviado, puesto que el descenso había sido arduo y le temblaban los músculos de brazos y piernas.

Todavía fatigado —el corazón le latía con un ruido sordo— se giró boca abajo y observó el objeto por el que había arriesgado la vida para conseguirlo; estaba tapado en parte por las raíces, pero atisbó la estatuilla de un dragón de aspecto serpentino, erguido sobre las patas traseras, que figuraba que gruñía. Era poco más largo que una mano de hombre extendida, y el joven supuso que, debajo de la tierra y de la mugre adherida por haber pasado tanto tiempo enterrado, se ocultaba un trabajo de orfebrería exquisito realizado en oro, bronce o plata, e incluso puede que llevara incrustadas piedras preciosas. Sin embargo, estaba demasiado cansado para preguntarse cómo era posible que hubiera brillado con tanta intensidad cuando lo atisbó la primera vez desde el borde de la cavidad. Descolgando medio cuerpo por el borde del saliente, logró alcanzarlo con la mano.

Lo extrajo con mimo del lugar donde reposaba y volvió a auparse en el saliente. Rascó un poco de la tierra acumulada en la estatuilla durante siglos, y vio que su suposición era acertada: tenía incrustados rubíes, zafiros y esmeraldas. Lo alzó con gesto reverente, como si hiciera una ofrenda.

—Ya te tengo… —susurró con júbilo mientras le daba mil vueltas entre las manos. Entonces le pareció notar el levísimo pálpito de un latido, y lo dejó caer en el regazo como si fuera un hierro de marcar al rojo vivo. Nervioso, lo envolvió en la capa y lo metió a presión en el cinturón.

No obstante, se le cayó el alma a los pies cuando miró hacia arriba, pues la luna parecía un platillo en el cielo situado a muchas, muchísimas *lis* de distancia. Con un suspiro de cansancio, se escupió en las manos e inició el largo ascenso de vuelta.

—¡An'an! —llamó Lianxang a voz en grito, pero el estruendoso aullido del viento arrastró el grito.

—Hemos estado ausentes más tiempo de lo que pensábamos. A lo mejor ha buscado refugio fuera del sendero. —Zayach echó una miraba en derredor.

De regreso al lugar donde creían haber dejado a An Lushan, se encontraron con que no había ni rastro del joven. Ocurrió que, cuando alcanzaron a Mergen, se quedaron consternados al ver docenas de árboles afectados por la misma plaga, y estuvieron examinando las condiciones en que se hallaban más tiempo de lo que tenían planeado. Lianxang se habría dado de bofetadas por actuar con semejante despreocupación, y se preguntó, desesperada, dónde se habría metido su amigo.

En el sendero, un poco más adelante, Mergen les llamó la atención y señaló el bosque con entusiasmo.

—¡Allí! Creo que lo he visto, pero no es fácil saber en qué

dirección va… ¡Creo que se aleja de nosotros! —gritó, y echó a correr hacia donde había señalado.

Suspirando de alivio, Lianxang corrió en pos de Mergen; Zayach meneó la cabeza en un gesto de preocupación, y las siguió.

Al cabo de un rato, el guía ordenó hacer un alto.

—Es imposible que fuera An'an a quien viste, Mergen. Nos habría oído y se habría detenido.

—Pues si no era él ¿quién más podría ser? —replicó secamente la joven darhad—. De los nuestros, nadie, eso por descontado. ¿Y por qué estás tan seguro de que nos habría oído? La tormenta se halla en pleno apogeo, y él, además de enfermo, debe de estar desorientado. ¡Aunque nos oyera tal vez ha supuesto que alguien lo perseguía!

—Zayach tiene razón, Mergen —intervino Lianxang—. Sólo contamos con ese fugaz atisbo que has creído tener de él para seguir adelante. A mí también me pareció ver a alguien poco después de abandonar el sendero, pero luego no vi nada más. Hemos de volver al campamento lo antes posible y enviar a los rastreadores más experimentados en su busca. Podemos apartarnos del sendero y tomar un atajo a través del bosque para ahorrar tiempo.

—Siempre y cuando no descargue otra tormenta como la que acaba de caer, tardaríamos bastante menos —convino Zayach mientras se rascaba la barba—. Si nos dirigimos hacia el sudoeste, tendríamos que llegar al mismo punto por donde entramos en el bosque antes de que anochezca mañana, manteniendo un ritmo de marcha constante lo que queda de esta noche y mañana durante todo el día, se entiende —puntualizó, y alzó la vista hacia el cielo.

—Mergen y yo somos capaces de hacerlo —afirmó Lianxang—. Cuando estemos cerca del campamento, nosotras nos pondremos en cabeza si tú necesitas descansar.

—Como gustes —accedió Zayach—. Hasta entonces, yo encabezaré la marcha.

No hubo más tormentas y llegaron al campamento según lo previsto por Zayach. A pesar de estar exhaustos y helados, los tres sostuvieron una conferencia con Sarangerel y Dalgimmaron en la gran yurta.

141

—Esto es muy irregular —protestó Dalgimmaron en cuanto oyó lo que había sucedido—. Muy irregular. No recuerdo nada semejante en los anales de nuestra historia, Sarangerel. Como anfitriones somos responsables de la seguridad y el bienestar de nuestro honorable huésped... ¡y se nos pierde! Recemos para que los espíritus de los bosques lo traigan de vuelta con nosotros —añadió con una mirada desaprobadora a Lianxang.

—Tendremos que hacer algo más que rezar, forjador de leyes —dijo Sarangerel con un deje impaciente en la voz—. Las dríades están empeñadas en destruir las ambiciones del mercader saqueador en el noroeste, y con ese único propósito han desatado una plaga de la que acabamos de tener noticia. Hemos de convocar, pues, a más espíritus de los nuestros para guiar de vuelta a An Lushan. Zayach, reúne a los tamborileros más resistentes de la tribu; Mergen, agrupa a una docena de los rastreadores más expertos. Al rayar el día tendréis de conducirlos de vuelta a los bosques. ¡Idos! Descansad el tiempo que podáis.

Con las primeras luces del alba, An Lushan despertó de un sueño muy profundo. El día anterior consiguió salir por fin de la cavidad, cuando los rayos de un débil sol otoñal empezaban a colarse entre los árboles; volvió entonces al sendero tambaleándose, pero no salió de él, como le aconsejó el desconocido; conforme avanzaba creyó reconocer esa parte del bosque como una zona cercana al campamento.

Gimió y meneó la cabeza para aliviar un dolor palpitante, como un redoble sordo, que lo aturdía. Estaba hambriento y volcó el pequeño zurrón de cuero; sacó un pedazo de pan y unos trozos de carne curada para desayunar. Por allí cerca corría un regato del que bebió un poco del agua helada, y después, en un intento de asearse, se quitó lo mejor que pudo los churretes de barro de piernas y brazos, se echó agua a la cara y se atusó la barba.

La cabeza le dolía aún, pero de repente se quedó inmóvil. No era un latido punzante en la cabeza lo que sentía... No cabía duda: lo que oía era un redoble de tambor rítmico, cadencioso.

Supuso que provenía del campamento y se dio cuenta de

que debía de estar más cerca de éste de lo que pensaba. Dio unas palmaditas a la capa enrollada en la que escondía la estatuilla del dragón erguido, y se planteó echarle otra ojeada... Le gustaba notar su tacto y se preguntó si volvería a sentirla latir como un corazón, como si estuviera viva.

La desenvolvió casi de un modo furtivo y la sostuvo con devoción entre las manos para contemplarla, comprendiendo que debería ser muy cauto cuando regresara al campamento. De algún modo tendría que intentar esconderla en su bolsa de viaje lo antes y lo más disimuladamente posible, pero se le ocurrió que el lugar más adecuado para guardarla sería la bolsa de documentos y papeles legales que le había dejado a Dalgimmaron para que los leyera. Al fin y al cabo él ya no iba a necesitarlos, ¿verdad? Esbozó una fugaz mueca burlona.

—Viejo inútil —masculló. Extendió la capa de Lianxang y envolvió la figurilla otra vez. De repente experimentó una gran impaciencia por abandonar a esas gentes tan ingenuas, de tradiciones seculares e ignorantes respecto a todo lo que representaba el imperio. Cuando echó a andar en la dirección en que sonaban los tambores, aún le asomaba en el semblante un rastro de la mueca burlona.

143

Casi percibía cómo los árboles se mecían e inclinaban mientras él seguía el sonido débil pero implacable de los tambores, como si intentaran guiarlo de nuevo hacia la seguridad.

A medida que el retumbo se oía cada vez más fuerte, dio con la senda que siguieron al salir del campamento y poco después se topó con algunos rastreadores que lo recibieron con gran júbilo, aliviados al comprobar que su huésped, aunque cansado y hambriento, estaba vivo y se encontraba bien.

De camino al campamento, An Lushan comprendió que no disponía de mucho tiempo antes de que se descubriera la cavidad, y le plantearan algunas preguntas incómodas. Así que decidió marcharse cuanto antes; sin duda entenderían que debía regresar a Maracanda con su familia.

Al pasar por delante de la yurta de la tejedora de sortilegios, aprovechó la oportunidad para entrar y esconder, de momento, la estatuilla debajo de un montón de ropa, al fondo del todo de su bolsa de viaje. Luego recogió la capa de Lianxang para devolvérsela.

Mientras recorría el campamento, algunas personas de la tribu se le acercaron para dirigirle unas tímidas palabras de bienvenida que él agradeció con cortesía. Tres jóvenes se habían reunido a la entrada de la gran yurta, en torno a la roca; cada uno de ellos tocaba su propia melodía acompasada en los tambores, que confluían en una única cadencia hipnótica.

Lianxang se hallaba también en la entrada, y una sonrisa de alivio le iluminó el rostro.

—¡An'an, estás bien! ¡Gracias les sean dadas a los espíritus por traerte de vuelta sano y salvo! ¿Cómo te encuentras? Tienes mejor aspecto que cuando te dejamos. —La joven pareció sorprenderse un poco mientras le rozaba la mejilla con los labios—. ¿Qué te pasó? ¡Vamos, cuéntame! —le urgió con entusiasmo al tiempo que lo asía por el brazo—. Tendrás que explicar con pelos y señales a Sarangerel lo que te ocurrió. Dalgimmaron se tranquilizará cuando te vea... Todos estamos más sosegados, claro...

—En realidad no recuerdo apenas nada —contestó mientras caminaban hacia el otro extremo del *hoimor*—. Me sentía febril y tenía la impresión de que os habíais marchado hacía mucho tiempo, así que decidí seguir adelante y buscaros. Debí de extraviarme, pero por fortuna caminé en la dirección correcta, y entonces oí los tambores... Fue algo muy extraño, pero me pareció que los árboles sabían que me había perdido e intentaban indicarme por donde debía ir. Así es como fui a parar a la senda por la que entramos en el bosque.

—Pero no había pasado mucho tiempo cuando volvimos donde te dejamos. —La mirada de Lianxang fue muy inquisitiva, pero él no dijo nada—. Bien, así que resolviste ir a buscarnos... Debió de parecerte la decisión adecuada en ese momento. Nosotros creímos verte un momento, pero en dirección contraria, hacia el norte. Te llamamos a voces, aunque no conseguimos que nos oyeras.

—No podía ser yo... No oí que me llamara nadie —repuso, incómodo, pero se relajó al ver que Dalgimmaron se dirigía presuroso hacia ellos.

—¡An'an! Saludos, honorable huésped, mi más calurosa bienvenida. Ven, siéntate... Debes de estar agotado después de esa terrible experiencia... Ven.

—Pronto lo estará, forjador de leyes, si todos andáis a su alrededor deshaciéndoos en atenciones y haciendo aspavientos como gallinas cluecas —comentó Sarangerel con sequedad—. Bienvenido, An'an. Los espíritus han tenido a bien traerte de vuelta sano y salvo.

Le hizo un gesto para que se sentara y le pidió que les contara todo lo que había sucedido. El joven repitió la misma versión de los hechos que acababa de dar a Lianxang. Cuando acabó, aguardó con nerviosismo a que la tejedora de sortilegios dijera algo. Sarangerel, mirando a lo alto, se mecía atrás y adelante, y por fin habló:

—El bosque llora; algo largo tiempo olvidado por el hombre se agita. Los espíritus sienten su poder… Está en el agua y en la Madre Tierra. A veces lo percibo, entra y sale de las sombras en la noche, fugaz como un fantasma, va y viene… ¡Allí! En mis sueños lo atrapo, pero resbala entre mis dedos como una anguila en las profundidades del lago Baikal, y se oculta, escurridizo e invisible, hasta que se abalanza sobre su desprevenida víctima.

Hizo una pausa e inclinó la cabeza. An Lushan deseó más fervientemente que nunca huir de los darhad; tiritando, se arrebujó en la capa.

—An'an, quizá tienes fiebre aún —musitó Lianxang, preocupada—. Abuela, debemos dejarle descansar; ha pasado por una experiencia terrible.

Pensando que no imaginaba cuán cierto era lo que acababa de decir, An Lushan le sonrió.

—¡Tienes razón, Lianxang! —dijo Dalgimmaron con una exclamación ahogada—. Sustento y reposo es lo más indicado. Hablaremos de los documentos legales que tuviste la amabilidad de darme para que los examinara, An'an, cuando te hayas recuperado del todo. Me han parecido fascinantes, muy fascinantes… Pero me temo que, con los bosques infestados como están… —Lo observó, apenado, y se encogió de hombros.

—Lo comprendo, señor —respondió An Lushan, aliviado al cambiar de tema—. Lo entiendo perfectamente, y confío en que usted entienda también que mis planes han cambiado. —Entonces se dirigió a los tres—. Mi padre y mi hermano me

145

necesitan y nuestro negocio requiere mi atención. He de volver a Maracanda sin demora.

—An'an, no habíamos quedado en eso. —Lianxang parecía conmocionada—. ¿Tienes que marcharte enseguida? Nuestros bosques se recuperarán. Y tus planes… Podemos seguir adelante con ellos con el tiempo.

—Pero precisamente es tiempo lo que no tengo, Lianxang, y tú lo sabes —dijo con amabilidad, pero tajante—. ¿Que los árboles se recuperarán? Espero que sí… Y entonces podremos hablar otra vez. Dalgimmaron tiene todos los documentos (hizo una leve reverencia al forjador de leyes), y, una vez que esté en casa y me hagáis llegar la noticia de que la plaga ha desaparecido, le enviaré un informe detallado con nuestras propuestas a su respetable atención. Hasta entonces, cada día que retrase la vuelta es un día más que mi padre pasa encarcelado. He de regresar sin falta.

Lianxang asintió, muda de estupefacción, pero sus ojos delataban el desconcierto que experimentaba por el modo tan pragmático con que el muchacho iba a salir de sus vidas.

—Por supuesto, por supuesto… Nuestro honorable huésped debe hacer lo que considere conveniente, pero esperamos que llame la atención de los mayores de su tribu hacia lo que está ocurriendo aquí: que nuestros bosques han despertado y sufrido el interés indeseado de ese mercader saqueador, como ha dicho la tejedora de sortilegios.

An Lushan murmuró que, desde luego, se lo mencionaría al Consejo de Ancianos, y, con la esperanza de poder retirarse sin que le hicieran más preguntas, agradeció la hospitalidad y la cálida acogida que había recibido.

—Iré contigo para ayudarte a preparar el viaje —se ofreció Lianxang—. Tienes que comer y descansar antes de que partas con las primeras luces del alba.

—¡No, no! —exclamó con brusquedad él, pero reaccionó enseguida—. Quiero decir que… gracias, Lianxang, pero creo que me marcharé de inmediato, antes de que el tiempo cambie y vuelvan las tormentas ¿no te parece?

Ella volvió a asentir, se incorporó de un salto y besó a su abuela. Dalgimmaron le hizo una compleja reverencia al joven y le deseó todo lo mejor.

—Si ya no necesita la bolsa de los documentos, señor… No tiene mucho valor, pero mi padre me la regaló en señal de reconocimiento a mi trabajo cuando acabé con éxito mi primer inventario de la caravana anual de verano, hace algunas estaciones —mintió An Lushan.

El forjador de leyes no necesitó más explicaciones y le dijo que iría a buscarla de inmediato. An Lushan y Lianxang se dispusieron a marcharse.

—Querría saber quién era el desconocido que estaba en nuestros bosques —dijo de repente Sarangerel, que seguía meciéndose. An Lushan se quedó paralizado.

—¿Qué dices, abuela? —preguntó Lianxang, desconcertada—. Te conté que Mergen y yo sólo lo vimos de refilón, y él o ella, quienquiera que fuera, estaba bastante lejos.

—¿El desconocido se acercó a ti, An'an? ¿Viste a alguien? —Las preguntas de Sarangerel quedaron cernidas en el aire.

—No… No vi a nadie —contestó en voz baja, con una sonrisa forzada dirigida a Lianxang—. A nadie.

147

Un poco más tarde, An Lushan, Bhathra y Qalim estaban preparados para emprender viaje.

—¿Me avisarás en cuanto haya mejoría en los bosques o si empeoran? —le dijo An Lushan a Lianxang mientras montaba.

—Claro que sí. Y tú me escribirás. Cuéntame cómo se encuentra tu padre, y también Rokshan. Y Ah Lin, por supuesto, y Kan. —Asió con fuerza la brida del caballo—. Y tú, cuéntame cómo te va, An'an. ¿Lo prometes?

—Lo prometo. Y avísanos si vuelves a la escuela para acabar tus estudios.

—Sí —susurró la muchacha con los ojos anegados en lágrimas—, pero ya has visto lo mayor que está mi abuela. Es posible que no me permita marchar, sobre todo ahora, con este asunto de los bosques… —Dejó la frase sin terminar y sonrió valerosamente. Entonces palmeó el anca del animal con fuerza—. ¡Vete ya! ¡Que los espíritus dragontinos del viento aligeren tu marcha en el camino!

Siguió mirando a lo lejos hasta mucho después de que los tres hubieron desaparecido tras las colinas por las que habían llegado, cansados pero rebosantes de esperanza, hacía sólo unos días.

Abatida, desanduvo sus pasos a través del campamento. Las primeras ráfagas de un frío viento invernal la azotaron, y ella deseó ardientemente la llegada de la primavera cuando, si su abuela y su pueblo lo permitían, regresaría a Maracanda.

TERCERA PARTE

Iniciación en la ruta de Oriente

La leyenda del Pergamino Sagrado

Lo que sigue está anotado en *El libro de Ahura Mazda, Señor de la Sabiduría.*

El Pergamino Sagrado es el rollo de pergamino en el que, según se afirma, están escritas las palabras del mandamiento divino.

Narra –dice la leyenda– cómo el Señor de la Sabiduría creó el Arco de Oscuridad para retener a la Sombra Sin Nombre en perpetuo confinamiento, fuera del universo de todas las cosas e incluso del propio tiempo, a raíz de su rebelión y caída.

En los tiempos primigenios en que esto ocurrió, el Señor de la Sabiduría no tuvo intención de que constara por escrito, pero cuando creó el mandamiento divino lo acompañaba su mensajero, Corhanuk. La función de este mensajero fue actuar como testigo –en representación de los restantes espíritus custodios que eran sus iguales– del terrible castigo impuesto a la Sombra, anteriormente el más amado y privilegiado de todos los espíritus del Señor de la Sabiduría, sólo superado en rango por Chu Jung.

A pesar de estar confinado tras el Arco de Oscuridad, la malevolencia de la Sombra seguía siendo tan fuerte que podía inculcar el mal en los corazones de quienes consiguiera atraer a su servicio. Y mientras Corhanuk era testigo de la justicia del Señor de la Sabiduría, cayó bajo el dominio de la Sombra. Su nuevo señor lo persuadió para que causara un daño cósmico al anotar las palabras del mandamiento divino, y después las perdiera en el mundo de los hombres, de modo que si el Señor de la Sabiduría lo descubría,

Corhanuk no podría presentar el escrito aunque se lo ordenara. Así fue como se creó y se materializó en el mundo de los hombres lo que se conoció como el Pergamino Sagrado.

Y cuando Chu Jung, que no era consciente de la traición del mensajero, lo buscó y le pidió que entregara el regalo que él le hacía al Señor de la Sabiduría –el Báculo–, el mensajero se lo quedó. El Señor de la Sabiduría lo descubrió y quiso vengarse por el robo del regalo, pero Corhanuk se escondió y escondió asimismo el Báculo fuera del alcance de los hombres y de todo ser vivo.

A lo largo de las eras Corhanuk sirvió a otro amo: la Sombra, que encomendó a su servidor la tarea de hallar el Talismán de Chu Jung, ya que sin éste el Báculo estaba incompleto y no se materializaría su poder.

Nota del historiador: La leyenda del Pergamino Sagrado no se ha podido probar ni refutar, puesto que el pergamino en que supuestamente se escribió el mandamiento divino nunca se ha hallado. Pero la hermandad de las Tres Liebres Una Oreja está consagrada a garantizar que no caiga en las manos equivocadas si es que llega a encontrarse alguna vez. Los miembros de esa organización secreta han empeñado sus vidas en impedir que esto ocurra, por ser la salvaguardia más segura de que la Sombra no resucite jamás, ya que creen que el Sin Nombre quedaría libre de su confinamiento eterno si el mandamiento divino se anulara al invertir el significado de las palabras escritas en el Pergamino Sagrado.

Fuente: la hermandad secreta de las Tres Liebres Una Oreja.
Origen: pergamino descubierto en las ruinas de la ciudadela del monasterio de Labrang, centro espiritual del antiguo Imperio Occidental.

Capítulo 17

Las Arenas Cantarinas

*M*uchas semanas antes, al marcharse sólo unas horas después de que An Lushan y Lianxang se pusieran en camino, Rokshan también abandonó su hogar e inició el largo periplo hacia las Montañas Llameantes y la Tierra del Fuego, como Shou Lao le había pedido que hiciera.

Era su primer viaje al este y el comienzo fue muy duro. Durante los primeros días se le puso en carne viva la parte interior de los muslos debido a la fricción, aparte de que el balanceo y los bandazos del camello mientras atravesaban la estepa agostada por el sol le revolvían el estómago. Embotado por la monotonía de la marcha a paso cansino, decidió ir a pie en lugar de montado en camello y acabó con los pies destrozados y llenos de ampollas.

Los camellos viajaban pegados unos a otros formando una larga hilera. Era una gran caravana que se dividía en reatas de cinco a diez camellos, unidos por una cuerda enlazada a las clavijas de madera que les atravesaban los orificios nasales. Cada animal, tanto si era camello como búfalo, caballo o mula, llevaba una campanilla de bronce al cuello y un tintineo sordo acompañaba el lento y tedioso avance de la caravana.

A medida que pasaban los días, Rokshan demostró su valía como recogedor de estiércol. Por su parte, Gupta —el camellero jefe— le había enseñado un par de trucos del oficio; la lección de ese día consistía en aprender a atar juntos a los camellos e insertarles la clavija de madera en la nariz.

—Tienes que ganarte su confianza —le aconsejó Gupta. Rokshan había conseguido que el camello se sentara, aunque después de muchas y ruidosas protestas.

—Ahora, coge la clavija.

—¿Yo? —se alarmó Rokshan. La verdad es que no le apetecía nada acercarse más al camello porque, además de soltar eructos y ventosidades con ferocidad, la fetidez era insoportable cuando te echaba el aliento. Entre eructo y eructo, recogía los belfos hacia atrás y hacía unos ruidos rarísimos, una especie de gorgoteo que daba la impresión de que lo estuvieran estrangulando.

—Eso es… Chasquea la lengua como te he enseñado para que se tranquilice, y acércate como si actuaras muy en serio, pero sin que parezca que lo amenazas —instruyó Gupta.

Rokshan hizo lo que le decía, pero sólo porque no quería quedar mal con su nuevo amigo.

—Ofrécele los frutos secos y el heno para que esté más interesado en la comida que en lo que le vayas a hacer tú. —Nervioso, Rokshan alargó la mano con la poco apetitosa mezcla—. Y no olvides pasar la clavija entera de golpe con la otra mano mientras se come la golosina.

Ésa era la parte difícil e incluso peligrosa si el camello decidía pegar un mordisco a la mano que le ofrecía el capricho, cosa que ocurría con frecuencia; Rokshan sabía que la dentellada de un camello podía dejarte sin un dedo o incluso sin dos.

—Hazlo de golpe —repitió Gupta, que para sus adentros estaba disfrutando con la torpeza y el desasosiego del muchacho, aunque también intentaba animarlo. Tan pronto como el camello vio la comida, dejó de protestar y la mordisqueó con complacencia.

Antes de que el animal se diera cuenta de lo que pasaba, Rokshan sacó la clavija, la introdujo limpiamente por uno de los orificios de la nariz y la empujó sin brusquedad pero con firmeza hasta que salió por el otro orificio. El camello soltó un brusco resoplido y un eructo desdeñoso antes de seguir masca que te masca, satisfecho, aunque miró a Rokshan con recelo.

—¡Sí! ¡Lo he conseguido! —Rokshan se puso a dar saltos de contento; estaba muy orgulloso de sí mismo.

154

—No está mal para ser hijo de un rico mercader —rio Gupta—. Lo próximo que harás será cortarles de un tajo los «ya-sabes-qué» —bromeó—. Eso sí que es divertido. Puedes ganarte muy bien la vida perforando la nariz a los camellos y haciendo esos otros menesteres, ¿sabes?

—No, gracias. Creo que seguiré con la idea de convertirme en enviado especial.

—¡Tal vez en tu próxima vida! Por el momento, informaré a Chen Ming de que tenemos otro camellero experto en nuestra caravana.

Rokshan lo vio alejarse entre la larga fila de animales de carga, acompañados por sus camelleros y arrieros que caminaban pacienzudos a su lado. Se recordó que tendría que buscar al camellero jefe cuando acamparan esa noche; quería ver la expresión de Chen Ming cuando Gupta le hablara de sus habilidades en el cuidado de los camellos.

Por lo general la caravana se detenía antes del ocaso; a veces llegaba a una aldehuela donde había una posada, que seguía abierta gracias al negocio de las caravanas, y Chen Ming y sus camelleros se alojaban en ella, mientras que el resto de la caravana instalaba el campamento y dormía en recias tiendas hechas con pieles de animales y un tejido áspero al tacto. Cuando se levantaba el campamento por la mañana, a Rokshan también le tocaba ayudar a cargar los camellos.

Al principio realizaba esta tarea con impaciencia y apilaba de cualquier manera todo lo que encontraba a mano, pero el resultado era desastroso, de modo que se pasaba días enteros subiendo y bajando del camello cada vez que el fardo se soltaba. Gupta acudió en su auxilio y le explicó:

—Has de tener un método. Primero, pon las mantas y el sudadero alrededor de las dos gibas, así… —Las envolvió con cuidado—. Después, cuando hayas desmontado la tienda, utiliza el armazón (éste se componía de listones un poco curvados que encajaban en los costados del camello) de este modo —añadió al tiempo que ataba los listones en su sitio con habilidad—. A continuación coge las alforjas grandes redondas… (éstas eran casi tan grandes como un hombre adulto e iban atestadas de la más fina lana sogdiana); Gupta le enseñó cómo ponerlas encima de los listones de madera.

155

Por último, tenía que recoger las pequeñas bolsas con sus propias pertenencias y los cacharros de cocinar, y colocarlo todo encima de una alforja. En la otra alforja, se colgaban un cuchillo de caza en su vaina, una espada pequeña (por si acaso los atacaban bandidos), un arco y una aljaba con flechas. El agua se transportaba en calabazas huecas que apenas pesaban.

No debemos olvidar a *Abu*, el mono de la caravana. Todas las mañanas iba a la tienda de Rokshan, y se ponía a chillar y a dar saltos de aquí para allá. *Abu* ayudaba todo lo posible, lo cual implicaba casi siempre deshacer lo que Rokshan acababa de empaquetar: sacaba a tirones la lana de las alforjas, o salía corriendo con los cacharros de cocinar y otras piezas esenciales del material.

Pero la rutina permanente de viajar por el desierto hacía mella en el ánimo de todo el mundo.

—Es como si lleváramos toda la vida caminando a través de estas planicies esteparias —le comentó Rokshan a Gupta cuando iba a cumplirse la segunda semana de viaje. El aguileño rostro del camellero jefe no revelaba ninguna emoción, pero entornó los ojos cuando se los protegió del relumbrante reflejo que irradiaba el «yunque del sol».

La desértica estepa parecía no tener fin; se extendía de un extremo al otro del rectilíneo horizonte, tan sólo alterada por algún solitario puesto avanzado, una guarnición militar o tal vez un puesto comercial, apenas discernibles en la calinosa distancia. Rokshan reparó en el incremento de la actividad de las guarniciones, y también se encontraron con tropas imperiales en más de una ocasión.

—Tan sólo nos quedan algunos días más de viajar por la estepa —le dijo Gupta—. Después llegaremos a los Yermos de Arenas Rojas, tras lo cual refrescará poco a poco a medida que vayamos acercándonos a las estribaciones de las montañas de Hami, y, seguidamente, al paso de Terek Davan. Tardaremos otro ciclo lunar y medio, o puede que un poco más. —A pesar de tener los labios agrietados, sonrió al chico para animarlo.

Los días tediosos se encadenaron uno tras otro, hasta que los viajeros abandonaron la estepa y llegaron a los Yermos de Arenas Rojas, como Gupta había anunciado. Al menos era un paisaje distinto, pero enseguida echaron de menos la estepa herbosa, porque incluso estando tan avanzada la estación, aquel lugar era como un horno durante el día; además, el viento alzaba nubes polvorientas y creaba una neblina —grisácea y rojiza— que se les metía a todos entre las ropas y en el pelo, y les irritaba los ojos; una vez que empezaban a rascarse, ya no les era posible parar. Y Rokshan no podía evitar los escalofríos cuando se acordaba de los relatos espeluznantes de Kan sobre las Arenas Cantarinas, que se encontraban cerca.

Cuando se aproximaba el crepúsculo, anhelaba escuchar el toque melancólico del cuerno del jefe de caravanas que anunciaba el final de la marcha del día; por el contrario, ¡cómo temía al alba el alegre repique de la campana del sacerdote mientras recorría la caravana arriba y abajo bendiciendo a los viajeros y exhortándolos a elevar sus plegarias a los espíritus dragontinos de la tierra, del viento, del fuego y del aire! El sonsonete quejumbroso de sus rezos para que los espíritus dragontinos no los maldijeran con terremotos, tormentas del desierto o temperaturas extremas de cualquier clase levantaba ecos en el campamento.

Durante días y días recorrieron *li* tras *li* de arena y grava, cuya uniformidad rompían únicamente matojos de hierba áspera de bordes afilados, salvia de camello y pequeños arbustos espinosos. Se acercaba el final del corto verano, y las hojas de los álamos en los oasis comenzaban a cambiar del verde a un amarillo dorado que anunciaba la cruda estación invernal que se avecinaba. De hecho, la temperatura por la noche bajaba ya de forma desagradable.

157

Había transcurrido casi un ciclo y medio lunar de viaje. La caravana se detuvo para pasar la noche junto a un pozo en una aldea deshabitada, en los límites del desierto, y a lo lejos se divisaban las cimas de las montañas de Hami que irradiaban un brillo rojizo ceniciento en la puesta de sol.

Rokshan recorría la caravana mientras todo el mundo disponía los enseres para acostarse más tarde. El olor de las fogatas y las lumbres donde se preparaba la cena flotaba sobre el campamento, mientras que, en medio de la creciente oscuridad, los camelleros comprobaban sus cargamentos y acomodaban a los camellos y a las otras bestias de carga. Los más devotos habían iluminado pequeños altares y musitaban ensalmos al tiempo que prendían incienso en miniaturas de bronce que representaban el animal bajo cuyo signo habían nacido. El muchacho advirtió que el dragón, la serpiente y el caballo parecían ser los animales más comunes, y se preguntó si los viajeros más supersticiosos deseaban apaciguar a los poderosos espíritus de los valles legendarios, en el reino de los Jinetes Salvajes, conforme se aproximaban a sus tierras.

Como no había visto a Chen Ming desde hacia un día o dos, decidió buscar al viejo amigo de su familia. Cuando Rokshan era pequeño, habían pasado juntos muchas horas felices mientras el jefe de caravanas intentaba enseñarle cuanto sabía sobre lo que era adecuado comprar o vender en las rutas comerciales. Todo aquello que no se enseñaba a los alumnos en la escuela acerca del encarnizado mundo de los negocios del imperio, él lo había aprendido de Chen Ming, como por ejemplo, las cantidades exactas de lana, alfombras, vidrio y gemas que hacían falta para comerciar en cada ciudad de los oasis; la cuantía y los diferentes tipos de moneda requeridos; qué puestos de aduana eran sobornables y por qué suma; cómo hacer cortes en las balas de lana para que entrara la arena del desierto e incrementar así el peso, y por ende, los beneficios. En cambio, ahora estaba aprendiendo de primera mano lo dura que era en realidad la vida de un viajero de caravana.

Se acercaba a la zona donde acampaba Chen Ming cuando le sobrevino una extraña sensación. Alzó la vista hacia las montañas de Hami, envueltas en la niebla, y hacia las cercanas e imponentes montañas Pamir, hogar de criaderos y caballadas de las sagradas monturas de los Jinetes Salvajes, y, de repente, se sintió atraído hacia éstos, dondequiera que estuvieran. La sensación era tan fuerte que se detuvo en seco y no echó a andar de nuevo hasta que unos niños, entre alegres risas, lo azuzaron con un palo a fin de asegurarse de que no estaba participando en algún juego al que podían sumarse.

Sentado junto a la fogata, Chen Ming bebía té. Le indicó a Rokshan que se acomodara en los cojines que había repartidos alrededor, cerca de mesas bajas cargadas de cuencos de frutas, dátiles y jarras de plata repujada que contenían vino.

158

—Sírvete un poco de té; te refrescará tras el viaje de la jornada —dijo el jefe de caravanas con cierta brusquedad, si bien su mirada era de afecto.

Así lo hizo el muchacho, y tomaron la bebida agridulce a sorbos, en un silencio amigable, antes de comentar las particularidades de la jornada; la caravana era una de las más grandes que viajaban por las rutas comerciales, y a Rokshan le fascinaban los detalles prácticos de organización para que una empresa tan importante tuviera éxito.

Mientras charlaban, el crepúsculo dio paso a la noche aterciopelada y las estrellas rutilaron. De vez en cuando, Rokshan echaba una ramita de salvia de camello a la fogata, y disfrutaba viendo cómo las llamas crepitaban y flameaban en la oscuridad. Al cabo de un rato los dos se quedaron callados, y Rokshan pensó de nuevo en su casa, como le pasaba siempre, y en el mensaje del viejo narrador.

—¿Desde cuándo conoce a Shou Lao? —le preguntó al jefe de caravanas.

—¿Por qué lo preguntas? —Chen Ming se puso de nuevo de pie para volver a llenar los vasos de té; a la luz titilante de la fogata, las sombras cambiantes le surcaban el rostro de aspecto fiero.

—Nadie sabe con certeza qué edad tiene ni de dónde procede, ¿no es así? —comentó Rokshan más como una afirmación que como una pregunta—. Mi padre me dijo alguna vez que sus abuelos le contaban relatos que a ellos se los habían explicado sus padres, quienes, a su vez, habían oído contarlos a Shou Lao.

—Entonces, tal vez sea cierto lo que se dice sobre él: que tiene que ser tan viejo como el mundo y debe de conocer todos sus secretos —comentó Chen Ming con una risa estruendosa mientras se sentaba otra vez—. No lo sé, mi joven amigo. Pero muy pronto podrás preguntárselo a alguien mucho más entendido que yo en estos temas.

—¿Ah, sí? ¿A quién? —quiso saber Rokshan; el entusiasmo hizo que se sentara muy erguido.

—Al abad de Labrang, un hombre sabio, alguien de cuya hospitalidad frugal he disfrutado durante muchos años en mis viajes por las rutas comerciales. Dentro de algunos días cenaremos juntos… Suponiendo que lleguemos allí —afirmó Chen Ming, pesimista.

—¡El abad de Labrang! —Rokshan silbó suavemente, sorprendido. Labrang era el monasterio budista más grande en el reino de Sogdiana, célebre por la colosal estatua de un dragón brincador que tenía fama de ser de oro macizo y causaba el asombro de los peregrinos llegados de todo el reino.

»Pero ¿qué quiere decir con eso de "suponiendo que lleguemos allí"? ¿Hay alguna razón para que no lo logremos? —preguntó, alertado de repente por la velada advertencia de Chen Ming.

—Tienes que haber notado la actividad militar en fortalezas y guarniciones por las que hemos pasado. Nunca había visto tantos soldados en la calzada en esta época del año; el emperador debe de estar impacientándose con los Jinetes Salvajes.

El chico recordó, en efecto, las carretas militares de suministros con las que se habían cruzado, llenas a reventar de madera, vituallas y forraje, señal inequívoca de que un ejército se preparaba para atrincherarse durante el largo invierno.

Mientras pensaba que si les iban a interceptar el paso, ya tendrían que haberlo hecho, oyó un retumbo lejano, como el redoble de un bombo inmenso. Chen Ming alzó la vista; él también lo había oído, pero en ese momento, superando el distante estruendo, les llegó el canto de una dulcísima voz femenina.

El jefe de caravanas se hizo rápidamente la señal del dragón en la frente, en los labios y en el torso antes de incorporarse de un salto. Ya se había producido un revuelo en el campamento; y Gupta y sus camelleros de más confianza iban de acá para allá presurosos, e impartían la orden de que todo el mundo se metiera en su tienda, después de comprobar que los animales de carga y el ganado estuvieran bien atados.

—¿Son las Arenas Cantarinas, Chen Ming? —preguntó Rokshan, intimidado.

El hombretón asintió con energía, y le ordenó:

—¡Deprisa! Vuelve a tu tienda y tapónate los oídos con cualquier cosa que encuentres. No sigas el canto de sirena, Rokshan, porque jamás encontrarás el camino de vuelta. ¡Ve! —Chen Ming echó a andar para reunirse con sus camelleros.

Dirigiéndose a trompicones hacia su tienda, el muchacho reparó en que un silencio espeluznante había caído sobre el campamento. Los preocupados padres de familia recogían a los niños llorosos y corrían a cobijarse; los animales estaban inquietos; los arrieros controlaron deprisa a las acémilas asegurándose de que estaban bien sujetas y les dedicaron palabras quedas para tranquilizarlas; se ató a los animales más grandes, y los camelleros prestaron especial atención a los camellos mediante un coro de chasquidos, hechos con la lengua, mientras los conducían a sus refugios nocturnos y los dejaban bien sujetos. El retumbo sonaba algo más lejano, pero fragmentos del dulce canto llegaban por el aire quieto de la noche y parecían danzar alrededor del joven.

La advertencia de Chen Ming, así como los detalles que había oído de labios de Kan y de Gupta resonaron en la mente de Rokshan: quienes seguían el cántico de las Arenas Cantarinas abandonaban el camino por el que transitaban, y se aventuraban por lo que parecía otra senda muy frecuentada que después se desvanecía en la arena. Totalmente perdidas, las víctimas deambulaban sin rumbo fijo días y días, cada vez más débiles, hasta que morían; de ellos quedaban los huesos, blanqueados y relucientes por la acción del sol y pulidos por el viento y la arena.

Rokshan se metió a gatas en la tienda y se tapó las orejas con las manos mientras se arrebujaba en las mantas no sólo para resguardarse del intenso frío de la noche del desierto, sino también para protegerse del reclamo del canto de sirena de las Arenas Cantarinas.

Más avanzada la noche, no supo si lo había despertado el frío o una única nota, vibrante y grave, que le hizo temblar. La nota se mantuvo mucho rato, y al fin dejó de oírse de súbito. Salió a gatas entonces de debajo de las mantas y asomó la cabeza por la abertura de la tienda.

Únicamente el chillido de un búho resquebrajaba la silenciosa negrura que se cernía sobre el campamento. Aliviado, porque le pareció que el peligro de las Arenas Cantarinas había pasado y convencido de que tenía que haberse imaginado ese sonido extraño, contempló el cielo estrellado.

Acababa de acostarse y ya se estaba quedando dormido otra

vez cuando un lamento débil y espeluznante se desplazó con lentitud, sin rumbo, a través del desierto… Iba y venía; en algún momento casi no lo oía de lo lejano que sonaba, pero un instante después, volvía clamoroso gritando su nombre. Como en un sueño, notó que se levantaba y salía de la tienda.

Miró alrededor y no vio a nadie. La voz provenía de las gigantescas dunas que había cruzado ese mismo día; se encontraban a cierta distancia, pero distinguía la masa oscura que se alzaba hacia el cielo. Mientras caminaba a trompicones hacia ellas, Rokshan creyó entrever una figura encapuchada y con capa que lo llamaba con un gesto.

A medida que se acercaba, oyó la voz que lo llamaba con más claridad; era una voz fuerte de hombre que le trajo el recuerdo de su infancia. Trastabilló y cayó al suelo, desigual y arenoso, y maldijo al cortarse la mano con la arista de una piedra. Oyó la voz otra vez… Le resultaba conocida, pero no conseguía ponerle un rostro. Siguió adelante, unas veces a trompicones y otras, corriendo.

162

Ahora parecía que la voz era de mujer, un canto con fragmentos de una melodía conocida.

—¿Dónde estás? —gritó mientras gateaba duna arriba—. Ya voy… —Pero se sentía débil y continuó avanzando a duras penas. La arena cedía bajo sus pies y cuanto más intentaba trepar clavando las uñas, más parecía que se deslizaba hacia abajo. Nunca llegaría arriba; sintió que caía más deprisa, y la melodía se trocó repentinamente en un grito triunfal mientras él rodaba cuesta abajo y se precipitaba hacia un negro abismo sin fondo.

—Rokshan… Despierta, despierta. Soy Gupta. ¡Despierta! —Alguien lo zarandeaba. Abrió los ojos, y la mancha borrosa se concretó en el rostro preocupado de Gupta.

»Has tenido un mal sueño. —El camellero sonrió, mientras el chico se sentaba, aturdido—. Es una suerte que no te alejaras mucho de la tienda; debes de haber andado mientras dormías. Me despertó un sonido que me pareció el ladrido de uno de los perros del campamento, pero enseguida me di cuenta de que no era eso, así que salí a investigar y te encontré revolcándote en el suelo. —Gupta lo miró con curiosidad.

—Gracias —masculló el joven, avergonzado por su extraño

comportamiento—. Creí que... Soñé que trepaba por esas grandes dunas por las que pasamos antes. Oí voces, y después, un canto maravilloso.

—Tendrías que recorrer muchas *lis* para llegar a esas dunas. Por esa razón lo que oímos antes sonaba tan apagado —afirmó Gupta con objetividad, y condujo a Rokshan hasta su tienda—. Duerme un poco más. Aún quedan tres círculos de vela, más o menos, hasta que nos pongamos en marcha. Y véndate ese corte de la mano; tiene mal aspecto.

El joven se miró la mano, sorprendido; entonces... no había sido un sueño.

Ni él ni nadie oyó el graznido estridente de una corneja que volaba en círculo sobre las dunas, y después enfilaba hacia el oeste, de vuelta a Maracanda.

Capítulo 18

El monasterio de Labrang

Desasosegado, Rokshan miraba de hito en hito la grotesca señal de advertencia en la calzada: la calavera sonriente de un camello, blanqueada por el sol implacable del desierto, apoyada sobre la caja torácica del animal puesta boca abajo. El sol había pasado su cenit hacía cuatro círculos de vela por lo menos, así que debía de faltar sólo otro círculo, o tal vez dos, para llegar al monasterio, según sus cálculos.

—Salteadores —aclaró impasible Gupta al ver que Rokshan contemplaba boquiabierto el montón de huesos. El camellero le rodeó los hombros con el brazo en un gesto animoso—. Es su tarjeta de visita. Verás, aquí hubo una masacre hará unos veinte o veinticinco años. Un grupo de monjes budistas de ambos sexos se dirigía al monasterio para la Fiesta de los Muertos; los salteadores debían de estar enterados de la carga que transportaban: rollos de pan de oro para embellecer la estatua del Buda Dorado de Labrang. Pues bien, crucificaron a todo el grupo —a los treinta—, y les prendieron fuego por añadidura. Algunos de los monjes más viejos del monasterio juran que oyeron los gritos que llevaba el viento, así como el olor a carne quemada. —Gupta le dio una palmada en la espalda—. Son cosas que pasan por estos pagos, amigo mío. Pero no te preocupes, porque los bandidos no se arriesgarán a asaltar una caravana del legendario Chen Ming.

—¿Por qué no? —preguntó Rokshan, que había palidecido.

—Porque les asusta demasiado lo que podríamos hacerles —contestó Gupta, muy, muy serio.

Rokshan tenía el estómago revuelto, y, por centésima vez desde que salieron de Maracanda —hacía un ciclo y medio lunar—, deseó estar de nuevo en la biblioteca de la escuela con sus libros por toda compañía. Aún no estaba convencido de haber acertado al cumplir con lo que Shou Lao le indicó, y siempre pensaba en su pobre padre... ¡Cómo anhelaba oír su voz!

Paulatinamente, parecía que las estribaciones de las montañas de Hami se hallaban más cercanas a medida que la caravana se aproximaba a la ciudadela del monasterio de Labrang. Ésta constaba de cinco conjuntos de murallas y se hallaba al abrigo de las estribaciones de las montañas. Las altas murallas de arenisca reflejaban el fulgor dorado del sol de la tarde; en lo alto —tallado en la roca—, un colosal Buda compasivo, de una estatura cinco veces mayor que las torres más elevadas del monasterio, sonreía benigno al edificio que tenía a sus pies, e infundía un profundo sentimiento de reverencia y una inmensa paz a quienes pasaban bajo su mirada serena tras el largo y agotador viaje. Rokshan lo contempló con sobrecogimiento y admiración; no había visto en su vida una estatua de tal magnificencia, y le entusiasmaba la idea de que aún le esperaban más maravillas que contemplar en el camino.

165

Las murallas se habían construido como defensa contra los salteadores después de la masacre de los treinta monjes. Tras ellas, se hallaba el monasterio más grande del reino de Sogdiana que destilaba sosiego y guardaba a buen recaudo la inmensa estatua del dragón brincador. Porque más o menos un año después de la masacre, los ancianos de Maracanda se aseguraron de que la segunda remesa de pan de oro llegara a su destino, para lo cual consiguieron que una tropa de elite de la Caballería Ligera Imperial —por orden del emperador— protegiera el envío.

Antes de llegar a la primera muralla, pasaron por un santuario construido en piedra arcillosa, de clásica planta hexagonal y provisto de una torre baja y redondeada. Emplazada en lo alto de la torre, una pequeña campana de bronce tañía lúgubremente dos o tres campanadas discordes cada vez que el viento soplaba con bastante fuerza para moverla. Alrededor de la base de la torre, Rokshan contó treinta calaveras sobre un montón de huesos.

—Son las víctimas de la masacre —aclaró Gupta. El camellero desmontó e hizo una reverencia respetuosa en su memoria. El muchacho iba a comentar algo cuando reparó sobresaltado en una pequeña inscripción al pie de la torre. Al instante identificó los trazos; era la misma escritura arcaica que vio en los pergaminos de la biblioteca de la escuela, precisamente después de escuchar la narración de Shou Lao. Al pie de la inscripción había un mosaico de vivos colores con la conocida representación de las tres liebres de una oreja persiguiéndose en círculo. A Gupta no le pasó inadvertida la expresión sorprendida del muchacho—. ¿Qué ocurre? Parece que hayas visto un espíritu maligno de la calzada.

—¿Es que no te das cuenta? —Rokshan señaló el dibujo del mosaico.

—¡Ah, las tres liebres de una oreja! Eso lleva ahí desde que me alcanza la memoria. —El camellero subió con agilidad a su camello—. Nadie sabe en realidad qué significa. Les pregunté a los monjes más viejos del monasterio, pero se limitaron a contestar que es una construcción dedicada a la memoria de las víctimas de la masacre. ¡Vamos, o seremos los últimos en cruzar las puertas! —gritó. Después chasqueó la lengua y puso al camello a un trote largo y oscilante en dirección a la ciudadela.

Rokshan montó también y cruzó las puertas, pero le incomodaba una sensación inquietante, de nerviosismo, que no conseguía quitarse de encima.

Una vez que descargaron los animales y los acondicionaron para pasar la noche, un monje muy joven, encantado de recibir a desconocidos de su misma edad, llevó a Rokshan a recorrer el monasterio. Siendo el más grande del reino, era en sí un pueblo; edificios periféricos, todos ellos perfectamente simétricos y con forma de pagoda, rodeaban el gran patio interior.

Rokshan soltó una exclamación ahogada al ver por primera vez la estatua del dragón brincador en el centro del patio. Aquella figura medía el doble de la altura de un hombre adulto, y se había recreado con tanta destreza que casi parecía estar dotado de vida: empinado el sinuoso cuerpo, las alas plegadas y la cabeza girada hacia atrás, como desafiando a cualquier espectador a que lo siguiera en su vuelo hacia el cielo. A la luz evanescente, aquella sensación de que semejaba una criatura viva se acrecentó; la estrecha cabeza de reptil les gruñía desde arriba, y Rokshan juraría que había visto cómo la brisa agitaba un poco los largos bigotes que colgaban a ambos lados de las fauces abiertas; tenía dos enormes esmeraldas por ojos, y, mientras los muchachos rodeaban la estatua, dio la impresión de que refulgían como un fuego verde.

El patio era un cuadrado, en el que las celdas —individuales— de los monjes se disponían a su alrededor, menos en uno de los lados que quedaba abierto. En éste, precisamente detrás del dragón dorado, había tres escalones que conducían a un templo, encima de cuya entrada colgaba una campana de bronce muy grande, y, suspendido en horizontal de una cuerda, colgaba un pesado palo para golpearla. Rokshan pidió que le permitieran visitar el santuario, que albergaba una reliquia sagrada del mismísimo Han Garid, líder de los dragones del trueno (o eso le había explicado el monje en un quedo susurro), pero sólo los monjes y visitantes muy especiales tenían acceso al lugar. Como si quisiera dar más énfasis a su explicación, el guía señaló con la cabeza a los monjes guerreros apostados en la entrada, estática la mirada al frente e inmóviles como estatuas.

Esa noche el abad invitó a Chen Ming, a su camellero jefe y también a Rokshan —hecho que le sorprendió mucho—, a una sencilla pero sustanciosa cena. Se sirvió en el cavernoso salón principal, de paredes de ladrillo decoradas con frescos de vivos colores que representaban monjes chinos y extranjeros, así como cantantes y bailarines.

Se cenó en silencio, con arreglo a la tradición monástica. Cuando acabaron y se retiraron los sencillos cuencos y cucharas de madera, el abad invitó con un gesto a Chen Ming para que se acercara. Sostuvieron una conversación en susurros durante la cual ambos (el jefe de caravanas parecía sobresaltado) no dejaron de echar miradas hacia Rokshan. Por fin, el jefe de caravanas se incorporó y se acercó muy serio al muchacho.

—El abad quiere hablar contigo. Tienes que arrodillarte

cuando se dirija a ti. Te invita al oficio religioso nocturno, lo que es un gran honor, pero no olvides hacer una profunda reverencia. ¡Anda, ve! —lo animó con unas palmaditas en el hombro.

Rokshan se acercó al abad, y antes de arrodillarse, se inclinó en una pronunciada reverencia como se le había indicado. El abad vestía la tradicional túnica de color azafrán, pero se distinguía de los otros monjes por el tocado en forma de una media luna grande, roja y con dibujos bordados en oro.

—Paz, Rokshan. No tengas miedo.

El abad hablaba en voz baja y con un acento tan cerrado que Rokshan tuvo que hacer un esfuerzo para entenderle.

—¿Es un esclavo o un amo lo que buscas, Rokshan? Si es un esclavo, siempre te despreciará. Si es un amo, tienes uno; en consecuencia, ya eres un esclavo y tampoco hace falta que busques.

—¿Perdón, reverendo padre? —preguntó Rokshan, perplejo.

—Tu voluntad, Rokshan, es tu amo. Por ende, eres tu propio esclavo. Intentas dar forma al mundo, hacer que se acomode a tu voluntad. Y cuando el mundo no te hace caso, te sientes desdichado. Tu voluntad te insta a no creer lo que se te ha dicho y a desdeñar las señales que se te han mostrado. Pero tu corazón sabe que todo es cierto. Hablo según lo que he visto, porque he mirado en tu corazón. Debes unirte a nosotros, Rokshan, y debes continuar tu viaje. Nosotros, los seguidores de Ahura Mazda, podemos ayudarte.

—Venerabilísimo abad, quizá mi corazón sepa que cuanto se me ha dicho es verdad, así como las señales que se me han mostrado, pero mi voluntad es fuerte cuando me aconseja que no crea. Y no tengo los conocimientos ni el valor suficientes para llevar a cabo por mí mismo lo que se me ha pedido.

—Únete a nosotros y hallarás el valor que siempre ha habido en ti, sólo que más profundo y más fuerte de lo que te imaginabas. En cuanto a los conocimientos, recuerda que la verdad no tiene sólo un nombre y que no hay un único sabio.

Rokshan inclinó la cabeza.

La voz grave de la campana del templo reverberó en el aire y rompió el profundo silencio del salón. Rokshan siguió arrodillado y con la cabeza inclinada.

—Rokshan, ¿quieres venir a orar con nosotros?

—Sí, venerable padre.

—Porque has tomado una decisión. —Más que una pregunta, era una afirmación.

—Sí, venerable padre.

—Es una valerosa y sabia elección, Rokshan.

—Gracias —contestó con respeto, aunque sin acabar de saber muy bien a qué había accedido. Alzó la vista hacia el abad; éste sonreía serenamente, fija la mirada en algo lejano.

Por fin se puso de pie, y todos los monjes lo imitaron e hicieron una reverencia antes de salir en fila, silenciosos. Chen Ming se acercó a Rokshan, y, tras inclinarse ante el abad, se hizo eco de sus palabras.

—En efecto, es una valerosa y sabia elección, mi joven amigo.

—Chen Ming, ¿viene conmigo? —De pronto se le ocurrió que todavía había muchas cosas del viejo amigo de su familia que ignoraba.

—Como huésped distinguido y como tu acompañante, también estoy invitado a orar con la comunidad, si es a eso a lo que te refieres. En cuanto a acompañarte en tu periplo, eso no me corresponde a mí decidirlo —contestó el jefe de caravanas.

El último monje salió del salón, seguido por el abad y sus dos huéspedes. Escuchando el tañido de la campana del templo, recorrieron el pasaje cubierto que conectaba el salón principal con el patio interior del monasterio. Una vez que pasaron por delante de la estatua del dragón brincador y se acercaban ya a los escalones del templo, los monjes se colocaron en fila para que los tres hombres caminaran entre la doble hilera, y juntaron las manos delante de la cara a la par que hacían una reverencia como saludo habitual de bienvenida.

El abad encabezó la marcha hacia el templo, seguido de Rokshan y Chen Ming. En silencio, los monjes se sentaron en el suelo con las piernas cruzadas y formaron un semicírculo frente al altar.

Éste era un relicario de plata maciza, en forma de sepulcro, que se asentaba sobre una plataforma dorada y escalonada; la tapa semejaba una techumbre de tejas curvas, decorada con flores de loto doradas y perlas engastadas en los bordes de forma que semejaban las flores blancas del ciruelo, y una cabeza de demonio, de cuya boca colgaba una argolla, coronaba las dos puertas. Rokshan echó una ojeada alrededor y reparó en que dos paredes del recinto estaban decoradas con frescos de vivos colores que representaban el camino de Buda en busca de la iluminación, y escenas del Paraíso; en cambio, en la tercera pared, así como en el techo, no había ninguna representación. No obstante, dio un respingo al ver un dibujo familiar que bordeaba las pinturas: las tres liebres de una oreja, con las que se intercalaba el dibujo más habitual de dragones entrelazados persiguiendo la Perla Flamígera que representaba el sol. En la pared del fondo, a unos treinta pasos de distancia, el mismo motivo cubría toda la superficie.

Un grupo de cuatro monjes, portadores de instrumentos de viento y de cuerda, subieron los escalones del altar, en tanto que el abad se arrodillaba al lado de una caracola enorme en espiral, y, llevándose a los labios el extremo más fino, tocó una única nota grave, profunda. Era la señal para iniciar el culto religioso, y los monjes empezaron a cantar acompañados por el zumbido de los instrumentos de viento y el punteo de los *pipas*, un tipo de laúd de dos cuerdas.

Como Rokshan estaba familiarizado con esta clase de culto, esperó a que el canto llegara al punto culminante, indicado por lo general con otro toque de la inmensa caracola. La intención de la ceremonia era poner al devoto en trance de meditación. De hecho, el muchacho sintió pesadez en los párpados cuando el fuerte olor que salía del incensario y de las lámparas titilantes, que quemaban aceite de cáñamo, se extendió por el templo en densas volutas de humo perfumado.

El canto de los monjes iba subiendo de volumen, y el muchacho sintió como si algo lo arrastrara hacia la pared del fondo. Echó un vistazo para comprobar si se movía en realidad, y se sorprendió al ver que permanecía sentado en el mismo sitio. Cada vez más alarmado, intentó resistirse, pero experimentaba la extraña sensación de estar saliendo del cuerpo, de que algo tiraba de él hacia las tres liebres de una oreja. Con creciente pánico, vio que éstas también se habían puesto en movimiento y se perseguían en círculo dando vueltas y más vueltas en una danza perpetua.

—¡Chen Ming! —gritó, pero el jefe de caravanas estaba

sentado junto a él, impasible, como si no pasara nada fuera de lo normal.

De manera gradual sintió que adoptaba una postura agazapada, como si se preparara para echar a correr. Miró a las liebres y se dio cuenta de que corrían alrededor de una calavera de dragón, de cuyas fauces salían zarcillos de humo. Fundiéndose con las liebres, él también corrió, despacio al principio y después más y más deprisa, hasta que creyó que los pulmones iban a estallarle.

Cuando le pareció que no podía correr más ni soportar las palpitaciones de las sienes, sintió que se elevaba, más ligero que el aire. Lo inundó una sensación intensa de paz y gozo, como si flotara en un río tranquilo, corriente abajo. Entonces le vino a la memoria lo que Shou Lao le dijo acerca de que las tres liebres representaban la luz, la vida y la verdad: «... cada una de ellas inseparable de las demás en la danza de la vida...»; y también afirmó: «... porque, para entender nuestra propia danza, hemos de escuchar lo que nos dice el corazón, como si éste fuese uno solo compartido con todos los hombres».

Así pues, tuvo la sensación de escuchar el corazón de todos los hombres latiendo a la vez, con la carga de sus anhelos y sus pasiones, sus gozos y sus sufrimientos; la sensación creció más y más hasta que le dio la impresión de que en su interior había una presa enorme, y que él poseía un poder tal que se expandía para contenerlo todo; y entonces, con una explosión ensordecedora, salió despedido hacia abajo y de nuevo corrió... Corrió con la energía de la inmensa fuerza vital que había percibido en lo más profundo de su ser.

171

Ahora se creía capaz de correr siempre, tan deprisa que le fuera imposible detenerse, pero, a todo esto, la nota grave de la caracola sonó y resonó su eco en el templo. El cántico cesó de repente, y él se sorprendió al encontrarse encogido en postura fetal. Reflejando preocupación, Chen Ming lo ayudó a incorporarse. Un silencio profundo reinaba en el templo, roto tan sólo por los jadeos del muchacho. El abad habló así:

—Rokshan, son muy pocos los elegidos para correr con las tres liebres. Mas los que lo son, los ha escogido el mismísimo Ahura Mazda, el Señor de la Sabiduría. Sé bienvenido, pues, a la hermandad de las Tres Liebres Una Oreja. ¿Querrás unirte a nosotros como un miembro más de la hermandad y llevar a cabo el viaje del que te habló Shou Lao en Maracanda?

—Sí, venerable padre —aceptó el muchacho, que se sentía mareado pero más resuelto en su propósito que nunca; aunque se preguntó si el abad sabría de antemano lo que iba a pasar, y si la comunidad de monjes habría presenciado lo ocurrido.

—¿Aunque la muerte y el dolor podrían ser tus compañeros constantemente? Y no me refiero sólo al dolor físico, sino al dolor que lacera el corazón humano —lo presionó el abad.

—Sí, venerable padre.

—Entonces, ten en cuenta una cosa: antes de que Zerafshan, a quien conoces como tu tío, demostrara no ser merecedor de convertirse en el último de nuestros Elegidos (el rango más alto en el sacerdocio de Ahura Mazda), se le encomendó desde tu nacimiento —como pariente carnal cercano— que fuera tu custodio en el sacerdocio hasta que alcanzaras la mayoría de edad. Él tendría que haber sido tu guía y tu mentor cuando vinieras aquí a ocupar tu posición como uno de los Elegidos, pues ése es tu destino inequívoco, sabido desde que naciste. Ahora, en su ilusoria sed de poder, te requiere para un propósito distinto que sólo podemos conjeturar. Nos menosprecia por no haberle permitido ser uno de nosotros, pero subestima nuestra fuerza como asociación.

Rokshan miró inquieto a Chen Ming antes de expresar sus temores al abad.

—Pero, venerable abad, se dice que Zerafshan está empeñado en conducir a los Jinetes a una rebelión abierta contra el emperador. Cualquier relación con él está penalizada con la muerte.

—Y nosotros hemos oído que desconvocará la rebelión si te ponemos en sus manos. Pero has de descubrir cuáles son sus verdaderas intenciones, Rokshan. Él asegura que sirve en exclusiva a los Jinetes Salvajes, y mediante ellos, a los que están a su cuidado, los caballos-dragón sagrados. Pero ¿por qué? Aunque sólo son suposiciones, imaginamos cuál es su propósito, y cabe la posibilidad de que haya que impedirle seguir por el camino que ha elegido.

—Es una enorme responsabilidad, venerable padre —susurró Rokshan, que agachó la cabeza y sintió que la resolución de pocos minutos antes se le venía abajo.

¿Formaba parte aquel encargo de la iniciación para llegar a ser un Elegido? ¿Debía acceder incondicionalmente a hacer algo que no acababa de entender? ¿Por qué se le había escogido para esta misión? Se sintió muy avergonzado al darse cuenta de que quizá carecía del valor necesario para aceptar lo que se esperaba de él. De modo que se debatió contra la verdad; sabía que ése era el momento decisivo, y después de todo, disponía de una oportunidad.

—¿Por qué estaba predestinado desde mi nacimiento, venerable padre? ¿Cómo es eso posible? —Exigía respuestas, debía saber toda la verdad antes de aceptar lo que los Elegidos le pedían.

—No dudes ni por un momento, Rokshan, que el señor del mal, la Sombra Sin Nombre, está activo. Seguro que conoces su historia… De cómo el Señor de la Sabiduría pronunció su mandamiento divino que lo confinó para siempre, y cómo su mensajero, Corhanuk, anotó dicho mandamiento en el Pergamino Sagrado; si éste se encontrara alguna vez, estamos comprometidos a protegerlo e impedir que caiga en malas manos. Sospechamos que en la actualidad los servidores del maligno andan por el mundo con el propósito de satisfacer sus deseos, deseos que conocemos porque somos los guardianes de las sagradas escrituras del Señor de la Sabiduría. La envidia y el rencor ancestrales de la Sombra se exteriorizarán al fin, o así lo cree él, mediante una venganza terrible contra el mundo de los hombres, y por medio de ellos, contra el Señor de la Sabiduría. No se detendrá ante nada para asegurarse de que quienquiera que caiga en sus redes arteras cumpla sus deseos. —El abad se quedó con la mirada perdida en el vacío, en algún lugar lejano que sólo él vislumbraba.

—¿Y está usted seguro de que esa… venganza se cumplirá a menos que hagamos lo que Shou Lao pidió? —preguntó el muchacho en voz baja.

—Está escrito en las estrellas y en los textos sagrados —respondió el abad con tranquila certidumbre—. Los libros sagrados de Ahura Mazda, el Señor de la Sabiduría, y *El libro de Angra Mainyu* o *El libro de los muertos*, como se conoce generalmente, contienen muchas profecías y predicciones señaladas en las estrellas. El enigma de Shou Lao procede de

173

El libro de Angra Mainyu, y éste profetiza la obsesión del emperador por los caballos-dragón de los Jinetes Salvajes que, a la larga, sin duda lo conducirá a su caída.

»Habrá una señal en el cielo, un alineamiento de astros que indicará al pueblo su derecho a derrocar al emperador —continuó el abad—. Pero no estamos seguros de que sea éste a quien haya que impedir que lleve a cabo su propósito... —El abad se calló de repente y clavó la mirada en el chico—. Así es como los Elegidos saben estas cosas, Rokshan. Tenemos que descubrir qué se propone Zerafshan.

A continuación hizo una seña a Chen Ming, que se puso de pie y se les acercó. El abad le levantó entonces el cabello a Rokshan, se lo retiró del rostro, y, dejando a la vista la oreja deforme, manifestó:

—Nadie puede negar que has sido marcado con el símbolo del antiguo sacerdocio. Quienes no creen, y son muchos, quizá se rían y digan que sólo se trata de una coincidencia, pero has preguntado y tienes derecho a una explicación. El día y la hora de tu nacimiento, en el Año del Dragón, se alinean exactamente con las predicciones astrológicas que dan al pueblo su anuencia para la justa rebelión de la que acabo de hablarte. Ésa es la razón de que se te destinara al antiguo sacerdocio desde el día de tu nacimiento. La oreja deforme que siempre te ha distinguido, para nosotros era la prueba definitiva del rigor de la predicción. —El abad hizo una pausa y añadió:

»La alineación de estrellas que se predijo ha empezado a producirse. Si necesitas más pruebas de que eres un escogido, hay una última profecía registrada en nuestras escrituras, una que el grupo de Elegidos ha mantenido en secreto a lo largo de los siglos y que ha sido para nosotros objeto de debate apenas comprendido... hasta ahora.

El abad le hizo una seña a un monje que había cerca, y éste le tendió con todo cuidado un rollo de pergamino de aspecto muy antiguo.

—Escucha la Profecía del Príncipe —dijo, reverente—, porque es en nuestro tiempo cuando llega su momento:

Un príncipe desde el día de tu nacimiento
en las sagradas montañas;

de la matriz anterior al albor te engendré y te marqué.
La Sombra ha hecho un juramento que no cambiará;
eres su servidor elegido para siempre.

—La profecía dice también:

Siéntate a mi derecha, porque haré
de tus enemigos mi escabel.
Empuñarás desde Taishan, la Montaña del Este,
tu Báculo de poder;
¡El portador del Báculo! Gobierna entre todos
tus enemigos, como gobierna la Sombra en todas las almas
que vuelven a Taishan,
la Montaña de los Muertos.

El abad enrolló con cuidado el pergamino y pareció sumirse en sus pensamientos. Poco después habló de nuevo.

—Zerafshan sería ese príncipe —un príncipe de la oscuridad—, mi joven amigo. Y, para lograr sus fines, se propone
utilizarte de un modo que hemos sido incapaces de discernir.
Por ese motivo tienes que ocupar su puesto como el Duodécimo de los Elegidos, con el fin de descubrir su objetivo. Sea lo
que sea, has de impedirlo, aun cuando tu periplo te lleve a los
confines del mundo. Porque Shou Lao me ha explicado que tu
viaje te conducirá hacia el este a través de las Montañas Llameantes, en la Tierra del Fuego, donde habrás de ayudar al
Monje Guardián en su eterna vigilia, en la corte del Rey Carmesí.

Rokshan fue consciente del profundo silencio que reinaba
en el templo; sumidos en meditación, los monjes mantenían
los ojos cerrados. El abad le estaba contando lo mismo que
Shou Lao le había dicho —dándole más detalles—, pero él aún
no acababa de entender qué significaba con exactitud aquella
historia, y se preguntó, angustiado, cómo iba a descubrirlo.

—No estarás solo, Rokshan. —El abad lo miró con benevolencia—. La caravana de Chen Ming se acercará todo lo posible
al paso de Terek Davan, pero tú has de subir al paso con la mayor discreción, sin hacerte notar, por lo que viajarás como un
nómada por esas zonas; uno de mis monjes guerreros será tu

175

guía para advertirte del peligro. Te han sido dadas las cualidades del espíritu-animal de los Elegidos, la liebre: velocidad, agilidad y astucia; úsalas. Además, yo también tengo un regalo para ti…

Hizo otra seña al monje, que se arrodilló ante el relicario de plata, en el centro del templo, y abrió sus dos puertas; sacó un objeto pequeño envuelto en un paño de seda, y se lo entregó al abad.

—Recibe este presente; te ayudará en tu viaje —dijo solemnemente el abad mientras lo desenvolvía y se lo ofrecía a Rokshan.

El diseño del amuleto de bronce era muy poco habitual, pero estaba tan desgastado que el muchacho tan sólo logró distinguir lo que tenía grabado al aguafuerte alrededor, así que le dio una vuelta, y al darse cuenta de qué representaba, exclamó intrigado:

—¡Las Tres Liebres Una Oreja de la hermandad!

—Úsalo sólo si tu vida corre un peligro mortal —le advirtió el abad.

—Gracias —repuso Rokshan, e hizo una profunda reverencia—. Una última pregunta, venerable padre… —No podía marcharse sin planteársela—. ¿Dónde encontraremos la corte del Rey Carmesí? ¿Es realmente el guardián de las puertas del infierno del que hablan los relatos? Y en cuanto al Monje Guardián… ¿Quién es y en qué consiste su eterna vigilia?

—El Rey Carmesí es servidor de la Sombra y custodio de los Cuatro Jinetes del infierno que cabalgan en el miedo, el dolor, la soledad y la desesperación. El único propósito de esos jinetes, si alguna vez se los libera, es causar tanto mal que el equilibrio de la armonía del mundo se rompa en pedazos, y conseguir que los hombres se pongan al servicio de aquel que los haya convocado y los tenga a sus órdenes. Pero mientras el Monje Guardián siga en la corte del Rey Carmesí para vigilarlo y asignar los castigos impuestos a las almas de los condenados, esto nunca llegará a pasar…

»El Rey Carmesí permanece encadenado, junto a aquellos que tiene a su cargo en las entrañas de las Montañas Llameantes, como castigo eterno por ser la mano derecha de la Sombra en su rebelión contra el Señor de la Sabiduría. Él recibe las almas de los condenados después de habérseles asignado su castigo, las almas de quienes, por su maldad, ya no tienen sitio en la perpetua Rueda del Renacimiento.

—¿Así que he de ir a la corte del Rey Carmesí, al... infierno? —A Rokshan casi le daba miedo hacer otra pregunta—: ¿Se condenará también mi alma?

—Si el Monje Guardián está allí, no. Ésa es la única certeza que te puedo dar —fue la respuesta pesimista del abad.

Rokshan asintió con la cabeza; se sentía mareado y exhausto por todo lo que había ocurrido. En ese preciso momento sonó el gong del templo.

—El culto ha terminado. Los monjes volverán a sus celdas para pasar la noche, y tú has de ponerte en marcha muy temprano. Has de ir deprisa por la calzada hacia el este, a la Cumbre de la Diosa, como los viajeros llaman al paso de Terek Davan. Que Kuan Yin vele por ti —dijo el abad al tiempo que hacía la señal del dragón, tras lo cual unió las manos en el gesto tradicional de despedida.

Al hacer el mismo gesto, Rokshan se percató sorprendido de que el profundo corte de la mano se había curado casi del todo. El abad cerró los ojos y musitó una invocación, y Chen Ming señaló con la cabeza los escalones para indicar que debían marcharse.

Mientras salían juntos del templo, el jefe de caravanas miró al chico con una mezcla de orgullo, afecto y respeto.

—¿Cómo habré de llamarte ahora? —preguntó medio en broma.

—Como me ha llamado siempre —replicó Rokshan, que intentó reír, pero lo único que consiguió fue esbozar una sonrisa desganada. Era consciente de que su vida había cambiado por completo; nunca volvería a ser como antes. Sus sueños de seguir los pasos de su padre tras una carrera corta pero brillante, como enviado especial, parecían muy lejanos, y de algún modo, insignificantes.

Chen Ming y él cruzaban el patio cuando un monje, vestido con las ropas adecuadas para el viaje, les salió al paso. El hombre, de cabello largo y enmarañado, llevaba una tosca túnica holgada —de color marrón— que le llegaba justo por debajo de las rodillas; una capa gris, sujeta en una bandolera, le

177

caía sobre la cadera, así como una cuerda corta de la que pendían sendas bolas de marfil pulido en los extremos, y, con una mano, sostenía un bastón corto de madera nudosa que acababa en un remate bulboso y retorcido.

—Saludos, Rokshan... Jefe de caravanas —dijo mientras hacía una reverencia primero a uno, y luego al otro—. Guerrero Sung Yuan, a tu servicio por orden del abad. No me verás en el camino... ni viajaré con la caravana, porque no todos tienen que enterarse de tu misión. Sin embargo, estaré cerca por si necesitas mi ayuda.

Rokshan saludó con otra inclinación de cabeza, pero antes de que tuviera oportunidad de decir nada, el monje guerrero se dio la vuelta en silencio y se alejó con paso largo y ligero.

El amuleto tintineaba en el bolsillo de Rokshan al chocar con la moneda de las tres liebres que Shou Lao le había dado, y se planteó de nuevo cuán distinta iba a ser su vida a partir de entonces como Duodécimo Elegido de la hermandad de las Liebres. El abad le había encomendado una misión que él había aceptado y ya no podía echarse atrás; debía encararse a Zerafshan, valiéndose de la cautela y la astucia de la liebre, para descubrir si su tío tenía intención de convertirse en el Príncipe de la Oscuridad que anunciaba la profecía.

Y si ése era realmente el propósito de su tío, ¿cómo se lo impediría? ¿Hasta qué punto estaban involucrados los Jinetes Salvajes? El abad le había advertido que era de máxima importancia que lo averiguara, y él se proponía hacer cuanto estuviera en su mano para obtener las respuestas a esos interrogantes.

178

Capítulo 19

El general Arkan Shakar

*T*ranscurría la tercera guardia nocturna cuando un estruendo lejano propagó leves temblores por todo el campamento.

Medio ciclo lunar después de salir de la ciudadela del monasterio, alcanzaron por fin las faldas de las montañas Pamir, en la frontera del reino de los Jinetes Salvajes. Y llegarían al río Jaxartes y lo seguirían corriente arriba; en la cabecera del valle cruzarían el paso de Terek Davan —al que el abad y Shou Lao habían llamado Cumbre de la Diosa— que conducía directamente a la tierra de los Jinetes.

Las cabras y las ovejas de la caravana se pusieron a balar con nerviosismo a medida que el lejano estruendo crecía en intensidad; gritos de alarma resonaron por el campamento; camellos y búfalos tiraban de los ronzales, pateaban el suelo que temblaba y lanzaban gruñidos cada vez más apremiantes a medida que el alboroto se convertía en un rítmico golpeteo, que sonaba como si un millar de caballos a galope corriera desbocado a través del desierto.

—¡Estampida! ¡Atizad las lumbres! ¡Pasad la orden!

Al instante la caravana se convirtió en un tumulto de pánico disciplinado, mientras todos intentaban prepararse con rapidez ante lo que suponían que se les venía encima: una estampida de caballos salvajes. Pero además de aquel retumbo ensordecedor, Rokshan creyó detectar el golpeteo y el tintineo metálicos de armaduras y armas.

—¡Emboscada! —gritó Gupta, que también había percibido ese sonido—. ¡Proteged vuestra carga y vuestros animales! ¡Armaos y desenvainad las espadas! ¡Manteneos firmes en vuestras posiciones!

La caravana se había situado formando una punta de flecha para hacer frente a la estampida. No era un incidente que ocurriera por regla general en las rutas comerciales, pero cuando pasaba, todas las caravanas sabían que la forma más eficaz de desviarla era dividir la manada de frente. Hacía falta mucho valor para aguantar firme en la punta de flecha de la formación plantando cara a una masa retumbante, pero nunca había fallado la maniobra, que se supiera.

Sin embargo, esa formación no era la ideal para resistir un ataque de bandidos, aunque ya era demasiado tarde para modificarla. Un centenar de pares de ojos temerosos se esforzaba en penetrar la oscuridad, pero una densa nube de polvo ocultaba la violenta acometida que se dirigía hacia ellos.

—Suena como si fueran centenares, y nosotros sólo somos cincuenta. ¡No tenemos la menor probabilidad de salir airosos! —gritó Rokshan.

Gupta y él se hallaban situados en la parte posterior de la formación; el camellero tenía una expresión severa y resuelta, como si estuviera dispuesto a defender la caravana mientras quedara un hombre con vida, aunque ese hombre fuera él. Rokshan sólo pensaba en que no debía morir allí, sin haber llegado siquiera al reino de los Jinetes Salvajes y descubrir qué había sucedido con su tío.

Chen Ming cabalgó arriba y abajo por los lados de la formación en flecha alentando a los camelleros y a los guardias con gritos animosos, antes de detener a su caballo en la punta de flecha para hacer frente al ataque.

El lejano retumbo se convirtió en una atronadora trápala de cascos, y entonces la nube de polvo se desgajó. Cinco carros de guerra emergieron de entre la polvareda lanzados hacia la caravana como rayos. Detrás, desplegándose en abanico y a galope tendido, apareció una tropa de caballería de, al menos, un centenar de jinetes, calculó Rokshan.

—Van cuatro caballos por carro, y en cada uno de éstos, un soldado armado con espada y un arquero, además del auriga…

¡No son bandidos! Tan sólo los carros de guerra imperiales son lo bastante grandes para llevar tantos hombres —gritó con entusiasmo el guardia que había junto al muchacho.

—Pero ¿qué hacen tan al oeste? —preguntó Rokshan a voces—. ¿Por qué atacan sin previo aviso?

Los carros se encontraban ya a un tiro de piedra de la caravana. Chen Ming gritó la orden de enarbolar las lanzas, y, al momento, de un extremo al otro de la formación en «V», los guardias y los camelleros armados se adelantaron un paso con las lanzas preparadas, listos para arrojarlas contra los conductores.

De repente uno de los carros adelantó a los demás y enfiló hacia Chen Ming; a la luz de la luna distinguieron que disponía de cubierta y que estaba profusamente decorado con dibujos muy coloridos de dragones y fénix. Los cuatro caballos llevaban las crines cortadas y las colas atadas, y lucían redecillas de plata con placas de oro en la frente.

—¡Fíjate en los caballos que tiran del carro en cabeza y cómo está decorado! —señaló Gupta a Rokshan—. No cabe la menor duda: ése es un general del ejército imperial.

181

El carro frenó de sopetón en medio de una polvareda, no muy lejos de donde se encontraba plantado Chen Ming. La figura de elevada estatura que iba detrás del conductor extendió los brazos, y la caballería que lo seguía se desplazó a derecha e izquierda, de forma que rodeó a la caravana; a continuación los jinetes frenaron sus monturas con destreza. Se hizo un silencio espeluznante cuando los componentes de la caravana esperaron la inevitable carga. En éstas, un gato montés chilló en la quietud de la noche, pero aparte de ese grito, sólo se oyó alguno que otro relincho y el resoplido de un caballo jadeante que tascaba el freno para tranquilizarse tras la precipitada galopada a través del desierto.

—Jefe de caravanas, diga su nombre y destino —inquirió la figura de elevada estatura del carro en cabeza, en un tono tal que la voz se transmitió con claridad en el enrarecido aire del desierto.

—Chen Ming de Maracanda, jefe de caravanas, en camino a Chang'an —fue la respuesta—. Y a usted, señor ¿qué le trae a abordar en mitad de la noche a una caravana pacífica y observante de la ley? Hemos pagado todos los impuestos establecidos a los puestos aduaneros del imperio. ¿Acaso ha habido alguna irregularidad de la que no tengo conocimiento? ¿O alguna nueva regulación de algún tipo que aún no ha llegado a este remoto paraje del poderoso imperio de su alteza celestial?

—No, jefe de caravanas, no ha incumplido ninguna regulación —repuso aquel personaje—. Soy el general Arkan Shakar, y ésta —señaló con un gesto a sus hombres— es la tropa decimotercera de la caballería ligera de su alteza imperial, en misión de reconocimiento especial. Tengo orden de su alteza celestial de localizar al rebelde llamado Zerafshan, en otro tiempo comandante del cuerpo de caballería imperial, cuyo último paradero conocido era Karashahr (o Ciudad Negra, como se la llama en la región), cien *lis* al este de Kashgar, a lo largo de la calzada del norte de las rutas comerciales del imperio. Jefe de caravanas, piénselo bien antes de contestar porque Karashahr daba refugio al rebelde y ahora ya no existe; tropas imperiales la han arrasado, han decapitado a cinco mil de sus habitantes y tomado quince mil prisioneros. Diga pues, ¿ha visto o ha oído algo sobre el rebelde conocido como Zerafshan por estos parajes?

Chen Ming no dejó traslucir la menor emoción mientras escuchaba lo que le decía el general. Por su parte, Rokshan no podía creer lo que acababa de escuchar, y le susurró a Gupta:

—Ciudad Negra… Eso está, como mínimo, a una semana de viaje desde el reino de los Jinetes Salvajes una vez que se ha cruzado el paso, ¿no es así?

—Más o menos, con buen tiempo. Lo más grave es que el pueblo del jefe de caravanas procede originariamente de Ciudad Negra, así que no debe de estar muy contento con esa noticia —contestó el camellero.

—Señor —resonó la voz de barítono de Chen Ming, en tono serio y moderado—, ¿qué crimen atroz ha cometido ese rebelde, Zerafshan, para que hayan ejercido una represalia tan terrible contra la pacífica gente del reino de Agni y su capital, Karashahr?

—Sedición e incitamiento a la rebeldía contra su alteza celestial, jefe de caravanas —fue la seca respuesta del general.

—¿Sedición e incitamiento a la rebeldía? ¿Quién está fomentando la rebeldía? ¿Los Jinetes, acaso? —preguntó Chen Ming.

—Dirigidos por el antiguo comandante Zerafshan, sí. Él ha fracasado en su misión secreta de subyugar a los Jinetes Salvajes para así garantizar el acceso ilimitado a los caballos-dragón para la expansión y futura gloria del ejército imperial de su alteza celestial. En lugar de cumplir con su obligación, se ha convertido en un traidor y en el reconocido cabecilla de los Jinetes Salvajes. En los últimos seis meses ha salido de su escondrijo a la cabeza de una tropa de primera categoría de Jinetes, que ha llevado a cabo una serie de ataques a puestos de aduana imperiales en el reino de Agni, y más recientemente, a lo largo de este tramo de la ruta comercial del imperio. Hasta hace un mes utilizaba Karashahr como base, tras establecer una alianza con el reino de Agni cuyos habitantes son también expertos jinetes, algo que sin duda usted sabe muy bien, jefe de caravanas —aclaró el general.

—Parece que el general está al corriente de todo acerca de Chen Ming. Y éste conoce a Zerafshan desde hace mucho tiempo —siseó Gupta, que hablaba sin apenas mover los labios.

183

—Señor —repuso Chen Ming tras fingir que sopesaba el resumen del general Arkan Shakar sobre las actividades antiimperialistas de Zerafshan—, no puedo informarle de que haya avistado al rebelde del que habla. Conduzco una pacífica caravana comercial; viajamos por la ruta del norte y cruzaremos el paso de Terek Davan.

—Eso será imposible, jefe de caravanas —le espetó el general—. Las fuerzas imperiales han cerrado ese paso a todo tipo de tráfico que no sea militar. Tendrá que llevar su caravana por la ruta comercial del sur. Dé media vuelta ya… Es una orden.

—Pero eso significa medio año más de viaje a través de estados en guerra… Es imposible… Protesto con la mayor firmeza…

—Proteste todo lo que quiera —repuso el general, sombrío—, pero si desobedece mi orden, requisaré toda la caravana para disponer de ella a voluntad de su alteza imperial. ¿Me he expresado con claridad? Enviaré un destacamento de mi tropa para asegurarme de que mi orden se ha obedecido. Eso es todo.

Chen Ming asintió dándose por enterado. El general dio la señal de avanzar y la tropa decimotercera de la caballería ligera de su alteza imperial, en reconocimiento especial, se dio la vuelta, y, a trote vivo, se marchó por donde había llegado.

Mientras la caravana se preparaba para partir mucho más temprano de lo previsto, Chen Ming llamó a Gupta; ambos permanecieron en la tienda del jefe de caravanas, enfrascados en una conversación para debatir el mejor curso de acción que debían seguir con tal de cumplir la orden del general. Esperando a que lo llamaran, Rokshan pateó con fuerza el suelo y se sopló las manos para no quedarse helado a causa del intenso frío de la noche del desierto, pero al mismo tiempo alzó la vista hacia el reluciente panorama del cielo nocturno que resplandecía cuajado de un millón de brillantes esparcidos a voleo en aquel manto de terciopelo negro azulado.

Mientras paseaba arriba y abajo evocó las palabras del abad: «Él asegura que sirve exclusivamente a los Jinetes Salvajes, y mediante ellos, a los que están a su cuidado, los caballos-dragón sagrados. Pero ¿por qué? Aunque sólo son suposiciones, imaginamos cuál es su propósito». ¿Tenía razón el abad? ¿Las respuestas a esas preguntas se hallaban realmente en el enigma del narrador?

Estuvo dándole vueltas a todo ese asunto hasta que le entró dolor de cabeza; quizá el único que sabía las respuestas era Zerafshan. Así pues, tendría que obtenerlas de él de un modo u otro. Con este pensamiento preocupante corroyéndolo por dentro, sintió alivio cuando Gupta asomó la cabeza fuera de la tienda y le dijo que entrara.

Agradeció la calidez del brasero que ardía alegremente en el centro de la tienda, y entró en calor mientras escuchaba lo que Chen Ming quería decirle.

—Es el momento oportuno, Rokshan, de que te separes de la caravana. Pero ve con cuidado para no toparte con el destacamento que el general ha dicho que enviaría con órdenes de vigilar nuestros movimientos. Podrían hacer preguntas difíciles, incluso a un nómada.

—Parece como si usted supiera que esto iba a suceder —comentó el muchacho.

—Más o menos —admitió Chen Ming encogiéndose de

hombros—. De hecho, me sorprende que hayamos llegado tan lejos… Pero eso nos ha beneficiado al situarnos tan cerca del paso. Y ahora, mi joven amigo —añadió con una gran sonrisa a la par que le palmeaba el hombro—, parte sin demora, porque el «explorador» del abad se ha puesto en camino ya, y no conviene que haya demasiada distancia entre ambos.

—¿Que ya ha salido? —se sorprendió Rokshan.

—Por supuesto. —Chen Ming rio—. Es un monje guerrero… Haz caso a todo lo que te diga. Los monjes guerreros son rastreadores expertos, maestros de las artes marciales, asesinos silenciosos… Necesitarás toda la ayuda que pueda prestarte. Y ahora, ve y recoge tus cosas; tienes que marcharte antes de que apunte el alba.

Recorriendo el campamento de vuelta a su tienda, Rokshan oyó el chillido agudo de un búho que cazaba en las horas oscuras de vigilia nocturna. Lo imaginó cayendo en silencio sobre su presa y sintió lástima por la víctima; durante un fugaz instante experimentó lo que debía de sentir una presa cazada. Apretó el paso, confiando en que el monje guerrero fuera tan silencioso y letal como afirmaba Chen Ming.

185

Capítulo 20

Los demonios de nieve de Terek Davan

$\mathcal{M}$ontado en un resistente poni tarpán de la estepa, Rokshan se marchó con las primeras luces del alba, antes de que hubiera movimiento en la caravana. Había comprobado y vuelto a comprobar su equipo: petate con ropa de abrigo de repuesto y mantas, alimentos secos y armas escondidas.

Se alegraba de ir de nuevo a caballo, y cuando inició el ascenso por los valles hacia el paso de Terek Davan, o Cumbre de la Diosa, elevó una plegaria a Kuan Yin para que velara por él. Chen Ming le había aconsejado que iniciara el trayecto siguiendo la ruta normal que tomaban las grandes caravanas cuando el paso estaba abierto, pero una vez superados los dos primeros desfiladeros en la ascensión hasta el más alto de todos —el Terek Davan, por donde los viajeros cruzaban las montañas— debía desviarse para buscar a Zerafshan y el campamento de los rebeldes en la cima.

Rokshan contenía a duras penas la emoción de aventurarse en una de las áreas del reino de los Jinetes Salvajes que muy pocos viajeros habían transitado. Pero el estómago se le revolvió al recordar la antigua ley de los Jinetes y rezó con fervor porque fuera una práctica del pasado.

Mirando el entorno mientras ascendía, se sintió empequeñecer ante los dos glaciales picos de Khan Tengri y el paso de la Cumbre de la Diosa, que se elevaban justo al frente, formidables; a su espalda, la vastedad entre grisácea y amarillenta del desierto de Taklamakan se extendía, hostil y amenazadora, hasta donde alcanzaba la vista.

Estaba al corriente de que existían poblados permanentes de pastores y granjeros en los valles que se extendían hasta casi la mitad del camino a la cima; en los meses cálidos los nómadas vivían incluso a mayor altitud, aunque, tal vez, ahora les habían ordenado que se marcharan. Sin duda Zerafshan y sus secuaces se habrían establecido a tanta altitud como hubieran podido alcanzar en los valles de los Jinetes.

Sin embargo, no detectó señales del monje guerrero y lo asaltó un creciente temor ante la posibilidad de estar solo, después de todo. Intentó convencerse de que el camino estaba despejado al frente y que por detrás tampoco había nada al acecho.

La ruta que seguía por el valle río arriba fue cambiando de aspecto. Pasó una noche fría y solitaria en la que agradeció la compañía del poni, y, para no perder el ánimo, determinó ponerle de nombre *Afortunado*. El segundo día la marcha resultó lenta y complicada; tuvo que avanzar con muchas dificultades por un terreno pantanoso que, al fin, dio paso a una zona de guijarros, grava y, en ocasiones, rocas peladas.

187

A medida que ascendía, las paredes envolventes del valle se fueron estrechando. Con creciente desasosiego, confiaba en encontrarse con otros nómadas, pero no vio a nadie, y el monje guerrero continuaba sin dar señales de vida. Rokshan no estaba acostumbrado a semejante altitud, y a los tres días sintió los primeros síntomas, como respiración dificultosa y dolores de cabeza, se mareaba e imaginaba que los *kuei* —espíritus malos de los caminos— se hallaban por todas partes.

A esa altitud la temperatura caía con rapidez cuando se acercaba el ocaso y, por lo que Chen Ming le había explicado, sabía que las tormentas de nieve no eran nada fuera de lo común incluso en la actual época del año. A última hora de la tarde, mientras atravesaba una meseta con una ligera pendiente, de camino al segundo de los cuatro pasos, el crepúsculo pareció llegar antes de lo normal.

Comenzó a soplar un viento gélido, y Rokshan buscó con inquietud un sitio resguardado donde acampar. Acababa de detenerse y descargaba lo que necesitaba cuando vio al monje a la menguante luz del anochecer, una figura solitaria que descendía a saltos por la escarpa rocosa a una velocidad increíble; se encontraba a mitad de camino valle arriba.

«Sung Yuan... Será mejor recogerlo todo, por si acaso», musitó para sí Rokshan, que se puso a guardar de nuevo sus cosas y a atarlas bien sobre *Afortunado*, mientras el monje se acercaba a rápidas zancadas.

—Saludos, Rokshan. —Hizo una reverencia—. El guerrero Sung Yuan a tu servicio. Disponemos de poco tiempo... Se acerca una tormenta, y temo lo que pueda traer consigo. Tenemos que buscar refugio; no te separes de mí en ningún momento, por favor.

Rokshan echó a andar detrás de Sung Yuan, en la dirección por la que había venido el monje, tirando del ronzal del reacio *Afortunado*. El cielo había mantenido un color gris plomizo todo el día, y poco después empezó a nevar; una espesa cortina de copos blancos cayó en remolinos alrededor de ambos jóvenes, mientras el anochecer daba paso a la oscuridad con una rapidez anormal. En cuestión de segundos, no veían más allá de tres pasos de distancia.

Rokshan habló a gritos a Sung Yuan, creyendo que se encontraba justo delante de él, pero el viento racheado se llevó sus palabras y le azotó el rostro con sus heladas garras.

—Hemos de refugiarnos ya porque empeora por momentos. ¿Dónde estás? —insistió a gritos, envuelto en la tormenta. En un momento de pánico pensó que había perdido a su acompañante, y dio un respingo cuando algo le rozó el estómago.

—¡Agárrate al extremo de mi bastón y no lo sueltes! —le ordenó el monje, cuyo rostro se hizo visible entre la nieve arremolinada.

Avanzaron a trancas y barrancas unos minutos antes de que Sung Yuan se detuviera. Plantado ante ellos, *Afortunado* tenía un aspecto lamentable, pues la nieve se le había pegado a la crin y las riendas le colgaban sueltas.

—¿Adónde vamos? —preguntó Rokshan al monje, que no contestó, pero apuntó enérgicamente con el brazo hacia delante para indicar que debían continuar a través de la cegadora nevada—. Deberíamos detenernos aquí; no vemos por donde andamos...

Intentó tumbar al poni para refugiarse a su lado, pero el

animal relinchaba de miedo. Sung Yuan se había quedado quieto con la cabeza un poco ladeada, como si captara algún ruido. Rokshan también creyó percibir un sonido que parecía oírse a intervalos en medio del viento racheado. Ahí estaba otra vez... Una única nota baja, igual que la de la caracola del templo de Labrang.

El monje guerrero tiró de Rokshan y dijo algo, pero el viento soplaba tan fuerte que era imposible entender lo que decía. De repente una violenta ráfaga los tiró al suelo. Sung Yuan se incorporó y asió a *Afortunado* por el cuello para evitar que saliera desbocado. La nota baja sonó de nuevo, y, superando la rugiente ventisca, captaron fragmentos de un cántico escalofriante.

Sintiendo las punzadas de la nieve granulada en los ojos, Rokshan entrecerró los párpados para escudriñar el turbulento remolino blanco. Ahora sonaba mucho más claro: un rítmico y sostenido «Omm... Omm... Omm...», como una salmodia de monjes acompañada de vez en cuando por un único redoble de tambor. Se le erizó el vello de la nuca. *Afortunado*, muerto de miedo, se encabritó y apartó a Sung Yuan de un envión antes de salir disparado. Rokshan gateó hasta donde estaba al monje y se quitó la nieve de los ojos y de la boca.

«Omm... Omm...» La salmodia sonaba más fuerte ahora y parecía que los rodeaba por completo.

—¿Qué son? —preguntó gritando Rokshan.

—*Kuei*... Espíritus atormentados, perversos a veces. Algo malo ha pasado en las montañas y quieren nuestros espíritus vitales.

Sung Yuan se las había ingeniado para asir la bolsa con las armas antes de que el poni huyera espantado, y le echó a Rokshan una espada corta. Se quedó agazapado en el mismo sitio, mirando alrededor, listo para atacar fuera lo que fuera. El cántico había devenido ensordecedor, pero ninguno de los dos jóvenes distinguía qué o quiénes eran. Pero entonces los vieron; se trataba de los *kuei*... demonios de nieve.

Por doquier del borrón de nieve huracanada, hileras apelotonadas de seres sinuosos y retorcidos —formados de hielo y nieve—, altos como un hombre pero con cuatro tentáculos en lugar de brazos, avanzaban lentamente; las caras tenían boca,

189

pero carecían de ojos, nariz y orejas. No necesitaban ver ni oler porque percibían dónde estaban sus víctimas por las oleadas de miedo que éstas despedían, mientras rodaban y se retorcían hacia ellas. Sung Yuan seguía agazapado, con la cuerda de bolas de marfil en una mano y el bastón girando muy rápido en la otra. Rokshan se hallaba a su lado, paralizado por el miedo.

El cántico de los demonios de nieve era ahora un clamor vibrante que le retumbaba en la cabeza y le zarandeaba el cuerpo de un lado a otro; y a todo esto, empezó a retorcerse y a ondularse como si él también fuera un demonio de nieve. Los monstruosos demonios estaban lo bastante cerca ya para golpearlos con sus largos brazos semejantes a tentáculos.

Entonces, con un alarido que helaba la sangre, Sung Yuan se plantó de un salto frente a la primera fila de seres, girando la cuerda de mortíferas bolas de marfil que les descargó en la cabeza. Estaba tan cerca de los demonios de nieve que a éstos los largos y sinuosos tentáculos no les servían de nada. Se abrió paso entre ellos como una guadaña segando la hierba, y, en un visto y no visto, toda la hilera yacía en el suelo con la cabeza machacada y una masa de tentáculos esparcidos por todas partes. Implacablemente, otra fila de demonios reemplazó a los que Sung Yuan había matado, y cuando el monje acabó con ésa, apareció otra oleada.

Haciendo gala de un coraje que no creía poseer, Rokshan corrió tras el monje para rematar con la espada corta a los que no mataba en el acto, ya que se levantaban para continuar luchando. Oleada tras oleada de seres cayeron sobre ellos, y Sung Yuan flaqueó, vencido por el agotamiento. Además, al recibir un latigazo fulminante en un brazo, profirió un chillido, el bastón se le cayó al suelo y el brazo le quedó colgando, inútil y congelado al entrar en contacto con el tentáculo del demonio de hielo.

—¡Corre! Puedes dejarlos atrás, Rokshan… ¡Corre! Utiliza la velocidad de la liebre con la que se te ha dotado —chilló Sung Yuan. Se oyó un lamento ahogado cuando cayó bajo una masa palpitante y retorcida de seres, aunque luchó como un valiente hasta el final.

Pero no quedaba tiempo... La salmodia de los demonios de nieve cesó con brusquedad; tenían rodeado a Rokshan, y, por consiguiente, ni la velocidad ni la agilidad de una liebre le servían ya de ayuda. Como había cesado de nevar, alcanzó a verlos —hilera tras hilera— hasta perderse en la oscuridad. De nuevo se balancearon suave, hipnóticamente, a uno y otro lado, colgándoles los tentáculos a los costados. El viento aún aullaba y soplaba alrededor de ellos, y a Rokshan todavía le palpitaban las sienes al ritmo de la salmodia interrumpida segundos antes. Aunque temblaba de miedo y de frío, estaba resuelto a ser tan valiente como Sung Yuan; no iba a rendirse sin luchar.

Apenas lo distinguió cuando uno de los demonios de nieve alargó de golpe un tentáculo, y le alcanzó en un brazo con un impacto que ardía como un aguijonazo; por instinto, se lo frotó para devolverle algo de sensibilidad, pero notaba que el cuerpo se le congelaba poco a poco, como si estuviera empotrado en un bloque de hielo. Lo vio todo negro y sintió que iba a perder el conocimiento.

Con la sensación de que el cuerpo se le iba a romper en un millón de fragmentos de hielo, cayó de rodillas sin dejar de frotarse con suavidad el brazo. Pero los demonios de nieve siguieron con su mortal danza ondulante, puesto que percibían el desvalimiento de su víctima. Otro tentáculo se disparó y le dio en la cabeza; el dolor fue tan intenso que se desplomó en la nieve. «Si pudiera recuperar la sensibilidad del brazo aunque sólo fuera un poco», pensó, aletargado. La oscuridad lo envolvió. Con un esfuerzo inmenso, logró mover la mano, y, de súbito, tocó el amuleto que llevaba encima desde que el abad se lo dio en el templo.

Lo frotó un poco, y cuando se hundía en la oscuridad, oyó una voz lejana que lo llamaba por su nombre:

«Rokshan, no ha llegado tu hora… Rokshan, no ha llegado tu hora…». La frase se repitió: «Rokshan, no ha llegado tu hora…».

La voz aún le hablaba cuando sonó el estampido de un trueno ensordecedor, y un chorro de fuego blanco plateado cayó como un meteorito, chisporroteando, en medio de la masa de demonios de nieve. Se elevó una nube de vapor en forma de hongo cuando los del centro se volatilizaron. El propio Rokshan salió lanzado al aire por la onda expansiva.

191

Consciente a duras penas, observó que los demonios de nieve supervivientes se retorcían entre los estertores de la muerte; era espantoso oír los aullidos sobrenaturales de aquellos que intentaban escapar del calor abrasador. De pronto se quedó estupefacto al ver salir de la columna ígnea a un guerrero gigantesco blandiendo un mandoble que brillaba con un fuego incandescente.

—¿Quién invoca a Guan Di, dios de los guerreros y protector contra el mal? —inquirió con una voz tan atronadora que las ondas sonoras resonaron por todo el valle—. ¡Retiraos, duendes de nieve, volved a vuestra mazmorra de hielo en las entrañas de la tierra! —El gigante arremetió con la espada ardiente, abrió surcos entre los seres y los segó a derecha e izquierda como una guadaña. Poco después, su mortífero trabajo concluyó, y sólo unos pequeños montículos en la nieve indicaban el lugar que habían ocupado aquellas criaturas.

Guan Di miró alrededor. La columna de fuego irradiaba una luz, amarilloanaranjada, espeluznante; la ventisca había pasado y las estrellas tachonaban el despejado cielo nocturno. Rokshan observaba todo a través de una brumosa semiinconsciencia y pensó que debía de estar soñando. De Sung Yuan no quedaba ni rastro.

—¿Dónde está quien me ha llamado? —tronó el gigante—. Los duendes de nieve no pueden emplazarme, sino tan sólo los mortales que están a punto de ser víctimas de una muerte injusta.

Rokshan gimió y alzó débilmente el brazo, aunque notaba cómo le sobrevenían las náuseas. Pero el gesto fue suficiente para llamar la atención del gigante que de dos zancadas enormes se plantó a su lado. Arrodillándose, lo alzó con sumo cuidado y lo sostuvo como si fuera un recién nacido.

—Frío como el hielo por la cruel mordedura de los duendes de nieve —lo oyó murmurar Rokshan—. El muchacho mortal perecerá si no toma el elixir de la Cumbre de la Diosa. Lo llevaré de inmediato… Apenas queda tiempo.

Guan Di lo envolvió en su gruesa capa roja y se puso en camino hacia la montaña de Khan Tengri a través del paso de la Cumbre de la Diosa, pero Rokshan perdió el conocimiento al fin.

Capítulo 21

Guan Di

Rokshan se sentía tan cómodo y calentito como un bebé, pero era incapaz de identificar el olor, una mezcla a cuero, lana, sudor e incienso. La luz también era rara —una especie de fulgor rojo—, y el golpeteo regular, rítmico, parecía llegar de muy lejos, debajo de él. Intentó girarse, aunque resultó que moverse no era nada fácil.

Guan Di dejó de andar al notar que el muchacho rebullía. El fulgor rojo desapareció de repente cuando alguien apartó la capa que envolvía a Rokshan, y una cara enorme se inclinó para mirarlo y ocultó todo lo demás.

—Por los dioses, ¿qué eres? ¿O debería decir «quién» eres? —se alarmó Rokshan, que se retorció en el abrazo firme pero acogedor del gigante—. Déjame en el suelo, por favor. —La mano lo bajó con seguridad, y él se tambaleó hacia atrás, sin salir de su asombro. Había dado por sentado que aquel ser era una alucinación.

—Un dios, sí —contestó su rescatador—. Un dios menor, a decir verdad, pero si vas a jurar por nosotros, deberías saber quién soy. Mi nombre es Guan Di, dios de guerreros, comerciantes y eruditos, a tu servicio. —Hizo una profunda reverencia acompañada de un gesto exagerado—. Creo que podrías cubrir los requisitos como comerciante y erudito, aunque no como guerrero, a juzgar por lo que ha pasado con esos duendes de nieve. —La risa del dios sonó como un trueno lejano.

—Eran muchísimos más que nosotros, y, de cualquier modo, faltó poco para que me mataran —se excusó Rokshan, malhumorado, e hizo un intento tardío de controlarse.

Guan Di cruzó los enormes brazos, y, mirándolo con severidad, aguardó expectante. Sintiéndose avergonzado, el muchacho añadió:

—Te debo la vida… Gracias. —Alzó la vista para echarle un vistazo con sobrecogido respeto—. Pero ¿cómo he venido aquí, sea donde sea? ¿Dónde estamos? ¿Cuánto tiempo he estado inconsciente? ¿Se encuentra bien Sung Yuan? ¿Y mi poni?

—Preguntas, preguntas, joven mortal —rio Guan Di—. Hoy es la mañana siguiente al día del ataque de los demonios de nieve, y estoy aquí porque me emplazaste, es todo cuanto puedo decirte. ¿Y quieres saber adónde vamos? Te lo diré: al estanque de Dos Picos, en la Cumbre de la Diosa, en busca del elixir de la diosa para curar la mordedura de los duendes de nieve.

—Pero me encuentro muy bien —protestó Rokshan.

—Te encontrarás bien ahora, pero la fiebre helada de esos duendes siempre ataca de nuevo, cada vez más fuerte, hasta que al fin acaba contigo —explicó ciñéndose a la realidad—. Por esa razón hemos de apresurarnos; el segundo ataque de fiebre no tardará en llegar.

Rokshan intentó asimilar la noticia. Entonces se palpó el brazo con mucho tiento y se frotó el lado de la cabeza afectado. Además, se preguntó si los demonios de nieve no habrían aparecido allí enviados por alguien que deseaba impedirle que siguiera adelante, mas ¿quién podría haberlo hecho? ¿Su tío? ¿Los Jinetes? El desánimo de la derrota lo dejó apabullado: el Duodécimo de los Elegidos había fracasado incluso antes de empezar.

—¿Dónde están Sung Yuan y mi poni? —volvió a preguntar.

—El poni ha sobrevivido y se reunirá con nosotros cuando sea oportuno. En cuanto al monje… Lo mató la ventisca o los duendes de nieve. —Guan Di se encogió de hombros—. Él no es de mi incumbencia, sólo le debo lealtad a quien me llama… Y ahora, debemos continuar. —Se agachó para recoger al muchacho y se lo subió a la espalda.

El gigante mantuvo un paso regular durante el resto del día. A Rokshan le quedaba una magra provisión de víveres para aguantar —un trozo de pan duro, carne seca y fruta—; los acarreaba en una bolsa que, previamente al ataque, descolgó de *Afortunado*, y también llevaba un pequeño odre que llenó de agua antes de que el río dejara de correr más arriba de los valles altos. Daba la impresión, sin embargo, de que Guan Di no necesitaba sustento.

A lo lejos se divisaban por primera vez las cimas de Dos Picos, que se alzaban más arriba del paso de la Cumbre de la Diosa, dominando majestuosamente el horizonte. Jirones de nubes se aferraban a las cimas, y, enclavada en lo alto del paso y cerca de la base del pico de menor altura, había una cabaña pequeña, a duras penas visible. Rokshan sólo distinguía un estandarte que ondeaba sobresaliendo por encima de un cercano macizo de bambúes.

No obstante, para la penetrante vista de Guan Di el dibujo de la insignia era claramente visible, e identificó enseguida lo que se representaba sobre el fondo negro: un caballo-dragón dorado, cuyo aspecto era más de dragón que de caballo, ostentando una calavera sonriente como cabeza.

—¿Vive alguien ahí? —preguntó Rokshan con curiosidad.

—Es la primera vez que veo señales de seres humanos vivos en la Cumbre de la Diosa —repuso Guan Di, cauteloso—. Los nómadas de esta zona nunca se han instalado a tanta altitud. Les preguntaremos si saben quiénes son… El asentamiento de verano no está lejos, si la memoria no me falla; llegaremos enseguida.

Rokshan se resguardó los ojos con la mano y volvió a escudriñar al frente. ¿Quizá la cabaña era una especie de vivienda para los Jinetes? ¿Habría estado allí también su tío Zerafshan? ¿Acaso estaba acercándose a su meta?

A medida que avanzaban al paso incesante de Guan Di, la brisa trajo el olor inconfundible a putrefacción. El pasto verde se convirtió en maleza repartida de forma irregular, y el río se tornó cenagoso y un poco más adelante se redujo a un hilillo reseco. Empezó a hacer un calor inusitado a semejante altitud y en esa época del año; el aire se cargó de un intenso hedor, al mismo tiempo que se acumulaban nubes tormentosas y el cielo se oscurecía.

Destellos de rayos zigzagueantes sobre la Cumbre de la

195

Diosa iluminaron la cabaña, y conforme se acercaban al poblado de los nómadas, Rokshan vio con claridad el siniestro banderín con la calavera que ondeaba orgullosamente al viento —cada vez más fuerte— y a pesar del azote de la lluvia.

—Esto es lo que pasó antes de que los demonios de nieve nos atacaran: una tormenta repentina —gritó Rokshan al oído de Guan Di mientras un trueno retumbaba por todo el valle.

—Aquí no habrá duendes de nieve... Demonios de fuego, quizá, aunque no sé explicar por qué hace este calor —contestó Guan Di, desconcertado.

Por un instante el muchacho revivió el terror del ataque de los demonios de nieve, recuerdo que todavía tenía muy fresco en la memoria. Pero el hedor a carne en estado de putrefacción que arrastraba el viento lo devolvió a la realidad.

—Mira, el poblado nómada está ahí delante —le indicó Guan Di dándole unos golpecitos en la pierna.

—Sí, pero ¿qué es ese olor?

El gigante no contestó y apretó el paso. No había signos de vida en el poblado ni en los alrededores, ni tampoco la actividad y los ruidos cotidianos que uno esperaría ver y oír, incluso a la distancia que se hallaban.

—¿Por qué no hay niños jugando ni aldeanos atareados, ni cabras ni caballos? —se preguntó el muchacho en voz alta.

—Algo va mal —convino Guan Di, que se detuvo de golpe.

—¿Qué pasa? ¿Por qué te has detenido?

Rokshan se protegió los ojos de la lluvia, y consiguió ver una cerca baja que rodeaba el poblado, provista de dos tranqueras, limitadas con postes más altos en los lados. Parecía que unos objetos redondos remataban esos postes, pero no distinguía qué eran. Forzó la vista y advirtió que había más objetos redondeados repartidos por toda la cerca, no sólo en los postes de las tranqueras.

—¿Qué son esas cosas redondas, Guan Di? ¿Las ves desde aquí?

—Las veo, pero son algo que no querría haber visto jamás. Aquí ha ocurrido algo muy malo...

Al acercarse, Guan Di aflojó el paso y caminó con cautela echando ojeadas alrededor, como si presintiera una emboscada. Poco después volvió a detenerse.

Ahora se distinguía claramente que los objetos redondos eran cabezas, cabezas humanas; unas dos docenas o más… de hombres, mujeres y niños. Y sólo eran las que veían por el lado del poblado en el que se hallaban.

Los cráneos debían de llevar allí cierto tiempo. La mayoría de ellos tenían vacías las cuencas oculares, ya que los pájaros carroñeros les habían sacado los ojos a picotazos. Daba la impresión de que aquellas muecas, que la muerte había convertido en remedo de sonrisas allí donde antes había habido labios, les hablaban sin emitir sonidos. Rokshan se fijó en la perforada calavera de un bebé, y sintió náuseas.

—¿Por qué, por qué? ¿Quién ha hecho esto, Guan Di? ¿Qué crimen cometió esta gente? ¿Y las mujeres y los niños también? —Las preguntas se sucedían en la mente de Rokshan como alaridos—. ¡Deprisa, bájame, tengo revuelto el estómago! —La cabeza le daba vueltas y vomitó entre fuertes arcadas—. Tendríamos que intentar… Debemos comprobar si quedan supervivientes en el poblado —dijo como si flotara, conmocionado por el horror—. Quizá puedan contarnos lo que ha pasado. Mira, tú rodea la cerca por el otro lado y nos encontraremos en la mitad del poblado. Como es pequeño, no nos perderemos de vista.

Guan Di asintió en silencio; su enorme rostro, de facciones muy marcadas, parecía una máscara trágica de dolor e ira.

El olor dulzón a podredumbre resultó abrumador cuando Rokshan entró por la cerca.

Mirando en derredor, vio que estaba llena de cabezas ensartadas. En efecto, el poblado era pequeño, pero desperdigado; constaba de una calle principal que atravesaba otras sin pavimentar, pero no era fácil discernir si estuvo en su momento abarrotada de tiendas y almacenes, oficina de aduanas, posadas, herrerías y chozas de pastores, porque el fuego lo había destruido todo; sólo quedaban unos cuantos rescoldos humeantes.

A Rokshan le daba vueltas la cabeza… Todo incendiado. No contentos con masacrar a los habitantes, quienesquiera que fueran los autores de la matanza también arrasaron el poblado. ¿Por qué una venganza tan atroz? ¿Qué había hecho esa gente? ¿Tenía algo que ver con los Jinetes? Había oído hablar de su

197

crueldad, pero esto... ¿Eran actos como éste lo que debía esperar de la gente con la que su tío había entablado amistad?

Reparó en que Guan Di se había arrodillado más o menos en el centro del poblado y examinaba algo. El gigante le hizo una seña para que se acercara. A los aldeanos que no decapitaron, los reunieron y les prendieron fuego en una enorme pira funeraria; montones de cadáveres carbonizados yacían apilados unos sobre otros, y, esparcidos alrededor del borde de la pira, había más restos mutilados que por su aspecto debían de haber servido de pasto a las alimañas.

El banderín imperial amarillo que ondeaba en la punta de una lanza en lo alto de la pira era todo cuanto Rokshan necesitaba saber. Rebosando asco y rabia, se tambaleó contra Guan Di, sin poder articular ni una palabra.

—Guan Di, esto es obra del emperador, una advertencia a los Jinetes de lo que piensa hacer con ellos y con cualquiera que acaricie la idea de rebelarse contra él.

—Y también es un castigo. —El gigante asintió con gesto sombrío sin apartar la vista de la carnicería—. Todo el mundo sabe que los Jinetes vagan lejos de sus valles atacando los puestos avanzados del emperador. Durante siglos han compartido sus fértiles tierras con las gentes nómadas de tu reino y con las del vecino Agni. Pero ahora... —Meneó la cabeza con tristeza mientras miraba aquel desastre—. Ahora parece que el emperador quiere los valles de los Jinetes exclusivamente para él.

Se sumió en un silencio caviloso. Rokshan señaló el estandarte imperial y quiso hacer algún comentario, pero un dolor intenso y punzante le recorrió el brazo en el que recibió la mordedura de los demonios de nieve. Gritó de dolor y se desplomó en el suelo.

—Ven, muchacho, ven. Hemos estado demasiado tiempo entre este horror. Hay que atajar esa fiebre helada. —Guan Di lo levantó del suelo con todo cuidado, y, dando la espalda a la pira funeraria, emprendió camino hacia la Cumbre de la Diosa.

Capítulo 22

El estanque de Dos Picos

Guan Di corrió a largas zancadas en un ascenso constante montaña de Khan Tengri arriba, hacia el estanque de Dos Picos. La luz empezaba a menguar cuando se marcharon del poblado, así que tuvieron que detenerse enseguida para hacer noche —una noche incómoda y desasosegada— junto a una choza de pastor abandonada.

Semiinconsciente y tiritando de frío, Rokshan empeoraba a ojos vistas, presa de la fiebre helada. Guan Di lo envolvió en su inmensa capa y lo estrechó contra su pecho en un esfuerzo por mantenerlo caliente. Pero de manera gradual hasta los temblores cesaron, y un cadavérico tinte azulado se propagó por el rostro del muchacho.

—Me estoy muriendo ¿verdad, Guan Di?

El gigante lo estrechó más contra sí, y le aseguró:

—Los espíritus del estanque te curarán.

Reanudaron la marcha a la pálida luz del amanecer. El tiempo se le acababa a Rokshan, y el gigante marcó un paso muy rápido. A primera hora de la tarde se aproximaron por fin al estanque. Pero como el chico perdía y recuperaba el conocimiento sucesivamente, Guan Di temió que fuera demasiado tarde cuando pronunció una invocación.

—Despierta, pequeño, muy pronto estarás limpio y curado de nuevo, purificado en el estanque curativo. Los espíritus dragontinos del agua te bañarán y sacarán para siempre de tu alma el veneno de los duendes de nieve. Entonces habré cumplido mi tarea, hasta que me necesites de nuevo.

El estanque, del tamaño de un lago pequeño, cuyas aguas eran de un color verde azulado claro, estaba rodeado de serbales; en el centro había una isla pequeña, en la que crecía un sauce inmenso que mojaba las ramas colgantes en el agua. Al este, se erguía el pico de menor altura que habían visto hacía un rato, y ahora se divisaban con claridad la cabaña de madera y el banderín con la calavera representada, pero Guan Di no les prestó atención; por el contrario, se arrodilló al borde del estanque y dejó a Rokshan en el suelo con cuidado.

Lo desvistió y lo envolvió en la capa roja antes de meterse en el lago llevándolo en brazos; llegó a mitad de camino de la isla y entonces lo tumbó en el agua y le quitó la capa al mismo tiempo que murmuraba invocaciones curativas; lo sostuvo un rato más hasta que, entonando un último cántico de súplica, lo soltó.

El cuerpo inerte de Rokshan desapareció bajo la superficie del agua, y Guan Di hizo una reverencia; luego fue como si el gigante se diluyera lentamente en el estanque, sin dejar más rastro que una onda en el agua.

Alrededor de una hora más tarde, el crepúsculo envolvió las cumbres de las montañas, y una bruma gélida surgió del estanque y se extendió por su superficie. Rokshan sintió que un agua fría le lamía los pies, y pensó que se estaba bien allí, pero tenía frío y hambre. Se sentó de golpe y echó una ojeada. ¿Dónde estaba? Vio sus ropas dobladas en un ordenado montón, un poco más allá, en la orilla, y se las puso enseguida.

Poco a poco le vino a la memoria lo ocurrido; aquel pequeño lago debía de ser el estanque de Dos Picos, pero ¿dónde estaba Guan Di? ¿Y cómo había llegado él a la orilla? Lo último que recordaba era estar envuelto en la enorme capa roja del gigante; flotaba en el agua y jamás se había sentido tan tranquilo. Después se hundió y... Hurgó en su memoria... ¿Qué pasó a continuación? Por más que lo intentó, no consiguió recordar nada; ocurrió algo, de eso estaba seguro. Pero fuera lo que fuera, le libró de la fiebre mortal de los demonios de nieve, y tenía la absoluta seguridad de que le debía la vida a Guan Di.

Miró hacia el lago. Una brisa fría susurraba entre las ramas del sauce, y a la orilla de la pequeña isla había una garza plantada en una pata. El ave ladeó la cabeza buscando peces, y entonces, con pasos tardos y pausados, se internó más en el agua para probar suerte.

Tiritando de frío, Rokshan se arrebujó en la gruesa chaqueta acolchada y dirigió la vista hacia Dos Picos que aparecían y desaparecían entre espesas nubes. Cuando éstas se abrieron, se hicieron visibles las cúspides de granito, en tanto que enormes afloramientos rocosos, salpicados de coníferas y fresnos de montaña, quedaron velados gradualmente por una niebla baja hasta que desaparecieron por completo de la vista.

Al mismo tiempo que la fría neblina se le arremolinaba alrededor, Rokshan sintió cómo el pegajoso vapor de la soledad se le asentaba en el alma, y se espesaba y se tornaba negro como la noche, que había caído de golpe y lo rodeaba. La autocompasión lo asaltó en oleadas y deseó que todo aquello no hubiera sucedido; frotó con energía el amuleto en un intento de invocar a Guan Di, pero sabía que era en vano.

Volvió a alzar la vista hacia las cimas de Dos Picos, luego hacia la cabaña de madera, en la que ondeaba el blasón, y elevó una plegaria pidiendo fuerzas para hacer lo que debía. Por fin el hambre lo indujo a ponerse en marcha. Habían pasado más de cinco años desde que vio a su tío por última vez; ¿lo reconocería? Pero al menos, si es que vivía en la cabaña, seguro que tendría algo de comer.

Estaba llenando el pequeño odre de agua cuando oyó un relincho nervioso pero familiar en la rala arboleda que rodeaba el estanque, y se sobresaltó.

—¿Eh, *Afortunado*? —lo llamó sin alzar mucho la voz—. ¿Eres tú? Ven aquí, chico… Anda, ven.

Al acercarse a los árboles, *Afortunado* salió a su encuentro, sucio y con aspecto de agotamiento, pero contento de verlo. Le rozó con el hocico y relinchó con suavidad, complacido.

—¡Eres tú! ¡*Afortunado* de nombre y afortunado por naturaleza! ¿Dónde te habías metido? —gritó el muchacho, abrazado al cuello del animal—. ¡Qué poni tan valiente! ¡Nos has seguido todo el camino hasta aquí! No sabes cuánto me alegro de verte.

Como si le contestara, *Afortunado* volvió a acariciarle con el hocico y lo empujó, de forma que se quedaron mirando en dirección a la cabaña.

—¿Tienes tanta hambre como yo? —rio Rokshan—. Entonces iremos juntos.

Recogió las riendas, se acomodó en la silla, y, sintiéndose de repente mucho más fuerte y aguerrido, emprendió camino en la última etapa del viaje en busca de su tío, a quien consideraba (estaba convencido del todo) el cabecilla rebelde de los Jinetes Salvajes.

CUARTA PARTE

Rokshan y los Jinetes Salvajes

La leyenda de los Caballeros-Dragón

Lo que sigue está anotado en *El libro de Ahura Maz-da, Señor de la Sabiduría*.

Cuenta la leyenda que cuando los dragones derrotados revivieron en el Estanque de la Vida, algunos renacieron como seres mitad caballo mitad dragón.

Los emperadores de aquel entonces creían que una magnífica raza de caballos, hallada en la zona central del oeste del imperio, era descendiente de esas míticas criaturas que algún día los conducirían a la inmortalidad, en el cielo. Por eso se los llamó caballos celestiales, y los emperadores se apoderaron de cuantos pudieron.

Con todo, los verdaderos custodios de los descendientes de los caballos celestiales eran los Jinetes Salvajes. A lo largo de generaciones, éstos crearon un vínculo de entendimiento con esa magnífica raza, a cuyos componentes se les llamaba, a causa de la leyenda, caballos-dragón. Ese vínculo se hizo universalmente conocido, respetado e incluso temido en todo el imperio, porque se rumoreaba que existía un oscuro secreto en el fondo de dicho entendimiento especial entre los Jinetes y las que denominaban sus sagradas monturas, un secreto que sólo las legendarias cantoras de caballos de las estepas –las serenadhi–, podían desvelar.

Los Jinetes sólo consideraban a uno de estos caballos, de entre todos los de su raza, como descendiente directo del más temible de los espíritus dragontinos rebeldes: Han Garid, señor de los dragones del trueno. Y los Jinetes Salvajes lo llamaron señor de los caballos.

Fuente: la hermandad secreta de las Tres Liebres Una Oreja.
Origen: pergamino descubierto en las ruinas de la ciudadela del monasterio de Labrang, centro espiritual del antiguo Imperio Occidental.

Capítulo 23

Zerafshan

$\mathcal{M}$ontado en el poni, Rokshan subía por los desparramados bosquecillos de coníferas y fresnos de montaña, en dirección al pico de menor altura, cuando la noche los sorprendió. La niebla se había ido disipando a medida que ascendían, y la luna, casi llena, brillaba entre las nubes que se desplazaban veloces por el cielo. De súbito el poni se detuvo en seco.

—Vamos, *Afortunado* ¿qué te pasa? —lo apremió el muchacho, pero el animal se negó en redondo a moverse—. Algo te inquieta, lo sé. —Su intención era hablar en tono tranquilizador, pero él mismo tuvo que reprimir un escalofrío al mirar ante sí.

El corazón le latió con fuerza; de cerca, el macizo de bambúes parecía mucho más frondoso y más alto, pero ya no había confusión posible en cuanto a la figura representada en el estandarte que ondeaba por encima de ellos al impulso del viento racheado: la calavera sonriente de un cuerpo sinuoso y retorcido.

—Ya casi hemos llegado —susurró Rokshan al sentir la necesidad de hablar bajo a medida que se acercaban. Desmontó y rebuscó en las alforjas algo que hiciera olvidar a *Afortunado* lo que le causaba desasosiego—. Aquí tienes… Esto te animará. Toma, chico —dijo en tono persuasivo mientras le daba unas cuantas frutas secas.

En ese preciso momento una corneja alzó el vuelo, y, ocasionando gran alboroto, les graznó desde lo alto del macizo de bambúes, como si fuera una siniestra salutación de bienvenida. Cauteloso, Rokshan condujo al poni hacia el claro. La cabaña era bastante más grande de lo que imaginaba; tal vez en otros tiempos había sido el lugar de retiro estival de un noble rico que buscaba huir del calor de las planicies. Orientado a Dos Picos, un porche al descubierto ocupaba todo un lado de la construcción; la entrada al oscuro interior estaba abierta y la puerta se cerraba de vez en cuando empujada por el viento, como una seria advertencia a los extraños de que se marcharan.

Rokshan, a quien ahora el corazón ya le latía desbocado, se detuvo y ató a *Afortunado* a un poste; después, tras darle una palmadita nerviosa, se encaminó hacia la entrada. De pronto la corneja se zambulló desde lo alto y se cruzó en su camino, de forma que le rozó la cara con las alas antes de batirlas y remontarse de nuevo en el aire. Sorprendido, el muchacho alzó los brazos para protegerse, y luego cruzó la entrada a trompicones, tropezó y cayó. Antes de que le diera tiempo a levantarse, la puerta se cerró de golpe; escudriñó el interior de la cabaña con inquietud, pero sólo oyó una risa sofocada.

—Levanta, Rokshan, ¿o es que piensas quedarte tirado ahí toda la noche? —dijo desde la oscuridad una voz sonora y melodiosa.

—H... hola, tío —balbució el muchacho, azorado, a la par que se ponía de pie muy deprisa; miró alrededor buscando a Zerafshan, pero no lo vio en ninguna parte.

Silencio. Transcurrieron unos segundos, largos como siglos, en los que el único sonido que Rokshan oyó fue el del viento: un silbido a través de los bambúes, y, más allá, un gemido lejano al soplar entre las cimas de Dos Picos.

A medida que los ojos se le adaptaban a la penumbra, distinguió una lucecita roja que titilaba al fondo de la cabaña, a unos diez o doce pasos; detrás de la luz se alzaba una plataforma. Al principio creyó que se trataba de un altar, pero poco a poco distinguió el contorno de alguien que estaba tumbado en ella, mirándolo.

Por fin Zerafshan se levantó del diván. Vestía una túnica larga de seda negra, y en ella se hallaban representados la misma figura de la calavera y el cuerpo de dragón del estandarte

207

que ondeaba fuera de la cabaña; con la mano derecha asía un cayado del más negro ébano, adornado con una exquisita talla de dos serpientes entrelazadas.

Llevaba la cabeza afeitada hasta la mitad del cráneo, pero el largo y abundante cabello negro, surcado de hebras blancas, le llegaba hasta los hombros; los hundidos ojos le ardían con el resuelto fervor de quien está centrado en un propósito determinado, propósito que se le reflejaba en el alargado y sumamente melancólico rostro. A través de la abertura de la túnica, Rokshan le distinguió en el torso —desprovisto de vello— el tatuaje del mismo dragón. Colgada al cuello con una sencilla tira de cuero, lucía una torques de plata trabajada de tal manera que semejaba un rollo de cuerda; el broche representaba una cigarra con las alas extendidas y patas como garras. El muchacho sabía que ese insecto era un símbolo de inmortalidad, y se preguntó por qué su tío no llevaba la torques ceñida al cuello.

—Saludos, tío. —Pero no consiguió evitar que la voz denotara la sorpresa que sentía por la apariencia de Zerafshan—. Han pasado muchos años desde que te vi la última vez en nuestra casa de Maracanda.

—¡Rokshan! ¿De verdad eres tú? ¡Casi no te reconozco! Deja que te mire… Has crecido mucho y… ¡En fin, en un par de años más serás tan alto como yo! A ver, déjame pensar cuánto hace que no nos vemos. ¿De verdad hace ya cinco años? Bien, da igual el tiempo que haya pasado; sé bienvenido —dijo afectuosamente aquel hombre al tiempo que extendía los brazos y lo escudriñaba con atención—. Debes de estar cansado tras el viaje. Me temo que en mi humilde cabaña no hay nada para ofrecerte un buen recibimiento. —Recorrió la habitación mientras encendía algunas lámparas con una astilla larga—. Pero tengo algo de carne que puedo preparar si conseguimos prender un buen fuego. ¿Tienes hambre? —Zerafshan lo miró con ojos inquisitivos y penetrantes.

Rokshan reparó en la sonrisa desdibujada de su tío, y se preguntó qué habría sido de la contagiosa sonrisa de antaño que recordaba.

—¿Es… aquí donde vives, tío? —preguntó dando una ojeada al sencillo mobiliario. Repleta de un revoltijo de pergaminos desordenados, una mesa larga ocupaba toda la longitud de un lado de la estancia. Echándoles un vistazo, el muchacho se dio cuenta de que eran complejas gráficas astrales de constelaciones y dibujos de horóscopos; muchos estaban cubiertos de notas escritas con una letra muy clara pero apretujada. Zerafshan siguió su mirada.

—¿Aún te interesa la astrología, Rokshan? Para mí también se ha convertido en una especie de manía. Cuando te hayas recuperado del viaje, tengo que enseñarte algunos mapas astronómicos fascinantes. Pero, en respuesta a tu pregunta… No, no vivo aquí, o al menos no paso períodos considerables. Pero cuando no recorro los valles del pueblo al que he adoptado como propio, vengo a esta cabaña para estar solo, estudiar mis mapas astronómicos y reflexionar sobre el futuro y mi lugar en él… O para pensar en mi vida de antes y en lo que hago ahora… —Se quedó mirando a su sobrino con aire melancólico—. Y dime ¿cómo está la familia? ¿Como está mi hermano, tu padre? ¿Y cómo está tu hermano, An Lushan? Tengo entendido que ya se está forjando todo un nombre como mercader.

—Mi hermano está bien, pero mi padre… —Hizo una pausa antes de hablarle del encarcelamiento de Naha Vaishravana, a pesar de que algo le decía que su tío debía de saberlo ya.

—¿Mi hermano encarcelado por capricho del emperador? Esto es intolerable —espetó Zerafshan cuando el muchacho acabó de contarle lo ocurrido, y se dedicó a poner en orden los rollos de pergamino y mapas astronómicos en un arranque de actividad, como si intentara tranquilizarse.

—Y de camino aquí, he estado a un paso de la muerte, tío. Nos atacaron unos…

—¿Has dicho nos…? —lo interrumpió Zerafshan, que dejó lo que estaba haciendo de forma repentina.

Rokshan tuvo cuidado de omitir cualquier mención a Guan Di cuando explicó que se había puesto en camino con un monje errante, después de haber viajado con una de las numerosas caravanas que recorrían las rutas comerciales.

—¿Quién os atacó?

—«Qué» sería un término más apropiado, tío —repuso Rokshan, que acto seguido le describió el episodio de los demonios de nieve y la muerte de su compañero.

—Hay rumores de que los espíritus de los caminos de

209

montaña están alterados —comentó Zerafshan con desapasionado realismo—, y los hechos así lo confirman. Tuviste suerte de escapar con vida.

Rokshan asintió con la cabeza, pero ahora tenía más presente en el pensamiento el horror que contemplaron en el poblado de los nómadas. No obstante, antes de que tuviera oportunidad de contárselo a su tío, éste siguió hablando.

—Los Jinetes sienten un sano respeto por los *kuei* de estas regiones —dijo mirando hacia el porche—. Pero, bueno, ahora estás a salvo y con tanta charla debes de estar que te caes de hambre. Encenderé una hoguera y cenaremos fuera mientras la noche siga despejada. Y podrás hacerme todas las preguntas que quieras sobre qué he estado haciendo aquí con los Jinetes estos últimos años… Porque es de eso de lo que te gustaría saber más, ¿no es así?

Un poco más tarde se acomodaron junto a la hoguera. Zerafshan había preparado una cena excelente, aunque al muchacho le costaba trabajo mantener los ojos abiertos.

—Mira las estrellas, Rokshan. —Zerafshan contemplaba el firmamento—. Durante mi estancia en la corte me enteré de que el emperador ajusta el compás de su vida con ellas, así como el de su pueblo. Algún día se sorprenderá cuando suceda lo que está escrito en esos cuerpos celestes.

—¿Qué quieres decir, tío? ¿Tanta importancia das a lo que nos dicen las estrellas? —Rokshan miró el cielo, tachonado de brillantes resplandecientes.

—¡Rokshan, me sorprendes! Siempre te interesó el estudio de la astrología cuando eras un chiquillo. Sin duda tienes que haber mantenido esa curiosidad.

—La necesaria para mis estudios, aunque es posible que sepa un poco más que un estudiante medio…

—¿Un estudiante medio, dices? Siempre tuviste una categoría superior. Pero yo también he sido un estudiante… con los Jinetes, y he descubierto muchísimas cosas sobre ese pueblo en los años que han transcurrido desde que me puse en contacto con ellos por mandato del emperador… He aprendido cosas que nunca enseñan en la escuela. Los Jinetes son ahora mi familia, Rokshan, como espero que acaben siéndolo para ti.

—Debo saber por qué querías que viniera aquí —planteó el

muchacho mientras se preguntaba, desasosegado, qué había querido decir su tío.

—De acuerdo, empecemos con los rumores. Los hay que afirman que me he convertido en un montón de cosas: un profeta o un adivino... Un orador que fascina y señor de los sueños; otros aseguran que soy un nigromante de alguna secta antigua y prohibida, pero todos son unos necios porque nadie sabe lo que he guardado en secreto tantos años... —Rokshan creyó ver que las lágrimas empañaban los ojos de su tío, pero era difícil asegurarlo a la luz titilante de la hoguera—. Se me nombró enviado especial del emperador al reino de los Jinetes Salvajes, de eso ya estás enterado. Pero era una excusa... El deseo del emperador de poseer todos los caballos sagrados de los Jinetes se convirtió en una obsesión acuciante que lo consumía, y no quería atender a razones. Los Jinetes accedieron incluso a incrementar al quíntuplo su tributo anual de dos caballos, pero ni siquiera tal ofrecimiento fue suficiente. Finalmente...

—Finalmente te convertiste en uno de ellos —acabó la frase Rokshan—. Tienes que haber oído, tío, que se te acusa de incitar a los Jinetes a una rebelión abierta, y quienquiera que se relacione contigo puede ser arrestado y...

—Encarcelado, como tu padre. Lo sé, y eso sólo demuestra que el emperador hará cualquier cosa para obligarme a entregarle lo que no se puede dar bajo ningún concepto. Me ha traicionado, y cuando sea el cabecilla reconocido de los Jinetes, se lo haré pagar. —Rokshan dio un respingo al percibir la malevolencia que destilaba la voz de Zerafshan.

—¡Pero si no eres su cabecilla reconocido, abandónalos! Deja que los Jinetes sigan adelante con la rebelión ellos solos —lo urgió, ansioso—. Vuelve conmigo a Maracanda y explícale todo al Consejo. Así liberarán a mi padre.

Lo miró anhelante, esperando contra toda esperanza que respondiera afirmativamente; en ese caso todo lo que el abad había dicho sobre su tío no tendría importancia, y su padre quedaría libre.

—Como si eso fuera tan sencillo —repuso con brusquedad Zerafshan, con lo que acabó en un instante con la esperanza de Rokshan y lo hizo sentirse avergonzado de haberlo pensado siquiera.

211

—¿Quieres decir que los Jinetes no te dejarían marchar?

Se había levantado un viento fuerte que aventó chispas de la hoguera y las esparció por el cielo, donde palidecieron hasta desaparecer; al mismo tiempo la cima de la montaña más alta se asomaba y se ocultaba entre las nubes tormentosas que se iban acumulando.

—No llegarían tan lejos, pero... Yo sí lo he hecho —contestó Zerafshan, con una mirada calculadora. Se había pasado todo el rato toqueteando la torques de plata que le colgaba sobre el pecho.

—¿A qué te refieres con eso de «tan lejos»?

—Los Jinetes han creído que es el destino lo que me ha traído hasta ellos. Por ahora, nadie que no sea su gran kan —su dirigente— ha tenido visiones tan claras como las he tenido yo por llevar el Collar de los Jinetes. —Alzó la torques en la mano y le dio la vuelta con lentitud sin dejar de observar al muchacho, que la contemplaba fascinado—. Me refiero a este collar, Rokshan; un objeto sagrado para los Jinetes que, normalmente, sólo se pone su gran kan. —La voz le tembló un poco cuando posó la mano en el hombro de su sobrino—. Algunos de los que lo llevan tienen visiones —murmuró—, y las que se me ha concedido contemplar confirman que he de ser yo el cabecilla de los Jinetes en su lucha por la libertad contra la tiranía del emperador.

Alarmado, Rokshan clavó la mirada en su tío, que tenía la vista fija en la nada, y exclamó:

—Esta conversación es una traición, tío... Sería suficiente para que toda la familia fuera ejecutada. ¿Visiones has dicho? ¿Visiones gracias al collar de su cabecilla? ¿Cómo es posible? ¿Y por qué no lo llevas alrededor del cuello? ¿Cómo te concede esas visiones? ¿Y por qué han permitido que tú, que no eres un Jinete, te lo pongas? Hablas del emperador y de su tiranía... Pero he de decirte lo que vi cuando subía de camino hacia aquí. Un poblado de nómadas...

En ese momento retumbó un trueno encima de ellos. Recogieron los cuencos y los utensilios de cocina y corrieron hacia el porche para refugiarse. Otro estampido ensordecedor sacudió la cabaña de madera hasta sus cimientos, y goterones de lluvia repicaron en los peldaños del porche y salpicaron las toscas tablas de madera. Al instante las montañas de Dos Picos quedaron ocultas tras la humeante cortina de agua.

Zerafshan apremió a su sobrino para que entrara en la cabaña. Parecía que la tormenta lo alteraba y se puso a pasear de un lado a otro de la habitación, ceñudo y preocupado. Sus ojos de color avellana reflejaban la luz de los relámpagos, como si fueran chispas ardientes de un color marrón rojizo, y las inmovilizaban en un brillante destello plateado de una fracción de segundo. Cogió un rollo de pergamino, y a continuación, otro, como si no supiera bien qué hacer.

—Tío... ¿Por qué no me enseñas ahora los mapas astronómicos...? —le pidió Rokshan, un poco nervioso.

—Sí, sí, los mapas astronómicos... Ayúdame a desenrollarlos —accedió Zerafshan, entusiasmado, tendiéndole un pergamino.

Extendieron cuatro o cinco de los mapas más grandes encima de la mesa; Zerafshan iba rápidamente de uno a otro, daba golpecitos con el dedo en uno de ellos, lo enrollaba, y enseguida extendía otro distinto, y todo ello sin dejar de mascullar y susurrar entre dientes.

213

Al fin clavó el índice en un mapa celeste de aspecto complejo, y exclamó:

—¡Mira! ¿Qué te dicen estas constelaciones?

Rokshan echó un vistazo y sonrió al identificar el mapa.

—Representa la Estrella Polar en la constelación del Tigre Blanco cuando está en conjunción con Júpiter y Mercurio, lo que se conoce más comúnmente como el Dragón del Eclipse. Se cree que les trae suerte durante toda la vida a los nacidos bajo su influjo. En serio, tío, éste es uno de los aspectos astrales más corrientes. ¡Compré un almanaque del próximo Año del Dragón, basado en esa misma disposición de las estrellas, en el mercado de Maracanda poco antes de emprender viaje!

—De acuerdo, de acuerdo. ¿Y este otro? —Zerafshan señaló un mapa que estaba aún más atestado de anotaciones realizadas con su letra esmerada y fina como patas de araña.

—Pues... —Rokshan lo examinó con gran atención, fruncido el entrecejo y muy concentrado—. No lo identifico —admitió.

—Es un mapa astrológico imperial... Los astrólogos del

emperador trazan uno todos los años para señalar otro período glorioso de su divino reinado… Que es lo que quiere hacernos creer. —Zerafshan casi escupió las últimas palabras—. Pero si quitas todas las interpretaciones rebuscadas y fantasiosas, como he hecho yo aquí, tendremos el mapa del año ochocientos cuatro. Precisamente, el de tu nacimiento; un año en el que durante un breve período tuvo lugar una extraña configuración de las estrellas y de los planetas visibles en el firmamento. Sé con certeza que los astrólogos imperiales lo señalaron.

—Pero ¿por qué es tan significativo, tío?

—¿Significativo? Es algo más que significativo… —A Zerafshan se le iluminaban los ojos con el fervor del fanatismo—. No es una casualidad que el año de tu nacimiento señalara el rebrote del interés imperial en los caballos-dragón de los Jinetes Salvajes que, como es sabido por todo el mundo, se ha convertido en una obsesión absorbente y arrolladora. Y esa misma configuración extraña de estrellas y planetas está empezando de nuevo a hacerse visible en el cielo… Refleja la discordia terrenal provocada por la obsesión del emperador. —La voz de Zerafshan se redujo a un susurro al tiempo que asía con energía a su sobrino por los hombros—. Es la señal que los astrólogos imperiales tienen miedo de pronosticar: la afirmación celestial que hará nuestra causa justa… ¡Los propios astros han pronunciado su veredicto sobre esa abominación de soberano al revocar el precepto por el que él gobierna por mandato divino, y da al pueblo el derecho a derrocarlo!

Rokshan estaba atónito. Las palabras de su tío confirmaban lo que el abad había dicho: Zerafshan planeaba una rebelión; y eso era traición, un desatino suicida. Llegado a este punto, al muchacho se le ocurrió pensar que la vida que su tío había llevado allí tenía que haberle resultado muy solitaria, entre un pueblo que no era el suyo; todos esos años viviendo con los Jinetes debían de haberle desequilibrado hasta enloquecerlo.

Mas ¿y el propósito más profundo de su tío que el abad mencionó? Pensó a toda prisa… Era evidente que Zerafshan no tenía intención de detener la rebelión sólo porque le hubieran enviado a Rokshan poniéndoselo a su disposición. ¿Qué más tramaba? Para descubrirlo, el muchacho se vería obligado a aceptar los planes —cualesquiera que fueran— que su tío hubiera forjado para él, lo condujera donde lo condujera... Llegar a tal conclusión fue como recibir un puñetazo en el estómago.

En un esfuerzo por controlar la creciente sensación de pánico, recordó las palabras del abad: «Te han sido dadas las cualidades del espíritu-animal de los Elegidos, la liebre: velocidad, agilidad y astucia; úsalas». Ahora entendía lo que el abad había querido decir sobre esos dones: iba a tener que pensar con rapidez, improvisar y tomar decisiones en un abrir y cerrar de ojos si quería tener éxito en su tarea como uno de los Elegidos.

Zerafshan, enfrascado en sus predicciones astrológicas y sus planes de rebelión y revolución en el imperio, no reparó en la reacción horrorizada del muchacho y salió al porche en dos zancadas, mientras los truenos retumbaban sobre las montañas y la tormenta se alejaba.

—¿Lo oyes? Escucha... No, tú no podrías —masculló echándole una rápida ojeada a su sobrino—. Aún están muy lejos... A veces, gracias a mi collar, se me aguzan los sentidos cuando busco algo.

Sin embargo, Rokshan se llevó una sorpresa, que tuvo buen cuidado de ocultar, al oír un rumor. Más bien lo notaba como un levísimo temblor, lejano pero inconfundible: la trápala ligera, rítmica, de cascos al galope. Pero no pensaba revelarle a su tío los poderes especiales que le habían sido otorgados.

—Los Jinetes... ¡Vienen los Jinetes, Rokshan! —Zerafshan lo asió con febril excitación mal contenida—. Suben por el paso del nordeste, desde el Llano de los Muertos, donde enterraron a su último gran kan. ¡Durante el próximo ciclo lunar se reunirán todos, la totalidad de los clanes, para elegir a su nuevo cabecilla y reconocerlo como tal!

215

Capítulo 24

De camino hacia los valles de los Jinetes

*A*l día siguiente amaneció luminoso y despejado, pero Rokshan se ciñó los brazos en derredor para protegerse del frío cuando salió de la cabaña. Las cumbres nevadas reflejaban el sol naciente con un deslumbrante resplandor dorado, y unas nubes tenues se deslizaban sobre las cimas, empujadas por el viento. El muchacho dio un vistazo alrededor mientras llamaba a *Afortunado* con un silbido y pensaba lo distinto que podía parecer un sitio visto a la luz del día; por la noche, cuando salió sigilosamente, tuvo miedo de lo que podría encontrar fuera.

—*Afortunado*, me parece que no te vendría mal un buen cepillado; no te he cuidado como es debido, ¿verdad? —Palmeó con cariño el cuello del poni y hurgó en la alforja hasta encontrar un cepillo viejo.

Almohazar al animal lo ayudó a ordenar las ideas. Le venían a la cabeza una pregunta tras otra, sin pausa: ¿Cuál era el verdadero propósito de su tío? ¿Tenía suficiente poder sobre los Jinetes para conducirlos a la rebelión contra el emperador? ¿O eran los Jinetes quienes lo conducían?

Estaba claro que Zerafshan todavía no era el cabecilla reconocido de los Jinetes, puesto que éstos se estaban reuniendo para elegir a quien determinaran que lo fuera… ¡Lo que pretendía era presentarse como candidato! Pero ¿cómo esperaba que él colaborara en eso? ¿Poseería su tío —en virtud de sus «visiones»— bastante influencia para conseguir el cargo? No era probable, si bien en otros tiempos había sido comandante del ejército imperial, una figura militar respetada que tenía en su favor muchas campañas contra merodeadores bárbaros resueltas con éxito. De hecho, era así como había despertado el interés del emperador; quizá los Jinetes lo consideraban una apuesta segura para que dirigiera su rebelión.

Rokshan sabía que no iba a hallar respuesta a ninguna de esas preguntas hasta que observara la relación de su tío con los Jinetes y juzgara hasta qué punto ejercía su influencia sobre ellos; o si no existía tal influencia. El corazón le dio un vuelco al pensar en los Jinetes Salvajes. Después de los darhad, éste era el pueblo más esquivo de todo el imperio, y hasta ahora nunca habían entrado en poblaciones ni ciudades grandes. Al fin y al cabo ¿qué falta les hacía? Los valles de montaña y las planicies de Jalhal'a, donde sus caballos-dragón galopaban libremente, les proporcionaban todo cuanto necesitaban.

Rokshan recordaba la llegada de los mensajeros imperiales a Maracanda, que fue la primera vez que vio a los caballos-dragón, y cómo uno de éstos en particular le impresionó mucho. Sonrió para sus adentros; estaba impaciente por encontrarse entre los Jinetes y sus monturas.

217

—¡Qué afortunados seríamos, *Afortunado*! —bromeó, y apoyó la cabeza en el cuello del poni. Rio cuando el animal giró la cabeza en un intento de acariciarle con el hocico.

En ese momento percibió que alguien lo observaba y echó una ojeada hacia la cabaña; desde el porche, Zerafshan lo miraba atentamente.

—Buenos días, tío.

Zerafshan le respondió con un cabeceo, bastón en mano y con una bolsa colgada al hombro, y le ordenó:

—Recoge tus cosas. Vamos a reunirnos con los Jinetes; más o menos al mediodía llegaremos al Primer Valle.

—¿Y qué hago con mi poni, tío? ¿Vamos a cabalgar?

—No, desátalo para que pueda deambular por donde quiera. Aquí no le pasará nada malo —dijo antes de volver a entrar en la cabaña—. Nos marchamos enseguida.

Zerafshan tenía una zancada larga y marcó un paso rápido.

Reinaban la quietud y la claridad bajo el sol radiante, como si la tormenta lo hubiera limpiado todo, mientras recorrían un sendero empinado que descendía desde el pico más bajo, cerca de donde se encontraba la cabaña de Zerfshan, para luego convertirse de nuevo en ascendente y sinuoso en dirección al pico más alto.

—Tío, ¿es cierto lo que dicen sobre el castigo que inflingen los Jinetes cuando descubren forasteros en sus valles? —Esa idea lo había reconcomido desde que se puso en camino hacia el paso.

—¿Lo de cortarles la lengua y dejarlos ciegos? No he visto ni sé de nadie que haya sufrido semejante castigo desde que estoy de su parte. No temas, Rokshan. Tengo suficiente influencia entre ellos para garantizar tu seguridad. El gran kan que acaba de morir era oriundo del valle que se halla a mayor altura, que es el más próximo a mi cabaña; era el primer jefe de clan con quien trabé amistad cuando vine aquí por primera vez; más adelante lo eligieron gran kan de los Jinetes. Era muy querido y respetado... Fue él quien me permitió llevar el collar.

Rokshan habría querido saber más sobre ese collar, pero habían llegado a un amplio claro, a unas tres cuartas partes de camino hacia el pico. En el centro del claro se alzaba un gran templo hexagonal, sustentado por pilares en cada ángulo y de techo abovedado; un tramo ancho de escalones conducía al arco de la entrada, flanqueado por sendos braseros de gran tamaño; detrás del templo se alzaba el pico más alto, una roca vertical de granito salpicada de coníferas, y alrededor del edificio se veían claramente las huellas de cascos que habían pisoteado la tierra.

—¿Qué es este lugar, tío? —preguntó Rokshan, sin quitar la vista del cráneo de caballo colocado en el arco de entrada; en cada cuenca ocular había una vela.

—Éste es el templo de los Jinetes, donde reconocerán a su nuevo gran kan una vez que lo hayan elegido —contestó Zerafshan mientras subía los escalones—. He de dejar algo aquí... Espérame —añadió antes de entrar.

El chico decidió arriesgarse a echar un rápido vistazo dentro, desde lo alto de los escalones. Los subió, pues, y miró alrededor para asegurarse de que nadie lo veía. Atisbando por el arco de entrada, distinguió más cráneos de caballo colgados por todas partes, así como la parte frontal del enorme altar de piedra, decorada con el vago contorno de un ave negra.

Zerafshan estaba abriendo algo detrás del altar; después se sacó la tira de cuero y el collar por la cabeza, se agachó y los puso en lo que Rokshan imaginó que sería una especie de tabernáculo. Mientras su tío lo cerraba de nuevo, él bajó muy deprisa los escalones, contento de alejarse de un lugar en el que reinaba una atmósfera tan inquietante.

—Vamos —lo llamó Zerafshan cuando reapareció en la escalera—, todavía nos queda un largo trecho por recorrer.

A partir de aquel lugar el sendero descendía. A veces se estrechaba y resultaba peligroso, y el muchacho entendió por qué habían dejado al poni en la zona de la cabaña. Al cabo de dos o tres horas, el terreno se fue nivelando, y tanto a un lado como al otro de las laderas, el arbolado se hizo más frondoso. Aunque habían bajado hasta la línea de árboles, todavía se encontraban a bastante altitud cuando Zerafshan se detuvo para observar con atención desde un afloramiento rocoso.

—Mira, ahí está el Quinto Valle de los Jinetes, el que se halla a mayor altura de los cinco. —Hizo un gesto con el brazo abarcando todo lo que se divisaba al frente.

Era una vista hermosa y tranquila. A lo lejos, muy abajo, un río sinuoso discurría perezosamente a través del valle, mientras el sol de la tarde se reflejaba en los riscos escarpados de arenisca dorada y en las estribaciones acarcavadas que se extendían hasta donde alcanzaba la vista; enormes peñascos salpicaban el suelo como si los hubieran desperdigado al azar las manos de un gigante.

Entre la crecida hierba y los abundantes matorrales y arbustos que había a ambas orillas del río, pastaban caballos con satisfecha tranquilidad sin que, en apariencia, les molestara la presencia de humanos. Al fondo del valle se distinguían con dificultad grupos ordenados de cabañas de madera entre las que se desplazaban algunas siluetas, pequeñas como hormigas. También vieron un desfile continuo de gente montada a caballo que entraba en el valle.

219

—A lo largo del curso del río, vertiente abajo, hay otros cuatro poblados de clanes como el que ves ahí: el Cuarto, el Tercero, el Segundo y el Primer Valle, en orden descendente. Llegado el momento, todos los elegidos de los clanes de los Jinetes se reunirán en el que hemos estado, por ser el más próximo al templo —explicó Zerafshan.

Rokshan asintió, y se dijo que la profunda tranquilidad de aquel lugar era producto de siglos de sosiego, ajeno a los conflictos creados por el hombre y preservado a ultranza por los Jinetes. Reparó entonces en la expresión concentrada de su tío, y comprendió qué lo había atraído hacia aquella gente.

—Si te dijera que el emperador me ordenó que aplastara a los Jinetes Salvajes y quebrantara su espíritu para siempre (hasta ese punto llega su codicia por los caballos-dragón), te resultaría difícil creerlo, ¿no es así? —preguntó de improviso Zerafshan, que había dado la espalda a la escena idílica del valle.

—Pues… s… sí, tío —balbució Rokshan, a quien la pregunta había pillado desprevenido—. Pero no tenías elección: a todo aquel que no obedece una orden del emperador se lo ejecuta por traición…

—Tal vez sí tuve una opción, Rokshan, pero al fin me fue negada. ¿Y en qué la convierte eso? Quizás en una oportunidad perdida. —Rokshan no tuvo más remedio que mostrar su conformidad en voz baja—. Hace muchos años —continuó Zerafshan—, me enviaron con una misión de los Elegidos de la hermandad de las Liebres a la corte imperial para que actuara allí como su confidente… Imagino que habrás oído hablar de esa sociedad secreta, ¿no?

A Rokshan le pasó de sopetón una idea por la cabeza: ¿se habría enterado Zerafshan de que él era ahora el Duodécimo Elegido? A saber… Tendría que estar alerta. Como respuesta, masculló que sólo sabía algo de esa hermandad por una brevísima mención en las lecciones de historia en la escuela. La grava del sendero crujió sonoramente bajo sus pisadas mientras descendían por él.

—El éxito que tuve debería haber dado frutos, pero los Elegidos estaban celosos y dictaminaron que me había convertido en un esclavo del poder terrenal y de la ambición, así que me vedaron la incorporación a sus filas… ¡Necios! Y eso que sabían que era el favorito del emperador, razón por la que me encomendó a mí, en vez de a otros, que planeara la exterminación de un pueblo. El emperador odia a los Jinetes y su estilo de vida; odia su espíritu independiente que siglos atrás los llevó muy lejos vagando libremente por todas partes... ¿Qué pasaría si todos los pueblos del imperio exigieran tener libertad? ¿Lo entiendes, Rokshan? Me envió, pues, para destruir a los Jinetes y todo lo que representan, lo que siempre han representado.

—Ya ha empezado su sangrienta campaña de matanzas, tío. —Rokshan le describió la terrible escena de carnicería y derramamiento de sangre que había encontrado en el camino—. ¿Los Jinetes no podrían haber protegido a los nómadas? —Estaba resuelto a obtener algún tipo de explicación por parte de su tío.

—Los Jinetes vigilan con celo sus fronteras. ¿Cómo podía persuadirlos de que arriesgaran la vida defendiendo a los nómadas? Además, éstos se han ido internando demasiado en las praderías de invierno de los Jinetes —añadió Zerafshan, como si eso lo explicara todo.

221

—Pero no son unos nómadas cualquiera, sino montañeses, montañeses sogdianos, tío... Nuestro pueblo, que siempre ha compartido las montañas con los Jinetes. No querrás decir que éstos justificarían lo que ha hecho el emperador, ¿verdad? —Rokshan lo observó con incredulidad, escandalizado ante lo que parecía ser una despreocupada indiferencia.

—Muy pocos son capaces de seguir la trayectoria que siguen los Jinetes, por supuesto —replicó Zerafshan con calma—; sobre todo los que no son de los suyos. Desde luego, al principio no fue una trayectoria elegida por mí, pero ¿de qué otro modo podía cumplir las órdenes del emperador a menos que me aceptaran como uno de ellos? Lo entenderás mejor una vez que los conozcas —aseguró—. Quizá te consideren también uno de ellos, si tú quieres.

Siguieron andando, pero las palabras de Zerafshan le herían como una cuña metida entre ambos.

—Los Jinetes que oíste anoche ¿iban por este mismo camino? —preguntó Rokshan para romper el incómodo silencio.

—Buena observación... Te estás preguntando que si vinieron por aquí, cómo es posible que cabalgaran por un sendero tan empinado, y a veces, tan peligroso, sobre todo siendo las monturas más grandes que los caballos normales, ¿verdad? Aunque la pericia de los Jinetes en la monta es legendaria, ¿no es así? —Rokshan asintió, entusiasmado—. De niños, sentados en las rodillas de nuestra madre, escuchábamos relatos sobre ellos, pero todo lo que te hayan contado no es nada comparado con el espectáculo de ver a un chiquillo de los Jinetes brincando encima del lomo de su montura a galope tendido. Es como si se identificaran con su caballo, formando un todo. De modo que, para ellos, pasar por un sendero como éste es tan fácil como respirar.

—Vaya, eso habría que verlo —se burló el muchacho—. Sé que a mi amigo Kanandak, el acróbata, le costó años de práctica sostenerse de pie sobre un caballo de circo al trote y hacer trucos… ¡La de veces que lo he visto caerse! —Al recordar a su amigo, se dio cuenta de lo mucho que lo echaba de menos.

—Te llevo a conocer a Cetu, un maestro del Método del Caballo —anunció Zerafshan—. Fue uno de los primeros Jinetes que conocí cuando me puse en contacto con ellos; sabe más sobre los caballos-dragón que cualquier otra persona en el mundo. Me ha enseñado mucho y responderá a todas tus preguntas.

222

Capítulo 25

El maestro del Método

Visto desde lejos, el valle era mucho más ancho de lo que parecía. Tío y sobrino caminaban siguiendo la curva de un meandro del río cuando oyeron gritos y la inconfundible trápala de cascos de caballos. Zerafshan le hizo un gesto de advertencia al chico, y, apartando la hierba crecida que bordeaba la ribera, atisbaron con cautela.

Un grupo de una docena o más de chiquillos de ambos sexos, que no tendrían más de nueve o diez años en opinión de Rokshan, descendía a galope por un sendero escabroso en fila de a dos.

De pronto uno de los dos niños que iban en primera línea brincó y se encaramó en cuclillas al caballo, todavía a galope tendido. Entonces saltó a la montura de su compañero y cayó limpiamente a horcajadas, detrás del jinete que, a su vez, repitió al punto la maniobra de su compañero y tomó el mando del caballo que galopaba sin jinete, todo ello de una única maniobra ejecutada con soltura.

A lo largo de la fila, las parejas, una tras otra, llevaron a cabo la misma hazaña y con tal rapidez que Rokshan se quedó boquiabierto de admiración. Un Jinete mayor que galopaba al lado de los niños restalló su látigo, y, volviendo grupas, todos galoparon con gran estruendo cuesta arriba por el mismo sendero.

Los gritos alborozados de los chiquillos resonaron en los

oídos de los dos espectadores, que vieron cómo se alejaban. Los caballos eran exactamente como Rokshan los recordaba: gráciles, musculosos y de noble porte; galopaban sin esfuerzo alguno, erguidas las orgullosas cabezas. De pronto notó una sensación conocida que rebuscó en la mente y la encontró: la de formar un todo con los caballos, la misma sensación que experimentó a la llegada de los mensajeros imperiales a Maracanda. Cuando los animales desaparecían ya sendero arriba, le pareció vislumbrar un rastro de colores etéreos tras ellos; se frotó los ojos y comprendió que los colores, tenues como eran, estaban en su mente.

Zerafshan le dirigió una mirada extraña antes de referirse a aquellos niños:

—Se entrenan media jornada a diario tan pronto como son lo bastante mayores para cabalgar una montura adulta; hasta que no llega ese momento, montan caballos-dragón más jóvenes, justo cuando el lomo de éstos es lo bastante fuerte para aguantar el peso de niños de seis o siete años. A los hijos de los Jinetes, sean niños o niñas, se les da el mismo trato en lo que respecta a sus habilidades para la monta.

—¿Y a las chicas se las entrena también en el uso de las armas? —preguntó el muchacho, que seguía mirando hacia el lugar por donde habían desaparecido los niños y sus monturas, con una expresión de admiración e incredulidad a la vez. Estaba al corriente de que los Jinetes eran famosos por su destreza como arqueros aun disparando desde la silla de montar.

—Se les enseña a algunas de ellas si tienen habilidades especiales… Pero habrá tiempo de sobra para que descubras todo eso por ti mismo —afirmó Zerafshan volviendo al camino que bordeaba la ribera del río.

Un poco más adelante, un grupo de Jinetes montados se acercaba, chapoteando, río arriba. Zerafshan se detuvo y los saludó.

—Saludos, Jinetes. ¿Estáis siguiendo el progreso de vuestros jóvenes guerreros? Hemos admirado ya sus prácticas.

—¡Salve, Zerafshan! —corearon al tiempo que se golpeaban el pecho con el puño e inclinaban la cabeza.

—Somos los primeros que llegamos del clan Primer Valle, dirigido por Gandhara —explicó uno de ellos refiriéndose al asentamiento que ocupaba el valle inferior—. Disfrutamos de la hospitalidad de nuestros parientes.

—¿Cuántos más vendrán de vuestro clan? —preguntó Zerafshan.

—Habrá muchos más a medida que la celebración del cónclave se aproxime. Ya se habla de Gandhara como el gran kan electo; cuenta con el respaldo de los Jinetes de las planicies de Jalhal'a.

—¿Vuestros vecinos más cercanos? Era de esperar. ¿Ha llegado ya gente de otros clanes?

—Están en camino las delegaciones de los otros valles, pero aún no tenemos noticias de los Jinetes de la Estepa; no sabemos cuándo vendrán los integrantes de su clan, ni si tienen intención de asistir.

—Pues no habrá cónclave sin ellos —comentó Zerafshan, tajante.

El Jinete que iba en cabeza, del mismo parecer, asintió; se reunió con Zerafshan y miró receloso a Rokshan.

—¿Quién es éste joven forastero que te acompaña?

225

El muchacho era incapaz de apartar los ojos de los Jinetes, entre los que también había mujeres; todos ellos, de rostro curtido y ajado como si estuvieran siempre al aire libre, al sol y al viento, y sin pasar mucho tiempo desmontados, vestían un ropón de cuero sin mangas y forrado de piel tupida. A la espalda les colgaba un arco y una aljaba; otra aljaba más grande iba sujeta a la silla, que descansaba sobre un sudadero de lana de vivos colores; la otra arma, enfundada en una vaina, era una jabalina corta. Llevaban el cabello muy corto, y los hombres lucían barbas más o menos largas. Pero eran los caballos en sí los que tenían embelesado a Rokshan, quien meneó la cabeza cuando tuvo la momentánea impresión de que un calidoscopio de colores le zumbaba y le cantaba en la mente. Creyó oír el suave relincho de un caballo junto a la oreja, pero volvió de sopetón a la realidad en el momento en que Zerafshan le puso la mano en el hombro y contestó a la pregunta del Jinete:

—Es un pariente que me ha traído noticias de Maracanda —fue la concisa respuesta.

Los Jinetes les dedicaron a ambos una prolongada mirada inquisitiva, antes de repetir el saludo a Zerafshan y ponerse en marcha. El muchacho soltó un suspiro de alivio… No soportaba recordarlo, pero las imágenes espeluznantes del castigo tradicional aplicado por los Jinetes a los forasteros que sorprendían vagando por sus valles le vinieron a la mente como un fogonazo. No obstante, poco después y a despecho de la expresión sombría de su tío, la acuciante curiosidad pudo más que él.

—Tío, ¿quién es Gandhara? ¿Te parece una buena elección para que sea el nuevo gran kan de los Jinetes?

—Es un cabecilla joven y ambicioso, del clan del valle inferior, que no ha ocultado su deseo de convertirse en gran kan. Cree que puede dirigir a su pueblo en abierta rebelión contra el emperador, pero no tiene ni idea del poderío del ejército imperial. Además, si se aventuraran fuera de los valles y se dispersaran (un error de estrategia clásico en cualquier campaña militar), tendrían serias dificultades para mantener las líneas de comunicación, y los aniquilarían. ¡Es un tonto impetuoso! Les he dicho infinidad de veces que jamás derrotarán al ejército imperial fuera de los valles; lo mejor que pueden hacer es quedarse en su terreno y esperar a que el enemigo vaya a su encuentro, cosa que ocurrirá cuando el emperador pierda la paciencia. Será una campaña larga y dura, pero valdrá la pena si ello significa destruir el ejército imperial y deponer al tirano.

Mientras hablaban, se habían apartado de la orilla del río, y, a juzgar por la creciente algarabía, se encaminaban hacia lo que Rokshan imaginaba que era el lugar de reunión del clan del valle superior.

La plaza no estaba pavimentada y la flanqueaban por tres lados los puestos de mercado cubiertos, en que se vendía gran variedad de mercancías: verduras y carne curada, arreos, baratijas, armas, estatuillas muy trabajadas de caballos erguidos y guerreros de aspecto feroz, mantas, cobertores de lana con dibujos y muchas cosas más.

Algunas cabras y pequeños cerdos barrigudos hociqueaban y hozaban, respectivamente, alrededor de los puestos de comida en medio de un excitado coro de balidos y gruñidos. A Rokshan le llamó la atención enseguida que el mercado no oliera igual que los de Maracanda, pero había muy pocas especias a la venta; por el contrario, en el ambiente flotaba cierto tufillo a sudor mezclado con el fuerte e intenso olor a cuero, así como el aroma terroso de las hortalizas.

Tuvo la intención de encaminarse hacia un puesto en que se vendían boliches, bolos de madera y palos de aspecto extraño provistos de largos cordones trenzados de hilaza de vivos colores, pero Zerafshan lo asió del brazo, y, alzando la voz para hacerse oír pese a los gritos de los dueños de los puestos, le dijo que no se separara de él. Un ruidoso grupo de niños se les echó encima al darse cuenta en el acto de que Rokshan no era del lugar; los chiquillos se pusieron a bailar a su alrededor al tiempo que lo empujaban y tiraban de él.

—Basta ya, niños… ¡Marchaos o azuzaré al ejército imperial contra vosotros! —amenazó Zerafshan en tono jovial agitando los brazos y abriéndose paso a través de los críos. Rokshan lo siguió, todavía rodeado de niños que reían y gritaban. Un montón de gente pareció reconocer a Zerafshan mientras cruzaban la plaza, y algunos hicieron una ligera inclinación de cabeza.

—¿Es aquí donde vive tu amigo Cetu, tío? —preguntó el muchacho, que echó una ojeada atrás cuando se encaminaron hacia un sendero que descendía hacia el asentamiento que había divisado desde la cumbre. Zerafshan asintió con la cabeza.

La aislada casa del Jinete que buscaban era un edificio de madera de construcción sencilla, más grande que las otras cabañas; la gran puerta del establo disponía de un postigo que se hallaba entreabierto. Anexa a ese edificio había una cabaña más pequeña, muy semejante a las demás; un hilillo de humo salía por un respiradero del tejado.

—Cetu, viejo amigo, ¿estás ahí? —Zerafshan llamó al postigo. No esperó a tener respuesta y entró, indicando a Rokshan que fuera tras él. Gruesos montantes labrados toscamente sustentaban la fachada del establo; Rokshan escudriñó entre las vigas traveseras el interior envuelto en penumbra. El olor a cuadra y a caballos era inconfundible, pero sufrió una desilusión al ver que el establo estaba vacío, aparte de unas gallinas escuálidas que escarbaban en la paja.

Siguió a Zerafshan por un pasadizo estrecho y oscuro que conducía fuera del establo, y se reunió con él en una estancia más pequeña que obviamente hacía las veces de dormitorio,

227

área de vivienda y cocina, todo en uno. En un rincón había un catre sencillo; una mesa y unas sillas, igualmente sencillas, ocupaban el centro de la habitación. Acuclillado delante de la lumbre y vigilando una olla burbujeante que colgaba sobre el hogar de piedra, que ocupaba casi toda la longitud de la habitación, había un hombre mayor, de talla baja, enjuto y fuerte.

—¡Zerafshan! Un invitado inesperado... ¡Y no vienes solo! —exclamó, y se incorporó con rapidez para recibirlos. Sorprendía la ligereza y la agilidad de sus movimientos para un hombre de su edad.

El canoso cabello, abundante y largo, le llegaba hasta los hombros, aunque se había encajado en la cabeza un maltrecho gorro de fieltro azul, sin copa. Profundas arrugas le surcaban el rostro, y los ojos —almendrados— le recordaban a Rokshan los de un gato por la curiosidad que reflejaban; tenía aspecto de ser observador e inteligente.

—Mi... sobrino, Rokshan, sobre quien ya te he hablado —murmuró Zerafshan. Ambos hicieron una respetuosa reverencia.

—Siéntate, muchacho... ¿Tienes hambre? Por favor, acepta un poco de la humilde comida de un viejo Jinete —ofreció Cetu, risueño. Rokshan emitió un ruidito de aprobación, porque fuera lo que fuera que estuviera cocinando Cetu olía muy bien, desde luego. El anciano sacó enseguida unos cuencos, cuchillo y pan, y sin más preámbulos se lanzaron sobre lo que se les había ofrecido.

—Gandhara se ha movido muy deprisa. Ganarse el respaldo de las planicies de Jalhal'a es un golpe maestro —comentó Cetu, pensativo, después de que Zerafshan le pusiera al corriente de las noticias que los Jinetes que viajaban río arriba le habían dado—. ¿Te has planteado que podrías haberlo subestimado, Zerafshan? Se chismorrea sobre ti, como si te hubieras posado como un águila empollando elucubraciones en la Cumbre de la Diosa...

—Pero ¿con quién hablas tú, Cetu? Vas a tener que decírmelo —se quejó Zerafshan, bromeando—. La gente me ve a menudo cuando bajo y subo a los valles.

—Por lo visto, no tan a menudo como les gustaría —contestó con afabilidad el anciano—. A un profeta siempre se le da la espalda en su tierra, amigo mío, aunque sea su tierra de adopción. Sabes que eso es tan cierto en el reino de los Jinetes como lo sería en Sogdiana —añadió, perspicaz.

—Ahora que Rokshan está con nosotros, podemos tomar medidas para superar esa cuestión, como habíamos hablado —insinuó Zerafshan, en plan práctico.

—Claro, podemos tomar medidas... —Cetu se frotó la mejilla y evaluó a Rokshan con la mirada—. Tardaríamos más tiempo de lo que querríamos... Pero eso ya te lo había advertido —añadió.

El muchacho sostuvo la mirada al anciano; no le gustaba cómo sonaba aquella conversación.

—¿De que medidas hablas, tío? —preguntó procurando no dar la impresión de estar preocupado.

—Cetu, tú eres el maestro del Método. Explícale a Rokshan el Método del Caballo. —Zerafshan se levantó, se aproximó a la abertura que hacía las veces de ventana y se quedó contemplando el exterior, apoyado en el cayado.

—Está bien, como quieras —murmuró Cetu mientras retiraba los cuencos. Volvió a sentarse y se concentró un momento antes de hablar—. Soy un maestro (un guía, si lo prefieres) del Método del Caballo, jovencito. Pero Zerafshan me ha dicho que casi no se conoce en el imperio lo que significa... —Meneó la cabeza con incredulidad.

—Se conoce muy poco, es cierto —ratificó el muchacho—, y lo poco que sabemos consiste en cuentos de viejas sobre brutales ritos de iniciación a los que sólo algunos Jinetes jóvenes sobreviven, y cosas por el estilo.

—El Método del Caballo pone a prueba a los Jinetes, pero no es brutal. —Cetu se echó a reír—. Mira, hay tres caminos que integran el Método: el primero es el de la monta, mediante el cual se enseña todo sobre la técnica de montar, y, lo que es más importante, la facultad del Jinete para saber lo que piensa su montura; el segundo camino es el de la buena puntería del Jinete con el arco y la lucha con la jabalina corta... (somos famosos por nuestra habilidad con ambas armas en la batalla). Pero el tercer camino... —Cetu hizo una pausa para encontrar las palabras adecuadas—. El tercer camino sólo puede mostrarse, no se enseña... Y no es obligatorio mostrárselo a todos.

—¿Qué camino es ése? —preguntó Rokshan, intrigado.

—Es lo que los hombres buscan cuando confían en un jefe para que los guíe y los inspire. —Cetu entrecerró los ojos—. Si no es un don innato, entonces hay que ganárselo mediante la valentía y el sacrificio. Zerafshan tiene el don del liderazgo y también se ha ganado nuestro respeto y, en muchos casos, nuestra lealtad…

—¿Por hacer frente al emperador?

—Sí, por eso, y, naturalmente, por sus campañas militares a las órdenes del emperador de las que hemos oído hablar en nuestros valles. Nos ha convencido de que somos capaces de ganar nuestra libertad mediante la lucha, aquí, en nuestro territorio, y librarnos por fin del maldito tributo que tenemos que pagar al emperador: ésta es la visión que tu tío ha prometido que se cumplirá. Pero es él quien debe llevarla a cabo, en lugar de Gandhara, que carece de experiencia por mucho que diga lo contrario.

—¿Cuánto se tarda en completar el Método del Caballo?

—Algunos dicen que no acaba hasta el día en que morimos, pero sólo son disertaciones filosóficas. Todos los niños de nuestro pueblo aprenden los dos primeros caminos, y empiezan tan pronto como son lo bastante mayores para montar a caballo. Yo observo, animo, ofrezco consejos siempre que es necesario… o lo solicitan.

—¿Así que es el tercer camino lo que le interesa principalmente? —cuestionó Rokshan, a lo que Cetu asintió y añadió:

—No pretendo enseñar a tener dotes de mando, pero para que un Jinete dirija a su pueblo tiene que saber algo más que lo que piensa su caballo… Tú eres sogdiano, diestro ya en el arte de montar.

—Pero vuestros caballos-dragón son diferentes de los caballos corrientes, eso lo sé, maestro de Método.

—Pero ¿sabes hasta qué punto lo son, Rokshan? —preguntó de improviso Zerafshan, que se acercó para reunirse de nuevo con ellos.

—Sí, claro, por su velocidad y ligereza, su ascendencia… Cualquiera se da cuenta de que son diferentes sólo con verlos.

Zerafshan se sentó sin decir nada; enlazó las manos y se dio golpecitos suaves en los labios, pensativo. Al fin expresó:

—Saber lo que piensa tu montura es una cosa, pero hablar con ella es otra muy distinta.

—¿Perdón...? —inquirió el muchacho con educación, como si no hubiese entendido bien.

—No es tan... inverosímil como podría parecer si se tiene en cuenta su ascendencia, su verdadera ascendencia. Son descendientes de los primeros seres nacidos de la Creación, amados por el Señor de la Sabiduría, creador de todo cuanto hay en el cielo y en la tierra —respondió Zerafshan—. Lo que fueron en su origen... Esa parte de la leyenda se olvida a veces. Verás, no han perdido lo que el Señor de la Sabiduría les concedió, tal era el amor que les profesaba...

—¿Te refieres a la facultad de... hablar, tío? ¿Quieres decir que los caballos-dragón, hoy día, pueden hablar como lo estamos haciendo nosotros? —inquirió Rokshan, desorbitados los ojos por la incredulidad.

—No, no hablan como lo hacemos tú y yo, pero los Jinetes perciben los sentimientos y emociones de sus monturas, y algunos —muy pocos— podemos llegar más allá para crear un vínculo tan fuerte y profundo que la mente del caballo se abre a la nuestra, y cuando dos mentes se conectan así, cuando los pensamientos se funden, ya no hace falta hablar. Es la forma más pura, la propia esencia del Método del Caballo —manifestó Zerafshan, tensa la voz por el entusiasmo, mientras se inclinaba hacia su sobrino y lo asía del brazo con tanta fuerza que le hizo daño—. Nadie más puede hacer esto, Rokshan, y es lo que Cetu te enseñará. Es el mayor secreto de los Jinetes que se ha guardado a lo largo de los siglos; es un secreto por el que cualquier Jinete estaría dispuesto a sacrificar la vida... Algo por lo que tendrás que estar dispuesto a morir.

—¿Dispuesto a morir? —Rokshan no daba crédito a sus oídos—. ¿Por qué iba a morir por un secreto que hasta este momento ni siquiera sabía que existía? No soy un Jinete, ni he aprendido ninguna de las partes de ese Método.

—Zerafshan me ha asegurado que tu destreza en la monta es buena para alguien que no es uno de los nuestros —intervino Cetu—. Pero se puede mejorar. En cuanto a la habilidad con el arco y la jabalina, hasta mis viejos brazos son capaces aún de manejar las armas por las que somos famosos en todo el impe-

231

rio, y hacerlo lo suficientemente bien para transmitir mis conocimientos. —Soltó una risita divertida.

—Cetu… Maestro del Método, discúlpeme, pero ¿acaso ha perdido el juicio? —exclamó Rokshan sin poder contenerse—. Está hablando de una facultad que costaría años dominar, sobre todo cuando, como es mi caso, no se han hecho los dos primeros caminos. Repito que no soy un Jinete —le espetó a Zerafshan—, y nunca lo seré. —Hizo una pausa y después continuó con más calma—. Igual que tú nunca has sido uno de ellos, tío, por mucho que creas que te aceptan. ¿Acaso sabes hablar mentalmente o como quieras llamarlo? Además, aun en el caso de que quisiera practicarlo, ¿por qué quieres que aprenda este Método del Caballo? Tiene que haber otros jóvenes Jinetes que ya tengan más práctica que yo, ¿verdad?

—Tres preguntas que se te han ocurrido tan pronto como te has controlado… Eso está muy bien, Rokshan —respondió su tío en tono alentador—, porque controlar las emociones es vital para que tengas éxito en el Método.

—¿Para que tenga éxito, dices? ¿Por qué das por supuesto que voy a intentarlo siquiera?

—A menos que lo hagas, los Jinetes nunca me aceptarán como su jefe. Y si no los dirijo yo, los destruirán. ¡Reflexiona, Rokshan! El emperador se habrá salido con la suya… Y eso no puedo permitirlo. Aunque sólo sea por esa razón, debes procurar al menos aprender el Método. —El timbre de Zerafshan era inflexible.

Y a medida que Rokshan reflexionaba con un poco más de claridad, se sorprendió al sentir una creciente excitación. ¿Y si tenía éxito en ese Método de los Jinetes? «Imagina lo que sería unirte mentalmente con un caballo —se dijo para sus adentros—. ¡Sería como convertirte en uno de esos magníficos caballos-dragón!» Recordó entonces a los que vio en Maracanda, así como la sensación anhelante de fundirse con ellos que lo asaltó. Y hacía un rato, cuando vio a los chiquillos que aprendían las habilidades de la monta… El corazón le latió más deprisa ante la perspectiva de las propuestas de su tío y de Cetu, pero necesitaba saber algo más.

—¿Y por qué no te aceptarán los Jinetes como su jefe a menos que yo haga lo que me pedís?

Zerafshan iba a contestar, pero se quedó mudo y miró a Cetu, que hizo un gesto negativo tan mínimo que apenas se notó; entonces le contestó.

—La razón es sencilla, sobrino. Las visiones que se me han dado a conocer mediante el Collar de los Jinetes son claras: soy yo quien debería dirigirlos en la lucha por la libertad. Pero no puedo unirme mentalmente con las monturas porque mis visiones son tan intensas que no resistiría los rigores de la unión mental al mismo tiempo. A fin de dirigir a los Jinetes, el gran kan debe gozar de la confianza absoluta de sus iguales en cuanto a que está lo bastante avanzado en el Método del Caballo para ser capaz de establecer el nexo mental con Observador de Estrellas, que es el señor de los caballos. Puesto que no me es posible realizar semejante tarea sin perder la razón, serás tú quien lo haga en mi lugar; así te convertirás en el gran kan electo, y, con el tiempo, cuando llegues a la edad adulta —a los dieciséis años—, serás por fin el gran kan. Hasta entonces, seré yo quien gobierne en tu lugar y conduzca a los Jinetes a la libertad. —Rokshan parpadeó, estupefacto e incrédulo—. No es una elección, Rokshan. Es tu destino —prosiguió Zerafshan—. ¿Acaso las propias estrellas nos engañan? No, no pueden, es imposible. Tú y yo; nuestros caminos son inseparables, nuestros destinos están entrelazados... Los mapas celestes que reflejan los movimientos de los astros lo demuestran. Fíjate, retrocede un poco... No hace mucho tiempo, en Maracanda, cuando viste a los mensajeros imperiales y a los caballos-dragón que montaban... Te llegaron al corazón, ¿no es cierto? Despertaron en ti sentimientos tan intensos que no te explicabas lo que te ocurría, ¿a que sí?

—¿Cómo lo sabes? —preguntó en voz queda el muchacho, que sintió que el miedo le retorcía las entrañas. ¿Qué más sabría su tío?

—A veces el collar me da visiones sumamente claras; a veces me permite vislumbrar el futuro; en ocasiones me faculta para... —Zerafshan buscó las palabras exactas—. Para ponerme en contacto con alguien en mente y alma, y experimentar, aunque sólo sea unos instantes, lo que está viendo y sintiendo.

—¿Te pusiste en contacto conmigo en Maracanda, contactaste con mi mente?

233

—Sí, tan brevemente como el destello de un relámpago, pero en ese fugaz instante compartí contigo lo que sentías. ¡Figúrate!

Zerafshan se levantó de la mesa de repente y se quedó detrás de Rokshan mientras se frotaba las sienes, como si tratara de extraer el recuerdo a la superficie.

—Imagínate de nuevo sumido en la intensidad de ese momento en Maracanda, sobrino. Ahora multiplícalo por cien y tendrás sólo una vaga idea de lo que se siente cuando ves a Observador de Estrellas por primera vez. Entonces sólo desearás una cosa: estar unido como un solo ser a la criatura más noble y hermosa que el Señor de la Sabiduría ha creado jamás. De ese modo, Rokshan, y te lo digo con toda sinceridad… ¡sabrás que naciste para vivir ese instante!

Capítulo 26

El Tercer Valle

*L*a quietud invadió la habitación. Hasta el ruido del mercado parecía haberse apagado, y el fuego se había reducido a rescoldos.

Rokshan tenía la impresión de que no le quedaba más remedio que aceptar, de momento, lo que le proponía su tío; y cuanto más pensaba en ello, más emocionante le parecía. Además, daba la impresión de que el maestro de Método era bastante amable, aunque también severo, pero ese hombre poseía una sabiduría hacia la que Rokshan se sentía atraído. La cabeza le daba vueltas todavía al pensar en la posibilidad de comunicarse, de algún modo, con los caballos-dragón.

—Nunca hemos elegido a nuestro jefe de ese modo, e hizo falta un derroche de persuasión por parte de tu tío para convencerme, pero… —Cetu entrecerró los ojos—. Si la alternativa es la derrota, entonces la tradición tiene que dejar paso a la conveniencia y renovarse. En esto coincido con él.

Se puso de pie para echar unos troncos en el hogar, y al pasar junto a Rokshan, le dio una palmada de ánimo en el hombro. De la repisa de piedra del hogar cogió un recipiente de cuero, bastante deteriorado, y vertió la bebida de color tostado que contenía en unos cubiletes de madera.

—Bébetelo. —Le ofreció uno a Rokshan—. Es vino enriquecido de las mejores uvas rojas de Kocho. Te encenderá el ánimo.

Olía fuerte, y Rokshan arrugó la nariz al llevárselo a los labios mientras recordaba el vino delicado y fragante de la misma uva —el preferido de su padre— que tomó en la última cena familiar en Maracanda; parecía que hubiera pasado toda una vida desde entonces. No sabría decir si se debía a la bebida tremendamente fuerte o por el recuerdo de aquella cena, pero se le saltaron las lágrimas.

Le dio un ataque de tos y volvió a olisquear con precaución el cubilete; esa reacción atrajo la atención de Cetu.

—Lleva un poco de aguardiente de cebada para que te dé fuerza por dentro. —El viejo Jinete esbozó una sonrisa.

Rokshan torció el gesto; el aguardiente de cebada era una bebida alcohólica muy conocida que se vendía en grandes cantidades. Se destilaba de la cebada, y el sabor intenso de nebrinas y endrinas añadidas enmascaraba lo fuerte que era, pero nunca la había visto mezclada con vino.

Zerafshan echó un buen trago y después levantó el cubilete para brindar:

—¡Por el Método del Caballo, el pupilo y el maestro! ¡Vamos, Cetu! ¿Por qué no os ponéis manos a la obra ahora mismo? Hay mucho que hacer, y si a Gandhara lo consideran ya como el gran kan electo, tengo que hablar con los jefes de los otros clanes mientras nos encaminamos a la estepa. No podemos retrasarnos más.

—Le mostraremos a Rokshan algo de los distintos conocimientos del saber popular de cada clan mientras bajamos por los valles —comentó Cetu asintiendo.

Exhibiendo una sonrisa satisfecha, Zerafshan dio una palmada y exclamó:

—¡Eso está hecho! Pongámonos en marcha.

—Queda justo la luz suficiente para llegar al poblado de las recolectoras de lino; pasaremos allí la noche —dijo Cetu, que repasó a Rokshan de arriba abajo—. Si has de aprender a vivir como un Jinete, has de vestirte como tal. Un viejo amigo mío tendrá algo que te valga. —Se puso el ropón y echó a andar detrás de Zerafshan por el pequeño pasadizo.

Rokshan se reunió con su tío fuera, y dio un brinco cuando Cetu lanzó un silbido ensordecedor, y, como si surgiera de la nada, una preciosa yegua alazana se acercó a medio galope. El muchacho contempló maravillado la marca en forma de serpiente alada —de un blanco brillante— de la frente, así como las tres franjas oscuras del lomo que se ondulaban con un suave movimiento natural. La yegua, de ojos de un verde oscuro y motitas doradas, le clavó la mirada, cabeceó y emitió un suave relincho de aprobación; luego sacudió la larga y sedosa crin y agitó la cola con entusiasmo, como si lo reconociera.

—Se diría que te conoce —observó Cetu, que sujetó las riendas y le susurró algo a la oreja en un lenguaje que Rokshan no identificó—. Se llama Brisa Susurrante —le informó, intentando animarlo, mientras el chico trababa amistad con el animal acariciándole el cuello y el hocico y hablándole en tono muy afectuoso. La yegua cabeceó de nuevo y resopló de buen grado en respuesta a las atenciones de Rokshan. Inexplicablemente, toda la tensión que el muchacho había experimentado los últimos días pareció esfumarse de golpe, y sintió una alegría inmensa, como si se hubiese reunido con alguien muy querido a quien no veía hacía mucho tiempo.

—Te está esperando. —Cetu sonrió, y enlazó las manos a modo de estribo.

237

Entusiasmado, Rokshan asintió, y, apoyando el pie en el improvisado soporte, se encaramó a lomos de la yegua con la máxima ligereza; a continuación, con una maniobra rápida y ágil, el viejo Jinete se subió a la cabalgadura y se colocó delante de él. Zerafshan reapareció en ese momento, montado en un hermoso semental negro, y al muchacho no le pasó inadvertida la facilidad con que su tío lo manejaba; llevaba el cayado en la vaina larga que, por regla general, enfundaba la jabalina corta de un Jinete.

—Brisa Susurrante... ¡Que nombre tan bonito! —exclamó Rokshan al ponerse en marcha.

—¿Te gusta? —Cetu se giró un poco en la silla para mirarlo—. Es tan ligera de montar como la suave brisa estival que sopla en nuestros valles, y también va y viene a su antojo, como esa misma brisa.

En su avance camino abajo, la gente los saludaba a gritos. Algunos llamaban a Cetu por su nombre, en tanto que otros hacían reverencias precipitadas cuando reconocían a Zerafshan. Rokshan era el blanco de miradas de curiosidad, pero a él no le importaba; el corazón le estallaba de emoción por ir montado en un caballo-dragón.

El ritmo a medio galope que Brisa Susurrante mantenía sin esfuerzo le producía un efecto hipnotizador; percibía una energía latente en la yegua, y anhelaba lograr liberarla y hacerla suya. Estaba seguro de que existía un flujo entre el hermoso animal y él, pero al no haber experimentado anteriormente tal sensación, sólo captaba de vez en cuando destellos de dicho flujo a modo de un arcoíris que le atravesaba la mente, como el rielar de una calina, tan fugaz y tan tenue que no habría sabido decir si era o no producto de su imaginación.

Cerró los ojos, y a medida que los colores cobraban consistencia, se dejó llevar para fundirse en ellos; le fascinó la maravillosa sensación y deseó que no cesara nunca. Cetu había guardado silencio todo el tiempo. Abriendo de nuevo los ojos, de mala gana, Rokshan advirtió sobresaltado que el día estaba a punto de llegar a su fin: el sol poniente pintaba el cielo con trazos rojizos y rosados perfilados de plata. Conforme los colores que había percibido también perdían intensidad, Brisa Susurrante sacudió la cabeza y relinchó, lo que provocó las risas de Cetu y del muchacho.

Habían ido siguiendo el sinuoso curso del río en su descenso, y cuando rodearon un meandro, distinguieron un pueblo al abrigo del repliegue del valle. Era más grande que los otros por los que habían pasado. Rokshan contó cuatro edificios que parecían establos, todos ellos de mayor tamaño que el de Cetu; un mosaico de campos estrechos y alargados aparecía salpicado de montones de plantas fibrosas de color pardo amarillento, preparados para que los recogieran. Bajo la luz crepuscular, las mujeres iban de un montón a otro cogiendo cuantas plantas podían meter en cestos, que luego transportarían sujetos a la espalda.

—¿Qué recolectan, estando la estación tan avanzada ya? —preguntó Rokshan con curiosidad.

—Son las recolectoras de lino de las que os hablé —contestó Cetu—; recogen la última cosecha. Luego se elaboran unos buenos cordones trenzados de hilaza, y con las mejores plantas se teje lino.

Un grupo de chiquillos salió en tropel del pueblo para salu-

238

darlos. Rokshan se sorprendió al verlos a todos montados en ponis pequeños, a pelo. Seis o siete de los críos galoparon a toda velocidad hacia ellos lanzando gritos de alborozo al reconocer a Cetu; otros tres niños, aún más pequeños, iban detrás, también montados, agitando y haciendo restallar largos cordones de muchos colores, atados a palos; todo ello sin dejar de gritarse unos a otros, absortos por completo en el juego.

A medida que se aproximaban, Rokshan advirtió, con cierto sobresalto, que lo que había tomado por ponis eran en realidad potrillos de caballos-dragón; éstos detectaron de inmediato que era forastero, pero la curiosidad los volvía descarados, y, resoplándose unos a otros, intentaron acariciarlo con el hocico. Brisa Susurrante relinchó y meneó la cabeza arriba y abajo para reprenderlos e indicarles que se comportaran como era debido con un extraño.

—¡Cetu, Cetu! —chilló uno de los niños más pequeños—. ¡Mira el fuego de mi dragón!

—¡Mira el mío, es mucho más abrasador! —gritó otro, y los dos se pusieron a golpearse con los largos palos.

—¡Niños, niños! —rio Cetu—. El fuego de vuestros dragones arde como un horno. Os quemaréis si no vais con cuidado y vuestras madres os mandarán a la cama sin cenar si os ven peleando. ¡Haya paz! —Alzó las manos en un fingido gesto de alarma, y entre risas y cháchara, los pequeños se alejaron a medio galope. El maestro del Método los vio marchar e hizo un gesto de simulada exasperación.

—Vi en el mercado algunos palos con cordones trenzados como ésos con los que jugaban los niños, tío —comentó Rokshan, interesado en entender el juego.

—Los elaboran en el Cuarto Valle —contestó Zerafshan que trotaba a su lado—. Todos los niños juegan con ellos simulando que es el fuego dragontino de los antepasados de sus caballos. Cetu opina que participar en esos juegos los prepara para leer la mente de sus monturas cuando se hacen mayores, y les enseña a pensar en los colores de los sentimientos de sus caballos.

—¿Te refieres a una especie de alfabeto de colores?

—Podría considerarse así... Todos los Jinetes saben hacerlo. Conseguir mayores logros es la verdadera prueba, un don que

239

se concede a muy pocos. Don que creo que tú posees en lo más profundo de tu ser, y que sólo un maestro del Método —de la destreza y la experiencia de Cetu—, puede lograr que aflore. Y eso será lo que haga. Tenéis que conseguirlo… ¡Él y tú!

Unas diminutas semillas de esperanza y de fe en sí mismo empezaban a germinar en Rokshan a raíz de las sensaciones, extrañas y maravillosas, experimentadas mientras cabalgaba a Brisa Susurrante. ¿Significaban dichas sensaciones el inicio de la unión de mentes entre un humano y un caballo a la que se habían referido? A lo mejor lo conseguía…

Pero al percibir la terminante resolución en la voz de su tío, el optimismo se le evaporó, y se preguntó, pesimista, cómo se había creído capaz de emular a unos chiquillos que habían nacido con esa habilidad.

Entonces le vino a la cabeza la voz del abad recitando la Profecía del Príncipe, y el miedo y la incertidumbre corroyeron más aún la ya débil seguridad en sí mismo. ¿Querrían los Elegidos que acompañara y obedeciera a Zerafshan como había accedido a hacer? El abad afirmó que el tío del muchacho eligió ser un príncipe de la oscuridad, pero ¿cómo era eso posible? Al fin y al cabo su tío Zerafshan estaba decidido a dirigir a los Jinetes en la lucha por la libertad contra un emperador despótico. ¿Acaso luchar por una causa justa no era seguir el camino de la rectitud?

Aunque se esforzaba por resolver aquellas ideas preocupantes y contradictorias, decidió apartarlas a un lado y concentrarse en aprender el Método del Caballo… o al menos haría lo indecible para lograrlo en el tiempo de que disponía; de algún modo intuía que, al fin, todo dependería de sus logros.

Capítulo 27

El secreto de Cetu

—¡*S*ujeta la flecha entre el índice y el corazón! ¿Qué haces con el pulgar? ¿Acaso saludas con él? ¡Pégalo contra la palma! —le gritó Cetu.

Sólo habían pasado tres días, y a Rokshan le dolían muchísimo los dedos; haciendo muecas siguió las órdenes de Cetu con tenacidad. En cuanto Zerafshan partió a galope para reunirse con los jefes de clan, Cetu y él buscaron al amigo del maestro del Método, quien le dio a Rokshan un ropón de Jinete. El muchacho se lo puso encima de un grueso chaleco de lana y de los pantalones; esas prendas, así como las botas ligeras pero resistentes y el gorro cónico de cuero forrado de piel, le daban, como mínimo, aspecto de Jinete, o eso le parecía.

Todos los días los habitantes del Tercer Valle empezaban sus actividades al alba, y se dedicaban a entrenar con jabalina y arco, de forma alternativa. Aparte de estas prácticas, Cetu trabajaba con Rokshan las técnicas de la monta al mismo tiempo, así como el manejo de las armas a lomos del caballo.

El muchacho tenía que esforzarse mucho, pues Cetu estaba empeñado en que dominara los niveles básicos del Método antes de la celebración del Festival del Dragón, momento en que los Jinetes seleccionados, que contaran con el respaldo de sus clanes, harían valer sus derechos como aspirantes a gran kan.

Cetu parecía satisfecho con los progresos de su pupilo, sobre todo en los que concernían a la mejora de sus habilidades en la monta.

—No está mal, para ser hijo de un mercader sogdiano —le tomó el pelo una mañana.

Rokshan se sentía especialmente complacido consigo mismo, pues acababa de completar con éxito una carrera de anillas. Eso suponía ensartar la jabalina a través de una serie de aros de madera que Cetu había colocado a lo largo de una distancia aproximada de media *li*; había que hacerlo a galope tendido, y puesto que las jabalinas eran poco más largas que el brazo de un hombre, significaba inclinarse por completo fuera de la silla a fin de llegar a los aros.

—Lo has logrado con tu brazo bueno, pero ahora ve por el otro lado y utiliza el izquierdo —instruyó Cetu.

Rokshan protestó y preguntó una vez más cuándo iban a empezar con la unión mental.

—¿No se te ha ocurrido pensar que estas prácticas sirven para otro propósito, aparte de entrenarte con las armas? —iba diciendo Cetu a la vez que recorría a la inversa el circuito que había marcado, y reemplazaba los aros en los postes.

—¿A qué se refiere? —preguntó el muchacho, que se inclinó sobre la yegua y le tendió otro aro al maestro.

—Todo el rato que has montado a Brisa Susurrante durante los ejercicios, ella ha creado un vínculo contigo. Tu mente ha estado centrada por completo en lo que se te había encomendado hacer, como debía ser.

Pero la yegua comprende la singularidad de tu propósito y se anticipa a tus necesidades para ayudarte a realizar los ejercicios mejor de lo que normalmente los harías. ¿No estabas muy complacido por lo que habías llevado a cabo ahora mismo?

—Sí, por supuesto.

—Pues es obvio que Brisa Susurrante lo sabe, y se esforzará en ayudarte a hacerlo aún mejor la próxima vez.

—Entiendo… bueno, me parece —dijo Rokshan, no del todo convencido—. Pero yo creía que era al revés, es decir que ella debía abrir su mente para que yo discerniera sus emociones.

—Eso es lo que todos creen… Todos los chiquillos jóvenes. Y a ti te pasa lo mismo. Por otra parte, las chicas… Bueno, ésa es otra historia. De algún modo, y en todos los años que llevo de maestro del Método no he conseguido explicármelo por completo, parece que las chicas bajo mi tutela saben de manera intuitiva que eso es así, y lo pillan de inmediato.

—¿Pillar qué? —preguntó Rokshan, que se sentía estúpido.

—Verás... para que un caballo-dragón se abra a un contacto humano querrá conocer la mente de esa persona antes de permitir que la de ésta entre en la suya. Así es como funciona, pero no al contrario.

—¡Ah, Cetu, creo que Brisa Susurrante ya lo ha hecho! —exclamó el muchacho, excitado, y le explicó la intensa corriente comunicativa que había tenido lugar entre él y la montura del maestro del Método cuando cabalgó en ella por primera vez.

—Yo también lo noté, pero no quería presionarte comentándotelo; se sintió atraída hacia ti desde el principio, mi joven amigo. Hay muchos Jinetes jóvenes, hombres y mujeres, que nunca experimentan esa sensación, y, si la notan, no es por supuesto con la fuerza y la profundidad que la percibiste tú. —El maestro del Método le dirigió una mirada evaluadora, como había venido haciendo cada vez con mayor frecuencia en los últimos días. Jamás había visto desarrollarse tan rápidamente un vínculo entre alumno y caballo; sabía que debía tener mucho más cuidado en dirigir y encauzar el precioso don que su joven discípulo parecía poseer.

243

Rokshan no era consciente de ello, porque lo consideraba algo tan natural... Y cada día estaba más y más impaciente por llegar a la unión mental con su montura. Ahora parecía el momento adecuado para formular la pregunta cuya respuesta necesitaba saber casi con apremio.

—Así pues, mi tío... ¿Pudo él...? ¿Conectó con la mente de su montura en algún grado?

—Discernió ciertos sentimientos en el chorro de colores que se ve como un torrente estruendoso una vez que tu montura te permite ahondar en ese estadio de la conciencia... Pero le advertí que no fuera más allá.

—¿Que le advertiste que no siguiera? ¿Por qué?

Ya casi habían llegado al comienzo del circuito; Cetu parecía muy reacio a contestar, pero Rokshan creía que debía saberlo y lo presionó. El maestro del Método suspiró y apoyó la cabeza en el caballo-dragón al tiempo que le acariciaba el cuello.

—Cuando le previne, lo hice porque ya había visto cómo le afectaba el collar. Él cree —y yo también— que le da una visión clara del futuro.

—¿Qué vislumbró del futuro, Cetu? Hábleme de ese collar. —El muchacho ardía de curiosidad.

—Algo que deberías oír de sus labios, aunque sé que cada vez que se pone el collar del antiguo gran kan es lo mismo...

—¿Qué, Cetu? ¿Qué es? —insistió Rokshan, ansioso de saber la respuesta.

—Verás... Un ruido semejante a un viento racheado envuelve a Zerafshan, y lo transporta hasta una llanura seca y polvorienta que se extiende todo en derredor hasta donde alcanza la vista. El sol cae a plomo, implacable, sobre las apiñadas filas de Jinetes que se extienden hasta el horizonte caliginoso que riela con el calor... Él afirma que somos decenas de millares. Tu tío cabalga una magnífica montura gris y asegura que ha de ser Observador de Estrellas, señor de los caballos, a pesar de que sólo lo ha visto una vez y desde lejos. Saluda golpeando el puño contra el pecho, y entonces un ruido ensordecedor, que retumba como un centenar de truenos a través de la llanura cuando el vasto ejército de Jinetes le devuelve el saludo, acompaña al profundo clamor de voces: «¡Salve, Zerafshan, gran kan de los Jinetes!».

—¿Y ese... sueño siempre es el mismo? —inquirió quedamente el muchacho, que se imaginó a sí mismo en esa llanura polvorienta.

—Siempre. Ningún otro Jinete, ni siquiera un gran kan, ha tenido jamás la misma visión que se repita una y otra y otra vez... Ésa es la razón por la que algunos de nosotros le damos tanta importancia. Del mismo modo, no creí que la mente de tu tío ni la del caballo-dragón podrían soportar la presión de dos cargas, la de la unión mental del grado más profundo del Método, y la otra, como consecuencia de llevar el collar.

—Entiendo. Así pues, esa «unión mental»... ¿puede llegar a ser realmente peligrosa?

—Fatal, en ocasiones. La unión de mentes no se puede medir como agua en una jarra, ni es como mezclar aguardiente de cebada con vino. A veces puede… calcularse mal, de forma que la mente de la persona que hace el intento queda atrapada y entrelazada con la del caballo-dragón, y, recuerda, éstas son criaturas cuyos antepasados fueron tocados por el espíritu divino. A decir de todos, es una experiencia tremenda; en cierto momento sientes en el fondo de tu alma que estás atrapado en una vorágine incontrolable de mentes, pero entonces, de repente, quedas libre. Sólo que… no lo estás…

—¿A qué se refiere con que no lo estás?

—A que la experiencia ha sido tan dolorosa y a un nivel tan profundo de tu conciencia que te quedas con distorsiones horribles de percepción; por ejemplo, el sonido de un guijarro cayendo en una roca te taladrará los oídos como un centenar de truenos, reverberará en el cielo y después se precipitará de vuelta a la tierra como plata líquida; ha habido quienes se imaginaron que eran dioses capaces de capturar el viento; sé de hombres que, en su locura, se arrojaron desde lo alto de precipicios… En cuanto a los caballos…

—¿Sufren los caballos-dragón cuando ocurre eso?

—Quizá mucho más. Porque han visto la oscuridad, los secretos más encubiertos de la mente de un hombre, y también enloquecen. Los suyos los rechazan, y mueren lentamente por inanición. Cuando es posible, ponemos fin a su sufrimiento.

Se quedaron en silencio. Rokshan se había emocionado al escuchar tales explicaciones, pero también le habían causado espanto.

—Cuando tenía más o menos tu edad… —dijo Cetu, pero se calló, entristecido y con la mirada perdida.

—No hable de ello si le causa dolor, Cetu. —El muchacho se impresionó al ver al viejo maestro del Método tan afectado por ese recuerdo que, obviamente, había dejado enterrado en el fondo del corazón.

—No, no; es conveniente que lo sepas… Mi padre fue víctima de la locura mientras sondeaba y ahondaba en su búsqueda de la esencia del Método. Era tal el amor que le profesaba a su montura que estaba convencido de que aquel vínculo le permitiría ser un todo con la mente de su caballo, y así conocería la comunión pura con una criatura que llevaba en su interior una parte del espíritu del Señor de la Sabiduría. Tal vez el amor que se tenían era demasiado intenso, no lo sé, pero convirtió a mi padre en un loco de atar. En un instante fugaz de lucidez, me suplicó que pusiera fin a su sufrimiento y también al de su montura…

—¿Y… le… le hizo caso? —A Rokshan casi le horrorizaba preguntárselo.

—Sí. Mi madre no me perdonó nunca, y a veces, creo que Brisa Susurrante tiene una peor opinión de mí a causa de lo que hice.

—¿Qué tiene que ver Brisa Susurrante?

—La montura de mi padre era su abuelo, Recolector de Tormentas.

—¿Recolector de Tormentas, dice usted? Ése es el nombre del caballo-dragón de mi tío.

—Sí, se llama así en memoria de su abuelo; Recolector de Tormentas y Brisa Susurrante son hermanos. A partir de aquel acontecimiento, decidí ser maestro del Método y evitar así que les ocurriera a otros lo que le sucedió a mi padre. La única forma de conseguirlo era convertirme en el mejor juez respecto a la relación entre un caballo y su jinete. De ese modo, durante años y años, recorrí el camino del Método no sólo muchas veces, sino también con muchos maestros distintos. Finalmente, uno de ellos juzgó que había alcanzado un entendimiento tal que ya estaba capacitado para enseñárselo a los demás.

Rokshan sintió por Cetu un renovado respeto, y además —se dio cuenta en ese momento— un profundo afecto.

—¿Es por ese motivo por lo que nunca se ha presentado para ser el gran kan de su pueblo? —Era otra pregunta que Rokshan tenía ganas de formularle.

—¿Quién, yo? —Cetu se echó a reír, pero el muchacho detectó un deje de tristeza en su risa—. Quizá ya soy demasiado viejo para eso, pero... sí es cierto, he convertido el hecho de enseñar a otros en el objetivo de mi vida, pero no el de liderarlos.

—No lo defraudaré, maestro —aseguró Rokshan con humildad y determinación.

—Son unas palabras valientes, Rokshan. Pero prosigamos... Zerafshan ya estará en el Segundo Valle y nosotros nos reuniremos con él allí. La gente de Gandhara, en el Primer Valle, doman el espíritu salvaje de los caballos-dragón lo suficiente para que aprendan a percibir el primer contacto del jinete sobre su lomo... A partir de ahí se inician los conocimientos del pueblo del Segundo Valle, al que llegan los caballos-dragón jóvenes recién salidos del Primer Valle. Brisa Susurrante se pondrá muy contenta al ver a sus jóvenes parientes, todavía poseedores de un resto de fiereza salvaje. El yin y el yang del espíritu de nuestros caballos-dragón se refleja en el equilibrio del universo: lo salvaje en oposición al dominio, y el dominio en oposición a lo salvaje. Los dos opuestos forman un todo... —Cetu meditó un rato sobre sus propias palabras mientras acariciaba el hocico a Brisa Susurrante—. Y con las emociones en semejante estado de excitación, veremos si te permite compartir sus sentimientos —agregó, un tanto distraído.

—¿Se refiere a la felicidad?

—Yo diría más bien la esencia que se destila de la felicidad; pura alegría, mi joven amigo, pura alegría. —Cetu dio una palmada—. ¡Bueno, basta de conversación! Quiero ver cómo vuelves a ensartar los aros con la jabalina, pero esta vez con la mano izquierda. ¡Monta!

—Pero yo quería que me explicara la historia del collar, de dónde procede y de dónde obtiene su poder...

Brisa Susurrante, que había esperado pacientemente, relinchó con entusiasmo y cabeceó.

—Venga, venga, mi joven amigo, hasta Brisa Susurrante está de acuerdo. ¡Más prácticas! Le encanta trabajar con jinetes jóvenes. Un poco más de ejercicio y después te lo explicaré. —Cetu palmeó la grupa de la yegua antes de que Rokshan tuviera ocasión de protestar más.

Dando un salto, el caballo se puso al trote, y en cuestión de segundos, ya iba a galope tendido, y se aproximaban a toda velocidad al primer aro.

«Brazo izquierdo —pensó Rokshan—. He de acercarme más...» Como si le hubiera leído la mente y antes incluso de que le diera con el talón en el flanco, Brisa Susurrante corrigió la línea de aproximación de manera que casi rozarían el palo corto al pasar a galope junto a él.

Calculando con cuidado, el muchacho se descolgó de la silla por el flanco, y, enfocando la longitud de la jabalina como le habían enseñado, alineó el arma con el centro exacto del aro. Notó

247

que la yegua aflojaba el paso casi de forma imperceptible, y se maravilló de la sensación de ser un todo con ella cuando trabajaban estrechamente, como era el caso en aquel momento.

Cuando estaba a punto de empujar la jabalina para ensartar el aro, Brisa Susurrante viró a la derecha. Rokshan arremetió con precipitación, pero falló por un buen trecho y faltó poco para que se cayera de la silla; consiguió encaramarse de nuevo merced a un gran esfuerzo.

—Pero ¿qué haces? —le gritó a Brisa Susurrante, que trotaba en derredor al tiempo que agitaba la cola y meneaba la cabeza—. ¡Tenemos que avanzar a lo largo de la línea! —Desmontó y tiró la jabalina al suelo, indignado. Cetu se acercó riendo entre dientes—. No sé qué le parece tan divertido —rezongó el muchacho, ceñudo.

—Pero si dijiste que ya habías practicado suficiente con la jabalina. ¡Brisa Susurrante está de acuerdo contigo, eso es todo! —Cetu recogió la brida y le susurró una orden queda a la yegua—. ¡Vamos! —Le tendió el brazo—. Está impaciente por ver a sus primos en el próximo valle; te diré por qué si haces las paces con ella. Yo recogeré las anillas.

Rokshan se echó a reír al darse cuenta por fin de lo divertido del asunto; acarició el hocico, suave como terciopelo, de Brisa Susurrante y le habló con dulzura, mientras Cetu recogía los aros y los guardaba a buen recaudo en la alforja. El caballo cabeceó de nuevo y, en ese momento, un destello deslumbrante de colores fluyó en tropel por la mente del muchacho que se apartó de un brinco, sobresaltado al haberle pillado el acontecimiento por sorpresa.

—Pues sí que estás impaciente, ¿eh? —Rio, al principio un poco nervioso, pero después sonrió de oreja a oreja al comprender que la yegua empezaba a compartir con él sus pensamientos. De repente lo asaltó una necesidad imperiosa de ponerse en camino, y tuvo que contenerse para no gritarle a Cetu que se diera prisa.

Acababan de ponerse en marcha a medio galope cuando Cetu pronunció las palabras que más ansiaba oír su pupilo.

—Pronto experimentarás lo que es realmente conocer los primeros niveles mentales de tu montura. Estás preparado.

Capítulo 28

El Segundo Valle

Al cabo de un día y una noche llegaron al Segundo Valle. El angosto y alargado corral que encerraba a los caballos-dragón ocupaba casi toda la extensión del lugar, de una punta a otra; se encontraban en la cabecera del valle, pero incluso a esa distancia, el polvo que levantaban al galopar de un extremo al otro se le metió en los ojos a Rokshan.

En el corral los Jinetes dividían a la manada en grupos de tres o cuatro, y los guiaban hacia una de las tres salidas que conducían a rediles más pequeños. Brisa Susurrante relinchaba y cabrioleaba, excitada, sin dejar de menear la cabeza de aquí para allá.

—¿Qué hacen? —preguntó Rokshan que se esforzó en apartar los ojos del espectáculo, e intentó en vano tranquilizar a su caballo.

—Seleccionan las monturas a las que les será más fácil dirigir y preparar para que experimenten el primer contacto con la silla de montar, y, después, con un jinete. Sobre todo, buscan yeguas blancas sin marcas en el lomo.

Rokshan asumió la explicación, pero se preguntó qué tendrían de especial las yeguas blancas.

—¿Cómo pueden distinguirlas en medio de ese caos?

—Es su especialidad, muchacho. Estos Jinetes han desarrollado los sentidos hasta tal punto que son capaces de identificar las características de la corriente de colores de cada caballo-dragón que indican su temperamento y disposición. Distinguen, pues, entre los que son de naturaleza testaruda y rebelde, nerviosa e inestable, de los que son más tranquilos, apacibles y obedientes.

—¿Los colores les revelan todo eso? —Rokshan estaba asombrado—. Entonces ¿cuál es el color de los más tranquilos y sumisos?

—El granate oscuro tirando a azulado que discurre como el lecho rocoso de un río por debajo del torrente de todos sus otros sentimientos. Lo detectarían enseguida en Brisa Susurrante.

—¡Déjeme intentarlo ahora, Cetu, por favor! Quiero ver su felicidad como la ha descrito. ¿Cómo iba a dañarme eso?

—Paciencia, mi joven amigo, paciencia. Primero tenemos que encontrar a Zerafshan; dijo que nos reuniríamos aquí. ¡Vamos, Brisa Susurrante...! Demostrará mayor excitación cuanto más nos acerquemos al corral.

Dejando el corral a la izquierda, se encaminaron hacia las cabañas de techo bajo que se levantaban al fondo del valle. A medida que se aproximaban, Rokshan notó la corriente de expectación que irradiaba la yegua. El sonido atronador de los cascos y del fuerte chasquido de los látigos de los Jinetes para conducir a los caballos-dragón se mezclaban en un torbellino embriagador de ruido y polvo. Los Jinetes se hablaban a gritos y señalaban a ciertas monturas que separaban con destreza antes de dirigirlas hacia los rediles más pequeños.

Rokshan y Cetu cabalgaban ahora al lado de la manada, separados únicamente por una resistente valla de madera, de la altura exacta para impedirles saltar por ella. A todo esto, Brisa Susurrante cabrioleó de nuevo; Cetu se inclinó un poco sobre ella y le susurró al oído, tras lo cual desmontó con agilidad. Rokshan se lanzó a recoger las riendas, asustado.

—¿Qué hace, Cetu? —gritó, alarmado.

—¡Dale rienda suelta, déjala a su albedrío! Abre la mente y nada con la corriente... ¡No te resistas a su deseo!

No bien acababa de escuchar Rokshan las instrucciones del maestro del Método cuando Brisa Susurrante, sin necesidad de que la animara, salió disparada. En cuestión de segundos corría a galope tendido, ondeándole de tal manera la larga crin al viento que le rozaba los ojos al muchacho; iban a tal velocidad que daba la impresión de que los cascos no tocaban el suelo. Rokshan se sujetó tan fuerte con las piernas que le dolieron, y rezó para no caerse. Al fin Brisa Susurrante ajustó el ritmo al paso, y observó a los caballos-dragón que galopaban a su altura, al otro lado del cercado; Rokshan continuaba concentrado en seguir montado, pero habría jurado que veía titilar estrellas en las motitas doradas del ojo izquierdo de la yegua mientras corría y relinchaba un saludo extasiado a sus parientes de la estepa.

El muchacho dejó de fijarse en el camino y se dio cuenta de que ya no se aferraba al caballo, como si en ello le fuera la vida. «Abre la mente… Nada con la corriente.» Las palabras de Cetu se le repitieron. No sabía cómo abrir la mente, así que intentó cerrar los ojos y de nuevo vio titilar las estrellas en los ojos de Brisa Susurrante.

Sin saber cómo, sintió de repente que una fuerte corriente lo arrastraba por un oscuro túnel abajo, al final del cual se oía la rugiente caída del agua, semejante a una cascada. Era como si el caudal de un río crecido lo empujara, sino fuera porque lo que lo zarandeaba y golpeaba no era agua, sino una corriente de colores que vibraban en intensas tonalidades verdes, azules y amarillas, en tanto que estrellas purpúreas envueltas en deslumbrantes halos plateados estallaban a su alrededor.

251

—¡Brisa Susurrante —gritó con júbilo—, percibo tu felicidad! Nunca había sido tan feliz… —Rodó y rodó en los colores, que lo abrazaban, empapándolo tan a fondo que no notó que tiraban de él hacia abajo, más y más hondo en la corriente.

Entonces sintió que lo sacaban de un tirón, como cogido a lazo, y cayó al suelo con tanta fuerza que el golpe lo hizo volver dolorosamente a la realidad.

—¡Despierta! ¡No vayas más allá!

¿Era la voz de Cetu? Sonaba diferente.

—¡Rokshan!

Tosió y escupió como si hubiese estado a punto de ahogarse. Atontado, trató de enfocar la vista, y los rostros curiosos y serios de dos jóvenes Jinetes cobraron nitidez de súbito.

—¿Dónde está Cetu? ¿Qué ha pasado? —preguntó, y la voz le sonó como si llegara de muy lejos.

—Está a unas dos *lis*, valle abajo, donde lo dejaste. Dijo que tu caballo se había escapado contigo y nos pidió que te alcanzáramos.

—¿Escapado? No… Yo… —Rokshan no sabía si debía contarles a esos dos desconocidos lo que acababa de experimentar—. Gracias —dijo con gratitud cuando el más joven le ofreció su odre de agua.

—Contemplar los primeros colores mentales en profundidad puede ser desorientador —comentó el Jinete con pies de plomo, y recobró el odre que le devolvía el muchacho—. Cetu nos dijo que lo intentabas por primera vez. Confiaba en que Brisa Susurrante diera media vuelta y regresara con él una vez que llegara al final del corral, pero siguió galopando.

—Incluso un venerable maestro del Método puede equivocarse —bromeó su compañero.

—¡Es lo más excitante en el mundo! ¿Verdad? —exclamó Rokshan.

—Siempre recordarás la primera vez, hasta el día que mueras —respondió el Jinete de más edad como sin darle importancia—. Y ahora, manos a la obra; te llevaremos de vuelta… ¿Te sientes con fuerzas para hacerlo? Tu montura trató de soltarte con suavidad, pero caíste de golpe.

Era cierto que Rokshan se sentía un poco tembloroso. Se incorporó y se acercó renqueando a Brisa Susurrante, que pacía satisfecha y tranquilamente a corta distancia. Casi de inmediato, el chico detectó un cambio en su relación con la yegua: había dejado de ser el novato; era como si un halo tenue los envolviera a los dos, y dentro de éste se percibía una conexión más afectuosa y un respeto mutuo.

Regresaron al lugar en que Cetu —un puntito en la distancia— los esperaba paciente. Rokshan sintió que lo embargaba una satisfacción arrolladora.

—Cetu dijo que eres pariente de Zerafshan, el vaticinador, ¿no es así? —le preguntó el Jinete más joven cuando se aproximaban al maestro del Método. Rokshan asintió con la cabeza.

—Debe de sentir profundamente la muerte de nuestro gran kan —comentó el otro Jinete.

—¿Por qué? —inquirió a su vez Rokshan, muy alerta.

—Pertenecía al clan del Quinto Valle, y a pesar de su avanzada edad, pasaba mucho tiempo recluido en la cabaña de tu pariente, en la Cumbre de la Diosa, y en el templo. Le fascinaba el conocimiento de Zerafshan sobre las estrellas y lo que éstas nos cuentan; creía a pie juntillas que habían predicho la llegada de tu pariente entre nosotros, y le permitió llevar el sagrado Collar de los Jinetes. Ningún otro gran kan habría consentido tal cosa.

Los Jinetes se llevaron el puño al pecho al llegar junto a Cetu, y después salieron a escape para reunirse con sus compañeros en el corral.

—Que los espíritus dragontinos estén contigo, Rokshan. ¡Te veremos en el festival! —se despidieron mientras se alejaban.

—¡Gracias, y con vosotros también!

—¿Y bien? —demandó Cetu, que se acercó presuroso; tomó las riendas de Brisa Susurrante y le musitó unas palabras mientras su pupilo desmontaba.

Rokshan describió con detalle la sensación de estar envuelto por completo en torrentes de color al ser arrastrado hacia las primeras capas de la mente de la yegua.

—Entraste en contacto con las más superficiales, como las salpicaduras y tumbos de un río en unos rápidos someros que, de pronto, se hacen profundos y se vuelven peligrosos, llenos de remolinos y corrientes. Ésa fue la sensación de sumergirte que tuviste, pero no fue algo deliberado; sencillamente, no sabías que debías estar atento a la espera de que aparecieran, nada más. La próxima vez identificarás la sensación de inmediato.

—Y cuando la identifique, ¿qué hago?

—Estate alerta y mantén el control; deja que te arrastre a capas más profundas, pero sé consciente de lo que pasa en ese momento. Estabas tan extasiado con tu primera experiencia que casi te venció la emoción... Mejor dicho, te vencieron las emociones de Brisa Susurrante; en numerosas ocasiones he visto cómo sucedía eso mismo. Pero ésta primera vez puede ser la única experiencia de unión mental para un joven Jinete si le da demasiado miedo intentarlo otra vez, pero no hay razón por avergonzarse de ello.

253

Rokshan reflexionó sobre todo lo que le había dicho Cetu, mientras dejaban atrás el polvo y el ruido del corral, y se encaminaban hacia el pueblo. Se sentía orgulloso de haberse iniciado en la unión mental, y estaba decidido a recorrer el camino más profundo e íntimo hasta el mismísimo corazón del Método. Notó entonces que Brisa Susurrante se ponía un poco en tensión, como si meditara sobre esta recién descubierta determinación… Un remolino granate con tintes de color gris cobalto, de un matiz contundente, le embargó la mente cuando intentó darle las gracias a la yegua por su apoyo y por permitirle unírsele. En respuesta, ella relinchó a pleno pulmón y alzó y bajó la cabeza muchas veces, y el chico sintió el corazón rebosante de amor y orgullo; sabía que se había ganado la lealtad incondicional del caballo.

Había empezado a soplar un viento frío, y Rokshan notaba un hambre voraz cuando vio a Zerafshan dirigirse hacia ellos a medio galope, montado en Recolector de Tormentas.

Deteniéndose a su lado, Zerafshan se interesó por sus progresos y se mostró satisfecho a medida que escuchaba la detallada descripción de Cetu acerca de todo cuanto habían practicado en los últimos días, incluida la unión mental con Brisa Susurrante.

—¡Excelente, Rokshan! Al final resultará que Cetu te convertirá en un Jinete —bromeó, y le sonrió al tiempo que palmeaba el cuello a la yegua—. Ahora hemos de darnos prisa —urgió, y, acto seguido, taconeó a Recolector de Tormentas para que se pusiera en marcha.

Empezó a caer una llovizna helada, pero los caballos la emprendieron a galopar sin el menor esfuerzo dirigiéndose veloces hacia el Primer Valle, donde se celebraría el Festival del Dragón.

254

Capítulo 29

El Festival del Dragón

*E*l aguanieve se había convertido en lluvia torrencial a medida que descendían. Bastante más abajo ya de la línea de árboles, decidieron resguardarse en la espesa fronda que se extendía a ambos lados del valle hasta perderse de vista, pues los protegería de lo peor de la tromba de agua.

—Así que, ¿estás satisfecho con tus progresos en el Método? —le preguntó Zerafshan al muchacho mientras se dedicaba a prender una llama en un montón de leña menuda.

—Sí, creo que he empezado bien, pero...

—Pero te costará mucho más tiempo de lo que imaginabas, porque ahora tienes una vaga idea de lo difícil que es —acabó la frase Zerafshan—. Es natural pensar así cuando uno se embarca en lo que parece tan arduo y exige tanto esfuerzo... Es amedrentador, y uno quiere renunciar. ¿Te acuerdas de una vez que visité a la familia en Maracanda, y te aterraba montar en mi caballo de batalla? Con un poco de persuasión y zalemas por mi parte (y también de tu madre), hiciste acopio de valor y ¡ya está! Lo lograste.

—Claro que me acuerdo... Fue una de las veces que más orgulloso me he sentido en mi vida.

—No tendrías más de siete u ocho años... —Zerafshan guardó silencio, y ambos rememoraron aquel momento—. Yo tuve la misma sensación que aquel chiquillo de siete años cuando el viejo gran kan me permitió llevar el Collar de los Jinetes por primera vez —continuó diciendo en voz queda y con la mirada perdida en el vacío, pero de repente exclamó—: ¡Miedo! ¡Cómo corroe el alma!

—El viejo gran kan debió de confiar mucho en ti para permitírtelo —comentó Rokshan, que vio su oportunidad para descubrir algo más sobre ese objeto—. Pero, dime, ¿cómo lo consiguieron los Jinetes y por qué es tan sagrado?

—De hecho hay dos collares. Nadie conoce sus verdaderos orígenes, ni quién los creó ni por qué. Pero te puedo contar lo que aprendemos de niños en el regazo de nuestra madre —intervino Cetu; el maestro del Método había estado escuchando atentamente mientras preparaba la poca comida que les quedaba y ponía el puchero sobre unas piedras, encima de la lumbre.

»Hace mucho tiempo, cuando los Jinetes vagaban montaraces y libres por las Tierras Conocidas y por las Desconocidas, encontraron por casualidad los dos collares y descubrieron que uno de ellos obraba magia sobre quien lo llevaba puesto, una magia que privaba de todo raciocinio a hombres débiles mediante visiones de singular belleza. La magia era tan fuerte que nuestros antepasados le dieron el nombre de Divino Collar del Señor de la Sabiduría. Éste es el único que se ponen los vivos, y está en posesión de nuestros grandes kanes... y ahora de tu tío. —Cetu probó la comida e hizo un gesto afirmativo, satisfecho, antes de seguir hablando—. Guiados por las visiones, los Jinetes dejaron de vagabundear de manera gradual y se instalaron aquí; los verdes valles por los que pasaste de camino a la Cumbre de la Diosa marcan la frontera de nuestro reino. Puedes servirla ya...

Rokshan lo miró desconcertado, sin entender.

—La comida... ¡Está lista! —rio Cetu.

—¿Y el otro collar? —preguntó el muchacho mientras servía con una cuchara el sustancioso guiso de carne curada y frutas secas al que Cetu había añadido el tradicional dulce de cuajada para espesarlo; a fin de que lo deglutieran mejor, acercó un recipiente de cuero con agua.

—Ah, el segundo collar, el menor... A ése le pusimos el nombre de Collar de los Muertos. —Cetu sorbió ruidosamente y con apetito el guiso, sabroso en extremo—. Bien, pues, ese collar no otorgaba visiones terrenales, así que los Jinetes de entonces lo consagraron a los difuntos para ayudarlos en su largo viaje hacia la noche. Nuestros antepasados creían que el collar menor quizá podrían utilizarlo los muertos de un modo que nosotros —los vivos— ni siquiera éramos capaces de imaginar. Lo lleva puesto cada gran kan cuando se le da sepultura en las Torres del Silencio, en el Llano de los Muertos, igual que a sus predecesores, y así la sabiduría de las generaciones pasa de unos a otros.

—Pero... ¿De qué sirve la sabiduría que pasa de los muertos a los muertos?

—Cada gran kan electo va a rezar a los espíritus de los antepasados en el Llano de los Muertos antes de asumir el mando, con la esperanza de que al ponerse durante una noche el Collar de los Muertos recibirá la sabiduría acumulada durante siglos —explicó Cetu—. De modo que se pone el collar del gran kan predecesor muerto; pasa un día y una noche en ese lugar, y entonces llega el momento de devolverle el collar al gran kan que acaba de morir, y el kan electo regresa con los vivos.

—¿Y cómo se elige al nuevo gran kan? —quiso saber Rokshan.

257

—El jefe de clan que consiga el respaldo de cuatro de los otros cinco clanes se convierte en gran kan electo. Como hay seis clanes en total, con este sistema sólo puede haber una voz discrepante. De acuerdo con la tradición, el gran kan electo que logre los apoyos necesarios habrá alcanzado el grado más alto del Método, y, se confía, si así se le requiere, en que se una mentalmente con el señor de los caballos. Pero muchos grandes kanes no han tenido que llegar a esa unión. La elección se hace en el Festival del Dragón, donde el pueblo acata como cabecilla al gran kan electo. Si nadie obtiene el respaldo que hace falta, esperamos cierto tiempo (cuatro, seis, incluso doce ciclos lunares) hasta que estamos preparados para otro festival.

Rebañó el cuenco con un trozo de pan y observó a Rokshan, que asimilaba en silencio toda la información. Zerafshan rompió el silencio.

—Bueno, sea cual fuere la sabiduría que se transmitiera de los muertos a los vivos en tiempos remotos... —Se limpió los labios y dejó el cuenco a un lado antes de continuar hablando—. Yo sé lo que el anterior jefe de los Jinetes me dijo que le había sido transmitido a él.

—¿Y qué fue? —preguntó Rokshan.

—«Aquí intentamos vivir como mis antepasados soñaban: en armonía con el orden natural del universo… El hombre, la tierra y todas las criaturas, el cielo, las estrellas, el sol y la luna, en un verdadero equilibrio de vida armoniosa…» Ésas fueron exactamente sus palabras, y con el tiempo, he llegado a comprender que él, entre todos los grandes kanes de los Jinetes, fue el visionario y el profeta de su pueblo, al cual exhortó para que se deshiciera del yugo del gobierno del emperador, de modo que todos los pueblos —no sólo los Jinetes— vivieran conforme a la vieja usanza.

—Y la visión que el collar le ofreció a tu tío cuando se lo puso lo confirma como el cabecilla que nos llevará a la victoria y a la libertad —añadió Cetu en tono aprobador.

—Sí —fue la sencilla respuesta de Zerafshan—, y yo haré que se cumpla lo que el viejo gran kan vaticinó si los Jinetes me lo permiten.

La mente de Rokshan era un torbellino de ideas, porque lograr el equilibrio y la armonía, a los que su tío se refería, era el objetivo por el que el antiguo clero de la hermandad de las Tres Liebres Una Oreja luchaba por conseguir. Sin embargo, habían rechazado a Zerafshan, y, según el abad, su tío seguía el camino de la oscuridad. Todos los temores y las dudas del muchacho afloraron, pero decidió ceñirse al curso de los acontecimientos marcado; en realidad tampoco tenía elección, reconoció con desaliento.

Al día siguiente los sesgados haces de un sol de finales de otoño penetraron en el Primer Valle, y lo pintaron con fantasmagóricos trazos de oro bruñido. Rokshan se sorprendió por el tamaño del poblado, mayor que cualquiera por los que habían pasado. Las cabañas achaparradas y de techo bajo, que ya le eran familiares, se extendían a todo lo largo del valle en lugar de estar apiñadas en un extremo de éste; volutas de humo salían de las casas y se quedaban suspendidas en la atmósfera en calma de la primera hora matutina.

Una valla alta rodeaba el gran recinto circular situado al otro extremo, y, un poco más allá, extendiéndose hasta donde alcanzaba la vista, se desplegaban las polvorientas y áridas planicies de Jalhal'a, el feudo de los Jinetes de la Estepa, parientes de los Jinetes de los Valles; ese pueblo guardaba las distancias y consideraba su saber tradicional como el más significativo de todos cuantos se habían transmitido y enseñado en cada uno de los valles. A fin de cuentas, argumentaban, compartían su tierra con las legendarias serenadhi, las cantoras de caballos. Entre todos los Jinetes, eran las únicas que entonaban el cántico que llegaba al alma de los caballos-dragón salvajes y la hacía propicia al hombre.

Rokshan desvió la vista hacia el centro del recinto, atraído por la enorme estatua de madera de un dragón erguido, cuyas curvas y sinuosidades corporales eran tan perfectas que parecía estar vivo. Al igual que la famosa estatua dorada de Labrang, este dragón se impulsaba hacia arriba con las alas plegadas y la cabeza girada hacia atrás, como retando a cualquier observador a que lo siguiera en su vuelo hacia el cielo.

259

—Es una representación de Han Garid, señor de los dragones del trueno —explicó Cetu, al observar que el muchacho lo contemplaba—, el dragón más poderoso de todos cuantos el Señor de la Sabiduría les permitió, después del castigo por levantarse contra él y contra la humanidad, que renacieran como los bondadosos espíritus de la naturaleza y del fuego que habían sido en otro tiempo. Observador de Estrellas es descendiente directo de Han Garid. —Espoleó a Brisa Susurrante, y se internaron valle abajo—. Veamos qué nos ofrece el Festival del Dragón. Las gentes de los valles traen todo tipo de cosas para vender y trocar aquí… ¡Incluso se puede adquirir el mejor aguardiente de cebada!

En el valle ya empezaba a haber señales de vida. Se habían instalado tiendas circulares de colores intensos alrededor del recinto, y la gente instalaba los puestos y colocaba mercancías y productos en previsión de un día de mercado ajetreado. Rokshan percibió que la excitación de Brisa Susurrante era el reflejo de la suya; estaba ansioso por ir a explorar.

En la aglomeración del festival, enseguida perdió de vista a Cetu, pero no se preocupó demasiado; había tantas cosas que descubrir... Según avanzaba la mañana, el recinto cobró vida, y Rokshan casi se sintió como si hubiera vuelto a casa, envuelto en el bullicio de las voces y los gritos de la gente de los distintos clanes. Cetu tenía razón; el chico perdió la cuenta del número de puestos que vendían aguardiente de cebada, pero le interesaba más degustar hierbas aromáticas, quesos ahumados, setas encurtidas, carne curada con aderezo y cuajada seca... Todo ello deliciosamente sabroso comparado con algunas de las ofertas más enmohecidas que había probado mientras viajaban valles abajo.

Cató *airag*, la leche fermentada, salada y de sabor agrio, que era la bebida básica de los Jinetes del Primer Valle y de los Jinetes de la Estepa; juró que no volvería a probarla y se cuestionó si alguna vez se le quitaría aquel sabor asqueroso de la boca. Se decantó por los alimentos que conocía y comió tantas castañas asadas que creyó que el estómago iba a reventarle.

El aroma a carne y a hierbas, así como el olor de una versión más fuerte del aguardiente de cebada —caliente y con especias— flotaba por doquier y se mezclaba con el olor intenso de las ropas de cuero que había a la venta en todas partes. Aún más grande visto de cerca, el dragón de madera del festival dominaba en absoluto el cercado desde su colosal altura.

La afluencia de gente fue en aumento de manera regular, y al mediodía según el cálculo de Rokshan el lugar estaba lleno a reventar.

Escapando de la multitud, deambuló por las desiertas calles laterales y se encontró por casualidad con Cetu en una pequeña curtiduría, enclavada al final del recinto principal.

—Entra, muchacho, entra —resolló un hombre bajo, de inmensa barriga; por el aspecto de su piel parecía que la hubiera curtido junto con los pellejos que colgaban de la pared. El olor era acre y penetrante—. Tu maestro del Método me ha estado contando toda clase de historias —el curtidor sonrió—, ¡algunas de ellas tan inconcebibles que sólo un maestro del Método podría contarlas y salir impune!

—¡Inconcebibles, tal vez, pero lo bastante interesantes para que paguen el establo de Brisa Susurrante durante todo el tiempo que nos quedemos entre las buenas gentes del Primer Valle, maestro curtidor! —Cetu rio, alzó el cubilete y brindó por la salud de su benefactor.

—Sí, sí, sí… —El hombre soltó una risita divertida, y resopló con agradecimiento cuando se sentó—. Pero corren tiempos revueltos, maestro de Método —afirmó, y, de pronto, se puso muy serio; el hombre, de cara redondeada con doble papada, se hizo la señal del dragón.

Rokshan asintió educadamente con la cabeza y murmuró que había oído algunas cosas en el mercado que lo desconcertaban.

—Sin duda, sin duda… —musitó Cetu, somnoliento, y el chico se preguntó si no habría tomado un cubilete de más del aguardiente de cebada.

—¿Qué cosas, mi joven amigo? —inquirió el curtidor, tajante.

—Bueno, el dueño de un puesto me preguntó si me había enterado de lo que ocurre con las yeguas blancas de la estepa; me explicó que siempre habían nacido con el pelo de un blanco purísimo como la nieve, inmaculado, para ser sacrificadas al Espíritu del Jade, pero también me dijo que ninguna de las yeguas de cría las pare así en estos tiempos, y que todas las yeguas que se han de sacrificar nacen con las tres franjas típicas de los restantes caballos-dragón. ¿Qué significa eso, Cetu?

261

Ambos miraron al maestro del Método con expectación.

—Yo también lo he oído, pero no sé qué significa —dijo por fin—. ¿Cómo vamos a saberlo? Nunca había pasado hasta ahora. Si las serenadhi vienen con los Jinetes de la Estepa, tendremos que preguntárselo.

—¿Las cantoras de caballos? —El curtidor se hizo la señal del dragón otra vez—. No han venido al festival desde… Desde que yo recuerde.

—Hace mucho tiempo, tiene usted razón. —Cetu se puso de pie—. Pero yo lo recuerdo. Por entonces debía de tener más o menos la edad de mi joven pupilo. Vamos, Rokshan, el tiempo pasa, y hemos de estar allí para ver cómo se desarrollan las cosas. Gracias por su hospitalidad, maestro curtidor. —Hizo una reverencia—. Nuestra montura necesita descansar después del viaje, y habrá demasiada gente en la plaza para llevarla con nosotros. No tardaré en volver a recogerla. ¡Hasta luego!

—¡Espera, Cetu! Quiero ver a Brisa Susurrante. —Rokshan se incorporó de un brinco, asaltado de repente por una sensación de profunda tristeza. Cetu señaló hacia el pequeño patio que había en la parte trasera, y le pidió que se diera prisa.

El muchacho corrió hacia la improvisada cuadra donde habían instalado a Brisa Susurrante. Se sosegó al ver que estaba bastante cómoda, con un montón de heno fresco y agua, pero tuvo que detenerse al irrumpir en su mente oleada tras oleada de un intenso color azul.

—¿Qué te ocurre? —le susurró al tiempo que le acariciaba el hocico con ternura—. Quieres venir con nosotros, ¿verdad? Pero es que hay un gentío ahí fuera, y no tardaremos mucho. Volveremos enseguida.

Trató de tranquilizarla, pero percibía que no era simplemente que le fastidiara quedarse sola. Cuando Cetu lo llamó, la yegua relinchó con suavidad, y Rokshan se marchó de mala gana.

Dio las gracias al curtidor por su hospitalidad y fue tras Cetu; el dueño de la tienda los vio partir con el entrecejo fruncido y un gesto de preocupación.

262

Más avanzada la tarde, maestro y pupilo se encontraban junto a la plataforma instalada delante de la estatua del dragón. Después de salir de la curtiduría, Cetu se mostró extrañamente silencioso y desestimó las preguntas de Rokshan sobre las yeguas que se sacrificaban al Espíritu del Jade con un gesto y un impaciente: «Luego, luego…». Sin embargo, se detuvo en seco cuando Rokshan le comentó la profunda tristeza de Brisa Susurrante.

—Yo también me he dado cuenta y me he alegrado de que hayas ido a consolarla —respondió el maestro del Método, agradecido, pero se quedó muy serio—. Me parece que presiente que está a punto de pasar algo muy importante, y, por supuesto, quiere estar con nosotros. Sólo una cosa podría ser tan importante para ella que intentara decírnoslo… —Cetu alzó la vista hacia el enorme y sinuoso dragón.

Rokshan siguió la mirada de su maestro. Engalanado ahora con una tela tejida con exquisitez, casi parecía que el dragón se movía. El tejido relucía a la luz menguante, y sus tonalidades doradas y verdes pasaban gradualmente al rojo sangre, azul y plateado contra un fondo de escamas. Alrededor de la fiera se habían colocado unos braseros enormes para encenderlos al anochecer.

—¿Qué es, Cetu? ¿Qué es eso tan importante para ella? —preguntó Rokshan en voz baja.

—Las cantoras de caballos, mi joven amigo; vienen hacia aquí. No me cabe duda. Brisa Susurrante percibiría su presencia a muchas *lis* de distancia... Las serenadhi le cantaron la canción del viento cuando era una potranca en las planicies de Jalhal'a; doman el espíritu libre de los caballos-dragón con sus cantos mentales, una parte del Método que sólo ellas conocen. La yegua las respeta, pero también tiene miedo... Miedo de las nuevas que puedan traer.

A Rokshan se le revolvió el estómago, no sólo por la perspectiva de que hubiera malas noticias, sino porque ahí estaba otra parte del Método que se esperaba que aprendiera. De cualquier modo, estaba emocionado ante la idea de ver a las legendarias cantoras de caballos.

El sol estaba a punto de ponerse y envolvía el recinto con un velo rojo intenso que hacía brillar los colores iridiscentes del dragón del festival al cubrirlo con un intenso bermellón; del mismo modo parecía que la máscara dorada del animal gruñía a la multitud que se aglomeraba a sus pies, que, curiosamente, se había quedado callada, inmersa en la quietud expectante que flotaba en el recinto. Gandhara, el jefe de clan del Primer Valle (que se consideraba el principal aspirante a gran kan), paseaba con impaciencia fuera de su tienda. Los otros jefes de clan —Akthal, del Segundo Valle; Mukhravee, del Tercer Valle; y Sethrim, del Cuarto Valle— ya habían llegado al campamento, y esperaban que apareciera el jefe de clan de los Jinetes de la Estepa.

A una señal de Gandhara se encendieron los braseros, y en cuestión de unos segundos, las llamas chisporrotearon y brincaron con avidez alrededor del dragón del festival lanzando chispas hacia el oscuro cielo; a la luz titilante el rostro del dragón parecía haber cobrado movimiento.

De repente se produjo una gran conmoción en la atalaya de vigilancia. Uno de los centinelas señalaba con gestos excitados mientras el otro se llevaba el cuerno a los labios y tocaba una serie de notas largas, agudas, que hizo añicos el frío seco de la noche. Cuando la última nota de aviso del centinela se apagó, se guardó un silencio absoluto y todos los presentes aguzaron el oído para captar lo que aún no veían, pero, sin embargo, intuían: una vibración apenas perceptible, que fue yendo en aumento hasta convertirse en una trápala atronadora de centenares de cascos que hacía temblar el suelo.

Ya no había equivocación posible: los Jinetes de la Estepa se aproximaban, y en gran número.

Al principio resultó imposible distinguir nada en la penumbra, pero poco a poco apareció una larga fila de Jinetes que se extendía a derecha e izquierda hasta donde alcanzaba la vista, a galope tendido. Cetu soltó un silbido largo y bajo.

—Lo nunca visto… Inaudito —masculló entre dientes.

—¿Son más que de costumbre? —quiso saber Rokshan, a quien el corazón le latía desbocado.

—Cientos más. Cuando tuvo lugar el festival que celebraba la aceptación de los clanes del recién fallecido gran kan, acudió el padre del jefe de clan de los Jinetes de la Estepa. Y aunque por aquel entonces yo no era mucho mayor que tú ahora, recuerdo que vino con una veintena de hombres, como mucho, y unas pocas mujeres.

—¿Mujeres? ¿Se refiere a mujeres guerreras?

—Se trata de las serenadhi de la estepa, las cantoras de caballos de las que hemos hablado; y tal como Brisa Susurrante sabía, han venido.

La hilera de jinetes se detuvo frente a las puertas, envueltos en un remolino de polvo provocado por el precipitado galope. El ruido de resoplidos y relinchos de cientos de caballos-dragón de un extremo al otro de la fila mantuvo callada a la multitud, y durante unos segundos nadie respiró siquiera. El corazón le latió desaforadamente al joven Rokshan al contemplar semejante espectáculo; percibía la energía de los caballos de un modo tan intenso que deseó poseerla. A todo esto, un Jinete se adelantó, seguido de cerca por otros tres, y entonces se detuvieron.

Rokshan miró a Cetu de soslayo y observó que el maestro del Método mantenía los felinos ojos entrecerrados, a la expectativa. Y Zerafshan, ¿dónde estaba? Estiró el cuello para mirar por encima de la muchedumbre, pero había demasiada gente para identificar a una persona en particular.

Gandhara se adelantó para saludar a los recién llegados.

—Salve, Draxurion de la Estepa. Yo, Gandhara del Primer Valle, y mis compañeros jefes de clan, os damos la bienvenida a ti y a las serenadhi en nombre de todos vuestros parientes de los valles.

Draxurion era un hombre alto, de rostro alargado y severo, que aún no había llegado a la madurez; se sujetaba el negro cabello en un moño bajo, y el ropón sin mangas —propio de los Jinetes— que vestía era corto y lo llevaba por encima de los gruesos pantalones de lana. Montaba un magnífico semental castaño que era el caballo-dragón más grande que Rokshan había visto. Esforzándose en apartar la vista de él, el muchacho observó fascinado a las serenadhi, tres amazonas que no se parecían a ninguna de las que había visto en los valles.

Los caballos-dragón que montaban eran yeguas totalmente negras, y Rokshan notó de inmediato que tenían algo especial que las diferenciaba de las demás, puesto que caminaban girando la cabeza a uno y otro lado con aire inquisitivo, y dilataban los ollares; se comunicaban entre ellas con suaves relinchos intercalando sonoros resoplidos y piafar de patas; se detuvieron detrás del jefe de clan.

Al principio Rokshan creyó que los ojos le gastaban una mala pasada, porque no veía ni rastro de riendas ni sillas, si exceptuaba dos cordones estrechos anudados en las largas y sedosas crines de las yeguas. Al fijarse un poco más, sin embargo, vio que las serenadhi montaban en una silla pequeña. Los pantalones que vestían estas amazonas eran de una tela muy fina, y calzaban mocasines para ganar ligereza y rapidez al andar; los ropones, cortos y sin mangas, como el de Draxurion. Eran de baja estatura y delgadas, de rostro inteligente y tez oscura, y el abundante cabello negro les caía suelto por la espalda. Rokshan percibió una especie de halo, mágico y misterioso a la vez, alrededor de las mujeres; sintiendo una empatía repentina, entendió el alcance de la aflicción de Brisa Susurrante por no estar allí con ellos para compartir ese momento.

Entonces Gandhara señaló su tienda. Draxurion desmontó y desapareció dentro, seguido por los otros jefes de clan. Las

265

serenadhi desmontaron ágilmente de un salto y fueron tras ellos, en silencio.

—Cetu, ahí viene Zerafshan. —Rokshan señaló al otro lado de la plaza.

—Ha llegado a la hora señalada —afirmó el maestro del Método.

Zerafshan cruzó la plaza del mercado a zancadas, abriéndose paso entre los corrillos de rezagados.

—¡Zerafshan, por fin! —exclamó Cetu cuando se les acercó—. Todos los jefes de clan están reunidos ya, así como las serenadhi. —Señaló la tienda de Gandhara—. Se nos hace un gran honor, desde luego. ¡Tienes un público obligado a escuchar!

—¿Cómo dices? ¿Es que vamos a irrumpir ahí, sin más? —quiso saber el muchacho, alarmado—. ¿No tendrían que invitarnos o algo así?

—¿Invitarnos, Rokshan? ¿A mí, un maestro del Método del Caballo? En absoluto. —Cetu fingió sentirse ofendido y resopló con indignación—. Se me aceptará como representante oficioso del clan del Quinto Valle puesto que los míos no han tenido tiempo suficiente para acordar la elección de un nuevo jefe. ¡Por supuesto que no necesito una invitación!

—Claro que no, Cetu —corroboró Zerafshan, que reprimió una sonrisa—. Los jefes de clan esperan que yo asista también. Vamos, viejo amigo, no perdamos ni un segundo más.

—No subestimes la importancia que tiene la presencia de las serenadhi —advirtió Cetu, posada la mano en el brazo de Zerafshan—. Puede que estén aquí por deferencia a la elección de un nuevo gran kan, pero la suya es una extraña hermandad... Las gentes de la estepa las tratan con el mayor respeto, como debemos hacer nosotros.

La aprensión de Rokshan se esfumó nada más entrar en la tienda, cuya suntuosidad lo dejó atónito. Era evidente que Gandhara estaba resuelto a impresionar a los otros jefes de clan. Había colgados ricos brocados y sedas; ornamentos deslumbrantes de oro y plata adornaban paredes y techo, y gruesas pieles cubrían el suelo. Todos los jefes de clan se reclinaban en grandes cojines alrededor de una mesa baja repleta de cuencos de fruta y dulces, así como bandejas humeantes de arroz y carne. Al muchacho se le hizo la boca agua. Los jefes intercambiaban saludos y frases de cumplido, pero el murmullo de las conversaciones cesó cuando lo vieron a él.

—Mi... pariente, Rokshan —anunció Zerafshan. El muchacho hizo una reverencia un tanto torpe.

Draxurion dirigió una mirada astuta a Zerafshan.

—Conozco tu amistad con nuestro anterior gran kan, que el viaje de su espíritu sea rápido y seguro en la Rueda del Renacimiento —dijo con la clara intención de no perder tiempo con las sutilezas diplomáticas que a Rokshan le habían enseñado en la escuela—. También he oído que te permitía ponerte el collar y que estaba convencido de que deberías conducirnos a la libertad, pero has de saber que es Gandhara quien tiene el respaldo de los otros jefes de clan, amigo mío.

Zerafshan se encogió un poco de hombros, poniendo gran cuidado en mantener una actitud imparcial, e inquirió:

—Y las serenadhi... ¿A quién apoyan? ¿O simplemente siguen tu ejemplo?

Rokshan miró a la cabecilla de las amazonas, que seguía de pie al lado de Draxurion. Ella le sostuvo la mirada con una intensidad abrasadora que lo acobardó, y se vio obligado a apartar la vista cuando sintió pasar una corriente entre ellos.

Dio la impresión de que a Draxurion le había violentado la pregunta, porque respondió:

—Las serenadhi no están aquí para respaldar a ningún aspirante a cabecilla ni tampoco para reconocerlo como tal, sino que han venido a prevenirnos. Nos lo explicará Sumiyaa, cabeza de la hermandad; lo que tiene que decir es de máxima importancia para todos nosotros.

Al dar Sumiyaa un paso al frente, el siseo de los susurros cesó de golpe.

—Escuchadnos, Jinetes de los Valles, maestro del Método, Zerafshan el vaticinador y su pariente, Rokshan. Las serenadhi somos unánimes cuando cantamos a los caballos de la estepa, y así hablaré ahora en nombre de mis hermanas.

»Durante generaciones hemos entonado los cantos que nos fueron dados de boca de Chu Jung cuando sosegó a los enfurecidos dragones y forjó los espíritus del viento y de la tierra, del aire y del agua y de todas las fuerzas de la naturaleza del mun-

267

do. Pero ahora los espíritus dragontinos de los caballos de la estepa se alejan de nosotras, como si no quisieran oír nuestro canto. Desesperadas, invocamos un *raga*, un espíritu-canto tan puro y genuino capaz de llamar al mismísimo señor de los caballos, para que se vinculara con su alma; de ese modo podemos seguirlo a dondequiera que nos lleve para hallar la fuente del dolor que le estamos causando.

El timbre cantarín de la voz de Sumiyaa causaba un efecto hipnótico, y Rokshan notó una fuerte presencia mágica en la tienda que lo llenó de esperanza, alegría y tristeza, todo al mismo tiempo.

—Por fin Observador de Estrellas vino a nosotras y nos condujo lejos de la estepa, hasta el mismo corazón del desierto. Allí permanecimos con él, pero no logramos entender lo que intentaba decirnos. Entonces lo seguimos de vuelta a través de la estepa, y a veces lo perdíamos durante días, pero la dulce canción del *raga* siempre nos conducía hasta él. Ahora espera en el Llano de los Muertos, entre las Torres del Silencio; no sabemos por qué, y además, no podemos seguirlo a ese lugar. Tampoco puede hacerlo ningún Jinete que no sea el que lleve allí al gran kan muerto, o bien el gran kan electo. El adivino Zerafshan no sabe entender los pensamientos de su montura, pero viene a vosotros con la bendición del anterior gran kan, y de entre todos vosotros, es él, con su experiencia militar y su servicio en la corte imperial, el único que conoce los pensamientos del emperador, aquel que ahora quiere atacarnos. Zerafshan debe dirigirnos, Jinetes, aun cuando vaya contra la tradición de nuestro pueblo, puesto que nuestros antepasados nunca tuvieron que afrontar el yugo cruel de un tirano que exige aún más de nuestros preciados caballos.

Al escuchar tales razonamientos se produjo un sonoro murmullo de aprobación alrededor de la mesa; a Rokshan no le pasó por alto el ceño mal disimulado que asomó al semblante de Gandhara, mientras Sumiyaa alzaba la mano para pedir silencio, y clavaba de nuevo en el muchacho una mirada que penetró hasta lo más hondo de su ser.

—Zerafshan no sabe interpretar los pensamientos de su montura, pero hemos percibido que su pariente, Rokshan, sí lo hace. En consecuencia, es él quien debe ir a ese lugar en que espera el señor de los caballos. Que sea Rokshan, pues, el medio por el que descubramos qué conturba a nuestras monturas, y para que se haga realidad la visión del anterior gran kan de ganar la batalla por la libertad. De ese modo, nuestro don podría sernos devuelto; es un camino que ha de recorrerse para hallar la respuesta. Las serenadhi han hablado. Éste ha sido nuestro consejo.

Se hizo el silencio en la tienda. La voz melodiosa de Sumi-yaa resonaba en la mente de Rokshan como un repique de campanas, y se preguntó si los demás lo sentirían también. Le costaba trabajo concentrarse; era casi como si estuviera soñando.

—La advertencia de las serenadhi ha quedado clara —dijo al fin Gandhara—. Tenemos que luchar y hemos de hacerlo ahora, antes de que nos aplasten y perdamos nuestros caballos-dragón definitivamente. Pero, con todo respeto, no se puede perder tiempo enviando a un muchacho inexperto al Llano de los Muertos. Seré yo el gran kan electo; respaldadme y haré lo que las serenadhi han aconsejado. No podemos elegir como jefe a alguien que ni siquiera es un Jinete. —Hizo un gesto desdeñoso en dirección a Zerafshan—. Sería sacrílego, una grave ofensa contra los espíritus de nuestros antepasados.

—Hay algo que quisiera añadir, jefes de clan —intervino Cetu—. Respeto lo que las serenadhi nos han dicho, pero si Rokshan tuviera que intentar esa misión, me temo que podría morir. Acaba de iniciarse en el Método, y es indiscutible que ha progresado mucho, pero intentar hablar con Observador de Estrellas antes de haber aprendido a interpretar bien la mente de su montura y explorado todos los distintos niveles del Método... —Cetu negó con la cabeza—. Es una locura. Como su maestro que soy, no debo consentirlo. Que se encargue Gandhara, ya que está tan resuelto a demostrar su valía como nuestro jefe.

El apenas encubierto desdén de Cetu fue causa de sorpresa y sobresalto; aprovechando la ocasión, Zerafshan dijo así:

—Si lo que las serenadhi dicen es cierto, y estáis perdiendo el don de los Jinetes de hablar con los caballos-dragón (y ellas siempre son las primeras en poner en práctica ese maravilloso don), estáis destinados a declinar y a desaparecer como pueblo. De golpe, el propio sentido de vuestra existencia se erradica y algo irreemplazable se esfuma. ¡Os recomiendo encarecidamente que tengáis en cuenta las palabras de vuestras serenadhi, Jinetes! ¡Pero yo puedo ayudaros a derrotar al emperador! Incluso sé los planes que está elaborando en estos momentos, así como la estrategia que ultima con sus generales... Recordad que en otro tiempo fui su comandante de mayor confianza.

»Con Rokshan a mi lado y con la bendición de las serenadhi, nada nos impedirá que lo derroquemos, y se cumpla así la visión del fallecido gran kan; ganaremos primero vuestra libertad y después la de todos los pueblos del imperio. ¡Que los Jinetes se conviertan en adalides de los pueblos! Os ruego que permitáis que Rokshan acepte el desafío mencionado por las serenadhi. No fracasará, os lo prometo, porque éste que veis ante vosotros es mi hijo, y desde su nacimiento fue marcado como un símbolo de este destino. —La voz de Zerafshan resonó en la tienda con un timbre de triunfo.

Rokshan, estupefacto e incrédulo, dejó caer la copa de agua que acababa de servirse. Se había quedado paralizado por la impresión y luchó por poner en orden sus ideas sin salir de su asombro. ¿De qué estaba hablando Zerafshan? ¿De verdad podía ser su padre? La cabeza le daba vueltas, pero poco a poco, cayó en la cuenta... Si era su padre, entonces resultaría que Jiang Zemin había dicho la verdad aquella noche aciaga en Maracanda: su madre estuvo enamorada de él, el ambicioso favorito del emperador, y debió de casarse con Naha como una forma de estar cerca de Zerafshan, incluso después de su matrimonio.

En un destello de lucidez que lo llenó de dolor y cólera, comprendió que ése era el motivo por el que su madre lo tratara siempre como su preferido, y por qué An Lushan nunca se ganó el cariño de ella. Sintió por primera vez el dolor del rechazo de su hermano como si lo experimentara en sí mismo, mientras una rabia oscura, confusa, empezaba a bullir en lo más hondo de su ser. ¿Por qué no se lo explicó nunca aquel a quien toda la vida amó como padre?

—¿Cuál es esa marca que lo distingue? —inquirió Gandhara, desdeñoso, con una expresión de absoluta incredulidad—. Presupones demasiadas cosas, Zerafshan... ¡Muéstranosla!

—Eso es fácil... Rokshan, enséñasela.

Sobresaltado al oír la voz del hombre al que siempre había considerado su tío, el muchacho se recogió el largo cabello y dejó a la vista la informe oreja izquierda, al tiempo que observaba con orgullo a todos los que se sentaban a la mesa, como si retara a los jefes de clan a que hicieran algún comentario. Se oyó un murmullo de sorprendida estupefacción.

—La marca de la secreta hermandad de las Tres Liebres Una Oreja —dijo Zerafshan—, declarada ilegal hace mucho tiempo por el emperador con la acusación de ser una peligrosa secta clandestina. La causa: su doctrina de la libertad para todos como base de un universo armonioso. La hermandad me confió la tutela de Rokshan cuando nació, y si hoy está aquí, ante vosotros, es por mí. Al igual que la hermandad de las Tres Liebres, las serenadhi saben que posee un don; de hecho, se han referido a él. Le han pedido mucho a mi hijo, y va a aventurarse en un camino muy peligroso... Espero que con vuestra aprobación —prosiguió—. Pero no me cabe duda de que tendrá éxito en el encargo que las serenadhi le han encomendado. ¡Permitidle que demuestre que su don es verdadero!

Aparte de Gandhara, todos los jefes de clan asintieron con la cabeza para dar su aprobación.

Draxurion, jefe de clan de los Jinetes de la Estepa, le dijo así al muchacho:

—Rokshan, no irás solo. Las serenadhi y yo os acompañaremos a ti y a tu maestro del Método hasta el Llano de los Muertos, a unos diez días de viaje desde aquí. Ve y prepárate. Partiremos mañana al alba.

Capítulo 30

El Llano de los Muertos

*R*okshan hizo unas ralladuras del trozo compacto de té seco y las revolvió con una tosca mezcla de hierbas y algunas raíces en una olla grande puesta al fuego; torció el gesto al añadir mijo tostado a la cocción y removió la gacha aguada; por muchas veces que la preparara, seguía sin gustarle la sopa tradicional de los Jinetes de la Estepa.

—¡*Harmattan!* —rechinó la palabra con los dientes apretados mientras removía la mezcla; tenía los labios secos y llagados debido al frío. La palabra con que los Jinetes de la Estepa denominaban el viento helado que soplaba desde el desierto de Taklamakan era una de las primeras que había aprendido: *harmattan* —cuchilla de hielo— y era un aire tan gélido que helaba hasta el alma. Así pues, agradecía el ropón largo de los Jinetes y el pantalón de piel de gamuza que lo protegían de lo más crudo de aquel clima.

Al alba de la mañana siguiente al Festival del Dragón, Draxurion y su escolta, las tres serenadhi, Rokshan y Cetu partieron a un paso endiablado a través de las planicies de Jalhal'a hacia el Llano de los Muertos. Cruzaron las tierras bajas cubiertas de una capa de sal del primitivo lago de Lop Nor, en el que el intenso viento había esculpido la superficie en duras ondas someras. Por fin, tras diez días de cabalgar a marchas forzadas, llegaron a los páramos de Astana.

Cetu cabalgaba con Recolector de Tormentas tras dejar a

Zerafshan en el Primer Valle para que planeara la defensa del reino de los Jinetes con los otros jefes de clan, lo que significaba que Rokshan disponía de Brisa Susurrante sólo para él. Cuanto más lejos viajaban, más se estrechaba el vínculo entre la yegua y el muchacho, y él se alarmó y emocionó por igual ante la creciente expectación que se generaba en el caballo a medida que se aproximaban al Llano de los Muertos. A veces, esa ansiedad se concretaba en una tromba de color que a Rokshan le colmaba la mente, seguida de una corriente entre ambos tan fuerte que se sentía totalmente unido al animal, como si fueran un único ser. También había sondeado un poco el interior de la yegua, al principio con mucho tiento, pero se volvió más osado al percibir que lo aceptaba; ahora se mostraba menos juguetona, como si entendiera la importancia de la tarea del muchacho. Cuando acamparon por la noche, Rokshan decidió preguntarle a Cetu sobre sus progresos.

Contempló el borboteo del puchero y su pensamiento voló —como le ocurría constantemente desde la celebración del festival— hacia el hombre a quien siempre consideró su padre. Antes de la revelación de Zerafshan, anhelaba oír de nuevo la voz de Naha, oír su risa mientras bebía una copa de su vino de Kocho preferido, pero ahora lo único que sentía era vacío y un triste desconcierto.

273

Al fin, con la mente exhausta y sin haber conseguido encontrarle sentido a aquella situación, cerró el corazón y arrojó los sentimientos fuera de él; una vez hecho esto, una acerada dureza penetró poco a poco en las fibras de su ser a la par que fortalecía su determinación de tener éxito. Cetu, que le había enseñado todo lo que sabía sobre el camino interior del Método, notó el cambio sufrido por el muchacho a medida que su preparación progresaba. El chico serio pero afectuoso que conocía había desaparecido; se percibía en él un nuevo propósito que cumpliría con férrea resolución.

Rokshan saludó a Cetu, que se había acercado atraído por el olor de la cena; el anciano se puso en cuclillas delante del fuego y se sopló las manos. El chico removió el espeso caldo, y en silencio, le tendió un cuenco con unas tiras de carne seca al viejo Jinete; éste engulló la gacha aguada y acabó las últimas gotas con sorbos ruidosos. Habían llegado a los rasos y uniformes páramos de Astana, que se extendían hasta perderse en el horizonte. Durante los meses del breve verano hacía un calor sofocante, pero a la luz grisácea del crepúsculo invernal reinaba un silencio sobrenatural que los invitaba a hablar en susurros.

—Allá donde terminan los páramos se encuentra el Llano de los Muertos —comentó Cetu cuando acabó de comer—. Has aprendido a dominar por completo todas las órdenes y los gestos que cualquier Jinete utiliza, muchacho, y te sientes… cómodo (eligió la palabra con cuidado) cuando te unes mentalmente en los niveles básicos. En los dos o tres días que nos quedan de viaje, las serenadhi te conducirán por el camino más profundo e interior del Método que hasta ahora sólo hemos rozado. Utiliza tu fortaleza recién descubierta, Rokshan; Brisa Susurrante es consciente de ella, y por eso se te ha abierto más estos últimos días.

—¿Tú también lo has notado, Cetu? —preguntó el muchacho, emocionado. Casi no se atrevía a creer que fuera verdad, y se decía que quizá sólo se debía a la presencia de las amazonas el hecho de que se mostrara más sensible a los colores de los primeros niveles mentales de Brisa Susurrante. Desde la experiencia en el Tercer Valle, percibía esas primeras capas con absoluta naturalidad, y no tuvo miedo a las corrientes que había bajo ellas cuando profundizó más y más.

—Es como si Brisa Susurrante te hubiera elegido como su jinete y por eso se te ha abierto mucho más deprisa —contestó Cetu, no sin tristeza—, pero con las serenadhi será diferente.

—¿En qué será diferente, Cetu, de lo que ya he experimentado con Brisa Susurrante?

—¿Confías en que conozca la mente de las serenadhi? —A Cetu se le formaron patas de gallo cuando esbozó su típica sonrisa felina—. Es mejor no confiar en nada. Cuando te hablen, mantén en blanco la mente, aunque abierta al mismo tiempo. Entonces estate preparado para cambios rápidos de pensamiento y de estado de ánimo… Ellas pueden proporcionarte la intuición que necesitas para llegar no sólo al núcleo del Método —ese instante de unión pura—, sino de ir más allá, a la mismísima fuente de esa relación que existe entre nosotros y los caballos-dragón. Entonces estarás preparado para entrar en contacto con el señor de los caballos.

—Creo que lo entiendo… Como las serenadhi son las primeras que usan los dones de los Jinetes con los caballos-dragón salvajes, para alguien que no esté familiarizado con su saber y sus tradiciones debe de ser como remontarse al principio de las cosas.

—Sí, y remontarse al principio de las cosas, como dices tú, una vez tras otra con cada caballo-dragón salvaje con el que tienen el primer contacto, es lo que las ha convertido en lo que son. Algunos dicen que son profetisas y que sus cantos mentales pueden volver loco a un hombre.

Mientras hablaban, Sumiyaa se había acercado; sus andares eran tan flexibles y silenciosos que daba la impresión de que se deslizaba. Los dos hombres se pusieron de pie, y Rokshan la observó con una mezcla de respeto y fascinación mientras ella inclinaba la cabeza para saludarlos. Percibió de inmediato el vínculo entre la amazona y Brisa Susurrante, y se alegró con su montura en el instante de contacto con la cantora de caballos.

—Mis hermanas y yo hemos conferenciado entre nosotras durante los últimos días —dijo con su voz cantarina, como si hablar no fuera algo totalmente natural en ella—, y ha llegado el momento. Te llevaremos a través de los páramos, Rokshan, pero a ti solo; tienes que cabalgar con nosotras, en nuestras monturas… Deja a Brisa Susurrante con Cetu; tu maestro del Método se reunirá contigo a la entrada de las Torres del Silencio, dentro de tres días. Nos pondremos en camino enseguida.

—¿Ahora, a punto de hacerse de noche? —inquirió el muchacho. Notaba la desilusión de Brisa Susurrante por tener que separarse y porque las serenadhi se marchaban, percepciones como una oleada de verdes y dorados teñidos con las tonalidades violetas de la conexión de la yegua con las hermanas. Él le respondió de forma automática con un mensaje de sensaciones tranquilizadoras y de amor. Volvería, le aseguró.

—Noche, día… a nosotras eso nos da igual —fue la respuesta misteriosa de Sumiyaa.

—Recogeré algunas cosas mías —dijo Rokshan. Ahora que estaba a punto de ocurrir algo culminante, el muchacho se sentía emocionado, pero también nervioso, y no poco.

—Estás preparado para esto, mi joven amigo —le aseguró Cetu—. Has de demostrar la fortaleza mental y el valor de al-

275

guien que ha sido elegido por las estrellas. Las serenadhi te guiarán; que los espíritus dragontinos de las planicies te acompañen.

Sumiyaa se había colocado al lado de Rokshan, y, tomándole de la mano, lo llevó hacia donde su hermosa yegua negra aguardaba agitando las orejas de impaciencia. El muchacho sintió alivio al ver una silla de montar ligera en el lomo del animal, y, a un gesto de invitación de Sumiyaa, montó. La serenadhi saltó delante de él, y, en cuestión de segundos, galopaban hacia el corazón de los páramos de Astana.

Capítulo 31

Observador de Estrellas y las Torres del Silencio

Cabalgaron a través de los páramos durante gran parte de la noche antes de detenerse para comer, y a continuación, en vez de caer en un sueño profundo —consecuencia del agotamiento—, continuaron internándose en la penumbra gris de la desolada extensión hasta que Rokshan no habría podido asegurar si era de noche o de día, ni si cabalgaban desde hacía horas o semanas.

El galope que las yeguas negras de las serenadhi sostenían sin aparente esfuerzo marcó un ritmo melódico, y el muchacho captó fragmentos de un canto que las hermanas intercambiaban con sus monturas. Éstas agacharon la cabeza como si también cantaran, y galoparon más deprisa hasta que dio la impresión de que flotaban. El largo cabello de Sumiyaa ondeaba tras ella, y Rokshan no estaba seguro de si la mujer hablaba en voz alta, o si la voz cantarina le sonaba como un eco en la mente: «Oye el canto de las serenadhi, Rokshan…».

Entonces se sumergió en trémulas ondas de melodía; sorprendido, tendió las manos en un intento de asir los colores, pero al tocarlos se desvanecieron y al fin desaparecieron hasta que, a lo lejos, oyó los acordes de una canción infantil que su madre le cantaba de pequeño.

De súbito sonó el toque de una caracola que le hizo revivir, no sin provocarle un sobresalto, su iniciación en la hermandad de las Liebres, de manera que durante un instante se halló de nuevo en el monasterio de Labrang. El toque sonó más fuerte todavía, hasta tal punto que el cuerpo le tembló a causa de la vibración del sonido; gritó aterrado al notar que caía, y se encontró tendido en el suelo, jadeante y sudoroso, igual que estuvo en el suelo del monasterio tanto tiempo atrás.

Los relinchos asustados de lo que parecía un millar de caballos le resonaron en la cabeza, pero no sabía si era un sueño o algo real. La alarma de los equinos sonó con mayor fuerza y premura, pero Rokshan no veía ni rastro de ellos.

Entonces detectó los colores del canto de las serenadhi con tanta claridad que daba la impresión de que las hermanas tejían la melodía con los dedos mientras cantaban. Era el canto más bello que había oído en su vida y deseó que no se acabara nunca.

Llegado a ese punto, Sumiyaa le habló de nuevo:

—Rokshan, hemos tejido este canto en tu corazón y lo hemos guardado en los rincones más secretos y recónditos de tu mente. Es el canto de todos los *ragas* a los que las hermanas hemos invocado desde el principio de los tiempos; recíbelo como un regalo. Cuando lo recuerdes, es posible que los espíritus dragontinos lo identifiquen como la suma de todos los cantos que las hermanas les hemos dedicado a lo largo de las eras, pero no tenemos la seguridad de que sea así, ya que nuestros poderes se han reducido. Te ayudará para que dichos espíritus te abran su mente, pero ve con cuidado antes de cruzar esa puerta porque quizá no consigas encontrarla de nuevo hasta que se haya cerrado, y entonces ya estará clausurada para siempre.

Y, en efecto, el Espíritu de los Cuatro Vientos oyó el canto, y, extasiado con su belleza, acudió a ellas. Juntos fueron donde el *raga* de *ragas* los conducía, montados en el Espíritu, a los cuatro puntos cardinales del mundo. Rokshan no sabía si llevaban ausentes un círculo de vela o un centenar, pero no quería que terminara… Y entonces ellas se marcharon sin él; adónde habían ido era algo que ignoraba.

La voz sonó muy lejana, y el muchacho deseó que quienquiera que fuera dejara de darle empujones en las costillas.

—¡Despierta! Soy yo, Cetu. ¡Despierta!

Desorientado, Rokshan se frotó los ojos y se encontró ante los felinos ojos de su maestro del Método.

—Hoy es el tercer día, como dictaron las hermanas. Mira, las Torres del Silencio —añadió Cetu al tiempo que señalaba una especie de nube enorme que se extendía en el cielo como un hongo—. Nubes de buitres y de córvidos carroñeros se alimentan de la carne (lo que queda de ella) y de los huesos del anterior gran kan.

Un ligero escalofrío de miedo le recorrió la espina dorsal a Rokshan. Ése era el lugar al que tenía que ir solo. Fragmentos de un canto le resonaron en la mente como un eco, y sintió el corazón rebosante de un maravilloso sentimiento de culminación.

—Cetu… Yo… Me han dicho algo muy importante, pero… No recuerdo qué es. Está ahí, en mi corazón y en mi mente, pero sólo lo siento. ¡Ayúdame a recordar, por favor!

—Es el modo de actuar de las serenadhi —respondió el maestro con suavidad, y le ofreció un poco de agua—. Nadie sabe cómo, pero recordarás lo que te han dicho cuando llegue el momento. Han entonado las canciones del viento y conmovido tu alma con misterios que sólo ellas conocen; su camino no forma parte del Método utilizado por todos los Jinetes, pero ten por seguro que el obsequio que te han hecho sólo saldrá a la luz a través del corazón. Su don no es un hechizo de mago, sino algo que permanecerá en ti por toda la eternidad. Y ahora ¡ve! Yo te esperaré aquí.

—¿Cómo encontraré a Observador de Estrellas en las Torres del Silencio? —preguntó mientras le daba un abrazo de despedida.

—El maestro encontrará al pupilo cuando éste se halle preparado —sentenció Cetu por toda respuesta—. ¡Ten fe, Rokshan! Has demostrado más destreza en el Método que cualquiera de los jóvenes Jinetes a los que he enseñado, y también has cabalgado con las serenadhi, una oportunidad que se les concede a muy pocos. Si la profecía es cierta, el señor de los caballos te abrirá su mente, y es a través de ti y de tu padre que ha de cumplirse la visión del anterior gran kan y recuperarse el don de las serenadhi. —Le tendió una alforja—. Te estaré es-

279

perando aquí. Sólo hay unas cuantas horas de marcha hasta la escarpa que separa el Llano de los Muertos de las Torres. Adiós.

Rokshan emprendió la marcha a pie; el maestro del Método se había ido convirtiendo de manera gradual en una motita en el horizonte. El ruido de las aves carroñeras se intensificó, y al poco rato, el alboroto estridente y voraz llegó a una algarabía tal que no permitía ni pensar. El muchacho caminó deprisa, como si hubiera recibido energía renovada de las serenadhi. Por fin llegó a lo alto de la escarpa rocosa que formaba una barrera natural con las Torres del Silencio. Ante él había un lugar de muerte, de una extensión inmensa, que confiaba en no tener que contemplar de nuevo jamás.

Allá donde mirara, pequeñas torres —del doble de la altura de un hombre— punteaban el yermo paisaje como granos gigantescos. Todas ellas se alzaban sobre un montículo y eran lo bastante amplias para sostener las andas funerarias en las que yacía un cadáver que, según la tradición de los Jinetes, habían de estar un poco separadas del suelo para que los restos mortales no mancillaran la tierra. Los cuerpos se secaban al sol y los buitres y los córvidos dejaban limpios los huesos. Rokshan se preguntó cómo subirían las andas para dejarlas encima de las torres, ya que los lados eran lisos.

Los córvidos graznaban y volaban en círculo mientras esperaban impacientes que les llegara el turno una vez que los buitres se dieran un banquete con los huesos. El muchacho se mareó al percibir el fétido hedor que arrastraba el aire seco del desierto, y la bilis le subió a la garganta.

Echó un buen trago de agua y reanudó la marcha; mientras avanzaba, a veces caminando y otras veces resbalando por las piedras sueltas y el esquisto, pensó que cuantas más horas de luz tuviera, mejor.

Las aves advertían la proximidad del muchacho, y, dando gritos estridentes, abandonaban el festín de mala gana. Huesos blanqueados, procedentes de andas, y torres antiguas reducidas a polvo largo tiempo atrás brillaron a la luz del ocaso, mientras

Rokshan avanzaba con tiento, aprensivo, entre el laberinto que constituía la última morada de los grandes kanes. No tenía intención de detenerse; si hacía falta, atravesaría ese campo de muertos y volvería a marcharse por donde había llegado; cualquier cosa sería mejor que detenerse allí.

Poco a poco fue dejando atrás los gritos estentóreos de las aves, y tan sólo las ráfagas de viento alrededor de las torres rompían el manto de silencio que envolvía como una mortaja el Llano de los Muertos. Tenía la sensación de ser la única persona viva que quedaba en el mundo y deseó que Cetu lo acompañara.

«Ahora entiendo por qué las llaman las Torres del Silencio», masculló para sí con el propósito de animarse, y a pesar del peligro que significaba unirse mentalmente a Observador de Estrellas, confió en que el caballo estuviera allí.

De súbito, a su espalda, oyó el ruido de piedras que se desprendían por uno de los montículos.

—¿Quién anda ahí? —gritó dándose la vuelta.

Las pálidas torres se erguían como centinelas silenciosos hasta perderse en el horizonte, mientras el sol se desdibujaba en un despliegue de rojos y púrpuras borrosos. Nervioso, el chico reemprendió el camino, pero algo le llamó la atención: a lo lejos, una gran nube pardoamarillenta ascendía en espiral, se extendía y ocultaba el cielo, que se oscurecía a marchas forzadas; luego dio la impresión de que se hinchaba y se sacudía como una vela enorme, y Rokshan captó atisbos de un movimiento ondulante de tono rojizo; fuera lo que fuese, se dirigía directamente hacia las Torres del Silencio. El viento se desató entonces, arremolinado, y su azote levantó una tempestad de arena que ahogaría cuanto encontrara a su paso.

La luz menguaba a pasos agigantados, y el muchacho miró alrededor con creciente alarma; tenía que encontrar un refugio, o se asfixiaría. Frenético, rebuscó una cuerda en la alforja que le había dado Cetu, pero el trozo que encontró era demasiado corto para llegar a lo alto de la torre más cercana.

La tormenta de arena se aproximaba deprisa, atravesando el páramo como un ariete. Desesperado, Rokshan escarbó las piedras sueltas del montículo con intención de abrir un agujero lo bastante grande para meterse en él. Pero, en plena tarea, se detuvo; porque a pesar del aullido del viento, oyó un sonido que casi le hizo llorar de alivio: el relincho apremiante de un caballo que debía de haber percibido que estaba en peligro. Entonces gritó con todas sus fuerzas:

—¡Observador de Estrellas! ¡Observador de Estrellas!

A través del torbellino, vislumbró la borrosa forma fantasmal de un caballo que forzaba al máximo todos sus músculos para dejar atrás la tormenta, un magnífico caballo-dragón gris que galopaba tan deprisa que los cascos semejaban un borrón que apenas tocaba el suelo. El animal, de porte noble e inteligente y rebosante de vibrante energía contenida, redujo la velocidad a medio galope, y al fin, se detuvo al lado de Rokshan, quien, instintivamente, cayó de hinojos.

—Observador de Estrellas, señor de los caballos —saludó, embargado de respeto al contemplar la fuerza y el gran tamaño del animal. Irradiaba un halo de majestad, y Rokshan notó de inmediato el puro poder que fulgía en el núcleo de su espíritu.

Observador de Estrellas relinchó muy fuerte; a todo esto, un estallido azul plateado, teñido de rojo, irrumpió en la mente del muchacho y lo habría tirado al suelo de haber estado de pie. La tormenta estaba casi encima de ellos... Rokshan entendió al instante lo que se le ordenaba: saltar sobre el ancho lomo de Observador de Estrellas.

Al instante salieron disparados y adelantaron a la tormenta cabalgando por el camino por donde Rokshan había llegado. El viento le azotaba el rostro, y el cabello ondeaba tras él, en tanto que Observador de Estrellas se abría camino sin dificultad a través de las torres e incrementaba la distancia entre ellos y la tormenta de arena. Por fin llegaron al límite del campo de muertos y corrieron en paralelo a la escarpa. Rokshan gritó de puro gozo por la estimulante galopada; los Jinetes la llamaban la danza del viento. Se sintió conectado tan estrechamente con el señor de los caballos que ni siquiera sentía que cabalgara en una montura. Observador de Estrellas fue cobrando velocidad, y muy pronto el paisaje se convirtió en un manchón borroso. El chico volvió a gritar exultante para animar al caballo a que fuera más rápido, pero al mismo tiempo recordó utilizar la pureza del momento para vaciar la mente, como Cetu le había enseñado.

Hizo acopio de coraje y se preparó para experimentar la sensación de nadar en las corrientes del primer nivel de emociones de Observador de Estrellas. Enseguida captó las ondas tenues, trémulas, de la melodía que las serenadhi habían tejido; le resonaron en la cabeza, y el corazón volvió a oír la gozosa y mágica esencia. Notó cómo la mente de Observador de Estrellas tanteaba con delicadeza la suya, y un impacto de ondas de colores le estalló por todo el cuerpo. Sin embargo, el corazón se le paralizó al percibir olas descomunales a punto de romper contra él; espuma arremolinada de colores se agitaba en la cresta de las olas, y recordó demasiado tarde la advertencia de Cetu acerca de que debía controlar el éxtasis del momento.

Se sintió arrastrado por la fuerza arrolladora de la unión mental, pero enseguida percibió una pulsación suave, reluciente, casi como si Observador de Estrellas lo tranquilizara asegurándole que todo iba bien. Estaban ya muy lejos de la tormenta, y el gran caballo frenó la carrera a medio galope y después se puso al paso, hasta detenerse junto a una de las torres, al final de la escarpa.

Tembloroso de emoción, Rokshan desmontó de un salto, y, mientras acariciaba con suavidad el hocico aterciopelado del animal, buscó la mirada de aquellos fogosos ojos, de color verde con motitas doradas. Lo miró con mayor intensidad, y lo inundó un suave azul ondulante que rompía con mansedumbre al borde de su mente como las aguas de un lago en un dia estival. Mas... el azul desapareció, y él trastabilló cuando ahora le azotaron la mente oleadas de un rojo vivo perfiladas contra un fondo negro y púrpura, como enormes moretones; el señor de los caballos intentaba por todos los medios comunicarle algo sobre aquel lugar.

Trató en vano de responder del mismo modo ordenando el revoltijo de sus pensamientos, como si dispusiera de una paleta de pintor, pero llevado por la emoción del momento, no logró impedir que surgieran palabras en su mente. Se frotó las sienes, frustrado, y dio una patada a la pared de la torre; se apoyó en ella y agachó la cabeza mientras se preguntaba qué hacer, sin reparar en que la tormenta, que con tanta facilidad habían dejado atrás hacía sólo unos minutos, se les echaba encima otra vez.

283

Observador de Estrellas relinchó con ganas y le dio con el hocico en la espalda para llamar su atención. Rokshan se dio media vuelta y captó lo que intentaba decirle.

—No vamos a poder cruzar la escarpa a tiempo —gritó con pánico.

Sube a la torre. Te esperaré.

La sorpresa lo paralizó. El gemido del viento se hacía cada vez más fuerte, pero estaba seguro de haber oído una voz en su mente, una voz firme pero bondadosa. Observador de Estrellas no había hablado en voz alta, pero el chico comprendió lo que acababa de decirle con la misma claridad con que pronunciaba nuevas frases:

De entre todas las torres, debes cobijarte en ésta.

No tenía tiempo para reflexionar en lo ocurrido porque la tormenta estaba casi encima de ellos. Se puso de pie sobre el lomo de Observador de Estrellas, y, alzando los brazos, se agarró al borde superior de la pared; se aupó con un impulso y cayó como un fardo al otro lado, entre un montón de huesos.

Gateó para apartarse de los restos todo lo posible; el corazón le latía desbocado. Las andas funerarias de quienquiera que fuera el gran kan que albergó en su día la torre se deshicieron muchos años atrás, y el cadáver había sido despojado de todo rastro de carne hacía mucho tiempo. A la luz que menguaba a pasos agigantados, los huesos tenían un brillo apagado; yacían revueltos y amontonados en una pila desordenada junto con los harapos de una capa, y la calavera sonreía al cielo.

El muchacho reparó sólo a medias en esos detalles, ya que un pensamiento lo rebasaba: ¡Observador de Estrellas le había hablado! Había superado la unión mental, y el señor de los caballos le había abierto su mente. Se sintió mareado conforme los pensamientos del caballo le penetraban dando tumbos y levantando ecos, no como palabras, sino de algún modo que él podía discernir.

El viento cobró intensidad y zarandeó las arenas del desierto en un muro danzante de muerte. Rokshan se acurrucó bajo el ropón forrado con gruesas pieles a medida que el cielo nocturno quedaba oculto del todo por el feroz remolino. La tupida y asfixiante arena envolvió la torre, dificultándole la respiración, y él rodó sobre sí mismo al tiempo que tiraba del ropón para cubrirse la cabeza en un esfuerzo desesperado de escapar a la furia asfixiante de la tormenta; respiraba con jadeos cortos y roncos en su afán por enviar un poco de aire a los pulmones, y llevado por el pánico, pidió a Kuan Yin que calmara a los espíritus dragontinos de los vientos.

«Madre de misericordia y protectora de los viajeros, escucha mi plegaria. Protege a Observador de Estrellas, que está en el ojo de la tormenta —rezó para sus adentros; el pecho parecía a punto de estallarle, y lanzó un grito silencioso—. ¡No! ¡No estoy predestinado a morir ahora! Oídme, espíritus de la estepa… Observador de Estrellas, ayúdame…»

Fue como si el gran caballo hubiera oído sus pensamientos: Rokshan oyó el relincho fuerte que le respondía desde el otro lado de la pared, y supo que la tormenta había pasado; se la oía bramar por encima de la escarpa. De pronto pensó en Cetu y rogó para que hubiese encontrado un refugio; de no ser así, habría que dar con él enseguida.

—¡Observador de Estrellas, ven! —Se dirigió apresurado hacia el montón de huesos para saltar por la pared, y salir de allí. Apartó la astrosa capa de una patada, pero se frenó, sorprendido, cuando algo patinó sobre el polvo amarillo que cubría el suelo. La plata estaba sucia y ennegrecida por el paso del tiempo, pero el diseño imitando un rollo de cuerda y el broche en forma de cigarra no dejaban lugar a dudas.

285

Reverentemente, con el corazón latiéndole de manera desaforada, recogió el otro Collar de los Jinetes. Frotó el broche contra la manga, con cuidado, y las alas iridiscentes brillaron entre la mugre.

—Espíritus dragontinos de la tormenta y la lluvia —oró—, mostradme las intenciones de Zerafshan. ¿Cuál es su verdadero propósito? Reveladme lo que hay en su mente… —Para no dar tiempo a que lo asaltaran dudas, se ciñó el collar al cuello; sólo tuvo un instante de vacilación antes de cerrar el broche.

Estaba tan concentrado manejándolo que cerró la mente a todo lo demás, y no oyó la advertencia de Observador de Estrellas:

Cuidado con el collar, Rokshan. Sólo lo llevan puesto los muertos…

Sonó un ruido semejante a una ráfaga de viento, y el muchacho se encontró solo en una caverna inmensa, excavada toscamente en roca negra; no disponía de techo, ni había estrellas en el cielo. Un par de puertas enormes se alzaban ante él, imponentes, cortadas en la propia roca; del otro lado llegaba un clamor *in crescendo* de chillidos y gemidos lastimeros que helaban el alma; sonó más y más alto, un vórtice enloquecedor de dolor que batía contra las puertas impenetrables y por toda la caverna. Ahora los veía: los espíritus oscuros de los condenados se agolpaban en una masa que bullía y se retorcía; de los ojos les manaban lágrimas de negra sangre infecta que les resbalaban por la cara y les goteaban en los pies, donde las lamían gigantescos gusanos ciegos.

Las enormes puertas se abrieron poco a poco, y los espíritus redoblaron sus lamentos cuando una fuerza invisible tiró de ellos. Más allá, Rokshan atisbó una figura pequeña y encorvada ante la que los espíritus de los condenados se postraban y suplicaban clemencia a gritos. Supuso que aquél debía de ser el Monje Guardián de quien le habló el abad. En efecto, el Monje Guardián leía el historial de las vidas de los condenados. Tomando nota de la lista de maldades cometidas por los miserables espíritus que tenía frente a él, pronunció los castigos en consecuencia. Criaturas con aspecto de demonios necrófagos condujeron a los espíritus hacia el horno llameante del infierno, donde el Rey Carmesí chillaba en un éxtasis expectante ante la perspectiva de más víctimas para toda la eternidad.

Con dedos temblorosos y movimientos frenéticos, Rokshan soltó el broche del collar y se lo quitó de un tirón. Resollaba, y el sudor le empapaba la cara y el cabello. Acurrucado en el suelo de la torre, apenas oyó los relinchos alarmados de Observador de Estrellas.

—He contemplado una visión del infierno —jadeó al recordar lo que el abad le explicó en su momento, y comprendió que acababa de ver la corte del Rey Carmesí, el lugar al que le dijeron que debía ir—. «Pero mientras el Monje Guardián siga en la corte del Rey Carmesí para vigilarlo y asignar los castigos impuestos a las almas de los condenados, esto nunca llegará a pasar…», repitió en un murmullo las palabras del abad, y también recordó que éste hizo referencia a que los Cuatro Jinetes del infierno —el miedo, el dolor, la soledad y la desesperación— jamás quedarían libres...

«Es un camino que ha de recorrerse para hallar la respuesta» habían dicho las serenadhi. ¿Era también ése el camino que querían que siguiera? Observó el collar mientras le daba vueltas y vueltas entre las manos... ¿Debía llevárselo? Era consciente de la enormidad de la ofensa de semejante robo a los Jinetes.

Pero, al mismo tiempo, una certeza cada vez más firme borró de un plumazo cualquier pequeña duda que pudiera quedarle. Se lo guardó con sumo cuidado en un bolsillo interior del ropón, musitó una plegaria agradecida para invocar las habilidades de la liebre que le habían sido otorgadas, y corrió hacia la pared opuesta, que salvó de un salto para después aterrizar limpiamente encima de Observador de Estrellas.

Tenía que encontrar a Cetu enseguida, pues por momentos cobraba consistencia su sospecha: las escenas que había presenciado podrían ser (de algún modo que él aún no comprendía) una pieza clave para los planes de Zerafshan, y en el fondo del corazón no estaba seguro de que los de su tío —mejor dicho, de su padre— tuvieran algo que ver con conseguir la libertad y la independencia de todos, ni para los Jinetes ni para ningún otro pueblo del imperio.

Apremió al gran caballo para que galopara, y siguieron el borde de la escarpa para encontrar el punto por donde había entrado a las Torres del Silencio. Cuando ya creía que el horror de la visión del infierno se le difuminaba en la mente, para dar paso a la pureza y al poderío de Observador de Estrellas que fluían a través de él, lo sacudió otra oleada de color rojo vivo, con grandes franjas de verdugones negros y púrpuras; en esta ocasión los colores, cada vez más oscuros, se convirtieron en un dilatado océano que se extendía hasta el infinito. No había horizonte que lo abarcara ni firmamento que le hiciera sombra, y de sus profundidades ascendían un dolor profundo y una tristeza inmensa que percibía como un plañido, igual que los *ragas* de las serenadhi. El ritmo del galope tenía un efecto hipnotizador, y la mente del muchacho estaba ahora tan consumida por el dolor de la visión de Observador de Estrellas que se hizo uno con él, y oyó una voz a través de la tristeza del espíritu-canto:

287

Lo que oyes es el lamento de todas las eras pasadas que llevo en lo más profundo del corazón, Rokshan. Es el grito de cada hombre, cada mujer y cada niño que sufrieron la ira y la furia producto de los celos de los espíritus dragontinos cuando se predispusieron contra la humanidad. Es la desesperación de todos mis hermanos y hermanas al descubrir en qué nos habíamos convertido antes de que el Señor de la Sabiduría, en su misericordia, nos permitiera renacer como espíritus del fuego y de la naturaleza. Es el lamento de los espíritus custodios caídos que no volverán a servir al Señor de la Sabiduría, ni estarán con él por culpa de su pérfida rebelión. Es un raga que no acaba, tan ilimitado como la duración del propio tiempo y que se remonta a sus albores, cuando el propósito del Señor de la Sabiduría se reveló con claridad y nació el conocimiento. Haber oído una pequeña parte de ello te dará valor y fortaleza en el conflicto que se avecina y en lo que has de llevar a cabo.

Has oído el cántico de todas las cosas con el corazón, Rokshan, pero no debes mirar en el ojo interior de mi alma porque allí yace el espíritu de Han Garid, mi antepasado de incontables siglos atrás, en letargo pero bullendo a fuego lento, un caldero a punto de arder con la ira de edades remotas, de aquellos tiempos en que desató la destrucción sobre los de tu especie y atacó el cielo en su rebelión contra el Señor de la Sabiduría. Ahora te libero, pero… ¡Sé fuerte! Con mi ojo interior he visto tus esperanzas y tus temores, todo cuanto te ha hecho como eres y lo que llegarás a ser… No tengas miedo.

Rokshan se sorprendió al darse cuenta de que seguía galopando jubiloso a lomos de Observador de Estrellas. Pero notaba la mente despejada y se sentía pletórico de propósitos para llevar a cabo con firmeza y sosiego a la vez; y se convenció de que ya no estaría solo jamás. La pesada carga del encargo de Shou Lao y de la tarea que le encomendó el abad desapareció milagrosamente, y le sobrevino una sensación de gran humildad.

—Gracias, Observador de Estrellas, por hacerme más arrojado —susurró, henchido el corazón de orgullo. Percibió los pensamientos del caballo como zarcillos que tanteaban con delicadeza, y se echó a reír con ganas.

»Volveremos a hablar, señor de los caballos, ¡de eso estoy

seguro! Pero hemos de encontrar a un amigo mío que estará preocupado. ¡Me muero de impaciencia por ver la cara que pondrá cuando nos plantemos ante él!

En respuesta, el caballo cabeceó y relinchó a placer mientras cruzaban la escarpa y dejaban atrás las Torres del Silencio.

QUINTA PARTE

Los caminos hacia la Cumbre de la Diosa

El mito de la rebelión de los espíritus custodios superiores contra el Señor de la Sabiduría

Lo que sigue está anotado en *El libro de Ahura Mazda, Señor de la Sabiduría.*

Se dice que Chu Jung, espíritu del fuego y ejecutor celestial, lloró lágrimas ardientes mientras escarbaba la tierra en los bosques que cubrían el mundo cuando enterró por siempre jamás el Talismán del fuego del dragón, cuyo poder estuvo tentado de usar contra su divino señor, el Señor de la Sabiduría, inducido por el cabecilla de los espíritus custodios rebeldes, al que desde entonces y eternamente sólo se lo conocería como la Sombra Sin Nombre.

Al Sin Nombre se le habían unido en la rebelión otros dos espíritus custodios superiores. Uno era el Rey Carmesí, a quien en castigo se le nombró guardián del infierno y de los Cuatro Jinetes montados en el miedo, el dolor, la soledad y la desesperación; el otro era el Espíritu del Jade, que se arrepintió al fin y fue nombrado guardián de la Rueda del Renacimiento. Se unió a ellos un tercero, Beshbaliq, un espíritu custodio menor al que se le impuso como castigo reunirse con el Rey Carmesí en las profundidades del infierno.

El Arco de Oscuridad, creación del Señor de la Sabiduría, confinó a la Sombra para toda la eternidad fuera del universo de las cosas vivas, más allá incluso del propio tiempo. La humanidad llamó noche a la oscuridad porque, antes de que ésta se produjera, sólo había conocido la luz, y a partir de entonces y para siempre, los hombres tuvieron miedo de lo oscuro, pues –decían en susurros– engendraba criaturas tenebrosas e inconcebibles.

Así fue como la Sombra pudo ejercer su perversa influencia sobre las criaturas más débiles del Señor de la Sabiduría, y utilizarlas para sus propios fines: liberarse del eterno castigo. Su fiel siervo, Corhanuk, que robó el Báculo de ChuJung, juró ayudarlo en su empresa, y a tal fin maquinó planes de manera incesante, pensando en el día en que su amo fuera de nuevo libre de hollar el mundo a capricho. Nunca dejó de buscar el Talismán de ChuJung para unirlo al Báculo, que robó al ejecutor celestial, y liberar así el poder que se le había conferido por medios divinos.

Al espíritu custodio menor, Beshbaliq, se le permitió conservar su nombre. Con el tiempo, se convirtió en un experto en desplazarse entre el inframundo espiritual y el mundo intermedio en que habitaban hombres y mujeres, e hizo un buen servicio a su amo al posesionarse de aquellos que tenían predisposición a ponerse al servicio del maligno.

Fuente: la hermandad secreta de las Tres Liebres Una Oreja.
Origen: pergamino descubierto en las ruinas de la ciudadela del monasterio de Labrang, centro espiritual del antiguo Imperio Occidental.

Capítulo 32

Cielo que amenaza tormenta

$\mathcal{M}$uchas, muchas *lis* al norte de Maracanda, un ciclo y medio lunar antes de que Rokshan saliera del Llano de los Muertos montado en Observador de Estrellas, su hermano, An Lushan, había sido atraído hacia un mundo que, si bien no lo sabía en ese momento, estaba en verdad entrelazado de manera irrevocable con las palabras proféticas de Shou Lao, el narrador.

Hacía casi medio ciclo lunar que se había alejado de Lianxang y del asentamiento de los darhad para regresar a Maracanda, donde su padre esperaba noticias de sus hijos con ansiedad. Pero An Lushan ya no se preocupaba por su progenitor, sino que sus pensamientos se volcaban más y más en la estatuilla que encontró en los Bosques Oscuros.

Qalim y Bhathra, los dos escoltas que lo acompañaron desde Maracanda, iban asimismo con él en el viaje de vuelta, y lo observaron con disimulo cuando se apartó unos pasos de la hoguera del campamento y desenvolvió con sumo cuidado la estatuilla que guardaba en la bolsa, como había hecho todas las noches desde que se pusieron en camino. Los escoltas intercambiaron una mirada atemorizada, y ambos se hicieron el signo del dragón para protegerse; uno de ellos echó una ojeada a los caballos y masculló que tendría que tranquilizarlos si se ponían más nerviosos. ¡Cómo ansiaban los dos hombres regresar al hogar con su familia!

An Lushan depositó la estatuilla con aire reverente y la

contempló absorto cuando irradió luz, como si palpitara. La exquisita figura de oro, bronce y plata (representando un dragón erguido de aspecto serpentino, que aparentaba gruñir) estaba tachonada de piedras preciosas que destellaron como un arcoíris cuando volvió a cogerla y la observó por todos lados.

Pero esa noche palpitó con mayor fuerza y lanzó rayos de colores por todo el campamento que envolvieron a los tres hombres en un fulgor espectral. Los colores giraron sobre el expectante rostro de An Lushan, y en los ojos se le reflejaron las tonalidades cambiantes como en un calidoscopio. En éstas, él alzó los brazos, y la estatuilla irradió un penetrante haz de luz multicolor que ascendió hacia el cielo, igual que si un gigante hubiera arrojado una lanza llameante contra la luna. An Lushan pareció salir de golpe de su arrobamiento y cubrió la figurilla con las dos manos, como si quisiera extinguir la luz. De manera gradual el brillo palpitante perdió intensidad y después se apagó del todo. El joven envolvió muy deprisa la figurilla y la guardó a buen recaudo en la bolsa.

No muy lejos de allí, Lianxang sonrió aliviada cuando divisó el fugaz destello en el cielo. Había partido en pos de An Lushan poco después de que los darhad descubrieran la profunda sima que se abrió en el bosque. La anciana tejedora de sortilegios estaba convencida de que, de algún modo, existía una relación entre el desconocido que entrevieron cuando An Lushan se extravió, la hendidura inexplicable en el suelo del bosque y la marcha repentina del joven.

Sarangerel había enviado a su espíritu-ave para que pidiera consejo a aquellos «más sabios que ella», según sus palabras; no obstante, al no saber cuánto tardaría en regresar con una respuesta, los darhad se encargarían de rastrear al forastero, a quien invitaron a vivir entre ellos, para que confirmara lo sucedido en el bosque. ¿Y quién mejor que Lianxang para sonsacarle la verdad?

La joven tenía también sus propias razones para querer alcanzarlo. Parecía milagroso, pero la plaga que había atacado a los árboles aminoraba, así que todavía era posible seguir adelante con sus planes. Estaba impaciente por darle la buena noticia a An Lushan: si la plaga no era recurrente, los dos regresarían y ultimarían el acuerdo comercial como planearon desde el principio.

Pero An Lushan ya no pensaba en la madera; incluso de haberlo sabido, ni le habría importado que le comunicaran que su rival en los negocios —Boghos— había abandonado la expedición a los Bosques Oscuros después de que sus hombres enfermaran y murieran de unas fiebres misteriosas… Y le habría traído sin cuidado porque tenía la mente volcada exclusivamente en la figurilla; tampoco pensó en Lianxang cuando, durante la noche, sopló un viento que venía del norte. Al amanecer nevaba en abundancia, y el viento racheado levantaba remolinos blancos que impedían ver a pocos pasos.

Levantaron, pues, el campamento con rapidez para buscar cobijo y se encaminaron hacia la cresta de la loma que había al fondo de un pequeño valle. Tras un agotador ascenso, cruzaron al otro lado y encontraron por casualidad una brecha en la pared rocosa que se ensanchaba hasta formar una cueva; era lo bastante grande para entrar con los caballos incluso. Se instalaron enseguida, y Qalim se las arregló para encender un fuego pequeño con los trocitos de astillas que siempre llevaban encima para emergencias.

An Lushan se arrebujó en las pieles y contempló las llamas que titilaban con las ráfagas de la ventisca. La barba desgreñada le había crecido bastante y el abundante cabello negro le llegaba ya a los hombros. De nuevo sus pensamientos retornaron a las palabras del desconocido con quien se topó en los Bosques Oscuros: «Sea lo que sea que desees será tuyo sólo con pedirlo… Te convertirás en un héroe por resolver el enigma… Pero si mi señor te otorga su favor, tal vez te permita quedarte con eso de lo que hablo… Semejante poder en manos de un mort… de un hombre…».

¿Y si las leyendas y los mitos antiguos eran ciertos? Ésa era una pregunta que no cesaba de formularse, y tanto había llegado a formar parte de sus más profundos pensamientos que casi no se daba cuenta de que hacía un gesto de ignorancia en respuesta a la pregunta que le rondaba la cabeza continuamente… «Semejante poder…» Mas ¿cómo utilizaría ese poder? ¿Y cómo conseguiría la libertad de su padre, tal como le había prometido el recogedor de leña?

Al contrario que a Rokshan, a él nunca le interesaron las leyendas del pasado… ¡Ojalá estuviera su hermano con él ahora!

297

Aunque la misteriosa revelación que tuvo lugar en los Bosques Oscuros era prueba de la veracidad de la leyenda de Chu Jung, se cuestionaba si el árbol mítico, que brotó y creció por mandato de uno de los espíritus custodios más poderosos del Señor de la Sabiduría, había sido un árbol como otro cualquiera, un buen escondrijo para aquello que el espíritu custodio quiso mantener oculto a los hombres de por vida, y que ahora tenía él en su poder. Y otra cuestión era si, de entre todos los bosques del mundo, los Bosques Oscuros fueron el lugar elegido por Chu Jung para esconderlo, como los darhad habían creído siempre.

En ese instante una ráfaga especialmente fuerte lanzó un remolino de nieve dentro de la cueva; los caballos se pusieron nerviosos, piafaron y relincharon, y el fuego chisporroteó y se apagó.

Rezongando, Qalim se levantó para ocuparse de la lumbre, y An Lushan creyó oírle susurrar palabras de ánimo mientras soplaba con suavidad los rescoldos; poco después las llamas parpadearon y renacieron.

—Si las llamas tuvieran lengua, me gustaría saber qué nos dirían —bromeó para pasar el rato.

—¿Cómo dice, señor? —contestó Qalim, desconcertado.

—Le estabas hablando al fuego… ¿Acaso esperabas una respuesta?

—Yo… No sé qué quiere decir, señor —repuso Qalim; el escolta se acomodó de nuevo cerca de los caballos, y propinó un codazo a Bhathra, que dormía con la cabeza caída sobre el pecho. Sea lo que fuere que le preocupara a su señor, necesitaba a Bhathra despierto y alerta, por si acaso hacía algo que ninguno de los dos esperaba, cosa que cada vez le parecía más probable.

—Da igual —respondió An Lushan, irritado. ¡Pero ahí estaba de nuevo! No cabía duda de que percibía un débil susurro que ahora parecía llegar de distintas direcciones.

Se quedó mirando a Qalim, que apartó la vista con rapidez.

An Lushan oía ahora retazos de una voz que lo llamaba desde la profunda oscuridad del fondo de la cueva. Repentinamente, se transformó de nuevo en un susurro que llegaba en oleadas, rompía contra él y lo empapaba.

Entonces oyó una voz aterciopelada, hipnótica, sonora, vibrante; cuando callaba, el joven anhelaba oírla otra vez, pero la tenía tan cerca que se encogía de miedo ante su contacto.

A su debido tiempo sabrás lo que quiero que hagas y tendrás todas las respuestas que necesites. Recordarás estas palabras, porque es la Sombra quien te habla, An Lushan...

—¿Qué... qué quieres que haga? —Era tal el terror que lo atenazaba que apenas podía articular las palabras; no sabía si hablaba en voz alta o si estaba viviendo una pesadilla espantosa. La voz de la Sombra le hurgaba en la mente y ahondaba en ella como tentáculos.

Me has ayudado, An Lushan, y a cambio yo también deseo ayudarte. Percibo la preocupación que sientes por tu padre, y te cuestionas sobre el poder del que te habló el recogedor de leña y cómo conseguirá liberar a tu progenitor. El poder de lo que tienes en tu posesión es tal que puede conseguirse eso y mucho, muchísimo más... si quieres.

An Lushan meneó con violencia la cabeza cuando sintió que algo tiraba de él hacia abajo; caía, rodaba lentamente, más y más abajo hasta tener la impresión de haber estado cayendo toda la vida. Por fin se encontró tendido junto a un lago; el agua era negra como la noche y se notaba su helor. Y de repente se había vuelto oscuro, muy, muy oscuro.

Se echó a temblar de miedo. En la penumbra sólo alcanzó a ver una corneja que acababa de aparecer, y avanzaba a saltos al borde del agua; ladeó la cabeza y le dedicó una mirada intensa y maligna. An Lushan oyó la conocida voz entrecortada, porque la misma criatura le había hablado ya en otra ocasión, durante el viaje hacia el asentamiento de los darhad.

Mi amo y yo llevamos mucho tiempo esperándote, An Lushan. Soy Corhanuk, mensajero de la Sombra y de las regiones más oscuras del inframundo. Te mostraré tus anhelos y deseos más profundos. Con el tiempo, cuando se hayan hecho realidad, los hombres temblarán con sólo oír pronunciar tu nombre.

Se debatió al sentir que tiraban de él hacia abajo otra vez... Entonces gritó al sentir un golpe en la cara...

—¡Señor! ¡Despierte! Es un mal sueño... —Qalim estaba inclinado sobre él y le daba cachetes suaves en las mejillas para despertarlo; tenía una expresión preocupada. Bhathra estaba inmóvil a su lado.

299

An Lushan se incorporó con brusquedad. A pesar del frío estaba bañado en sudor.

—Se quedó contemplando el fuego y debió de quedarse dormido —explicó Qalim al tiempo que le ofrecía un paño.

—Gracias —masculló, y se enjugó la cara—. Sí, un mal sueño… —Miró hacia el fondo de la cueva con nerviosismo al recordar fragmentos de lo que acababa de experimentar; el deseo de salir de allí era abrumador—. ¿Ha dejado de nevar? Deberíamos estar ya en camino; pongámonos en marcha ahora mismo —dijo mientras recogía la capa.

Uno de los caballos relinchó alarmado cuando una sombra se proyectó por la estrecha abertura de la pared rocosa, y ocultó la luz grisácea del día invernal que penetraba en la cueva. La sombra se materializó en la forma inconfundible de una mujer de la tribu de los darhad que empuñaba una lanza; ella vaciló, cautelosa, en la boca de la cueva.

—¡Lianxang! ¿Qué haces aquí? —exclamó An Lushan, sorprendido. Bhathra y Qalim lo flanquearon, alerta la mirada y las manos apoyadas en la empuñadura de las cimitarras, desconfiados.

—¿Ni una palabra de bienvenida, An'an? —se quejó ella, que disimuló la sorpresa que le causaba el aspecto desaliñado de su amigo, así como la expresión, entre acosada y atormentada, que nunca le había visto—. Zayach y otros dos hombres se han quedado fuera, de guardia —añadió—. ¿Hay sitio también para ellos?

—Por supuesto, diles que entren y nos acompañen —contestó An Lushan, e hizo una seña a Qalim para que avivara el fuego.

Al cabo de un momento, los hombres de la tribu de la joven entraron y se sentaron con las piernas cruzadas junto al fuego que Qalim había atizado, en tanto que Bhathra llenaba un puchero de barro con nieve para preparar una infusión.

—Me alegro de verte, Lianxang, en serio —aseguró An Lushan en voz queda—. Pero también ha sido un sobresalto. Creía que tu abuela era reacia a dejarte marchar… —Se acomodó cerca del fuego, e hizo un gesto para que ella se sentara a su lado. Se dio cuenta de que todos lo miraban.

—An'an, lo que voy a pedirte es importante para nuestro

pueblo —dijo con lentitud Lianxang—. Queremos que intentes recordar qué te ocurrió en el bosque. Los dos exploradores encargados de buscarte se internaron más en la espesura antes de que tuviéramos ocasión de avisarles de que estabas a salvo. Aparte de que nosotros vimos a un extraño antes de encontrarte, ellos se toparon también con algo que nos ha intranquilizado mucho, sobre todo a Sarangerel…

—¿Qué… qué fue lo que descubrieron? —inquirió An Lushan con aparente inocencia.

—Una gran hendidura en la tierra, algo más que un hundimiento, una especie de… caverna subterránea, tan profunda que casi no se veía el fondo.

—Si lo que me preguntas es si vi un gran agujero en la tierra, te contestaré que no; no vi nada. —An Lushan se sorprendió a sí mismo; la mentira le había salido con fácil naturalidad—. ¿Acaso crees que no os lo habría comentado en caso contrario? —planteó, indignado.

—Pues claro que no, pero queríamos… Sarangerel quería asegurase bien. Le preocupa que haya una conexión entre el desconocido que vimos y ese agujero. Al fin y al cabo, ese hombre se hallaba por la misma zona donde se produjo el hundimiento. ¿Estás completamente seguro de no haber visto a nadie cuando te perdiste?

—A nadie —recalcó An Lushan con rotundidad—, como ya os dije en su momento. ¿Has venido hasta aquí para preguntarme eso? ¿Cuánto hace que nos seguís?

—Salimos algunos días después de que te marcharas. No era difícil seguir el rastro… Hay otras rutas por las que podríais haber ido, pero no las conocéis. Y queríamos asegurarnos de que regresabas a Maracanda.

—Pero ¿dónde más podría haber ido? —An Lushan extendió los brazos en un gesto de extrañeza.

—¿Y qué me dices de las luces —destellos fuertes, explosiones de color— que os han acompañado? Sólo a un ciego se le habrían pasado por alto. ¿Qué eran? ¿Qué las causaba?

—¿Y me lo preguntas a mí? —El tono de An Lushan era de incredulidad—. A nosotros también nos ha sorprendido. ¿No son fenómenos habituales en estas latitudes cuando las estrellas conforman una figura determinada en los meses de invierno?

301

Qalim y Bhathra tenían la vista fija en el fuego a fin de evitar cualquier mirada dirigida a los dos jóvenes.

—Las luces ondulantes de las Tierras del Hielo se forman a muchos días de viaje desde los límites más septentrionales de nuestros bosques, límites que están como mínimo a un ciclo lunar desde nuestro asentamiento de invierno más meridional —apuntó en tono comedido Zayach, interviniendo en la conversación por primera vez.

—Bien, pues, a lo mejor se han desplazado hacia el sur... ¡Sería un buen augurio! —exclamó An Lushan.

Qalim se levantó de un salto y ofreció el té recién hecho para romper el incómodo silencio.

—A lo mejor tiene razón, Zayach —dijo Lianxang alegremente una vez que todos tomaron unos sorbos de infusión—. A fin de cuentas, los bosques empiezan a recuperarse... —Observó atenta la reacción de An Lushan.

—¿Los árboles se están recuperando de la plaga? ¡Qué noticia tan maravillosa, Lianxang! —exclamó el joven, muy animado, al recordar de golpe los planes que había forjado—. Ahora nada se interpondrá en mi camino... —Dejó en suspenso la frase al reparar en la mirada sobresaltada de la joven.

—Y por si acaso los acompañaremos, no le quepa la menor duda —dijo Zayach con voz acerada.

—¿Qué? ¿Hasta Maracanda? ¿Y después dar media vuelta y hacer otra vez todo el camino? Eso es absurdo. —El timbre de An Lushan se quedó a un paso del menosprecio, pero a ellos no se les escapó. La expresión consternada de Lianxang saltaba a la vista.

—No obstante, ha sido una orden directa de la tejedora de sortilegios, y su nieta no la soslayará... Y nosotros tampoco —replicó Zayach con tranquila indiferencia a la descortesía de An Lushan.

—Si la vie... —El joven se contuvo justo a tiempo—. Si eso es lo que quiere Sarangerel ¿quién soy yo para llevarle la contraria? —Rio con desgana, se puso de pie y pasó por encima del fuego hacia la boca de la cueva para echar un vistazo fuera—. El cielo se ha despejado, deberíamos reanudar la marcha —dijo, tajante—. Por lo menos tardaremos medio ciclo lunar en llegar a Maracanda, donde tengo asuntos pendientes que he de resolver. Venid con nosotros si queréis, Zayach, o ahorraros las molestias y volved al asentamiento. A mí me da igual.

An Lushan se arrebujó en la capa, y, echando una mirada despectiva a los rastreadores darhad, salió de la cueva.

Capítulo 33

Beshbaliq y los demonios espectrales

*L*ianxang observó a la corneja que graznaba muy fuerte volando en círculos sobre ellos. Era muy extraño, pero cuanto más se acercaban a Maracanda, más a menudo aparecía, y siempre al anochecer. Unos pocos *yins* por delante, An Lushan parecía incapaz de apartar los ojos del ave.

Por fin, en lontananza, la joven vislumbró a duras penas las sólidas murallas de la capital del Imperio Occidental; en pleno ocaso la arcilla roja de la enorme fortificación reflejaba un brillo rojizo. Se permitió sonreír, pues regresaba a la ciudad mucho antes de lo que esperaba y estaba impaciente por volver a ver a su segunda familia. Ni siquiera el hecho de que el comerciante Naha estuviera prisionero apagaba su entusiasmo. Pero la sonrisa se le borró ante el insistente graznido del feo pájaro. Si al menos supiera lo que le preocupaba a su amigo... Apretó el paso para alcanzarlo.

—Ya falta poco, An'an —dijo Lianxang mientras trotaba a su lado. La tarde daba paso a la penumbra del crepúsculo envolvente, y ella sabía que no cruzarían las puertas de la ciudad esa noche. Casi con toda seguridad no llegarían a Maracanda hasta primera hora de la tarde del día siguiente.

Al principio An Lushan no contestó, ya que tenía puesta toda su atención en la corneja que continuaba volando en círculos.

—An'an... Te estoy hablando.

—Lo sé, lo sé. Deberíamos acampar pronto; estoy cansado —dijo por fin apartando los ojos del cielo no sin esfuerzo.

—Deberíamos continuar un poco más, y así mañana habría que recorrer una distancia menor.

—Seguid vosotros. Yo me detendré enseguida; necesito descansar.

—¿Y dejarte sólo? ¡Ni en sueños! —Lo dijo como si bromeara, pero en los últimos días se había fijado, con creciente preocupación, en las evidentes ojeras y en el aspecto macilento de su amigo. ¿Qué le ocurría?—. An'an, cuando lleguemos a la ciudad, voy a llevarte al mejor sanador que haya en ella. Estás... —vaciló, porque no quería encolerizarlo—. No pareces tú, y ha sido así desde que os alcanzamos, hace medio ciclo lunar. ¿Me dejarás hacerlo? —pidió afectuosamente.

—Sí, si quieres —murmuró él en voz tan baja que casi no se le oyó.

La verdad era que estaba deseoso de quedarse a solas; la estatuilla parecía ejercer en él una atracción más y más fuerte a medida que se aproximaban a Maracanda, y el ansia de sostenerla entre las manos y bañarse en sus resplandecientes colores se estaba volviendo irrefrenable. Si como mínimo pudiera hacer eso, quizá los sueños y las pesadillas que había tenido desaparecerían, aunque ahora le parecían tan reales que en ocasiones no estaba seguro de haber soñado.

La voz sedosa, acariciante, que le hablaba noche tras noche se había convertido en insistente; daba igual que estuviera despierto o dormido, ya no podía desoírla y tenía que hacer lo que le ordenaba, o se volvería loco.

El estridente graznido se convirtió de pronto en un grito de alarma antes de que la corneja hiciera un viraje y enfilara hacia el norte. Un grito apagado, penetrante, captó la atención de Lianxang.

—¿Será posible que...? —masculló para sí. Alzó la vista y escudriñó el cielo cada vez más oscuro, esperanzada. El grito había atraído también la atención de los escoltas y de los darhad. Un ave enorme volaba en círculos, perezosamente, sin esfuerzo, en las corrientes térmicas, y se acercó poco a poco sin dejar de girar hasta que ya no hubo lugar para el error.

—¡Un águila real! —exclamó Qalim, muy excitado, mien-

305

tras se acercaba con su caballo—. ¿Qué estará haciendo aquí? —Observó a Lianxang con curiosidad; la joven miraba al cielo con una expresión extasiada mientras escuchaba con gran atención el torrente de gritos penetrantes.

El ave seguía volando en círculos, y entonces la joven levantó un brazo, como si saludara; la enorme águila lanzó un último grito, se elevó en la corriente y se alejó. Lianxang la siguió con la vista hasta que se redujo a un puntito en el cielo; se sentía agradecida por la esperanza renovada que le había proporcionado el encuentro, pero el mensaje que le había transmitido le daba que pensar: pasara lo que pasara, tenía que quedarse con An'an y no separarse de él nunca.

Los escoltas maracandeses se fijaron en que los darhad hacían su gesto característico de tocarse la frente cuando el águila se alejaba, e hicieron su propio signo del dragón, por añadidura, en un intento de convencerse a sí mismos de que era un buen augurio. An Lushan apenas si reparó en lo que sucedía y algún que otro murmullo apático fue toda su respuesta a la cháchara emocionada de la joven.

Cuando hubieron instalado el campamento, estaba tan agotado que casi no comió; poco después se disculpó alegando que necesitaba dormir, y se marchó. Tuvo sueños horribles esa noche que lo hicieron gemir y murmurar. La noche era fría, pero él sudaba tanto que las ropas sobre las que dormía quedaron empapadas.

Se incorporó de golpe y se apretó la cabeza a causa de la voz que no sólo le resonaba en su interior, sino que, además, le dio la impresión de que giraba en remolinos alrededor del campamento:

Te habla la Sombra, An Lushan. Ha llegado tu oportunidad si tienes valor y voluntad para no dejarla escapar. Tus planes mortales se han malogrado; tu padre humano te ha abandonado y ya no te espera en tu Ciudad de los Sueños. Pero tendrás tu venganza si haces lo que te digo.

¡El Talismán de Chu Jung es tuyo, An Lushan! Todos los poderes especiales que el Señor de la Sabiduría confirió a su espíritu custodio de mayor categoría están concentrados en él. De momento sólo tenemos un propósito: juntarlo con el Báculo que mi fiel mensajero, Corhanuk, mantuvo a buen recaudo

a lo largo de las eras. El Báculo lo tiene ahora en su poder otro de mis servidores, que te espera en la Cumbre de la Diosa. Ve, Corhanuk te guiará. Y tendrás tropas a tu mando; del mismo modo que mi lugarteniente de siempre, Beshbaliq, dirigió legiones de demonios, tú también recurrirás a las fuerzas del mal. Como la joven darhad tiene algunas hierbas y pociones de la tejedora de sortilegios, dile que las eche al fuego, y Beshbaliq aparecerá, renacido por fin en ti...

A todo esto, Lianxang despertó y vio a An Lushan plantado a su lado.

—¡An'an, me has asustado! —Bostezó y se frotó los ojos—. ¿Otro de tus sueños?

—Sí. Y no quiero dormirme otra vez... ¿Dónde están las hierbas y pociones que me dijiste que Sarangerel utiliza para desentrañar los malos sueños? Sé que las tienes... Tráemelas —apremió a la par que la miraba de un modo raro.

Alarmada, Lianxang fue a buscar las bolsas mientras que An Lushan amontonaba leña encima de las rojas ascuas del fuego, que chisporroteó y se reavivó. Mascullando para sus adentros, el joven hurgó en las bolsas de tela y en los recipientes que le había entregado su amiga, y olisqueó una raíz.

—Acónito... Bonito cuando florece, pero las apariencias pueden ser engañosas... las raíces son letales... Pero eso ya lo sabes tú —comentó con un timbre de voz escalofriante e impasible.

Se frotó entre los dedos un poco de polvo de color rojo intenso, y lo olió con precaución.

—Cinabrio... O sulfuro de mercurio, como lo llamarían los alquimistas. También venenoso, si no me equivoco... Son unos ingredientes muy potentes, incluso para que los use la nieta de una tejedora de sortilegios —observó; las pupilas se le redujeron al tamaño de una cabeza de alfiler, y la muchacha tuvo la impresión de que la traspasaban—. Júntalos y échalos todos al fuego —ordenó con brusca ferocidad.

El matiz de la voz de su amigo obligó a Lianxang a obedecer sus instrucciones al instante, con manos temblorosas; ¿cómo había sabido An Lushan elegir los ingredientes más fuertes, cuyas propiedades sólo conocía una tejedora de sortilegios, y utilizados únicamente para exorcismos en casos de una

307

posesión extrema de demonios? ¿Acaso el espíritu-ave había intentado prevenirla? Estaba convencida de que el águila sólo quería comunicarle que se quedara con An Lushan, pero tal vez existía otra advertencia más importante en el mensaje que le había transmitido. Y ahora, de algún modo, actuaba como si estuviera soñando, sin resistirse a las órdenes de su amigo.

El propio An Lushan actuaba ajeno a todo; alzó los brazos y salmodió una invocación. Las llamas se apagaron un instante, pero después renacieron en una columna llameante de colores rojos y púrpuras; un humo negro y espeso lamió la base del fuego antes de ascender en remolinos en una danza que lo entrelazaba con las llamas. El cántico del joven cobró intensidad, y él hizo señas al fuego como si intentara atraer hacia sí las llamas y el humo.

Zayach y los otros darhad observaban la escena paralizados por el terror mientras el humo los envolvía; por su parte, Bhathra y Qalim estaban encogidos de terror junto a los caballos, a los que intentaban en vano tranquilizar, ya que relinchaban, cada vez más asustados, y tiraban de los ronzales para soltarse y huir.

—Venid, demonios espectrales de Beshbaliq —gritó An Lushan mientras agitaba los brazos—. ¡Venid, mis espíritus del infierno!

Las llamas descendieron como el surtidor de una fuente, y el humo que rodeaba la base del fuego se arremolinó en un torbellino ondulante y retorcido, que formó una figura espectral vestida de negro de la cabeza a los pies; un turbante le tapaba la cabeza y el rostro, salvo una rendija a la altura de los ojos, que centelleaban rojos, imperturbables. An Lushan giró entonces sobre sus talones y Lianxang dejó escapar un grito de desaliento ante el cambio inequívoco de su aspecto: se hizo más alto, y una sombra que le ondeó sobre el rostro le desfiguró sutilmente los rasgos, de forma que el semblante semejó una máscara cruel.

Obediente a su orden, el demonio espectral salió del fuego con movimientos fluidos. Las manos eran casi transparentes, pero no tuvo dificultad alguna para sacar la liviana cimitarra sujeta al cinturón, que le ceñía el talle con una hebilla en forma de cráneo de dragón. La criatura se llevó la cimitarra a la frente por la parte plana en un gesto de saludo a An Lushan, y después se situó a un lado.

Las llamas se elevaron de nuevo, el humo negro se arremolinó y otro ser, igual al primero, emergió del torbellino de humo. La escena se repitió muchas más veces, tantas como An Lushan repitió la invocación; un gesto triunfal le contrajo el semblante a medida que congregaba a su horda de criaturas infernales.

Paralizada por el terror, Lianxang contó de forma automática cuarenta seres —idénticos—, colocados en fila de a dos en perfecto orden, completamente inmóviles a excepción de alguna que otra ondulación, como un campo de maíz mecido por el viento. Todos sostenían la cimitarra enhiesta ante sí, a la espera de órdenes.

Entonces dio la impresión de que An Lushan crecía más, y la voz retumbaba como el trueno al invocar monturas para sus demonios. De nuevo las llamas se alzaron con violencia y el humo negro giró alrededor de los presentes, tan espeso que les era imposible ver nada, pero lo que se oía bastaba para infundirles pánico: al principio fue un relincho; lo siguió otro y otro más, *in crescendo,* hasta formar un coro de sonidos demoníacos de unas figuras que parecían caballos, si bien Lianxang se estremeció al imaginar lo que eran realmente. Al disiparse por fin el humo, contemplaron en todo su horror lo que se había convocado desde las puertas del infierno.

Los demonios espectrales montaban en sus caballos infernales, y An Lushan observaba con agotada satisfacción a sus tropas congregadas. El efecto ondulante, semitransparente, de los demonios no abarcaba a sus monturas, las cuales eran una mano más altas que los resistentes ponis de la estepa que utilizaban las caravanas, y cuyos ojos de color rojo centelleaban igual que brasas ardientes, en tanto que el lustroso pelaje brillaba como el azabache. Babeando y piafando, se llamaban entre sí con gruñidos graves que dejaban a la vista unos dientes largos y afilados como los de un tigre, y las pezuñas de tres dedos les acababan en puntas sumamente afiladas. Sin silla ni riendas, los espectros formaban un todo con su montura, y sostenían las cimitarras en posición de saludo, a la espera de la orden de su señor; algunos portaban lanzas decoradas con banderas que flameaban al viento luciendo el cráneo dorado de un dragón.

Se había levantado un viento frío y racheado que arrastraba nubes tormentosas por el cielo perlado del amanecer. An Lushan montó en uno de los caballos infernales, y cabalgó arriba y abajo de la hilera de sus pacientes demonios espectrales como un general que inspeccionara a sus tropas. Se detuvo a la cabeza de la fila, desenvainó la cimitarra, y, sosteniéndola en alto, contestó al gesto de lealtad de sus criaturas.

—¡Heme aquí, espectros infernales! —gritó—. ¡Soy Beshbaliq, vuestro jefe, lugarteniente renacido de nuestro señor, la Sombra! ¿Juráis servirme?

Los demonios espectrales abatieron las cimitarras a la vez, y luego las sostuvieron en alto imitando a su jefe reconocido, pero sin emitir ningún sonido. Lianxang contempló con remordimiento el horror que había ayudado a invocar de las profundidades del infierno. ¡An Lushan había utilizado sus hierbas para crear a todos esos monstruos! Era una tejedora de sortilegios en ciernes... ¿Qué había hecho? ¿Por qué no había tenido el valor de resistirse? «Lugarteniente renacido de nuestro señor, la Sombra.» ¿En qué se había convertido, reconociendo como su señor a la encarnación de la oscuridad, la muerte y el mal? Y ella no había sabido ver hasta qué extremo estaba poseído.

Retrocedió cuando An Lushan le gritó que se uniera a él al frente de la columna; observó que los ojos le llameaban, y, todavía incapaz de resistirse, hizo lo que le ordenaba.

—¡Demonios espectrales! —gritó triunfante; el rostro se le convirtió en una máscara maligna cuando unas sombras pasaron sobre él. Con la cimitarra señaló lentamente a sus dos escoltas y a los hombres de la tribu de los darhad, y ordenó—: ¡Matadlos!

Lianxang dijo algo en su lengua, y las palabras tuvieron un efecto instantáneo: Zayach y los otros dos darhad saltaron a sus ponis y trataron de controlar a los aterrorizados animales. Qalim y Bhathra, que eran mejores jinetes, ya habían montado y se alejaban a galope para salvar la vida.

—¡Tras ellos, matadlos a todos! —bramó An Lushan. Al instante, como si fueran un solo ser, los demonios espectrales partieron a galope en pos de los hombres; el coro de gruñidos de los caballos infernales era un acompañamiento atroz para los aullidos escalofriantes de sus jinetes.

—¡Cabalgad, cabalgad si queréis vivir! —les chilló Lianxang mientras se apartaba de An Lushan al ver que avanzaba hacia ella con una expresión tan furiosa que casi no lo reconocía—. No, An'an... No sabes lo que haces... —gimió con un gesto de dolor y de miedo conforme él la hacía retroceder más y más hacia la hoguera todavía encendida. An Lushan desenvainó la cimitarra y se la pasó de una mano a la otra, sin quitarle los ojos de encima a la muchacha, paralizándola.

De repente el arma giró a una velocidad relampagueante. Lianxang la oyó silbar al pasarle junto a la mejilla, y sintió el fugaz contacto al cortarle el lado derecho de la cara; curiosamente, la sensación fue como si le hubiera hecho un pequeño arañazo, pero la afilada cuchilla dejó un tajo profundo en forma de media luna, desde la frente hasta debajo de la barbilla. Dio un respingo, conmocionada, cuando la sangre le brotó de la herida.

—No vuelvas a desafiarme... jamás —ordenó An Lushan mientras le enjugaba la mejilla. La sangre cálida y pegajosa le manchó los dedos; se los llevó a la cara y se la embadurnó.

311

Unos gritos penetrantes sonaron apagados en la distancia, pero los darhad estaban demasiado lejos para que Lianxang, con la media luz grisácea del alba, alcanzara a ver la suerte que habían corrido sus escoltas.

Poco después resonaban los relinchos sobrenaturales de los caballos infernales y los aullidos de sus jinetes lanzados a galope, de vuelta al campamento; Lianxang soltó un grito desgarrado al ver que los jinetes llevaban enarboladas las cabezas cortadas de los hombres de su tribu y de los dos leales escoltas de An Lushan, empaladas en las lanzas.

Desmontaron con sus espantosos trofeos e hicieron una profunda reverencia ante su jefe. Lianxang sintió náuseas y vomitó entre convulsiones.

—¿Qué harás ahora? ¿Vas a matarme también? —preguntó con voz temblorosa—. Maracanda está sólo a medio día de camino, An'an —intentó hacerle reflexionar, con la esperanza vana de que no estuviera más allá de cualquier razonamiento—. Tu padre… Hemos de negociar con Jiang Zemin para conseguir su libertad…

—Demasiado tarde. Él me ha abandonado; ya no tengo padre. —An Lushan le dio la espalda—. Ahora he de hacer lo que mi señor, la Sombra, me ha encomendado. Me ha hecho un regalo inconmensurable, pero todavía no está completo.

—¿Qué regalo? —Lianxang no sabía a qué se refería—. Enséñamelo, por favor…

Él vaciló, pero después se acercó a zancadas a su bolsa. Con manos temblorosas desenvolvió el paño en el que guardaba el Talismán, y, reverentemente, lo alzó como si hiciese una ofrenda. Tan pronto la tuvo en sus manos, la estatuilla brilló y ni la luz del amanecer atenuó sus rayos.

—Éste es el Talismán de Chu Jung, espíritu del fuego y ejecutor celestial, que muy pronto se unirá con su Báculo como si fueran una sola cosa —proclamó An Lushan en voz queda; dejó que la muchacha echara un fugaz vistazo a la figurilla de exquisita factura y después la estrechó contra su pecho.

¡El Talismán de Chu Jung! Lianxang no había entendido las otras partes del mensaje, pero al ver el objeto que An'an tenía en su poder, todo le encajó. Superando el dolor y el miedo, se esforzó en concentrarse. ¡Esa estatuilla era lo que An Lushan encontró en la cavernosa hendidura del bosque! Se conmocionó al caer en la cuenta de que la leyenda largo tiempo acariciada por su pueblo era cierta, puesto que habían sido sus amados bosques el lugar secreto donde Chu Jung escondió el poderoso Talismán; en verdad su misión como custodios había sido una encomienda sagrada. Sabía que la magia del Talismán no podía utilizarse individualmente, sino que debía unirse al Báculo de Chu Jung para que se liberara todo su potencial. Pero An'an parecía saber dónde encontrar el Báculo. Ahora entendía lo que tenía que hacer; esa parte del mensaje del espíritu-ave de Sarangerel había sido muy clara: ocurriera lo que ocurriera, debía quedarse con el joven. La perspectiva hizo que se le revolvieran las entrañas; ¿cómo hacerle comprender el enorme mal que desencadenaría, y, sobre todo, cómo iba a impedírselo?

—An'an, debes entenderlo —suplicó—. Es demasiado poderoso para que cualquier hombre lo controle. Te destruirá…

—¡Pero es que ya no soy un hombre! —An Lushan soltó una risa extraña, como un ladrido—. Juntos, mi señor —la Sombra— y yo, controlaremos la magia de Chu Jung para usarla a voluntad…

—A voluntad de tu señor, querrás decir —argumentó, desesperada, consciente de que lo habían llevado hasta una situación que a ella le quedaba fuera de su alcance—. ¿Por qué iba la Sombra, tu señor, a compartir nada contigo una vez que le hayas dado lo que quiere? Sus promesas son falsas… ¡No le hagas caso, An'an!

El extraño efecto ondulante de unas sombras surcó una vez más el semblante del joven cuando el espíritu de Beshbaliq consolidó la posesión, y reptó poco a poco, como un tumor maligno, hasta los rincones más oscuros de su alma.

—Basta… ¡A no ser que quieras tener este lado de la cara a juego con el otro! —Rozó con la parte plana de la cimitarra la mejilla ilesa de la joven, y luego la subió de un tirón a su caballo infernal.

Miró a sus inmóviles tropas de demonios espectrales, y con una orden en voz alta que coreó un clamor creciente de gruñidos y aullidos, An Lushan y su horda emprendieron galope hacia el este, a la Cumbre de la Diosa.

313

Capítulo 34

Matanzas en las calzadas comerciales

*L*as monturas de los demonios espectrales eran infatigables; galopaban de día, evitando las rutas comerciales establecidas, y también de noche. La enorme corneja los acompañaba; Lian-xang había notado que An Lushan sostenía, en apariencia, conversaciones con la fea ave.

Los demonios espectrales y sus caballos infernales no necesitaban dormir, y cuando comían, lo hacían más por el placer de matar que por necesidad de calmar el hambre. Se alimentaban de carne humana, y a lo largo de las rutas comerciales empezaron a correr rumores sobre la existencia de una horda errabunda de bandidos que se decía que eran espíritus malignos escapados del infierno.

Viajando dos veces más deprisa que los caballos corrientes y mucho más rápido aún que las caravanas que avanzaban a paso cansino, bajaron desde las tierras de los darhad, viraron hacia el este —más allá de Maracanda— y dejaron atrás la ciudadela del monasterio de Labrang en sólo medio ciclo lunar, una fracción del tiempo que empleó la lenta caravana de Chen Ming en cubrir la misma distancia. Cuando Rokshan abandonó la caravana del jefe de caravanas para dirigirse al paso, An Lushan y su horda demoníaca ya se encaminaban hacia el este —también en dirección a la Cumbre de la Diosa— a sólo tres cuartos de ciclo lunar, más o menos, detrás de él.

Habían hecho de las matanzas y la violencia su sello personal, hecho que suponía motivo de repulsión y horror para Lianxang. Ella rezaba para que fuera lo que fuese que hubiera poseído a An Lushan desapareciera de una vez, y su amigo recobrara la razón. Pero estaba convencida de que era una esperanza vana, de modo que endureció el corazón para llevar a cabo lo que debía hacerse, aquello que Sarangerel y su pueblo esperaban de ella, aunque significara sacrificar la vida; el mensaje del espíritu-ave había sido clarísimo en ese aspecto. Se armó de valor, pues, para hacer acopio de suficiente fortaleza, desechar cualquier sentimiento que pudiera haber albergado por An Lushan, y ver tan sólo al monstruo en que se había convertido... Y esperó pacientemente.

Un graznido fuerte, áspero, anunció el regreso de la corneja tras el reconocimiento de una caravana localizada hacía muy poco. La desgarbada ave (An Lushan le reveló a Lianxang que era nada menos que el propio Corhanuk, siervo de la Sombra) los había seguido todo el tiempo, desde Maracanda, cuando se pusieron en camino por primera vez. Parecía que hubiera pasado toda una vida desde entonces, pensó entristecida la muchacha, mientras la corneja brincaba alrededor de An Lushan con gran excitación.

Te aguarda una gran recompensa, Beshbaliq. Es una caravana de Vartkhis Boghos, el mercader más rico de todas las Tierras Conocidas.

An Lushan hizo dar media vuelta a su caballo, sorprendido. Ese nombre evocaba ciertos recuerdos que pugnaban por salir a la superficie a través del mar embravecido de la posesión demoníaca en que se le había convertido la mente... Imágenes borrosas de otra vida giraron como destellos fugaces ante su vista, pero después se desvanecieron, perdidas en la memoria.

Sólo mercaderes tan ricos como Vartkhis Boghos podían permitirse organizar caravanas así, del tamaño de un pequeño ejército. Debían de llevar, como mínimo, quinientos camellos, búfalos y otros animales de carga, con camelleros, guardias y seguidores de campamento en un número que rondaba los doscientos. El humo de las lumbres de cocinar se elevaba perezosamente y se quedaba flotando sobre el campamento como un manto calinoso.

An Lushan no podía saberlo, pero entre las docenas de hu-

315

mildes camelleros se encontraba su propio padre, Naha. Mediante una combinación de duras negociaciones y sobornos repartidos con muy buen tino, Naha consiguió comprar su libertad para salir de la lúgubre ciudadela de Maracanda, aunque a un alto coste personal. La condición fue la confiscación de su fortuna y de su casa familiar, así como el exilio definitivo de su amada Maracanda. Por si fuera poco, tenía que sufrir la humillación de trabajar para su enemigo acérrimo de toda la vida en el puesto más mísero de los míseros: recogedor del estiércol de camello. De modo que iba tras los malhumorados animales para recoger los excrementos, mientras recorrían desiertos y estepas. Era un trago amargo que costaba apurar, pero aun así lo aceptó. Su razonamiento era que a cambio disponía de vida y libertad para recuperar su fortuna, por lo que merecía la pena correr el riesgo. Y lo que para él era más importante: podría enterarse por fin de qué había sido de sus hijos.

Ignorante de la presencia de su padre, An Lushan observó la caravana desde lo alto de un saliente rocoso. Apenas cumplido un ciclo lunar desde que emprendió viaje desde Maracanda a través de la estepa todavía helada, la caravana de Vartkhis Boghos estaba acampada al abrigo de unas colinas que, aun siendo de escasa altura, les servirían de cobertura a los demonios espectrales hasta el momento de lanzar el ataque.

An Lushan desenvainó la cimitarra al sentir el calor del Talismán contra el pecho, y entrecerró los ojos cuando la ya conocida ansia de matar lo envolvió como un sudario empapado de sangre que no le dejaba ver nada más. Lianxang notó que el cuerpo del joven se ponía tenso y temblaba al percibir el relincho demoníaco de su montura.

—No cometas más asesinatos, An'an —suplicó—. Eres An Lushan de Maracanda, comerciante experto, hermano mayor de Rokshan. Tu padre es Naha Vaish... —Esa retahíla de palabras se habían convertido en un mantra que la muchacha repetía antes de ataques semejantes con la esperanza de que desencadenaran algún tipo de reacción en él, pero caían en oídos sordos.

La corneja voló hacia ella mientras hablaba, y, aleteando alrededor, le picoteó la cara antes de que An Lushan la espantara con la mano y desmontara a la muchacha de un empellón de su caballo infernal.

Enrollándose el turbante negro de manera que le cubriera la cara salvo una estrecha franja para los ojos, An Lushan enarboló la cimitarra y enseguida la bajó con energía; era la señal de ataque. Espoleando a sus monturas gruñidoras hasta ponerlas a galope tendido, los demonios espectrales descendieron en tropel por el saliente y cargaron a través del pedregoso terreno de matorrales que los separaban de la caravana. Los chiquillos que jugaban al borde del perímetro del campamento se quedaron contemplándolos un momento, pero echaron a correr a toda velocidad gritando y agitando los brazos para llamar la atención de los que se hallaban en el campamento.

Ante la creciente penumbra crepuscular, los camelleros comprobaban la carga y acomodaban a los animales para pasar la noche; sobre la caravana flotaba el olor de las fogatas y de las lumbres donde se preparaba la cena. De pronto sonó la alarma: tres toques apremiantes que salieron del largo y curvado cuerno de yak que soplaba el jefe de camelleros.

Vartkhis Boghos alzó la vista de los libros de cuentas, y, maldiciendo, salió de la tienda a buen paso. ¿Y ahora qué pasaba? ¿Es que los dioses no lo habían castigado bastante ya con el rotundo fracaso de su aventura maderera en los Bosques Oscuros, puesto que aparte de los hombres, que le daban igual, había perdido miles de *taals*? Entrecerró los ojos al ver la horda de bandidos que los atacaba.

—Por los dioses, ¿qué clase de caballos son ésos? —musitó con un hilo de voz.

Los bandidos se habían reagrupado en una columna de a dos en fondo y se dirigían directo hacia su tienda, que se había instalado separada del resto del campamento y se distinguía por la ondeante bandera amarilla y verde. Conforme se abrían paso, volteaban y descargaban las cimitarras dando tajos y cortes a la gente que huía atropelladamente para ponerse a cubierto.

Boghos contempló con horror a un bebé que gateaba en la trayectoria del jinete que iba en cabeza; éste desvió la montura en el último instante, al mismo tiempo que la madre se lanzaba a recoger a la llorosa criatura y la alzaba en sus brazos. El jinete viró para perseguirla mientras la mujer hacía un quiebro en un intento desesperado de escapar. Pero era un caballista

317

muy experto, y, como de pasada, descargó la cimitarra en la nuca de la mujer que huía y casi la descabezó del tajo.

Los demonios espectrales eran irrefrenables en su sed de sangre, de manera que rodearon el campamento y avanzaron de manera metódica; a su paso incendiaban las tiendas y masacraban a mujeres y niños acobardados. Los hombres combatían con valentía, pero no estaban a la altura de sus contrincantes que manejaban las cimitarras y las lanzas con mortífera precisión.

Otros dos o tres espectros cargaron contra Boghos, que sacó una daga afilada como una cuchilla de afeitar, y, dando un grito de desesperación, se la lanzó con todas sus fuerzas. El arma alcanzó a uno de los caballos infernales en el pecho, pero desapareció al instante en el animal sin haber derramado sangre ni conseguir frenar la carga frenética. Ya casi los tenía encima cuando uno de los jinetes desmontó con extrema facilidad y se le aproximó a pie.

—¡Mercader Boghos, los bandidos infernales de Beshbaliq te saludan! —La voz del demonio espectral sonaba ronca y entrecortada, pero sin darle tiempo a actuar, el jinete que iba en cabeza llegó a galope y sofrenó con violencia a su montura.

—Continuad con vuestro trabajo —mandó An Lushan a los demonios espectrales—. De este hombre me ocupo yo.

— Si eres el jefe de esta chusma, ordena a tus hombres que lo dejen ya y tendrás lo mejor del cargamento. O la totalidad… No me importa, pero detén esta absurda matanza —gritó Boghos.

—No me interesa tu ínfimo cargamento, mercader Boghos —replicó el joven mientras se quitaba el turbante negro—. En otro tiempo me conociste como An Lushan, de la casa comercial de Vaishravana.

Boghos dio un respingo de sorpresa. Ése era el joven del que tanto le habían hablado, hijo y heredero de su rival comercial de toda la vida, el hombre que tenía empleado ahora como un miserable recogedor de estiércol, el mismo hombre que ahora acudía corriendo, espada en mano. A pesar de su actual baja condición, Naha se había apoderado de una de las espadas desechadas, y participaba en la lucha para defender la caravana; tenía la cara manchada de sangre, así como una herida reciente en el brazo derecho.

—¡Boghos! Estos seres… —jadeó—. No son humanos y combaten como demonios… ¡Nos matarán a todos!

—Entonces dile a tu hijo, que es quien los dirige, que les ordene detener el ataque —replicó Boghos señalando a An Lushan.

A Naha le dio un vuelco el corazón… No había visto a su hijo mayor desde hacía meses y contempló consternado el cambio que se había operado en él. Parecía más alto, los ojos le brillaban amenazadores y emanaba una sensación de poder que casi podía palparse; se percibía, además, un fulgor extraño que le irradiaba del pecho… ¿Y qué era aquella especie de halo que lo rodeaba e iba y venía como un olor a carroña transportado por el viento?

Humo y llamas se alzaban en el aire a medida que se prendía fuego al campamento. Los chillidos se mezclaban con el ruido metálico de espadas al chocar contra cimitarras, ya que los hombres de Boghos seguían ofreciendo resistencia. Naha dio un paso hacia An Lushan con los brazos extendidos en un gesto implorante.

319

—Hijo mío, ordena a tus hombres, si es que en realidad lo son, que cese el ataque. Esto no puede ser obra tuya. Tú… Estás enfermo… Te lo suplico, ordena que cese la matanza, por favor, e iremos a hablar a la tienda de Boghos.

—Ya no tengo un padre terrenal —replicó An Lushan, con una voz vacía por completo de emociones.

—An Lushan, déjame que te lo explique —intervino con suavidad Vartkhis Boghos—. Naha y yo llegamos a un acuerdo: tu padre me vendió su negocio a cambio de…

An Lushan lo hizo callar en seco al lancearlo en el pecho con total indiferencia. La mirada atónita de Boghos no duró mucho porque la cimitarra de An Lushan lo remató con un tajo en el cuello que de poco le desgaja la cabeza. El mercader muerto se desplomó como un guiñapo ensangrentado.

Horrorizado, Naha reculó cuando su hijo se lo quedó mirando con fijeza.

En ese momento uno de los demonios llegó a galope y sofrenó su montura entre los dos hombres.

—¿Qué pasa? —bramó An Lushan.

—Mi señor, hemos tomado la caravana, ya es nuestra. Hemos matado a casi todos los guardias y camelleros y prendido fuego a las tiendas. Sólo queda con vida un puñado de mujeres y niños. ¿Qué quieres que hagamos con ellos?

—Matadlos —contestó sin vacilación.

—¡No! ¡No puedes hacer esto! —se desgañitó Naha.

An Lushan había desmontado y se encontraba sólo a unos pasos de su padre, casi mareado a causa de las oleadas de poder impregnadas de algo pestilente y corrompido que ondeaba alrededor de su hijo.

—¿Qué te ha sucedido para que no te importe matar a mujeres y niños indefensos? —inquirió Naha, sin comprender nada—. ¡Ningún hijo mío asesina inocentes estando yo vivo! —bramó de repente—. ¡Vamos a ver si sabes luchar! De hombre a hombre, en combate singular… ¿O es que te da miedo?

An Lushan entrecerró los ojos ante la pulla y blandió la cimitarra con movimientos expertos para demostrar su habilidad con el arma. El entrechocar de las dos armas resonó por el devastado campamento en llamas.

320 A todo esto, Lianxang, magullada y sin resuello tras caer de la montura de An Lushan, había observado el ataque desde su posición al pie del saliente rocoso, y vio cómo agrupaban a los niños y a las mujeres que quedaban sin contemplaciones; tenía que hacer algo antes de que los masacraran, como estaba convencida de que pasaría. Fue una idea nacida de la desesperación, de modo que sacó a toda prisa los últimos y preciosos restos de hierbas, polvos y remedios que había escondido con mucho cuidado, cosiéndolos dentro de un bolsillo secreto del chaleco.

Echando a correr hacia la caravana, se topó con un poni suelto que, espantado por la carnicería y las llamas, había intentado huir a galope pero se le habían enredado las riendas sueltas. Tranquilizó al animal y le soltó la pata; luego, profiriendo una súplica apasionada a los espíritus dragontinos del fuego, se montó de un salto, espoleó al poni de vuelta al campamento y cabalgó como el viento a través del árido terreno. Pasó a galope junto al grupo de prisioneros aterrorizados y arrojó las hierbas y los polvos a las llamas de unas tiendas incendiadas que había cerca.

El efecto fue instantáneo. Las mujeres y los niños chillaron de pánico cuando las llamas se dispararon hacia arriba, más y más alto, en una columna que cobró la forma de una serpiente ígnea. En el mismo momento en que parecía que iba a tocar el cielo, giró sobre sí misma y la cabeza del enorme reptil se precipitó hacia el suelo exhalando un estallido de vapor a la par que la negra lengua bífida se movía de lado a lado.

Mientras se bamboleaba sobre el campamento, de la boca de la serpiente brotó un humo verde, y se formó una niebla densa y húmeda que, al depositarse como un sudario, dejaba paralizado a todo aquel que tocaba... Permitía respirar, ver y oír, pero privaba de movimiento; incluso los demonios espectrales se quedaron petrificados en pleno galope.

Lianxang mojó un tapabocas de algodón con el agua de su odre, y se lo ciñó a la cara bien apretado. Ahora se las vería con el ser maligno que se había adueñado de An Lushan; estaría demasiado distraído en la lucha contra el valiente camellero para reparar en la niebla verde que se acercaba. Cuando los gases lo paralizaran, sería más fácil hacer lo que debía...

Se estremeció al pensarlo, pero, musitando una invocación para proteger a su poni contra la niebla durante unos segundos, lo azuzó para que penetrara en la nube arremolinada que se aproximaba a los dos hombres enzarzados en una lucha a muerte.

321

Al principio la liviana cimitarra, adecuada para escaramuzas, no estuvo a la altura de la pesada espada de Naha, y An Lushan se vio obligado a retroceder bastante lejos del límite del campamento y de la niebla verde expulsada por la serpiente. Pero lo poseían una fuerza y una agilidad fuera de lo normal, de tal modo que esquivaba y rechazaba las arremetidas, en tanto que su padre se estaba agotando. Haciendo acopio de todas sus fuerzas, Naha amagó un golpe bajo en diagonal al costado de An Lushan, en un intento de que su hijo dejara expuesto el frente al querer detener la estocada, pero en cambio el joven saltó por encima del arco trazado por la espada y descargó la cimitarra sobre la mano de su padre; el tajo hendió carne y hueso. El mercader dejó caer el arma con un gemido de dolor y se aferró la mano medio cercenada; cayó de rodillas y esperó a que su hijo le asestara el golpe mortal.

—Hazlo rápido, si es que vas a hacerlo —jadeó Naha—. Y que los dioses te perdonen.

Lianxang deseó que la niebla avanzara más deprisa; dentro de poco ya no llegaría a tiempo. Escudriñó a través de la bruma verde al ir acercándose a los hombres, y contuvo un grito de conmoción cuando por fin reconoció a la figura fornida que estaba de rodillas, derrotada.

An Lushan arrojó a un lado su cimitarra y se agachó para recoger la espada de Naha. Al hacerlo fue cuando, por primera vez, reparó en el silencio anormal que había caído sobre el campamento y en la densa niebla que se deslizaba hacia él. La sorpresa lo hizo recular en el momento en que un jinete surgió de entre la niebla, y gimió de dolor cuando la daga arrojada diestramente por Lianxang dio en el blanco, y se le hundió en el hombro derecho.

Colmado de fuerza demoníaca, An Lushan asió la pesada espada con la mano izquierda y la enarboló para asestar el golpe ejecutor.

Pero la niebla, cercándole la garganta, lo ahogaba ya; y al enroscársele alrededor, se quedó paralizado. Lianxang dio entonces un salto, y de un golpe le quitó la espada de la mano, y él cayó al suelo. Actuando con rapidez, la muchacha cogió a Naha por las axilas y lo apartó a rastras de la niebla que se les venía encima.

La joven se desplomó a su lado, afectada por la niebla; la convulsionó una tos violenta, al mismo tiempo que hacía un gran esfuerzo para proporcionarles aire a los pulmones.

—Lianxang, por los dientes sagrados del dragón —gimió Naha, que no dejaba de apretar la mano herida—. Ni en mis sueños más delirantes habría imaginado que te vería aquí. ¿Qué le ha pasado a mi hijo? ¿En qué se ha convertido y que son esos… esos seres que están a sus órdenes?

—Comerciante Naha, ahora no me es posible explicárselo. —Agitó la mano para apartar los últimos rastros que quedaban de la nube verde—. No hay tiempo… No sé cuánto durará la parálisis. Usted debe… Debe terminar lo que empezó aquí… —Miró hacia donde An Lushan yacía en el suelo, todavía inconsciente.

—¿Qué debo terminar? —Era evidente que Naha no comprendía.

—Ya no es su hijo, ¿es que no lo entiende? —gritó, angustiada; todo el dolor y el horror del viaje con los demonios espectrales la desbordó de repente—. ¡Ha de hacerse, ya!

Perplejo, Naha todavía intentaba entender qué había pasado. Entonces Lianxang advirtió que An Lushan parpadeaba y abría los ojos, y después los cerraba de nuevo; el corazón le dio un vuelco, porque comprendió que él no tardaría mucho en volver en sí, y no vaciló cuando se le acercó, y, hurgando debajo de la camisa, sacó el Talismán que llevaba atado al cuello. Cortó el cordón de cuero, y sin perder un instante, envolvió el objeto en el tapabocas que ella había usado, y se lo guardó en la bolsa que le colgaba del hombro.

—Éste es el sagrado Talismán de Chu Jung que mi pueblo ha guardado durante los últimos siglos. En manos de las fuerzas de mal, su poder se desatará contra el mundo, y su hijo se ha convertido en parte de ese mal... Está poseído, comerciante Naha; usted debe hacerlo. ¿Qué más pruebas necesita? —le imploró con desesperación.

—No puedo... —susurró el hombre, atormentado por la angustia—. Poseído o no, sigue siendo mi hijo.

—¡Entonces, váyase! Yo lo haré por mi pueblo. Se llevó algo que no le pertenecía, algo que debía seguir oculto en nuestros bosques eternamente, y ha liberado poderes que ni siquiera imaginamos. ¡Váyase! Suba al poni.

Le puso las riendas en las manos con brusquedad, y luego, sacudida por los sollozos, apoyó la daga en el cuello de An Lushan; asió la empuñadura con las dos manos para hundirle toda la hoja en la garganta. Él todavía mantenía los ojos cerrados y el semblante tranquilo, como si supiera que la liberación estaba a punto de llegarle. «Éste no es el amigo al que amaba —gritó Lianxang para sus adentros—, sino un ser poseído...»

—An'an, perdóname —susurró al tiempo que le acariciaba la cara; los brazos le temblaron cuando los tensó para empujar la daga...

—¡Espera, Lianxang, por favor! —Naha tenía los nudillos blancos de apretar las riendas del poni—. Ahora que tienes lo que querías, deja que me lo lleve. Lo mantendré a salvo... No le hará daño a nadie. ¿No tendría tu pueblo algún tipo de cura para él?

—No hay cura lo bastante potente para liberarlo de lo que

323

lo posee, comerciante Naha. Se lo dirán los médicos más experimentados del imperio… —Dio un respingo cuando oyó que An Lushan rebullía y emitía un suave gemido.

—¡Entonces, hazlo ya! —La voz de Naha estaba velada por la emoción—. ¡Y así tu pueblo sufra para siempre el castigo de la maldición del aliento del dragón!

En ese preciso momento, apareció la corneja que los había acompañado todo el camino desde Maracanda, y, graznando sin parar, se lanzó en picado sobre Lianxang.

—Esa ave… no se ha apartado de An'an. Es cómplice de su hijo y lo guía en todo cuanto hace. Por favor, comerciante Naha, ¡váyase! ¡Corra tan deprisa como pueda si quiere volver a ver a su otro hijo! —gritó la joven, que agitó los brazos para espantar al ave. Pero ésta extendió las alas y el cuerpo se le estiró y se le expandió hasta que se irguió ante ellos más alta que un hombre, transformada en una corneja monstruosamente grande.

Hizo caso omiso del padre de An Lushan, que en ese momento se subía a la silla de montar con gran sufrimiento.

—Lianxang, si ves a Rokshan, dile que siempre lo he querido como a mi propio hijo… Prométeme que… —Naha chilló horrorizado al ver a la inmensa corneja, y espoleó al poni hasta ponerlo a galope tendido para huir lo más lejos posible del campamento.

La corneja agachó la cabeza hasta situarla a unos centímetros de la cara de Lianxang, abrió el enorme pico y lanzó el conocido graznido. La ráfaga atronadora la empujó lejos de An Lushan, y, todavía resonándole en los oídos, se acurrucó en el suelo. Unos segundos después alzó la vista y vio que una figura alta, encapuchada y vestida de negro, se erguía amenazadoramente ante ella.

—Sucesora de tejedoras de sortilegios y gran sacerdotisa de los Elegidos, soy Corhanuk, mensajero de la Sombra y guía de Beshbaliq. Todo eso lo sabes, si no me equivoco.

Hablaba con una voz melodiosa, casi hipnótica. A juzgar por lo poco que Lianxang alcanzaba a atisbarle la cara, debía de haber sido hermoso en otro tiempo, de cabello rubio y largo hasta los hombros; los ojos, de un color azul oscuro, le brillaban con una intensidad tal que, por un instante, la atrajeron hacia su profundidad. A todo esto, le cayó la capucha, y la joven vio al ser odioso que ocultaba, retorcido y rebosante de aborrecimiento hacia sí mismo, cuya cabeza era poco más que una calavera cubierta de mórbidos tumores negros.

—No me engañas, Corhanuk… Veo lo que eres. —La voz le temblaba, pero de algún modo sacó fuerza de su ira—. ¡Lo has convertido en un monstruo! Juro por mi pueblo que el Báculo que robaste no se unirá con el Talismán… —Se echó hacia atrás cuando Corhanuk se le aproximó.

—¡Silencio! —El timbre musical de unos instantes atrás había desaparecido de su voz—. Qué poco entiendes de estos asuntos. El Báculo de Chu Jung es sólo el principio; se unirá al Talismán y entonces emplazaremos a los antiguos dragones. El terror se desatará en el mundo, y mi señor anulará el mandamiento divino que lo mantiene confinado tras el Arco de Oscuridad.

¿Emplazar a los dragones? ¿A qué se refería? En el mensaje del espíritu-ave no había ninguna advertencia sobre ese hecho… A Lianxang se le heló la sangre cuando su desconcierto provocó la risa espectral de Corhanuk, y se encogió de pánico al posarle aquel ser la mano en el hombro, quitarle la bolsa y sacudirla. Horrorizada, vio cómo caía al suelo el Talismán.

Obedeciendo su orden, los demonios espectrales la ataron de pies y manos, deslizaron dos palos por las cuerdas y la colgaron, como si fuera una mercancía, entre dos de los caballos infernales.

Corhanuk se acercó en dos zancadas donde yacía An Lushan, y, extendiendo un brazo, lo levantó. Al parecer la herida del hombro no le causó molestias cuando se lanzó a toda velocidad sobre el Talismán tirado en el suelo, y se lo guardó en un bolsillo con ansiedad.

—¡Cabalguemos como el viento, jinetes infernales! —retumbó con voz atronadora, y dio la impresión de que se había recuperado por completo—. ¡A la Cumbre de la Diosa, donde el fiel servidor de nuestro amo —el portador del Báculo— aguarda!

SEXTA PARTE

Guerra y sacrificio

La leyenda de los collares divinos
del Señor de la Sabiduría

Lo que sigue está anotado en *El libro de Ahura Maz-da, Señor de la Sabiduría*.

En el albor de los tiempos, cuando el mundo era joven y el hombre lo ignoraba todo sobre la vergüenza y el mal, el Señor de la Sabiduría quiso recompensar a sus fieles servidores, tanto a los espíritus de mayor categoría como a los de menor rango, que lo asistían día y noche. Así pues, creó unos collares de plata forjados con exquisitez, a semejanza de una delicada cuerda enroscada, y exhaló sobre ellos una minúscula partícula de su esencia divina.

Durante el tiempo en que la maldad de los espíritus dragontinos, que habían regido las aguas, los vientos y todos los elementos, se puso de manifiesto y aterrorizó al hombre, los tres espíritus custodios rebeldes que conspiraron contra el Señor de la Sabiduría fueron expulsados, y Chun Jung –espíritu del fuego y ejecutor celestial– cortó los collares que les pertenecían. A fin de enlazar por los siglos de los siglos esa chispa de espíritu divino con que se había dotado a los collares, que Chun Jung había cortado, el Señor de la Sabiduría les selló los extremos con un cierre en forma de cigarra –símbolo de la inmortalidad–, pensado como señal de la esencia divina de dichos objetos.

Después desperdigó los tres collares por el mundo con el propósito de que permanecieran siempre ocultos a los hombres, pero confiando en que si alguna vez llegaban a encontrarse, esa partícula de esencia divina que contenían y la capacidad de intensificar los sentidos que podían transmitir sirvieran para que se acercaran a él quienesquiera que se los pusieran.

En tiempos muy remotos, fue la tribu conocida con el nombre de Jinetes Salvajes, mientras vagaba a lo largo y a lo ancho del mundo, la que se posesionó de dos de esos collares. El tercero, que perteneció a la Sombra, nunca se halló.

Fuente: la hermandad secreta de las Tres Liebres Una Oreja.
Origen: pergamino descubierto en las ruinas de la ciudadela del monasterio de Labrang, centro espiritual del antiguo Imperio Occidental.

Capítulo 35

El secreto de los collares de los Jinetes

*R*edujeron la marcha al trote al ir acercándose de nuevo a la escarpa, y salieron por el mismo sitio por el que Rokshan había entrado a la zona de las Torres del Silencio.

—Gracias les sean dadas a la estrellas... —murmuró el muchacho—. Jamás lo habría encontrado de hallarme solo. —Aliviado, comprobó que la tormenta de arena ya había pasado arrasando por el Llano de los Muertos, y de nuevo rogó que Cetu hubiese logrado evitarla.

Observador de Estrellas se detuvo al percibir la inquietud del chico. Ante ellos se extendía el vasto Llano de los Muertos, silencioso e imponente, cuya descolorida gravilla de esquisto que lo componía reflejaba de un modo misterioso la luz gris plateada de la luna. Rokshan bajó la vista hacia el señor de los caballos con humilde asombro, consciente de que el caballo había ahondado en su corazón y en su alma para darle una fortaleza interior desconocida para él hasta ese instante. Sabía que Observador de Estrellas era infinitamente sabio, fuerte y equilibrado, y confiaba por completo en él.

Recorrió con la mirada el horizonte en busca de alguna señal que le indicara dónde podía encontrarse Cetu... ¡Allí, allí estaba! Había detectado el brillo titilante y pequeño de una hoguera de campamento. El caballo resopló fuerte y cabeceó, y Rokshan supo de inmediato que su maestro del Método lo esperaba allá.

Observador de Estrellas no necesitaba que lo guiaran, de modo que el muchacho se asió a la ondeante crin mientras galopaban a través de la llanura; parecía que sólo hubieran transcurrido unos instantes cuando llegaron al campamento donde Cetu había mantenido una solitaria vigilancia. Echó a andar hacia ellos al verlos aproximarse, y los ojos se le abrieron de par en par al reconocer la belleza conmovedora y el halo inconfundible del señor de los caballos.

Hincó una rodilla en el suelo en señal de pleitesía, y faltó poco para que Brisa Susurrante lo derribara. La yegua se acercó a su señor a saltitos rápidos, tímida, y resopló con suavidad en respuesta a los relinchos de saludo de Observador de Estrellas. Rokshan desmontó de un salto, pero de momento fue incapaz de hablar al presenciar el amor y la devoción entre los dos caballos. Cerró los ojos y sintió como si casi pudiera palpar la corriente abierta entre ellos; profundizando un poco más vio sus emociones fluyendo como un río de colores… Sonrió y se dijo que quizá podría compartir su gozo.

—¡Rokshan! No irrumpas donde la mayoría temería ir. —La advertencia de Cetu lo hizo volver del mismo umbral en que se hallaba, si bien la voz del anciano denotaba que estaba orgulloso—. ¡Qué seguro te sientes ya para que te plantees algo así! Regresarán antes de que amanezca —añadió mientras los dos caballos volvían grupas gozosamente y se alejaban a galope a través de la llanura.

Rokshan hizo un gesto de resignación, pero ya notaba la ausencia de Observador de Estrellas y se sentía algo desconcertado, porque para él aquella marcha era como un abandono. Se acomodaron junto a la fogata, cada cual con un cuenco de caldo espeso que Cetu había preparado.

El viejo maestro del Método lo observó por encima del borde de su cuenco, y le dijo con tiento:

—No dudé ni por un instante que ibas a volver, y el hecho de que hayas regresado con Observador de Estrellas es motivo para sentir una mayor alegría. ¿Qué te ha dicho el señor de los caballos? He notado que el vínculo entre los dos es muy fuerte ya. Algo, por cierto, maravilloso, mi joven amigo… Pero, dime, ¿qué ocurrió mientras estuviste entre nuestros muertos? —preguntó en voz baja, y dejó el cuenco.

Rokshan le explicó con exactitud lo que le había acontecido;
Cetu escuchaba con gran atención, asentía con la cabeza y de
vez en cuando hacía una pregunta para que no quedara sin
aclarar un solo detalle. El muchacho tuvo que admitir enseguida que se había puesto el collar, y describió la visión que tuvo.

—¿Que te pusiste el collar? Y esa visión que te proporcionó, ¿crees que era una vislumbre del infierno, donde el viejo
narrador dijo que debías ir? Tienes que contarme todo lo relativo a eso, pero antes... Me pregunto si quizá te fusionaste con
Observador de Estrellas con tanta rapidez debido a que llevabas puesto el Collar de los Muertos. A fin de cuentas, se dice
que imparte los conocimientos de generaciones.

—Quizá... ¿Y que fuera una simple coincidencia que yo
buscara refugio en la torre del predecesor del gran kan fallecido? ¡No, no! Observador de Estrellas me condujo allí a propósito —exclamó el muchacho, excitado.

Cetu se sirvió más caldo y echó un buen trago, sin decir
nada.

Rokshan consideró que era un buen momento para confesarle que se había llevado el collar.

—Lo cogí... —susurró mientras buscaba en el bolsillo, y lo
sacaba—. Nos ayudará para saber lo que hemos de...

Al ver el sagrado objeto, Cetu se atragantó con el caldo, y,
víctima de una tos acuciante, derramó lo que le quedaba en el
cuenco. Rokshan se levantó de un salto para atenderlo, pero
el maestro del Método lo apartó con un gesto furioso.

—¿Que has... robado el Collar de los Muertos? ¡Ellos lo
reclamarán! —jadeó el anciano entre golpe y golpe de tos—.
¿Qué te empujó a hacerlo? Es... Es... —No pudo terminar la
frase, y a regañadientes, aceptó el odre pequeño de agua que el
muchacho le tendía. Poco a poco se le fue pasando la tos y se
quedó mirando el fuego con fijeza; de vez en cuando negaba
con la cabeza y se enjugaba los llorosos ojos—. Tendrás que devolverlo al rayar el alba, y así nadie se enterará de tu... De tu
locura —manifestó con severidad, sin mirarlo siquiera.

—¿Por qué? Está metido allí, sin servir para nada a nadie, y
en cambio podría ayudarnos.

—¿Ayudarnos?

—¡Sí, ayudarnos! Ahora todo apunta a lo que el viejo na-

333

rrador me dijo que debía hacer. Para empezar, Observador de Estrellas me acompaña... ¡No existe otro ser vivo más rápido que nos lleve a las Montañas Llameantes! ¿A qué distancia están? ¿A ochocientas *lis*, o más? Así que, la visión que he tenido llevando el collar puesto... Un sitio de pesadilla como ése sólo podría ser el infierno, ¿verdad? Y cuando hayamos llegado a las Montañas Llameantes, el collar nos conduciría a la corte del Rey Carmesí, al portal del infierno. —A Rokshan no le pasó inadvertido el destello de sorpresa que asomó fugazmente en el semblante de Cetu.

—Tu narrador debe de ser más sabio de lo que imaginas, chico. Hay un relato antiguo de mi pueblo sobre uno de los primeros grandes kanes y los collares... Es una historia que harías bien en escuchar con atención para que sepas a qué te enfrentas —susurró Cetu. Y Rokshan asintió, atento.

»Hace mucho tiempo uno de nuestros grandes kanes se volvió loco por llevar puesto el Collar superior de los Muertos muy a menudo y demasiado tiempo. Ésa es la razón de que, a partir de entonces, todos los grandes kanes se lo han puesto en contadas ocasiones... Porque aquel gran kan dejó constancia de lo que había contemplado en sus visiones: el Rey Carmesí en persona se le apareció exigiendo que le entregara tanto su collar como el de Beshbaliq, —un espíritu custodio menor—, de ahí que entre nosotros se les haya llamado el Collar superior y el Collar menor de los Muertos... Ése, el que has robado. —Cetu lanzó una mirada reprobatoria a su díscolo discípulo—. Pero sobre todo, nos advirtió de la existencia de un tercer collar que nunca se ha encontrado y que ruego que no se encuentre jamás...

—¿Un tercer collar, Cetu? ¿De quién es? ¿La visión le reveló ese detalle?

—Es el más poderoso de los tres... —El maestro hizo una pausa para encontrar las palabras más adecuadas—. Es el don divino más potente que puede utilizarse contra el Señor de la Sabiduría, ya que es el de su espíritu custodio predilecto... El que se convirtió en la Sombra, el mismísimo señor del mal.

Finalizado el relato, Cetu se calló. Un relato, pensó Rokshan, que sólo conocería un Jinete. Y de repente cayó en la cuenta de que, al igual que su vinculación mental con los caballos-dragón, éste era otro secreto que los Jinetes habían mantenido tan celosamente guardado que ni siquiera los Elegidos lo sabían. Pero ¿habían tenido intención de contárselo? ¿Tal vez poseían otros secretos que él no conocía todavía? De momento se aferró a lo único que creía que sabía con certeza, es decir, al encargo que Shou Lao le había encomendado que llevara a cabo.

—Hemos de ponernos en camino hacia las Montañas Llameantes, Cetu. Sin demora.

—Si te acompaño será con la aprobación de los jefes de clan, o no iré. —Fue la firme respuesta del maestro del Método—. Tienen que saber lo que ha ocurrido aquí… De otro modo no quiero saber nada de todo este asunto. Y, desde luego, las serenadhi querrán hablar contigo también, pero ellas vendrán a nuestro encuentro cuando lo deseen. En cuanto al collar que te has quedado, debes esconderlo y no hablarle a nadie de él; ojalá tampoco me hubieras dicho nada a mí. Al alba regresaremos al Primer Valle a toda velocidad.

Cetu se acostó y le dio las buenas noches con un gruñido huraño; poco después roncaba con placidez. Pero Rokshan tenía la mente demasiado activa para quedarse dormido; observó las estrellas y se preguntó si en realidad las respuestas a todas las cuestiones estarían escritas en ellas, como creía Zerafshan, y quizá, admitió para sí, él también. ¿Cómo, si no, habrían ocurrido las cosas del modo como habían tenido lugar de no ser ése su destino? Allá a lo lejos creyó oír el eco apagado del relincho de un caballo, y al cabo de un rato los párpados le pesaron, y al fin se quedó dormido.

Tuvo sueños raros esa noche: mientras cabalgaba en Observador de Estrellas a través de las llanuras, se les acercaron los caballos-dragón negros de las serenadhi; se trataba de Sumiyaa, acompañada por otras dos hermanas. La cantora de caballos le advertía sobre una cuestión:

«El señor de los caballos te permite cabalgar en él; eso nos basta. Los espíritus dragontinos de los caballos encontrarán la forma de allanar su camino de un modo que escapa a nuestra comprensión. Y tú formas parte de ello; es lo único que sabemos. Sin embargo, ten cuidado con el poder de las visiones que el collar podría mostrarte…».

335

Luego, cuando el sueño ya se desvanecía, Sumiyaa entonó con su melodiosa voz la frase más extraña de todas:

«Rokshan… Te estaremos esperando».

Lo despertó un relincho fuerte; amanecía, y Observador de Estrellas y Brisa Susurrante habían vuelto. Rokshan percibió una sensación de apremio en el caballo, como si quisiera que se pusieran en marcha lo antes posible; notó que también había una tensión nueva en el halo de Brisa Susurrante. Estas apreciaciones le preocuparon, y, mientras levantaban el campamento, le contó el sueño a Cetu.

—Es como ya dije: las serenadhi no actúan como nosotros, así que hablarían contigo cuando quisieran y han decidido hacerlo mediante un sueño. —Cetu se encogió de hombros—. Pero ¿estás seguro de que era un sueño, mi joven amigo? —Esbozó una sonrisa, recogió la silla de montar y la echó sobre el lomo de Brisa Susurrante.

Rokshan se quedó boquiabierto por la sorpresa; debajo de donde se apoyaba la silla de Cetu, había otra silla de montar, ligera e inconfundible, que apenas podía calificarse como tal, y que le pareció muy rara cuando se la vio por primera vez a las serenadhi en el Festival del Dragón. Enroscado encima de ella, había un trozo de cuerda fina como la que las cantoras de caballos entretejían con las largas crines de sus monturas en lugar de usar riendas.

—Ensíllalo… si te lo permite. Te resultará mucho más fácil cabalgar en él incluso sin llevar estribos. —Cetu se echó a reír.

Rokshan también rio; tendría que apañárselas sin ellos, como ya había hecho en otras ocasiones. Los ojos dorado verdosos de Observador de Estrellas centellearon y la larga cola se agitó adelante y atrás a la par que resoplaba sonoramente, como si advirtiera a Rokshan a medida que se le acercaba.

El muchacho entretejió primero el cordón mientras murmuraba palabras animosas, y sentía cómo pasaban entre los dos caballos corrientes sutiles, en las que intentó flotar con el pensamiento. Cuando se inclinó para recoger la extraña silla, una imagen de las serenadhi le irrumpió de manera repentina en la mente con tal claridad que se quedó inmóvil.

—¿Qué pasa? ¿Qué pasa, muchacho? —preguntó Cetu, ansioso.

Rokshan le indicó con un gesto que guardara silencio al ver a las tres cantoras de caballos rodeadas de cintas azules y amarillas, que se retorcían aquí y allá y se enroscaban alrededor de ellas, como si quisieran atarlas. La imagen desapareció de golpe. Observador de Estrellas relinchó con suavidad cuando el chico le apoyó cuidadosamente la silla en el lomo y le susurró:

—¿Qué era eso que me has mostrado? ¿Están las hermanas en peligro? ¿Debemos ir en su busca? ¿Cómo las encontraremos?

Pero no percibió ninguna otra imagen, y la explicación no se le ocurrió hasta más tarde: azul y amarillo eran los colores imperiales del emperador...

337

Capítulo 36

Presagios de guerra

Cabalgaron sin descanso a través de los páramos de Astana y las planicies de Jalhal'a. Una mañana, faltando todavía más de un día de viaje para llegar al Primer Valle, se disponían a emprender el camino bajo la luz grisácea del amanecer cuando vieron a dos jinetes que se aproximaban a galope, procedentes del nordeste.

Al irse acercando, Rokshan sintió que un escalofrío estremecía a Observador de Estrellas, y percibió una nota de advertencia bajo una corriente de color rojo; Brisa Susurrante también parecía nerviosa, pues sacudía la cabeza y daba brinquitos adelante y atrás. Cetu desmontó, aprestó el arco, con la cuerda encajada en la muesca de la flecha, y exigió:

—¿Quiénes sois? Deteneos y decid vuestro nombre.

Sudorosos, los caballos de los recién llegados respiraban con dificultad y mantenían la cabeza gacha a causa del agotamiento. Rokshan reparó en que los dos hombres cabalgaban sin estribos, como muchos Jinetes de la Estepa.

—¿Sois Jinetes que lleváis al borde de la muerte a vuestras monturas? —observó el maestro del Método, furioso—. Hablad.

—Paz, Cetu, maestro del Método del Caballo —respondió uno de los caballistas al tiempo que se retiraba la capucha de la capa de pieles, y dejaba el rostro a la vista—. Soy yo, Lerikos, hermano de fallecido Gandhara, hasta hace poco jefe de clan del Primer Valle. —Bajó de su montura, medio muerto de fatiga, y cayó de rodillas ante el señor de los caballos—. Alabados sean los espíritus dragontinos de la estepa... Observador de Estrellas... —musitó, e inclinó la cabeza.

—Gandhara... ¿ha muerto? —inquirió Cetu, paralizado por la impresión—. ¿Cómo ha sucedido? Ponte de pie... ¿Qué ocurre en los valles? ¿Puede hablar tu compañero? —demandó recobrando el control de sí mismo.

—Soy Kezenway, hijo de Lerikos —contestó el otro jinete, con un temblor en la voz, poniendo en evidencia que era más o menos de la edad de Rokshan—. Gandhara murió en una escaramuza con fuerzas imperiales, una avanzadilla de la enorme hueste que marcha desde el este a través de nuestras estepas.

—¿Fuerzas imperiales, dices? —repitió Cetu, muy alarmado.

—Llevaban los colores azul y amarillo, los del emperador, sí —afirmó Lerikos—, y han violado el tratado en el que accedían a no entrar jamás en nuestras estepas ni en nuestros valles. Su intención está clara, Cetu: destruirán a nuestro pueblo y capturarán tantos caballos-dragón como puedan.

Cetu estaba tan atónito que enmudeció.

—¿Qué hacíais en la estepa? ¿Acaso nos seguíais? —preguntó Rokshan, que habló por primera vez.

Lerikos se puso de pie, y, agachando la cabeza, explicó:

—Antes de que lo mataran, Gandhara nos pidió que comprobáramos si habías tenido éxito en lo que las serenadhi te habían mandado hacer, y qué habías descubierto a través de nuestros muertos... —El canoso Jinete le dirigió una mirada evaluadora, y reparó en la silla y el cordón entrelazado en la crin de Observador de Estrellas—. A eso tenemos respuesta, si los ojos no me engañan.

—No te engañan, Lerikos —espetó Cetu, recuperada la voz—, pero no es momento ahora para hablar de eso. Les explicaremos a los otros jefes de clan todo cuanto necesitan saber cuando los veamos. Hemos de volver al Primer Valle a toda velocidad.

—Eso va a ser difícil, maestro del Método —replicó Lerikos de manera rotunda.

—¿Qué quieres decir?

—Zerafshan está al mando de nuestras tropas. Todos los je-

339

fes de clanes restantes le rinden cuentas y están atrincherados; las órdenes son que cada clan defienda su propio valle, hasta el último hombre. Todos nuestros caballos-dragón han sido conducidos valles arriba, junto con los ancianos, los enfermos, las mujeres y los niños, y están encerrados en corrales en la zona más alta de vuestro Quinto Valle. El Primer Valle se defenderá lo mejor que pueda y debe contener al ejército imperial el mayor tiempo posible. En cada uno de los clanes se han dado órdenes similares. Cuando el ejército del emperador llegue al Quinto Valle, se le habrá castigado seriamente, y acabaremos con lo que quede de él. Ésta es la estrategia de Zerafshan. Una fuerza de Jinetes de la Estepa, a las órdenes de Draxurion, se ha agrupado en el Primer Valle para ayudarlos en su defensa; los demás hacemos cuanto podemos para proteger a los caballos-dragón de la estepa, pero… —Lerikos se sumió en un silencio angustioso.

—Pero ¿qué, Lerikos…? —apremió Rokshan en voz queda.

—Están incontrolables sin el canto de las serenadhi que les hable en lo más íntimo de su espíritu, y les diga que no queremos hacerles daño. A este paso los perderemos a todos, y el emperador se limitará a acorralarlos y los someterá a la fuerza —repuso, desesperanzado.

Rokshan se esforzó por recordar una cosa que le habían explicado las serenadhi, pero sólo vislumbraba un atisbo, como una diminuta chispa de luz que parpadeara a intervalos en el horizonte. ¿Qué era lo que Cetu le había comentado?

«Es el modo de actuar de las serenadhi… Nadie sabe cómo, pero recordarás lo que te han dicho cuando llegue el momento.»

A buen seguro ese momento tenía que ser ahora, pensó furioso. Cerrando los ojos, deseó que Observador de Estrellas le hablara, pero retrocedió en su intento, impresionado y consternado, al percibir que la mente del caballo era un hirviente núcleo de ira y frustración; ira por lo que les ocurría a sus hermanos y hermanas, y frustración por no poder reunirse con ellos al deberle lealtad a su jinete.

—¿Sabéis dónde están las serenadhi? —inquirió el muchacho, preguntándose si habría algún modo de permitir que Observador de Estrellas se marchara, aunque en el fondo de su corazón sabía que eso era imposible... y comprendió que, además, el caballo tampoco accedería.

—Hay rumores de que las han capturado las fuerzas imperiales y las están obligando a ayudarlos a acorralar a los caballos-dragón salvajes —contestó Kezenway, que miró de soslayo a su padre.

—¡No! ¡Eso es imposible! —Cetu arrojó el arco al suelo—. No permitirían que se hiciera un mal uso de sus poderes...

—Sin embargo, no se las ha vuelto a ver desde el Festival del Dragón —replicó Lerikos—. Y el ejército imperial se encuentra ya a dos días de marcha, tres como mucho, del Primer Valle. Hemos cabalgado a marchas forzadas para incrementar la ventaja que les sacamos.

—Yo las he visto... —susurró Rokshan, y se hizo un silencio imponente. Los dos Jinetes lo miraron con expectación, y el muchacho se angustió sobremanera; las cantoras de caballos le habían transmitido un don valioso, pero no sabía qué era ni cómo utilizarlo. No obstante, su deber era darles ánimo. ¡Al fin y al cabo era él quien cabalgaba en el señor de los caballos!

341

Por su parte, éste alzó y bajó la cabeza varias veces y se hizo eco de los pensamientos del muchacho mediante el brillo trémulo y afectuoso de una nota verde que le cruzó la mente.

—Vamos, Cetu — dijo Rokshan con mayor aplomo—. Nuestro lugar está con los hombres del Primer Valle y sus parientes de la estepa. La presencia de Observador de Estrellas les dará una gran alegría, y él desea estar allí precisamente por eso... No podría haber mejor augurio para ellos. ¡Hemos de cabalgar como el viento! —Lerikos asintió aprobando la decisión—. Llegaremos antes que vosotros —les indicó Rokshan a los dos Jinetes—. Dejad descansar a vuestras monturas un rato, porque nosotros informaremos a vuestros parientes de que estáis bien.

Al día siguiente, cansados y cubiertos de polvo por la galopada impetuosa (habían cabalgado toda la noche) se aproximaron a las altas puertas del poblado del Primer Valle, que se hallaban cerradas y fuertemente custodiadas.

—¿Quién se acerca al Primer Valle de los Jinetes? —gritó uno de los guardias.

—Abrid las puertas... Somos Cetu, maestro del Método del Quinto Valle, y Rokshan, montado en Observador de Estrellas, señor de los caballos. ¡Abrid las puertas!

Al entrar, un Jinete joven se dirigió presuroso hacia ellos, hizo el saludo de los Jinetes e hincó rodilla en tierra en señal de respeto a Observador de Estrellas. A continuación miró con gran curiosidad a Rokshan, que sostenía en las manos el cordón entretejido con las crines del caballo.

—Debo pedirle con todo respeto que me diga qué lo trae aquí, maestro del Método —solicitó.

—Vamos, Salamundi, ¿desde cuándo se le pide a un maestro del Método, acompañado por el señor de los caballos y su jinete, que dé cuenta de sus movimientos por cualquiera de estos valles? —se encrespó Cetu, que no estaba de humor para interrogatorios.

—Desde que todos los jefes de clan rinden cuentas a Zerafshan como el comandante militar de los Jinetes, maestro. Hay que preguntar a todos los viajeros que lleguen de la estepa qué los trae por aquí —replicó Salamundi con frialdad.

—¿Que qué nos trae por aquí? —masculló Cetu entre dientes antes de recobrar la compostura—. Las fuerzas imperiales están ya en la estepa, a uno o dos días de marcha, como mucho. ¡Hay que tener las defensas dispuestas y totalmente guarnecidas! ¿Dónde está Draxurion? ¡Llévanos ante él!

Salamundi se había puesto pálido y pidió en voz baja:

—Síganme. —Giró sobre sus talones con celeridad e impartió órdenes al tiempo que los conducía a la tienda de Draxurion.

Capítulo 37

La batalla del Primer Valle

—*H*a llegado la hora... —comentó Draxurion tras escuchar en silencio todo lo que Cetu y Rokshan le acababan de contar—. A pesar de anticiparse a lo previsto y de haber violado el acuerdo, puesto que se aproximan por la estepa —la procedencia que menos nos esperábamos—, pero estamos preparados para hacerles frente.

Miró respetuosamente a Rokshan, y luego se desplazó a lo largo de la fila de hombres que se habían reunido en su tienda para saludarlos de uno en uno.

—¡A vuestros puestos, Jinetes! El señor de los caballos ha venido para estar con nosotros, montado por nuestro futuro gran kan, si Zerafshan nos conduce a la victoria. Observador de Estrellas nos dará fuerza y esperanza renacidas. ¡Y ahora, marchaos! Comprobad y verificad una vez más vuestros preparativos mientras aún hay tiempo, y recordad: defenderemos nuestros valles hasta la muerte. ¡No hay rendición que valga! ¡Si el emperador quiere que se le abran las puertas del Primer Valle, antes tendrá que pasar por encima de la montaña que formen nuestros cadáveres! —Hizo un último saludo y salió de la tienda sin añadir nada más.

—Rokshan, Salamundi, venid conmigo —dijo Cetu mientras seguía a los demás al exterior. Salamundi se apresuró a ir en pos de él.

»Rokshan, has de saber que tu destino y el del señor de los

caballos está más allá de este valle —añadió el maestro del Método—. Observador de Estrellas no puede disputar esta batalla, así que les pediré a él y a Brisa Susurrante que me acompañen a un lugar seguro, mientras tú ocupas tu puesto con los arqueros. Me reuniré contigo dentro de poco. Salamundi, si me ocurriera algo, quiero que te quedes con Rokshan. Si todo parece perdido, no hay nada deshonroso en retirarse. Las gentes de los otros valles necesitan ver a Observador de Estrellas, ya que no va a ayudar a sus hermanos y hermanas de la estepa; eso les infundirá esperanza.

Salamundi, adusto el gesto, asintió para indicar que lo había entendido. Brisa Susurrante relinchó suavemente a su señor, y Observador de Estrellas se detuvo, reacio en apariencia a acompañarla. Rokshan le acarició el cuello y percibió que se sentía dividido entre la lealtad a su jinete por un lado, y la lealtad a sus hermanos y hermanas por el otro; por fin tomó una decisión y se alejó con Brisa Susurrante y con Cetu.

344

A Rokshan el corazón le latía desbocado mientras subía los escalones que lo conducían al sector de las murallas que se le había asignado. Sólo habían pasado quince o dieciséis círculos de vela desde que se reunieron en la tienda de Draxurion, pero el ruido que ocasionaba el ejército imperial, en su avance a través de las planicies de Jalhal'a al ritmo del monótono toque de un millar de tambores con forma de calabaza y el penetrante lamento de las flautas de bambú, sonaba cada vez más fuerte; el número ingente de fuerzas congregadas se desplazaba a través de la estepa acompañado por el tintineo y el traqueteo de pesados carros de combate y el golpeteo de millares de cascos que hacían temblar el suelo.

Los defensores rezaban al Señor de la Sabiduría y a todos los espíritus dragontinos benéficos de la tierra, del aire, del fuego y del agua, y se hacían la señal del dragón para protegerse. Algunos llevaban amuletos de la suerte y fetiches que besaban antes de guardarlos a buen recaudo.

Cientos de Jinetes de la Estepa salieron en tropel por las puertas y giraron a la derecha; luego cabalgaron alrededor de una *li* y se quedaron al acecho para atacar el flanco izquierdo del previsto ataque de los carros. Los siguieron más Jinetes, aunque éstos giraron a la izquierda para atacar el flanco derecho del enemigo. Dirigidos por Draxurion, los restantes Jinetes de la Estepa, a quienes se les habían unido Lerikos y Kezenway, se abrieron en abanico delante de las altas puertas para defender la entrada. Unos quinientos hombres del Primer Valle se alineaban en el perímetro de las murallas.

Cetu se hallaba entre ellos y ofrecía palabras de ánimo y consejos, bromeaba con los guerreros más jóvenes, que buscaban apoyo en él e intentaban no aparentar estar tan asustados como en realidad se sentían.

—Acordaos de que cada flecha ha de dar en el blanco. Apuntad al cuello, porque las tropas imperiales están bien protegidas por la armadura, pero ése es su punto débil. Cuando llegue el momento, usad las lanzas cortas y apuntad al mismo sitio, pero sin dejar de protegeros. Recordad lo que se os ha enseñado y habéis practicado mil veces. Y ahora, mantened la calma…

Recorrió la formación de los Jinetes, y esperó a que llegara el momento de reunirse con el grupo de Rokshan y Salamundi al lado de las altas puertas hasta que divisaron a lo lejos una polvareda que se dirigía hacia ellos.

345

—Ahí llega la primera oleada —dijo Cetu, sombrío—. Carros… A cientos, a juzgar por esa nube de polvo, y detrás irá la caballería…

Había alzado la voz para hacerse oír a pesar del creciente estruendo. Resonaban los tambores de cuero de los Jinetes, que llevaban campanillas encordadas, mientras los portaestandartes desplegaban banderas de dragones erguidos, de un deslumbrante color dorado, que parecían saltar y gruñir al ondear con el viento. Al frente de sus tropas, Draxurion alzó una mano y dio la señal para que sonara el toque del cuerno que indicaba el avance. A lo largo de las filas, de dos en fondo y en un número aproximado de un millar, los Jinetes de la Estepa que defendían las puertas pusieron sus monturas al trote, y después a medio galope, hasta que por último, a una señal de Draxurion, pasaron a galope tendido.

Latiéndole el corazón desaforadamente, Rokshan observó la valerosa carga contra el poderoso cuerpo de elite de carros del emperador. Superados en número sin remedio, los Jinetes se lanzaron contra el enemigo en vez de esperar a que los aplastara el mero peso del contingente de adversarios alineados contra ellos.

Se oyó un clamor ensordecedor cuando los Jinetes galoparon hacia los carros imperiales que se acercaban, y la nube de polvo se dividió al surgir de ella los vehículos que se precipitaron sobre los Jinetes a velocidad vertiginosa; avanzaban en grupos de dos, tres y cinco en una gran formación en rombo. Pero a Rokshan se le cayó el alma a los pies cuando vio lo que llegaba detrás de los carros produciendo un ruido sordo al avanzar: una formación de cincuenta elefantes de batalla capturados en lo más profundo de las selvas del Imperio Meridional, y adiestrados en la guarnición más grande del emperador que defendía la capital imperial. Los elefantes llevaban armadura completa, y las banderas del amarillo imperial ribeteadas en azul ondeaban en las sillas de montar, las *howdahs*, cada una de ellas ocupada por dos arqueros.

Los feroces barritos de los elefantes resonaron superando el estruendo, al tiempo que los Jinetes lanzaban la primera andanada de flechas a galope tendido, viraban en el último instante para pasar en tropel alrededor de los carros y sofrenaban a sus monturas bruscamente para penetrar en la formación.

La destreza y la precisión de los Jinetes en el combate a caballo eran legendarias en todo el imperio, y con razón; Rokshan vio que la primera andanada abría una franja letal en el blanco más importante: los conductores de los carros. Los espadachines o arqueros que iban con los aurigas estaban capacitados para sustituir a sus compañeros muertos para llevar las riendas, pero la cerrada formación en rombo no tardó en romperse cuando los Jinetes se colaron como flechas entre los aparatosos vehículos tirados por cuatro caballos, y mataron a espadachines o arqueros con lanzas y flechas.

Detrás, a corta distancia, los arqueros de los elefantes de batalla se dieron cuenta de lo que ocurría, y aprovecharon la ventaja de la altura que les proporcionaba su posición para soltar una mortífera lluvia de flechas sobre los Jinetes. Los elefantes se les acercaron, los rodearon y entorpecieron sus maniobras; algunas monturas de los Jinetes estaban aterrorizadas a causa de las enormes y extrañas criaturas. Rokshan percibía su terror en oleadas de color arrolladoras, pero se desconcertó al producirse una calma repentina, aunque supo que se debía a que Observador de Estrellas intentaba apaciguar los temores de sus hermanos y hermanas; también notó la frustración del señor de los caballos por no estar con ellos.

Concentrados todos sus esfuerzos en tranquilizar a sus monturas encabritadas, los Jinetes eran unos blancos mucho más fáciles para los espadachines de los carros, y fueron cayendo uno tras otro. Los que escaparon de las espadas acabaron pisoteados por los elefantes.

—¿Dónde están nuestras fuerzas de los flancos? —gritó Rokshan al ver la carnicería que estaban sufriendo los Jinetes.

—Deben de haber visto a los elefantes al avanzar y han decidido quedarse al margen —contestó Cetu a voces.

Algunas monturas sueltas de los Jinetes se apartaban del escenario de la masacre, y se dirigían hacia la seguridad de las puertas cuando una tropa de caballería imperial —unos doscientos hombres al menos— apareció seguida de fila tras fila de soldados de infantería, una vasta extensión amarilla y azul marchando al compás de las estridentes flautas y el redoble de los tambores de calabaza.

347

La caballería se entremezcló con la falange de carros reagrupada y cabalgó con destreza junto a ellos para terminar con los supervivientes del valeroso ataque frontal de Draxurion. Las cimitarras centellearon al sol de la tarde invernal al arremeter contra la cada vez más reducida banda de Jinetes que resistía en el centro. Los guerreros formaban un círculo alrededor de su arrojado jefe de clan, que intentaba infundirles ánimos. Gastadas todas las flechas, se defendían valerosamente con la espada corta y las lanzas, pero era una lucha perdida.

Al fin sólo quedaron en pie Draxurion y Lerikos entre los cuerpos amontonados de sus compañeros muertos o moribundos. De pronto la caballería abandonó la refriega, mientras los arqueros de los elefantes se disponían a descargar una última y devastadora andanada. La lluvia de flechas mató al instante a los dos Jinetes; Draxurion cayó sin emitir un solo gemido, traspasado por una docena de flechas, y el cuerpo sin vida se desplomó al lado del de Lerikos.

A menos de media *li* de las puertas, las tropas imperiales avanzaron con los elefantes de batalla al frente de la carga, mientras que la caballería defendía los flancos de la infantería.

—Aprestad los arcos, pero no disparéis hasta que se os diga. —La orden se fue transmitiendo a lo largo de toda la muralla.

Rokshan tenía las manos resbaladizas por el sudor, pero su gesto era firme mientras repasaba el procedimiento que había practicado un centenar de veces con Cetu.

—Apuntad… Apuntad a los cornacas encaramados en los elefantes y a la primera fila de la infantería.

Quinientas cuerdas de arco se tensaron, algunas con cierto temblor, y se mantuvieron así. Ahora la distancia era inferior a un cuarto de *li*, calculó Rokshan… Pero ¿dónde estaban las tropas de los Jinetes situadas en los flancos? ¿Es que no se daban cuenta de que era el momento perfecto para lanzar su ataque?

Entonces centró la mente en lo que estaba haciendo y la cerró a todo lo demás: el barritar de los elefantes de batalla; el tintineo y traqueteo de los carros; la trápala de los cascos de la caballería; el pataleo de los soldados de a pie; el plañido quejumbroso de las flautas y el hipnotizador y rítmico toque de los tambores, y el hedor de la batalla —sangre, sudor y miedo—, en especial. Prescindió de todo eso y entrecerró el ojo izquierdo, y lo alineó con la mano que sujetaba el arco enfilando el blanco: el cornaca de un elefante subido en el macizo cuello de una de las bestias… Ahora quedaban doscientos pasos… Cien…

—Aguantad… Aguantad… Quietos… ¡Disparad!

Quinientas flechas disparadas simultáneamente surcaron el aire con un siseo en dirección a sus blancos. El cornaca de elefante elegido por Rokshan se desplomó en silencio desde su elevada posición con una flecha clavada en un ojo, pero Rokshan ya se concentraba en disparar una flecha tras otra tan deprisa como podía. La disciplina y la puntería de los defensores frenaron el avance enemigo, pero media docena de elefantes o más, de repente libres de los talones y las palmaditas con que sus cornacas los guiaban, cargaron en todas direcciones. En la primera fila de infantería aparecieron huecos a medida que una andanada de flechas tras otra daba en sus blancos. Un vítor ronco se alzó entre los defensores cuando tres de los elefantes sin cornacas dieron media vuelta y cargaron contra sus propias tropas, a las que pisotearon y abrieron surcos en la masa de soldados de infantería, que marchaban demasiado juntos para esquivar la desbandada de las bestias.

Sonaron cuernos a izquierda y derecha al decidir por fin las fuerzas de los flancos de los restantes Jinetes de la Estepa lanzarse al ataque; éstos chocaron contra la caballería a ambos lados de la infantería que seguía con su avance implacable.

—¡Son demasiados! Por deprisa que los matemos siempre hay más que vienen detrás —gritó Rokshan—. ¡Flechas! ¡Necesito flechas!

Los guerreros más jóvenes, a quienes se les habían asignado la tarea de ir de aquí para allá reponiendo haces de flechas, habían trabajado tan deprisa como podían, pero ahora permanecían detrás de los defensores, finalizada su labor.

—¿Es que no quedan? ¿Se han acabado todas las reservas? —preguntó a gritos Cetu—. Buscad entre los muertos. Es posible que les queden algunas sin utilizar.

Los soldados de a pie se detuvieron en el límite del alcance de las flechas de los Jinetes. Protegidos los flancos por la caballería —que había rechazado el ataque de los Jinetes— se reagruparon y se prepararon para cargar contra las puertas y la muralla.

Los elefantes de batalla barritaron y el suelo tembló cuando las tropas imperiales respondieron con un clamor de gritos y patearon al compás del toque de los tambores. Oficiales a caballo trotaban de un lado para otro enardeciendo a sus tropas hasta el frenesí para el ataque final. Por fin se dio la orden de avanzar, y las tropas echaron a andar. Las recibió una lluvia de flechas y lanzas. Era la última andanada de los defensores.

—¡Reservad las lanzas! —bramó Cetu, que recorría las filas—. Defended la muralla… Rechazadlos como podáis… ¡Con espadas cortas o lanzas, o con las manos desnudas si no tenéis nada más! —exhortó desafiante.

Las fuerzas imperiales trepaban como enjambres por escalas improvisadas; tan pronto como arrojaban a uno abajo, otro ocupaba su puesto. Cetu miró hacia las puertas al cargar contra ellas un grupo de elefantes.

—Por los dientes del dragón —juró en un susurro—, estamos acabados… —Los elefantes chocaron contra las puertas atrancadas y sonó un crujido. Aguantaron, pero Cetu comprendió que sólo era cuestión de tiempo que cedieran. Las tropas imperiales habían subido ya a la muralla y muchos soldados más trepaban por las escalas, azuzados por los oficiales.

Llevando a Rokshan asido por el brazo, Salamundi dio un rodeo a lo más reñido de la batalla y corrió hasta donde se encontraba Cetu.

—¡Maestro del Método! —gritó a voz en cuello para hacerse oír pese al fragor de la lucha—. Tiene que irse. ¡Ya, maestro del Método, antes de que sea demasiado tarde! Y llévese a su pupilo. —Salamundi hizo una rápida reverencia a Rokshan—. ¡El jinete del señor de los caballos ha respondido bien hoy, como un verdadero Jinete! —Se golpeó el pecho con el puño haciendo el saludo tradicional—. Volveremos a encontrarnos… Junto con las yeguas blancas en las estepas del mundo por las que los espíritus de nuestros antepasados vagan libremente. ¡Adiós! —Y volvió corriendo a la refriega.

—Tiene razón. Las puertas cederán pronto y nos masacrarán a todos… Sígueme —voceó Cetu.

Descendieron a toda prisa de la muralla, y atravesaron el recinto, donde aún se erguía el dragón del festival simulando su gruñido desafiante.

—¿Dónde están Observador de Estrellas y Brisa Susurrante? —gritó Rokshan.

—A salvo, lejos de esta carnicería, junto con nuestras bolsas y unas pocas provisiones. —Cetu zigzagueó por un laberinto de callejuelas; Rokshan se sentía mareado de agotamiento por la descarga de adrenalina y por la tensión acumulada en la batalla. Mientras se preguntaba si Cetu sabía adónde se dirigían, el viejo maestro del Método se detuvo y se metió en la curtiduría.

Sacaban los caballos del patio del curtidor en el momento en que se oyó el crujido de algo que se rompía y se astillaba, seguido de un gran estruendo al caer las puertas al suelo. Un clamor ensordecedor se alzó entre las fuerzas imperiales. De pronto Observador de Estrellas se empinó sobre las patas traseras y relinchó como si intentara reagrupar y alentar a los Jinetes. A Rokshan se le escapó el cordón de las manos y se fue al suelo, pero, a través de la bruma y el clamor de la batalla, contempló con la visión interior de Observador de Estrellas lo que estaba ocurriendo en la estepa: relinchos desgarradores de los caballos-dragón salvajes superaban los gritos de los soldados, los chasquidos de los látigos y de los lazos a medida que los rodeaban los expertos jinetes imperiales; entre el polvo y la confusión distinguió a las monturas negras de las serenadhi, que giraban y galopaban en un intento sin esperanza de tranquilizar a los que estaban bajo su custodia para hacer lo menos dolorosa posible la inevitable captura. El muchacho sintió en la mente la cólera y el dolor de Observador de Estrellas como nubes de tormenta negras de imponente altura.

—Ve con ellos, Observador de Estrellas… Te necesitan —lo apremió—. Nuestros caminos volverán a cruzarse cuando el destino lo quiera. Hemos de confiar en que sea así.

En respuesta, sintió el cálido flujo de una promesa tranquilizadora, y entonces fue Cetu el que se las vio y se las deseó para calmar a Brisa Susurrante e impedir que saliera a galope en pos del señor de los caballos, que se dirigía como un rayo hacia las puertas destrozadas del Primer Valle.

351

—¡Observador de Estrellas! —gritó de pronto Rokshan, pero sabía que el caballo tenía que estar con los suyos para salvarlos de algún modo de la suerte que los aguardaba.

Cetu comprendió lo que había pasado y le dijo a Rokshan:

—No es siervo de nadie, y seguramente se reunirá con nosotros cuando haya hecho todo lo posible por sus hermanos y hermanas. ¡Ahora hemos de cabalgar, Rokshan, como jamás lo hemos hecho! Los clanes de los valles deben de tener esperanza, y ése es el mensaje que debemos transmitirles. —Saltó a lomos de Brisa Susurrante y tendió la mano al muchacho en el momento en que éste se subía ya de un salto detrás de él—. ¡Igual que cuando iniciamos el viaje, mi joven amigo! —rio satisfecho, y taconeó a Brisa Susurrante.

La yegua no necesitó más estímulos y galopó como el viento para alejarse de la matanza en el Primer Valle.

Capítulo 38

Observador de Estrellas y el enigma

Caía la tarde, y los valles estaban sumidos en una quietud que resultaba extraña e inquietante después de la confusión provocada por la batalla. Brisa Susurrante galopaba de un modo endiablado, y Rokshan, atento al sonido acompasado y ligero de los cascos de la yegua, se dijo que a esa velocidad tardarían dos círculos de vela en llegar al Segundo Valle.

Una sensación de vacío lo reconcomía cada vez que las terribles y sangrientas imágenes de la batalla le circulaban como destellos fugaces por la mente. Salamundi dijo que había respondido bien, pero lo único que él sentía era culpabilidad y vergüenza por haber abandonado a los Jinetes a su suerte. Draxurion arengó a las tropas afirmando que no habría rendición y que lucharían hasta el último aliento. Rokshan pensó en Kezenway, poco mayor que él, y se preguntó qué debió de experimentar al final. ¿Y qué habría sido de Observador de Estrellas? ¿Y si también lo capturaban? La mera idea le revolvía las tripas, así que procuró desecharla de inmediato.

Cuando por fin hicieron un alto para descansar un poco tras haber cubierto una buena distancia, Brisa Susurrante dio señales de intranquilidad. Rokshan notaba su tristeza por haberla separado de Observador de Estrellas, e intentó calmarla asegurándole que su señor haría todo lo posible para ayudar a sus parientes salvajes de la estepa. Asimismo Cetu estaba preocupado y no quiso prolongar el rato de descanso por miedo a que mandaran adelantarse a los exploradores de las victoriosas fuerzas imperiales, y los sorprendieran desprevenidos.

Las nubes que se deslizaban por el cielo no mitigaban el resplandor de la luna —casi llena— cuando se aproximaron al corral vacío, que otrora estuvo repleto de caballos-dragón recién enviados desde el Primer Valle. Rokshan percibió la desolación de Brisa Susurrante, y le dio unas palmaditas cariñosas en el cuello. El gesto también sirvió para tranquilizarse a sí mismo mientras reflexionaba sobre lo que Lerikos les contó. ¿Cuántos cientos de caballos-dragón habrían llevado al lugar más alto de los valles para meterlos en corrales?

Los pensamientos volvieron una vez más hacia el hombre que había afirmado ser su padre. Casi no había tenido tiempo para pensar en todo aquello desde que Zerafshan hizo la sorprendente revelación. Para ser sincero, todavía le costaba mucho pensar en él como su padre.

Después le vino a la mente el viejo narrador, y se preguntó cómo habría conseguido Shou Lao el antiguo pergamino aparecido en el reino de los Jinetes, el mismo rollo de pergamino en que se relataba el enigma del Báculo. «Del siervo del Sin Nombre es de quien hablo —respondió Shou Lao en aquel entonces—. Presta sus servicios a la Sombra, el señor del mal; estudia concienzudamente el antiguo saber y planea utilizar el poder de los dragones primigenios para sus propios fines... Pero queda una pequeña esperanza: un antiguo rollo de pergamino descubierto en el reino de los Jinetes Salvajes que vaticinaba este momento...»

¿Estaba Zerafshan detrás de ello? ¡Zerafshan, su padre! ¿Sería el responsable de todo lo que sucedía? ¿Habría conseguido el pergamino por casualidad, o se lo habría robado a los Elegidos cuando era un iniciado? ¿Acaso se lo llevó al reino de los Jinetes para cavilar y maquinar, y, finalmente, idear su propia y vesánica interpretación del enigma?

«Planea utilizar el poder de los dragones primigenios para sus propios fines.»

¿Qué significaban tales palabras? Rokshan no tenía respuestas para ninguna de esas preguntas, así que debía hallarlas. Una sensación de goteo, de que se les estaba acabando el tiempo, fue en aumento hasta convertirse en un torrente sangrien-

353

to al imaginar a las fuerzas imperiales arrasando cuanto se interponía en su camino valles arriba. De esa manera conseguirían que la estrategia de Zerafshan fracasara, y matarían hasta el último Jinete para dar gusto al emperador.

Los Jinetes habían depositado su confianza en Zerafshan, pero Rokshan no estaba convencido; en el fondo, algo lo incomodaba. Nervioso, toqueteó el collar que ahora lleva consigo en todo momento, colgado sobre el pecho de un cordón de cuero atado al cuello.

Absorto en esos pensamientos, Cetu y él estuvieron a punto de salir lanzados por el aire cuando Brisa Susurrante se frenó, y, volviendo grupas, corrió a medio galope junto al corral cabeceando y relinchando. Al detenerse la yegua un momento, Cetu saltó al suelo, pero Rokshan se quedó con ella.

—No pasa nada, Cetu… ¡Está intentando decirme algo! —le comentó al maestro del Método cuando éste asió las riendas e intentó calmarla.

»¿De qué se trata, Brisa Susurrante? ¡Dime!

354

Al instante notó una corriente que pasaba entre los dos, como una suave brisa deslizándosele por la mente; a lo lejos creyó oír una voz que lo llamaba… Se le ocurrió pensar que el señor de los caballos se valía ahora de Brisa Susurrante como un conducto mediante el cual realizaría la unión mental con él. La yegua se había quedado quieta, y él sintió sosiego, convencido de que nada en toda su vida había sido más importante que ese momento. Sabía que no era preciso desmontar, porque Observador de Estrellas quería que se hiciera uno con él a través de Brisa Susurrante.

Por el rabillo del ojo advirtió que Cetu se acercaba, y le hizo un gesto de apremio con la mano para que se apartara. Un instante después se zambulló en las profundidades de los primeros niveles de emociones combinadas de Brisa Susurrante y Observador de Estrellas. ¡Qué corrientes tan increíblemente fuertes! Luchó contra la sensación de creciente pánico al percibir los remolinos que tiraban de él y lo arrastraban abajo, abajo, y cerró su visión interna a un estallido calidoscópico de colores que amenazaba con desorientarlo. De repente se vio arrastrado hacia dos cataratas: una se precipitaba, rugiente, en una caída cuyo estruendo se oía muy, muy abajo; la otra gorgoteaba pacífica, y el agua se deslizaba sin brusquedad por el desnivel. Sabía hacia cuál lo arrastraba la corriente, y cayó por el borde dando vueltas, asaltado por un torrente de color.

Se dejó caer. Cuando ya creía imposible seguir cayendo más, vio que había emergido en una laguna tranquila donde lo rodeaban los pensamientos de Observador de Estrellas. Eran de un azul oscuro, y se imaginó ahogándose en sus profundidades... Sería una muerte tan tranquila, pensó para sus adentros... Tan silenciosa y cálida... Tan sólo tenía que dejarse llevar y flotar a la deriva a perpetuidad... Tuvo el impulso de tocar una última vez el collar antes de alejarse...

Al hacerlo, un relincho tremendo hizo añicos el profundo silencio, y el agua borboteó y se llenó de formas borrosas que caían y se hundían a gran profundidad en el estanque. Alzó la vista y vio un círculo pequeño en el cielo por el que pasaban las nubes a toda velocidad... Entonces el cielo se encapotó con oscuros nubarrones de tormenta; sobre el agua descargaron rayos zigzagueantes que crepitaban al tocar la superficie y luego penetraban hasta lo más profundo. Y él estaba desnudo... Su cuerpo recibía cortes y tajos. Retorciéndose, gritó sin emitir sonido alguno y nadó y nadó, pero ahora se encontraba en la vastedad del océano y tendría que nadar por siempre jamás. El agua se enrojeció más y más con su sangre, de tanta que había derramado; le era imposible dejar de tragarla a bocanadas, y se ahogaba... Poco a poco se hundió bajo las olas de sangre y cayó en un vórtice negro que se cerró con lentitud sobre él.

355

Las estrellas, que resplandecían con intensidad en la negrura, se extinguieron como se apagarían infinidad de velas, y a lo lejos, le pareció oír una voz que entonaba sin cesar: *Recuerda que eres el Sin Nombre... Recuerda que eres el Sin Nombre...* Entonces resonó un grito desgarrador seguido de un sonido como ráfagas del viento, y por fin, se hizo un silencio tan profundo que se sintió como si siempre hubiese estado ahí, en el centro de aquel silencio... Pero ahora él iba desapareciendo, como un fantasma. Lo comprendió —al intentar inhalar— demasiado tarde.

Observador de Estrellas... No... No puedo controlar la coalescencia... He llegado demasiado lejos en la esencia de tu espíritu y me está matando.

No, Rokshan, ármate de valor... La voz de Observador de Estrellas sonaba distante, afectuosa, pero autoritaria. *Te he permitido mirar en la visión interna de mi alma, y allí has vislumbrado el recuerdo de algo tan terrible que el Señor de la Sabiduría lo enterró muy hondo en el espíritu de mi antepasado, Han Garid, que presenció la reclusión de la Sombra; algo que se ha transmitido a lo largo de las eras a cada uno de los señores de los caballos que han existido. Pero ahora sólo tengo una vaga idea de lo que puede ser; únicamente sé que está ahí, y que fuimos creados como las criaturas más bellas y veloces de todas para que no cayéramos nunca bajo el dominio del hombre, que jamás debe conocer el secreto. Éste es el recuerdo que las fuerzas del mal pretenden desvelar; se te pondrá a prueba en la terrible experiencia por venir, porque la Sombra sabe que existe este recuerdo y todo su ser está volcado en obtenerlo. ¡Haz caso de mi advertencia, Rokshan! Te engatusará con una alternativa... Tienes que resistirte a él y a quienes lo sirven, como debo hacerlo yo, pero la magia antigua podría ser demasiado poderosa para todos nosotros. ¡Resiste, si quieres salvar a tus semejantes y a los caballos-dragón!*

Has de recordar el mandamiento divino que creó lo que los hombres llaman noche, y confinó a la Sombra para siempre... Hasta ahora. Has de saber también que cuando abandoné las planicies de Jalhal'a y los Jinetes no me vieron durante muchos ciclos lunares, estuve cabalgando con Shou Lao, y lo llevé a las tierras costeras del Gran Océano para que previniera a las gentes de ese lugar, igual que previno a tu pueblo y a los del reino desértico de Kroraynia. Asimismo cabalgamos a la Tierra de los Templos, y desde allí, visitamos al pueblo de las Mil Islas; incluso las lejanas costas septentrionales de las Tierras del Hielo lo recibieron. También los Bosques Oscuros han avisado, a su modo, al pueblo de los darhad...

Impúlsate a la superficie ahora e inhala aire antes de que te ahogues en la unicidad del Gran Océano, henchido de sangre de incontables almas en la lucha venidera. Recuerda nuestra unión y lo que te ha sido revelado...

Nadando hacia la superficie, con los pulmones a punto de estallarle, Rokshan ansió hablar con Observador de Estrellas y comprender mejor lo que le había contado. Pero el vínculo mental que lo conectaba con él a través de Brisa Susurrante se debilitó y desapareció al emerger, jadeante, boqueando para coger aire... Y se encontró con la espalda sujeta contra el pecho del maestro del Método, y con los brazos pegados a los costados.

Forcejeó para desasirse, y faltó poco para que se fuera al suelo, tambaleante, cuando Cetu lo soltó de forma repentina. Luego lo aupó con la misma rapidez y lo abofeteó.

—¡Suelta! —le gritó—. ¡Corta el vínculo del todo!

—¿Cuánto tiempo he estado conectado? —jadeó el muchacho, que se asió a su maestro.

—Casi la mitad de la noche. He sostenido una batalla con un demente poseído por mil demonios, tal era la violencia con la que forcejeabas después de que te desplomaras de la grupa de Brisa Susurrante. Ha sido una suerte que me encontrara aquí para sujetarte. ¿Qué te ha mostrado la yegua? Nunca había presenciado una unión mental semejante...

Rokshan se sentó; la cabeza le daba vueltas por todo lo que había experimentado. Buscó el Collar de los Muertos a tientas, e inquirió con aspereza:

—¿Dónde está?

—Te lo quitaste de un tirón y lo tiraste —contestó Cetu sin alterarse—. Lo recogí y lo guardé bien envuelto. Está en tu ropón.

—No creo que lo necesite ya... ¡Observador de Estrellas me ha contado tantas cosas, Cetu! Pero tampoco entiendo muchas de ellas; ojalá hubiéramos continuado hablando más tiempo. —Rokshan se enjugó la cara, cubierta de sudor.

—¿Observador de Estrellas, chico? —preguntó Cetu mirándolo preocupado, temeroso de que estuviera mentalmente trastornado.

—Sí, habló conmigo a través de Brisa Susurrante.

—Eso es imposible, nunca he...

—Es posible, Cetu, tienes que creerme. ¿No está afectada ella?

—No, como puedes ver. —Cetu señaló a la yegua que pastaba con satisfacción, a corta distancia—. ¿Sabes qué ha pasado con los caballos-dragón de la estepa? ¿Ha tenido éxito Obser-

357

vador de Estrellas? —preguntó en voz baja el maestro del Método.

—No lo sé... Tuvo que marcharse, los suyos lo necesitan. Pero aparte de eso me contó mucho más... Mucho más. —Rokshan se sujetó la cabeza con las manos, y se quedó con la vista fija en el suelo tratando de desentrañarlo todo.

—Bebe, amigo mío. —Cetu se sentó a su lado y le tendió un recipiente con agua—. Explícame qué ha ocurrido entre Observador de Estrellas y tú.

Rokshan bebió un largo trago antes de hablar.

—Cuéntame más de ese «mandamiento divino» —pidió Cetu cuando Rokshan le hubo relatado hasta donde podía explicar de lo que había experimentado—. Muchos viejos mitos se han perdido para los Jinetes.

—Lo único que sé ha sido gracias a la hermandad de las Liebres. El Señor de la Sabiduría no tenía intención de que su mandamiento divino se registrara por escrito, pero mientras lo proclamaba estaba acompañado por su fiel mensajero, Corhanuk, un espíritu guardián superior que tenía que actuar como testigo del tremendo castigo impuesto a la Sombra. No obstante, sin conocimiento del Señor de la Sabiduría, Corhanuk ya estaba cayendo en poder de la Sombra, y en eras futuras serviría a su nuevo señor. De modo que cuando su amo quedó confinado tras el Arco de Oscuridad, Corhanuk incurrió en una gran iniquidad al anotar las palabras del mandamiento divino en un rollo de pergamino, que después abandonó en el mundo de los hombres, palabras que la hermandad de las Liebres cree que podrían utilizarse para liberar a la Sombra. Ésta es la razón de que la hermandad esté empeñada en la protección de ese pergamino, si es que alguna vez se encuentra, para que sean ellos los únicos que conozcan dichas palabras y las mantengan en secreto.

»Entonces, cuando Chu Jung hubo cumplido la orden del Señor de la Sabiduría y los monstruosos dragones dejaron de existir y escondió el Talismán, entregó el Báculo a Corhanuk para que se lo llevara al Señor de la Sabiduría como regalo, pero el mensajero lo robó, y se escondió él y ocultó el Báculo fuera del alcance de los hombres y de todo cuanto tenía vida. A lo largo de las eras, él, el Báculo, el Talismán y el Pergamino

Sagrado desaparecieron y se perdió su recuerdo, de manera que entraron en la borrosa memoria del mito y de la leyenda. Y durante todos esos eones, Corhanuk ha servido a su nuevo amo: la Sombra.

—Pero ¿cómo puede revocarse ese mandamiento divino si lo ha creado el propio Señor de la Sabiduría? —preguntó Cetu.

—Eso no lo sabemos, pero el abad me dijo que bastaba con que existiera el pergamino, porque si existe se puede encontrar, y cuando se halle, el siervo de la Sombra descubrirá, sin lugar a dudas, cómo anularlo. Eso fue lo que me indicó. Podría ocurrir que en este mismo momento Corhanuk estuviera trabajando de nuevo en lo que escribió si hubiese encontrado el pergamino.

—Bueno, aquí estamos perdiendo el tiempo, amigo mío —afirmó Cetu—. Deberíamos hacer caso de lo que Observador de Estrellas te ha comunicado, y confiar en que, con su ayuda, descubriremos las respuestas a todas estas preguntas y nos guíen hacia lo que hemos de hacer. Él ya se reunirá con nosotros cuando esté preparado... ¡Eh, Rokshan! ¿Qué ocurre?

—¡El Báculo y el Talismán de Chu Jung! —masculló el muchacho, que parecía como si le hubiera caído encima un rayo—. Chu Jung enterró el Talismán en algún lugar de los bosques del mundo, dice la leyenda, y Corhanuk robó el Báculo que Chu Jung formó con la madera del árbol que creció donde se enterró el Talismán... ¡Escucha, Cetu! ¡Quizás Observador de Estrellas intentaba decirme de qué bosques se trataba! «Los Bosques Oscuros han avisado, a su modo, al pueblo de los darhad», me dijo. Y si intentaba transmitirme ese mensaje, ha de ser por alguna razón. Mi hermano se dirigía a los Bosques Oscuros no hace mucho. ¿Qué quería decirme el señor de los caballos? Ahora estoy convencido de que Zerafshan miente en cuanto a lo que hay detrás de todo esto; tenemos que hacerle algunas preguntas. Así que hemos de subir al Quinto Valle, donde prepara las últimas defensas contra las fuerzas imperiales.

Cetu asintió en señal de que había comprendido, y aseveró:

—Ten por seguro que iré contigo hasta el fin del mundo si es ahí donde nos conduces. —Mil arrugas surcaron el inteligente rostro del anciano al sonreír de oreja a oreja—. Tu maestro del Método todavía no ha acabado con tu aprendizaje, mi

359

joven amigo… ¡Aunque el señor de los caballos te haya permitido unirte mentalmente con él de un modo que yo no había visto jamás!

—¡Ni yo lo aceptaría de otra manera, maestro del Método! —rio Rokshan antes de hacer una reverencia respetuosa, y acto seguido, saltó a lomos de Brisa Susurrante y tendió el brazo a Cetu, que no puso reparos en montar detrás de él.

Rokshan se inclinó y le dijo algo al oído a la yegua, que, sacudiendo las crines, emprendió galope llevándolos a ambos hacia el Quinto Valle y a la Cumbre de la Diosa.

Capítulo 39

Sacrificio y venganza

*E*l silencio profundo y la sobrecogedora soledad comenzaron a hacerles mella a medida que ascendían sin pausa valles arriba. Rokshan tenía que tranquilizar constantemente a Brisa Susurrante, cada vez más nerviosa y angustiada. Conforme al plan de Zerafshan, se había dado la orden de que todos los que no estuvieran en condiciones de luchar debían subir al Quinto Valle, junto con la totalidad de la yeguada de caballos-dragón. Sólo un núcleo defensivo de doscientos o trescientos guerreros se quedaría en cada valle, puesto que debían ceder una cuarta parte de los hombres para reforzar las defensas del Quinto Valle, donde se libraría la batalla decisiva.

Al llegar a cada poblado, explicaban las experiencias de Rokshan durante la noche que pasó en el Llano de los Muertos con Observador de Estrellas. Los jefes de clan se mostraban bastante respetuosos e interpretaban lo sucedido como una señal de que su decisión de respaldar a Zerafshan era acertada, pero les preocupaba mucho la derrota del Primer Valle.

Hacia el final del tercer día se aproximaron por fin al valle del que era originario Cetu, que se mostró más animado. Pero pronto se dieron cuenta de la verdadera magnitud del éxodo a medida que el sordo runrún, producido por miles de personas reunidas en un mismo lugar, se fue convirtiendo en tumulto.

Todo el terreno que ocupaba el Quinto Valle estaba repleto de tiendas de campaña de los más diversos tamaños; eran cobijos sólidos hechos con un lino muy resistente, elaborado por los propios Jinetes, y revestidos con lana y fieltro bastos. Las familias se congregaban alrededor del poblado; y un poco más arriba del valle se habían instalado grupos de tiendas más pequeñas, con capacidad para uno, dos o tres hombres, dependiendo de qué valle procedían los guerreros; estandartes con los colores y símbolos de los diferentes clanes ondeaban en astas clavadas en el suelo a toda prisa, y a su alrededor se habían montado unas tiendas con aspecto de dormitorios colectivos para los chicos y las chicas más jóvenes; los gruñidos de los cerdos y los balidos de las cabras acrecentaban el caos, aunque ordenado, del campamento, mientras que los apetitosos aromas de las cenas que se preparaban se mezclaban con el del humo de las fogatas. Rokshan olfateó con agrado.

En la parte más elevada de la zona, donde el muchacho observó por primera vez la destreza de los Jinetes jóvenes durante un entrenamiento, se había construido un enorme corral provisional; no había visto nunca tantos caballos-dragón juntos en un mismo espacio.

362

—Debe de haber trescientos o cuatrocientos, o más —comentó el muchacho, pasmado ante aquel espectáculo.

—En efecto, hay alrededor de un centenar procedente de cada valle —confirmó Cetu.

No obstante, Rokshan se entristeció porque se percibía que los caballos-dragón estaban tranquilos y sometidos, como si aceptaran —sin comprenderlo— que los Jinetes quisieran tenerlos encerrados en el corral cuando lo normal habría sido que deambularan en libertad por los valles.

Cetu estuvo de acuerdo con él en que debían dirigirse al templo de los Jinetes; según les habían dicho, Zerafshan planeaba establecer ese edificio como último reducto si no se detenía a las fuerzas imperiales en el Quinto Valle. Al aproximarse, vieron con claridad la montaña que se erguía imponente tras el templo, emplazado en la ladera. Rokshan contempló la pared de granito que caía a pico, y se preguntó por qué lo atraía tanto. ¡Cómo hubiera deseado que Observador de Estrellas estuviera con él en aquellos momentos! Pero ¿por qué esa sensación se hacía más y más intensa a medida que se acercaban a la Cumbre de la Diosa, y cómo iba a acompañarlo el señor de los caballos si éste había elegido reunirse con los suyos en las planicies de Jalhal'a?

Había anochecido ya, y el muchacho se alegró de haber mantenido un buen paso, porque el viento frío se notó mucho más al caer la temperatura; tenues nubes se desplazaban por el cielo, las estrellas relucían y la pálida luna —casi llena— asomaba en el horizonte.

Al estrecharse y hacerse más empinada la senda, desmontaron y siguieron a pie. Casi habían completado la ascensión cuando se oyó una única nota larga del cuerno de un Jinete que procedía del templo. Cetu alzó la vista hacia la parte alta de la senda, y anunció:

—El centinela da aviso de nuestra llegada. ¡Vamos, Brisa Susurrante!

No tardaron mucho en llegar al templo. Rokshan ya había visto con anterioridad el cráneo del caballo sobre el arco de la entrada, pero fue a la luz del día; ahora —de noche—, las cuencas vacías titilaban con cierto aire de misterio, iluminadas por una vela perfumada de incienso. En el interior del edificio, los cráneos de caballo se alumbraban del mismo modo y pendían junto a antorchas encendidas, que irradiaban una luz dorada y parpadeante. Por su parte, los dos enormes braseros situados a los lados de la escalera ardían resplandecientes; delante de ellos, Zerafshan paseaba de un lado para otro.

Dejaron a Brisa Susurrante al cuidado de los guardias que patrullaban la zona que rodeaba el templo, y entraron los dos juntos en el recinto. Zerafshan, bastón en mano, se detuvo al ver quienes eran.

—¡Cetu, Rokshan! ¡Por fin! Es una alegría veros. Acercaos, descansad en los escalones y calentaos junto al fuego. Parecéis fatigados y con necesidad de comer y de beber. —Dio palmas e hizo una seña para que les llevaran un refrigerio.

—¿Nos estabas esperando… padre? —preguntó el muchacho, un tanto receloso.

—Vaya, pues sí, hijo mío… Pero me has defraudado. —La voz sonó con una leve aspereza.

—¡Oh! ¿Y eso por qué? —replicó Rokshan, que aceptó de buena gana el caldo y el aguardiente de cebada que les ofreció un guardia.

—No juegues conmigo, muchacho. —Zerafshan se le acercó y se plantó con aire amenazador junto a él—. ¿Dónde está Observador de Estrellas?

—No lo sabemos. —Cetu fue objetivo en su respuesta—. Cuando nos marchamos del Primer Valle casi al final de la batalla que se libró allí, el señor de los caballos fue a reunirse con sus hermanos y hermanas para ayudarlos a huir, creemos. No estaba en nuestras manos impedírselo e ignoramos dónde está ahora.

—¿Batalla, has dicho? ¿Ya ha empezado, y procediendo el enemigo de donde menos se lo esperaban los Jinetes? —inquirió Zerafshan con vehemencia.

Cetu asintió y le explicó todo cuanto necesitaba saber, aunque puso gran cuidado en no mencionar la unión mental más reciente de Rokshan.

—Excelente, excelente. —Zerafshan batió palmas—. Observador de Estrellas se reunirá con nosotros, de eso no me cabe duda —murmuró con aires de seguridad.

En ese preciso momento el centinela tocó el cuerno y sonó una nota lastimera.

—Un grupo de treinta o cuarenta jinetes sube hacia aquí desde el pico más bajo —informó desde su puesto—. Y media *li* por delante de ellos, un caballo solitario cabalga más veloz que el viento —añadió señalándolo, maravillado.

Observador de Estrellas… ¿Sería posible? Mas ¿cómo podría haber recorrido esa distancia en tan poco tiempo? A Rokshan le dio un vuelco el corazón cuando Cetu le apretó el brazo con fuerza, y le susurró:

—Observador de Estrellas debe de haber viajado a lomos del viento… Anímate, mi joven amigo.

Se dirigieron presurosos hacia donde el centinela estaba apostado, en lo alto del estrecho y empinado camino que llevaba al templo por el oeste; desde allí, los senderos más anchos descendían hacia el paso, más allá del estanque de Dos Picos. Observaron el avance del grupo de jinetes y del caballo que iba en cabeza, que aflojó un poco la marcha al llegar al empinado camino.

—Es Observador de Estrellas —confirmó Rokshan, tan aliviado al verlo entrar en el recinto a medio galope que el corazón le estalló de alegría.

El animal tenía los flancos y la cara salpicados de espuma, y los ojos desorbitados e inyectados en sangre. El centinela y los guardias se postraron ante él, pero Rokshan entendió la urgencia en el relincho que emitió y se le aproximó a todo correr, con Cetu pisándole los talones. Percibió el gran agotamiento del caballo, y se sobresaltó cuando una nota con visos de euforia contenida se le deslizó en la mente. ¿Qué había pasado en la estepa? ¿Iban a estar a salvo por fin los caballos-dragón salvajes?

Pero Observador de Estrellas se encabritó, como si lo avisara de que no se acercase, y después se arrodilló ante él.

Zerafshan había observado la escena con gesto de aprobación. Entonces apartó de allí a Rokshan, y, asiéndolo por el brazo, se encaminaron hacia el templo; subieron la escalera muy rápido, y al llegar arriba, Zerafshan se dio la vuelta y ciñó firmemente con un brazo los hombros del muchacho.

—¡Es como predije que ocurriría, Jinetes! —gritó con aire triunfal al puñado de guardias que lo miraban sin salir de su asombro—. Mi hijo ha llevado a cabo con éxito la tarea que le encomendaron las serenadhi, y ha recibido el reconocimiento de Observador de Estrellas. Gobernaré, pues, como gran kan en su lugar hasta que alcance la mayoría de edad. ¡Ahora, por fin, daremos la bienvenida a los jinetes negros!

—¿Sabes quiénes son esos jinetes que se aproximan? —preguntó preocupado Cetu mientras subía los escalones después de dejar a Observador de Estrellas desasosegado en el recinto del templo.

—Oh, sí, Cetu, claro que lo sé —contestó despacio Zerafshan—. Llevo mucho tiempo esperando este momento; ahora os serán revelados los grandes planes que tengo…

Cuando el centinela tocó de nuevo el cuerno, Zerafshan alzó el bastón con una expresión lobuna.

—No os mováis si apreciáis en algo la vida —advirtió, teniendo asido aún a Rokshan por los hombros, y continuó observando cómo se aproximaban los jinetes. Éstos vestían de negro y cabalgaban en monturas más grandes incluso que las de los Jinetes.

A la luz titilante de las antorchas, la penetrante vista del centinela distinguió las extrañas pezuñas de las monturas de los desconocidos mientras les daba el alto.

365

—¡Deteneos, viajeros! ¿Quiénes sois y qué os trae al templo de los Jinetes?

—Hazte a un lado, Jinete. Vuestro cabecilla nos conoce, y eso es todo cuanto necesitas saber.

A Rokshan se le encogió el corazón al oír la siniestra voz que salía de la figura encapuchada y embozada; era un susurro ronco y áspero con una nota de amenaza que helaba la sangre.

Desde que dejaron atrás los despojos de la caravana de Vartkhis Boghos, Corhanuk azuzó a An Lushan y a los demonios espectrales a seguir adelante sin parar, implacablemente, de manera que habían cubierto en apenas dos semanas la distancia que unos jinetes rápidos habrían tardado el doble en recorrer. Tras ellos fueron dejando una estela de terror y destrucción. Durante gran parte del viaje, Corhanuk adoptó de nuevo el aspecto de corneja, y sólo volvió a tomar la forma de un jinete cuando estuvieron cerca de la Cumbre de la Diosa. An Lushan iba a su lado, también encapuchado y embozado.

—Que pasen —ordenó Zerafshan con el bastón levantado.

¿Quiénes eran esos jinetes negros? Rokshan intentó recordar hasta el mínimo detalle de la unión mental con el señor de los caballos que pudiera darle alguna pista. De súbito recordó que Observador de Estrellas le había dicho que él debía obedecer a los siervos de la Sombra, y cayó en la cuenta de que el animal se había arrodillado ante los dos, es decir, ante Zerafshan y él...

Entonces Zerafshan hizo una seña con el bastón, y algunos de los jinetes negros se apartaron del grupo y se desplegaron alrededor del recinto. Entre que todos iban encapuchados y la oscuridad reinante, Rokshan no conseguía verles la cara; además, se quedó atónito al darse cuenta de que el bulto que llevaban atado con una cuerda entre dos de los jinetes era el cuerpo de una persona.

El individuo que había hablado anteriormente se adelantó con su compañero.

—¡Te saludo, Zerafshan, portador del Báculo! Yo, Corhanuk, vengo acompañado por Beshbaliq, como mi señor prometió siempre.

El desagradable susurro rechinó en la quietud de la noche... Rokshan se tambaleó de la impresión... Corhanuk, el mensajero de la Sombra nada menos, estaba ante ellos disfrazado de humano... Y esos jinetes negros... Tenían que ser demonios espectrales invocados de las profundidades del infierno, junto con sus caballos infernales. El miedo le retorció las entrañas cuando notó que la mirada de Corhanuk se posaba un momento en él, antes de volverse de nuevo hacia Zerafshan.

—Señor, tu servidor te da la bienvenida —lo saludó Zerafshan al tiempo que hincaba una rodilla en tierra—. ¿Dónde está el portador del Talismán?

—Aquí, como prometí —contestó Corhanuk, que señaló al jinete que estaba a su lado.

—Yo, Beshbaliq, porto el Talismán. —El jinete mencionado por Corhanuk habló por primera vez.

A Rokshan se le revolvió el estómago; había algo muy, muy familiar en esa voz... El jinete se retiró la capucha y sostuvo ante sí una estatuilla tallada. Rokshan se asombró al observar el Talismán exquisitamente trabajado; el objeto resplandecía, irradiaba haces de luz azules, verdes, blancos y rojos, y parecía palpitar en la mano del portador. Pero no podía apartar los ojos del jinete.

—¿An'an? ¿De verdad eres tú? ¿Cómo es posible? —susurró, presa del desánimo—. Pero ¿qué te ha pasado?

An Lushan no se dio por enterado, y Rokshan se enfrentó a su padre; la ira y el desconcierto le desfiguraban el semblante.

—¿Que qué le ha pasado? —repitió Zerafshan con una mueca desagradable—. Sólo alguien con una ambición desmesurada y ansias de poder desmedidas habría elegido el camino que tu medio hermano ha emprendido... Así ha demostrado lo acertado que estuve en mi elección.

—¿Tu elección? —Un recuerdo acudió a la mente de Rokshan: un momento en su casa de Maracanda cuando una fea corneja sobrevoló la balconada graznando ruidosamente unos instantes antes de que la espantara.

—¡An Lushan, espíritu de Beshbaliq y pariente consanguíneo, sé bienvenido! —saludó Zerafshan con el bastón plantado ante sí.

Conmocionado por el horror, Rokshan comprendió que aquél era el Báculo de Chu Jung.

—Portador del Báculo, traigo el Talismán perdido para que por fin se una al Báculo que posees —se oyó la respuesta,

367

mientras una descarga poderosa fluía entre los dos hombres, y el brillo del Talismán se avivaba en la mano de An Lushan. Los demonios espectrales y sus monturas estaban inmóviles, y en el claro cayó un silencio cargado de tensa expectación.

¿El Talismán? ¿Su hermano? Al fin entendió Rokshan lo que Observador de Estrellas había intentado comunicarle. Miró al puñado de Jinetes que, al igual que él, parecían haberse quedado paralizados; la mente le bullía con un remolino de ideas. El Talismán, como sabía por las leyendas antiguas y por los fascinantes relatos de Shou Lao, había estado perdido y enterrado en alguna parte en los bosques del mundo, nadie sabía dónde... Hasta ahora.

Y los Bosques Oscuros de los darhad habían revelado al fin el secreto del lugar en que Chu Jung lo enterró.

«¿Por qué tuviste que ser tú quien lo encontrara, An'an? ¿Qué les ha sucedido a los darhad? ¿Dónde está Lianxang?», cientos de preguntas sin respuesta clamaban en la mente de Rokshan.

An Lushan se dispuso a subir la escalera, donde se hallaba Rokshan junto a su padre, quien, con las manos extendidas, temblaba de ansiedad.

—¡Aguarda! —La voz ronca, sepulcral, de Corhanuk retumbó—. Devuelve lo que no es tuyo, mortal, antes de coger el Talismán. Entrégame lo que llamas el Collar superior de los Muertos... ¡Tráemelo!

Zerafshan giró sobre sus talones y entró a toda prisa en el templo, para retirar el collar del tabernáculo que Rokshan vio al llegar por primera vez al reino de los Jinetes; se lo tendió con expresión reverente a An Lushan, y, a cambio, recibió el Talismán en sus temblorosas manos. An Lushan le entregó entonces el collar a Corhanuk, a quien los ojos le centelleaban de puro júbilo.

—¡Ahora mi espíritu custodio hermano, el Rey Carmesí, estará facultado para romper los grilletes que lo retienen en las puertas del infierno! —proclamó Corhanuk.

—Por fin... Por fin... —murmuró Zerafshan dándole vueltas al Talismán para examinarlo. Entonces lo alzó; con la otra mano levantó también el bastón, y acto seguido, lo bajó con brusquedad y golpeó el suelo con él.

En ese instante un trueno resonó en lo alto al mismo tiempo que el fulgor palpitante del Talismán se convertía en una irisación cegadora que lo bañaba todo en una luz tan brillante como el sol del desierto. Mientras los presentes alzaban los brazos para resguardarse los ojos, se sucedieron una serie de temblores que sacudieron el suelo. El silencio que siguió lo rompieron los relinchos asustados de los caballos-dragón de los guardias, y Observador de Estrellas respondió a su vez con otros relinchos que aparentemente los tranquilizaron.

Zerafshan sostuvo en alto el Talismán, y su intensa luz se fundió en un único rayo de poder pulsante que se dirigió hacia los dos picos. De repente se produjo un chasquido ensordecedor cuando el haz luminoso hendió el pico de menor altura, y lo partió en dos como un trozo de pedernal; fragmentos rocosos cayeron en el estanque, al que hasta hacía poco se asomaba el pico, y las aguas se arremolinaron.

Los caballos infernales se encabritaron y los gruñidos resonaron en el claro. El Talismán emitió un zumbido; después sonó otro trueno, y a modo de respuesta, una columna de fuego —entre anaranjada y amarillenta— chisporroteó al salir disparada del Talismán como un relampagueo cegador de poder concentrado. El zumbido se hizo más fuerte cuando el Talismán lanzó otra llamarada del mismo color que la anterior, que también chisporroteó en el aire y ascendió con un fragor crepitante. Mientras tanto, las nubes arrastradas por el gélido viento que se había levantado de repente fueron tomando forma de dragones brincadores.

—¡Ved el aliento ardiente de los dragones primigenios! ¡Ellos renacerán! —gritó Zerafshan, exultante—. ¡Sed testigos del poder del Báculo y del Talismán! ¡El Señor de la Sabiduría temblará ahora!

Con los brazos extendidos, acercó la cabeza del Báculo al Talismán, y al entrar en contacto los dos objetos, una oleada de poder los fundió el uno con el otro en medio de una explosión de color que iluminó el templo, y al disminuir ésta, dejó a la vista el conjunto de madera y piedra que brillaba y palpitaba. Zerafshan levantó entonces el Báculo con el Talismán integrado en su extremo superior.

—¡Helos aquí, unidos tras un millar de milenios, el Báculo

y el Talismán de Chu Jung, exterminador de los dragones primigenios! —exclamó Zerafshan—. ¡Ahora los caballos-dragón volverán a la vida, renacidos en el estanque de Dos Picos con el aliento ardiente de sus antepasados reavivado, más fieros y más fuertes tras un largo sueño de eras atrapados en el Talismán!

La voz del viejo narrador resonó en la mente de Rokshan: «El antiguo poder rebulle... El dragón dormido se despierta...».

La voz de Shou Lao se mezcló con la de su madre y con la de Ah Lin cuando las palabras familiares del relato, escuchado infinidad de veces, le repicaron como campanas tocando a rebato: «La maldad de los dragones primigenios fue aplastada para siempre, pero, renacidos en el agua, se convirtieron de nuevo en espíritus de la naturaleza...».

«Algunos dragones renacieron como caballos celestiales...»

Imágenes de su unión mental se le reprodujeron como relámpagos: formas vagas hundiéndose en el estanque en el que él había estado nadando... Relinchos de miedo y aguas que borbotaban, como el tumulto de recuerdos que ahora le giraban en la mente.

«El antiguo poder rebulle... El dragón dormido se despierta...»

Así comprendió que Observador de Estrellas le mostró lo que acababa de suceder, y el auténtico propósito de Zerafshan se hizo evidente. El Báculo y el Talismán se habían unido y se les había restituido su poder, algo que Chu Jung, su creador, nunca tuvo intención de que ocurriera. Consumidos por la envidia que tenían a la humanidad y tentados por los espíritus custodios rebeldes a sublevarse con ellos en contra del Señor de la Sabiduría, los otrora hermosos seres primigenios de la Creación se transformaron en monstruos destructores y voraces. ¡Y ahora Zerafshan iba a utilizar la poderosa magia de los dos objetos unificados para transformar de nuevo en monstruos a los caballos-dragón! Pero ¿de qué manera?

Como si le respondiera, Observador de Estrellas lanzó un relincho apremiante. Rokshan tuvo la intención de acercársele, pero su padre lo sujetó de nuevo por los hombros con la presión de un cepo. El señor de los caballos iba y venía con desasosiego entre los Jinetes, que se habían reunido en un apretado grupo.

—Coged a los caballos-dragón... ¡Y cuidado con Observador de Estrellas! —gritó Zerafshan—. ¡Han Garid, señor de los dragones del trueno, volverá a estar entre nosotros! —Le dio la vuelta a Rokshan para que lo mirara; el ansia desmedida de poder le transformaba el semblante—. ¿Entiendes ahora, hijo mío? —dijo entre dientes—. El enigma era un mensaje para mí del mismísimo señor, de la Sombra; todo lo que tenía que hacer era descifrar el significado, porque sólo él comprendía lo que era inconcebible. *Abrid las puertas lejanas. ¡Liberadme del cautiverio, haced pedazos el Arco de Oscuridad!* Pero ¿cómo, Rokshan? ¿Cómo?

Alzad mi cuerpo... El caballo celestial llega, para el dragón, intermedio. ¿Te das cuenta? Lo que se transformó una vez puede volver a transformarse: ¡los descendientes de los caballos celestiales viven aquí, entre nosotros! Todos son un «intermedio del dragón». Lo que nos faltaba era conseguir las herramientas para llevarlo a cabo... *Viaja a la Puerta del Cielo...* Las puertas del cielo y del infierno son los opuestos de lo igual en el gran *yin* y *yang* del universo. El infierno de la Sombra se convertirá en su cielo cuando de nuevo *contemple la Terraza de Jade.* La Terraza de Jade es el mundo, hijo mío, y si la Sombra lo contempla, es que tiene que haber vuelto a este mundo... ¡Y así será cuando hayamos acabado nuestro trabajo!

Rokshan lo miró horrorizado al comprender su plan, y las palabras de Shou Lao le resonaron en la cabeza: «El dragón dormido se despierta...». «Renacidos en el estanque de Dos Picos». ¿Era eso lo que se proponía? ¿Quería llevar a los caballos-dragón al estanque para que renacieran de nuevo? Parecía una locura, pero si ése era su objetivo, debía impedírselo a toda costa. Ese plan no se llevaría a cabo sin los caballos-dragón... De modo que tenía que bajar al Quinto Valle y soltarlos, espantarlos para que huyeran lo más lejos posible de Zerafshan y del estanque. Comprendió de pronto que su padre no ordenó encerrarlos a todos en el corral para velar por su seguridad, sino para que estuvieran cerca del estanque.

Corhanuk se adelantó en ese momento, y Zerafshan, pos-

371

trándose ante el primer servidor de la Sombra y tendiéndole el Báculo y el Talismán, le dijo con reverencia:

—Señor.

—Ven, Beshbaliq, coge el Talismán y el Báculo de Chu Jung, como recompensa a tu lealtad a lo largo de las eras —ordenó Corhanuk, y luego indicó a los demonios espectrales—: Soltad a la prisionera y traedla al templo. —Esa orden obligó a Rokshan a volver de golpe a la pesadilla de lo que estaba sucediendo—. Una tejedora de sortilegios joven será un digno sacrificio de sangre para Han Garid... Él no esperaría menos.

Dos demonios espectrales se apresuraron a descolgar el bulto sujeto con una cuerda, y lo llevaron al pie de la escalera, donde cortaron las ataduras. La acurrucada figura continuó encogida en el suelo, pero los espectros voltearon de manera amenazadora las cimitarras alrededor de ella, y la pusieron en pie.

Rokshan sólo tardó un segundo en reconocer a la prisionera, y bajó la escalera a todo correr.

—¡Lianxang! ¿Qué te ha ocurrido? ¿Qué os ha ocurrido, a ti y a... An'an? —Alzó la vista hacia donde su hermano se encontraba junto a Zerafshan. Pero en los ojos de An Lushan no hubo indicio de que los reconociera.

—Rokshan... —La joven le hizo un gesto imperceptible para pedirle silencio, y se apoyó en él porque se sostenía a duras penas—. ¿Recuerdas que te hablé de los espíritus-ave de los darhad? —le susurró con apremio en el oído sano—. Mi águila... Nos ha venido siguiendo...

Pero no pudo decirle nada más porque los espectros se la llevaron y la obligaron a subir los peldaños.

—¡No puedes hacer esto, Zerafshan! —gritó con rabia el muchacho, que subió tras ellos salvando los peldaños de dos en dos.

—Llevad a la víctima propiciatoria al altar y preparadla —ordenó Corhanuk.

—Has de estar presente, Rokshan —insistió Zerafshan—. Porque un sacrificio ofrendado en el templo de los Jinetes tiene que presenciarlo el gran kan para que genere su verdadero poder, y tú serás mi sucesor cuando cumplas la edad prevista. ¡Vamos!

Haciendo una seña a uno de los demonios espectrales, se encaminó hacia el templo. El espectro asió a Rokshan por los hombros y lo empujó para que también entrara en el edificio; los siguieron otros dos espectros encapuchados, de relucientes ojos rojos, quienes, colocándose la hoja de la cimitarra contra la frente según el gesto convencional de lealtad, se plantaron en la puerta e impidieron que entrara nadie más. Mientras tanto, los demás se desplegaron para ocupar posiciones alrededor del templo.

Durante el forcejeo, Rokshan captó el apagado grito de un ave de presa. Mirando por los lados descubiertos del templo, identificó la silueta del águila mencionada por Lianxang que planeaba a gran altura en las corrientes térmicas.

—Ven, espíritu-ave… —musitó.

Zerafshan ordenó entonces que tendieran a Lianxang en el altar con los brazos y las piernas bien sujetos. Los demonios espectrales obedecieron, aunque la trataron reverentemente, como una víctima propiciatoria adecuada. Después de la dura experiencia vivida en el viaje, la joven estaba tan agotada que no ofreció resistencia.

An Lushan y Corhanuk se habían quedado a la derecha del altar, en tanto que a Rokshan, que seguía resistiéndose, lo condujeron hacia la izquierda.

Zerafshan se arrodilló y abrió el tabernáculo situado detrás del altar; con gran respeto, sacó un barboquejo de oro y una daga de bronce, de empuñadura de oro decorada con un complejo dibujo de un dragón, así como incrustaciones de turquesas. Acto seguido entonó una invocación antes de darse la vuelta de nuevo hacia el altar; en las manos sostenía una calavera muy grande.

—He aquí el cráneo de Han Garid, señor de los dragones del trueno de tiempos remotos —declaró, y, seguidamente, se lo colocó en la cabeza y lo sujetó con el barboquejo. A continuación empuñó la daga.

Desesperada, Lianxang intentó incorporarse y gritó, un grito largo, angustiado, que le partió el corazón a Rokshan, en cuanto Zerafshan le apoyó la daga debajo de una oreja, dispuesto a degollarla.

—Rokshan —dijo la joven—, antes de morir he de darte un

373

mensaje de Naha tal como juré hacerlo... ¡Sí, él está vivo, y me dijo que siempre te ha querido como un padre!

Ante aquellas palabras, algo estalló en el interior de Rokshan, de modo que se soltó de un tirón del demonio espectral que lo sujetaba, y, dando un salto, le quitó la daga a Zerafshan de una patada, y le arrancó el gran cráneo de dragón de la cabeza; por si fuera poco, en un arrebato de cólera, estrelló el cráneo contra la cabeza de su padre una y otra vez. Emitiendo un gemido apagado, éste cayó al suelo; la sangre le manaba de las heridas.

—¡Ahí tenéis vuestro sacrifico de sangre! —gritó el muchacho.

Corhanuk fue el primero en reaccionar; con un rápido movimiento, derribó a Rokshan y lo estrelló de cabeza contra un lado del altar, donde se quedó tendido, inconsciente.

En ese mismo instante oyeron un grito sobresaltado del exterior, al tiempo que una enorme águila sobrevolaba en círculo el claro, a baja altura. Corhanuk y An Lushan salieron a toda velocidad del templo; el joven utilizó el Báculo para lanzar un rayo contra ella, pero la gigantesca ave, zambulléndose en picado, fue directa hacia el centro del recinto y rasguñó con las garras afiladas como cuchillas todo lo que encontraba a su alcance.

Los caballos infernales se encabritaron y relincharon, y el águila salió disparada hacia lo alto y desapareció en el cielo nocturno. Unos segundos después repetía el ataque lanzándose de nuevo en picado, silenciosa como una flecha. An Lushan y los demonios espectrales trataron de controlar a sus monturas en el reducido espacio, mientras que los Jinetes que habían apoyado a Zerafshan, encolerizados por el uso sacrílego de su templo, tomaron parte en la refriega. Una y otra vez el águila descendía en picado, y An Lushan, aturdido, le lanzaba un rayo tras otro sin resultado.

Observador de Estrellas también luchaba valerosamente; casi tan grande como los caballos infernales, aunque más rápido y ligero, utilizaba los cascos con resultados letales cuando los demonios espectrales caían de sus monturas.

A Corhanuk no se lo veía por ninguna parte. Pero, de pronto, una corneja enorme salió volando de la refriega; batía las alas con gran energía, y, lanzando un estridente graznido que casi ahogó el alboroto de la lucha, ganó altura con rapidez.

Pero la desgarbada corneja no era enemigo para la señora del cielo; una vez más, el águila se abatió y efectuó un viraje para esquivarla, y en el último instante, aceleró y entró en el templo en dirección al altar, donde Lianxang se retorcía y forcejeaba en un intento de liberarse de las cuerdas que la inmovilizaban.

—¡Rokshan, desátame! —gritó la joven.

El muchacho notaba unos dolorosos pinchazos en la cabeza, pero hizo un esfuerzo para levantarse, consciente sólo a medias de que Zerafshan, otra vez de pie y apoyado en el altar para sostenerse, tenía de nuevo la daga inmoladora en la mano. El águila fue directa hacia él y le clavó las garras en la frente y en el cuero cabelludo, y el hombre gritó de dolor; las enormes alas le golpearon la mano y tiraron al suelo la daga que él, medio cegado por la sangre que le resbalaba por la cara, blandía rabioso contra el ave. De súbito ésta, enfocando su gran pico curvo contra el rostro de Zerafshan, arremetió una vez más y le sacó un ojo de un picotazo.

Con un aullido de dolor, el hombre cayó de rodillas e intentó en vano protegerse la cara del salvaje ataque. Poco después las manos y la cara le colgaban en guiñapos sanguinolentos, y luego se sumió en una oscuridad absoluta cuando el ave le arrancó el otro ojo.

Mientras Rokshan contemplaba la escena, aterrorizado, Lianxang dijo a gritos unas palabras en un idioma que él no entendía, pero, a su orden, el águila interrumpió la feroz agresión, voló en círculo por encima del altar, y, dando un chillido, salió del templo y voló hacia el paso. Con un graznido de rabia, Corhanuk adoptó de nuevo su forma humana, arrebató el Báculo a An Lushan y lanzó una estruendosa andanada de rayos al águila, pero ya no la alcanzó.

Sollozando de dolor, Zerafshan gateaba alrededor del tabernáculo, por el resbaladizo suelo a causa de la sangre que había derramado. A todo esto, el fragor de la lucha resonó en los oídos de Rokshan y percibió que Observador de Estrellas sostenía una lucha a vida o muerte. Cerró los ojos para no ver la lastimosa imagen de su padre, y casi lo engulló un remolino de rojos ardientes y púrpuras que le estalló en la cabeza; el men-

375

saje que le llegó vibrando a través de los colores lo obligó a retroceder un instante, pero no podía hacer caso omiso de la orden que el señor de los caballos le daba:

Tu padre traicionó la confianza de los Jinetes y condenó a muerte a una mujer inocente; además, planeaba aniquilar a los míos al transformarlos en monstruos vivientes, en las criaturas que fuimos en tiempos remotos. Ahora está ciego y desvalido… Como castigo es suficiente. Sé misericordioso y acaba con él enseguida antes de que huyamos…

Como en un sueño, Rokshan recogió la daga que Zerafshan había dejado caer y se situó junto a él; sujetaba la empuñadura ensangrentada con las dos manos y apoyó la punta de la hoja en la nuca de su padre.

—Los Jinetes dirían que no mereces tener una muerte rápida, padre, pero el señor de los caballos me ha ordenado que te proporcione un descanso misericordioso.

Antes de que Zerafshan llegara siquiera a darse cuenta de lo que iba a suceder, Rokshan le hundió la daga. La hoja penetró hasta el fondo, y el hombre sufrió un ligero estremecimiento antes de desplomarse muerto junto al altar. Rokshan tiró de la daga, y, asaltado por la náusea al ver lo que había hecho, se echó a temblar.

En el claro, el reducido grupo de Jinetes flaqueaba porque los demonios espectrales, sin los ataques del águila que los distrajera, les sacaban ventaja. Los Jinetes lucharon con bravura, pero no tenían nada que hacer ante la ferocidad silente e incansable de los espectros. Uno tras otro, pues, cayeron bajo las cimitarras y las lanzas implacables.

Rokshan desató apresuradamente a Lianxang, que bajó del altar y se desplomó detrás de éste; estupefacta, contempló con horror el cuerpo ensangrentado de Zerafshan.

—Hemos de bajar al Quinto Valle y soltar a los caballos-dragón —urgió el muchacho—; Zerafshan los tenía a todos encerrados en el corral para que estuvieran cerca del estanque de Dos Picos; debemos soltarlos. Corhanuk y mi hermano no se detendrán porque él haya muerto. ¡Tienes que ayudarnos, Lianxang!

Llegó a la escalinata en una corta carrera, y Lianxang, agotada por las duras pruebas, lo siguió tan deprisa como pudo. El suelo del claro estaba sembrado de cuerpos de Jinetes muertos o moribundos, y Rokshan echó un vistazo en derredor para localizar a Cetu.

Pero, en cambio, a quien vio fue a Corhanuk, montado en Observador de Estrellas, a la cabeza de los demonios espectrales, y a An Lushan junto a él. El cordel que Rokshan entretejió en la crin del señor de los caballos estaba envuelto muy prieto alrededor de la mano de Corhanuk, que más parecía una garra. El muchacho percibió cómo Observador de Estrellas agachaba y sacudía la cabeza, como si intentara advertirle, de tal manera que un chaparrón de chirriantes notas de alarma le explotó en la cabeza en el preciso momento en que Corhanuk alzaba en horizontal el Báculo y lo apuntaba hacia ellos.

—¡Échate al suelo! —le gritó Rokshan a la muchacha.

Observador de Estrellas se encabritó, corcovó salvajemente y echó de la silla a Corhanuk al tiempo que él escapaba en dirección a la escalera del templo. Corhanuk se levantó del suelo y lanzó un rayo, pero Rokshan y Lianxang habían llegado ya a la mitad de la escalinata y se subían de un salto al ancho lomo del señor de los caballos.

377

La abrasadora descarga penetró en el templo, y rompió el altar y el tabernáculo con una explosión atronadora que sacudió el edificio en sus cimientos. Antes de que Corhanuk tuviera ocasión de lanzar otro rayo, un Jinete apareció de entre las sombras de la parte posterior del templo, y Rokshan reconoció a Cetu y a Brisa Susurrante en cuanto su maestro del Método alzó el arco y disparó una flecha, todo ello de una única, fluida y diestra maniobra.

La flecha dio en el blanco, precisamente por debajo de la cabeza del Báculo, y se lo arrancó de la mano a Corhanuk; el objeto cayó con un golpe sordo a una docena de pasos de la criatura. Bramando de rabia, saltó a recogerlo, en tanto que An Lushan y los demonios espectrales formaban un escudo protector alrededor de él.

—¡Seguidme! —gritó Cetu al comprender que ésa era la única oportunidad que tenían de escapar.

Brisa Susurrante y Observador de Estrellas cruzaron el acceso al recinto a galope tendido, y se dirigieron hacia el Quinto Valle en un intento desesperado de salvar de un destino fatal a los caballos-dragón encerrados en el corral.

SÉPTIMA PARTE

Llamamiento y transformación

El mito de la Creación del Señor de la Sabiduría

Fragmento de un rollo de pergamino muy dañado.

Cuando el Señor de la Sabiduría ordenó a Chu Jung que sojuzgara a los monstruos feroces en que se habían convertido sus espíritus dragontinos, el ejecutor celestial creó una fosa inmensa en el mundo que llenó de agua con la que apagó las llamas de los dragones.

–Haz que despierten todos mis espíritus dragontinos de la tierra y del agua, del aire y del fuego, porque son mis primeras criaturas creadas y no puedo destruirlas para siempre –le ordenó entonces el Señor de la Sabiduría–. Que despierten y renazcan, pero hazlos invisibles para que no asusten a mi criatura menor, el hombre. Así mis espíritus dragontinos recordarán siempre el pecado cometido contra mí. En cuanto a los espíritus dragontinos del fuego. Como el hombre necesitará siempre el fuego, inspiraré en la humanidad un sentimiento de reverencia y respeto tal hacia ese elemento que habrá siempre una llama titilando en algún lugar del mundo de los hombres, y, de ese modo, la esencia de los espíritus dragontinos del fuego no morirá nunca. Quienes me veneren, venerarán asimismo la llama eterna, que encenderán en mi honor.

Que las formas corpóreas de mis amados espíritus dragontinos del fuego vivan, pero transformadas más allá de lo mensurable y tan sólo conteniendo una chispa diminuta de su esencia original, que quedará soterrada en el fondo del alma de esas criaturas, las más apacibles y hermosas. Haré que sean tan veloces que el hombre nunca las capturará ni descubrirá su secreto mejor guardado. Los hombres llamarán a estos seres caballos-dragón porque en su corazón sabrán que descienden de mis criaturas primigenias, las más puras antes de que se apartaran de mí.

Chu Jung ignoraba cómo llevar a cabo tal misión, porque no alcanzaba a comprender el propósito del Señor de la Sabiduría.

–Toma el Talismán y dirige los haces de luz, dadores de vida, sobre el agua donde yacen las formas monstruosas de mis espíritus dragontinos –le aleccionó el Señor de la Sabiduría–. De este modo, y gracias a los poderes que te otorgo para cumplir mi mandato, el renacimiento que he dispuesto tendrá lugar.

Eones después, a la fosa de agua se le dio el nombre de estanque de Dos Picos, un lugar venerado por sus poderes curativos. Y una tribu de hombres aprendió a domar, aunque sólo en parte, el espíritu salvaje de los caballos-dragón.

Fuente: la hermandad secreta de las Tres Liebres Una Oreja.
Origen: pergamino descubierto en las ruinas de la ciudadela del monasterio de Labrang, centro espiritual del antiguo Imperio Occidental.

Capítulo 40

El llamamiento

*T*emiendo que los demonios espectrales los persiguieran, Rokshan no dejó de mirar hacia atrás mientras galopaban cuesta abajo, de camino hacia los valles, mientras que los rayos dorados, rojos, verdes y azules estallaban en la Cumbre de la Diosa.

Montada detrás de él y abrazándosele con firmeza, Lianxang le advirtió gritando:

—¡El poder que puede desencadenar el Talismán estando unido al Báculo será imparable! ¿Qué vamos a hacer?

—¡Hemos de impedir que se apoderen de los caballos-dragón! —le contestó Rokshan, también a voces—. Sea lo que sea que intenten hacer no lo lograrán sin ellos... ¡Quieren meterlos en el estanque!

—¿Por qué? —preguntó la joven, pero un poco más adelante Cetu ya había desmontado al llegar al tramo angosto del camino que descendía al Quinto Valle.

Observador de Estrellas se frenó de sopetón, cerca de Cetu, y Rokshan y Lianxang desmontaron de un salto. El señor de los caballos, ahora visiblemente agitado, cabeceó y relinchó con gran potencia y luego giró la cabeza para mirar hacia la Cumbre por si detectaba alguna señal de peligro. Rokshan alertó al máximo sus sentidos y a duras penas escuchó lo que Lianxang le preguntaba; notaba en la mente la ansiedad de Observador de Estrellas como nubes tormentosas, oscuras y opresivas.

—Éste es Observador de Estrellas, señor de los caballos —lo presentó Rokshan al tiempo que se enroscaba en las manos el cordón entretejido con las crines para que dejara de menear la cabeza.

—Es magnífico —musitó la muchacha, que le acarició el hocico—. Pero ¿cómo es que lo cabalgas? ¿Eres de verdad un Jinete? —Evaluó de un vistazo el largo ropón, los pantalones y la lanza corta sujeta a la silla mientras corrían a reunirse con Cetu, que observaba con atención el Quinto Valle.

—Y éste es Cetu, mi maestro del Método… —repuso Rokshan, distraído.

Cuando Rokshan le explicó a toda prisa quién era la joven, el experto Jinete la saludó con una inclinación de cabeza, pero en su mirada había un atisbo de preocupación, de modo que se volvió a mirar de nuevo lo que ocurría en el Quinto Valle.

—Cetu, no debemos detenernos —lo apremió Rokshan mirando en la misma dirección que el Jinete—. Ya veo lo que te preocupa…

—¿Y qué es? —inquirió Lianxang con ansiedad.

—Los caballos-dragón… ¡Mira! —exclamó Cetu—. ¿Recuerdas lo apáticos y desanimados que estaban cuando pasamos de camino hacia la Cumbre, Rokshan?

A la escasa luz del alba se notaba que algo iba muy mal en el enorme corral, situado en la parte alta del valle. Los caballos-dragón iban y venían de un lado al otro del cercado y se oían relinchos de inquietud. Rokshan casi sintió como si se les uniera mentalmente a través de Observador de Estrellas, a medida que de los caballos encerrados surgía una oleada de color tras otra: púrpuras y rojos atemorizados bullían juntos como una intensa expresión de alarma dirigida hacia su señor y hermano. Intentó enviarles mensajes tranquilizadores, pero no sabía en realidad cómo impedir que ocurriera lo que se temía que estaba a punto de acontecerles. Tras él, los rayos se sucedieron en una andanada constante de explosiones ensordecedoras.

De improviso Observador de Estrellas se encabritó, y del tirón le arrancó el cordón de las manos a Rokshan, quien se tambaleó alarmado porque los estallidos rojos y púrpuras inundaron su conciencia y lo cegaron unos instantes. Tan claro como si el caballo se lo hubiera dicho en voz alta, se dio cuenta de que éste debía ayudar a sus hermanos y hermanas, y ser su señor en los momentos en que más falta les hacía. Aunque por un lado anhelaba que se quedara con él, por otro lado comprendía esa necesidad. Observador de Estrellas captó lo que sentía el muchacho, y le hizo una ligera inclinación de cabeza antes de volver grupas y salir a galope hacia el corral. Al disminuir los estallidos, el joven lo oyó galopar hacia donde se hallaban los caballos encerrados.

Cetu se le asió del brazo mientras un ligero temblor sacudía el suelo.

—Tenemos que conducir a los caballos-dragón tan lejos de aquí como sea posible, y ayudar a Observador de Estrellas a sacarlos del cercado… ¡Es lo que intenta hacer, lo sé! —dijo a voces Rokshan.

El temblor pasó a ser un retumbo estruendoso en cuanto lo que quedaba del pico más pequeño se vino abajo y se estrelló contra la ladera, detrás del templo.

Rokshan se disponía a correr camino abajo, pero Cetu le mostró a voz en grito lo que estaba ocurriendo en lo alto de un gran peñasco.

385

Bajo la luz grisácea de la madrugada, An Lushan sostenía el Báculo, ahora unido con el Talismán, y se disponía a llamar a los caballos-dragón. A corta distancia del templo de los Jinetes cada cual ocupaba su lugar: los demonios espectrales esperaban situados en los accesos oriental y occidental de la Cumbre de la Diosa, y Corhanuk se hallaba a orillas del estanque de Dos Picos mientras apostaba a más demonios espectrales alrededor del lago.

Aguantándose firme contra el viento que lo zarandeaba y le hacia ondear la negra capa a sus espaldas, An Lushan empezó a hablar y la voz resonó a través de todo el valle:

—¡Oh, Sombra, mi señor, escúchame! Soy tu portador del Báculo. ¡En tu nombre invoco el poder ancestral del Talismán! Que los caballos-dragón de los Jinetes acudan a la llamada, y vuelvan a transformarse en las criaturas que fueron en otro tiempo para así cumplir tu mandato: ¡Desatar de nuevo el terror y el mal en el mundo!

Dio vueltas al Báculo por encima de la cabeza y después lo apuntó hacia el Quinto Valle, y en concreto, hacia el corral donde los caballos-dragón estaban encerrados. Del Talismán salieron disparados chorros de fuego iridiscente, y temblores de tierra sacudieron montañas y valles. Los Jinetes que estaban al cuidado de los caballos-dragón huyeron cuando estallaron bolas de fuego a su alrededor e incineraron el resistente cercado, y los animales relincharon aterrados; daba la impresión de que la inesperada libertad los ponía nerviosos.

An Lushan giró de nuevo el Báculo por encima de la cabeza, y de él brotó un remolino de colores que salió disparado hacia el cielo de la alborada; ahí cobró la forma de un torrente ondulante, como si de un río se tratara. De improviso An Lushan dirigió ese torrente en dirección a los caballos-dragón, y, al igual que un río crecido a causa de las lluvias desciende impetuoso por una ladera, el torrente de colores se precipitó sobre ellos y los envolvió en una vibrante maraña de azules, verdes, púrpuras y dorados. Los colores se posaron mezclados en un brumoso y trémulo resplandor que casi ocultaba a los caballos-dragón, y a su alrededor el silencio los cubrió como una mortaja.

—¿Qué sucede? —susurró Lianxang que echó una mirada atemorizada a la lejana figura del peñasco.

Entonces se produjo un ruido clamoroso a medida que la bruma se levantaba y volvía a coaligarse en el torrente de colores que se había depositado sobre la manada. Alzándose sobre las patas traseras, dando corcovos y relinchos —exultantes en vez de temerosos—, los caballos-dragón salieron a galope en un grupo compacto que parecía flotar en el río de color que los había anegado, y ahora los conducía corriente arriba, hacia la Cumbre de la Diosa.

Cetu, Rokshan y Lianxang contemplaron estupefactos lo que ocurría ante sus ojos, sumidos en un sentimiento de total impotencia ante semejante exhibición de poder desencadenada contra los caballos-dragón. El lejano temblor se convirtió entonces en un retumbo estruendoso —la trápala de centenares de cascos—, y los animales en estampida giraron por el recodo del río, y, formando una masa arremolinada, enfilaron el sinuoso sendero que conducía a la Cumbre. Rokshan no vio a Observador de Estrellas entre ellos, pero percibía la aceptación de su destino junto a sus hermanos y hermanas, así como el profundo sentimiento de protectora lealtad. Desesperanzado,

386

el muchacho notó que el vínculo entre ellos se debilitaba a medida que el señor de los caballos centraba todas sus energías en sus congéneres.

Los Jinetes que habían estado vigilando el corral fueron arrastrados por la estampida, y recurrieron a todos sus conocimientos para obligar a la manada a dar media vuelta. Pero sus monturas no podían resistirse a la llamada del Báculo, y, saltando y corcoveando, desmontaron a sus jinetes en su afán desenfrenado de unirse a la manada.

Una masa compacta de caballos llegó a galope tendido, pero el camino era demasiado angosto para que pasaran a la vez, y muchos de ellos cayeron al río, por donde avanzaron en tropel corriente arriba como salmones impulsados por el instinto inexorable de encontrar su lugar de desove. Los colores del Talismán los atraía, serpenteaban alrededor de aquella masa en movimiento y la empujaban sin descanso hacia arriba…

—¡Si nos quedamos aquí, moriremos aplastados! —exclamó a gritos Cetu—. ¡Trepad! ¡Trepad! —chilló de nuevo al ver que Lianxang miraba en derredor, aturdida.

387

Las cuestas al borde del camino eran muy empinadas, pero se asieron a cualquier cosa que encontraron a su alcance y treparon con frenesí para apartarse de la estampida, cada vez más cercana.

El suelo retemblaba y vibraba a medida que se aproximaba la manada, formada por muchos centenares de caballos; iban en fila de a uno o de a dos, pero redujeron la marcha a medio galope para salvar el sendero que ascendía serpenteante hasta la Cumbre; se perdieron de vista un instante, aunque reaparecieron enseguida —no muy lejos ya—, precedidos por una fina nube de polvo. A la cabeza de un grupo, algo más adelantado que los restantes, se encontraba Observador de Estrellas.

—No, no, Observador de Estrellas; llévalos lejos de aquí… ¡Da media vuelta! ¡Da media vuelta! —chilló Rokshan tanto en voz alta como mentalmente, de manera que dirigió ondas de color hacia el semental, pero su grito de desesperación quedó anulado por el estruendo de los animales que pasaron ante ellos, y después desapareció en medio de una nube de polvo mezclada con el penetrante olor a sudor de caballo. La mirada angustiada de Cetu le reveló que Brisa Susurrante también había sido arrastrada por la estampida. Corrieron sendero arriba en silencio… Aunque no les fuera posible hacer nada más, al menos presenciarían la suerte que corrieran los caballos-dragón.

Los demonios espectrales pusieron a la manada al trote cuando ésta llegó a lo alto del paso y se acercó al claro del templo. Condujeron con destreza a los caballos a través del recinto, y a continuación camino abajo, hacia lo que había quedado del pico más pequeño, y un poco más allá, hacia el estanque. Los que no pudieron frenar en la empinada trocha trastabillaron y cayeron con violencia, pero los relinchos de dolor se cortaron de golpe porque los demonios espectrales pusieron fin a su sufrimiento.

Al aproximarse al estanque, Observador de Estrellas se adelantó más aún al resto de la manada, y, corcoveando y relinchando como un potro, recorrió la orilla salpicando agua; los demás llegaron al estanque y relincharon a su vez, de manera que se creó una tumultuosa y estremecida barrera sonora que levantó ecos en las montañas.

Desde su aventajada posición en el peñasco, An Lushan arrojó un rayo atronador de fuego amarillo que surgió a través de todos los colores de las piedras preciosas del Talismán: rojo rubí intenso, azul zafiro y verde esmeralda. El rayo estalló en el estanque, que burbujeó y espumeó; y cuando el agua volvió a serenarse, salieron espirales de vapor tenue, doradas y verdes, que crearon una forma semejante al dragón retorcido del Talismán.

Cetu, Rokshan y Lianxang se tambalearon exhaustos al llegar al recinto del templo, pero tras comprobar que la zona estaba despejada, bajaron rápidamente hacia el estanque. Encontraron un escondrijo cerca y contemplaron con creciente horror cómo los caballos-dragón, ahora alineados alrededor del estanque, relinchaban y pisoteaban el suelo, como si percibieran lo que les esperaba allí, donde los habían conducido. Los demonios espectrales se habían situado a unos pasos detrás de ellos.

Corhanuk ordenó a algunos espectros que lo acompañaran, y avanzaron hacia Observador de Estrellas mientras restallaban los látigos de manera amenazadora para obligarlo a entrar en el agua. Se encabritó y corcoveó, desafiante, pero lo empujaron más hasta que el agua le cubrió la grupa; dando media vuelta, lanzó un último relincho desgarrador y se puso a nadar hacia la isla para huir de los aguijonazos de los látigos.

En respuesta a su llamada, la manada se zambulló a una en el agua, y el estanque se transformó en un amasijo revuelto y espumajoso como consecuencia de los movimientos de los caballos-dragón al ir tras Observador de Estrellas; éste, con los ojos desorbitados y las venas del cuello tan hinchadas que destacaban con claridad, continuaba nadando. El pánico y la confusión de su señor contagiaron al resto de la manada, pero entonces, como si alguien hubiera espetado una orden, los caballos se quedaron quietos, y, uno tras otro, se hundieron bajo el agua en silencio.

Rokshan se estremeció porque eso era lo que se le había mostrado en la unión mental con Observador de Estrellas, ésa era la visión que contempló: los trazos aserrados de rayos descargándose en el estanque, mientras que su propio cuerpo, surcado de laceraciones y cortes, se retorcía con las sacudidas... Y ahora eso mismo les estaba ocurriendo a sus amados caballos-dragón. Sollozando de rabia y de pena, hundió la cabeza entre las manos, consciente de que no podía hacer nada para evitarlo.

La superficie del estanque recobró la quietud. Pero An Lushan arrojó otro rayo, que chisporroteó en el agua y levantó un chorro de vapor que ascendió hacia el cielo con un silbido; lo siguieron otro, y otro, y otro más; de nuevo el estanque burbujeaba y hervía, cubierto de fuego.

En las profundidades, luces de intensos colores chispearon y destellaron por todas partes, aunque se apagaban con tanta rapidez como surgían. De pronto todo volvió a quedarse en calma; ni una sola onda rompía la quieta superficie del agua, ni un soplo de aire susurraba entre las ramas del gran sauce. Transcurridos unos segundos, se produjo un ligero temblor en la orilla, y a continuación el agua del estanque se replegó sobre sí misma y la absorbieron los giros de un remolino.

Poco después una columna de agua salió disparada del vórtice con una potencia increíble, y llegó a tal altura que dio la impresión de que desaparecía entre las nubes; luego se precipitó otra vez en el estanque y formó olas que rompieron en la

389

orilla, pero enseguida ascendió de nuevo. La enorme cascada giró más y más deprisa con matices dorados, verdes y azules que rotaban vertiginosamente… y entre tanto, durante todo ese proceso, algo se dilataba y empujaba cada vez más desde el interior de la columna de agua, como una polilla colosal que forcejeara para salir del capullo.

La forma palpitante y retorcida adquirió de manera gradual la silueta de un cuerpo delgado y de aspecto serpentino, curvado como un arco; entonces apretujó sus anillos, como si fuera un muelle, antes de catapultarse a través de la columna de agua y salir al aire dando un chillido que taladraba los oídos, a la par que batía las inmensas alas con gran energía y cobraba velocidad en dirección a An Lushan.

Los demonios espectrales cayeron de rodillas en señal de pleitesía, y tocaron el suelo con la frente mientras el dragón volaba hacia su invocador. An Lushan tenía los brazos extendidos en un gesto triunfal, y a todo esto arrojó un relámpago crepitante al cielo, que pareció paralizar a la criatura en una destellante secuencia de reflejos verdes y dorados eléctricos.

Rokshan se había quedado boquiabierto por la belleza sobrecogedora de la criatura, y en un gesto inconsciente, se hizo el signo del dragón. Incluso a tanta distancia se daba cuenta de que tenía un tamaño enorme por la envergadura de las alas (al menos la longitud de tres caballos de punta a punta), mientras que el cuerpo y la cola equivalían a la de seis equinos, uno detrás de otro. La alargada cabeza de reptil lucía un único cuerno que se curvaba hacia atrás y acababa en una punta afilada.

—¿Cómo es posible esto…? —balbuceaba sin cesar Cetu.

Lianxang parecía tan aterrada como Rokshan, y se hizo un signo extraño en la frente. Instintivamente, se aplastaron contra el suelo cuando el dragón empezó a elevarse y sobrevoló alrededor de lo que quedaba de Dos Picos.

—¿Puede vernos desde esa distancia? —susurró Rokshan.

—La vista de un dragón es muchísimo más penetrante que la de los humanos —respondió Cetu.

—¿Es real o es una imagen creada por el conjuro de un hechicero? —le preguntó Lianxang con un dejo de incredulidad en la voz.

—Sí, sí, es real —repuso Cetu—. Es el antepasado de nuestro caballo-dragón. Hace muchos siglos, era un dragón capaz de hacer todas las hazañas de las que hablan nuestras leyendas, y que ahora presencias. Fijaos en que vuela sin el menor esfuerzo —prosiguió en susurros—. Pueden volar días y días sin detenerse y pasar un ciclo lunar completo sin comer... Claro que, cuando comen, no paran hasta quedar saciados; son inteligentes y capaces de unirse mentalmente con cualquier ser que tenga un lenguaje; son criaturas solitarias por naturaleza, pero si te ganas su confianza, pueden ser fieles en extremo...

Cuando Cetu hubo acabado esta descripción, el dragón emitió un grito ensordecedor y continuó planeando sin esfuerzo alrededor de An Lushan; éste lanzó otro rayo al estanque que hizo aparecer a un segundo dragón a través de la torre de agua.

Después centró la atención en la pavorosa bestia que se abatía y planeaba alrededor del gran peñasco, en donde él se encontraba.

Los penetrantes e inteligentes ojos del dragón brillaban rojos y ardientes. Al soltar otro de aquellos gritos infernales, dejó a la vista las fauces pobladas de dientes afilados; alrededor de la boca salían largos bigotes táctiles; dos cuernos pequeños, semejantes a los de los venados, le crecían encima de los orificios auditivos, bordeados en la parte superior por unas delgadas crestas rugosas de carne. Pero lo más llamativo de aquella bestia era su coloración, de un tono dorado verdoso eléctrico surcado por un brillo azul muy pálido, que hacía rielar la escamosa piel.

—¡Salve, Observador de Estrellas, renacido como Han Garid, señor de los dragones del trueno! ¡Recibe tu fuego dragontino!

El grito triunfal de An Lushan levantó ecos en las cimas de las montañas. Entonces apuntó con el Báculo y el Talismán a Han Garid y disparó un rayo de extraordinaria intensidad. El señor de los dragones del trueno atrapó la descarga mortífera con la boca abierta de par en par, y, lanzando un rugido triunfal, escupió un chorro ardiente que ondeó formando un arco de llamas, hasta que chocó chisporroteando contra el granito inquebrantable sin ocasionarle ningún daño.

—¡Aguarda, Han Garid, a que reúna a más congéneres tu-

391

yos para propagar el terror en el mundo! —An Lushan soltó una risotada vesánica—. ¡La carne humana espera para saciar vuestra voracidad!

Luchando para asimilar lo que veía, Rokshan retrocedió espantado, con los ojos arrasados en lágrimas. ¿Cómo era posible que Observador de Estrellas, el ser más bello y noble, el señor de los caballos que le permitió llegar hasta el fondo de su alma, se hubiera transformado en ese monstruo espantoso? Una vorágine de pensamientos se le agolparon en la mente: si aquel monstruo era inteligente ¿podría comunicarse con él? La mera posibilidad de experimentar una unión mental con semejante bestia lo llenó de terror. Seguro que era imposible… Se volvería loco mucho antes de llegar siquiera al primer nivel de su conciencia. Aunque, ¿tendrían niveles de sentimientos esas criaturas?

Corhanuk se acercó a An Lushan en su momento de triunfo cuando éste lanzaba un rayo a otro dragón que emergía del estanque. Acudieron muchos fieras más a recibir el don del fuego dragontino, dado por quien los había convocado, hasta que por fin no salió ninguna fiera más del estanque.

La horda de dragones sobrevoló en círculo el pico de la montaña como una nube de murciélagos gigantescos, pero de movimientos lentos, que se llamaban entre sí con chillidos ferales que taladraban los oídos. Las distintas coloraciones de cada una de las bestias dio lugar a un fulgente mar verde y azul surcado por llamas anaranjadas cuando escupían fuego. Han Garid era el más grande, un cincuenta por ciento más que la mayoría de los dragones que habían salido del estanque.

Agazapados en su escondrijo, Lianxang, Cetu y Rokshan se taparon los oídos con las manos, incapaces de aguantar un ruido tan intenso. Cetu se mecía sobre los talones adelante y atrás, y mantenía los ojos cerrados para no ver lo que había sido de sus amados caballos-dragón.

—¡Ve, Beshbaliq, señor de las hordas de dragones! —retumbó Corhanuk—. Destruye el ejército imperial que en este momento sube por el paso. ¡Que los dragones se den un festín de carne y aumenten el tamaño de sus poderosos cuerpos! Muy pronto se les dará rienda suelta para que sigan a los Cuatro Jinetes, y propaguen el terror entre la humanidad y hagan estragos en el mundo. Reúnete conmigo después de tu victoria en la corte de nuestro hermano, el Rey Carmesí, que espera ser liberado del infierno una vez que haya recobrado su collar largo tiempo perdido… Entonces no hará falta que se le ordene poner en libertad a los Cuatro Jinetes. Los demonios espectrales te guiarán hasta allí.

Mientras Han Garid viraba rápidamente y se zambullía entre los otros dragones a fin de agruparlos para la batalla inminente, An Lushan señaló con el Báculo hacia el paso, y ordenó a las bestias que atacaran y acabaran con las confiadas tropas imperiales, que se verían indefensas ante semejante poder. El batir de las alas de los dragones agitaba el aire, como una rugiente tormenta, en su atropellado descenso por el paso de la Cumbre de la Diosa; al estruendo se sumaron los crueles bramidos de exaltación ante la perspectiva de la matanza y el festín que estaban por llegar…

393

OCTAVA PARTE

Muerte y renacimiento

La leyenda del Espíritu del Jade

Lo que sigue está anotado en *El libro de Ahura Mazda, Señor de la Sabiduría.*

El espíritu custodio al que se llegó a conocer por el nombre de Espíritu del Jade era el tercero del triunvirato de espíritus custodios superiores que tomó partido por la Sombra y el Rey Carmesí, en su rebelión contra el Señor de la Sabiduría.

Éste, sin embargo, lo recompensó, nombrándolo guardián del primer giro de la Rueda del Renacimiento, cuando se arrepintió en el último momento. De manera que todas las almas de los muertos han de comparecer ante dicho espíritu para tener una última oportunidad de arrepentirse, del mismo modo que él compareció ante el Señor de la Sabiduría. Así pues, las conduce hasta el Creador a la espera de la reencarnación, o bien son condenadas eternamente, y las envía a la corte del Rey Carmesí, donde el Monje Guardián –en perpetua vigilia– controla al guardián de las puertas del infierno y determina el castigo que se ha de imponer a esas almas.

Al Espíritu del Jade se le permitió conservar su collar, y por consiguiente, los poderes divinos otorgados, pero sólo con la condición de que su alma divina se transformara en el precioso e imperecedero elemento del que llevaba el nombre. De ese modo nunca olvidaría su pecado de rebelión y tendría toda una eternidad para pensar en la necedad de caer en la tentación. Así fue cómo la preciosa materia llegó a estar compuesta por las cinco virtudes eternas: compasión, modestia, valor, justicia y sabiduría.

También se lo nombró protector del jade del mundo, la más preciosa de todas las materias. El jade más perfecto se encuentra en el lecho del gran río del mundo que los hombres llaman Dolbor, y que también discurre por el inframundo. El Dolbor nace como un hilillo de plata en la montaña de las Cinco Terrazas, en la Tierra de las Nieblas Perpetuas.

Los hombres dieron a Cinco Terrazas el nombre de montaña de Jade. Misteriosa e inaccesible, eternamente envuelta en una densa niebla, se la acabó conociendo como una tierra de *kuei*, poblada de espíritus errantes que persiguen lograr una audiencia con el Espíritu del Jade para arrepentirse de sus pecados.

Con el tiempo, la gente no supo con certeza qué pico era la montaña de Jade, o si existía siquiera. A los hombres les daba miedo ir a la Tierra de las Nieblas Perpetuas, porque se decía que los *kuei* estaban siempre inquietos y no veían con buenos ojos que unos pies mortales hollaran ese lugar, acosaban a quienes entraban en él sin permiso, y los empujaban para que se marcharan y no regresaran jamás.

Fuente: la hermandad secreta de las Tres Liebres Una Oreja.
Origen: pergamino descubierto en las ruinas de la ciudadela del monasterio de Labrang, centro espiritual del antiguo Imperio Occidental.

Capítulo 41

Un mensaje de esperanza

*E*l cielo, de un sucio color gris, se iba oscureciendo y un viento frío y racheado soplaba alrededor del templo de los Jinetes. Rokshan, Cetu y Lianxang habían pasado una o dos horas muy incómodos, agazapados en su escondrijo hasta estar seguros de que no corrían peligro si subían de nuevo por el paso de montaña.

Cetu insistió en celebrar los ritos funerarios por los Jinetes que aún yacían donde cayeron en el recinto del templo, y los dos jóvenes lo ayudaron a construir unas improvisadas andas funerarias que ahora ardían impetuosas mientras el viento esparcía las cenizas. El maestro del Método guardaba silencio, con la mirada perdida en el vacío, triste y apesadumbrado.

Rokshan le echaba ojeadas, preocupado. Él también sentía una gran pesadumbre, pero lo peor de todo era una honda sensación de pérdida relacionada con la desaparición del señor de los caballos, así como la de Brisa Susurrante y la de los restantes caballos-dragón. Todos los colores que le penetraron en la mente y lo conectaron con Observador de Estrellas y con los caballos-dragón habían desaparecido; era como si le hubiesen arrancado parte del alma. Se preguntó amargamente dónde estaría ahora Observador de Estrellas. De vez en cuando casi tenía la impresión de que éste lo llamaba; destellos ocasionales de colores familiares le estallaban en la mente, pero los desplazaba a un segundo plano un dolor repentino e intenso que lo obligaba a apretarse la cabeza con las manos para poder soportarlo. Recordó la visión del caballo en el Llano de los Muertos; allí contempló la visión interior de Observador de Estrellas y el espíritu aletargado de Han Garid. Y se le ocurrió plantearse si ahora estaría conectado de algún modo, a través de su pasado vínculo con Observador de Estrellas, con el señor de los dragones del trueno, y al pensarlo, se le heló la sangre.

Un silencio anómalo se cernía sobre ellos; Rokshan estaba convencido de que era la calma que precede a la tormenta y que se les estaba acabando el tiempo. La orden que Corhanuk había dado a An Lushan era muy clara: debía reunirse con él en la corte del Rey Carmesí —a las puertas del mismísimo infierno—, y el muchacho rememoró una vez más las palabras de Shou Lao:

«Debes emprender viaje hacia el lejano este a través de las Montañas Llameantes, en la Tierra del Fuego. Allí encontrarás la corte del Rey Carmesí y al Monje Guardián, a quien sólo tú puedes ayudar; todo lo demás fracasará si no tienes éxito en esta misión».

Se había quedado quieto en la escalinata del templo batallando por encontrar una solución al hecho definitivo e inmutable de que las Montañas Llameantes se hallaban muy lejos, al este, como mínimo a tres o cuatro ciclos lunares de distancia, más allá de las montañas y los desiertos más hostiles que se conocían… ¿Qué esperanza tenían, pues, de llegar hasta ellas antes que Corhanuk, An Lushan (o en quienquiera que se hubiera convertido su hermano), y los demonios espectrales?

Frustrado, se golpeó la palma de la mano con el puño y echó un vistazo al interior del templo. El cuerpo desplomado de Zerafshan yacía junto al altar, y lo asaltó un sentimiento de culpabilidad abrumador. Matar a su propio padre… ¿No estaría condenado por ello a pasar toda la eternidad en la zona nebulosa entre la vida y la muerte como un *kuei*? Se preguntó si en realidad hizo bien en obedecer a Observador de Estrellas.

Pese a estar perdido en esos pensamientos sombríos, de repente se dio cuenta de que Lianxang le hacía señas; la joven concentraba toda su energía mental en algo. Él no estaba seguro de qué se trataba exactamente, pero al cabo de unos segundos captó un penetrante chillido familiar, débil y lejano… Lo oyó de nuevo. ¡Se acercaba! Cuando estuvo al alcance de la vista, la silueta resultó inconfundible: el espíritu-ave de Lianxang había vuelto. Aproximándose, el gran pájaro viró en círculo, y Rokshan tuvo la intención de hacerse en la frente la señal del dragón, pero se contuvo y musitó una plegaria a la diosa de los viajeros. El espíritu-ave no tendría noticias alentadoras para ellos, de eso estaba convencido.

Alzando el rostro y extendiendo los brazos, la joven respondió a la llamada del águila y se situó en el claro, al lado de las andas funerarias, en comunión con la gran ave. Cetu y Rokshan se quedaron un tanto rezagados y observaron respetuosamente la representación del silencioso diálogo. Por fin el águila lanzó un último grito de despedida, ascendió sin esfuerzo para aprovechar una corriente térmica que la llevaría a gran altura, por encima de las cumbres de las montañas, y desapareció.

Lianxang parecía estar en trance, pero sintiendo un estremecimiento, salió de aquel estado de ensoñación.

—Rokshan, Cetu, escuchad. Mi espíritu-ave, la gran águila, ha estado patrullando las fronteras de vuestro reino y ha visto a los caballos-dragón salvajes que vagan más allá de vuestros valles, en las onduladas planicies de Jalhal'a. Me ha comunicado que Observador de Estrellas llamó al Espíritu de los Cuatro Vientos para que arremetiera contra sus perseguidores y los apartara de su camino; y, conducidos por las cantoras de caballos, los caballos salvajes —cientos de ellos— huyeron hacia el gran desierto. El señor de los caballos cabalgó entonces con el espíritu para reunirse con sus hermanos y hermanas cautivos en la Cumbre de la Diosa y compartir su suerte, aunque eso ya lo sabemos.

—¡Las serenadhi! ¡Cetu, están vivas, y Observador de Estrellas las ayudó a escapar a ellas y a sus monturas de las fuerzas imperiales! —exclamó Rokshan—. ¿No te das cuenta? No habría ayudado a las mujeres de la hermandad sólo para que condujeran a los caballos-dragón a su muerte en el desierto... ¡Deben de tener un plan, estoy seguro!

—Quizá sí, mi joven amigo. Sí... Tal vez. —Se permitió esbozar un atisbo de sonrisa.

—Las serenadhi no le hablaron a mi espíritu-ave de ningún

401

plan —intervino con aspereza Lianxang—, sólo le pidieron que te dijera…

—¿Qué? ¿Qué dijeron? —preguntó el muchacho en voz baja.

—Pues afirmaron que aunque el Señor de la Sabiduría hizo el firmamento infinito, sin embargo, en su sabiduría, creó un acceso para ir más allá del cielo. Del mismo modo, y aunque el mundo debe ser sólido y profundo como los valles de los Jinetes, también existen muchos pasadizos que nos permiten acceder al inframundo.

—Y para que los espíritus del inframundo, Lianxang, visiten a su vez el nuestro… Sí, ésa es una creencia de los Jinetes —repuso Cetu.

—Entonces el mensaje de las serenadhi está claro. Hemos de hacer caso a lo que Shou Lao le dijo a Rokshan, y darnos prisa en encontrar la corte del Rey Carmesí. Y tú, Cetu, según le dijeron las serenadhi a mi espíritu-ave, puedes llevarnos allí.

—Dime, Lianxang, ¿a qué velocidad cabalgan An Lushan y sus demonios espectrales? —preguntó Rokshan, desconcertado e impaciente.

—Recorrimos las *lis* que distan entre un punto, donde teníamos a la vista Maracanda, y la Cumbre de la Diosa en poco más de dos ciclos lunares. Ningún jinete normal podría cubrir esa distancia en menos de tres ciclos.

—¡Poco más de dos ciclos lunares! ¿Estás segura?

—No olvidaré mientras viva ni un solo día ni una sola noche de ese viaje —replicó la joven con sombría certidumbre.

—A esa velocidad, llegarán a las Montañas Llameantes antes de que nosotros hayamos recorrido tres cuartas partes del camino. —A continuación Rokshan le preguntó a su maestro del Método—: Cetu, esto es importante: ¿conoces una ruta más rápida que conduzca a esas montañas? Tendremos que resolver cómo encontrar al Monje Guardián una vez que hayamos llegado, pero ¿puedes guiarnos rápidamente hasta ese lugar? ¿Qué sabes tú acerca de los pasadizos subterráneos que ha mencionado Lianxang? ¡Tiene que haber un camino, porque si no el mensaje de las serenadhi no tendría sentido!

—Calma, mi joven amigo… Hay un camino que sólo ellas conocen, o bien aquellos a quienes han confiado su secreto.

—Hasta ahora... —dijo Rokshan.

—Sí, hasta ahora —repitió Cetu con un suspiro—. Vivimos tiempos sin precedente, y el mensaje de las mujeres de la hermandad parece evidente: los antiguos usos han de desvelar sus secretos. El pasadizo que nos indican discurre a través de la montaña de Jade, a tres cuartos de ciclo lunar de distancia, o un poco menos, si viajamos a marchas forzadas, pero tendremos que pasar por la Tierra de las Nieblas Perpetuas para llegar hasta él. Es un camino al norte de donde nos hallamos, y sólo lo conocen algunos Jinetes. Tendríamos que ir a buscarlo por encima del paso, a pie. En ese camino hay un acceso al inframundo; los Jinetes lo sabemos por nuestro pacto con el Espíritu del Jade, que desde hace mucho tiempo constituye una tradición para nuestro pueblo... Ya oíste hablar de ello en los valles, amigo mío.

—¡Ah, claro! Esas yeguas especiales de la estepa que nacen con el pelo de un blanco más puro que la nieve, inmaculado, para ser sacrificadas al Espíritu del Jade —contestó Rokshan, que acababa de recordar lo que había oído en el mercado del Festival del Dragón—. Pero ninguna de las yeguas de cría las da a luz ya... De modo que las yeguas destinadas a la inmolación han nacido con las tres franjas características de los caballos-dragón.

—En efecto, es la primera vez que ocurre esto —contestó Cetu con tristeza—. Otro augurio de los días de maldad que se avecinan.

—Creía que sólo eran las serenadhi las que realizaban el sacrificio, pero... ¿Estás seguro de que las yeguas blancas se ofrecen en realidad al Espíritu del Jade? —preguntó Rokshan, desconcertado.

—Verás, de vez en cuando —una ocasión cada dos o tres generaciones—, las serenadhi honran al maestro del Método permitiéndole acompañarlas; así es como estoy al corriente de lo que nos ha explicado Lianxang —contestó Cetu—. Una vez me invitaron a viajar con ellas, aunque no dejaron que acompañara a la yegua en el tramo final de su último viaje. Cada clan de Jinetes reza a los espíritus dragontinos para que sean sus yeguas de cría las que traigan al mundo las blancas sin tacha. Esa vez la suerte le tocó al Quinto Valle; hubo mucha ale-

403

gría en nuestro clan en aquel entonces… —Cetu miró a lo lejos, perdido en los recuerdos de tiempos más felices.

Lianxang había escuchado la conversación con creciente ira, y al fin les espetó:

—¿Por qué permitís ese sacrificio de vuestras monturas sagradas? Es una barbarie. Mi pueblo no lo aprobaría.

—El Espíritu del Jade ha cuidado de las almas de los caballos-dragón a lo largo de incontables siglos para poder utilizar esa velocidad y esa fuerza al abandonar su eterna prisión de jade cuando llegue el momento. —Tal fue la sencilla respuesta de Cetu—. Es un gran honor para un caballo-dragón servir de ese modo a un espíritu custodio de tan alto rango. Las yeguas van por su propia voluntad, con gozosa impaciencia, pues es para lo que han nacido; ellas saben que volverán a vivir eternamente en el inframundo, renacidas como espíritus-alma entre los de su propia especie. Y cuando muere un Jinete, el Espíritu del Jade llama a uno de los espíritus-caballo para que lleve su alma al cielo y sea un todo con él. Así es como, incluso después de morir, nosotros los Jinetes podemos estar en compañía de nuestros caballos-dragón. El pacto con el Espíritu del Jade asegura que esto sea siempre así.

—Así que nos dará la bienvenida a su reino en penumbra, pero sin duda esperará otro sacrificio. ¿Qué haréis cuando se entere de que vuestro… pacto no se va a cumplir? —preguntó con frialdad Lianxang, que seguía sin estar convencida.

—Le contaremos que las fuerzas del mal que han quedado liberadas son las responsables de la esterilidad de las hembras de cría, y le explicaremos la transformación de los caballos en sus antepasados dragones… De manera que no quedan yeguas blancas para cumplir el pacto. Tal vez esas razones aplaquen su ira hacia nosotros, y por el contrario, avive su sed de venganza contra los espíritus custodios hermanos que lo incitaron a abandonar el camino del Señor de la Sabiduría. Sería un aliado poderoso, desde luego. —Cetu hizo una pausa y se quedó mirando con fijeza a los dos jóvenes—. Es decir, si no decide sacrificarnos a nosotros. —Las palabras de advertencia quedaron en el aire.

—Es un riesgo que tendremos que correr —aceptó Rokshan, decidido—, porque es la única oportunidad que se nos brinda para llegar a la corte del Rey Carmesí. Deberemos confiar en que el Espíritu del Jade nos muestre el camino… Y quizá también nos diga por qué es tan importante que vayamos ahí y ayudemos al Monje Guardián… ¡Hemos de ponernos en marcha ahora mismo!

—Corhanuk conocerá también ese pasadizo que conduce al mundo de los espíritus, de eso no me cabe duda —adujo Lianxang siendo realista.

—¡Pero hemos de intentarlo, Lianxang! No tenemos más remedio —la exhortó el muchacho—. ¿Nos acompañará tu espíritu-ave para prevenirnos si hay peligro?

—Siempre está conmigo, en mi visión mental y dentro de mi alma; y forma parte de mí tanto como, con toda seguridad, Observador de Estrellas formaba parte de ti. Nada vuelve a ser lo mismo después de que te haces uno con otra criatura… Pero eso ya lo sabes tú.

—Hay algo más que debemos tener presente, mis jóvenes amigos —intervino Cetu—. El tiempo es esencial, pero éste puede discurrir de manera extraña en el inframundo. Un día en el reino del Espíritu del Jade podría equivaler a un ciclo lunar completo en nuestro mundo.

—¿Y ocurre también al contrario?

—No sabría decirte… —El maestro del Método se encogió de hombros, y fue a presentar sus respetos a los muertos antes de emprender camino hacia el norte.

405

Capítulo 42

El reino del Espíritu del Jade

*L*a niebla arremolinada se fue espesando hasta el punto de no llegar a ver más allá del alcance de un brazo extendido. Tras viajar sin descanso durante medio ciclo lunar —a paso ligero mientras Cetu pudo seguirles el ritmo—, por fin se encontraron a un día de marcha de la montaña a la que se dirigían.

—Nuestro pueblo ha oído hablar de esta tierra —comentó Lianxang—; está llena de *kuei* errantes.

—La hermandad de las serenadhi asegura lo mismo, pero sólo es una leyenda.

—Se hallan aquí —afirmó la joven sin alterarse—, y están enterados de nuestra presencia.

—¿Saben que nos encontramos aquí? —inquirió Rokshan.

—¿Es que no lo notas? —replicó Lianxang, sorprendida. Seguían el curso del río Dolbor que en ese punto sólo era un arroyo, pero se veían claramente los fragmentos —relucientes y destellantes— del valioso mineral que arrastraba en su lento discurrir corriente abajo. Rokshan soltó un silbido de entusiasmo cuando los vio por primera vez, y, metiendo las manos en el agua helada, los sacó a puñados.

—¡Si Naha hubiera visto esto! ¡Habría traído hasta aquí una caravana de mulas y caballos de carga en un abrir y cerrar de ojos!

Creando una pequeña cascada de jade, dejó caer los trocitos al arroyo. En aquel momento habría dado cualquier cosa porque estuviera allí con él el hombre al que había querido como a su padre. Con un hondo suspiro elevó una plegaria a Kuan Yin para que condujera a Naha sano y salvo de vuelta a Maracanda.

Y su hermano, ¿qué? ¿Se le podía culpar en realidad si estaba poseído? Rokshan se dijo que no. Un hombre era el culpable, y sólo él...

—¿Que te pasa? —Lianxang lo había estado observando.

Rokshan se sobresaltó al oír la voz de la joven, y se apresuró a decir:

—Nada, nada.

—También a mí me asusta todo esto ¿sabes? —confesó ella; se sentó a su lado y jugueteó con los dedos en el agua del arroyo—. Siento mucho lo que le ha ocurrido a An'an. No tendría que haberte hablado como lo hice... Me refiero a lo que dije sobre tu hermano; he rogado que hubiera algún modo de llegar a él, algo que lo ayudara a liberarse del ser monstruoso que lo posee. Sin embargo, me temo que no queda nada del hermano ni del amigo que conocíamos, y no debemos engañarnos albergando esperanzas en cuanto a recuperarlo —dijo con tristeza.

—La esperanza es lo único que nos queda, ¿no es así? ¿Acaso no es por lo que estamos aquí? —replicó Rokshan; recuerdos agridulces de su hermano le revolotearon por la mente como fantasmas.

—Mi pueblo y yo te ayudaremos en la tarea que te confió Shou Lao. —La joven hablaba con gran seriedad—. Es todo lo que podemos hacer. Y si, además, nos trae a An'an de vuelta...

—Por supuesto, ésa es la esperanza que todos albergamos, pero ojalá yo hubiera... ¡Bah, qué más da! —Rokshan se puso en pie con rapidez sin decir nada más.

—Estás pensando en que deberías haber detectado que a An'an le estaba ocurriendo algo raro, y actuar en consecuencia, ¿no es así? —dijo de improviso Lianxang, que lo asió por el brazo. —Él no respondió, pero era eso exactamente lo que pensaba—. ¡Rokshan, atiéndeme! ¡Ya no había nada que hacer cuando nos acercábamos a Maracanda! Tu hermano era una cáscara hueca, porque algo lo estaba vaciando de todo lo bueno que había en él para poder llenarlo con esa... criatura que es

407

ahora. ¡Intenté impedirlo! ¿De verdad crees que habría hecho esto si yo hubiera logrado convencerlo? —Se señaló la mejilla cortada—. ¿Lo crees?

—No, no, lo siento… No era mi intención…

—Lo sé, tranquilo —lo interrumpió ella—. No supe cuánto lo… Cuánto cariño le tenía hasta que ya no hubo remedio. Será mejor que sigamos adelante. —Echó a andar deprisa para que no la viera llorar.

Mientras caminaban, a Rokshan le pareció oír retazos de cantos a lo lejos, muy débiles, así como el tintineo y el golpeteo de picos y palas. Al cabo de un rato el velo de la niebla se rasgó y atisbaron las zonas más altas de la montaña de las Cinco Terrazas, cuyas laderas se hallaban tachonadas de finos y precisos haces de luz.

—¿Qué son esos ruidos y las luces en la falda de la montaña? —le preguntó a Cetu, que abría la marcha.

—Son los duendes de las minas que extraen y trabajan el jade. Las luces son los puntos donde abren los pozos para echar fuera las piezas que no son lo bastante perfectas para el Señor de la Sabiduría. Con el tiempo, son esos trozos los que el río arrastra hasta nosotros. ¿De qué otro modo crees que obtienen el jade los emperadores? —comentó Cetu.

Después de acampar esa noche, Lianxang presionó a Cetu para que les explicara los medios exactos que les permitirían entrar en el reino del Espíritu del Jade.

—Cuando el sol poniente traspasa la penumbra de la niebla y brilla un haz rojo como la sangre en una fisura de la ladera de la montaña, es una señal del Espíritu del Jade que indica el arranque de un camino que conduce hacia las profundidades de su mundo de espíritus… —les comentó al fin el viejo maestro del Método antes de echar una rama a la hoguera.

Rokshan lo notó triste; quizá le dolía tener que revelar secretos que su pueblo guardaba hacía siglos.

Sin añadir nada más, el maestro del Método se acomodó debajo de la manta y se dispuso a dormir. A Rokshan le pesaban los ojos, y antes de quedarse dormido, se arropó bien para protegerse del frío y de la humedad.

—¡Despierta, Rokshan! —El muchacho tenía la impresión de llevar sólo unos minutos dormido, pero Lianxang lo sacudía por el hombro—. ¡Despierta! Mira…

La niebla se había levantado y las estrellas relucían intensamente en el despejado firmamento. A mitad de camino montaña arriba, salía luz a través de uno de los pozos abiertos en la mina de jade —un haz rojo como sangre—, tal cual Cetu lo había descrito.

Levantaron el campamento con rapidez y se pusieron en marcha; una hora después se aproximaban al pozo. La luz roja que se expandía hacia el exterior tenía una luminiscencia verde jade tan brillante, que impedía ver lo que había más allá de la entrada.

—Y ahora, ¿qué? —preguntó Rokshan, bastante nervioso.

—Entremos —indicó Cetu—, aunque yo no pasé de este punto. En la única visita que he hecho a este lugar, fue aquí donde esperé el regreso de las serenadhi, pero como estamos solos hemos de seguir el camino que tomaron ellas.

—Pero… ¿qué hay más allá? No se ve nada —comentó Lianxang con ansiedad.

—Las mujeres de la hermandad han regresado siempre —argumentó Cetu, aunque había incertidumbre en su voz.

Rokshan respiró hondo y dio un paso hacia el pozo. En lugar de quedarse cegado por la luz, de inmediato tuvo la extraña sensación de flotar en un océano de negrura. Era cálido y confortable, y no sintió miedo; miró en derredor buscando a Cetu y a Lianxang, pero no había rastro alguno de ellos. Entonces se fue hundiendo poco a poco, y se preguntó adónde lo estarían llevando.

Con un golpe suave cayó en una superficie blanda; alzó la cabeza, y a lo lejos, vio cómo la luz enmarcaba una entrada, como una almenara en medio de la oscuridad, a la que las olas lamían con un suave chapoteo. Allí esperaba una mujer, vestida con largos ropajes verdes y azules ondeándole alrededor, que lo invitó a acercarse con una seña; su aspecto era tan sereno y seductor que Rokshan no pudo resistirse. El esbelto y blanco brazo lo atraía hacia ella, pero al acercársele, la mujer se dio la vuelta como si quisiera ocultar el rostro. Él la llamó, pero la voz le sonó lejana y desconocida.

—Bienvenido, Rokshan. No tengas miedo; tus compañeros se reunirán contigo. Soy un espíritu del agua del río de este mundo, el Dolbor. Entra… El Espíritu del Jade te está esperando.

La voz era cantarina y melodiosa. Después de la salutación, hizo un gesto en dirección al portal, que al abrirse, reveló otro destello de luz cegadora. Rokshan se protegió los ojos y adelantó un paso; el portal se cerró en silencio tras él. Se volvió para ver si el espíritu del agua lo había seguido, pero estaba solo.

Se hallaba en una vasta caverna de un color verde jade muy pálido. Muros verticales, tersos como el cristal, ascendían hacia un techo abovedado. La vista se le fue enseguida hacia un trono macizo de jade, magníficamente tallado, que irradiaba ondas de brillante luz blanca, surcada por destellos verde pálido, y al reflejarse en los muros y en el techo de la caverna, producía un efecto hipnótico.

Alrededor del trono había doce figuras de pie; los cuerpos eran humanos, pero la cabeza de cada una de ellas era la de un animal distinto. Rokshan los identificó como los animales del nacimiento y la semejanza: la rata estaba allí, junto con el buey, el tigre, el conejo, el dragón, la serpiente, el caballo, la cabra, el mono, el gallo, el perro y el cerdo. A todas las almas que llegaban ante el Señor de la Sabiduría para esperar la reencarnación tras haberse arrepentido, se les daba el signo de un animal para que lo llevaran consigo. El muchacho comprendió que aquéllos eran seres semidivinos, pero estaban tan inmóviles que creyó que debían de ser estatuas; además, lo miraban muy fijo, sin pestañear.

Detrás del trono fluía el río del inframundo, de silenciosas profundidades insondables; a intervalos, un surtidor de agua se disparaba hacia el techo abovedado y después se precipitaba de nuevo en el río con gran estruendo. A lo largo de las orillas que se extendían en la distancia hasta perderse, había figuras encapuchadas, inclinadas y haciendo penitencia.

Rokshan se fijó entonces en la figura sentada en el trono que tenía los brazos extendidos en un gesto de bienvenida.

La calma inspirada por el espíritu del agua abandonó al joven, que se acercó al trono con un temor creciente. ¿Dónde estaban Cetu y Lianxang? Al aproximarse más, vio que el ocupante del asiento tenía cuerpo de hombre, pero se cubría el rostro con una máscara de jade tachonada de ópalos que relucían con pálidas tonalidades rosáceas y verdosas, así como de color azul oscuro, al reflejarse en ellos la luz; vestía una túnica blanca que le caía en pliegues por encima del torso y le tapaba las piernas.

Rokshan se detuvo al advertir, cada vez más alarmado, que el Espíritu del Jade llevaba colgada al cuello una torques de plata igual que la de los Jinetes, salvo una diferencia: no tenía el broche de cigarra para unir los extremos. Con un repentino ataque de miedo, comprendió que todo era cierto, es decir, que el Espíritu del Jade era un espíritu custodio superior, quien, a despecho del castigo de reclusión eterna en aquel reino de jade, todavía debía de gozar del favor del Señor de la Sabiduría. Entonces, si era así, ¿por qué exudaba semejante malicia impaciente e inquisitiva? Rokshan miró alrededor buscando en vano a sus amigos. ¿Qué les habría sucedido? La sensación de inquietud aumentaba a cada instante.

En ese momento sintió un cuidadoso sondeo en la mente, como dedos que lo acariciaran, y conforme buscaba y profundizaba en él, el joven oyó una voz.

411

¿Dónde están las mujeres serenadhi que acompañan al sacrificio de sangre?

Rokshan abrió la boca para contestar, pero descubrió que no era necesario, y, en cambio, inquirió con el corazón desbocado:

—¿Dónde están mis compañeros? ¿Qué les has hecho?

Ante las preguntas, el Espíritu del Jade se alteró, y a través de las rendijas de la máscara por las que miraba, Rokshan distinguió unos haces de luz brillando con tal intensidad que retrocedió, asustado; entonces los espíritus de animales se le aproximaron y lo rodearon.

¡No te atrevas a cuestionarme! Eres un mortal y un intruso aquí, en el inframundo. No te ven, pero si yo quisiera, todas esas míseras criaturas que hay junto al río caerían sobre ti y te devorarían el alma, trozo a trozo.

—No era mi intención ofenderte —contestó Rokshan, tembloroso—. Las serenadhi no pueden entregar el sacrificio de sangre, pero he venido con mis compañeros buscando un camino hacia la corte del Rey Carmesí…

Ha ocurrido, pues, como mis espíritus de animales dijeron que ocurriría: el mal se ha desatado de nuevo en el mundo. Pero ¿por qué intentas entrar en ese lugar adonde sólo van las almas de los condenados?

—Corhanuk y An... Mejor dicho, Corhanuk y Beshbaliq tienen en su poder el Báculo de Chu Jung y lo han unido al Talismán. Han vuelto a transformar a los caballos-dragón de los Jinetes en los antiguos dragones, y ahora se encaminan a la corte del Rey Carmesí para cumplir más órdenes de su amo. Debemos detenerlos antes de que todo se haya perdido. Por favor, ¿puedes ayudarnos? Hubo un tiempo en que serviste al Señor de la Sabiduría...

Por las rendijas de la máscara del Espíritu del Jade se vieron más centelleos ante la mención de semejante nombre.

El entrometimiento de Corhanuk en los asuntos mortales de los hombres y del divino orden del universo no son de mi incumbencia —replicó despectivamente—. *Mi sitio está aquí, por toda la eternidad, para escuchar las últimas súplicas de las almas que buscan el perdón de sus pecados contra el Señor de la Sabiduría. Si me ve inmiscuyéndome en los asuntos de los hombres podría sufrir de nuevo su cólera y su castigo.*

—Pero van a intentar soltar a los Cuatro Jinetes y liberar a la Sombra del Arco de Oscuridad. ¡Juntos, ellos y los dragones, destruirán todo lo que es hermoso en el mundo! Si tienen éxito, la humanidad será esclava del capricho de la Sombra, y el Señor de la Sabiduría ya no dominará el cielo. ¿Qué será entonces del Espíritu del Jade?

¿Cómo sabes todo eso?

El surtidor de agua salió lanzado al aire por detrás del trono hacia el techo abovedado de la caverna, y a continuación se precipitó otra vez en el río con gran estruendo.

—El abad de la ciudadela del monasterio de Labrang me lo dijo. Y Observador de Estrellas, el señor de los caballos, también me advirtió sobre ello...

El Espíritu del Jade asintió en silencio e hizo un gesto con la cabeza a los espíritus de animales; el que representaba al caballo se adelantó y se arrodilló ante él. Pasaron los segundos, y Rokshan sintió que el sudor le resbalaba por la espalda y puso todo su empeño en permanecer inmóvil, sin apenas atreverse a respirar, mientras el Espíritu del Jade sostenía el diálogo silencioso con la deidad equina. Por fin alzó la vista; las rendijas verdes rutilaban.

Has dicho la verdad, mortal. Pero mis espíritus de animales me recomiendan que te explique algo más: el renacimiento de los dragones es la primera condición que ha de cumplirse para que la Sombra quede libre; ellos han de propagar el terror como preparación al regreso de su amo. Y ahora Corhanuk intenta realizar la segunda condición, que consiste en liberar al Rey Carmesí, quien a cambio soltará a los Cuatro Jinetes del infierno.

Éstos son los seres primigenios más monstruosos, transformados a causa de su devoradora envidia a la humanidad, alimentada por la propia ambición y el ansia de poder de la Sombra; son la manifestación de la soledad, el dolor, la desesperación y el miedo. Una vez que estén presentes en el mundo, los dragones se congregarán para seguirlos, y el equilibrio —el propio yin y yang del universo mismo— desaparecerá definitivamente; el caos prevalecerá, y el miedo y la soledad se adueñarán del corazón de los hombres, quienes, llevados por la desesperación, sólo serán capaces de concebir maldades. De ese modo el mal se enseñoreará del mundo, y, en consecuencia, se cumplirá la segunda condición para liberar a la Sombra.

413

—Pero también deben saber cuáles son las palabras del mandamiento divino con las que se erigió el Arco de Oscuridad… Y esas palabras se perdieron, así que no pueden tener éxito… —arguyó Rokshan, angustiado ante aquella visión del mundo tan catastrófica.

¿Te refieres al Pergamino Sagrado? —La risa burlona del Espíritu del Jade, que resonó en las paredes cavernosas, sobresaltó a Rokshan—. *Te equivocas, mortal. Las palabras del mandamiento divino las escribió, en efecto, Corhanuk en contra de los deseos del Señor de la Sabiduría, y después se perdieron en el mundo. Pero Corhanuk se hallaba junto al Señor de la Sabiduría cuando éste promulgó el mandamiento, y conserva grabada en la memoria cada una de las palabras por haberlas repetido una y otra vez a lo largo de incontables eones. Sólo los seres mortales necesitarían tenerlas escritas para re-*

cordarlas; Corhanuk lo hizo así para engañar y desorientar a los hombres.

El mandamiento divino ha de leerse de nuevo, pero con el significado original invertido, algo que Corhanuk puede repetir de memoria. Así se cumplirá la última condición, si bien el propio requisito de esta última condición ha de consumarse también, o todo lo demás fallará, de manera que los planes de la Sombra acabarían en un completo fracaso.

—¿Y cuál es ese requisito? —preguntó Rokshan, saturado ante tanta información. Para impedir que la Sombra se liberara, los Elegidos se marcaron como meta tener en su poder el Pergamino Sagrado para que estuviera a salvo, si es que alguna vez se encontraba, pero ahora resultaba que las fuerzas del mal no lo necesitaban para nada.

El requisito de la última condición es aquel en el que Corhanuk, a requerimiento de su amo, ha trabajado incesantemente plantando las semillas para que dieran el fruto deseado: conseguir que los dones del Señor de la Sabiduría se vuelvan contra éste.

—No entiendo…

¡Para mientes en los collares divinos, mortal! ¿Por qué crees que los dones recibidos —una vez encontrados— no lograron que el hombre retornara al Señor de la Sabiduría, como era su intención? Pues porque los habían corrompido quienes los llevaron puestos, esos espíritus custodios que buscaban derrocar al Señor de la Sabiduría y gobernar el cielo y la tierra en su lugar…

—Así que los Jinetes tenían razón respecto a los collares… —musitó Rokshan.

Tenían razón en cuanto a su procedencia, pero desconocían su poder para corromper a los hombres y empujarlos hacia el mal.

—¿Por qué…? ¿Cómo hicieron eso?

El Señor de la Sabiduría insufló una mínima partícula de su esencia en cada collar; eran regalos para sus fieles servidores, desde los espíritus custodios de la más alta categoría hasta los de menor rango.

Los dos collares que encontraron los Jinetes pertenecían al Rey Carmesí y a Beshbaliq, aunque eso ya lo sabes. Pero lo que ni tú ni ningún otro mortal podíais imaginar es que la maldad de sus portadores originarios ya había impregnado los collares y los había corrompido. Cada vez que un mortal se pone uno de los collares rotos, la semilla del mal despierta y crece...

—Pero ¿y qué misterio guarda el collar que los Jinetes llaman «menor» y que todos los grandes kanes muertos han llevado? Se suponía que tenía que transmitir la sabiduría de siglos a cada nuevo gran kan cuando éste pasaba una noche en las Torres del Silencio. ¿Por qué ese conocimiento sobre los collares no se le relevó nunca a ninguno de ellos?

Corhanuk se aseguró de que su secreto estuviera siempre oculto para los vivos, y ahora el paso del tiempo ha hecho su trabajo: a través de los collares, sigilosamente y con paciente y maliciosa astucia, él y su amo ejercieron un dominio misterioso sobre los Jinetes. Así se preparó el camino para que aceptaran a Zerafshan y se cumpliera la tercera condición...

—Entonces, ¿ya han cumplido la tercera condición? —Rokshan rezó porque no fuera así—. ¿Cómo lo han hecho?

Notó la mirada penetrante del Espíritu del Jade sondeándole el alma a fondo y provocando que la mente se le quedara en blanco...

¿Es que no lo entiendes, mortal? ¡Tú eres el requisito cumplido!

Rokshan sólo sintió una muda desesperanza cuando intentó encontrarle sentido a lo que acababa de escuchar.

—Yo... Pero tiene que haber un error... ¿Cómo iba a...?

¡No pongas en duda lo que dice un espíritu custodio superior! Las palabras del mandamiento divino han de leerse de nuevo en un sentido opuesto a su significado. Pero incluso eso fallará si no las lee un guerrero que sea puro de corazón y de espíritu. Tú has completado el Método de los Jinetes y has hablado con el señor de los caballos, incluso has obedecido su orden de poner fin misericordiosamente a la vida de tu padre; sólo un guerrero puro de corazón y de espíritu, como te he dicho, podría haber hecho tal cosa. Tú eres ese guerrero.

—¡Pero no soy Jinete! —gritó Rokshan.

Y, en consecuencia, no estás mancillado por la corrupción de los collares, como lo han estado los Jinetes a través de las

415

generaciones. En verdad eres «un guerrero puro de corazón y de espíritu». Y ahora estás aquí, en mi poder. Enviarte a los portales del infierno sería seguirles el juego a Corhanuk y a su amo... ¿Es eso lo que quieres?

—Ayúdanos, por favor. —El muchacho cayó de hinojos, suplicante—. En nombre del Señor de la Sabiduría, te lo ruego... No permitas que el mundo sufra la venganza de la Sombra en todo lo que es bueno y puro en el corazón de hombres y mujeres, en todos los que aún no han nacido y en los que han tenido una vida irreprochable.

El Espíritu del Jade permaneció inmóvil, y al parecer, impasible a la súplica de Rokshan. Pero mantenía la cabeza inclinada, y los haces de luz que salían por las rendijas de la máscara brillaban tenuemente en el suelo, a su alrededor. Cuando alzó la cabeza, Rokshan creyó captar un atisbo de los ojos verdes tras la máscara, y se preguntó si el corazón helado del Espíritu del Jade, preparado por el Señor de la Sabiduría para una eternidad de contemplación de su propia necedad, se habría conmovido por la piedad.

No te habría contado lo que sabes ahora si no tuviera intención de ayudarte. Quizás haya una pequeña posibilidad, pero debes darme lo que no te pertenece... Dejando muy claro a lo que se refería, el Espíritu del Jade se acarició la torques.

Con sumo cuidado, Rokshan sacó del bolsillo del ropón el collar que cogió en el Llano de los Muertos, y lo desenvolvió. El Espíritu del Jade extendió el brazo y le hizo una seña para que se aproximara más. El muchacho subió las gradas del trono, temeroso de acercarse, y se puso de rodillas dos peldaños antes de llegar al final.

Vista más de cerca, la piel del Espíritu del Jade irradiaba un levísimo brillo verde por debajo de la superficie; los dedos de la mano extendida lucían un sinfín de anillos profusamente enjoyados, y acababan en uñas largas y afiladas.

El collar de Beshbaliq... —musitó mientras sujetaba la torques—. *Nunca volverá a tener poder para corromper a quienes se lo pongan. Sin embargo, habría sido mejor para ti que éste hubiese sido el collar del Rey Carmesí —el espíritu custodio superior—, porque una vez que se le restituya también recuperará el libre albedrío y se levantará contra la eterna vigi-*

416

lia del Monje Guardián a fin de soltar a los Cuatro Jinetes del infierno. Ésa es la razón por la que el Monje Guardián necesita tu ayuda aún ahora, mientras hablamos. ¡Ve ya! Yo enviaré a mi ejército para ayudarte, y convocaré a Abarga, que conduce las almas de los condenados al infierno. ¡Abarga!

No había terminado el Espíritu del Jade de pronunciar ese nombre cuando el surtidor de agua volvió a saltar al aire por detrás del trono, y de nuevo se precipitó en el río. Por su parte, los espíritus de animales regresaron a sus posiciones alrededor de su señor, y miraron con fijeza al frente. A Rokshan no le pasó inadvertido que el río no había asumido otra vez la inmovilidad de una lámina de cristal, sino que la superficie se rizaba al formarse olas que rompían en las orillas; al principio lo hacían con suavidad, pero enseguida incrementaron más y más su fuerza. Al mismo tiempo alcanzó a oír el sonido de pasos rítmicos, apagados, que procedía del fondo de la corriente, como si centenares de pies, calzados con pesadas botas, caminaran a través de un terreno sembrado de cristales.

A todo esto las figuras encapuchadas que se apiñaban a orillas del río entonaron un canto, en tono bajo, pero fueron aumentando el volumen a medida que el agua se agitaba con creciente violencia hasta bullir con frenesí. El surtidor de agua se disparó de nuevo y lanzó al aire un chorro inmenso que dio la impresión de quedarse petrificado a medio camino, antes de caer en cascada una vez más. Entonces Rokshan vislumbró una vasta forma, de color amarillo, que yacía bajo la superficie del río ocupando toda su extensión.

417

—¡Helo aquí! —El Espíritu del Jade habló en voz alta por primera vez—. ¡Abarga Shara Mogoi! ¡El Espíritu de las Aguas que conduce las almas al infierno! —La voz retumbó en los altísimos muros de jade, pero quedó ahogada por los plañidos de los condenados que debían de saber que el momento de ser juzgados estaba próximo.

Casi apagado ya el saludo del Espíritu del Jade a Abarga, el tenue pataleo de pisadas fue en aumento hasta tornarse estruendoso, y una legión de centenares de guerreros de jade apareció marcando el paso de marcha. Rokshan los miró boquiabierto, pero enseguida lanzó un grito de alegría cuando localizó a Cetu y a Lianxang en medio del ejército de piedra.

Murmuró las gracias al Espíritu del Jade, le hizo una reverencia y bajó las gradas del trono a saltos para reunirse con ellos.

El espíritu del agua que había dado la bienvenida a Rokshan en el palacio de jade parecía flotar entre ellos; los largos ropajes de color azul y verde ondeaban a su alrededor.

Las almas encapuchadas se apartaron para dejar paso a los guerreros de jade, y mientras éstos se acercaban a las orillas, el río se arremolinó con una furia mayor aún.

—¡Cetu! —gritó Lianxang cuando la cabeza y el cuerpo en espiral de Abarga, enormes y amarillentos, se alzaron en medio de una cascada de agua y un siseo malevolente. Oscilando la cabeza de un lado a otro, se meció como haría una serpiente al son de las notas de la flauta de un encantador.

—Está prohibido a los mortales entrar en el inframundo. ¿Quiénes sois y qué propósito os ha traído aquí? —La voz sibilante de Abarga sonó con un timbre grave, amenazador.

—Soy Rokshan. Mis amigos y yo buscamos un pasadizo que nos conduzca a la corte del Rey Carmesí.

El Espíritu del Jade alzó una mano, y ordenó:

—¡Llévalos al lugar de tormento, Abarga!

Los relucientes ojos de Abarga, de un color verde muy claro, los traspasaron, pero enseguida, haciendo una ondulante reverencia, agachó el cuerpo para que se montaran en él. Las almas de los condenados —a las que los guerreros de jade empujaron para que caminaran— fueron subiendo también a la inmensa serpiente y se quedaron tendidas allí, inmóviles y calladas.

Entonces los guerreros se alinearon en las orillas, dispuestos a actuar como una escolta silenciosa, a la espera de la orden de su señor, en tanto que Abarga nadaba despacio para alejarse de las riberas del reino del Espíritu del Jade. Después se sumergió y los condujo a toda velocidad a las ardientes puertas del infierno.

418

Capítulo 43

En la corte del Rey Carmesí

*D*espertaron como si salieran de un sueño profundo, y, un poco más adelante, vieron una colosal portalada de dos hojas incrustada en la roca. Se dispusieron, pues, a bajarse de Abarga mientras observaban cómo las negras aguas del río serpenteaban mansas hacia esa entrada.

Al escuchar los alaridos y llantos horribles que provenían del otro lado de las puertas, las silenciosas almas de los condenados, alineadas en las orillas, se acobardaron y emitieron un quedo gemido de terror.

—Ésta es la entrada al infierno… —susurró Rokshan con voz temblorosa.

El muchacho reconoció los sonidos, que cada vez aumentaban de volumen, porque los oyó en la visión que tuvo en el Llano de los Muertos. Y entonces vieron a los espíritus oscuros apelotonados en una masa que se retorcía y bullía, a quienes les brotaban de los ojos lágrimas de negra sangre corrompida que salpicaban el suelo.

Retrocedieron y se pegaron contra la pared de la caverna cuando las dos hojas de la portalada se abrieron poco a poco para que las aguas del inframundo fluyeran a través de ellas. En el interior de la gruta los aguardaba una escena de desolación: pilares inmensos de tosco granito negro se alzaban hacia un techo tan alto que se perdía de vista; estanques sulfurosos burbujeaban y hervían expulsando vapores malolientes, y a lo largo de las paredes, corrían riachuelos de fuego que lamían con avidez el aire fétido y manchaban las paredes de un fantasmagórico color verde negruzco.

A lo lejos, casi en el horizonte de aquel mundo de pesadilla, se divisaba a duras penas una conflagración monstruosa y se oía el rugido y el crepitar de las llamas que emergían del abismo.

Los espíritus oscuros agrupaban a los que acababan de llegar a lomos de Abarga, y los conducían hacia el río que serpenteaba por el salobre cauce a través del monótono paisaje. Los llantos y gemidos se redoblaron conforme los empujaban hacia el infierno que ardía en el horizonte.

—¡Vamos, hemos de darnos prisa! —indicó Cetu señalando las puertas—. Entremos antes de que se cierren, y nos quedemos aquí fuera para siempre.

Sin perder un instante, cruzaron el impresionante portal y se pusieron en camino, siguiendo con cautela el curso del río, en dirección a los fuegos rugientes del infierno y a la corte del Rey Carmesí. El calor y el ruido eran insoportables.

—Tenemos que encontrar al Monje Guardián y evitar que nos vea el Rey Carmesí —dijo a gritos Rokshan para que lo oyeran pese al estruendo del fuego crepitante—. Hemos de mantenernos ocultos.

—Ten en cuenta que estamos en el inframundo —comentó Lianxang—. Por lo tanto, del mismo modo que los espíritus son invisibles en nuestro mundo (si no son lo bastante poderosos para adoptar apariencia física, como Corhanuk), las almas de los condenados tampoco pueden vernos aquí. Es lo que me dijo mi espíritu-ave.

—¿Así que otros mortales, como An'an, sí podrían vernos? —cuestionó Rokshan echando rápidas ojeadas a aquel lugar terrorífico.

—Sí, en efecto. Al igual que el Rey Carmesí y el Monje Guardián… Ambos son espíritus superiores, de modo que también pueden vernos.

Llamas rugientes salieron impetuosas por el borde del abismo a medida que se iban acercando. El río sorteaba algunos de los estanques sulfurosos y después desaparecía entre dos altos riscos de roca negra, tras los cuales se oían, a pesar del rugiente estruendo del propio infierno, los gritos y los lamentos de los espíritus de los condenados.

—Hemos de trepar ahí arriba —gritó Rokshan a Cetu—. Esos riscos han de ser puestos avanzados del lugar a donde llevan a los espíritus.

Cetu asintió con expresión sombría mientras alzaba la vista hacia los picos rocosos. De pronto alargó el brazo y tumbó a Rokshan al suelo; Lianxang se zambulló entre los dos.

—¿Qué ocurre? —preguntó falta de aliento.

—He visto moverse algo —susurró Cetu—. ¡Mirad, allí! Están a lo largo de toda la base de los peñascos… ¡Mirad!

Rokshan escudriñó las rocas y también los localizó. Los ropajes negros de aquellos seres se confundían con la piedra, pero las chispeantes rendijas rojas de los ojos los habían delatado.

—¡Demonios espectrales! —exclamó—. Corhanuk tiene que haberles enseñado el camino a través de las Montañas Llameantes.

—Entonces es que hemos tardado mucho más de lo que parecía, como Cetu nos advirtió que podía ocurrir —dedujo Lianxang—. Sin embargo, ¿dónde están Corhanuk y An'an?

Cetu señaló con la cabeza la base de uno de los afloramientos rocosos. Allí, con un brillo febril en los ojos, An Lushan les estaba haciendo una seña a los demonios espectrales. Los elásticos y viscosos cuerpos se desplazaron con gran facilidad por la roca, semejante a lava fundida, al ir en pos de él en silencio.

—¡Vamos! —apremió Rokshan—. Tenemos que ver qué hacen.

Recorrieron a toda velocidad el corto trecho que los separaba de los riscos, y treparon a gatas. Rokshan se asomó con cautela, y se sobresaltó al contemplar la escena.

Las lenguas del rugiente fuego flameaban por encima del borde de un abismo, detrás de dos puertas enormes de hierro que ardían al rojo vivo y tan altas que se perdían de vista. Encadenada a las puertas, había una figura descomunal que parecía humana pero insensible a las llamas que danzaban a su alrededor; los ojos saltones de ese personaje despedían fuego, y la boca se abría en un grito silencioso que dejaba a la vista dientes afilados como agujas; no se cubría las piernas e iba descalzo, y su única vestimenta era una túnica carmesí abierta hasta la cintura y ceñida con un largo fajín blanco que le arrastraba por el suelo; oro y joyas adornaban el musculoso cuerpo, y en la mano derecha sostenía una colosal maza de hierro con la que golpeaba las puertas y provocaba un sonido metálico seco y ensordecedor, que hacía temblar el suelo.

—El Rey Carmesí en persona —susurró Lianxang retrocediendo, muerta de miedo.

Algunos de los espíritus eran arrastrados a la derecha de las puertas, donde un camino ancho discurría por una enorme entrada en forma de arco, y descendía hacia una negrura alumbrada intermitentemente por antorchas que chisporroteaban y apenas daban luz. De esas cotas del infierno, aún más profundas, salían gruñidos distantes, más feroces incluso que los de los caballos infernales.

Delante de las puertas del abismo se sentaba una figura encapuchada y vestida con una túnica sin forma definida; era el Monje Guardián. Gacha la cabeza, examinaba con detenimiento cientos de rollos de pergamino extendidos encima de una gran losa, a medida que cada espíritu de los condenados se postraba ante él. Daba la impresión de que estudiaba con cuidado los pergaminos, y una vez examinados, alzaba la cabeza y pronunciaba su veredicto al señalar hacia el Rey Carmesí y el abismo, o hacia la negrura que había más allá del arco de la entrada.

Cuando en esta ocasión levantó la cabeza, Cetu y los dos jóvenes captaron un fugaz atisbo de un rostro radiante, y también contemplaron a una serie de pequeñas criaturas, con aspecto de trasgos, que brincaban y hacían cabriolas alrededor de ese ser, y escoltaban a cada espíritu después de haber sido juzgado. A muchos los llevaban a empujones o a la rastra, chillando y pateando, hacia las puertas del abismo, donde una multitud de espíritus sobrecogidos de miedo esperaba su destino. A otros —aquellos que se habían hecho merecedores de sufrir primero más torturas— los conducían a través del arco, donde les esperaban castigos terribles en las profundidades del infierno. El Rey Carmesí agrupaba a todos los que habían sido condenados a arder eternamente en el fuego inextinguible, y, empujando con todo el peso de la mole de su cuerpo, abría las puertas y arrojaba a sus víctimas a las rugientes llamas.

Rokshan vio cómo, camuflados entre la clamorosa multitud de espíritus, los demonios espectrales y An Lushan se acercaban con sigilo hacia donde estaba sentado el Monje Guardián, ensimismado en la lectura de los pergaminos que contenían todo cuanto necesitaba saber sobre la vida de cada una de las almas atormentadas que conducían ante él.

Cuando An Lushan ya se había situado delante del Monje Guardián, uno de los trasgos infernales lo señaló acusador, con uno de sus dedos de uñas larguísimas, y chilló para advertir a su amo. Los demonios espectrales formaron de inmediato un muro protector alrededor de An Lushan.

—¿Dónde está Corhanuk? —cuestionó Lianxang sin apartar los ojos de lo que estaba teniendo lugar ante ellos—. Ha de estar aquí también. Seguro que es una trampa para distraer al Monje Guardián. Debemos detener a An'an... ¡Fijaos en lo que tiene en las manos!

—Es el collar del Rey Carmesí —repuso Rokshan—. Una vez que éste lo recupere tendrá poder suficiente para soltar a los Cuatro Jinetes.

Los demonios espectrales tenían rodeado al Monje Guardián, y algunos trasgos se pusieron a chillar a su lado blandiendo los garrotes; otros se escabulleron, pero los restantes se pusieron de parte de los demonios espectrales sin que, al parecer, hiciera falta mucha persuasión para aunar fuerzas con los de su propia clase.

Los ropajes negros de An Lushan levantaron remolinos de ceniza caliente cuando avanzó a zancadas hacia el Monje Guardián. Superando el estruendo del fuego rugiente del abismo, le dijo a gritos al llegar ante él:

—¡Tu eterna vigilia ha terminado! ¡Traigo el collar del Rey Carmesí, y se lo entregaré para que se lo ponga de nuevo y se libre de ti!

Acompañado por un puñado de trasgos infernales, el Monje Guardián se plantó con actitud firme delante del Rey Carmesí. Desprendiéndose del hábito de monje, desenvainó una espada reluciente, y al tocar con la punta de la hoja la torques sin broche que ahora se veía que llevaba al cuello, ésta se encendió con un destello cegador y la propia espada irradió un fuego blanco purísimo. El Monje Guardián también se trans-

423

formó: ahora vestía una túnica blanca que brillaba con tanta intensidad que lo envolvía en un fulgor resplandeciente, extraordinario; los ojos le llameaban en el rostro iluminado y la expresión era serena e implacable mientras sostenía la espada ante sí con las dos manos.

—Soy yo quien custodia al Rey Carmesí. —La voz resonó como un repique de campanas—. Soy yo quien lleva a cabo la eterna vigilia que el Señor de la Sabiduría determinó, y nadie puede interrumpirla sin destruirme antes a mí. El Rey Carmesí paga el precio de su orgullo y de su ambición… Como lo pagaréis vosotros.

Al escuchar tales palabras, el Rey Carmesí bramó de rabia y corrió hasta donde las cadenas se lo permitieron, a pocos pasos del Monje Guardián, antes de que tiraran de él hacia atrás con un chasquido; el impulso lo estampó contra las inmensas puertas.

La risa completamente enloquecida de An Lushan retumbó en la cavernosa desolación del infierno cuando alzó el collar en el aire.

—¡No! —gritó—. ¡Serás tú el que pague el precio!

Desde su posición en lo alto del peñasco, Rokshan se estremeció. Sabía lo que tenía que hacer…

Cetu debió de leerle el pensamiento y le dirigió una mirada especulativa.

—Sea o no sea una trampa, él es tu hermano. ¿Serás capaz de matarlo?

—Lianxang y tú tenéis que alejar a los demonios espectrales y a esas otras criaturas para que consiga acercarme a él. —El joven miró con serenidad al viejo maestro del Método mientras toqueteaba la daga ceremonial que había utilizado para acabar con Zerafshan—. Ya no es mi hermano, Cetu, lo mismo que Zerafshan no era mi padre, salvo por la relación consanguínea. Lianxang, tú lo sabes…

La joven asintió con la cabeza y se enjugó una lágrima.

No había nada más que decir; descendieron del peñasco tan deprisa como pudieron, y cruzaron a todo correr el trecho ardiente y lleno de ceniza en dirección a An Lushan y al Monje Guardián.

Lianxang pasó velozmente junto a los trasgos infernales e

hizo uso de todas las habilidades letales de su pueblo utilizando la daga, y Cetu arremetió contra cualquiera que tuviera cerca, utilizando la espada con una mano y con la otra, la lanza corta.

Enfurecido, An Lushan se dio la vuelta y dirigió a los demonios espectrales contra sus atacantes, en tanto que el Rey Carmesí forcejeaba con las cadenas que lo sujetaban y el Monje Guardián permanecía delante de él, resuelto y firme.

Haciendo acopio de toda la agilidad y la velocidad de la liebre y manteniendo en alto la daga de los Jinetes, Rokshan corrió hacia donde An Lushan espoleaba a su horda demoníaca:

—¡Adelante, espectros! ¡Atacadlos sin piedad!

A pesar de sus años, Cetu luchó como un hombre de mediana edad, aunque chilló de dolor al recibir un corte profundo en una pierna propinado por la cimitarra de un espectro. A Lianxang la superaban los trasgos, y Rokshan la vio caer profiriendo un grito desgarrador. El muchacho arremetió entonces contra ellos mientras se acercaba a An Lushan a una distancia desde la que le era posible atacarlo, pero en cuestión de segundos los demonios espectrales cerraron filas alrededor de su amo.

425

—¡Cogedlo! ¡Atrapadlo vivo! —ordenó An Lushan—. Mi señor lo necesita. Traedlo para que presencie lo que parecía inconcebible... Y a los otros dos traedlos también. Que todos sean testigos de mi triunfo.

Rokshan forcejeó en vano cuando los demonios lo empujaron con el extremo romo de las lanzas y lo condujeron para que se reuniera con Lianxang y Cetu; el Jinete cojeaba mucho a causa del tajo que le sangraba con profusión.

Una figura encapuchada en la que no había reparado ninguno de ellos se acercaba por el camino que conducía a las profundidades del infierno. Sólo se le veían las estrechas rendijas de los ojos que brillaban con un color rojo pálido en la oscuridad; al llegar al gran arco de la entrada, alzó la lanza corta.

An Lushan hizo una seña a los demonios espectrales para que arrojaran una andanada de lanzas al Monje Guardián, pero éste las desvió como si fuesen juguetes de niños.

—Nadie salvo un espíritu custodio superior o el propio Señor de la Sabiduría puede matarme —retumbó la voz del

Monje Guardián—. Te dejaste convencer muy fácilmente, Beshbaliq, por falsas promesas de poder y gloria muchos eones atrás. ¿Por qué has consentido en dejarte tentar otra vez?

Cuando los últimos ecos apagados de la respuesta resonaban en las cavernosas paredes, Corhanuk se despojó de la capucha, echó el brazo hacia atrás y arrojó la lanza al Monje Guardián con toda la fuerza que su malévolo espíritu había hecho acopio. Arrojada a mayor velocidad y con más fuerza que lo habría hecho un brazo humano, alcanzó al monje en el costado con una potencia tan brutal que lo derribó de rodillas mientras su resplandeciente espada repicaba al chocar contra el suelo.

En un silencio preñado de dolor, el Monje Guardián asió la lanza que tenía clavada en el costado casi por completo; de la herida salía sangre y agua. Miró con estupefacción a Corhanuk que emergió de las sombras soltando una risa de triunfo. El monje había caído justo al alcance del Rey Carmesí, quien de un salto cayó sobre él con un grito de venganza, y le asió entre sus manazas el collar indemne que llevaba al cuello.

Haciendo gala de una fuerza inconmensurable, lo retorció como si manejara un instrumento de dar garrote, y con deliberada parsimonia, se dispuso a estrangular a su carcelero. Rokshan contempló horrorizado cómo el rostro antes radiante del Monje Guardián, se iba apagando a medida que se ahogaba…

Entonces una voz suave, tranquilizadora, sonó en la mente del muchacho:

Rokshan, voy a reunirme por fin con el Señor de la Sabiduría. Pero no se enfadará conmigo. Ten ánimo sin desfallecer; no todo se habrá perdido mientras el maligno siga ignorando que…

Rokshan oyó un grito agónico cuando el Rey Carmesí acabó con el último aliento del Monje Guardián.

—¡No, no! —gritó el muchacho. El cuerpo del estrangulado sufrió una convulsión y después yació inerte, liberado del tormento.

El Rey Carmesí blandió la maza y golpeó las cadenas sin quitar la ardiente mirada de Corhanuk, que arrancó el collar de las manos de An Lushan y se lo entregó con aire triunfal.

El espíritu custodio se lo ciñó al cuello, flexionó los músculos y giró hacia un lado y otro mientras las cadenas caían al suelo. De inmediato aumentó su estatura hasta llegar casi a la de las puertas que había guardado hasta entonces; del cuerpo le saltaban llamas que chisporroteaban alrededor a cada movimiento que hacía; abrió la boca y, extendiendo los brazos al máximo como si quisiera abrazar su recién recobrada libertad, soltó un grito tan fuerte que pareció que las propias rocas del infierno fueran a quebrarse.

—¡Nadie volverá a desafiarme jamás! ¡Soy libre! ¡Que tiemble de miedo el Señor de la Sabiduría, porque se inclinará ante mí y ante mi señor cuando esté entre nosotros!

Los demonios espectrales abrieron paso e hicieron una profunda reverencia al Rey Carmesí cuando echó a andar alejándose de las puertas que había custodiado durante tantos eones.

Desdeñoso, recogió el cuerpo del Monje Guardián y lo arrojó al abismo como si fuese un trapo viejo. Miró las llamas, y, extendiendo de nuevo los brazos, calmó la rugiente conflagración y la redujo a un fragor apagado. A través del gran arco los gruñidos feroces se oían con claridad, y el Rey Carmesí soltó otro grito triunfal que helaba la sangre. An Lushan hizo una reverencia rindiéndole homenaje.

427

Rokshan sintió que Lianxang le agarraba una mano mientras reculaban, aterrados. Cetu tenía la cabeza hundida sobre el pecho, y cuando se recostó en ambos jóvenes, notaron que respiraba con jadeos cortos y doloridos mientras la sangre seguía manando por la herida de la pierna, sin freno. Rokshan intentó plantearse la situación: ¿Qué podían hacer? ¿Estaba todo perdido allí, en las profundidades del infierno? Al cambiar de posición para sostener mejor a Cetu, el brazo le rozó contra el amuleto que el abad le entregó… ¡Por supuesto! Su amuleto… y Guan Di…

Pero ¿se activaría en el inframundo? Su vida tenía que correr un peligro mortal para que Guan Di acudiera en su auxilio. No quedaba más remedio; debía llevar a cabo un último y desesperado esfuerzo. Haciendo acopio de valor, trató de no mirar la figura aterradora del Rey Carmesí, con toda su fuerza maligna recuperada, y lanzándose hacia delante a la par que gritaba, cargó contra los demonios espectrales.

Capítulo 44

Los Cuatro Jinetes del infierno

Se dieron la vuelta y colocaron las lanzas en ristre para enfrentarse a Rokshan, que corría hacia ellos.

—¡Guan Di! —invocó el joven frotándose el brazo con el amuleto.

Durante unos segundos angustiosos no ocurrió nada, pero entonces oyó el estruendo de una explosión sobre las llamas del abismo, y vio a Guan Di en actitud defensiva, enarbolando el enorme mandoble, junto a la irregular pared rocosa.

—¿Dónde está el muchacho mortal, el que me convoca? —gritó el colosal dios guerrero, que se aproximó a grandes zancadas.

El Rey Carmesí se volvió hacia el gigante, y, señalándolo con el índice en un gesto acusador, bramó colérico:

—¿Quién entra en mis dominios sin ser llamado? Sólo conozco a un gigante al que se le convirtió en un dios tras prestar servicio a Chu Jung... ¿Es que ahora está a las órdenes de simples mortales?

Rio burlonamente mientras recogía del suelo la espada del Monje Guardián; al tocar con ella el collar, igual que había hecho el monje, la hoja emitió un fulgor blanquecino al mismo tiempo que se ensanchaba y se prolongaba, de manera que se convirtió en un arma temible en sus manos.

—¡Huid, mortales! —bramó Guan Di—. ¡Yo los retendré!

Pero los demonios espectrales eran demasiados y muy rápidos para ellos, con lo que la huida se hizo imposible. An Lushan, ahora poseído por Beshbaliq en todo excepto en la forma física, ordenó exultante:

—Encerradlos detrás de las puertas. —Los demonios espectrales arrastraron a Rokshan, Cetu y Lianxang a través de las colosales puertas, y los empujaron hasta una cornisa angosta que se asomaba al insondable abismo del fuego del infierno.

Guan Di se pasaba la espada de una mano a otra, mientras los aliados del mal —Corhanuk, el Rey Carmesí y Beshbaliq— se le acercaban. Atajó la arremetida del Rey Carmesí y esquivó un lanzazo asestado a dos manos por Corhanuk. Con una rapidez que semejó un borrón de color, el Rey Carmesí rodeó al gigante para situarse a su lado y asestarle un tajo en las piernas, al mismo tiempo que Corhanuk, con una lanza en cada mano, arremetía al corazón y al estómago. Guan Di cortó los astiles de las lanzas de un revés, pero soltó un aullido de dolor cuando la espada del Rey Carmesí le abrió un profundo corte en el muslo, de tal manera que se tambaleó e hincó una rodilla en el suelo. Raudo, el liberado guardián de las puertas del infierno aprovechó la ocasión, y se situó tras él, dispuesto a hundirle la espada en la espalda.

429

—¡Esperad! —gritó Rokshan—. ¡No podéis anular el mandamiento divino sin mí! ¡Si matáis a Guan Di o a mis amigos, me arrojaré al abismo! ¡Dejadlo!

—¡Detén la mano! —gritó Corhanuk al Rey Carmesí—. Lo que dice el chico es cierto, lo necesitamos. Y quizás el gigante nos sirva para algo… de momento. Esperaremos la orden de mi señor, que no tardará en venir. ¡Prendedlo!

Corhanuk hizo una indicación a los demonios espectrales, que se arremolinaron en torno al caído Guan Di, y tras atarlo con cuerdas gruesas, lo condujeron hacia las grandes puertas y lo aherrojaron a los portones de hierro con las cadenas que habían retenido al Rey Carmesí.

—Haced lo mismo con ellos. —Corhanuk señaló al maestro del Método y a ambos jóvenes—. Pero tened cuidado con el chico mortal… Nos hará falta cuando estemos preparados. En cuanto a los otros, preguntaremos a mi señor qué suerte les depara. —Unos extraños sonidos —entre relinchos y gruñidos—, que llegaron otra vez de muy lejos, desde lo más profundo, ahogaron la malévola risa de Corhanuk.

»Los que están a tu cuidado te esperan, espíritu hermano, y se impacientan —le dijo al Rey Carmesí—. ¡Ve! ¡Libéralos de su largo encierro! —Gesticuló hacia el gran arco—. Envíalos a los cuatro puntos cardinales para que propaguen su maldad, porque Han Garid ya responde a su llamada y congrega aquí a su horda de dragones para servir y seguir a los Cuatro Jinetes.

Mientras el Rey Carmesí corría a liberar a los que había tenido a su cargo, ataron a Rokshan y a Lianxang y los echaron al suelo, junto a Guan Di. A Cetu, que perdía y recuperaba el sentido sucesivamente, lo forzaron a patadas a que se arrastrara hasta ellos y se quedó tendido a su lado.

—Se está desangrando —dijo Lianxang con voz temblorosa.

—Rokshan… y tú, chica mortal —la voz de Guan Di sonaba apagada a consecuencia de las cuerdas y las cadenas que lo envolvían de arriba abajo—, ya llegan los Cuatro Jinetes; no los miréis y tapaos los oídos, porque de lo contrario seréis sus primeras víctimas. Sujetad al anciano y ayudadlo si podéis; después poneos a mi alrededor. ¡Deprisa!

El apremio evidente en la orden de Guan Di no dejaba lugar a explicaciones, así que hicieron con presteza lo que les había indicado. Los gruñidos feroces sonaron más fuertes, hasta ahogar casi la risa aguda y desquiciada de An Lushan, las risotadas de los trasgos infernales y los plañidos de decenas de millones de almas perdidas en el fondo del infierno.

Entonces, a lo lejos y aún tenue pero sustentado en los vientos del infierno, oyeron el batir de centenares de alas de dragón que hacían vibrar el aire. Han Garid había congregado a su horda en el cielo que se mantenía a la espera para desencadenar un terror inimaginable en el mundo; la antigua y feroz envidia de los dragones hacia la raza humana se había reavivado y no la contendrían mucho más tiempo.

Rokshan gritó de dolor al golpearle la mente las oleadas de la rebosante furia de los dragones, canalizada a través de su señor, Han Garid. Y se desmoralizó ante la espantosa idea de que el señor de los dragones del trueno podría estar llamándolo igual que él había llamado a Observador de Estrellas en el Llano de los Muertos.

Y además de todo aquel estruendo sobrenatural, les llegaron tanto el olor a carroña que flotaba en el aire, como tufaradas de algo indescriptiblemente malévolo.

Apretaron los párpados con todas sus fuerzas, pero era imposible impedir que les llegaran la peste a miedo y el olor acre del dolor; les embargó también el regusto amargo a soledad que los empujaba al pozo sin fondo de la desesperación; era como si les estuvieran absorbiendo la mente hasta dejársela seca. Lianxang gimió y se balanceó a derecha e izquierda sintiendo el poder del maligno que había sido invocado. Del mismo modo Rokshan, a quien el corazón le latía desaforadamente, se meció adelante y atrás al tiempo que movía la cabeza en un vano intento de rechazar las oleadas de miedo, dolor, soledad y desesperación que los asaltaban.

—Contempladlos y perderéis la razón; os convertiréis en una cáscara hueca que sólo valdrá para alimentar los fuegos del infierno —les previno Guan Di—. Yo seré vuestros ojos, porque conozco de antiguo a estos seres. Sabed que las monturas que cabalgan son más grandes y más temibles que las de los demonios espectrales; en cuanto a los Cuatro Jinetes en sí, están fusionados con esas monturas; el cuerpo es retorcido, contrahecho, y hunden la cabeza en el torso; la cola, escamosa como la de un lagarto, está enlazada con la de sus monturas, y la usan para equilibrarse cuando vuelan con sus inmensas alas de murciélago, provistas de garras del tamaño de un brazo humano. No los miréis… ¡No os lo advertiré más veces!

El ruido *in crescendo* alcanzó una intensidad insoportable a medida que se percibía la proximidad de aquellos seres. Rokshan oyó débilmente el grito triunfal de Corhanuk que exhortaba al Rey Carmesí y a los Cuatro Jinetes a unírsele para que lo ayudaran a derrotar a las fuerzas del bien, congregadas en Labrang, antes de dirigirse a los cuatro puntos cardinales del mundo para infectar a la humanidad con su maldad.

Sonó una trápala atronadora de cascos desde el arco de entrada, y Rokshan oyó también cómo An Lushan ordenaba a los demonios espectrales que siguieran a los Jinetes. Les llegó una ráfaga de aire, y unos instantes más tarde se produjo una explosión lejana y desgarradora en el momento en que los Jinetes irrumpieron en el mundo terrenal a través de los confines

431

inmensurables del infierno; después de la explosión, se oyeron unos increíbles bramidos con los que los dragones se adherían a su señor.

Sintiéndose asqueado hasta la médula, Rokshan abrió un ojo con mucha precaución y después el otro para mirar alrededor. Un aire fresco le acarició la cara e inhaló con ansia varias veces. No sabía de dónde provenía ese aire, pero al mirar hacia arriba vio a muchas, muchísimas *lis* de distancia, una hendidura en lo que, comprendió, tenía que ser la ladera de la montaña que había mantenido clausurado al inframundo del mundo terrenal desde los albores de los tiempos.

—Se han abierto paso derribándolo todo para dirigir a la horda de dragones. —Guan Di, cuyo rostro se veía congestionado por el esfuerzo que realizaba para romper las cadenas que lo inmovilizaban, hizo este comentario como si escupiera las palabras—. Las monturas de los demonios espectrales, recién dotadas de alas, han ido tras ellos. Fuerzas sobrenaturales andan sueltas por el mundo otra vez y morirán muchos mortales. El mal reinará en todas partes…

Capítulo 45

La llamada de la Sombra

*P*ero Rokshan apenas oyó a Guan Di ni a Corhanuk cuando éste declaró triunfalmente que se había cumplido la segunda condición para poder liberar a su perverso amo. Porque una voz suave y armoniosa como un campanilleo le tintineaba en la mente, y se le nubló la vista…

Y así se cumplirá la tercera —y última— condición mientras mis criaturas completan la segunda. Pero necesitarán mi ayuda para garantizar su consumación total, a fin de que el caos prevalezca en el mundo y el mal arraigue en el corazón de los hombres. En este momento los Elegidos reúnen a sus fuerzas del bien —por insignificantes que sean— para frustrar mis planes. ¡Pero yo aplastaré su poder! ¡Jamás se me opondrán otra vez! De modo que ahora revocarás las palabras del mandamiento divino para invocar mi proyección oscura, y yo podré dirigir la batalla contra los Elegidos y los destruiré para siempre. ¡Mis designios no se malograrán!

Después me ayudarás a desvelar el secreto oculto en un lugar recóndito del alma de Han Garid, porque sólo él conserva el recuerdo de la palabra olvidada del mandamiento divino, mortal: ¡Mi nombre! Te uniste mentalmente con Observador de Estrellas, descendiente de lo que Han Garid fue una vez, y te unirás con el señor de los dragones del trueno para cumplir mi voluntad. ¡De ese modo me desharé de los vestigios de la Sombra y de su proyección oscura de manera que, restableci-

*do en todo el poder y en toda la gloria de mi esplendor, vuelva
a caminar por el mundo, y la humanidad entera me adore!
Llevo eones esperando este momento, mortal. No me opongas
resistencia, y la recompensa será grande en verdad, muchísimo más de lo que podrías imaginar. Óyeme, Rokshan, es tu
señor, la Sombra, quien te habla. No te resistas...*

La voz se fue apagando y a Rokshan se le aclaró la vista. La
figura de Corhanuk cobró nitidez; paseaba de un lado a otro.
Lianxang lo miraba con mucha atención, con los ojos desorbitados en un gesto de espanto. Rokshan, por su parte, había palidecido y tiritó de miedo al comprender lo que la Sombra quería de él... ¡Su nombre! Eso era lo que buscó a lo largo de las
eras, y ahora, por fin, se saldría con la suya. ¿Cómo iba a resistirse a su poder? Y eso que sólo era una proyección... Intentó
sentarse, pero el terror provocado por el recuerdo de la sedosa
voz de la Sombra, que parecía haberle acariciado el alma, lo
hizo vomitar, y volvió a tumbarse con un gemido.

Las puertas del infierno estaban abiertas y los fuegos rugientes del abismo, ahora reavivados, lamían ansiosos el borde
del precipicio. Mientras tanto los lamentos de los espíritus de
los condenados resonaban contra las altísimas paredes de granito negro.

—¡Silencio! —La orden seca de Corhanuk atronó la corte—. Beshbaliq, prepara al muchacho mortal...

Rokshan pensó que ya ni siquiera se parecía a An Lushan.
Éste se limitó a observar mientras los demonios espectrales
desataban a su hermano y lo apartaban a empujones del abismo abrasador; Rokshan advirtió que la cara de An'an parecía
ondular de manera constante a causa de la presencia del espíritu caído que lo tenía poseído, como si su cuerpo mortal no pudiera contenerlo más tiempo.

—¡De rodillas! —espetó An Lushan, que se situó detrás de
su hermano, y, sacando de súbito una daga, se la apoyó en la
garganta.

Pero el arma no era necesaria, puesto que Rokshan cayó de
rodillas. La voz susurrante y maligna de la Sombra ya no le sonaba en la mente, pero su poder lo doblegaba a voluntad.

*No me opongas resistencia... No me opongas resisten-
cia...*

—¡Ahora está todo dispuesto! —gritó Corhanuk—. En el momento justo nuestro señor vendrá a nosotros, libre por fin de caminar por el mundo y esclavizar a la humanidad en preparación para la última batalla contra nuestro enemigo implacable que aún gobierna en el cielo. Oye las palabras del mandamiento divino, señor, que el guerrero puro de corazón y de espíritu, arrodillado ante ti, revocará para que tu proyección venga a nosotros.

—Di las palabras exactamente como las diga yo —masculló An Lushan.

—An'an, por favor... No sigas con esta demencia... ¡Piensa en lo que estás a punto de hacer! Una vez que haya pronunciado las palabras no habrá vuelta atrás...

—Limítate a repetir exactamente lo que yo diga —insistió An Lushan al mismo tiempo que le daba un tirón de pelo y le pinchaba con la punta de la daga la garganta.

—Yo, el Señor de la Sabiduría, te confino... —recitó Corhanuk.

—Yo, el Señor de la Sabiduría, te libero... —dijo An Lushan cambiando por completo el propósito original de las palabras del mandamiento divino—. ¡Más alto! —le gritó a Rokshan, que repetía las palabras, casi perdida ya la voluntad de resistirse.

—En la reclusión perpetua del Arco de Oscuridad, fuera del universo y de todas las cosas e incluso del propio tiempo —continuó Corhanuk.

—En la reclusión perpetua del Arco de Oscuridad, fuera del universo y de todas las cosas e incluso del propio tiempo —dijo An Lushan, y Rokshan repitió las palabras seguidamente.

—Allí olvidarás quién eras y lo que eras, y nunca más tentarás a ninguna de mis criaturas para apartarla de mí... —pronunció Corhanuk.

—Allí recordarás quién eras y lo que eras, y de nuevo tentarás a todas mis criaturas para apartarlas de mí —recitó An Lushan, y Rokshan pronunció las palabras una vez más.

—Y así, a través de innúmeras eras por venir, tu nombre... se olvidará para siempre, perdido en la memoria igual que la tierra con la que fuiste creado, y de ahora en adelante hasta el fin de los tiempos, se te conocerá sólo como la Sombra Sin Nombre.

435

—Y así, a través de innúmeras eras por venir, tu nombre…
se recordará para no olvidarse jamás, perdurable igual que la
tierra con la que fuiste creado. Y hasta el fin de los tiempos,
nunca más se te conocerá como la Sombra sin Nombre.

Rokshan repitió las últimas palabras del mandamiento divino con el significado cambiado en absoluto por An Lushan.
Al acabar, se produjo un temblor en el abismo, las llamas dan-
zaron más altas, y a través del arco de la entrada, penetró una
ráfaga de maldad que abatió hasta el último rincón de los confines cavernosos del infierno.

En medio de las corrientes turbulentas de poder, unas formas retorcidas, semejantes a espectros, se fundieron en una
sola: la de un dragón enorme… Después, en un jinete… Y a
continuación la figura adoptó de nuevo la forma de un dragón,
y creció y creció, tan monstruosa e hinchada que presionó los
límites de la caverna como si fuera a reventar y a arrojar toda
su maldad sobre el mundo.

Rokshan se apretó la cabeza con las manos; notaba como si
unos tentáculos de poder le sondearan la mente y se le enros-
caran en los recovecos.

—Diosa misericordiosa —sollozó bajito—. ¿Qué he hecho?

En ese momento se oyó una voz ronca y áspera, como de-
sacostumbrada a hablar, y las palabras le helaron el alma.

*Suficiente… Las cadenas que me retenían fuera del uni-
verso se han soltado y ha aparecido una grieta en el Arco…
¡Mi proyección está libre! ¡Adelante, mis fieles servidores!
Los Jinetes se ocupan ya de su trabajo, y Han Garid nos precede. ¡Vamos a Labrang, a destruir para siempre la fuerza del
bien de los que se llaman a sí mismos los Elegidos! Así ya no
impedirán que el chico mortal me dé el nombre que necesito.*

—Sí, mi señor —contestó Corhanuk, obediente—. ¿Qué
quieres que hagamos con el gigante y con los mortales a los
que protege?

*Ésa es tarea para Beshbaliq, que me ha servido bien: ¡má-
talos a todos excepto al muchacho mortal! Quédate aquí con
él, Beshbaliq, hasta que regrese con Han Garid. ¡Te ordeno
que lo mantengas a salvo! Después de nuestra victoria, los
Cuatro Jinetes y la horda de dragones saldrán al mundo. De
ese modo se habrá cumplido la segunda condición, y entonces,*

por fin, estaré preparado para la unión mental. Custodia bien al muchacho, y a mi regreso, el reino del inframundo será tuyo para que lo gobiernes.

Beshbaliq hizo una profunda reverencia; su expresión era de malicioso regocijo por haber sido seleccionado por su amo para aquella tarea.

Las formas semejantes a espectros se retorcieron y giraron muy deprisa alrededor de todos los presentes; resonó entonces el ruido de un millar de alas de dragón batiendo el aire, y la figura grotesca, fantasmal, de un dragón enorme fue tomando forma y se hizo tan grande que ni siquiera los cavernosos límites del infierno podían contenerla.

—¡*Vamos, Corhanuk, las fuerzas del bien aguardan su destino fatal...!*

La voz de la Sombra rodeó y retumbó alrededor de los prisioneros. Corhanuk ocupó su sitio en la masa arremolinada; la proyección de la Sombra batió las alas enormes, y con un penetrante chillido de triunfo, voló hacia la grieta abierta en la montaña.

Beshbaliq siguió con la mirada la partida de sus amos, y después se encaminó hacia Lianxang, Cetu y Guan Di, que yacían indefensos junto a las colosales puertas. Impaciente, crispaba la mano sobre la lanza que blandía, la misma que Corhanuk había utilizado para matar al Monje Guardián. Una mueca cruel le desfiguró el semblante, que se le convirtió en una máscara diabólica.

437

Capítulo 46

La promesa del Espíritu del Jade

An Lushan cruzó la vacía vastedad de la corte del Rey Carmesí hacia donde se hallaban sus próximas víctimas. Los lamentos de los condenados habían cesado, y sólo se oía alguna que otra vez el fragor de las llamas al borde del abismo y a lo largo de las orillas del río que avanzaba sinuoso a través del reino desolado y sulfuroso del inframundo.

—¡Déjalos! —gritó Rokshan, pero su hermano no le hizo el menor caso, y, plantándose delante de Lianxang, le apoyó la lanza en la garganta. Cetu yacía inconsciente; la vida se le escapaba por la hemorragia.

Guan Di forcejeaba y tiraba de las cadenas, pero éstas, que habían retenido al Rey Carmesí durante eones, eran demasiado fuertes.

—Huye, muchacho mortal… No puedo salvarte. ¡Huye! —bramó el gigante. El grito distrajo a An Lushan, que se giró para mirar a Rokshan cuando éste volvió a gritarle, ahora a sólo veinte o treinta pasos de distancia.

Rokshan fue el primero en oírlo: un sonido apagado, rítmico, tan leve que parecía el roce de las cerdas endurecidas de un pincel sobre el papel… Había en ese sonido una nota cortante, cristalina, que el joven creyó reconocer.

«El Espíritu del Jade… —susurró para sí al tiempo que se frenaba de golpe—. Ha cumplido su palabra, ha enviado a sus guerreros…»

—¡Lianxang, Guan Di, el ejército de jade viene hacia aquí! —les advirtió el muchacho, aliviado.

An Lushan giró sobre sí mismo dando un gruñido que dio paso a una exclamación de pasmo cuando una andanada de flechas de jade, afiladas como agujas, se le clavaron en el pecho. Se tambaleó hacia atrás y chocó con las puertas abiertas antes de caer de rodillas.

Rokshan no tardó más que unos instantes en llegar junto a él. Cuando se arrodillaba a su lado, An Lushan tosió y expulsó una bocanada de sangre. Aferrando inútilmente las flechas letales, cerró los ojos con una mueca de dolor.

—An'an... Soy yo, Rokshan.

An Lushan parpadeó un instante y movió los labios, pero no emitió ningún sonido.

—Tenemos que trasladarte para que no estés tan cerca del abismo. —El calor se estaba haciendo insoportable; a sólo unos pasos, las llamas lamían con avidez el borde de la cornisa.

An Lushan vomitó sangre y gritó de dolor en la agonía de la muerte. Rokshan trató de mover a su hermano, pero An'an, extraviada la mirada, le asió el brazo.

—No me soltará. Yo... Jamás dejará de perseguirme.

La expresión torturada de su hermano, mientras la vida se le escapaba, era más de lo que Rokshan era capaz de soportar. De tal manera que, arrasados los ojos en lágrimas, inclinó la cabeza al comprender que poco podía hacer para ayudarlo en la agonía de los últimos instantes.

—He de liberar mi espíritu... —susurró An Lushan, que soltó el brazo de Rokshan. Gimiendo de dolor y esquivando la mano extendida de su hermano, que intentó en vano sujetarlo, rodó sobre sí mismo hacia el borde del abismo.

—¡An'an, no, no! —exclamó Rokshan, que se vio obligado a retroceder repelido por el calor intensísimo de las llamas; en su angustia tropezó con las puertas del infierno, deshecho en lágrimas. Había querido muchísimo a An Lushan, y lo asaltó la rabia por la injusticia de su destino infausto. Empujado por el dolor y la ira, golpeó las puertas y lanzó un grito de desafío—: ¡Vengaré la muerte de mi hermano, aunque me lleve vidas hacerlo! ¡Óyeme bien, mi señor, la Sombra! —espetó las últimas palabras con desprecio.

439

El ruido de las pisadas de los guerreros de jade se hizo ensordecedor y resonó en las paredes cavernosas conforme se aproximaban filas y filas de ellos hasta perderse en la distancia; eran muchos más de los que Rokshan y sus compañeros vieron en el reino del Espíritu del Jade.

El muchacho sintió un tenue destello de esperanza mientras cortaba las cuerdas que ataban a Lianxang.

—¿Cuántos son? —preguntó la joven, todavía espantada a causa del fin de An Lushan.

—¡Centenares! Pronto estaremos libres.

—Deprisa, ocupémonos de Cetu. —La joven se frotó las muñecas—. No le queda mucho tiempo…

—Diles a los guerreros de jade que me liberen —apremió Guan Di a Rokshan, que se había inclinado sobre Cetu—. Tengo un elixir para el anciano, pero también va a hacer falta el poder curativo esencial del jade.

Lianxang acunó la cabeza del maestro del Método, que respiraba con jadeos cortos; la tez del anciano tenía el tinte grisáceo propio de hallarse a las puertas de la muerte.

El jefe de la primera cohorte se acercó donde estaban agrupados alrededor de Guan Di, y se presentó:

—Soy Jax. El ejército de guerreros de jade está a tus órdenes.

Se llevó al pecho el puño enfundado en el guantelete con un fuerte repique, pero en cambio la voz que sonó tras la máscara era sorprendentemente suave, y al hablar, brillaron finos haces de luz a través de las rendijas por las que se le veían los ojos; su talla superaba la media humana en una cabeza, y lucía una máscara idéntica a la de su señor, el Espíritu del Jade; la armadura —de jade, naturalmente— tendría que haberlo doblado debido a su peso, pero él la llevaba como si fuera una gasa sutil; las pesadas botas, del mismo material, le llegaban a las rodillas y la espada estaba tan afilada que la punta era como la de una aguja; colgado a la espalda, portaba un arco enorme, así como una aljaba llena de flechas.

—¡Dile a tus hombres que liberen al gigante de las ataduras, deprisa! —lo apremió Rokshan.

Jax hizo una señal a sus guerreros para que lo ayudaran, y poco después habían cortado el amasijo de cuerdas y cadenas.

Retirando a un lado la enorme capa roja, Guan Di sacó un odre de los que se utilizan para llenar de agua, se arrodilló junto a Cetu y vertió un líquido plateado encima del profundo tajo del muslo. Con una especie de siseo, el líquido se mezcló con la sangre y la carne, y cerró la herida. Después le pasó el recipiente a Jax, quien añadió en él unas cuantas gotas del pequeño frasco de jade que llevaba colgando del cinturón que le sujetaba la espada, tras lo cual el gigante puso el odre en los labios de Cetu.

El maestro del Método tosió y farfulló, y después parpadeó y abrió los ojos; el color le había vuelto a la cara. Estiró la pierna con muchas precauciones y la flexionó varias veces con una expresión mezcla de absoluta incredulidad y alegría.

—Quienesquiera que seáis, os debo la vida —susurró—. Estará a vuestra disposición si alguna vez la pedís.

—Guan Di y Jax recordarán lo que has dicho, Jinete. —El gigante soltó una risa profunda, cavernosa, como si le saliera de las entrañas—. Bien, ahora tenemos trabajo que hacer. —Estaba plantado con los brazos en jarras y supervisaba a los guerreros—. De modo que el Espíritu del Jade confirma su arrepentimiento y nos ha enviado a sus guerreros... Éstos son como el preciado material que protegen, Rokshan: imperecederos e insensibles al fuego; lanzas y flechas les rebotan inofensivas y las espadas se quiebran contra sus cuerpos, duros como rocas. ¡Con ellos de nuestra parte seremos indestructibles!

Jax inclinó la cabeza en un gesto de aprobación, y dijo:

—Mi señor sabía que Corhanuk se proponía soltar a los Cuatro Jinetes, pero por lo que respecta a la invocación de la proyección oscura de la Sombra... —Los verdes ojos de Jax centellearon—. Con eso no contaba. Ignoro cómo podrá detenerse al Sin Nombre a partir de ahora —musitó—. Porque si volviera a ser de carne y hueso... —Y dejó en suspenso la frase.

—Sería el fin de todas las cosas —la acabó en su lugar Guan Di—. No existe fuerza mortal que logre poner freno a los Cuatro Jinetes dirigidos por el Sin Nombre. En cuanto a la horda de dragones... Bueno, al fuego se lo combate con fuego.

—Puede que los dragones sigan ahora a los Jinetes —lo interrumpió Jax alzando la mano—, pero mi señor sabe a través

441

de las serenadhi que, después de siglos de llevar a cabo uniones mentales, los caballos-dragón han cambiado. Los dragones siguen a Han Garid y lo obedecen a él, pero no a los Cuatro Jinetes, porque Han Garid conserva el recuerdo de su vida como Observador de Estrellas y como todos los señores de los caballos que lo precedieron. Nuestra esperanza recae en Rokshan, el muchacho mortal. Mi señor dijo: «Tiene que llegar al alma de Han Garid y entrar en contacto con esa parte de él, que aún pertenece al señor de los caballos, para que ponga a los dragones en contra del maligno».

—Por lo tanto he de hablar con Observador de Estrellas —musitó Rokshan—, o, al menos, a esa esencia interior suya que continúa existiendo en Han Garid. Todavía mantengo un vínculo con el señor de los caballos, estoy seguro de ello, puesto que a través de él ya he sentido la furia de los dragones. —Hizo una pausa y se estremeció al recordarlo, pero enseguida se armó de valor, y añadió—: Si he percibido esa sensación, ha de haber algún modo de llegar al espíritu de Observador de Estrellas por muy en el fondo de Han Garid que esté oculto. En estos momentos lo esencial es la rapidez, y esa cualidad me fue otorgada como un don, aunque no de la manera que necesitamos ahora.

442

—¿A qué te refieres? —preguntó Lianxang.

—Sí, veréis... La Sombra ha de unirse mentalmente con el señor de los dragones del trueno para recuperar el nombre con el que completará el mandamiento divino. —Rokshan hablaba deprisa, como si temiera que la idea se le escapara—. Sabemos que se propone hacerlo a través de mí, pero no me obligará a intentarlo antes de que haya eliminado cualquier amenaza que las fuerzas del bien pudieran plantear al éxito de la unión. La Sombra elegirá el momento y el lugar... Salvo que la obliguemos a actuar —dijo Rokshan, excitado—, e intente establecer la unión a través de mí aunque no esté preparado del todo, ni se haya cumplido todavía la segunda condición, es decir, que el mal esté extendido por todas partes. ¿Os dais cuenta? Debemos asegurarnos de que quede algo bueno en el mundo. ¡Tengo que ir a Labrang y desafiar a la Sombra antes de que esté todo perdido! En el caso de no se haya cumplido aún la segunda condición, es posible que pueda resistirme al Sin Nombre si logro conectar con esa chispa de Observador de Estrellas para que se una a mí, y me ayude a aguantar firme contra él.

Aunque habló con claridad, en el fondo Rokshan estaba aterrado por el desafío que se había lanzado a sí mismo. Lo que iba a intentar debía de estar fuera del alcance de cualquier ser humano, sin duda. Y si fracasaba…

—En ese caso todavía hay esperanza, mi joven amigo. —Todos se volvieron al oír hablar a Cetu; Lianxang lo ayudó a levantarse—. No conozco a nadie más que se haya unido mentalmente tan pronto y de una manera tan absoluta con el señor de los caballos. Mi alumno es un digno paladín. ¡No nos defraudarás, Rokshan! Sin embargo, ¿cómo llegaremos hasta Han Garid a tiempo?

—Dirigirá a su horda contra los Elegidos y las fuerzas del bien —intervino Jax—. Pero me temo que ya es tarde. Los dragones vuelan detrás de los Jinetes, y para ellos la distancia carece de significado. Todos —Corhanuk, los Cuatro Jinetes y los demonios espectrales— llegarán a Labrang en cualquier momento, incluso puede que ya estén allí.

—Lo que dice Jax es cierto —retumbó Guan Di—. Las fuerzas del bien se han agrupado y se enfrentan solas a la multitud de legiones de la oscuridad. Hemos de lograr que se retrasen, porque todo el tiempo que se gane será una ayuda para que Rokshan haga lo que debe. Su plan, ofreciéndose como cebo para tender una trampa al Sin Nombre, es digno de la rapidez y la astucia de la liebre… La presencia del chico en Labrang es lo que menos podría imaginarse el Sin Nombre.

—Pero Jax ha dicho que ya es demasiado tarde, maestro gigante —argumentó Cetu con cierta impaciencia.

Guan Di lo miró con el entrecejo fruncido, como reprobándolo, y exclamó:

—¡Animaos, mortales! Hay un modo de intentarlo, si el Espíritu de los Cuatro Vientos responde a mi llamada. ¡Venid! Hemos de llegar cuanto antes a la grieta de la ladera.

Jax dio la señal, y todos se pusieron en marcha junto con los guerreros siguiendo el curso del río del inframundo al paso marcado por el ejército de jade.

Lo que desde lo lejos les parecía una grieta pequeña, de cerca resultó ser una hendidura enorme a través de la cual el vien-

443

to aullaba y gemía. Guan Di les dijo que lo esperaran allí, y él subió por el descomunal montón de rocas. Trepó y trepó hasta llegar al borde de la grieta, y, con la distancia, se convirtió en una pequeña figura que se perfilaba contra la negrura del cielo mientras la capa le revoloteaba alrededor.

—¡Espíritu de los Cuatro Vientos, óyeme! ¡Guan Di, dios guerrero, amigo y aliado de Chu Jung en la remota guerra contra los dragones, requiere tu ayuda! ¡Búscanos en la frontera del inframundo, donde una vez más necesitamos tus alas invisibles para que nos transporten hasta la batalla contra las fuerzas redivivas del mal! Respóndeme, en nombre del Señor de la Sabiduría que te insufló vida en el principio de los tiempos, y muéstrate, para que te vean los mortales a los que protejo.

El gigante permaneció de pie con la cabeza inclinada. En los estanques sulfurosos que tenían detrás, las llamas titilaron y lamieron con ansia los muros cavernosos, como si estallaran en forma de surtidores de fuego. Los humanos miraron en derredor, inquietos; los guerreros de jade permanecieron en silencio, impasibles tras sus máscaras.

El gemido del viento aumentó de intensidad hasta convertirse en un ruido estruendoso. Guan Di extendió los brazos y los rotó; de manera gradual, Rokshan distinguió las formas borrosas de dos columnas de viento racheado que giraron sobre sí mismas, lentamente al principio, pero cada vez más deprisa hasta dar vueltas como dos peonzas colosales.

El gigante las atrajo hacia sí y se balanceó sobre los pies, mientras ambos remolinos, semejantes a dos altísimos tornados que se retorcían y rielaban, se abrían paso embravecidos a través de la gran grieta de la ladera de la montaña, y descendían hacia los mortales y los guerreros que aguardaban.

—Entrad en las columnas —instruyó Guan Di a gritos, aunque apenas se le oyó.

Los guerreros de jade marchaban ya en fila de a dos hacia una de ellas. Rokshan asió a Lianxang de la mano, y penetraron en el lechoso vórtice de la otra, mientras que Cetu fue corriendo tras ellos.

Tan pronto como entró en la columna giratoria, Rokshan sintió que una fuerza lo lanzaba por un túnel hacia un puntito minúsculo de luz. Con la sensación de caer más y más deprisa

444

hacia ese punto, oyó que Lianxang gritaba algo, pero el viento se llevó las palabras de la joven. Apretó los ojos para aguantar el vapuleo y el estruendo en la cabeza, y sintió que se deslizaba por un vacío…

Unos instantes o unas horas después (no habrían sabido decir si se trataba de lo primero o de lo segundo) volvieron en sí sintiendo frío y apretujados unos contra otros. Pálidos haces sonrosados anunciaban el nuevo día, y con las primeras luces del alba, el grito penetrante de un halcón rompió el silencio de la noche agonizante, y la rapaz inició la caza.

Rokshan casi chilló de alivio cuando reconoció las grandes murallas de piedra arenisca de la ciudadela del monasterio de Labrang, al abrigo de las estribaciones de las montañas de Hami. Los cinco conjuntos de murallas reflejaban los rayos del sol naciente con un fulgor rosado.

Lianxang se puso en pie a trompicones y contempló extasiada la impresionante construcción.

—Sarangerel me hablaba a menudo de este lugar —musitó—. Me dijo que algún día vendría aquí cuando fuera tejedora de sortilegios…

—Y aquí estás ahora —retumbó la voz de Guan Di, que se acercaba para reunirse con ellos—, quizás antes de tiempo, pero aún así es apropiado que seas la representante del pueblo de los darhad en la batalla que se avecina.

En aquel instante sonó el colosal gong de bronce del monasterio; era un toque hondo, lúgubre.

—¡Es una llamada a las armas! Venid, hemos de prepararnos para la batalla —atronó Guan Di, y echó a correr hacia la ciudadela.

445

Capítulo 47

La última batalla en Labrang

Sonó un cuerno, y centenares de monjes guerreros, tocados con turbante y vestidos con largas túnicas azafranadas, salieron en tropel por las puertas de las murallas a la par que jaleaban con entusiasmo al ver al ejército de jade y a Guan Di.

El abad en persona salió a recibirlos.

—Venerable abad —Rokshan lo saludó inclinando la cabeza—, traigo a Guan Di y a los guerreros de jade que apoyan nuestra causa y nos ayudarán a defender la ciudadela. ¡El gigante me ha informado de que los guerreros son insensibles al fuego de los dragones, y su apoyo será inquebrantable!

—Te has convertido en un Jinete, Rokshan de Maracanda. Muy adecuado, ya que ahora hemos de prepararnos para la batalla —contestó el abad evaluándolo con la mirada.

—Éste es Cetu, venerable abad; maestro del Método del Caballo, mi guía y amigo.

Cetu ofreció el saludo de los Jinetes, muy orgulloso.

—Tenemos mucho que agradecerle, maestro del Método. —El abad hizo una profunda reverencia—. Y también tenemos mucho de qué hablar. Pero en este mismo momento los Cuatro Jinetes andan sueltos por el mundo y enfrentan a los hombres, sumergidos en la locura y el terror. La capital imperial ha quedado reducida a ruinas humeantes, destruida por el fuego dragontino, y ahora la horda de dragones viene hacia aquí. —Se volvió hacia Guan Di e hizo otra reverencia—. No tengo palabras que expresen el agradecimiento que sentimos por tenerte aquí, poderoso señor…

El gigante respondió a la bienvenida con una reverencia exagerada.

—Estoy a tus órdenes, si así lo desea quien me llamó… —Señaló con la cabeza a Rokshan, que dio su aprobación en voz queda, avergonzado por semejante deferencia.

El abad se volvió entonces hacia Jax, y de nuevo saludó con una reverencia.

—Tu señor, el Espíritu del Jade, es muy generoso al prescindir de tantos guerreros. Agradecemos humildemente vuestro apoyo, poderoso Jax. ¡Jamás imaginé que vería caminar entre nosotros a los legendarios soldados del reino del Espíritu del Jade!

Jax golpeó el puño contra el pecho como saludo, y se alejó para ordenar a sus fuerzas que tomaran posiciones alrededor de las murallas.

Por último el abad observó a Lianxang, que le sostuvo la mirada con dignidad.

—La nieta de la tejedora de sortilegios… Me siento honrado. Tu espíritu-ave nos ha prestado un gran servicio, muchacha. Y ahora, a las armas… Nos queda poco tiempo. ¡Los dragones se acercan! El espíritu-ave de Lianxang nos ha dicho que caerán sobre nosotros antes que los Cuatro Jinetes, los cuales esperan la llegada de su amo. Y cada instante que la Sombra pasa fuera de los confines del inframundo, su poder crece.

—He de unirme mentalmente a Han Garid para fraguar un vínculo con Observador de Estrellas —informó Rokshan al abad—, y a través de él, poner a los dragones en contra de las fuerzas de la Sombra. Han Garid sigue siendo señor de sí mismo, de igual modo que Observador de Estrellas no servía a nadie… El Sin Nombre quizá no sea tan consciente como nosotros de este detalle, así que si consigo contactar con el señor de los caballos, es posible que podamos controlar a los dragones y utilizar su poder para ayudarnos a derrotar la maldad que se avecina. Y el hecho de que yo me encuentre aquí pillará desprevenido a la Sombra, sobre todo cuando lo desafíe antes de que se haya cumplido la segunda condición para su liberación.

—¿Que vas a unirte mentalmente con el señor de los dragones del trueno, nada menos? —El abad estaba estupefacto—. ¿Y de qué se trata la segunda condición? No sabemos nada de eso, excepto que el Sin Nombre no debe saber jamás las palabras del mandamiento divino.

—He descubierto muchas cosas, venerable abad, como, por ejemplo, que las maniobras mediatizadoras de Corhanuk a lo largo de las eras siempre han tenido el mismo propósito: que se cumplan esas condiciones que el Señor de la Sabiduría, en su sapiencia, estableció para frustrar las ambiciones de la Sombra. Y la forma en que se cumplirán…

—Deberás explicarnos esas condiciones, a mí y a tus compañeros Elegidos, en un momento más tranquilo, hijo mío, porque es evidente que tenemos mucho que aprender de ti —dijo con sumo respeto el abad, que se inclinó humildemente ante su novicio de antaño—. Lianxang —dijo entonces dirigiéndose a la tejedora de sortilegios en ciernes—, debes ayudar a Rokshan; las tradiciones de los darhad y sus espíritus-ave sólo las conoces tú. ¡Utiliza tus dones! La victoria puede depender de ello.

—En nombre del pueblo de los darhad, me pongo a su servicio, venerable abad.

—Que el Señor de la Sabiduría esté con vosotros y que Kuan Yin, diosa de la misericordia, nos bendiga a todos —deseó el abad, y se alejó con rapidez para ocuparse de la defensa de la ciudadela.

Cetu dijo que necesitaba descansar porque la pierna le dolía aún, de modo que dejó solos a Rokshan y Lianxang. Ambos subieron a las murallas, que bullían de actividad con los preparativos de última hora. Los monjes guerreros corrían en tropel hacia sus puestos, o comprobaban las provisiones de flechas y lanzas, o afilaban espadas, echando sin cesar ojeadas anhelantes hacia las llanuras y las zonas altas de las estribaciones. Algunos de ellos llevaban armaduras ligeras encima de las túnicas azafranadas; otros portaban bastones con regatones de oro —un arma tradicional— aunque Rokshan se preguntó de qué les servirían contra los seres del infierno. No obstante, respondió a sus gritos de bienvenida y de ánimo mientras pasaban presurosos a su lado. Los guerreros de jade estaban en sus puestos, inmóviles y silenciosos, esperando órdenes de Jax, que recorría las posiciones y comprobaba si todo estaba listo.

Al llegar a la muralla más alta, unos monjes muy jóvenes, cargados con armas sobrantes, se detuvieron para mirarlos. Uno de ellos soltó con gran estrépito la brazada de lanzas que transportaba, y se acercó tímidamente a los dos amigos. Rokshan lo reconoció como el novicio que le había enseñado el monasterio en su primera visita.

Hizo todo lo posible para responder a las preguntas inquisitivas de su joven guía, mientras seguían subiendo hasta el punto más alto de la última muralla, desde donde se divisaban las llanuras sin ningún impedimento.

El monje miraba boquiabierto a los guerreros de jade, que ahora ocupaban hasta el último hueco disponible.

—¿Hablan esos guerreros? —susurró, con los ojos abiertos como platos—. ¿Sabe Shou Lao que están aquí?

—¿Shou Lao, has dicho? ¿Acaso se encuentra en el monasterio? —Rokshan estaba sorprendido, pero sintió renacer la esperanza ante aquella noticia—. Lo último que supe de él era que viajaba por los cuatro puntos cardinales del mundo para advertir a todos los pueblos que tuvieran muy presente su advertencia.

—Bueno, pues ahora está aquí —le aseguró el joven monje.

En ese preciso momento el gong dejó de sonar, y se oyó la llamada de los cuernos, notas apremiantes de alarma que pasaron de muralla en muralla para después enmudecer. Era un día claro de invierno, despejado de nubes, y un viento suave soplaba contra las murallas.

—¡Allí, mirad! —Lianxang señalaba hacia el oeste, donde una mancha oscura había aparecido en el horizonte y avanzaba a gran velocidad.

En la llanura, los restantes guerreros de jade estaban situados en una formación de cuatro cuñas que semejaba una estrella, en cuyo interior se habían apostado unidades de monjes guerreros con los arcos dispuestos, formando un cerco defensivo interno. Rokshan observó con mayor atención a la figura menuda que estaba al lado del abad, cuyo complejo tocado era fácilmente reconocible, y comprendió sobresaltado que no podía ser otro que Shou Lao.

Por su parte, Guan Di preparaba lo que parecía una red enorme; la doblaba una y otra vez y después la lanzaba hacia arriba. La fue lanzando más y más alto hasta dar la impresión

449

de que iba a desaparecer. Un hacha inmensa le colgaba del cinturón, junto con una honda; en el suelo, a su lado, había un montón de piedras muy grandes.

—Escucha… —susurró Lianxang.

Pero Rokshan ya había notado la furia contenida de los dragones en oleadas de poder oscuro, atronador, entreveradas con rojos intensos y púrpuras que lo golpeaban en la cabeza como un redoble de tambor que no fuera a parar nunca; era consciente de que debía intentar arrojarlo de la mente o lo volvería loco.

El sostenido tamborileo siguió haciéndose más intenso hasta que sonó como el zarandeo de un tifón, y cuando oyeron los gritos chirriantes de los dragones por primera vez, se llevaron las manos a los oídos. Volando a una velocidad pasmosa y preparándose para descender en picado sobre los guerreros de jade situados en la llanura, se acercaban doscientos dragones o más en grupos de dos y tres. Conforme se aproximaban, dio la impresión de que el cielo se saturaba de un conjunto de resplandecientes esmeraldas y de rutilantes azules y verdes, salpicado de grandes gotas anaranjadas en el momento en que empezaron a lanzar chorros de fuego que crepitaban y rugían en el cielo. De pronto los dragones que encabezaban el grupo pegaron las alas al cuerpo, y se zambulleron como lanzas hacia sus blancos, al mismo tiempo que los rugidos se convertían en un chillido continuo.

A una, los guerreros de jade tensaron los arcos y encajaron las flechas. Dentro de la formación, los monjes guerreros hicieron otro tanto.

—¡No disparéis aún! —retumbó el vozarrón de Guan Di mientras volteaba muy deprisa la honda por encima de la cabeza, hasta que dejó de verse; entonces, con un sonido silbante, soltó una piedra, el doble de grande que la cabeza de un hombre; surcó el aire con la velocidad de una bala de cañón, y alcanzó a uno de los dragones con un golpe seco que sonó a crujido de huesos.

Aturdido momentáneamente, el dragón cayó en picado, pero por fin batió con un gran esfuerzo las grandes alas para evitar el descenso. En silencio, los guerreros de jade soltaron una andanada de flechas; quinientas dieron en el blanco. Un terrible chillido de dolor y de rabia restalló en el aire cuando los dragones se zambulleron de nuevo lanzando descargas de fuego a la formación implacable de guerreros de jade, que siguieron disparando las mortíferas andanadas de flechas. El enorme tamaño y la potencia de los dragones los ayudaron a soportar los mortíferos proyectiles, pero con el tiempo acabarían por sucumbir a las flechas.

Mas ¿dónde estaba Han Garid? Rokshan no lo veía por ningún sitio. Era fácil identificar al inmenso señor de los dragones del trueno; además, él habría percibido su aproximación mucho antes de verlo. Escrutó el cielo con ansiedad, pero no sentía su presencia.

Guan Di producía una especie de zumbido al girar la honda y lanzar piedra tras piedra, pero esa acción no era suficiente para derribar siquiera a un dragón. Las bestias arrojaban una y otra vez descargas de fuego dirigidas contra el gigante, aunque, al igual que los guerreros de jade, él era insensible a las llamas.

Sin embargo, una o dos descargas consiguieron superar la barrera de las flechas de los guerreros de jade; oír los gritos de dolor de los valerosos monjes guerreros al consumirlos los chorros de fuego de los dragones fue espantoso. Implacables, los guerreros de jade aumentaron la velocidad de la lluvia de flechas, de manera que el aire zumbaba al salir disparadas centenares de ellas.

451

La táctica surtió efecto por fin y forzó la retirada de los dragones, los cuales, avisándose entre ellos mediante una serie de chillidos, los sobrevolaron en círculo, fuera del alcance de las flechas. Esta maniobra duró unos segundos, pero luego ascendieron cada vez más hasta quedar reducidos a motas negras en el cielo, y los gritos dejaron de oírse.

Pero entre el coro de vítores que salieron de las murallas, Rokshan creyó captar el fragmento de un sonido que identificó: una espantosa mezcla de relincho y gruñido, y lo que era peor, percibió las corrientes aterradoras de maldad concentrada.

—¡Rokshan, los Cuatro Jinetes! —Lianxang le asió el brazo—. ¡Vienen hacia aquí!

—¿Qué es eso? —preguntó el joven monje, desorbitados los ojos por el terror, pues también percibía algo siniestro.

—¡Tapaos los oídos¡ ¡Cerrad los ojos y no los abráis! ¡Acurrucaos!

Corriendo a lo largo de la muralla, Rokshan repitió las instrucciones para que se protegieran todos. Bajaba hacia la cuarta muralla cuando algunos de los monjes guerreros enloquecieron de miedo y se lanzaron contra los implacables guerreros de jade; muchos se arrojaron murallas abajo en tanto que otros se quedaba paralizados y lloraban desconsoladamente, perdida por completo la razón.

Las corrientes de maldad eran cada vez más y más potentes, y poco después chocaban contra las murallas de piedra. Los gritos que se alzaron de las almenas se convirtieron en un sonido creciente como Rokshan no había oído en su vida.

Para entonces se encontraba ya en la tercera muralla, asomado a la llanura para gritarle a Shou Lao, al abad y a Guan Di que los ayudaran antes de que todos se volvieran locos. Percibía a los Cuatro Jinetes cada vez más cercanos, pero no se los veía todavía.

De repente, sobrepasando alaridos y gemidos, creyó oír otro sonido apagado, lejano; la voz suave y armoniosa le resonó en la mente y le heló el alma.

Se maldijo por no haberse dado cuenta de que la proyección oscura de la Sombra se acercaba detrás de los Cuatro Jinetes, sirviéndose de sus criaturas para ocultarse, y de ese modo canalizar todo su poder contra Han Garid y hacerlo suyo para siempre, tan pronto como la fuerza oponente de los Elegidos quedara reducida a polvo.

Pero Rokshan se recordó a sí mismo que la Sombra no contaba con que el espíritu de Observador de Estrellas continuaba alentando en el corazón de la monstruosa criatura, cosa que él sí sabía; ése era el error garrafal en los planes de la Sombra, fraguados con tanto esmero. Y no sólo eso, sino también el hecho de que él, Rokshan, estuviera allí para desafiar al Sin Nombre anticipándose a los acontecimientos. El nudo de miedo que notaba en el estómago desapareció al iluminársele el alma con un rayo de esperanza, pues el «oído» del corazón captó fragmentos de un cántico, como si lo conociera de toda la vida.

Se aferró mentalmente al recuerdo, y reconoció el canto que las serenadhi entonaron en su día, el mismo que se repitió a lo largo de generaciones de cantoras de caballos, el que ellas le guardaron en el corazón… Y comprendió que debía regresar a la quinta muralla porque Observador de Estrellas estaba en camino y lo llamaba.

Capítulo 48

Muerte y renacimiento

De vuelta a toda carrera, Rokshan notó otra oleada de maldad arremetiendo contra la ciudadela. En el horizonte aparecieron cuatro figuras inmensas a la vanguardia del nuevo ataque.

Pero ¿dónde se hallaba Han Garid? Estaba tan convencido de haber oído la llamada del espíritu de Observador de Estrellas... Con creciente pánico, miró hacia la llanura, y allí vio al abad y a Shou Lao, ambos arrodillados. Pero en ese momento el abad se puso de pie y describió un amplio arco con el bastón. Sorprendidísimo, Rokshan contempló cómo una cúpula titilante, que reunía todos los colores del arcoíris, crecía desde el suelo de manera gradual y cubría el círculo interior de la formación en forma de estrella. Shou Lao salió de ella y se reunió con Guan Di. Acto seguido, el gigante se agachó para recoger un poco de tierra; el abad y Shou Lao hicieron lo mismo, y a continuación los tres extendieron los brazos y dejaron caer la tierra entre los dedos.

Rokshan los oía a duras penas, pero le pareció que entonaban una invocación. Entonces oyó a la perfección la voz tonante de Guan Di pronunciando una llamada; era tan clara y potente que se propagó a través de la ciudadela, de las llanuras y de las zonas cubiertas de arbustos y maleza, hasta los Yermos de Arenas Rojas y la inmensidad desolada del desierto de Taklamakan:

—¡Espíritus de arena del desierto! ¡En nombre del Señor

de la Sabiduría, yo, Guan Di, os reclamo desde la ciudadela del monasterio de Labrang! ¡Venid, señores de la tormenta, y desatad vuestra furia contra las legiones del infierno!

Rokshan se quedó mirando en silencio, estupefacto. El viento, que había sido poco más que una brisa ligera durante toda la mañana, se levantó y formó remolinos de polvo a todo lo ancho de las murallas de la ciudadela, de tal manera que sopló y las azotó con violencia hasta convertirse en un aullido de acompañamiento al ruido de la tormenta que se avecinaba.

Porque, desde el oeste, una inmensa cortina de arena viajaba con la rapidez de un caballo a galope; era el doble de alta que la muralla más encumbrada de Labrang e igual de ancha, y llevaba un rumbo de colisión contra los Cuatro Jinetes. Tan impetuosa era que Rokshan sintió retroceder las oleadas de maldad que se habían estrellado contra la ciudadela, empujadas por el muro de arena.

—¡Mira, mira! —señaló Rokshan con entusiasmo cuando Lianxang se reunió con él—. En lo alto del muro de arena, hay unas pequeñas figuras en movimiento… Parece como si blandieran látigos y azotaran la propia arena.

A la orden combinada de Guan Di y Shou Lao, el muro arenoso y el viento aullador se detuvieron con brusquedad delante de la formación de guerreros de jade, como una cortina colosal que ondeara y cayera en cascada, pero inmóvil. El gigante se inclinó y recogió la red, le dio vueltas por encima de la cabeza y después la lanzó hacia el cielo de manera que se integró con la tormenta de arena y se hinchó como una vela colosal. El gigante se debatió para controlarla, y entonces se le unieron cientos de guerreros de jade.

—¡Van a usarla como una red para derribarlos! —exclamó a gritos Rokshan.

A todo esto, dos de los Cuatro Jinetes viraron y ascendieron de súbito, pero los dos que iban delante, uno de ellos llevando al Rey Carmesí a horcajadas, entraron derechos en la masa arremolinada y brumosa. Guan Di lanzó un grito de triunfo y tiró de la red de arena hacia el suelo, e hizo una seña a los guerreros de jade para que hicieran lo mismo.

Tanto el Rey Carmesí como los dos Jinetes atrapados que estaban a su cargo se debatieron con vehemencia, pero habían

454

quedado enredados por completo; los espíritus de arena se ocuparon de que no hubiera modo de escapar al enrollar una y otra vez la red. El impacto de los Jinetes al caer hizo temblar el suelo, y al momento los rodearon los guerreros de jade que empuñaban los arcos, ya prestos para disparar.

El vítor ronco que se alzó en las murallas de la ciudadela cesó de sopetón cuando, a todo lo ancho del horizonte, el cielo se fue oscureciendo.

—Es... está anocheciendo —balbució el monje joven, que no había querido separarse de Rokshan—. Pero si es la noche ¿dónde están las estrellas y la luna?

—No es la noche, amigo mío —musitó despacio Rokshan—. Lianxang ¿estás preparada?

La joven asintió con la cabeza, fija la mirada en algo que sólo ella podía ver. Rokshan escudriñó la oscuridad que avanzaba; entonces, justo delante de esa mancha tenebrosa en movimiento, que parecía engullir el cielo, divisó una figura conocida que se zambullía y hacia acrobacias en el aire delante de un ser mucho más grande y más lento.

455

—Usa tu vista de águila, y dime: ¿Es lo que creo que es? —la apremió.

Lianxang se encaramó a las almenas y lanzó el grito agudo de su espíritu-ave.

—Sí, es mi águila. Y Han Garid también —respondió la joven, sombría—. El señor de los dragones del trueno ha reunido su horda de dragones para un asalto final contra nosotros, junto con los dos Jinetes restantes. Debe de estar ya bajo el dominio del Sin Nombre... ¿Es que su poder no tiene límites?

La oleada de oscuridad se precipitaba sobre ellos, y dentro de aquella negrura, se retorcían y enroscaban los espectros de formas cambiantes que creaban la proyección tenebrosa de la Sombra. En medio de ellos, Corhanuk trataba de agrupar a los dos Jinetes y a los dragones mediante el Báculo y el Talismán, pero las bestias percibían a su señor y esperaban sus órdenes.

Rokshan ya había percibido la amenaza y la furia contenida de los dragones, pero ahora, en medio de las oleadas de poder oscuro y atronador, el corazón le dio un vuelco al notar cómo un destello plateado, minúsculo y titilante que se difuminaba, como la cola ardiente de una estrella fugaz, le irradiaba la mente un instante y desaparecía.

Observador de Estrellas... ¡Ahora estaba seguro de que su espíritu trataba de contactar con él! Se subió de un salto a la muralla atraído por la imagen escalofriante pero majestuosa de Han Garid que volaba en cabeza de la negrura que engullía el cielo. Las inmensas alas batían el aire sin esfuerzo, y la alargada cabeza de reptil, provista de un cuerno, se movía con gracilidad de lado a lado para supervisarlo todo con la penetrante vista dragontina.

De repente lanzó un chillido ensordecedor de rabia y alarma, escupió un chorro de fuego y viró hacia un lado, mientras el espíritu-ave caía en picado delante de él, se elevaba y volvía a caer como una piedra en un intento valeroso de desviar a Han Garid y a sus dragones del ataque. Tan cerca del enorme dragón, el espíritu-ave parecía un gorrión... Sólo era cuestión de tiempo que la consumiera con fuego o que la alcanzara, sin más.

—Rokshan, he de estar con mi espíritu-ave —urgió Lianxang—, pero no sólo en mente y espíritu. Trata de entenderlo y no pienses mal de mí. Es la única forma; de otro modo no tendría éxito.

—¿Qué, qué dices? ¿A qué te refieres?

—Tienes que unirte mentalmente con Han Garid al mismo tiempo que lo hago yo con mi espíritu-ave. Impediré que se ponga al frente de la horda de dragones para atacarnos... Sólo durará unos instantes, pero quizá tengas tiempo suficiente. Has de hacerle caer en la trampa ofreciéndote de señuelo... ¡Ahora!

Sin más, la joven extendió los brazos y cerró los ojos con una expresión de profunda concentración en el bello rostro marcado por la cicatriz. Entonces, aún con los brazos extendidos, saltó de la muralla.

—¡Lianxang! —aulló Rokshan al tiempo que se abalanzaba hacia el parapeto de la muralla. Se asomó y la vio, petrificado de terror, caer en espiral hacia su muerte.

Justo en ese momento, en el cielo, dio la impresión de que el espíritu-ave crecía, y un repentino estallido de energía le iluminó las puntas de las alas en cuanto se situó de nuevo a la misma altura que el dragón. El señor de los dragones del trueno dio media vuelta en mitad del vuelo emitiendo otro penetrante rugido y lanzando una bocanada de fuego al águila; ésta hizo un alabeo para cambiar de dirección, y las llamas pasaron de largo mientras ella se lanzaba de nuevo al ataque, y con las afiladas garras, arrancaba trozos de carne del costado de Han Garid.

Rokshan observó la escena, frenético; no permitiría que el sacrificio de Lianxang fuera en vano, pero no veía colores mentales por los que penetrar, como tan a menudo practicó con Cetu y Brisa Susurrante.

—Vamos, Observador de Estrellas, por deferencia a Lianxang, muéstrate ante mí —susurró una y otra vez, como un mantra. Se dijo que si creía que sucedería en realidad, se obraría el milagro.

El águila todavía se tiró en picado muchas veces y viró alrededor de la enorme cabeza del dragón, lo hostigaba y le clavaba las uñas como una posesa, hasta que por fin obligó a Han Garid a girar tanto que se apartó de la ciudadela. Las hordas del dragón fueron tras él, pero no osaron lanzar el abrasador aliento contra el espíritu-ave, que continuaba volando muy cerca de Han Garid, rasgándole y picoteándole la cabeza y los ojos con el pico, afilado y curvo como una cimitarra.

De repente Rokshan se vio obligado a zambullirse detrás del parapeto cuando los dos Jinetes restantes se abalanzaron sobre la ciudadela irradiando corrientes que se estrellaron, una tras otra, en la quinta muralla. Ni siquiera los guerreros de jade podían aguantar semejante ataque; era tal la ferocidad del asalto que alcanzó el frágil núcleo de las criaturas de piedra y los rompió en mil pedazos.

—¡Observador de Estrellas! —chilló Rokshan al presenciar el fin de los guerreros de jade; iban a derrotarlos… Él había fracasado—. ¡Ven a mí! ¡Ven a mí! —demandó a voces una y otra vez.

En éstas, el corazón le dio un vuelco porque oyó una especie de tintineo melodioso, suave, pero se quedó petrificado al reconocer la voz de la Sombra.

¿Por qué te resistes, Rokshan? Han Garid es mío. La victoria está a nuestro alcance, y no me importa en absoluto por

457

*qué te encuentras en la ciudadela... Nuestra victoria está ase-
gurada, y dentro de poco, la humanidad se postrará ante mí y
me adorará. ¡Cuando me hayas ayudado a dominar a Han
Garid, únete a nosotros! Las riquezas del mundo serán tu-
yas... Cualesquiera poderes que desees te serán concedidos
para que los sumes a los que ya tienes. Únete a nosotros...*

Con un alarido, Rokshan se tambaleó contra el parapeto.
Los dos Jinetes pasaron planeando, y las alas inmensas rozaron
la parte alta de la ciudadela, que se quebró como si fuera de
cristal.

La voz de la Sombra siguió exhortándolo hasta que le resonó en la cabeza como la gran campana del templo. Pero al mismo tiempo que el clamor disminuía, los repiques le rompieron
como suaves olas en el confín de la mente, y lo inundó un gozoso júbilo cuando esas olas compusieron un canto que había
sabido desde siempre que volvería a él, y con creciente claridad,
captó el don que las serenadhi le concedieron.

«Rokshan, hemos tejido este canto en tu corazón y lo hemos guardado en los rincones más secretos y recónditos de tu
mente... Te ayudará a que los espíritus dragontinos te abran
su mente, pero ve con cuidado antes de cruzar esa puerta porque quizá no consigas encontrarla de nuevo hasta que se haya
cerrado, y entonces ya estará clausurada para siempre.»

El campanilleo de la voz de la Sombra se había transformado en el canto de generaciones de cantoras de caballos que ahora resonaba en la mente del muchacho. La melodía era la música más dulce que escucharía en su vida; ahora veía los colores
como un arcoíris centelleante, y a través de ellos, vislumbraba
una puerta que se abría lentamente. Oyó de nuevo la advertencia de las serenadhi, pero ahora sabía la respuesta: no importaba si volvía a encontrar la puerta o no, porque una vez
que la cruzara, no querría regresar.

Volvió a subirse al parapeto y dejó que la melodía se le des-
arrollara en la mente, hasta que la sintió estallar en un torrente de colores. Hilándola con los dedos, descubrió que la tejía
igual que había visto hacerlo a las cantoras de caballos, y se
concentró tanto que notó que entraba en trance; siguió tejien-
do los colores más y más hasta que se derramaron por las altas
murallas de piedra arenisca abajo, y cayeron en cascada sobre

la cúpula titilante para fortalecerla contra los incesantes ataques de los Jinetes.

Entonces dirigió el torrente arremolinado en un llameante arcoíris de colores a través del cielo oscurecido, donde el espíritu-ave de Lianxang no cejaba en su valeroso empeño de hostigar y atormentar al señor de los dragones del trueno. Los colores empaparon a Han Garid y lo rodearon, como si se tratara de una madeja reluciente que palpitaba al suave compás del *raga* del desierto de las serenadhi. A todo esto, el águila se elevó hacia el cielo, y su penetrante grito perforó la penumbra. Rokshan les dio las gracias de todo corazón a ella y a Lianxang, y rezó para que él hubiera intervenido en el momento oportuno.

El tiempo se había detenido, y el resquebrajado pero todavía entero Arco de Oscuridad invadió el inmenso e insondable vacío hasta unir un extremo del horizonte con el otro. La proyección de la Sombra enrolló los negros zarcillos alrededor de la madeja de colores que vibraba suavemente alrededor de Han Garid, y apretó y tanteó…

La advertencia de las serenadhi llegó de nuevo a los oídos de Rokshan, pero él no vaciló y dejó la mente en blanco sin dudar. De inmediato, lo envolvió una ola inmensa de dolor púrpura que le estalló en la cabeza, luego se retiró, pero, acto seguido, se formó de nuevo y volvió a estallarle.

Dejó que la mente se liberara por sí misma de todas las ataduras físicas, mientras él hacia acopio de su espíritu vital para que rompiera como olas atronadoras contra el rutilante capullo de colores que envolvía a Han Garid. Los zarcillos enroscados de la Sombra descargaban latigazos a su alrededor, pero él los retiró de su camino separando los colores con tanta facilidad como si fueran una cortina. El canto de las serenadhi flotaba a través de ellos, y lo fortalecía para resistir la voz de la Sombra que resonaba en torno a él.

¿Por qué te resistes, Rokshan? Allá donde vayas, te seguiré, tan seguro como que el camino en el que estamos nos conducirá al recuerdo que busco en un lugar recóndito del alma de Han Garid. Porque estoy convirtiéndome en parte de ti y encamino todos los recuerdos de Observador de Estrellas a la conciencia de Han Garid; después lo haré también con tus recuerdos y con lo que eres, porque tengo el poder de arrebatar-

459

te la mente. ¡Pero en lugar de que haga todo eso, únete a nosotros! Y siéntate a mi derecha...

Rokshan sintió que le estrujaba la mente poco a poco hasta dejársela seca, e intentó aislar la esencia más íntima de su ser, cerrarla al sondeo implacable de la Sombra. Mientras las corrientes traicioneras de la conciencia de Han Garid lo arrastraban ya, se acordó del consejo de Cetu, consistente en dejarse llevar pero manteniendo la calma en el núcleo de uno mismo. Sin embargo, en esta ocasión era diferente, porque el torbellino de colores se oscurecía; dentro de poco no vería nada y si no veía, ¿cómo iba a saber hacia dónde se dirigía? Se sintió abrumado ante una sensación creciente de desesperación, y en vez de dejarse llevar flotando en la corriente, se fue hundiendo. Frenético, quiso recordar cómo se nadaba, pero había perdido esa capacidad; ya no le quedaba ningún recuerdo de ella.

Evocaciones de su vida surgieron ante él como fogonazos, al principio con claridad, pero después se sucedieron más y más deprisa hasta convertirse en un borrón que no tenía sentido. Se puso a reír como loco al darse cuenta de que la Sombra le estaba borrando la vida con tanta facilidad como eliminaría las marcas de una tablilla de cera.

De improviso todo se detuvo al llegar a la entrada de un túnel muy largo; se deslizó por éste mientras las llamas del infierno saltaban en derredor, y semejantes a lenguas de fuego, lo rozaban más y más deprisa hasta notar que se abrasaba.

«Moriré quemado y todo acabará», clamó en silencio.

La aceptación del fin le produjo una sensación de alivio inmenso. Cuando ya estaba a punto de sucumbir a la negrura que se cerraba en torno a él, oyó una voz que, aunque lejana, reconoció, y el corazón le dio un vuelco al identificar el timbre afectuoso pero autoritario de Observador de Estrellas dando vueltas y vueltas en el túnel.

Rokshan... ¡No sucumbas a la desesperación de la Sombra! Es lo que pretende. Después te quebrantará mientras lo conduces adonde cree que acaba su búsqueda. Recuerda la visión que te mostré cuando galopamos con la danza del viento en el Llano de los Muertos, así como la advertencia que te hice de que no miraras nunca el ojo interior de mi alma. ¡Resiste, espíritu-hermano! Mientras el Sin Nombre te absorbe la

mente, el corazón y el alma hasta dejarlos secos, yo reúno todos los recuerdos de dolor y de angustia que ha habido en el
mundo para encarar y desconcertar al maligno cuando irrum-
pa más allá de mi ojo interior. Será tal su confusión que nos
dará los segundos valiosísimos que necesitamos antes de que,
por fin, el nombre que busca le sea revelado a través de mi recuerdo del castigo que le fue impuesto incontables eones atrás.

Y será tal la alegría por haber recuperado su nombre que
lo repetirá una y mil veces. Pero mientras lo pronuncie, recuerda las palabras originales del mandamiento divino. Ése
será el último recuerdo que tendrás previamente a que te lo
arrebate el maligno, pero será su perdición, porque estás unido a la mente de Han Garid como si fuerais un solo ser, y el resultado será que la Sombra repetirá las palabras de nuevo. De
ese modo se condenará a sí mismo otra vez a quedar confinado, para toda la eternidad, fuera del universo, de todas las cosas e incluso del propio tiempo.

La luz cegadora del final del túnel se precipitó sobre Rokshan, que dio un alarido cuando los inquisitivos zarcillos de la
Sombra se le enroscaron en la mente y demolieron todo recuerdo y toda conciencia que había en él. Había oído una voz
amable, una voz que creía haber reconocido y que le había dicho algo... Pero ahora, a pesar de sus esfuerzos, no recordaba
qué le había pedido que hiciera, y gritó de dolor porque la
mente se le desintegraba.

Recuerdos de Observador de Estrellas y de todos los señores de los caballos que le precedieron, así como el vínculo que
había tenido con él, le pasaron por la mente... y se borraron.
Oyó otra vez la voz amable.

—Haz por él y por los de su especie y por toda la humanidad
esto que te pido... Que te pido... Que te pido... —La voz se apagó, y Rokshan dio un respingo porque otra voz ocupó su lugar.

Tus febles pensamientos mortales ya no me importan. Las
palabras del mandamiento divino ya se han invalidado. ¡Már-
chate! Vagarás como un kuei, un espíritu maldito, con tu mente destrozada para el resto de tu miserable vida, sin conocer a
nadie, sin reconocer nada...

¡El mandamiento divino! La risa burlona de la Sombra le
resonó en la mente, al mismo tiempo que notaba cómo se

le desvanecía todo raciocinio, todo recuerdo, todo cuanto le hacía ser quien era... Sin embargo, mientras esa pérdida tenía lugar, él agradecía en silencio al Sin Nombre por mencionar lo único que Observador de Estrellas le había pedido.

Casi sin rastro de memoria y justo cuando la Sombra, triunfal, lo inducía a desvelar el secreto (el nombre que había permanecido olvidado durante eones), largo tiempo oculto en el lugar más recóndito de la memoria de Han Garid, Rokshan se arrodilló de nuevo en la vacía inmensidad del infierno y recitó el mandamiento divino, pronunciado por Corhanuk antes de que An Lushan lo obligara a repetirlo con el significado invertido.

¡Ahora temblará el Señor de la Sabiduría! Nunca me lo volverán a arrebatar y todas las criaturas me adorarán...

—Jamás... —susurró Rokshan. La remembranza de lo ocurrido en el infierno se le borró de la mente mientras musitaba las últimas palabras del mandamiento divino y pronunciaba el nombre olvidado que, como Observador de Estrellas había pronosticado, la Sombra repitió triunfalmente una y otra y otra vez.

Cuando Rokshan notó que faltaba poco para que su espíritu vital se consumiera, vislumbró una figura monstruosa que se le aproximaba desde la luz del túnel.

—He fracasado... Perdonadme, Cetu, y mi valiente Lianxang —musitó a la vez que se preguntaba por qué no conseguía acordarse del nombre que había llameado en su conciencia, como un fogonazo, hacía un instante. Quizás el mandamiento divino no podía reconstruirse a menos que lo hiciera el propio Señor de la Sabiduría.

Lo poco que le quedaba de mente se acobardó ante la figura que avanzaba hacia él; la cabeza horrenda hundida entre los hombros y la cola larga y huesuda le resultaban familiares, pero estaba seguro de que no podía ser el Quinto Jinete del infierno, sino la propia Sombra rediviva dispuesta a caminar de nuevo por el mundo.

No obstante, cuando Rokshan trataba de girar la cabeza, percibió un débil grito, como si fuera a la deriva arrastrado por la corriente, y se sorprendió al comprobar que la Sombra no se le echaba encima como suponía que haría, sino que se desvanecía a lo lejos en el túnel de luz, que a su vez estaba desapareciendo… Y entonces volvió a oír la voz de Observador de Estrellas, aunque ahora sonaba diferente.

Vete, Sin Nombre, regresa más allá del Arco de Oscuridad que se creó para ti, adonde tú mismo te has condenado de nuevo para toda la eternidad…

¡No, no! —Era lastimoso escuchar el angustiado horror de la Sombra al comprender la estupidez cometida, producto de su arrogancia—. *El mandamiento se revocó, se recordó mi nombre… ¡No puede ser, no…!*

¡Sí puede ser, y lo es! Rokshan repitió el mandamiento mientras tú gritabas tu nombre, ahora de nuevo olvidado, pero no con el sentido invertido. Has pronunciado tu propia sentencia, porque el muchacho mortal también está unido mentalmente conmigo, y, en consecuencia, sus pensamientos y los tuyos son los mismos. Ha asumido tu nombre —tu nombre—, que no dejabas de repetir una y otra vez llevado por tu soberbia; y lo ha asumido para volver a hacer del mandamiento divino la palabra poderosa del Señor de la Sabiduría… Y ahora el vínculo se ha roto. ¡Vete!

Condéname pues a una muerte en vida, pero resistiré a través de las eras… Resurgiré…

La voz apagada pero desafiante de la Sombra aumentó de volumen al emitir un último alarido estrangulado cuando desapareció al final del túnel.

—¿Han Garid, eres tú? —Pero Rokshan sabía ya la respuesta.

—El Señor de la Sabiduría, en su sapiencia, creó a los señores de los caballos para que no fueran siervos de nadie, y así ha sido incluso a pesar de la transformación a la que nos sometió el Sin Nombre a través de sus servidores —contestó Han Garid—. ¡Llega tu momento, Rokshan! ¡Dirige la horda de dragones y muestra a los mortales que hemos dejado de ser una amenaza para ellos!

El muchacho sintió que lo alzaba la fuerza interior de Han Garid, y rio gozoso cuando, encaramado al cuello del dragón, voló con él y ascendieron hacia un cielo, que ya no era negrura sin estrellas, y se dirigieron al centro de la formación de dragones que volaban en círculo mientras esperaban paciente-

463

mente a su señor. Lo recibieron con un coro triunfal de fuertes chillidos que se extendieron por la llanura. Rokshan gritó exultante al abrir los dragones la mente, y, llenando el firmamento de llameantes rastros de colores, se zambulleron en picado por todas partes. El canto de las serenadhi flotaba en el ambiente, y Rokshan atrapó las manchas y los estallidos de color y los tejió entre los dedos antes de lanzarlos al cielo a semejanza de gigantescos fuegos artificiales. De súbito tuvo que agarrarse a Han Garid, como si en ello le fuera la vida, porque el señor de los dragones del trueno batió las enormes alas y ascendió más y más alto.

A continuación se precipitó en picado de vuelta a la tierra, directo hacia el montón de dragones que giraban en un inmenso redondel que parecía que ocupaba todo el cielo; el ruido del batir de alas fue en aumento conforme volaban más y más deprisa alrededor de un punto concreto. Poco después formaron un vórtice giratorio de dorados, verdes y azules, como un magnífico remolino de colores, y Han Garid plegó las inmensas alas y se lanzó derecho al epicentro. Mientras volaba, el aire pasaba silbando a su lado; iban tan deprisa que Rokshan casi no podía respirar.

Se zambulleron en el remolino giratorio de dragones, y la sensación de gozosa euforia dio paso a otra de paz y sosiego. Rokshan sintió que se caía, y después, cómo lo depositaban en unas manos suaves, afectuosas. A todo esto, los dragones se dieron la vuelta y alabearon en un último adiós, y, de pronto, el muchacho notó un agotamiento tal que le pareció que la vida se le iba; estaba demasiado cansado hasta para preguntarse adónde habría ido Han Garid, pero a medida que sentía cómo se apagaba su vida, la llamada de un relincho familiar lo recorrió por completo. ¡Cómo anhelaba ver a Observador de Estrellas una última vez! Esbozó una sonrisa, el pensamiento se le borró y él se abandonó. La puerta al alma de Han Garid se cerró para siempre cuando Rokshan permitió a su espíritu fundirse en uno con el de Observador de Estrellas; de ese modo el señor de los caballos viviría de nuevo y volvería a vagar por las estepas y los valles de los Jinetes.

Y

Tanto en el interior de las murallas de la ciudadela como fuera de ellas, en el campo de batalla, todos despertaron como de un sueño. La noche tenebrosa que los había envuelto se alejó en el instante de su despertar, al igual que desaparecieron los seres resueltos a destruirlos. Una solitaria corneja lanzó un graznido estridente, los sobrevoló en círculos y luego emprendió vuelo hacia el este. Todo el mundo se sorprendió al ver que los guerreros de jade, que habían combatido con tanto valor, estaban petrificados, inanimados, igual que si siempre hubieran sido estatuas; además, al gigante no se lo veía por ninguna parte.

Un magnífico semental gris golpeaba suavemente el suelo con los cascos y agachaba la cabeza junto a uno de los caídos; y volando tan altos que parecían unas motas en el cielo, los dragones seguían girando y alabeando; el viento arrastró sus penetrantes rugidos que eran lamentos con los que lloraban a su señor. La gente cayó de rodillas con respetuoso asombro, pero la escena no les provocó escalofríos de miedo. Por el contrario, los maravilló que seres de aspecto tan abominable, de tanta fuerza y ferocidad, estuvieran a las órdenes de un muchacho, pues ¿acaso no lo habían visto montado a horcajadas en el más grande y más majestuoso de todos los dragones del trueno? ¿Se habría tratado del mismísimo Han Garid? ¿Y no habían creado entre los dos en el cielo el espectáculo más maravilloso e impresionante? Mirándose unos a otros desconcertados, se preguntaron para sus adentros qué habría sido de Han Garid y dónde se habría metido el muchacho… y qué ocurriría con los dragones, ahora que su señor había desaparecido.

465

Así las cosas, el abad y Shou Lao salieron del interior del cerco que los guerreros de jade habían defendido con tanto denuedo, y se alzó un vítor clamoroso. Los dos hombres corrieron hacia donde Observador de Estrellas esperaba con impaciencia junto a Rokshan, quien en aquel mismo lugar, hacía menos de un círculo de vela, se adentró en una tormenta de llameantes colores del arcoíris que invocó con sus manos; y hacía sólo unos instantes la horda de dragones lo había reconocido como un igual de su señor.

El Báculo y el Talismán se hallaban tirados en el suelo, no muy lejos de donde él yacía. El abad los recogió con presteza y fue a reunirse con Shou Lao, que examinaba a Rokshan.

Shou Lao respondió a la mirada ansiosa e interrogante del abad con un asentimiento de cabeza.

—Vive, pero... —El viejo narrador escrutó el rostro del muchacho, y desplazó la mano delante de los ojos abiertos, con la mirada fija en la nada, sin pestañear—. Pero en cuanto a su mente... Necesitará de los remedios más potentes del monasterio y vuestra atención noche y día, si es que alguna vez se recupera.

El abad asintió para indicar que había entendido, e hizo una señal para que fueran a buscar unas andas en las que transportar a Rokshan hasta la ciudadela. Observador de Estrellas acarició con el hocico al muchacho, y, relinchando muy bajito, le sopló con suavidad en la cara. Rokshan parpadeó unos segundos y después cerró los ojos, despacio; entonces soltó un suspiro mínimo, como si se hubiera dormido. Su expresión era de paz.

De improviso un grito penetrante provocó que todos alzaran la vista al cielo; era el espíritu-ave de Lianxang que se les aproximaba volando. Al fin el águila se posó con suavidad al lado de Rokshan, extendió un ala y le cubrió el cuerpo, como si le diera un amoroso adiós, al mismo tiempo que emitía sus penetrantes gritos.

—Deduzco que nos está comunicando algo —le comentó el abad a Shou Lao.

—En efecto, nos está diciendo que ha de regresar con los suyos, pero antes de irse acompañará a los dragones al estanque de Dos Picos. Cetu debe ser quien los conduzca y se quede con ellos cuando renazcan; asimismo irá con otras gentes de su tribu, que vienen hacia aquí a buscarlo, y cabalgará en Observador de Estrellas, que ya ha renacido mediante el sacrificio de Rokshan.

Cuando apenas hubo acabado de hablar Shou Lao, se oyó la característica trápala de cascos, y a lo lejos, unos doscientos jinetes aparecieron en lo alto de una loma; las conocidas figuras de las serenadhi, montando sus yeguas negras, iban en cabeza. Los caballos-dragón salvajes habían sobrevivido a su exilio en el desierto, y venían a dar la bienvenida a Observador de Estrellas, su señor, y a llorar al afectado Rokshan, que había sido el espíritu-hermano del señor de los caballos. Al lomo llevaban a los restantes Jinetes, que hacían uso de toda su experiencia y habilidad para tranquilizar a las inexpertas monturas. Los Jinetes se quedaron en la loma, y sólo las serenadhi cabalgaron hacia donde Rokshan yacía; se situaron alrededor del muchacho e inclinaron la cabeza en señal de agradecimiento. Una figura solitaria salió entonces de la ciudadela a lomos de uno de los resistentes ponis de la estepa que había en el monasterio, y cabalgó hacia el grupo. Al acercarse, vieron que era Cetu.

El anciano desmontó con dificultad, como si estuviera entumecido, e hizo una reverencia a las mujeres de la hermandad en primer lugar, después repitió el saludo a Shou Lao, y por último al abad. Luego se arrodilló junto a Observador de Estrellas y cogió a Rokshan en brazos; arrasados los ojos en lágrimas, lo estrechó contra sí y le musitó:

—Fuiste muy valiente, mi joven amigo. Una valentía digna de un verdadero gran kan de los Jinetes. Nuestra historia no caerá nunca en el olvido mientras quede con vida uno de nosotros para contarla.

Lo depositó con cuidado, y, todavía arrodillado, se volvió hacia Observador de Estrellas, que cabeceó una vez más en señal de saludo. Después, aferrando un puñado de la larga crin del caballo a guisa de riendas, montó lo mejor que pudo.

—Que la diosa sea contigo —dijo Shou Lao al tiempo que el abad pedía para él la bendición del Señor de la Sabiduría.

—¿Cuidarán de Rokshan hasta que yo regrese? —solicitó Cetu, que hizo volver grupas a Observador de Estrellas—. ¿Y se rendirá homenaje a Lianxang según la costumbre de su pueblo?

—Así se hará. Y construiremos una capilla para ella y para su pueblo, de modo que su recuerdo y el de sus valerosas hazañas no se olviden nunca —contestó el abad.

—Ella fue la más valiente de entre los valientes —murmuró Cetu, que hizo el saludo de los Jinetes y después partió a medio galope hacia donde su gente lo esperaba. La atronadora aclamación de los Jinetes resonó en la ciudadela.

Las mujeres de la hermandad de las serenadhi remolonearon un poco hasta que dieron media vuelta para marcharse. Sumiyaa fue la única que dijo unas palabras:

—Rokshan sabe que lo esperaremos, aunque la puerta del

467

alma de Observador de Estrellas permanezca cerrada para siempre, pero el señor de los caballos no mantendrá cautivo a su espíritu, porque tiene en cuenta que el muchacho es muy querido por los suyos si su espíritu-hermano quiere volver con ellos algún día. Bendecimos a sus sanadores, padre abad. Quieran los espíritus dragontinos que el fuego purificador los ayude a recomponerle la mente. Nosotras también regresaremos.

El abad hizo una profunda reverencia a las hermanas, que partieron a galope, y Shou Lao alzó su bastón hacia al espíritu-ave que voló más y más alto en el cielo; su grito penetrante dirigió a los dragones hacia el estanque.

Un grupo de monjes se acercó con dos andas; en una de ellas yacía el cuerpo destrozado de Lianxang. Con todo cuidado, colocaron a Rokshan en la otra, y, con el abad al frente, formaron una solemne procesión a través del campo de batalla, de vuelta a la ciudadela.

El viejo narrador echó una ojeada hacia el oeste, en la dirección por la que se habían marchado los Jinetes y los dragones, y luego se encaminó a la ciudadela, dando golpecitos con el bastón en el suelo helado y endurecido de la llanura.

Tenía una historia nueva que relatar, una historia que se narraría por todo el mundo, una historia que asombraría y levantaría el ánimo. Cruzó las puertas del monasterio sin que cesara el golpeteo del bastón, y, esbozando una sonrisa cansada, se preguntó a qué lugar del mundo iría primero a contar su relato.

Un ciclo lunar más tarde...

𝒫or fin llegaron al estanque de Dos Picos los últimos doscientos Jinetes dirigidos por Cetu, a quien habían reconocido como su nuevo gran kan; el maestro del Método cabalgaba en Observador de Estrellas.

Mientras se dirigían al lugar del renacimiento de los dragones, viaje que realizaron lo más deprisa que el señor de los caballos consiguió llevarlos, el espíritu-ave guió a las bestias a tanta altura que a veces no se la veía ni a ella ni a los dragones durante días. Pero al fin el águila descendió hasta los Jinetes por última vez, y, batiendo las grandes alas, les dedicó un postrero grito, concluida su tarea.

—Adiós, espíritu-ave de Lianxang —se despidió Cetu mientras el águila se elevaba hacia el firmamento y desaparecía tras encontrar una corriente térmica.

Ya al borde del lago, Observador de Estrellas se encabritó y emitió un relincho fuerte y prolongado para que los dragones se reunieran con él. Éstos, en número de cuatrocientos o más, volaban como una nube tormentosa pero pacífica, y dejaban estelas de fuego mientras se reunían, expectantes, encima del estanque. Las hermosas tonalidades doradas, verdes y azules de la piel de las bestias se fundieron en un arcoíris de colores entremezclados, y se oyó un fragor, como si se levantara el viento, a medida que los sinuosos cuerpos se estiraban y se zambullían de cabeza en las heladas profundidades del estanque.

Durante unos instantes reinó un silencio total. Relinchando flojito y rozándose con el hocico unos a otros para reconfortarse entre sí, los caballos-dragón salvajes esperaron con ansiedad en la orilla. Observador de Estrellas trotó de un lado a otro, nervioso. De pronto, sin previo aviso, una ola, de cresta de blanca espuma, se acercó veloz hacia ellos; la siguieron otra, y otra más, hasta que la orilla resonó con el chapoteo de todas ellas.

Las olas aumentaron de tamaño y obligaron a los Jinetes a retirarse de la orilla, pero las monturas se negaron a que las apartaran y se lanzaron al estanque para recibir a sus hermanos y hermanas a medida que volvían al mundo, trompicando unos con otros en medio de las agitadas olas.

La espuma salpicó a Cetu en la cara y se mezcló con sus lágrimas de alegría cuando Brisa Susurrante relinchó al reconocer a su anciano jinete. Cientos de caballos-dragón galopaban y corcoveaban a lo largo de la orilla mientras los Jinetes reían y vitoreaban.

Entonces todos ellos, caballos y humanos por igual, rindieron homenaje no sólo al señor de los caballos sino también al enorgullecido Cetu, montado a horcajadas sobre él. En el silencio solemne del momento, fue como si hasta las montañas contuvieran el aliento, y el nuevo gran kan creyó oír al espíritu de Rokshan que le hablaba a través de Observador de Estrellas.

El muchacho aseguraba que ahora entendía lo que las serenadhi habían querido decir al prometer que lo esperarían, y, además, no importaba si la puerta continuaba cerrada y no volvía a abrirse nunca, ya que él sería feliz siempre porque una parte suya —la esencia misma de su espíritu— no se separaría jamás de Observador de Estrellas.

Por fin, dando voces exultantes, Cetu señaló el paso de la Cumbre de la Diosa; al otro lado del cual se encontraban los amados valles de los Jinetes.

Observador de Estrellas no necesitó más estímulo y emprendió galope ladera arriba seguido por la ingente manada de caballos-dragón renacidos, salvajes y libres, como lo habían sido siempre y siempre lo serían, hasta el fin de todas las cosas.

Abrid las puertas cuando aún hay tiempo.
Me levantarán y me conducirán
a la sagrada montaña de K'unlun.
Los caballos celestiales han llegado
y el dragón seguirá su estela.
Alcanzaré la Puerta del Cielo.
Contemplaré el palacio de Dios.

Himno chino, hacia 101 a. C.

Agradecimientos

Quiero expresar mi más profunda gratitud a mi agente, Broo
Doherty, que desde el principio me animó a seguir escribiendo
después de haber visto unos borradores preliminares muy básicos, y posteriormente, a través de revisiones continuas y
juiciosas, me ayudó a reescribirlos para convertirlos en algo
presentable; en todo momento ha sostenido el timón con tranquilidad para gobernar este libro, a veces en medio de aguas
turbulentas, hasta llegar a su culminación. A Claire Doherty,
mi sincero agradecimiento por presentarme a su hermana, y
hacer posible mi proyecto, así como por ser una amiga tan leal
e incondicional.

Gracias también a Philippa Dickinson, de Random House,
por dar el paso inicial y no perder la fe; a Sue Cook, mi fantás-
tica correctora de texto y a la meticulosa editora de texto, So-
phie Nelson. A Mark y Piers Ward —mi hermano y mi sobrino respectivamente—, y a Katie Day por leer los borradores y
por todos los comentarios y palabras de ánimo; a Peppe, por escuchar siempre y por su optimismo contagioso; a Peter John-
son, de la sucursal del Lloyd TSB de mi barrio, por su flexibili-
dad y discreción contra la intransigencia de la oficina central.
Gracias asimismo a mi cuñado, Peter Fudakowski, y a su esposa, Minette, por su espléndida ayuda, sus consejos y su apoyo
constante.

Mi agradecimiento a la London School of Oriental and

African Studies y a la British Library por su trabajo de consulta y su ayuda pertinente en mi búsqueda inicial y posterior sobre la Ruta de la Seda, especialmente a la doctora Susan Whitfield, fundadora y directora del International Dunhuang Project, así como a todo el personal que participó en la fascinante exposición de la Ruta de la Seda, presentada en la British Library, en 2004, y que me proporcionó una comprensión inestimable de la vida cotidiana en las históricas rutas comerciales.

Nota histórica del autor: La Ruta de la Seda

¡Grandes príncipes, emperadores y reyes, duques y marqueses, condes, caballeros y ciudadanos! O cualquier otra persona que desee saber de las diferentes razas de la humanidad y de la variedad de las distintas regiones del mundo, que tome este libro y procure que se lo lean, porque en él hallará todo tipo de cosas maravillosas y de historias dispares de la gran Armenia, de Persia, de Tartaria, de la India y de muchas otras provincias.

Los viajes de Marco Polo, 1298 d. C.

Así exhortaba al mundo el gran mercader y explorador veneciano, Marco Polo, a escuchar su relato sobre las maravillas que había visto a lo largo de la legendaria Ruta de la Seda hacia Oriente, escenario en el que discurre *Rokshan y los Jinetes Salvajes*.

El conjunto de las diferentes y numerosas rutas comerciales constituía la vía más grande del mundo antiguo que conectaba el Mediterráneo con Asia Central, y por ella viajaron Alejandro Magno, Darío de Persia (el Rey de Reyes), Gengis Kan y Marco Polo. La Ruta de la Seda enlazaba con el Imperio Romano Oriental, al oeste de China, en el apogeo de su poder y esplendor cultural durante la dinastía T'ang (618-907 d. C.)

Viajeros, mercaderes y aventureros de Occidente transitaron por ella en busca de la seda, tan valorada como el oro.

Cruzando desiertos solitarios y salvando altísimos pasos de montaña, las diferentes rutas se extendían miles de kilómetros a lo largo de algunos de los territorios más inhóspitos del planeta, y conectaban la antigua capital de China, Chang'an, a través de los oasis de Asia Central, con las costas orientales del mar Mediterráneo.

Toda clase de maravillas se transportaban en una y otra dirección a lo largo de la Ruta de la Seda. De Persia y Occidente llegaban dátiles, melocotones, nueces, narcisos fragantes y los preciados perfumes del incienso y la mirra; de Asia Central procedían las piedras semipreciosas de jade y lapislázuli; de la India procedía la pimienta, el sándalo y el algodón, y de China, el tesoro guardado con mayor secreto y el artículo más codiciado por todos: el delicado y suntuoso tejido de la seda. Los chinos guardaron los secretos de la sericicultura (producción de seda) durante más de dos mil años, y hasta el siglo VI d. C., fueron los únicos productores.

476

Pero la Ruta de la Seda no era sólo una de las esenciales rutas comerciales, sino que equivalió en el mundo antiguo a lo que en la actualidad llamaríamos la «superautopista de la información», pues proporcionó una vía de doble dirección para el intercambio de algunas de las ideas y las tecnologías más importantes que en Occidente damos por descontadas. Así pues, la escritura, la rueda, la tejeduría, la agricultura o la equitación —por nombrar algunas de ellas— cruzaron Asia por dicha ruta. En el medioevo las dos aportaciones fundamentales de Oriente se abrieron paso hacia Occidente: el papel y la impresión; lo que se ha dado en llamar el «andamio del mundo moderno». Del mismo modo, nuevas corrientes de pensamiento y avances prácticos en medicina, astronomía, ingeniería y armamento —por ejemplo, el arco, máquinas de asedio, pólvora, armaduras y carros de guerra— también se abrieron paso hacia Europa a través de la Ruta de la Seda.

La opulencia y el esplendor de los emperadores de la dinastía T'ang (época en la que se enmarca *Rokshan y los Jinetes Salvajes*) habrían sido inimaginables para el europeo medio de aquel tiempo, sumido en el oscurantismo de la Edad Media, o

«Era de las Tinieblas» de la historia europea. Al principio de la dinastía T'ang, en el siglo VII, Chang'an era una capital bulliciosa y dinámica que ocupaba un área de ochenta kilómetros cuadrados; contaba con una población de un millón de habitantes en la misma ciudad, y otro millón en las áreas metropolitanas circundantes. Era seis veces más grande que Constantinopla, capital del Imperio Bizantino, y comparable a Babilonia, Alejandría o Roma en pleno auge de poder.

Para hacerse una idea, a los ojos europeos contemporáneos, de las dimensiones inimaginables de la urbe, diremos que el gran Palacio Daming, que empezó a construirse en el año 634 por mandato del emperador Taizong, cubría alrededor de doscientas hectáreas, era más grande que la ciudad del Londres medieval, y más o menos el doble de grande que el palacio y los jardines de Versalles de Luis XIV (construidos casi mil años después).

En reconocimiento a la importancia política de Oriente, entre 652 y 798 d.C., los emperadores romanos enviaron siete representantes del imperio a Chang'an; el califa árabe envió treinta y seis; y el Rey de Reyes persa, veintinueve emisarios a la corte del Hijo del Cielo para rendirle homenaje. La ciudad estaba atestada de una población flotante continua (por el comercio incesante en una y otra dirección a lo largo de las antiguas rutas comerciales) entre la que se contaban tocarios, sogdianos, turcos, uighures, mongoles, árabes, persas e indios.

En esa mezcla cosmopolita, la extraordinaria tolerancia religiosa (para la época) significaba que los nestorianos (una rama del cristianismo), los maniqueos (seguidores del maniqueísmo, fundado por el profeta persa Manes en la segunda mitad del siglo III) y los zoroástricos (adoradores del fuego) de Sogdiana y Persia coexistían con estudiantes budistas y monjes de Cachemira, Japón y Tíbet.

En este escenario, *Rokshan y los Jinetes Salvajes* refleja esa diversidad religiosa al reunir todos los distintos elementos de culto descritos en el libro: los espíritus de la naturaleza, encarnados en los espíritus dragontinos; el budismo, en la ciudadela del monasterio de Labrang; las deidades chinas, como Kuan Yin (diosa de la misericordia) y Guan Di (dios de los comerciantes, eruditos y guerreros); los «Inmortales» chinos, incluido Shou Lao, dios de la longevidad; los adoradores del fuego y de los antepasados, identificados con el pueblo de Lianxang, los darhad. Todos ellos reunidos bajo los auspicios del «Señor de la Sabiduría» (Ahura Mazda) de la tradición zoroástrica, junto con un mito de «Creación» inventado que refleja la tradición cristiana.

Gran parte de la trama de *Rokshan y los Jinetes Salvajes* transcurre en la semiautónoma Persia (durante la dinastía T'ang), en la mitad occidental de la Ruta de la Seda, en el reino de Sogdiana, con su capital regional, Maracanda (o Samarcanda, como se llamaría más adelante). Los sogdianos eran unos maestros del comercio, y fue su idioma el que se convirtió en la *lingua franca* de la Ruta de la Seda durante la era T'ang. Hacia el extremo oriental de la Ruta de la Seda, los propios chinos estaban tan convencidos del talento innato del pueblo sogdiano para el comercio, que creían que las madres les daban de comer azúcar en la cuna para endulzarles la voz, y les embadurnaban las palmas de las manos con engrudo para atraer cosas lucrativas. (Thubron, Colin, *La sombra de la Ruta de la Seda*).

478

Por último, la hermandad de las Tres Liebres Una Oreja, parte tan fundamental en *Rokshan y los Jinetes Salvajes*, está basada en un motivo ornamental representado en diferentes artefactos, que se repite con sorprendente aleatoriedad no sólo a todo lo largo de la Ruta de la Seda, sino también en lugares sagrados de Gran Bretaña, Europa continental, Oriente Medio y Extremo Oriente. Este misterioso símbolo antiguo representa tres liebres que se persiguen en círculo; cada una de las tres orejas de la imagen es compartida por los animales, de manera que se crea la ilusión óptica de que cada liebre tiene un par de orejas, cuando en realidad sólo tiene una. Nadie ha sabido desentrañar todavía lo que significa —o pudo haber significado— ese motivo ornamental.

Se han encontrado representaciones espectaculares de las tres liebres unidas por las orejas en crucerías del techo de parroquias en Devon y otros lugares del Reino Unido, así como en iglesias, capillas y catedrales de Francia y Alemania, en objetos de metalistería mongola del siglo XIII, en Irán, y en unos templos excavados en cuevas de la dinastía china Sui, del 589-618 d. C.

La liebre ha tenido siempre connotaciones divinas y místicas, tanto en Oriente como en Occidente. A menudo, las leyendas le otorgan a este animal cualidades mágicas asociadas con la fertilidad, la feminidad y el ciclo lunar. El doctor Tom Greeves, un arqueólogo paisajístico (y parte del equipo británico de búsqueda que ha visitado emplazamientos en China desde 2004 con miras a hallar una respuesta a este misterio), ha sugerido que el motivo ornamental llegó a Occidente a través de la Ruta de la Seda:

«Dado el uso del motivo ornamental en lugares sagrados de diferentes religiones y culturas, así como la importancia que se le dio, podemos deducir que el símbolo tiene un significado especial... Si lográramos abrir una ventana a algo que en el pasado tuvo relevancia y significación para gentes separadas por miles de millas y centenares de años, podría ser beneficioso para la comprensión de cosas que compartimos con culturas y religiones diferentes.»

Todos estos aspectos: la historia, las culturas y las distintas religiones de la Ruta de la Seda, la riqueza y la diversidad de la mitología china y el dragón benefactor de Oriente (en total contraposición con su feroz equivalente occidental) me han servido de inspiración. Espero que *Rokshan y los Jinetes Salvajes* les abra una ventana a este mundo fascinante.

Peter Ward

479

ESTE LIBRO UTILIZA EL TIPO ALDUS, QUE TOMA SU NOMBRE
DEL VANGUARDISTA IMPRESOR DEL RENACIMIENTO
ITALIANO ALDUS MANUTIUS. HERMANN ZAPF
DISEÑÓ EL TIPO ALDUS PARA LA IMPRENTA
STEMPEL EN 1954, COMO UNA RÉPLICA
MÁS LIGERA Y ELEGANTE DEL
POPULAR TIPO
PALATINO

***

**

*

ROKSHAN Y LOS JINETES SALVAJES
SE ACABÓ DE IMPRIMIR
EN UN DÍA DE PRIMAVERA DE 2009,
EN LOS TALLERES DE BROSMAC,
CARRETERA VILLAVICIOSA DE ODÓN
(MADRID)

***

**

*